Histoire de la vie privée

Histoire de la vie privée

sous la direction de Philippe Ariès et Georges Duby

2

De l'Europe féodale à la Renaissance

par

DOMINIQUE BARTHÉLEMY

PHILIPPE BRAUNSTEIN

PHILIPPE CONTAMINE

GEORGES DUBY

CHARLES DE LA RONCIÈRE

DANIELLE RÉGNIER-BOHLER

Volume dirigé par Georges Duby

Éditions du Seuil

La première édition de cet ouvrage
a été publiée avec des illustrations
dans la collection
L'UNIVERS HISTORIQUE

La présente édition a été revue et complétée.

ISBN 978-2-02-036418-8
ISBN 2-02-036656-8, édition complète
(ISBN 2-02-008992-0, 1re publication)

Avertissement

par Georges Duby

Dans Montaillou, *à la page 386, Emmanuel Le Roy Ladurie vient de parler des femmes, de les montrer, preuves à l'appui, jacassantes et surtout curieuses, l'œil collé aux portes, épiant ce qui se passe à l'intérieur des maisons pour le raconter aux voisines ; il termine par cette phrase : « Il faudra, en notre époque, l'avènement de civilisations plus bourgeoises, éprises de vie privée, pour que cet espionnage femelle décroisse ou du moins soit quelque peu refoulé. » Ce propos pose clairement la question à quoi ce livre ne prétend pas répondre, mais qu'il espère du moins mieux cerner : est-il légitime – je dis bien légitime, et pas seulement pertinent – de parler de vie privée au Moyen Âge, de transporter dans un passé si lointain une notion, celle de* privacy, *qui, nous le savons, s'est formée dans le cours du XIXe siècle au sein de la société anglo-saxonne, alors à l'avant-garde de l'élaboration d'une culture « bourgeoise » ? Tout bien pesé, je crois que l'on peut répondre par l'affirmative. Car, en fait, il n'était pas plus légitime d'appliquer à l'époque féodale le concept, par exemple, de lutte de classes. Or, un tel transfert se révéla d'une utilité incontestable, puisqu'il a permis non seulement de mesurer combien il était nécessaire d'affiner ce concept, mais aussi et surtout de mieux mettre en évidence les rapports de pouvoirs au sein d'une société très ancienne, en particulier ceux de ces rapports qui n'avaient rien à voir avec des affrontements entre classes sociales. Nous n'avons donc pas hésité à user du concept, aussi anachronique sinon plus, de vie privée, nous avons cherché à discerner dans la société médiévale une frontière entre ce qui était tenu pour du privé et ce qui ne l'était pas, à isoler un champ de socia-*

bilité correspondant à ce que nous appelons aujourd'hui la vie privée.

Exploration pionnière, très tâtonnante, incertaine, et là j'insiste. Que le lecteur ne s'attende pas à trouver ici un tableau achevé. Ce qu'il va lire, incomplet, truffé de points d'interrogation, n'est qu'une esquisse. Exposant les résultats de toutes premières approches, ce livre entend surtout inciter à poursuivre la recherche et, pour cela, jalonne un chantier. Nous nous sommes fondés sur quelques sondages, comme les archéologues lorsqu'ils commencent à travailler sur le site d'un village abandonné au XIV*e* *siècle après la Grande Peste, et comme eux nous nous attendons à trouver en tel point notre pâture, mais à rester en tel autre point sur notre faim. Car les fruits de notre quête hasardeuse sont entièrement dépendants de la densité, de la qualité des vestiges, de ce qu'apprennent les documents, tous les documents, les textes d'abord bien sûr, les sources écrites, mais aussi les objets, et puis les images sculptées ou peintes qui voulurent représenter un certain cadre de vie. Et si la matière de l'ouvrage se trouve disposée d'une façon qui surprendra peut-être, cela tient à ce que notre information demeure lacunaire et qu'elle est par ailleurs très inégalement répartie, dans l'espace et parmi les cinq siècles que nous avons choisi de considérer.*

Nous sommes partis de l'an mil, car se produit aux environs de cette date une flexion très brusque dans l'évolution du matériel documentaire, lequel devient ensuite toujours plus abondant. Mais nous nous sommes heurtés en cours de route à un autre seuil, tout aussi marqué, qui se place entre 1300 et 1350. Passé le milieu du XIV*e* *siècle, tout prend une autre teinte. Le changement d'éclairage est pour une part l'effet de perturbations accidentelles (dont la plus dramatique fut, en 1348-1350, la grande épidémie de peste noire) qui provoquèrent en quelques décennies une réelle mutation des manières de vivre dans l'ensemble du monde occidental. Ce changement tient aussi au déplacement en Europe des pôles de développement : auparavant situés dans la moitié nord de la France, ils ont glissé vers le sud et vers l'est pour s'établir en Italie, accessoirement en Espagne et dans l'Allemagne du Nord. Interviennent toutefois, et de manière beaucoup plus décisive, des modifications qui, affectant les* *sources de son information, permettent à l'historien de voir plus clairement les réalités de ce que nous appelons la vie privée. Un large pan du voile qui les masquait se déchire durant la première moitié du* XIVe *siècle. Pourquoi ?*

Parce que, d'abord, un mouvement profond portait alors les hommes à considérer avec de plus en plus d'attention et de lucidité la nature des choses matérielles, parce que dans le reflux d'une attitude qui avait dominé la haute culture européenne durant le haut Moyen Âge, le contemptus mundi, *comme disaient les intellectuels, le mépris du monde, les apparences peu à peu ne semblaient plus aussi radicalement condamnables pour être trompeuses, pour être surtout inclinées vers le mal. En raison de cela, l'art, l'art de figurer les aspects de la vie par le volume ou par le trait, l'art des peintres, l'art des sculpteurs, bascula, autour de l'an 1300 vers ce que nous appelons le réalisme. Les yeux, semble-t-il, se dessillèrent ; l'artiste s'appliqua désormais à transcrire exactement ce qu'il voyait, usant de tous les procédés d'illusion. La peinture, plus capable d'illusionnisme, prit à ce moment le pas sur tous les autres arts, et l'on vit apparaître les premières représentations picturales de scènes intimes. Si bien qu'épousant celui du peintre, le regard de l'historien peut, passé 1350, pénétrer à l'intérieur de la maison, c'est-à-dire de l'espace privé, de la manière même dont y pénétrait quelques décennies plus tôt le regard des femmes curieuses de Montaillou. L'historien, pour la première fois, a le moyen de s'établir en posture de voyeur, observant ce qui se passe au sein de cet univers clos, protégé de l'indiscrétion, où, par exemple, Van der Weyden a placé la Vierge de l'Annonciation et l'Ange.*

Ce n'est pas tout. S'interrogeant sur l'histoire du privé après le milieu du XIVe *siècle, le chercheur peut également méditer utilement sur les vestiges de l'équipement matériel : ils sont beaucoup moins rares qu'auparavant. L'apport d'une archéologie du quotidien médiéval, en effet, éclaire essentiellement les deux derniers siècles du Moyen Âge : les fouilles ont presque toutes été menées sur des sites d'habitats désertés ; or, la grande période de la désertion s'ouvre justement après la peste noire. D'autre part, et c'est sans doute la conséquence d'une hausse du niveau de vie général, elle-même consécutive à la dépopulation, donc à la pandémie, parmi les éléments d'architecture civile qui se trouvent en place aujourd'hui dans le paysage, châteaux, demeures urbaines, maisons villageoises, les plus anciens, à quelques exceptions près, datent du* XIVe *siècle. De même, ce qui subsiste du mobilier, ce qui subsiste des parures. Voyez les collections, l'extraordinaire disproportion, par exemple, au musée de Cluny, entre ce qui date d'avant et d'après 1300, et cette disproportion s'aggrave si l'on ne retient des collections que ce qui concerne la vie privée.*

Enfin, les textes, les documents écrits commencent à dévoiler ce qui, jusque-là, n'apparaissait que par bribes, parce que le réalisme envahit aussi la littérature, parce que Froissart en dit plus sur le quotidien que Villehardouin, parce que le roman n'est plus aussi perdu dans les brumes du rêve, et parce que survivent, dans les dépôts d'archives, en toujours plus grande abondance à mesure que l'on s'avance vers la fin du Moyen Âge, des documents plus loquaces, inquisiteurs, et qui permettent, comme la nouvelle peinture, d'apercevoir ce qui se passe à l'intérieur du domestique, de traverser les écrans, de s'introduire, d'espionner. Documents d'État, puisque l'État, plus solide, mieux armé, en est déjà, au XIVe, *au* XVe *siècle, à vouloir tout contrôler, exploiter à fond, donc à s'informer sur ce qu'il y a aussi dans les consciences afin de mieux extorquer, de mieux réprimer ; le pouvoir public enquête, il exige des déclarations, il brise le secret. Ainsi ce registre de Jacques Fournier, inquisiteur et futur pape, où Emmanuel Le Roy Ladurie a puisé tout ce qu'il sait du privé paysan date-t-il du début du* XIVe *siècle, et ce n'est qu'une parcelle, échappant par hasard à l'usure du temps, de la masse d'investigations qui furent menées depuis cette date. Certes, à l'époque de Montaillou, parce que justement se durcit la lutte entre le pouvoir institutionnel de contrôle et d'exploitation et les personnes privées, celles-ci résistent, édifiant pour se protéger le « mur » de la vie privée, dont nous continuons de défendre jalousement l'étanchéité. Mais, par-delà ce mur, à partir du* XIVe *siècle, les informations deviennent également de plus en plus abondantes, car l'on écrit davantage dans le privé, car l'on a plus souvent recours aux notaires pour des affaires privées, et les séries commen-*

cent alors de ces inventaires après décès qui en disent si long, des contrats de mariage, des testaments. Bientôt apparaissent enfin dans les fonds d'archives, encore plus riches d'enseignement, les écrits intimes, les lettres, les Mémoires, les livres de raison.

Révélation. Passé ce cap, les années 1300, tout un paysage se déploie qui jusqu'ici était presque entièrement recouvert de pénombre. Le Moyen Âge, que l'on croit communément connaître, celui qui sert de décor à ces romans historiques dont nous constatons aujourd'hui l'éclatant et inquiétant succès, le Moyen Âge de nos rêves, le Moyen Âge aussi des rêves de Victor Hugo et de Michelet, qu'il s'agisse des sentiments, de la manière de s'aimer, des façons de se tenir à table, des convenances, de la vie intérieure, de la piété, ce n'est pas le Moyen Âge de l'an mil, ce n'est pas non plus celui de Philippe Auguste, c'est le Moyen Âge de Jeanne d'Arc et de Charles le Téméraire. Si bien qu'il n'est plus tout à fait impossible de mettre en scène sans trop d'anachronismes, pour un film de cinéma, une intrigue lorsqu'elle se situe au temps de Louis XI, alors qu'il vaut mieux ne pas se risquer à le faire si l'intrigue se noue au temps de Saint Louis. L'architecture de ce livre est donc en grande partie commandée par la présence, dans la première moitié du XIVe *siècle, d'une coupure aussi franche. Tout ce qui concerne la période antérieure se montre en effet beaucoup plus problématique et décharné.*

Toutefois, les brumes qui font obstacle à la connaissance historique se sont dissipées lentement depuis l'an mil jusqu'à l'orée du XIVe *siècle, à la faveur d'un progrès continu dont ce qui dans une civilisation relève du matériel et ce qui relève de l'esprit furent indissociablement affectés. À ce seul titre, le mouvement de croissance triséculaire apparaît comme un phénomène fondamental. Mais il doit également être tenu pour tel – et ceci oblige à rester très attentif, au cours de l'enquête, à cette présence déterminante – parce qu'il a retenti très directement sur les formes de la vie privée. Que, par exemple, l'usage de la monnaie se soit peu à peu répandu ne fut pas sans modifier la conception de l'avoir personnel, la représentation de ce qui est à soi et qui ne regarde pas les autres. Et puisque le progrès conduisit à pas-*

ser lentement de la grégarité à l'individualisme, la tendance, concomitante, à l'intériorisation, à l'introspection isola peu à peu au sein de l'espace domestique un espace plus privé dont le corps de chaque homme, de chaque femme constitua l'enveloppe. D'autre part, cette période de décontraction générale et de continuelles renaissances fut celle d'une ouverture progressive sur des cultures éloignées ou oubliées, sur l'Islam, Byzance, la Rome antique, donc de la découverte, dans des manières exotiques de se comporter, de structures où le privé et le public entretenaient des rapports différents de ceux auxquels on était accoutumé et qu'elles contribuèrent à infléchir quelque peu. Enfin, la hausse continue du niveau d'existence, l'inégal partage des fruits de l'expansion au sein du mode de production seigneurial, la différenciation des rôles sociaux avivèrent les contrastes entre villes et campagnes, entre maisonnées riches et maisonnées pauvres, entre le masculin et le féminin, tandis que, inversement, la circulation toujours plus rapide des hommes, des idées et des modes faisait s'estomper les particularismes régionaux et propageait des modèles uniformes de comportement d'un bout à l'autre de l'Occident.

Au cours de la recherche dont ce livre pourrait constituer le plan directeur, il importera par conséquent de dater exactement toutes les observations, de tendre à la chronologie la plus fine. Cependant, au niveau très élémentaire dont nous partons, la matière s'avère beaucoup trop indigente pour être tout entière ordonnée sur des axes chronologiques. Il nous a paru plus convenable et plus efficace d'adopter une autre organisation du discours : soucieux de ne pas dissimuler ce que nos connaissances ont encore de fragmentaire, nous avons choisi une division en deux grands panneaux. Sur le premier sont disposés deux tableaux. L'un propose une description de la vie privée aux XI*e et* XII*e siècles, mais en concentrant l'attention sur la période comprise entre 1150 et 1220 (car à cette époque le rythme du progrès, semble-t-il, s'accélère, l'écart entre générations est sans doute plus large qu'il ne fut jamais jusqu'aux temps modernes, et la documentation commence à révéler des attitudes qui ne sont pas exclusivement ecclésiastiques), la concentrant aussi sur la France septentrionale (qui est la* *zone de plus intense fertilité) et sur la société aristocratique (qui seule à ce moment sort quelque peu de l'ombre). L'autre étude, elle aussi statique, porte sur une période, une région, un milieu social pour lesquels nous disposons d'une information particulièrement riche : elle montre une image de la vie privée des notables dans la Toscane des* XIV*e* *et* XV*e* *siècles. La deuxième partie est plus aventureuse. Elle se risque à traiter, au fil de la longue durée, deux aspects de l'évolution générale, à suivre, d'une part, les transformations de l'espace domestique, d'autre part, l'épanouissement de l'individuel, spécialement, dans les attitudes religieuses et dans les expressions artistiques. Enfin, à la jonction de ces deux parties, une troisième s'intercale ; elle traite de l'imaginaire, exploitant les œuvres littéraires composées dans la moitié nord de la France entre le* XII*e* *et le* XV*e* *siècle. En effet, la littérature de fiction, d'interprétation délicate, apporte des témoignages irremplaçables sur le privé tel qu'il fut effectivement vécu.*

Ce livre est l'œuvre d'une équipe, et nous rêvions même, en entreprenant sa rédaction, de constituer un groupe de travail si serré que chacun d'entre nous s'y fût perdu au point qu'il devînt impossible de discerner à la lecture la part de l'un et de l'autre. Il se révéla vite que c'était là trop d'ambition et que, menant évidemment notre tâche en union très étroite (et notamment lors de ces colloques de Sénanque, au cours desquels nos invités nous firent bénéficier de remarques précieuses, nourries de leurs propres recherches), nous complétant, nous corrigeant mutuellement, il était moins artificiel et surtout plus équitable de renoncer à fondre chaque apport en une prose homogène, qu'il valait mieux, nous résignant à laisser subsister des dissonances et peut-être même, ici et là, quelques chevauchements ou redites, attribuer clairement à tel ou tel la responsabilité principale d'un segment déterminé du discours. Tous, par conséquent, sont explicitement signés. Danielle Régnier-Bohler s'est chargée d'insérer dans l'ensemble tout ce que l'on peut tirer de la littérature d'ancien français. Dominique Barthélemy, qui en outre veilla à la coordination générale, a écrit pour sa part ce qui concerne les rapports de parenté et l'histoire de l'habitat à l'âge féodal. Philippe Braunstein, Philippe Contamine et

Charles de La Roncière ont traité respectivement de la personne, de la demeure et de la Toscane aux derniers siècles du Moyen Âge. Pour la période antérieure, j'ai apporté sur quelques points ma propre contribution.

1

Ouverture

Georges Duby

Pouvoir privé, pouvoir public

Partir des mots

Qu'était la vie privée aux temps féodaux ? Pour bâtir une problématique efficace – car, je le répète, c'est bien de cela qu'il s'agit –, la meilleure méthode, je pense, est de partir des mots, d'explorer un champ sémantique, c'est-à-dire la niche où se trouve blotti le concept. Empruntant cette voie, j'ai d'ailleurs le sentiment d'être fidèle à l'esprit de ces hommes d'étude qui, à l'époque que j'ai choisi d'observer, remplissaient une fonction analogue à celle que je remplis, et qui d'abord étaient des grammairiens, commençaient par étudier un vocabulaire pour s'approcher de l'inconnaissable, progressant du plus connu au moins connu.

Dans les dictionnaires de la langue française composés au XIXe siècle, c'est-à-dire au moment où la notion de vie privée prenait sa pleine vigueur, je découvre au départ un verbe, le verbe *priver*, signifiant apprivoiser, domestiquer, et l'exemple donné par Littré, « un oiseau privé », révèle le sens : extraire du domaine sauvage et transporter dans l'espace familier de la maison. Je découvre ensuite que l'adjectif *privé*, pris de manière plus générale, conduit lui aussi à l'idée de familiarité, s'agrège à un ensemble constitué autour de l'idée de famille, de maison, d'intérieur. Parmi les exemples qu'il choisit, Littré cite l'expression qui s'imposait de son temps : « La vie privée doit être murée », et propose cette glose, à mon avis fort expressive : « Il n'est pas permis de chercher et de faire connaître ce qui se passe dans la maison d'un particulier. » Toutefois, et c'est ce que marque bien le terme *par-*

ticulier, dans son sens premier, le plus abrupt, le plus commun, le privé s'oppose au public. Ainsi, dans le *Littré*, ces deux citations, l'une, de Vauvenargues : « Ceux qui gouvernent font plus de fautes que les hommes privés » ; l'autre, de Massillon : « Rien n'est privé dans la vie des grands, tout appartient au public. »

Me voici donc renvoyé au mot *public*. Définition, par Littré : « Ce qui appartient à tout un peuple, ce qui concerne tout un peuple, ce qui émane du peuple. » Donc, l'autorité, et les institutions qui supportent cette autorité, l'État. Ce premier sens glisse vers une signification latérale : on dit public ce qui est commun, à l'usage de tous, ce qui, ne faisant pas l'objet d'appropriation particulière, est ouvert, distribué, la dérivation aboutissant au substantif *le public*, désignant l'ensemble de ceux qui profitent de cette ouverture et de cette distribution. Tout naturellement, le déplacement du sens se poursuit : est dit public l'ostensible, le manifeste. Ainsi le terme en vient-il à s'opposer d'une part à *propre* (ce qui appartient à tel ou tel), d'autre part à *caché, secret, réservé* (ce qui est soustrait).

Doit-on s'étonner qu'un nœud de significations apparaisse semblablement organisé au sein de la langue latine classique, autour de deux mots opposés : *publicus* et *privatus* ? Dans le langage de Cicéron, par exemple, agir *privatim* (cet adverbe s'opposant à *publice*), c'est agir non pas en tant que *magistratus*, investi d'un pouvoir émanant du peuple, mais en simple particulier, dans un autre territoire juridique, et ce n'est pas non plus agir dehors, aux yeux de tous, sur le forum, mais chez soi, à l'intérieur de sa maison, isolément, séparément. Quant au substantif, *privatum*, il désigne les ressources propres (de nouveau, l'idée de propriété), l'usage propre et, finalement, encore, le chez-soi (*in privato, ex privato :* dans ou hors de la maison). *Privus*, lui, désigne aussi à la fois ce qui est singulier et ce qui est personnel. Par conséquent, dans le français du XIXe siècle et dans le latin classique, l'organisation du sens est la même ; une racine, la notion de communauté populaire, dont procèdent deux rameaux, l'un poussant vers ce qui est exempt, écarté de l'usage commun, l'autre vers ce qui est du domestique, qui touche à l'individu, mais entouré de ses proches. Donc, ce qui juridiquement échappe, d'une part, à ce pouvoir dont la nature est spécifiée par le mot *publicus,* pouvoir du peuple, et, d'autre part, à l'intrusion de la foule. La *res publica* englobe tout le domaine appartenant à la collectivité et qui, pour cela, est, de droit, réputé *extra commercium,* qui ne doit pas faire l'objet de troc sur le marché. Tandis que la *res privata* se trouve par contraste placée *in commercio* et *in patrimonio,* c'est-à-dire relevant d'un pouvoir différent, celui du *pater familias,* principalement exercé dans le cadre clos, replié sur lui-même, de la *domus,* de la maison. Ce qui nous fait revenir au Montaillou du XIVe siècle, à ses cellules domestiques fermées, mais imparfaitement, puisque le regard pouvait s'y glisser, le regard des commères, celui de l'inquisiteur, mais aussi le regard de l'historien.

Si j'en viens à considérer la manière dont on exprimait sa pensée au Moyen Âge, si je consulte le *Glossaire* de Du Cange, celui de Niermeyer, celui de Godefroy, je découvre – sans surprise, puisque la configuration sémantique apparaît la même aux deux bouts de la chaîne, au XIXe siècle et dans la Rome classique – que, dans l'entre-deux, elle n'était pas différente. Le latin des chroniques et des chartes qualifie de *publicus* ce qui relève de la souveraineté, du pouvoir régalien, ce qui est du ressort de la magistrature chargée de maintenir la paix et la justice dans le peuple (ainsi dans des expressions comme *via publica, functio publica, villa publica* ou, dans la formule mérovingienne de Marculfe, *publica judiciaria potestas*). Celui que l'on nomme le *publicus* est l'agent du pouvoir souverain, la *personna publica,* celle qui a charge d'agir au nom du peuple pour défendre les droits de la communauté. Quant au verbe *publicare,* il signifie confisquer, saisir, soustraire à l'usage particulier, à la possession propre. Par exemple, dans le texte d'un legs funéraire : *Si absque herede obirent* (« Si les donateurs meurent sans héritiers ») *ad monasterium publicatur praedia vel quid haberent hereditario jure* (« tout ce qu'ils avaient en droit héréditaire sera retiré de ce droit et attribué au monastère ») ; ou bien, dans l'*Histoire* d'Orderic Vital : *Si facultates inimicorum publicarentur paupertas egenorum temperaretur* (« Si on enlevait aux ennemis ce qu'ils possèdent, la pauvreté des indigents serait amoindrie »).

Par opposition à ces termes, *privatus* et ses dérivés prennent leurs multiples sens, évoquent le familial, désignent encore ce qui n'est pas festif (par exemple, dans la règle de saint Benoît, *privatis diebus* : aux jours non fériés). Apparaît, en ce point, une notion fort importante pour la recherche que nous conduisons, celle de fête, de cérémonial, de spectacle monté, les gestes que l'on fait, les paroles que l'on dit, les attitudes que l'on prend face aux autres de manière à se montrer : les mots qui soutiennent l'idée de privé sont réservés, par contraste, aux comportements d'intimité, notamment à ceux qui sont de règle à l'intérieur d'une fraternité ; ainsi, dans telle pièce des archives de l'abbaye de Saint-Gall, le donateur précise : *Filius meus privitatem habeat inter illis fratribus,* « Mon fils aura cette *privitas* parmi les frères du monastère », c'est-à-dire qu'il jouira d'un ensemble de prérogatives qui appartient collectivement à ceux qui forment ce groupe fermé, isolé par la clôture monastique de la société publique. Le mot *privatus* en arrive par là à désigner ce qui se trouve en retrait : est nommé *privata,* dans une généalogie composée par Lambert de Saint-Omer au début du XIIe siècle, la vie que mène un moment le comte de Flandre Robert le Frison au monastère de Saint-Bertin. Vie « privée » en effet, car, durant le Carême qui précéda sa mort, ce prince, *personna publica* investie du pouvoir de diriger le peuple, a fait retraite, abandonnant temporairement l'activité régalienne ; choisissant de résider à l'intérieur du cloître, en simple particulier, ayant quitté ses armes, symboles de son pouvoir, il a pénétré dans une autre zone de l'espace juridique, dans un autre *ordo,* celui de la pénitence. À l'aboutissement de cette dérivation, les *privatae,* dans le latin des écrits monastiques, ce sont des latrines.

Tourné vers les langues vernaculaires, je m'aperçois que, dans les parlers romans, le mot privé signifie à peu près la même chose. Au « privé », à la « privance », à la « priveté » appartiennent, en effet, dans les textes qui usent du langage des cours, les êtres et les choses cantonnés dans le cercle de la famille (familiers et non pas étrangers : « *estrayns o privats* », l'opposition est dans une chanson de Guillaume d'Aquitaine), tout ce qui est incorporé au domestique et sur quoi le maître de la maison étend son pouvoir (« de ses hommes mena douze de ses privés », dit Wace), l'attache demeurant lorsque ce groupe est amené à sortir à l'extérieur (« où que je sois, je suis votre privé », lit-on dans *La Chanson d'Aspremont*). Le même glissement se manifeste vers l'intime, vers le secret. La *Quête du Saint-Graal* parle des « grands secrets et privetés Notre Seigneur », et lorsque Wace, dans le *Roman de Rou*, transposant Dudon de Saint-Quentin, montre les notables de Normandie réunis en conciliabule, cherchant ensemble comment échapper aux exactions que les Francs font peser à ce moment sur le pays, il les dit rassemblés « privément », c'est-à-dire non pas comme en ces réunions où les membres du peuple, en plein jour, en plein vent, expriment ce qu'ils pensent, délibèrent des affaires communes ; car, s'il s'agit bien d'un débat à propos des intérêts collectifs, il est mené en cachette, porte close. Et l'on voit nettement comment l'on passe de l'intime, enveloppé d'une affection qui se nourrit de connivences, au clandestin, donc au suspect. Suspect aux yeux de la puissance extérieure, opprimante, et que le pouvoir public de régulation a le devoir, par conséquent, de démasquer, de débusquer. Dans le rapport conflictuel qui s'établit de la sorte, le privé apparaît bien contenu dans un espace protégé, un défens, et comme une forteresse investie.

Tel est le résultat d'un parcours inaugural parmi les mots. Retenons d'abord la solidité du sens. Le concept, supporté par une structure très ferme du langage, affirme sa permanence à travers les âges. De toute évidence, à l'époque féodale, reste parfaitement claire l'idée, exprimée par des vocables s'organisant autour de *privatus*, qu'il existe des actes, des êtres, des objets échappant de droit à l'autorité collective et pour cela établis dans un domaine borné par des limites précises dont la fonction est de faire obstacle à toute tentative d'intrusion. Donc, puisqu'il s'agit de définir non pas l'ensemble du privé, mais la vie privée par opposition à la vie publique, il apparaît d'abord que cette opposition est affaire de lieu. L'aire de la vie privée serait l'espace domestique circonscrit par une enceinte, tel celui du cloître où le comte Robert de Flandre se retirait pour ne songer qu'à son âme, la tonalité de son existence se modifiant d'un coup au moment où il en franchissait le seuil. Toutefois, il importe de remarquer qu'il existe des degrés dans la réclusion, que la notion de vie privée est en fait relative puisque l'on passe progressivement du plus externe au plus interne, depuis le forum, la route, la *strada,* l'estrade, la scène, jusqu'à ces réduits ultimes où l'on enferme le plus précieux de ses richesses ou de ses pensées, où l'on se claquemure pour des postures que les convenances interdisent d'exhiber. Aussi faut-il admettre que l'opposition entre vie privée et vie publique est moins affaire de lieu que de pouvoir.

Toutefois, le contraste n'est pas entre pouvoir et non-pouvoir, il est entre deux natures de pouvoirs. Distinguons deux districts où l'ordre, la paix ne sont pas maintenus au nom des mêmes principes, où, dans l'un et l'autre, l'individu est soumis, contrôlé, où l'on corrige, où l'on châtie, mais où la correction et le châtiment appartiennent à des autorités différentes. D'un côté, le propos est de régir la *res publica,* le *populus,* le groupe d'hommes (je dis bien d'hommes : les femmes échappent à ce pouvoir-ci) dont le rassemblement constitue l'État, qui sont copossesseurs de biens communs et coresponsables du bien commun. Ce domaine est du collectif, donc, comme on disait dans la Rome antique, *extra commercium,* inaliénable ; la *res populi* est *res nullius,* et sa gestion relève du magistrat, du *rex* et de la *lex,* du roi et de la loi, qui est la voix du peuple. Une barrière juridique fondamentale isole de la *res publica* ce qui, dans les textes du XIIe siècle, est explicitement désigné comme la *res familiaris.* L'un des cartulaires de l'abbaye de Cluny contient un document intitulé *dispositio rei familiaris* ; c'est un plan de gestion élaboré en 1148 à la demande du père de la fraternité clunisienne, l'abbé Pierre le Vénérable, soucieux d'assainir l'économie domestique, comme il était de son devoir et de son pouvoir de *pater familias.* La *res familiaris,* ont le voit, sert de support à la vie d'une famille, donc d'une collectivité, mais distincte de la collectivité du peuple et que définit son aire naturelle de rassemblement, de renfermement, devrais-je dire, qui est la maison. Cette communauté privée n'est pas régie par la loi, mais par la « coutume ». Certains membres du corps qu'elle constitue font aussi partie du peuple et tombent à ce titre sous le coup de la loi, mais dans le temps seulement où ils se dégagent de ce corps pour entrer dans la vie publique.

La vie privée donc est vie de famille, non pas individuelle, mais conviviale, et fondée sur la confiance mutuelle. Autour des termes qui expriment à cette époque la notion de *privacy* se tient en effet, enrichissant cette notion, une constellation d'autres termes. Arrêtons-nous à l'un d'eux, *commendatio*, mot clé en vérité puisqu'il définit l'entrée dans la relation sur quoi s'édifiait la concorde à l'intérieur des groupes privés. Comment traduire ? Par cet acte un individu se confie, il remet sa personne, il s'attache au chef du groupe, et par lui à tous ceux qui forment ce groupe, par un lien affectif d'une grande puissance que la langue vulgaire et la langue savante nomment *amitié* et qui constitue le ciment de toutes les ordonnances internes : de tels rapports charpentent une entité sociale défendue par une cloison protectrice contre la « loi » dont la tendance est de s'épancher, de s'insinuer, le pouvoir extérieur, lorsqu'il parvient à le faire, manifestant sa puissance par un symbolisme de pénétration : j'évoquerai, au Moyen Âge tardif, la solennité des entrées royales dans les villes, leur mise en scène, les clés rendues – puisque la clé, qui pend à la ceinture de la dame, c'est-à-dire de la maîtresse de maison, est bien le symbole du pouvoir adverse. Pouvoir privé, pouvoir interne celui-ci, mais qui n'est pas moins exigeant et qui, pas plus que l'autre, ne tolère les insoumissions de l'individualisme.

Le privé dans le droit du haut Moyen Âge

Nous voici donc incités, à l'orée d'une recherche sur la place que la société dite féodale faisait à la vie privée, à reconnaître où se situait la ligne d'affrontement entre deux pouvoirs concurrents, dont l'un était tenu pour public. De cette société, la configuration se découvre brusquement durant les trois ou quatre décennies qui encadrent l'an mil, lorsque, depuis longtemps vermoulue, la façade de structures étatiques qui la masquait s'effondre. Ce qui se montre alors peut apparaître comme un envahissement par le privé. En effet, les rapports de puissance à ce moment révélés ne viennent pas de naître, ils existaient depuis longtemps. Jusqu'à présent, les textes n'en parlaient à peu près pas, et toujours par inadvertance ; tout à coup, ils les exhibent. En cela consiste le changement, la « révolution féodale. » Mais, justement, si ces rapports n'étaient pas jusqu'alors mentionnés dans les actes officiels, c'est qu'ils se développaient, s'affermissaient peu à peu à l'écart de l'ostensible, dans le champ de ce qui, normalement, n'est pas montré : les relations qui furent alors projetées au premier plan et qui prirent le pas sur les autres étaient donc de caractère domestique, d'ordre privé. De fait, les historiens en sont d'accord : la féodalisation traduit une privatisation du pouvoir. Dans *La France médiévale* de J.-F. Lemarignier, on peut lire, p. 119 : « Les droits de la puissance publique finissent par accuser un caractère patrimonial, et les coutumes, prises en ce sens de droits de la puissance publique, sont l'objet de transactions. » Patrimoine, transaction, voilà précisément ce qui, dans le droit classique, distinguait les *res privatae*, parce qu'elles se trouvaient *in commercio, in patrimonio,* des *res publicae*. À la limite, on pourrait dire que dans la société qui devient féodale l'aire du public se racornit, se rétrécit, et que, au terme du processus, tout est privé, que la vie privée pénètre tout.

Pourtant, la féodalisation doit être vue aussi et, je pense, surtout comme un morcellement du pouvoir public ; c'est bien ce qu'affirme dans le même ouvrage J.-F. Lemarignier : « L'autorité publique s'est disloquée, parfois même elle s'est émiettée. » Un émiettement qui finit par disséminer les droits de la puissance publique, de maison en maison, chaque grande maison devenant comme un petit État souverain où s'exerce un pouvoir, qui, pour être contenu dans un cadre restreint, pour s'être infiltré au sein de la demeure, n'en conserve pas moins son caractère originel qui est public. Si bien que l'on pourrait dire, à la limite, que tout est devenu public dans la société féodalisée. En réalité, dans une première phase qui se prolonge jusqu'au début du XIIe siècle, on assiste à la rétraction progressive de ce qui, dans le pouvoir, était perçu comme public, puis, dans la période suivante, au cours de laquelle les États se reconstituent, à un regain d'extension de cette part publique. Toutefois, à aucun moment, même au creux de la dépression, autour de l'an 1100, ne se perdit l'idée qu'il est une manière spécifiquement publique de dominer, qu'il existe des droits distincts des autres parce qu'ils sont d'essence publique, tels ces *regalia* que l'empereur se mit à revendiquer au XIIe siècle en Italie par référence au droit romain redécouvert, dans un moment de renaissance, de retour aux formes juridiques classiques que la grande vague de détérioration, de féodalisation avait repoussées dans l'ombre. Au plan du politique, l'étude du vocabulaire nous a conduit à cette évidence : l'opposition privé-public demeure. Notre tâche est d'examiner comment cette structure, parmi les mouvements qui la secouent, s'est déplacée dans le champ social.

Je pars naturellement du public pour reconnaître contre quoi il vient se heurter. À la base, ce que le latin nomme *populus* : une communauté d'hommes, de mâles adultes, distingués par leur statut, la liberté. À la fin du Xe siècle, dans le temps où s'amorce la révolution féodale, être libre, c'est participer à des droits et à des devoirs, lesquels sont fixés par la loi. Droit et devoir de travailler ensemble au maintien de la *res publica* (la notion, certes, n'était claire que dans l'esprit des hommes de haute culture, mais elle était familière à ces lettrés pour qui l'expansion de la paix et de la justice manifestait la projection parmi les humains de l'ordre parfait qui règne dans le ciel et qui répond aux intentions divines), droit et devoir de défendre ensemble la communauté ainsi que le pays où elle est établie, la *patria* (notion elle aussi toujours vivante, comme le prouvent tant d'allusions dans les chroniques du XIIe siècle : le concept d'activité publique se relie très étroitement à un sentiment qu'il faut bien appeler patriotisme), de la défendre contre les agressions extérieures en participant à ces expéditions que les textes catalans du début du XIe siècle appellent justement publiques, de la défendre contre les dissensions intestines, la protégeant de ce qui est désigné comme « fracture de la paix » en menant ensemble la vengeance des crimes « publics » qui par leur gravité souillent tout le peuple, en travaillant à réconcilier, réunis en assemblées que l'on dit publiques, ceux des hommes libres qui par malheur se trouvent en conflit.

Cette activité est guidée par des magistrats investis d'un pouvoir de contrainte qui les autorise à convoquer l'armée, à la conduire, à présider les assemblées de justice et à exécuter les sentences prononcées dans ces assemblées. Ils perçoivent en rétribution de leur fonction une part des amendes infligées aux hommes libres qui ont brisé la paix. Leur pouvoir est d'intensité variable. Il culmine au sein de la troupe convoquée pour mener campagne à l'extérieur, hors de la « patrie ». À l'intérieur du territoire, il est des temps où ce pouvoir devient plus lourd et plus envahissant. Ce sont les moments dits de « danger » (un mot dérivant du latin *dominiura,* exprimant donc la nécessité d'instaurer une domination renforcée, d'établir une discipline plus stricte). Ainsi la nuit : à Valenciennes, par exemple, les institutions de paix mises en place en 1114 évoquent cette cloche qui invite à éteindre le feu dans chaque foyer, qui, sonnant le couvre-feu, ordonne à chacun de se retirer chez soi ; l'heure est venue de vider l'espace public : qu'il n'y reste plus personne sinon les ennemis de la paix, lesquels se manifesteront de la sorte et que l'on pourra plus facilement réduire.

Il apparaît d'autre part qu'une portion de l'espace relève de la puissance publique. Les *Usages de Barcelonne* la définissent ainsi dans la seconde moitié du XIIe siècle : « Les routes et les voies publiques, les eaux courantes et les fontaines, les prés, les pâturages, la forêt et les garrigues. » Il s'agit en premier lieu, on le voit, des aires de circulation, mais, par extension, de tous les êtres qui sont vus comme des errants parce qu'ils sont étrangers à la communauté, suspects donc, sous surveillance, placés naturellement en « danger », soit parce qu'ils viennent d'ailleurs, qu'on ne les connaît pas – ce sont les « aubains » –, soit parce que leurs croyances et leurs rites les excluent – c'est le cas des communautés juives. Il s'agit en second lieu des zones de sauvagerie, du *saltus,* de ce qui n'est pas cultivé, ne porte pas moisson, l'aire de la dépaissance, de la chasse, de la cueillette, possession collective du peuple ; dans le Mâconnais de l'an mil, on l'appelle la « terre des Francs », entendons qu'elle n'appartient pas à tel ou tel mais à l'ensemble de la communauté.

Des temps, des lieux, des manières d'agir, des catégories sociales ressortissent ainsi du droit public, et par rapport à ce domaine un autre se trouve défini, qui échappe au pouvoir des magistrats et dont l'indépendance est manifestée par des signes ostensibles. Cette culture, en effet, utilisant peu l'écriture, multiplie les emblèmes. Puisque le domaine du privé est celui qui fait objet d'appropriation particulière, les signes qui le désignent au regard expriment d'abord un droit de possession. C'est le cas de ces perches dont il est question dans les lois que l'on dit barbares et qui furent rédigées dans la Gaule franque. On les fichait sur les parcelles relevant de tel ou tel patrimoine, dans les prés au moment où l'herbe commençait à pousser, dans les champs au moment où le blé commençait à percer, c'est-à-dire lorsque, pendant une saison, ces lopins cessaient de se confondre avec les espaces abandonnés à la vaine pâture. J'assimilerais volontiers ces piquets aux bannières que les bandes militaires plantaient sur leurs conquêtes pour les soustraire à la curée collective, telles celles dont parle à Bruges le chroniqueur Galbert dans sa relation des troubles consécutifs, en 1127, au meurtre du comte de Flandre Charles le Bon, ces insignes que les diverses équipes d'assaillants se hâtèrent de placer sur la tour du comte assassiné et sur celle du prévôt du chapitre tenu pour le meneur des assassins ; ces biens en effet étaient exposés, offerts à qui voulait les prendre ; par le crime qui venait d'être commis, ils étaient entrés dans le domaine de la vengeance publique ; c'étaient des proies livrées au pillage populaire, et ceux qui les premiers parvenaient à s'en emparer les retiraient à la possession collective, les incorporaient à leur patrimoine, mettant ces objets en défens comme un champ, comme un pré s'apprêtant à produire.

Cependant, le signe majeur de l'appropriation, de la *privacy,* n'était pas la bannière mais la barrière, la clôture, la haie, un signe de très haute valeur juridique dont il est pour cela souvent question dans les règlements qui régissaient la vie sociale. Référons-nous au titre de la loi salique, 34, I, « De ceux qui brisent les clôtures *(saepes)* », ou bien à celui de la loi des Bourguignons, 55, 2 et 5, qui dit ceci : « Lorsqu'une borne est enlevée ou brisée, si c'est un homme libre, il aura la main coupée, si c'est un esclave, on le tuera. » Sévérité, car de part et d'autre de cette limite la paix n'est pas de même nature ; à l'extérieur elle est publique, à l'intérieur elle est privée. Qu'il s'agisse de ce que les textes de l'époque franque nomment le clos *(clausum)* – la parcelle plantée de ceps de vigne – ou bien la haie *(haia)*, le parc *(foresta)* – la portion de la zone inculte mise en défens –, l'espace ainsi délimité est régi par un droit différent. Toutefois, cette singularité est beaucoup plus rigoureusement affirmée quant à la « cour ».

Ce mot dérive du latin *curtis* qui, dans son premier sens, est synonyme de *saepes* et signifie clôture (ainsi dans la loi des Bavarois, 10, 15), mais une clôture particulière, celle qui est dressée autour de la demeure. Le lien est essentiel en effet qui unit la cour et la maison, lesquelles forment ensemble la « case ». On le voit clairement dans un document de l'abbaye de Saint-Gall datant de 771 : *casa curte circumclosa cum domibus edificiis*, etc., « la case [la niche de droit privé où telle famille se trouve casée] enclose par la cour, avec des maisons, des édifices », ou encore dans le capitulaire *De villis*, édictant au temps de Charlemagne des règles de gestion pour les domaines royaux : *ut edificia intra curtes nostras vel saepes in circuitu bene sint custodire*, « que soient bien surveillées les choses édifiées à l'intérieur de nos cours ou de nos barrières ». L'enceinte circonscrit l'abri où les hommes se retirent pour dormir, où ils serrent ce qu'ils ont de plus précieux et où ils doivent se retrancher après le couvre-feu. L'image la plus expressive pourrait être empruntée à la biologie, celle de la cellule : un noyau, la maison, une membrane, la clôture, formant un tout, ce tout que les textes de l'époque carolingienne nomment le *mansus*, le lieu où l'on demeure.

Il peut arriver qu'il n'y ait pas d'enclos autour de la maison. Un édit de paix promulgué pour l'Alémanie, au début du XIIe siècle, proclame : « Qu'ils aient la paix à l'intérieur des maisons et des cours, ainsi qu'à l'intérieur de ces aires légitimes [c'est-à-dire reconnues par le droit public, qui vient justement buter contre ces enclaves] que l'on nomme en langue vulgaire *Hofstatten*, qu'elles soient ou non entourées d'une clôture. » Mais alors, ou bien l'absence est accidentelle, ou bien, et c'est le cas le plus fréquent, les habitations se trouvent rassemblées au sein d'un enclos commun qui entoure leur agglomération. Normalement, il n'y a pas de maison sans environnement clôturé. Lorsque l'on entreprend de créer de nouveaux villages, aménageant l'emplacement où s'implanteront les colons, on prend bien soin de dire que les lots à bâtir sont des « cours » et qu'il conviendra d'abord de les entourer d'une enceinte (*Liber traditionum* de Freising, 813). Cette enceinte refoule la violence, elle l'écarte du lieu où l'on vit en état de vulnérabilité maximale, et la loi, la loi publique, commune, garantit à cet espace enveloppant, à cette aire *(atrium)* « que l'on appelle vulgairement cour », précise la chronique d'Hariulf, une sauvegarde, menaçant de châtiments très graves qui oserait transgresser l'interdit, franchir cette limite, et notamment la nuit. Ainsi, le vol, l'incendie, le meurtre, s'ils sont commis par des intrus à l'intérieur d'un enclos, sont passibles d'une peine doublée, car la faute est double, au crime lui-même s'ajoutant le délit d'effraction. En revanche, lorsque le coupable est l'un de ceux qui légitimement résident à l'abri de la clôture, le magistrat ne peut intervenir, pénétrer dans la cour s'il n'est pas appelé par le chef de maison. Les cours de la haute époque médiévale apparaissent donc comme des îlots exempts parsemant l'espace où le « peuple » étend son action et ses droits collectifs, comme des refuges. À ceux qui décident d'en sortir, il faut une autre enveloppe ostensible, ou plutôt un autre emblème de protection. Pour les hommes libres, ce sont les armes, signes de leur liberté. Quant aux femmes que l'on extrait de l'enceinte, il importe qu'elles recouvrent leur tête d'un voile.

À l'intérieur de chaque enclos, en effet, se trouvent enfermées, confinées toutes les *res privatae*, les *res familiares*, c'est-à-dire les biens meubles, propres, privés, les réserves de nourriture ou de parure, le bétail, mais également tous les êtres humains qui ne font pas partie du peuple, les mâles tant qu'ils ne sont pas adultes, en état de porter les armes, de participer aux expéditions militaires ou de s'asseoir avec les autres dans ces assemblées où l'on dit la justice, les femmes, tout au long de leur vie, mineures, enfin les non-libres, de tout âge et des deux sexes. Ceux-ci ne relèvent pas directement de la loi, ils relèvent du pouvoir domestique, celui du maître de la maison, de la *domus*, du *dominus*, comme dit le latin des textes. Ils sont « dans sa main » ou, selon les termes germaniques latinisés qu'emploient les scribes, dans son *mundeburnium* ; ce sont les objets de sa propriété, à l'instar du cheptel abrité dans les étables ; ils forment le domestique, la *familia*, le « mesnage », la « maisnie », la « masnade ».

Cette population ne passe sous une autre main, celle de la puissance publique, qu'en trois circonstances. En premier lieu, lorsque ces gens, franchissant la clôture, pénètrent dans l'espace populaire, se trouvent sur la voie ou sur les places publiques sans être accompagnés par le chef de la maison dont ils dépendent ou par des hommes libres de la famille ; devenus comme des aubains, il appartient au magistrat d'en assurer le « conduit », de les encadrer, se substituant à la puissance paternelle. D'autre part, lorsque le chef de maison n'est plus présent, lorsqu'il n'y a plus dans la demeure d'adulte mâle de condition libre capable de protéger les mineurs de la « famille » : ainsi la fonction primitive du roi, qui la déléguait à ses agents, était-elle de prendre sous sa garde la veuve et l'orphelin. Enfin, troisième cas, la main-forte du magistrat peut être expressément requise par un appel, une plainte, que l'on dit *clamor* ou « cri », le dol, la rancœur se trouvant dès lors rendus publics et les coupables abandonnés à l'autorité générale.

À vrai dire, la ligne de partage à quoi se réfèrent encore au Xe siècle les textes officiels se trouvait de longue date en voie de s'estomper sous la pression du privé, et ce n'était pas l'effet d'une infiltration du germanique dans les cadres de la romanité, du barbare dans le civilisé : ce mouvement était déjà perceptible à l'intérieur de la culture classique antique. On peut le mettre en relation avec la ruralisation : la ville, sorte de grand décor planté pour rehausser l'éclat des exhibitions de la puissance publique, fut lentement envahie par la campagne, tandis que le pouvoir du magistrat tendait à s'émietter, à se disséminer parmi les maisons rustiques. À la cité se substitua donc insensiblement, comme modèle premier de toute vie sociale organisée, la « cour ». Bien sûr, l'idée subsista, au moins dans l'esprit des hommes de culture, que la fonction royale consistait à maintenir dans la paix et la justice une communauté d'hommes libres, qu'il incombait au roi d'être l'agent de « la paix dans sa plénitude », comme l'écrit Jonas d'Orléans au début du IXe siècle, de réaliser l'« unanimité du peuple ». Cependant, par suite d'abord de la christianisation de la royauté, le roi, tenu pour le représentant de Dieu, mais de Dieu le Père, apparut peu à peu lui-même comme un père, investi d'un pouvoir analogue à celui de ces pères qui gouvernaient dans chaque maison. D'autre part, les pouvoirs qu'il détenait revêtirent l'aspect de plus en plus évident d'une propriété personnelle, héréditaire, patrimoniale : le mouvement d'appropriation de la chose publique prit naissance au sommet de la hiérarchie politique. Fustel de Coulanges le remarquait déjà : *publicus*, dans la Rome antique, désignait la chose du peuple ; dans la Gaule franque, la chose du roi ; le pouvoir régalien était devenu bien de famille transmis par copulation, engendrement, par le sang, et partagé à chaque succession entre des consanguins ou bien tenu en indivision par des frères, comme une maison. Insensiblement, le *palatium*, le palais, où le souverain rend la justice, fut perçu comme une demeure, et cela se remarque au glissement de sens qui affecta certains mots, tel le mot latin *curia*.

À l'origine, le terme avait désigné la curie du peuple romain, puis le Sénat, donc l'essence même de la magistrature publique ; dans les textes que nous conservons, *curia* incline, à partir du VIIIe siècle, à se confondre avec *curtis*, à désigner ce clos d'où la puissance publique est légitimement repoussée, tandis que les scribes, et les meilleurs, usent inversement du mot *curtis* lorsqu'ils ont à parler du palais royal : *in curte nostra*, font-ils dire à Charlemagne dans les diplômes les plus solennels. Un clair témoignage de la compénétration dont je parle est d'ailleurs porté par les structures du palais impérial d'Aix, qui fut le prototype de toutes les résidences princières médiévales. Certains des éléments de cette bâtisse, construits en belles pierres comme les édifices publics de l'Antiquité romaine, procèdent du grand décor urbain, civique : la porte monumentale, la galerie, à ses extrémités deux bâtiments, la basilique au nord où le souverain venait dire la loi et prescrire de la faire appliquer, l'oratoire au sud, précédé d'un atrium où le peuple se rassemblait pour voir le souverain, à l'étage, et pour l'entendre lui parler depuis une loggia. En ce lieu, toutefois, le trône était par une sorte d'introversion tourné vers l'intérieur, ce qui donnait au sanctuaire l'allure d'un lieu fermé réunissant la domesticité aux pieds de son maître, image terrestre du Père céleste. Quant à la façade, n'apparaissait-elle pas comme une *curtis*, une barrière entourant l'espace où le roi vivait avec ses familiers, se baignait, dormait dans des bâtiments de bois, y nourrissait ses gens ? Le palais d'Aix, les autres palais carolingiens, ceux qu'élevèrent ensuite les princes féodaux, celui par exemple récemment fouillé que fit bâtir à Fécamp le duc Richard de Normandie, présentaient en vérité les traits d'une *villa rustica,* abritant une vaste domesticité dont les deux services majeurs, la chapelle et la chambre, avaient insidieusement envahi des édifices d'apparence publique. Dans la chapelle, les ecclésiastiques de la « famille » entouraient le maître lors de ses oraisons publiques, mais ils le servaient plus couramment lorsqu'il se retirait pour prier seul les jours « privés ». Et dans la chambre était gardé ce qui n'était plus tenu, sinon par des résidus de langage, pour la caisse publique, l'*arca publica,* mais constituait au contraire le plus précieux de la *res familiaris.* Dans la demeure du roi carolingien, celle-ci, selon l'auteur d'une biographie de Louis le Pieux, « consiste dans les ornements royaux [emblèmes du pouvoir, assimilés maintenant à des objets privés], les armes, les vases, les livres et les vêtements sacerdotaux » ; pour le Moine de Saint-Gall, la chambre est un vestiaire, une garde-robe où sont rangés les habits de tout usage, et nous savons par un diplôme de Charles le Chauve daté de 867 que le lin et la laine tissés par les dépendants paysans venaient s'y mêler aux cadeaux offerts chaque année au souverain par les grands de l'Empire. Tout ce qu'une telle générosité, obligatoire mais privée, et les redevances exigées des esclaves introduisaient dans la maison royale, tout, à l'exception des breuvages et du fourrage pour les chevaux, se trouvait placé, selon les ordonnances qui régissaient la vie interne du palais carolingien, sous la surveillance de l'épouse du roi, une femme, et qui par sa condition même de femme était exclue du peuple, cantonnée dans le dedans, ce qui me paraît très expressif de l'irrésistible retournement du pouvoir public vers le privé.

Autre signe évident : la nature des liens unissant au roi les membres de son entourage. Ce groupe (nomade, mobilisé chaque printemps pour l'expédition militaire et, dans l'intervalle, pour les parties de chasse dans les zones incultes) était, autour du bâtiment palatial ou bien sur le site éphémère des campements, rassemblé d'abord par la commensalité : manger, manger tous ensemble, en compagnie du maître, vu comme un nourricier, compter parmi les « convives du roi » dont parle la loi salique. Rôle symbolique éminent du repas au cœur des rites de la puissance. Le dévouement, ce qu'exprime le mot *obsequium*, c'est-à-dire la déférence, le service librement consenti, plaçait d'autre part tous ces gens sous le patronage du souverain. L'attache se nouait par des gestes de mains, le maître prenant dans les siennes celles, jointes, de celui qui, remettant ainsi sa personne, se plaçait dans la position d'un enfant devant son père. Inéluctablement, durant les VIIIe, IXe et Xe siècles, par l'importance croissante attribuée aux gestes distribuant la nourriture et instaurant une confiance pseudo-filiale, progressa l'assimilation de la *functio*, c'est-à-dire du service public, à l'amitié, à la reconnaissance du nourri et à la soumission du client. L'assemblée qui réunissait chaque printemps autour du roi carolingien tout ce qui comptait dans l'État était ainsi vécue comme une réunion de famille, avec échange de présents et banquet, ce qui, remarquons-le, provoquait la nécessaire ostentation du privé royal. Car, entre le privé et le public, il s'agissait bien de compénétration, d'osmose : si le palais tendait à ressembler à une maison de particulier, la maison de tout homme qui détenait une parcelle de pouvoir régalien devait prendre l'aspect d'un palais, donc s'ouvrir, dévoiler son intérieur, et notamment par l'institution d'un cérémonial autour du repas du maître. C'est ce qui se produisit dès le IXe siècle dans la très haute aristocratie, parmi les comtes. Un comte tenait la place du roi absent en chacun des palais érigés dans les cités : il devait, comme le souverain, y faire figure simultanément de personne publique et, exhibant pour cela sa « privance », de père nourricier. Le processus de féodalisation s'amorça par une telle diffraction du modèle que proposait la maison royale.

Féodalité et pouvoir privé

Dans les décennies qui précédèrent l'an mil, ce mouvement s'accéléra et, par l'effet d'une série de ruptures au long de la chaîne des pouvoirs, s'isolèrent alors des nœuds d'autorité. Autonomie d'abord de la plupart des palais locaux que jadis visitaient les rois durant leurs pérégrinations incessantes et que dans l'intervalle occupaient les comtes ; ceux-ci, dans la France de l'an mil, considéraient depuis quelque temps déjà que la part de la puissance publique dont leurs ancêtres avaient reçu du roi délégation était désormais intégrée à leur patrimoine ; leur dynastie prenait racine sur une nécropole, et leur parenté s'organisait en lignage à l'instar de la parenté royale. Revendiquant pour eux les emblèmes et les vertus de la royauté, ils cessèrent peu à peu de se rendre régulièrement auprès du souverain, et leur retrait, comme celui des évêques, fit reculer le souvenir de ce qui subsistait de public dans la cour royale. Passé 1050-1060, le roi capétien n'était plus assisté que par des parents très proches, par quelques camarades de chasse et de combat, enfin par les chefs de ses services domestiques, et le pouvoir de paix et de justice se trouvait décidément exercé localement par des princes indépendants qui de temps à autre se faisaient amitié aux lisières de leur territoire, en terrain neutre, chacun apparaissant dans ces rencontres comme un patron, tenant la portion du royaume soumise à son pouvoir pour un appendice de sa propre maison.

L'invasion d'images mentales et d'usages qui s'étaient fortifiés dans le privé de la vie fut alors si brutale qu'on en vint très vite à penser l'État sous l'aspect d'un organisme familial. En voici deux exemples.

Landolf le Vieux, excellent historien, a décrit, un demi-siècle plus tard, ce qu'était la principauté milanaise au lendemain de l'an mil ; il parle de Milan, de la cité, de son environnement rural comme d'une maisonnée, celle de saint Ambroise, puisque le pouvoir régalien appartenait maintenant à l'archevêque, successeur du saint. Une maisonnée bien ordonnée, les diverses fonctions domestiques réparties au sein de cette cour immense entre dix offices, dix « ordres » – c'est le mot qu'il emploie – hiérarchisés, chacun d'eux dirigé par un « maître », chef d'une équipe. Les plus nombreux et les plus haut placés de ces services étaient évidemment chargés de l'administration du sacré ; toutefois, en bas de l'échelle, deux s'occupaient des affaires profanes, l'un rassemblant les serviteurs à l'intérieur de la maison, l'autre, dirigé par le vicomte, héritier des anciens magistrats mais désormais considéré comme un officier privé, réunissant, pour des actions judiciaires ou militaires menées hors de la *domus,* le peuple milanais, la communauté des hommes libres, des « citoyens », comme dit cet écrit, qui pourtant voit en eux la vaste domesticité du prince. Tous sont censés le servir ; ils se réclament tous en retour de son patronage, attendant d'être défendus par saint Ambroise comme par un père, d'être aussi, occasionnellement, entretenus par lui, et l'archevêque Aribert est montré effectivement, en temps de famine, distribuant pièces de monnaie, vêtements, ordonnant au maître de la boulangerie de faire pétrir chaque jour huit mille pains, au maître de la cuisine de faire bouillir huit grosses mesures de fèves pour alimenter les affamés, l'ensemble du peuple ainsi nourri étant incorporé par l'imaginaire à la demeure princière, privatisé.

L'autre exemple, italien lui aussi, mais plus tardif, vient du texte qui célébra l'expédition victorieuse conduite par les Pisans contre Majorque en 1113, une épopée, déformante, pour cela même révélant mieux les configurations symboliques. Le camp de l'armée pisane, c'est-à-dire de la communauté publique convoquée pour une aventure militaire, y est encore représenté comme une demeure, ou plutôt comme une vaste salle apprêtée pour les festins que le maître est tenu d'offrir à ses commensaux : la tente de l'archevêque, qui tient la place du Christ, en occupe le centre, environnée par celles des douze « grands » qui, tenant eux la place des apôtres, mènent en sous-ordre les combattants ; ces chefs sont attachés au prélat par la parenté, le devoir vassalique, les fiefs qu'ils tiennent de lui, donc par des liens privés, et chacun d'eux est lui-même patron d'une « compagnie » (et voici revenir le mot pain, l'idée de la nourriture partagée), d'une fraction du peuple dont les tentes font un large cercle autour du cercle étroit de la noblesse. Un emboîtement de patronages, c'est bien l'image que se font de leur pouvoir tous les princes de ce temps : ils se représentent leur maison abritant sous ses ailes un certain nombre de maisons subalternes, chacune dirigée par un « grand », lequel exerce sur une portion de la populace un pouvoir analogue au leur.

Ces maisons satellites étaient au XIe siècle des châteaux, édifices où deux symboles, celui du pouvoir public et celui du pouvoir privé, se trouvaient conjugués, d'une part la tour, dressée, érigée, emblème du pouvoir de contrainte, d'autre part l'enceinte, la « chemise », comme dira l'ancien français, emblème d'exemption domestique. Ces demeures jouissaient d'une franche autonomie ; on les imaginait cependant toujours comme englobées dans la maisonnée d'un patron, laquelle n'était pas elle-même conçue totalement isolée de celle du roi. De fait, des coutumes intervenaient pour contraindre les chefs des familles subordonnées à s'agréger temporairement à celle qui les dominait. Lorsque le maître de celle-ci, comme jadis le roi carolingien, appelait aux grandes fêtes tous ses amis à se réunir dans sa cour (*curia* ou *curtis* selon les textes, les scribes hésitent), ils passaient quelques journées auprès de lui, jouant ostensiblement le rôle de serviteurs. Voici comment Thietmar de Mersebourg évoque la cour que présidait le roi d'Allemagne au début du XIe siècle : quatre ducs, dit-il, y servaient (il emploie le verbe *ministrare* : dans cette mise en scène, en effet, chacun de ces grands personnages, faisant fonction de « ministérial », dirigeait un office domestique), l'un chargé de la table et pour cela placé au sommet de l'échelle, l'autre de la chambre, le troisième du cellier, le quatrième de l'écurie. Par ailleurs, les rapports de convivialité, de quasi-parenté étaient effectivement vécus pour un temps beaucoup plus long par les fils des patrons de seconde zone, communément placés pendant leur adolescence dans la « cour » surplombante, mangeant durant ce temps avec le maître, dormant, chassant en sa compagnie, éduqués par lui, rivalisant pour lui plaire, attendant de lui des parures, de la joie, finissant par recevoir de lui leurs armes, parfois une compagne, l'épée, l'épouse, c'est-à-dire de quoi prendre à leur tour la tête de leur propre maison, autonome, cependant très strictement liée à la maison nourricière par les rémanences d'une telle commensalité de jeunesse. Trait fondamental : ce fut dans les formes de la vie privée que la féodalisation « émietta » le pouvoir public. La vie privée fut bien à la source de l'amitié, des engagements de services mutuels, donc de la dévolution du droit de commander, lequel passait pour ne pouvoir être légitimement détenu que dans l'attitude d'un double dévouement, à l'égard d'un protecteur, à l'égard de protégés. L'image se mit de la sorte en place d'une hiérarchie à quatre degrés, la maison royale englobant celles des princes, les maisons princières enveloppant à leur tour les châteaux, chaque tour enfin tenant sous sa coupe la fraction du peuple établie autour d'elle.

Le peuple cependant fut, à l'avènement de ce que nous appelons la féodalité, divisé en deux parts. Il revint à quelques-uns seulement des mâles adultes d'assumer en plénitude l'office civique primordial, le service d'armes, munis du meilleur outillage. Pour les nommer, le latin des textes emploie le mot *miles,* qui signifie guerrier, mais, sous ce mot, perce, latinisé, un terme du langage parlé, *caballarius,* cavalier, chevalier. La forteresse était le lieu naturel où remplir la fonction assignée à ces hommes ; ils venaient en « stage » y faire, par périodes, garnison ; ils s'y réunissaient tous dans les moments où, la paix publique se trouvant menacée, était lancé ce qu'on appelait le « cri du château ». Au maître de celui-ci, les chevaliers étaient soumis – il parlait d'eux comme de « ses » chevaliers –, et son autorité sur eux, semblable à celle qui le soumettait lui-même au prince du pays, était de nature très nettement familiale. Lorsqu'il était parvenu à l'âge adulte, chacun des « guerriers du château » avait confié son corps au chef de la forteresse par des gestes dont les uns, ceux des mains données et prises, exprimaient la remise de soi, dont un autre, le baiser, signe de paix, nouait la fidélité réciproque. Par ces rites, une sorte de traité était conclu, unissant les contractants par un lien que l'on pouvait confondre avec ceux de la parenté. L'attestent le choix du mot « seigneur », qui signifie « le vieux », pour désigner celui qui recevait la confiance, le fait aussi que les chevaliers apparaissent dans la suscription des actes du seigneur mêlés aux consanguins de celui-ci en un groupe homogène, le fait enfin que le patron se jugeait astreint à entretenir ses « fidèles », à les nourrir copieusement à sa table, ou bien, mais pas toujours, à leur concéder de quoi vivre de leur côté, un fief. Cette concession s'accomplissait par le rite d'investiture, le passage d'un fétu d'une main dans une autre, qui paraît être dérivé, dans les brumes du très haut Moyen Âge, d'un symbolisme de l'adoption.

Se confiant, les chevaliers entraient en effet dans la

« famille » du maître du château, dans son privé. C'est bien pourquoi les actes d'un concile tenu à Limoges en 1031, énumérant les hommes qui forment la part supérieure de la société laïque, citant après les « puissances supérieures » et les « princes de seconde zone » les « chevaliers », ajoutent aussitôt au mot *milites* le qualificatif le plus convenable : *privati*, privés. Une portion du peuple, extraite du domaine public, vint ainsi se distribuer parmi des groupes de quasi-parenté. Toutes les querelles qui pouvaient naître entre ces familiers étaient apaisées privément, en « bataille », par duel judiciaire, ou par l'arbitrage de leur patron, un patron qu'ils servaient comme un neveu doit servir son oncle maternel, par l'aide et par le conseil, tous associés à la gestion d'un patrimoine commun, le pouvoir de « ban » attaché à la forteresse. L'un de leurs devoirs, à quoi les obligeaient la nourriture qu'ils recevaient ou le fief qui en tenait lieu, était en effet de maintenir le reste du peuple sous le joug par ces tournées régulières d'intimidation autour du château que l'on nommait « chevauchées », puisqu'elles avaient fonction de montrer la supériorité de l'homme à cheval, agent du pouvoir de contrainte.

L'autre partie du peuple était effectivement l'objet d'une exploitation qui tendait elle aussi à se privatiser. Ouverte, plus souvent couverte, passive, sa résistance est perceptible d'un bout à l'autre du Moyen Âge. Elle fut efficace en certaines aires paysannes privilégiées, tels les espaces montagnards, et dans les seules cités qui aient conservé de la vitalité au XIe siècle, au creux de la rétraction de l'économie d'échange, je parle des villes du Sud de la chrétienté. Dans ces secteurs, les cavaliers ne furent pas seuls à conserver les attributs majeurs de la liberté, à se réunir pour juger et pour combattre. À leurs côtés paraissent dans les textes d'autres hommes nommés *boni homines*, « de qualité », ou bien, dans les cités, *cives*, « citoyens » (ce sont ceux-ci qui, dans le camp de l'armée pisane, ne logent pas dans les tentes du cercle supérieur, qui pourtant s'apprêtent, en armes, à attaquer Majorque et que le prince-archevêque stimule comme au forum en les haranguant). Toutefois, la frange resta fort mince où se maintenaient, en contrebas des « maisnies », des « masnades » de chevaliers, les attitudes et la conscience du civisme. La masse du peuple fut elle aussi domestiquée, mais d'une manière fort différente de celle dont l'étaient les chevaliers. Ses chevaliers, le « juge public » (c'est ainsi que les actes du concile d'Anse désignent encore en 994 le détenteur du pouvoir régalien) les traitait comme ses fils, ses neveux ou ses gendres ; alors qu'il entendait traiter tous les autres habitants du territoire soumis à son ban comme les membres de sa *familia* – prenons le terme dans son sens premier : de sa domesticité servile. Le modèle privé envahissant était ici celui non de la parenté, mais de la servitude, et l'image qui s'imposait à l'esprit des contemporains, celle du grand domaine, léguée par le haut Moyen Âge rustique. Elle montrait le château sous l'aspect d'une cour domaniale *(curtis dominicalis)*, de cette enceinte qui, à l'époque carolingienne, entourait, au cœur de la grande exploitation rurale, la demeure du maître et ses annexes. Elle montrait les petits enclos, les « courtils » *(curtiles)*, occupés par les paysans sous l'aspect des cabanes d'esclaves où l'aristocratie carolingienne avait casé ses dépendants inférieurs.

Elle avait en effet choisi d'installer par couple sur un lopin les hommes et les femmes de ses chiourmes serviles afin qu'ils procréent et élèvent les enfants nés de leur union ; c'était la meilleure façon de gérer la part de capital, de cheptel, constituée par les *mancipia*, d'assurer son entretien et son renouvellement. Le seul inconvénient était d'abandonner, en les mettant en ménage, à ces objets animés qu'étaient les esclaves, une part de vie privée. Aussi cette part avait-elle été chichement mesurée : les hommes ainsi établis devaient, un matin sur deux ou trois, se rendre à l'intérieur de la cour domaniale, y passer la journée, effectuer tous les travaux qu'on leur ordonnerait de faire, mangeant au réfectoire, réincorporés par là, pour la moitié de leur vie ou presque, à la domesticité primitive ; quant aux femmes de leur maison, elles étaient astreintes au labeur collectif dans le gynécée, l'atelier féminin de textile ; le maître puisait d'autre part à son gré parmi les enfants de ces couples, chaque case constituant un vivier par quoi maintenir en état les équipes de serviteurs à temps plein ; il pouvait enfin tout saisir dans la maison de ses esclaves, les filles pour les marier à sa guise – et si le père voulait se réserver ce droit, il devait l'acheter –, une part aussi de la succession, le bétail à la mort du père, les vêtements à la mort de la mère. Les cours serviles ne se trouvaient pas, comme celles des paysans libres, protégées par la loi contre l'intrusion d'un pouvoir d'exaction : elles n'étaient autres en effet que des annexes de la maison du maître, propriétaire de leur contenu en hommes, en femmes, en jeunes, en biens, en bestiaux, comme il l'était de son four, de ses propres étables et de ses granges.

Au début du XIe siècle, lorsque se révèle l'organisation féodale de la société, il est clair que les détenteurs du pouvoir d'origine publique prétendent assimiler le territoire de leur chefferie à un grand domaine, extorquer de tous les résidents et de tous les passants qui ne sont pas chevaliers ce qu'ils extorquent des non-libres leur appartenant, et l'on voit les instruments de la puissance publique, lorsqu'ils s'appliquent à la partie désarmée du peuple, se domanialiser. De même qu'autour du prince ou du comte le tribunal public supérieur se transformait en une réunion familiale composée de parents, de feudataires, de chevaliers privés, de même les assemblées réunies dans les campagnes pour juger les humbles de condition libre devinrent des tribunaux domestiques ; les maîtres des châteaux déléguaient à leur présidence un de leurs serviteurs, et les gens de peu, quel que fût leur statut, y étaient corrigés comme naguère les esclaves des domaines. Dans la région mâconnaise, la transformation était achevée vers 1030. Elle fut moins précoce en d'autres régions, mais elle eut pour effet d'effacer progressivement la distinction parmi les « pauvres » (j'emploie ce mot du temps, s'appliquant à tous les hommes sans pouvoir et soumis au ban du château) entre ceux qui jadis étaient tenus pour libres et les autres. Conséquence naturelle puisque c'était dans les assemblées de village, où tel homme avait le droit de siéger et dont tel autre était exclu parce que l'on savait que son corps appartenait par sa naissance à quelqu'un, où telle femme pouvait (je cite un acte de la fin du XIe siècle transcrit dans l'un des cartulaires de l'abbaye de Cluny) « légalement prouver » qu'elle échappait à la possession privée de tel qui se prétendait son maître, c'était là que se maintenait vivante la notion de liberté. Lorsque ces assemblées naguère publiques se confondirent avec des instances qui, à l'intérieur des maisonnées, châtiaient les incartades des non-libres, la notion évidemment se désagrégea. Lentement : il fallut trois générations pour que les rédacteurs de chartes cessent, dans les campagnes mâconnaises, d'opposer les *servi* aux *liberi homines*. Mais, cinquante ans plus tôt, l'expression *terra francorum*, la terre réservée aux « francs », c'est-à-dire aux hommes libres, pour un usage collectif, était tombée en désuétude, puisque tous les paysans, francs ou non, avaient maintenant accès aux communaux sous le contrôle du seigneur banal. Et déjà, en 1062, tel scribe dressant un acte de donation nommait les hommes, globalement, qui faisaient l'objet de la cession « esclaves » *(servi)* ; il croyait devoir préciser : « ces esclaves, qu'ils soient libres ou esclaves », car le souvenir n'était pas tout à fait perdu de la distinction théorique ; alors qu'en fait ils étaient cédés en vrac, par leur commun propriétaire privé, comme un troupeau.

Voici bien le second effet de l'envahissement par le privé du droit de dominer les « pauvres » : tous les êtres humains qui, dans l'aire où s'étendait leur puissance, n'étaient pas leurs choses, les détenteurs du pouvoir de contrainte se mirent à exiger qu'ils se « confient » eux aussi, comme les chevaliers, qu'ils se donnent à eux. Une charte de Cluny relate un fait qui s'était produit vers 1030 dans un village des bords de la Saône : un « homme libre » était venu s'y établir ; il y résida « dans la liberté », mais au bout d'un certain temps il fallut bien qu'il se « commendât » aux seigneurs de ce lieu. *Commendatio*, le terme est le même que pour l'acte de dévouement d'un homme de guerre, et les gestes rituels ne différaient peut-être pas beaucoup, mais leur conséquence était tout autre : une telle « commendise » n'intégrait pas à la parenté mais à la *familia*, au groupe des dépendants inférieurs astreints à servir non pas noblement, filialement, comme les chevaliers, mais servilement, ne s'appartenant plus, objets d'appropriation. Les riches hommes du Mâconnais donnent et vendent au XIe siècle leurs « francs » comme ils vendent et donnent leurs esclaves. Ces gens, on les dit encore libres, mais leur attache est elle aussi héréditaire ; leur patron pénètre dans leur maison pour y prendre ce qu'il veut de leur héritage ; ils n'épousent pas sans son consentement. Lorsque le vocabulaire des chartes enfin s'adapte, un siècle après la grande mutation, deux expressions très significatives s'y introduisent pour qualifier l'ensemble des dépendants parmi lesquels plus rien ne reste des statuts que distinguait jadis la loi : un maître dit, de tel ou tel, c'est mon homme « propre » : il m'appartient, il est de mon privé – ou bien, c'est mon « homme de corps » : son corps est à moi.

Il est évident cependant que les détenteurs du ban ne parvinrent pas, sauf exception, à asservir tous les « pauvres » du territoire relevant de leur forteresse. Échappèrent ceux des humbles qui constituaient la domesticité des maisons de chevaliers établies dans ce district, hommes de corps eux aussi, mais dont le corps était possédé par un autre maître ; comme disent les statuts édictés en 1282 pour la ville d'Orange, ils étaient *de mainada hospicii*, formant la « manade » d'un « hôtel », d'une maison assez vaste, assez fermée pour conserver son autonomie face à la puissance du château. Échappèrent aussi à cette puissance des groupes d'hommes et de femmes désignés par le texte comme des « résidents » *(manentes)*. Sur ceux-ci le pouvoir seigneurial pesait moins lourd, et son caractère public n'était pas totalement effacé. Ainsi la charte de Tende rédigée après 1042 distingue-t-elle, parmi les services dus au comte, ceux, indéfinis comme l'étaient les obligations des esclaves, que doivent les *homines de sua masnada* et les services au contraire tarifés auxquels sont astreints les *homines habitatores*. Toutefois, pour cette sorte de gens, qui s'étaient mieux défendus, dont les pères avaient refusé d'accomplir les rites de soumission, de se laisser englober dans l'une ou l'autre de ces familles tentaculaires, les exigences de l'homme qui, se disant leur *dominus*, prétendait les dominer, les prestations qu'il requérait au nom de la protection procurée par lui, avaient revêtu elles aussi une forte tonalité familiale. Parce que, à certaine date, ils étaient tenus d'apporter ce que l'on appelait des « cadeaux » dans la maison du chef, parce qu'ils devaient y accomplir des corvées remplaçant le service d'armes dont ils n'étaient plus chargés, ils se transportaient pour un temps dans la « cour » du sire, s'établissant à son égard dans un rapport de convivialité, d'obéissance. Une autre sorte d'exaction, ces droits que l'on appelait de « gîte », d'« albergue », de « recet », de réception, produisaient un effet semblable. Leur origine publique est indiscutable : dans l'Antiquité tardive, les magistrats en déplacement étaient hébergés par les citoyens. Or, au XIe ou au XIIe siècle, cette hospitalité obligatoire abattait périodiquement les barrières qui protégeaient la vie privée du manant ; la maisonnée de son seigneur venait se repaître, camper dans son courtil, il lui fallait passer un jour, une nuit, comme en famille, sinon avec le seigneur lui-même, du moins avec l'un de ses cavaliers. Et lorsque la résistance obstinée à une intrusion si gênante triomphait, obtenait que le droit de gîte fût limité, restait l'obligation de livrer l'équivalent ; les paysans réputés « libres » devaient prendre dans leur cellier du vin, du pain dans leur huche, des deniers dans leur coffre, apporter aussi des couettes lorsque le sire et sa suite venaient coucher au village – et c'était une victoire populaire que de gagner cette « franchise » ; l'autorisation pour le manant et son épouse de garder au moins la leur. Dans le peuple soumis, que les écrivains les plus sûrs de leur vocabulaire n'appelaient plus *populus*, mais *plebs*, la carapace de la vie privée s'était ainsi fort amincie et disjointe : le processus de féodalisation, à tous les degrés de la hiérarchie sociale, avait fait se dilater dans les rapports de pouvoir ce qui était jusqu'alors conclu privément, l'avait propulsé comme une marée, crevant les digues. Paradoxalement, quand la société se féodalisa, il y eut de moins en moins de vie privée parce que toute puissance était devenue de plus en plus privée.

Le champ du religieux n'échappa pas à cette invasion. Les chrétiens de l'époque féodale, ceux du moins dont on peut connaître les attitudes, se tiennent devant la puissance divine dans les postures rituelles de qui fait dédition de soi : comme les chevaliers qui se confient au maître du château, ils sont à genoux, volontiers mains jointes, attendant récompense, espérant être entretenus dans l'autre monde paternellement, aspirant à s'introduire dans le privé de Dieu, dans sa *familia*, mais au degré convenant à l'« ordre » dont ils font partie, c'est-à-dire au bas d'une hiérarchie de soumission. Ils cherchent à prendre place dans l'un de ces espaces privés subalternes qui s'emboîtent les uns dans les autres à l'intérieur du privé divin. Ils savent que le Dieu juge, le Christ du dernier jour prononcera ses sentences entouré d'un conseil privé, formé par ses familiers ; il interrogera ceux-ci comme les seigneurs le font dans les cours féodales, donnant successivement la parole à leurs barons, et chacun défendra la cause de ses propres fidèles, de ceux qui lui ont donné leur foi. Ce rôle d'assesseur est tenu par les saints, dont la puissance terrestre procède du privilège qu'ils ont de siéger dès maintenant au ciel avec le Maître et de dire leur avis. Parfois terribles, se vengeant, menant – songeons à sainte Foy, irascible – vindicte privée contre ceux qui ont osé toucher à leur bétail ou à leur vin, le bétail et le vin de ceux qui les servent, des moines dont l'équipe dessert le sanctuaire où reposent leurs reliques, leurs domestiques. Le chrétien entend donc faire allégeance aux saints, devenant ainsi comme l'arrière-vassal de Dieu. Le plus sûr moyen d'attirer leur bienveillance est de devenir aussi leur domestique en entrant dans l'une de ces équipes monastiques, d'y faire profession. Combien de chevaliers au XIe siècle n'ont-ils pas décidé, sur leur lit de mort, de revêtir l'habit de saint Benoît, s'assurant par une belle donation au monastère le plus proche le droit d'être comptés *in extremis* parmi les serviteurs d'un patron surnaturel ? Combien, payant eux aussi le droit d'entrée, cherchèrent à se faire admettre au moins comme confrères de telle ou telle communauté religieuse ? Combien se donnèrent, par les rites non pas de la vassalité, mais du servage, s'asservirent, devinrent la propriété d'un saint, ses hommes ou ses femmes « de corps », tels ces « sainteurs », dont beaucoup sortaient de la plus haute noblesse, si nombreux en Allemagne, en Lorraine, désormais protégés en ce monde et dans l'autre par leur possesseur, en tout cas rangés sous sa bannière, dont on a vu qu'elle était un signe d'appropriation ?

Le peuple dévot prit ainsi figure, irrésistiblement, d'une immense maisonnée démultipliée en diverses demeures, placées chacune sous la protection d'un saint ou de la Vierge, accueillantes, englobantes, elles aussi tentaculaires, et le rêve s'est déployé au long du XIe siècle d'introduire l'humanité tout entière dans les multiples casiers de la domesticité céleste. Un tel rêve soutint l'entreprise des promoteurs de la paix de Dieu. Ils voulurent endiguer le pouvoir émanant des forteresses, élevant contre sa pression de nouvelles enceintes, isolant des lieux, des moments, délimitant un autre domaine privé, celui de Dieu. Violer cette *privacy*, piller dans les sanctuaires, dans les espaces bornés de croix qui entouraient ceux-ci, les « cimetières », les « sauvetés », piller pendant les jours consacrés spécialement à Dieu, c'était braver Sa toute-puissance, s'attirer Sa vengeance, privée. C'était aussi Le braver que porter la main sur les hommes et sur les femmes jugés appartenir en raison de leur condition à Sa maison, les clercs et les moines, les femmes seules, les pauvres. C'était encore Le braver que vouloir saisir ceux qu'Il avait accueillis dans Son hospitalité sans mesure, parmi tous les asiles ouverts aux désarmés, aux fugitifs, Ses hôtes, placés dans Son *mundium*, sous Sa main.

L'un des effets de l'institution par la paix et la trêve de Dieu d'un privé sacralisé fut de ménager un cadre à des rassemblements communautaires et, par là, de favoriser à ce niveau la reconstitution d'un espace public. Les églises où l'on baptisait, où l'on absolvait les morts devinrent en effet le point de cristallisation de petites sociétés closes constituées par les habitants de la paroisse, dont beaucoup, au XIe, au XIIe siècle, s'établirent à l'ombre du bâtiment ecclésiastique, dans l'espace d'immunité que les règlements de paix plaçaient à l'abri des violences. Regroupant les « pauvres » en solidarités de voisinage, ces concrétions villageoises formèrent des sortes de cours collectives défendues contre toute intrusion, et ceux qui s'y retiraient, rassemblés par la copossession des droits d'usage sur la part du terroir qui n'était pas plantée et qui ne portait pas moisson, résistèrent mieux aux exigences seigneuriales. En certains de ces lieux, plus communément dans les bourgades que vivifiait la reprise des activités de négoce, la cohésion, l'« amitié », s'institutionnalisa, cimentée par des pratiques de commensalité venues du fond des âges, réunissant les membres des associations de défense mutuelle pour manger périodiquement ensemble, et surtout pour boire ensemble. Elle le fut aussi par le rituel des serments collectifs que le mouvement pour la paix venait d'imposer aux gens de guerre afin de mettre hors d'état de nuire les fauteurs de trouble en les enserrant dans un carcan d'obligations pacifiques et qui, transporté parmi les humbles, rassembla les chefs de maison de l'agglomération. Il était établi que la « concorde » – affaire de cœur – serait maintenue au sein de ces unions hors de toute ingérence d'un pouvoir dominant, par l'entremise des amis, par « la main des voisins », disent les coutumes du bourg de Cluny rédigées en 1166. En privé par conséquent, comme dans une « famille », la puissance dite publique n'intervenant qu'en cas de *fractus villae*, lorsque la communauté tout entière se trouvait choquée par un crime très grave, l'un de ces adultères « publics », de ces larcins « publics » que le comte se réservait de poursuivre dans sa cité jusque sur le territoire privé dépendant de la cathédrale, et même si les coupables dépendaient personnellement de l'évêque et des chanoines.

Cependant, parce que la haine était bannie de ces associations – parce que, par exemple, les institutions de paix promulguées à Laon en 1128 n'interdisaient pas seulement les violences à l'intérieur de l'espace protégé, mais défendaient encore à celui « ayant une haine mortelle contre un autre, de le poursuivre s'il sortait de la ville ou de lui tendre une embuscade s'il s'y rendait », toute agressivité devant être expulsée du groupe et projetée vers l'extérieur contre quiconque viendrait léser les intérêts collectifs –, un pouvoir de contrôle interne prit corps naturellement, un groupe de notables surgit chargé des besognes de conciliation, et l'on vit ainsi, en contrebas d'une autorité de tutelle limitée à la conduite d'expéditions dites « publiques » et à l'exercice d'une justice que l'on commençait au XIIᵉ siècle d'appeler « haute », se reformer au sein d'un privé collectif, autour de la notion de bien commun, une aire d'action publique et s'en distinguer des privés particuliers. En effet, pas plus que le « peuple » du haut Moyen Âge, l'« amitié », la « paix » (ce sont les noms que se donnait souvent l'association) ne rassemblait tous les habitants. Seuls étaient pris dans la solidarité les mâles adultes qui ne se trouvaient pas en dépendance domestique. Le texte de la convention conclue en 1114 à Valenciennes est sur ce point très clair : les hommes *(viri)* entrent rituellement dans la communauté active à quinze ans révolus ; en sont donc exclus, bien qu'ils soient « dans la paix de la ville », couverts, les garçons mineurs, toutes les femmes

« quel que soit leur statut ou leur grade », les moines enfin, les moniales et les clercs parce qu'ils sont les serfs de Dieu. Il est en outre précisé que « tout maître *(dominus)* peut à l'intérieur de l'agglomération flageller, battre son dépendant *(cliens)* ou son esclave *(servus)* sans être coupable de violation de la paix ; et si les esclaves vivant ensemble *dans la même maison* et sous le même pouvoir domestique *(dominium)* se battent entre eux, les plaintes et les amendes doivent revenir à leur maître, c'est-à-dire au maître de l'hôtel *(dominus hospicii)*, et les jurés de la paix ne doivent s'en mêler en aucune manière, sauf si mort s'ensuit [...] ». « L'esclave, *mangeant le pain de son maître* ne peut porter témoignage avec son maître contre quelqu'un pour violation de la paix. » Ainsi, dans l'espace pacifié, soumis à la loi commune, c'est-à-dire public, échappent à cette loi des îlots, des maisons dont cette même loi protège très spécialement l'immunité. L'« assaut », l'effraction de l'une d'elles, est châtié au tarif le plus haut, celui des crimes « publics ». Fixées par l'écriture au début du XIIIe siècle, les coutumes des communautés de Picardie, Athis, Oisy, Walincourt, reconnaissent le droit d'autodéfense : nul n'est puni s'il tue un assaillant dans sa demeure ; celui qui vient à frapper à l'intérieur de la maison l'un de ceux qui l'habitent est passible d'une très lourde amende : 40 sous ; si l'agresseur a tenté de s'introduire de force, il doit payer 100 sous ; 200 s'il est parvenu à ses fins. Preuve éclatante de la valeur symbolique attribuée à l'enceinte privée : c'est en détruisant sa maison que la communauté se venge de celui de ses membres qui a rompu le contrat d'amitié. Vengeance, mais celle-ci publique, on le voit bien à Valenciennes où il appartient aux magistrats, aux « jurés de la paix » de décider l'opération (à Ham, c'est le maire de la commune qui donne le premier coup, par trois fois), et les hommes qui collaborent à l'abattis, agissant pour le bien commun, ne sauraient en souffrir préjudice : « Il ne peut pour cela naître guerre [c'est-à-dire vengeance d'une maison contre une autre maison, menée par un groupe de parents et d'amis contre un groupe semblable], haine, ni embûche, puisque ceci est le fait de la justice et du prince. »

Permanence donc, à tous les étages de l'édifice social, d'une distinction entre le public et ce qui ne l'est pas, mais fluidité, va-et-vient de l'un à l'autre des deux domaines, et cette interpénétration ne laisse pas de rendre fort relative la notion de vie privée aux temps féodaux. Pour le mieux montrer, j'analyse un épisode de l'histoire de Gênes tel qu'il est rapporté par le notaire de la commune. Cette « commune » était en réalité une « compagnie », une association de droit privé établie pour un temps limité, comme une société de commerce, entre les chefs des grandes maisons, ces tours, symboles de puissance, dressées les unes contre les autres, en état de réciproque bravade. Un pouvoir cependant était délégué par les associés à des magistrats, les « consuls » – et ce titre, emprunté au vocabulaire de la Rome antique, fait expressément référence à la notion de *res publica*, la fonction consulaire consistant en effet à contenir les pulsions agressives. En 1169, une « guerre » durait depuis cinq ans, née d'une rixe sur la plage entre jeunes gens de deux maisonnées rivales. On tenta un règlement dont les modalités méritent attention. En premier lieu, un serment de paix fut exigé de tous les citoyens de la ville, public, tous s'engageant à poursuivre qui briserait l'ordre. On n'alla pas ensuite jusqu'à détruire la maison des deux chefs de clan hostiles, on la fit occuper du moins par une garnison publique. Puis des combats publics furent organisés ; « six batailles ou duels en champ clos entre les meilleurs citoyens », dans la cour du palais, public, de l'archevêque, le grand patron, investi des *regalia*. Toutefois, devant ces dispositions, le privé fit front : « les consanguins et les alliés de chaque partie » vinrent supplier le magistrat de procéder d'autre manière, de convoquer une assemblée de réconciliation : le décor change alors ; ce n'est plus celui de la paix civique ; la cité tout entière devient comme une aire de sauveté, un espace placé sous la paix de Dieu ; on a planté des croix à chaque porte et, le jour prévu, tout le clergé conduit par l'archevêque arrive en ornements de fête, portant des reliquaires. Sur les Évangiles, les deux « chefs de la guerre » sont appelés à jurer la paix. L'un d'eux refuse. Assis par terre, ne bougeant plus malgré les supplications de la parenté, il évoque « en hurlant » ceux du lignage morts « pour la guerre » ; il est finalement traîné vers le livre pour mettre un terme à la vengeance. Cette vengeance était privée, incontestablement. Mais l'engagement le fut-il aussi, ou bien public ? Ambiguïté.

Me référant encore à l'Italie, où le recours précoce à des écritures notariales nous permet de mieux voir, mais entretenait aussi à l'époque une réflexion d'avant-garde sur la logique juridique, je dirai pour finir un mot d'un phénomène de réfraction des ordonnances du public sur celles du privé, lorsqu'il s'agissait de maintenir la paix à l'intérieur d'un groupe familial dont la prolifération s'était portée, au XIIIe siècle, jusqu'à le partager en multiples ménages. Je parle de ces accords de *consorteria* organisant la parenté comme une commune, et dans le même but : « pour le bon état, l'augmentation de la maison ». De tels pactes imposaient un serment de paix, et aux seuls mâles de plus de seize ans ; ils promulguaient un code ; ils instituaient une « chambre » pour les deniers communs, ainsi qu'un magistrat, nommé lui aussi consul, dont le rôle était de garantir la concorde, et qui faisait pour cela réciter périodiquement le texte de la convention par ses frères, ses neveux, qui les réunissait un jour fixé pour élire à la fin de son mandat son successeur. On aperçoit donc, au cœur même de ces « cases », de ces « albergues », dont le rassemblement formait l'association communale, une autorité, familiale, privée, certes, mais qui curieusement diffère peu de celle tenue pour publique gérant l'ensemble de cette maison englobante qu'était la commune. Au sein de chaque molécule parentale, ce pouvoir, émanant de la gent masculine et adulte, se répandait dans les interstices de cellules plus strictement privées, entre lesquelles il assurait l'accord. Mais on voit bien qu'il ne tentait pas de s'introduire de force dans ces ménages, car ceux-ci lui eussent opiniâtrement résisté.

Résistance, barrière dressée : nous avons le sentiment, au plus profond de l'emboîtement, de buter enfin sur un noyau dur, le groupe de parenté élémentaire, la « famille » constituée d'un homme, de son épouse, de leurs enfants non mariés et de leurs serviteurs. La maison. L'une de ces maisons qui échangeaient des femmes, publiquement, s'exhibant alors sur les places et les voies publiques en cortèges bruyamment déployés, mais pour un simple passage, un intermède nécessaire d'ostentation entre deux cérémonies closes, les épousailles, célébrées dans la maison de la fille, les noces, célébrées dans celle du garçon. Ici même, cependant, au sein de cette demeure, la salle où se tenait le banquet nuptial n'était-elle pas moins privée que ne l'étaient la chambre, le lit, où le mariage serait en fin de soirée consommé ? Et cette fille, avant d'être donnée en mariage par son père, son frère ou son oncle, avait été requise d'exprimer clairement son consentement. Or, nous savons que certaines s'opiniâtraient à le refuser, donc que le pouvoir du chef de maison trouvait devant lui des obstacles, se heurtait à d'autres barrières protégeant des îlots d'autonomie individuelle. On s'apprête à saisir le plus privé de la vie ; il se dérobe. Notre enquête, transgressant des limites ostensibles du privé, devra donc se poursuivre jusqu'à la personne, jusqu'à son corps, jusqu'à son âme, jusqu'à son intimité.

2

Tableaux

Georges Duby
Dominique Barthélemy
Charles de La Roncière

La vie privée dans les maisonnées aristocratiques de la France féodale

Comme on a pu le voir, le privé à l'âge féodal, c'est-à-dire aux XIe et XIIe siècles, ne se laisse pas facilement isoler de ce qui l'environne, le pénètre et lui résiste. Pour l'en dégager, il importe donc de bien connaître dans sa globalité et ses articulations la formation culturelle et sociale où il s'insère. Il serait imprudent, dans l'état actuel de la recherche, de traiter ensemble tout l'Occident, mosaïque d'ethnies aux usages fort différents, ou toute la société, dont seules les couches dominantes sont alors suffisamment éclairées par la documentation. L'essai qu'on va lire s'en tient par conséquent à la moitié nord du royaume de France et porte sur les seules familles de l'aristocratie. Soumis au pouvoir privé du chef de la maison, les membres de ces familles étaient pris dans un double réseau de relations, les unes de convivialité, les autres de parenté. Nous avons choisi de les examiner séparément. Dominique Barthélemy a traité du lignage et du mariage – dont j'ai beaucoup écrit en d'autres ouvrages que je n'ai nulle envie de résumer. Je me suis chargé pour ma part du ménage.

G. D.

Convivialité

LE RÊVE

Pour tenter de saisir ce qu'étaient les rapports de pouvoir à l'intérieur des grandes maisonnées féodales, les usages et les rites d'une sociabilité privée, le mieux n'est-il pas de commencer par considérer les rêves, les représentations imaginaires de la demeure parfaite, et de partir du paradis, du séjour des élus dans l'autre monde ? Des textes qui le décrivent, je retiens d'abord ceux que cite Jacques Le Goff dans son *Purgatoire*, pages 152-153, et qui datent du très haut Moyen Âge. Selon la vision de Sunniulf, rapportée par Grégoire de Tours, « ceux qui triomphent de l'épreuve parviennent à la grande maison toute blanche », et ce que perçoit deux siècles plus tard un autre visionnaire est analogue. « De l'autre côté de la rivière, de grands et hauts murs resplendissants » ; cependant, saint Boniface, qui fait état de ce second rêve, met en garde, explique : « C'était la Jérusalem céleste. » Non pas une maison donc, une cité : la métaphore est politique, citadine, se réfère à la ville qui, se désagrégeant, reste alors fascinante par tous ses monuments à peine ruinés à quoi s'accroche le souvenir de Rome, un refuge, mais public, disposé pour accueillir le peuple de Dieu tout entier. D'ailleurs, les arcatures qui encadrent les figures d'évangélistes sur les miniatures carolingiennes n'évoquent pas non plus une cour, mais les portiques du *forum*. Sur cette image primitive, la figure domestique est venue plus tard se surimposer : l'église romane se veut encore la représentation d'une cité forte. Toutefois, elle est d'abord demeure : sur le tympan de Conques, à droite du Christ-juge, du bon côté, opposant ses ordonnances calmes au désordre de la partie gauche où sont engloutis les réprouvés, un symbole architectural se distingue : des niches ouvertes sur un lieu de concorde, sur cette paix dont on jouit ensemble au cœur de la clôture, mais couvertes comme d'un manteau et réunies en une habitation collective par une seule toiture protectrice. À la même époque, Bernard de Clairvaux apostrophe le paradis en ces termes. « Ô maison merveilleuse, préférable aux tentes aimées », une enceinte solidement bâtie, pour se fixer, se reposer, après la vie instable, divagante, de l'*homo viator* : un logis, incontestablement.

Quittant l'imaginaire des hommes d'Église pour celui de la chevalerie, j'en viens à un texte écrit à la fin du XIIIe siècle pour le divertissement mondain ; bâti sur un thème sacré, l'esprit courtois le pénètre de manière presque sacrilège ; il est intitulé *la Court de paradis*. « Court » avec un *t*, donc *curtis*. Mais aussi *curia* : Dieu le Père « veut tenir sa cour », une cour plénière, le jour de la Toussaint. Donc, il mande les seigneurs et les dames de sa maison ; ses hérauts vont « par les dortoirs, par chambres et par réfectoires ». La demeure est vaste, partagée comme le sont en ce temps les châteaux les plus modernes entre diverses pièces, chacune affectée à une catégorie particulière de la société domestique ; une chambre est pour les anges, une autre pour les pucelles... Le rassemblement en tout cas est celui d'une maisonnée ; de fait, c'est sa « maisnie » que regarde Jésus-Christ, « appareillée de faire joie ». Voici le maître mot : une fête, en l'occurrence un bal. À la place d'honneur se tient la dame, Notre-Dame. Musique et danse : la société tout entière conviée à chanter. Naïvement, le paradis est montré comme une maison joyeuse dans l'intensité plénière de sa sociabilité, réunie, à l'unisson du plain-chant et dans le cercle de la ronde, par son maître, le *senior*, dont le devoir est d'« esbaudir la cour », Interfèrent ici la vision sacrée – joie ineffable, chœur séraphique, charité unifiante – et la profane, la courtoise – fine amour, à l'instar de charité, rassemblant en un corps, pour le bon ordre, tous les commensaux du prince.

Ce poème conduit à pousser l'enquête vers la littérature d'évasion dont les débris se multiplient depuis la fin du XIIe siècle. On y découvre des maisons de rêve qui ne sont plus célestes. Des textes les plus significatifs, analysés lors d'une de nos rencontres à Sénanque par Michèle Perret, ressortent principalement trois impressions. La première est celle d'une nécessaire clôture, et l'on voit, dès que l'on parvient au seuil du XIIIe siècle, l'aire circonscrite par ces murs se dépeupler, devenir le cadre d'une aventure solitaire. Second trait : l'image domestique idéale est très puissamment érotisée dans des œuvres composées pour des « jeunes », des hommes célibataires ; c'est celle d'une réserve de femmes, enfermées, gardées et d'autant plus tentantes : la tour aux pucelles, pleine de filles. Se dévoile ici le fantasme récurrent de libre copulation, refoulé, que l'on voit transposé en mythe des origines dans le récit de Dudon de Saint-Quentin au début du XIe siècle, comme dans les propos tenus, trois cents ans plus tard, par le curé Clergues à Montaillou, et qui fut aussi projeté pour les décrier, par les défenseurs de l'orthodoxie, sur les réunions secrètes, nocturnes, fascinantes des sectes hérétiques. Toutefois, lorsque, dans le roman courtois, le jeu d'amour se localise, lorsque, l'enceinte forcée, le héros s'est emparé de l'une des femmes refusées, l'union, adultère, tend à prendre place dans un lieu souterrain : l'amour ne se fait pas à la lumière et, lorsqu'il est illicite, il doit à proprement parler se terrer. Alors que, et c'est la troisième impression, dans le rêve profane, la demeure parfaite est aérienne, lumineuse : mille fenêtres, et l'obscurité traquée par la prolifération des luminaires, Vient en renfort le souvenir des jardins sur l'Oronte, des turqueries, les eaux courantes, toutes les parures. Le paradis est imaginé comme une demeure abondamment peuplée, exultante, et la maison parfaite comme un paradis étincelant, apprêté pour les bonheurs de la vie.

Au monastère, le privé modèle

On pouvait cependant voir de ses yeux sur la terre des répliques du séjour paradisiaque. C'étaient les monastères bénédictins, qui prétendaient en être la projection en ce bas monde, à la fois ses antichambres et ses préfigurations. Ils se présentaient par conséquent comme des cités closes. Des murs d'abord, un « cloître » *(claustrum),* dont l'accès devait être strictement contrôlé, une seule porte, ouverte ou fermée à certaines heures comme la porte des villes, et l'importance majeure d'un office, l'hôtellerie, gouvernant toute relation entre l'interne et l'externe. Pourtant, les monastères étaient en premier lieu des maisons, abritant chacune une « famille », et les plus parfaites en effet, les mieux ordonnées : d'une part, depuis le IXe siècle, les plus abondantes ressources convergeaient vers l'institution monastique, la poussant aux avant-postes du progrès culturel ; d'autre part, tout s'y trouvait organisé en fonction d'un projet de perfection, net, bien établi, rigoureusement mesuré, la règle de saint Benoît. Comme, en outre, nulle maison ne nous est mieux connue que celles-ci, dont les ordonnances intérieures sont éclairées par quantité de documents explicites, il paraît de bonne méthode de poursuivre par leur examen l'enquête sur les manières de se comporter ensemble dans le privé des riches.

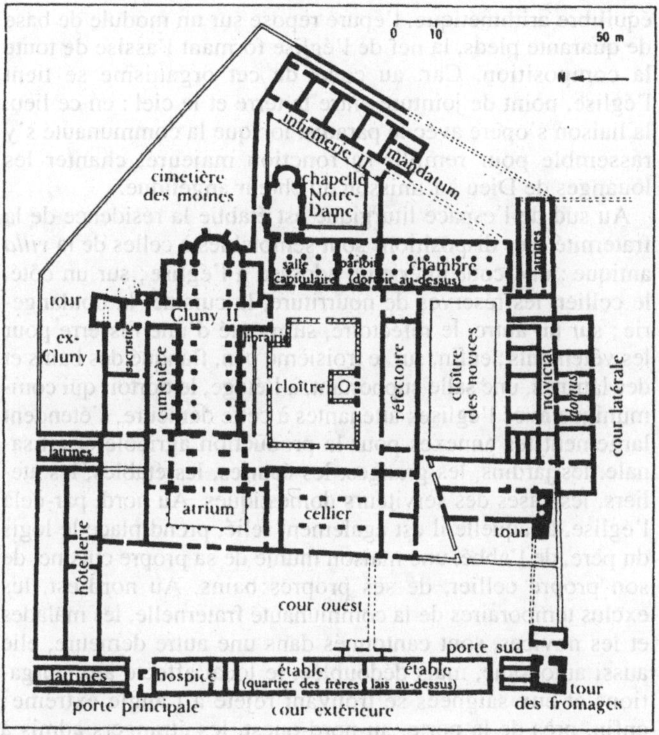

Figure 1 Plan de l'abbaye de Cluny au milieu du XIe siècle (D'après K J Conant)

Alors que s'épanouissait la renaissance carolingienne, que l'empereur Louis le Pieux parachevait la réforme monastique, appliquant fidèlement le modèle bénédictin, un schéma théorique fut dessiné entre 816 et 830. Il figure l'aménagement exemplaire de l'espace cénobitique : je parle du célèbre plan de Saint-Gall, tracé à l'échelle, accompagné d'une légende, sur cinq peaux de parchemin cousues. Il fut envoyé, sans doute par l'évêque de Bâle, à l'abbé Gozbert qui se préoccupait de rebâtir l'abbaye. Théorique, en effet, par sa volonté de correspondance étroite avec les harmonies universelles, orientée, construite sur les axes du monde, en parfait équilibre arithmétique, l'épure repose sur un module de base de quarante pieds, la nef de l'église formant l'assise de toute la composition. Car, au cœur de cet organisme se tient l'église, point de jointure entre la terre et le ciel : en ce lieu, la liaison s'opère avec le paradis, lorsque la communauté s'y rassemble pour remplir sa fonction majeure, chanter les louanges de Dieu à l'unisson du chœur angélique.

Au sud de l'espace liturgique est établie la résidence de la fraternité. Ses dispositions sont semblables à celles de la *villa* antique : une cour intérieure adossée à l'église ; sur un côté, le cellier, les réserves de nourriture, la cuisine, la boulangerie ; sur un autre, le réfectoire, surmonté d'une resserre pour les vêtements ; enfin, sur le troisième pan, flanqué des bains et des latrines, une salle supportant, à l'étage, le dortoir qui communique avec l'église ; attenantes à cette demeure, s'étendent largement les annexes pour la production agricole et artisanale, les jardins, les granges, les écuries, les étables, les ateliers, les cases des serviteurs domestiques. Au nord, par-delà l'église, à laquelle il est également relié, prend place le logis du père, de l'abbé, une maison munie de sa propre cuisine, de son propre cellier, de ses propres bains. Au nord-est, les exclus temporaires de la communauté fraternelle, les malades et les novices, sont cantonnés dans une autre demeure, elle aussi autonome, mais dédoublée, le local affecté aux purgations et aux saignées se trouvant rejeté à l'angle extrême ; enfin, près de la porte, au nord-ouest, les étrangers admis à franchir la clôture sont hébergés dans deux maisons nanties du même équipement complet ; la plus proche de la demeure de l'abbé accueille les visiteurs de marque et les écoliers « extérieurs », qui ne font pas partie de la famille ; l'autre, du côté des frères, est réservée aux pauvres, aux pèlerins.

On voit qu'une telle organisation entend refléter les strictes hiérarchies de la cour céleste. Au centre est la place de Dieu, le sanctuaire ; à sa droite, dans le prolongement de la travée nord du transept, celle de l'abbé, isolé : chef de la famille, il est juché seul sur un plan supérieur ; à la gauche du Tout-Puissant, au troisième degré, est situé le corps de la parenté, les fils, tous frères, tous égaux, les moines homologues des anges, formant comme ceux-ci une milice, une garnison entretenue par un service domestique accolé à son réfectoire, puisque l'idéal est d'autarcie, de suffisance ; au plus loin de la porte, cette fissure ouverte sur le monde corrompu, sont cantonnés les invalides et les jeunes recrues en période de formation, des enfants, des vieillards, les morts aussi – le cimetière est à cet endroit ; la part la plus vulnérable de la communauté doit être en effet, en raison de sa faiblesse, écartée, abritée, mais aussi protégée par la dextre divine ; à cette même droite se trouvent les lieux préposés aux fonctions spirituelles, l'école et l'atelier d'écriture, alors que le matériel, ce qui sustente le corps, est relégué, lui, à la gauche de Dieu. On remarque aussi que les tombes sont rangées vers l'est, du côté de l'aube, symbole de la résurrection, et que, vers l'ouest, du côté du couchant, de la perversité du siècle, demeurent parqués les gens de passage.

Ce projet fut mis en application dans les monastères du IXe siècle, certains immenses, démesurément peuplés : à Corbie, en 852, vivaient 150 moines ; 150 veuves étaient entretenues en permanence à la porte et 300 hôtes reçus chaque jour à l'hôtellerie, les services débordant largement hors de la clôture, formant une grosse bourgade, comme autour de Saint-Riquier, dans des rues assignées chacune à une équipe spécialisée de travailleurs. Au plan de Saint-Gall, s'ajustaient toujours, à l'époque féodale, les dispositions générales de l'espace monastique, mais une tendance à la concentration progressive les en avait sur quelques points éloignées. On le voit en considérant le Cluny de l'abbé Odilon, au milieu du XIe siècle (avant les constructions fastueuses de son successeur saint Hugues qui, développant un rêve, le rêve impérial, se référa à un autre modèle, antiquisant, citadin, faisant plus grande place au public). Même orientation ; une porte à la même place ; l'église au cœur, légèrement décentrée ; une maison de même structure pour la communauté fraternelle ; les malades et le cimetière à l'est ; à l'ouest, une vaste cour d'accueil, et l'hôtellerie, elle aussi dédoublée. Toutefois, plus de demeure particulière pour l'abbé, ramené au milieu de ses fils ; plus d'ateliers, plus de granges à l'intérieur de l'enceinte. En effet, selon l'interprétation clunisienne de la règle de saint Benoît, le travail manuel imposé aux moines était devenu symbolique ; l'idéal de suffisance demeurait, mais le ravitaillement incombait à des exploitations satellites, des

« doyennés » dispersés dans la campagne, dont la structure reproduisait en plus modeste, comme il apparaît clairement aujourd'hui à ce qui subsiste du doyenné de Berzé, les aménagements de la maison mère. Celle-ci ne conservait en fait d'annexes attenantes que les écuries ; dans cette civilisation cavalière, le goût du cheval avait pénétré les usages monastiques : l'abbé de Cluny ne se montrait au-dehors qu'environné d'un nombreux escadron monté. De la fabrication du *vestitus*, les pièces de l'habillement, de la fourniture des *exteriora*, ce que l'on achetait au-dehors, un « bourg » établi à la porte était chargé, peuplé de négociants, d'artisans, de serviteurs salariés, car la communauté commençait d'utiliser moins chichement l'instrument monétaire. Ainsi le monastère, au sein de sa clôture, était-il devenu plus homogène. Une seule demeure. On discerne assez bien comment, dans son privé, la vie était réglée grâce à un ensemble de textes, des coutumiers et des statuts, qui fixaient minutieusement les usages.

La convivialité fut en effet conçue par la culture clunisienne comme une liturgie permanente et strictement ritualisée. Elle s'ordonne autour de la personne de l'abbé, intégré désormais à la communauté qu'il dirige, ne s'en séparant plus ni pour le repas ni pour le sommeil ; malade, il rejoint les autres malades à l'infirmerie ; il prend son tour de corvée à la cuisine comme les autres. S'affirme ici un premier trait, la volonté renforcée du coude à coude, la crainte de l'isolement : la vie privée est devenue si grégaire que le chef de famille ne dispose plus d'un lieu où se retirer à l'écart. En revanche, les signes de déférence à son égard se sont accentués. Tous se lèvent lorsqu'il arrive ou se retire, s'inclinent quand il passe ; deux cierges sont placés devant lui au réfectoire et, lorsqu'il se rend à l'église ou dans la salle capitulaire pour la réunion quotidienne, une lumière est portée devant lui par un de ses fils, de même s'il doit se déplacer la nuit dans les lieux conventuels. Au retour de ses voyages, toute la communauté, parée, se porte au-devant de lui ; à l'entrée de l'église, il embrasse les moines, les uns après les autres – rite de l'accolade paternelle – et, ce jour-là, un plat supplémentaire est servi au réfectoire – rite de la nourriture festive ; d'ailleurs, lui-même, à table, est distingué des autres : on lui apporte des mets plus fins et du meilleur vin. Le feu, le baiser, le vin, le cortège, tout l'apparat d'une « joyeuse entrée », comme on dira plus tard des rois. L'abbé est, en effet, le maître.

Il tient sous son autorité exclusive, il régit souverainement toute la société domestique. Toutefois, il ne la gouverne pas seul. Une équipe l'assiste, un corps intermédiaire dont il doit prendre les conseils, constitué par ceux que les coutumiers nomment les *seniores*, d'un mot qui éclaire ce trait majeur de sociabilité interne, la nécessaire subordination de la jeunesse aux anciens. L'abbé s'appuie, d'autre part, sur des chefs de service, des officiers. Le « premier », le *prior*, est une sorte de vice-maître, qui supplée en tout l'abbé indisponible. Se tiennent sous lui les responsables de quatre secteurs. L'église est confiée au sacriste, qui l'ouvre et la ferme aux heures prescrites, veille sur les accessoires des liturgies, sur tous les instruments du sacré dont use la communauté pour accomplir sa fonction spécifique. Au chambrier est confié ce que l'on garde au plus intérieur de la demeure, dans la « chambre » ; il est donc responsable de l'argent, de ce que l'on se procure avec l'argent – et dont la part ne cesse de croître durant le XIe et le XIIe siècle : tout ce qui entre au monastère, par don, par redevance ou par achat, en tissus, en vin, en métal précieux, en deniers, parvient dans ses mains qui en assurent une redistribution judicieuse ; c'est lui qui renouvelle chaque printemps le vestiaire des moines, chaque automne, la veille de la Toussaint, leur paillasse et la garniture des grabats ; il fournit les fers pour les chevaux, les rasoirs, et pourvoit à tous les luminaires sauf à ceux de l'église. Ce qui concerne le *victus*, les vivres, et qui normalement est produit par la terre du domaine, est l'affaire du cellerier ; maître du cellier, où dort un moine et où l'on entretient en permanence une lumière, il répartit, chaque jour, les portions de nourriture, aidé par le gardien du vin, par le grainetier, chargé des grains mais aussi de l'eau, donc du blanchissage, et par le connétable, ordonnateur de ce qui fait le faste profane de Cluny, la cavalerie.

Les relations avec les gens de l'extérieur, moins purs et qui se tiennent en contrebas de la dignité monastique, constituent le quatrième office, partagé entre l'hôtelier et l'aumônier.

Celui-ci répand les surplus parmi les indigents ; hors les murs, dans la bourgade, il visite les malades alités chaque semaine (non pas les femmes : des serviteurs laïcs sous ses ordres en sont chargés) et entretient à l'intérieur du cloître dix-huit pauvres prébendiers, c'est-à-dire pensionnaires : ce sont de ces figurants attitrés de la pauvreté secourue dont on jugeait alors la présence indispensable dans toute maison fortunée. De l'aumônerie dépend encore l'accueil des pauvres de passage : les héberger est fonction de charité. Celle d'hospitalité en est nettement distincte : les passants de qualité, qui sortent du même milieu que les moines, que ceux-ci reçoivent comme des amis – et l'on reconnaît ces gens à ce qu'ils ne cheminent pas à pied mais à cheval –, sont logés dans d'autres locaux qu'administre l'hôtelier. Au cours de la campagne de construction menée par saint Hugues à la fin du XIe siècle, cet hospice devint un imposant bâtiment de 135 pieds sur 30, divisé en deux parts – et c'est, brusquement, un jet de lumière lancé sur ce que nous cherchons précisément à voir, les ordonnances domestiques de l'aristocratie laïque : deux dortoirs, l'un pour les hommes, avec quarante paillasses et quarante latrines individuelles, l'autre, trente lits, trente latrines, pour les dames, « les comtesses et les autres femmes d'honneur » ; entre les deux, le réfectoire où se retrouvaient les deux sexes devant des tables dressées ; une salle somptueuse, fournie de nappes, de coupes, servie par une abondante valetaille, un maître d'hôtel, un cuisinier, un portier, un garçon pour laver les houseaux et pour porter l'eau, un ânier ravitaillant en bois de chauffe, tous salariés commandés par l'hôtelier, intermédiaire avec l'extérieur, en contact avec ce qui souille – et pour cela, remarquons-le, relevait aussi de son office le nettoyage de toutes les latrines du monastère.

Des étrangers donc pénétraient dans l'espace privé, partageaient un moment l'existence de ceux qui en permanence y vivaient : la convivialité apparaît donc normalement ouverte, et l'accueil, approprié au statut social des hôtes, fort cérémonieux pour les plus haut placés : à Cluny, la communauté se formait en cortège pour aller au-devant des princes. Cependant, tous ceux qui franchissaient le seuil, quittant l'espace public, devaient changer d'état, adopter celui de pénitents, dès qu'ils étaient introduits dans cette forme particulière de *privacy,* la monastique : ainsi les épouses ne partageaient-elles pas à l'intérieur de la clôture la couche de leur mari. Les femmes seules, et notamment les veuves, qui décidaient de finir leurs jours auprès d'une communauté religieuse, étaient admises un moment dans l'église pour les offices majeurs, mais elles résidaient à l'extérieur de l'enceinte, dans leur propre demeure, telle Ide, comtesse de Boulogne, au milieu de sa suite de protégées et de servantes, telle encore la mère de Guibert de Nogent, à la porte du monastère de Saint-Germer-de-Fly. Et si les étrangers avaient accès à certaines heures jusqu'à l'aire apprêtée pour cette fête somptueuse et semi-publique que voulait être la liturgie clunisienne, pour ce qui peut apparaître l'équivalent, dans le palais royal, des cérémonies du couronnement, ils étaient toujours strictement tenus à l'écart (comme l'était aussi la petite équipe de serviteurs domestiques, nourris du pain noir des pauvres) de ce privé renforcé où logeaient les maîtres, le noyau de la « famille », la fraternité groupée derrière son père.

Celle-ci, conformément à l'ordre que prescrivent les coutumiers clunisiens, se répartit en quatre groupes, cantonnés dans quatre quartiers distincts : le noviciat, l'infirmerie, le cimetière et le cloître.

Séparé de l'église par celui des moines, le séjour des novices est un lieu transitoire et comme de gestation : s'opère ici, lentement, la reproduction spirituelle de la communauté ; des enfants offerts très jeunes par leur lignage y sont nourris, éduqués sous la direction d'un maître ; lorsque leur apprentissage est achevé, lorsqu'ils sont formés aux manières complexes de se conduire, lorsqu'ils savent chanter, faire ce qu'il faut, s'exprimer par signes dans les temps de silence, ils sont transférés parmi les adultes, solennellement. Le rite est d'adoption, d'intégration. Un acte personnel d'engagement d'abord, la profession : c'est une formule écrite, signée, lue, puis déposée sur l'autel, devant la communauté rassemblée ; ensuite, des gestes symbolisant, comme ceux de l'adoubement chevaleresque, l'admission dans un groupe fonctionnel : l'ancien novice achève de s'équiper, en endossant la pièce du vêtement monastique qui lui manque encore, la coule ; une mimique d'accueil : le baiser de paix que le nouveau venu reçoit en premier lieu de l'abbé, puis de chacun de ses frères ; enfin, trois jours de retraite, de repli sur soi-même, sur l'intime, le secret, le plus privé. Tous ces signes, comme les rites préalables de veille et de bain imposés au chevalier nouveau, sont ceux d'une mort suivie d'une résurrection ; cependant, remarquable est surtout le retour, trois jours durant, à la solitude. Une épreuve. Pour devenir moine, il faut se retrancher dans le silence total, la tête recouverte par le capuchon, le corps par la coule, nuit et jour : c'est comme une enveloppe, une petite maison à l'intérieur de la grande, un cocon où s'opère la métamorphose, une clôture intérieure, pour un retrait, une retraite semblable à celle du Christ au tombeau, et pour une renaissance, sous une autre forme.

L'infirmerie est également un sas, un lieu d'attente : une portion de la communauté s'y trouve un moment isolée parce que souillée. La maladie est en effet perçue comme la marque du péché ; ceux qui en sont atteints doivent être écartés jusqu'à la purgation. Dans le monastère de Cluny, l'infirmerie contenait deux pièces pour les ablutions purificatrices, le lavement des pieds et celui de la vaisselle, quatre autres meublées chacune de deux lits – mais c'était un privilège de l'abbé que de reposer seul dans l'une d'elles ; était adjointe une cuisine particulière, car les moines infirmes, rendus moins purs par la maladie, suivaient un régime alimentaire différent : il ne leur était plus interdit de manger de la viande, censée redonner du sang, du feu à leur corps débile ; mais devenir pour un temps carnivores les excluait davantage, et les écartait notamment de la communion ; ainsi la viande, après l'extrême-onction, cessait-elle d'être servie aux mourants parce qu'ils communiaient désormais tous les jours et qu'il importait de les rapprocher de l'état angélique, de les éloigner progressivement du charnel. Exclus temporaires, les pensionnaires de l'infirmerie étaient reconnaissables à leur bâton, signe de faiblesse, à leur tête couverte, signe de pénitence. Car, s'ils étaient malades, c'est qu'ils étaient pécheurs ; ils devaient donc travailler à se purifier par des pratiques pénitentielles ; guéris, il leur fallait encore, avant de rejoindre les autres, procéder à une ultime purification, recevoir l'absolution.

Pour la plupart, le séjour à l'infirmerie précédait l'entrée dans l'autre monde, et ce passage était lui aussi cérémonie rituelle et collective. Nul ne mourait seul : le trépas était un acte moins privé que presque tous les autres. Autour du mourant, comme dans la société profane pour les noces, s'organisait une sorte de fête où la convivialité atteignait à sa plénitude. Porté par deux de ses frères, le malade, lorsque son état s'aggravait, était extrait de l'infirmerie, conduit au milieu de l'assemblée, dans la salle de réunion dite capitulaire, pour sa dernière confession, qu'il fallait publique : le moribond revenait ensuite à l'infirmerie recevoir la communion, l'extrême-onction, et prendre congé de la communauté : après avoir baisé la croix, il échangeait le baiser de paix avec tous ses frères, commençant par le père abbé, comme il l'avait fait à la fin de son noviciat. Dès le début de l'agonie, il était veillé sans relâche ; on plaçait devant lui des croix, des cierges, et tous les moines, avertis par des coups frappés contre la porte du cloître, se réunissaient et récitaient, à la place de leur frère, le *Credo,* les litanies. Lorsqu'il avait rendu l'âme, son corps était lavé par d'autres moines, ses égaux dans la hiérarchie des âges et des offices, porté dans l'église, enseveli après la psalmodie au cimetière. Celui-ci faisait partie du secteur le plus privé de l'enclos réservé à cette fraternité que constituait la communauté monastique ; il formait le troisième quart de cet espace familial. Les défunts, en effet, n'étaient en rien séparés de leurs frères vivants. Le jour anniversaire de leur mort, une ration supplémentaire, et savoureuse, était servie au réfectoire ; ils étaient censés nourrir la communauté, manger avec elle – avec elle seule, car les étrangers étaient exclus de ce repas dont les pauvres de la famille recueillaient les reliefs – et partager de nouveau sa vie charnelle selon le rite essentiel de la convivialité.

Restait le dernier quartier, la demeure. Établie à Cluny au centre de la *curtis*, elle entendait montrer l'image de ce que devrait être sur terre une vie privée parfaite, et pour cela s'appliquait à s'approcher des ordonnances du monde céleste. Mise en ordre des quatre éléments de l'univers visible, l'air, le feu, l'eau, la terre, dans l'espace interne, la cour intérieure que nous appelons le cloître, forme introvertie de la place publique, tout entière rabattue sur le privé, avec son promenoir couvert ; mise en ordre du temps, rigoureusement réglé au fil des saisons, des heures du jour et des nocturnes ; mise en ordre des activités fonctionnelles harmonieusement réparties parmi les compartiments de la bâtisse. Le plus soigné, le mieux orné de ceux-ci était consacré à l'*opus Dei*, au travail pour Dieu, office spécifique des religieux, à la prière, chantée à pleins poumons, tous ensemble : c'était l'église. À côté d'elle, orientée comme elle, la salle *(aula)* se disposait pour les palabres et les réunions de justice, homologue de la basilique antique, mais elle aussi retournée vers l'intérieur, toutes les paroles prononcées en ce lieu étant privées, secrètes ; chaque jour, après l'heure de prime, les frères valides qui n'étaient pas punis s'y réunissaient en corps pour d'abord prendre conscience de leur cohésion par la lecture d'un chapitre de la règle et de la liste des défunts, rendus présents à l'appel de leur nom, pour y traiter aussi, en commun, les affaires temporelles comme au conseil du prince féodal, pour y procéder enfin en famille aux corrections mutuelles : la salle était le lieu d'une autocritique permanente où la dénonciation des manquements à la discipline par le coupable lui-même ou par les autres visait à rétablir régulièrement l'ordre intérieur. Les fautifs étaient d'abord flagellés – peine caractéristique d'une justice domestique privée, celle du père sur son épouse, sur ses enfants, ses serviteurs, ses esclaves – puis, pour le temps de leur purification, séparés de la communauté, ils recevaient leur pitance à part, ils demeuraient à la porte de l'église, en retenue, la tête constamment couverte, en retrait, isolés – et l'important pour nous est de voir de nouveau la solitude conçue comme un exil. Une épreuve. Une punition.

La faute ainsi purgée, la brebis égarée rejoignait le troupeau au réfectoire. Pris en commun chaque jour, le repas – doublé en certaines saisons d'une collation – faisait figure de cérémonie, célébrant elle aussi l'unité fraternelle. On le prenait assis, en bon ordre, sur des tables dont on changeait les nappes toutes les deux semaines : un banquet de princes où chaque convive trouvait, en entrant, à sa place assignée, un pain, un couteau ; des écuelles étaient apportées de la cuisine et le vin du cellier, servi dans ces mesures dites « justes », une pour deux moines, le règlement imposant de boire sans bruit, de contrôler ses gestes, en parfaite discipline, l'abbé au centre donnant le signal, dans le silence. Une communion, et les esprits occupés, détournés de la concupiscence par le texte que lisait à haute voix l'un des frères.

À la tombée du jour commençait le temps du danger, des pires agressions diaboliques. Il fallait alors serrer les rangs, se mieux garder : dans le dortoir établi à l'étage, surplombant toute menace rampante, le lieu le plus retiré de la demeure, nulle solitude n'était permise, et l'abbé demeurait au milieu de ses ouailles. De la lumière toute la nuit, des veilleurs : un bivouac. Chacun toutefois couchant sur sa propre couche, que la règle interdisait formellement de partager : l'impératif communautaire cédait sur ce point seulement devant la crainte, inexprimée mais obsédante, des tentations homosexuelles. Car, en dernière analyse, le caractère fondamental de la convivialité monastique était bien l'étroite « grégarité », toute intimité, tout secret inéluctablement partagés, et la solitude tenue à la fois pour un péril et pour un châtiment.

Topographie de la maison noble

Il était nécessaire de parcourir les bâtiments monastiques avant de se risquer à l'étude – beaucoup moins aisée, car les informations sont incomparablement plus clairsemées – de l'aménagement du privé dans les grandes maisons laïques. Nécessaire et légitime, car celles-ci ressemblaient fort aux monastères de la congrégation clunisienne qui, eux aussi, abritaient chacun une famille de très large aisance, persuadée de dominer de haut la masse du peuple et montrant un goût prononcé pour le faste et la dépense. On pourrait presque ramener les différences à deux seuls points.

D'une part, les dirigeants de l'aristocratie laïque contribuaient d'une autre manière au bien collectif ; ils n'avaient pas fui le monde, et leur vocation était de combattre le mal par les armes, non par la prière ; cela déterminait l'ouverture ostentatoire d'une portion beaucoup plus large de leur vie privée et inscrivait celle-ci dans un cadre spatial approprié depuis des générations à la fonction publique, militaire et civile : la maison noble tenait nécessairement de la forteresse et du palais.

D'autre part, alors que de la famille monastique, épurée,

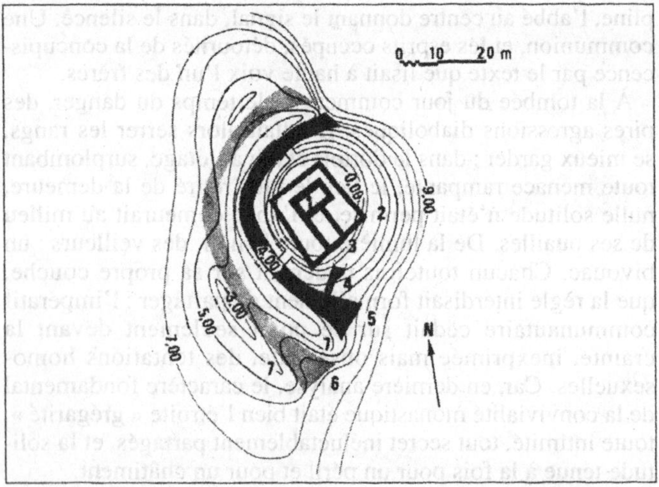

Figure 2 : Saint-Martin-de-la-Brasque (Vaucluse). Le castelas : plan d'ensemble avec restitutions. Équidistance des courbes : 1 m (relief avant la fouille). 1. Tour ? – 2. Enceinte – 3. Maison – 4. Entrée – 5. Fossé intérieur – 6. Fossé extérieur – 7. Rempart.

tout germe de faiblesse était banni, la féminité et l'enfance (les oblats des noviciats clunisiens étaient vus et traités comme des adultes de moindre taille), les chefs des familles nobles se devaient de s'accoupler et d'engendrer légitimement. La conjugalité féconde constituait de ce côté le fondement de l'ordre. Point de maison sans mariage, point de mariage sans maison. Chacune s'ordonnait autour d'un couple procréateur et d'un seul ; les enfants lorsqu'ils se mariaient en étaient expulsés, les vieux aussi, les veuves rejetées aux abords des monastères et les pères trop âgés repoussés soit vers la retraite religieuse, soit vers le voyage de Jérusalem, préparatoire à la mort.

L'enquête commencera, comme celle, préliminaire, dont les monastères viennent de faire l'objet, par l'exploration de l'espace privé, de ce qu'il est possible du moins d'en apercevoir, car les vestiges en sont beaucoup plus dégradés que ceux de l'habitation des moines. Du moins sont-ils en

France, depuis quelque temps, scrupuleusement examinés par une archéologie attentive au quotidien de la vie. Par ces recherches, il apparaît que les maisons aristocratiques se sont considérablement multipliées entre l'an mil et la fin du XIIIe siècle, et le mouvement qui les dissémina paraît s'être accéléré à deux reprises. La première phase d'expansion couvre le début du XIe siècle, le moment où les principautés se morcelèrent, où se dispersèrent les attributs de la puissance régalienne : des édifices d'allure militaire, des tours, furent édifiés ici et là pour justifier l'exploitation du peuple paysan, la levée d'exactions qui passaient pour payer le prix de la paix maintenue. La seconde débuta à la fin du XIIe siècle et se poursuivit pendant cent cinquante ans ; alors proliférèrent des constructions plus modestes, les « maisons fortes » : en Bourgogne, dans les pays de Beaune et de Nuits, pour 240 lieux habités, hameaux compris, on a repéré les restes de 75 de ces bâtisses, parfois serrées à plusieurs sur le même terroir, et dont beaucoup étaient le siège d'une justice haute, punissant les crimes publics. Cet éparpillement fut favorisé principalement par quatre facteurs : l'enrichissement de la classe dominante, bénéficiaire de la croissance agricole et des largesses de l'État reconstitué ; la dissolution des grandes maisonnées par l'établissement en ménage, dans leur propre demeure, des chevaliers jusque-là domestiques ; le relâchement du strict contrôle exercé par les chefs de lignage sur la nuptialité des garçons, une moindre répugnance à marier les cadets et la nécessité de construire une demeure pour chaque nouveau couple ; enfin, la désagrégation des châtellenies qui fit se fragmenter davantage les pouvoirs de commandement, détenus désormais dans le cadre de la paroisse sous l'autorité éminente de la puissance étatique. Au départ de cette recherche, un premier fait s'impose : durant le XIe et le XIIe siècle, dans la France septentrionale, les cellules de convivialité aristocratique devinrent toujours plus nombreuses, et cette multiplication provoqua la vulgarisation progressive des modèles de comportement élaborés dans les demeures-souches, celles des princes.

Place devait y être faite à la fois au public et au privé, à l'ostentation et à la retraite, ce qui commandait leur structure. Un texte décrit celle-ci, un passage de la biographie de l'évêque Jean de Thérouanne, qui date du premier tiers du XIIe siècle : « Les hommes les plus riches et les plus nobles de la région ont coutume d'amonceler de la terre pour en faire une motte, la plus élevée qu'ils peuvent, de creuser tout autour un fossé aussi large que possible et très profond, de fortifier cette motte par une palissade de pieux solidement assemblés, garnissant cette enceinte de tours s'ils le peuvent, d'édifier à l'intérieur de l'enclos, au centre, une maison, qui est une forteresse, dominant l'ensemble, et dont la porte d'entrée n'est accessible que par un pont [...]. » Terrassements, clôture enveloppant le lieu d'habitation, une seule porte : les dispositions sont analogues à celles du monastère. Ici, toutefois, le caractère défensif est accentué, toujours, même dans les périodes où une sorte de paix s'installe. Ainsi, dans la Bourgogne du XIIIe siècle, les maisons fortes se distinguent-elles à leurs fossés, à leurs « terreaux », des levées de terre entourant une cour, et à leur tour, surtout, souvent le seul élément fortifié, mais indispensable : c'était le symbole de la puissance, du *dominium* (de ce terme dérive, comme le mot « danger », le mot « donjon »), du pouvoir de protéger et d'exploiter. Emblème, signe fonctionnel, comme l'étaient la bannière ou le clocher de l'église monastique, la tour n'était pas ordinairement habitée : les archéologues y découvrent fort peu de vestiges du quotidien ; la vie était ailleurs, dans la « maison » *(domus)*, parfois mitoyenne.

Moins solidement bâtie, il n'en reste presque rien. On devine cependant quelque peu de son organisation interne lorsque, occupée par un grand prince, elle fut plus tôt construite en pierre. C'est le cas, dans le château de Caen, d'un édifice rectangulaire de 30 mètres sur 11 et de 8 mètres de haut, bâti dans la seconde moitié du XIIe siècle. Deux niveaux, pas de voûte. À l'étage bas, peu d'ouvertures, des trous dépotoirs dans le sol, un foyer central, une citerne : un cellier sans doute, mais une partie au moins servant de cuisine. À l'étage haut, « noble », six grandes baies, plusieurs cheminées murales, une porte à quoi l'on accédait par un escalier extérieur. Ces ruines parlent plus clair quand on les confronte à un relevé des dépenses nécessitées vers 1180 par les réparations du château : ce compte, après la tour, l'enceinte, la chapelle, évoque enfin les « chambres » et la

« salle », c'est-à-dire vraisemblablement ce qu'abritait le bâtiment dont je parle. Michel de Boüard, qui l'a fouillé, invite donc à y distinguer « la salle où se manifeste la puissance *publique* » et « l'appartement *privé* du prince ». Donc, comme au monastère, mais ici beaucoup plus marquée, une répartition des lieux entre ce qui s'ouvre davantage pour les manifestations du pouvoir et le plus clos. La part publique apparaît essentiellement disposée pour le festin : le maître s'y montrait nourrissant ses amis, en pleine lumière : des fenêtres, des foyers, des luminaires, les mets portés en cérémonie depuis l'espace inférieur où des serviteurs subalternes les apprêtaient. Quant à la chambre, lieu de « privance », de privautés, on peut penser qu'elle était ici contiguë, isolée de la salle par une cloison, disparue, voire par une simple tenture comme à Vendôme ou à Troyes ; à moins qu'elle ne fût construite à part, en matériaux plus fragiles et qui n'ont point laissé de traces, perpendiculairement à la salle comme elle l'était à Angers. Ce modèle princier se reproduit dans les maisons fortes. Celle de Villy-le-Moutier, de la fin du XIIIe siècle, fouillée en Bourgogne par J.-M. Pesez et F. Piponnier, consistait en un grand bâtiment de bois de 20 mètres sur 10, sans étage, divisé en deux pièces, l'une équipée d'une cheminée pour le feu d'apparat, l'autre d'un foyer central pour la cuisson de la nourriture.

L'archéologie ne montre guère que cela, des carcasses. Pour leur redonner vie, l'historien doit interroger les écrits. Par eux seuls, il peut se faire quelque idée du mobilier qui les garnissait, essentiellement textile, donc périssable, et dont l'abondance, la variété se découvrent dans les inventaires. Celui, par exemple, dressé en 1071, des biens d'Arnal Mir, grand seigneur catalan, montre la maison du prince regorgeant de tissus, de fourrures, énumère les gants, les chapeaux, les miroirs, indispensables accessoires puisque le maître et ses proches devaient se montrer parés, et puis les luminaires, la vaisselle de métal précieux pour la magnificence de la salle, enfin les apprêts de la chambre, éléments d'un confort plus intime, dont la pièce essentielle était le lit, « garni » comme on disait – et c'est toute une efflorescence du vocabulaire pour distinguer les multiples composantes de son équipement, matelas, coussins de plumes, couvertures, tentures, tapis. Ce décor était déployé sur les corps, sur les tables, sur les murs lors des fêtes où la famille paradait dans sa splendeur. Mais, en temps ordinaire, tout était resserré dans la part du logis la plus fermée, dans la chambre seigneuriale. C'est ici que les textes placent le trésor, la réserve d'argent monnayé, plus souvent façonné en objets qui pouvaient être exhibés, car il convenait que le maître fît démonstration de son faste. Le trésor du comte assassiné Charles le Bon, les chevaliers et les bourgeois de Flandre le cherchèrent, sans le trouver jamais, semble-t-il, dans la maison d'abord, puis dans la tour de Bruges, lors du grand pillage en 1127, et, se rabattant sur les meubles, finirent par se disputer l'attirail de cuisine, les tuyaux de plomb, le vin, la farine, vidant les coffres, ne laissant rien qu'un squelette de bâtisse semblable à ceux que les fouilles mettent au jour.

C'est aussi par les écrits seuls que l'on devine comment les fonctions et les gestes se répartissaient dans l'espace intérieur. Le témoignage le plus explicite peut-être est fourni par l'histoire des comtes de Guînes qui décrit par le menu, parce qu'elle paraissait admirable, la demeure reconstruite vers 1120 par le seigneur d'Ardres, en bois, et dont par conséquent rien ne subsiste aujourd'hui sinon la motte sur laquelle elle était édifiée. Au rez-de-chaussée, comme à Caen, « les celliers et les greniers, les coffres, les tonneaux et les jarres » ; au premier étage, l'« habitation », d'abord, où « se rassemblait la maisonnée », c'est-à-dire la salle pour les réunions et les repas, l'équivalent à la fois de la salle capitulaire et du réfectoire monastiques, flanquée de réduits à l'usage du panetier et de l'échanson ; puis « venait la grande chambre où dormaient le sire et sa femme ; une pièce fermée lui était adjointe, servant de dortoir aux servantes et aux enfants ; dans une partie de la grande chambre se situait un espace isolé où l'on faisait du feu à l'aube, ou bien le soir, pour les malades, ou les saignées, ou pour réchauffer les servantes et les enfants » ; « au même niveau, mais à l'écart de la maison, la cuisine » (un bâtiment séparé, à deux étages, porcherie et poulailler en contrebas, foyer au-dessus communiquant avec la salle) ; surplombant celle du maître, « on avait aménagé des chambres hautes ; dans l'une couchaient les fils du seigneur, quand ils le voulaient ; dans l'autre, nécessairement, ses filles », à côté de la cabane des guetteurs ; on passait enfin par un couloir de l'« habitation » à la « loge », lieu du délassement et des conversations privées, et de là à la chapelle. Ainsi, comme au monastère, la transition était graduelle, vers le plus privé, depuis la porte jusqu'au lieu des oraisons. Il convient de remarquer aussi l'autre orientation, du bas vers le haut, depuis la terre, nourricière, la basse cour où s'accumulaient les réserves de nourriture, vers le logis seigneurial, dominant, ainsi que la ségrégation entre la demeure et les communs, correspondant à la division de la société domestique entre maîtres et serviteurs, à la distinction entre le feu qui cuit et celui qui chauffe, qui éclaire, qui glorifie.

Trois secteurs donc dans la partie surélevée, magistrale, de ces grandes maisons, trois espaces fonctionnels. La fonction de prière étant ici secondaire, la chapelle se trouve reléguée sur les marges, précieuse cependant : à Ardres, il nous est dit qu'elle était richement peinte. Majeure, en revanche, est la fonction militaire et judiciaire : la salle est affectée à l'exercice solennel de cet office. Comme il rayonne largement sur l'extérieur, elle est ouverte et proche de la cour, de la porte. Chacun s'y montre, comme dans les cortèges où la puissance de la famille est publiquement exposée, à son rang, marqué de ses signes distinctifs, revêtu lors des cérémonies de ses plus brillants atours. Le maître y dit le droit, prononce les sentences. On y vient lui prêter hommage. Aire des actes publics, la salle est principalement masculine. Cependant, comme s'y déploie tout le festif de l'existence seigneuriale, les rites ostensibles de l'union, de la communion fraternelle, la danse et le festin, les femmes de la parenté y sont introduites, pour la carole et le banquet. Leur place toutefois est dans la chambre, retirée, où s'accomplit la troisième fonction, fondamentale, qui est de reproduction, si grave, si troublante qu'elle requiert retraite et protection. Par nature, la chambre est nuptiale, conjugale. En son centre, un lit, ce lit béni vers lequel les époux sont conduits le soir des noces, où les héritiers viennent au monde. Elle est la matrice du lignage, au plus privé de la demeure. Point de solitude toutefois, pas plus que dans le dortoir monastique. Près de la couche seigneuriale, d'autres dorment, des femmes sûrement, peut-être bien aussi, pour un temps, des hommes, familiers : les aventures nocturnes de Tristan le donnent à penser. Promiscuité pesante, aiguisant le désir de s'évader. On sait le rôle que tient la fenêtre dans les intrigues romanesques : les mal-mariées y viennent rêver de délivrance. Ces femmes comme ces hommes sont des êtres de plein vent ; trop longtemps enfermés, ils étouffent, cherchant l'issue. Elle est dans le verger, un espace ouvert, mais qui ne bée pas comme la cour sur l'extérieur, strictement clos, homologue du cloître monastique, parcouru, comme lui, d'eaux courantes ; et puis les arbres, un simulacre de forêt. On peut ici se croire séparé des autres, imaginer se perdre. Ici, les amours clandestines prennent naissance et se développent jusqu'à se dérober pour l'étreinte illicite dans la pénombre souterraine.

La société domestique

Dans ces grandes demeures, les relations de société étaient, elles aussi, semi-privées semi-publiques puisque les lieux domestiques, comme le dit un vers du *Roman de Renart*, étaient hantés par « privés ou estranges ou amis ». Trois catégories de commensaux. Les « estranges » étaient ceux qu'aucun rapport affectif particulier n'attachait au maître de la maison. Peut-être ses « privés » se distinguaient-ils de ses « amis » en ce qu'ils lui étaient liés par le sang : « par amitié », dit le *Roman*, le loup et le goupil s'entr'appellent oncle et neveu. La différence tenait plutôt, sans doute, à ce que des « privés » la maison était le logis attitré, alors que les « amis », s'ils avaient libre accès à cette maison et à son chef, n'y faisaient pas résidence. Ils étaient de passage comme les occupants de l'hôtellerie monastique.

Les privés formaient ce que le français médiéval nomme le « ménage » ou la « maisnie », dont on trouve cette définition juridique dans un acte des *Olim* daté de 1282 : *« Sa propre maisnie demorant en son ostel, ce est à entendre de ceus qui font ses propres besognes et à ses dépens »* : logement commun, nourriture commune, une équipe dirigée par un chef et dont les membres sous ses ordres œuvrent ensemble à une tâche commune : l'exact équivalent de la fraternité monastique. Ce corps pouvait être fort nombreux : dans l'Angleterre du XIIIe siècle, la maison de Thomas de Berkeley réunissait plus de deux cents personnes, et il fallait cent chevaux à l'évêque de Bristol pour transporter la sienne lorsqu'il se déplaçait. La cohésion d'un groupe aussi vaste venait de ce qu'il était tenu d'une seule main ou plutôt, comme on disait à l'époque, « retenu », entretenu tout entier par un patron. Ce que les « privés » du XIe, du XIIe siècle attendaient de ce patron n'était pas fondamentalement différent de ce que réclamait du sien, selon un formulaire mérovingien, un demi-millénaire plus tôt, tel homme se confiant à lui : « La nourriture et le vêtement *(victum et vestitum)*, tant sur mon dos que pour mon lit, et me chausser, tu me le procureras, et tout ce que je possède demeurera en ton pouvoir. » Remise de soi – semblable à celle du moine lorsqu'il fait profession – en échange de tout ce dont le corps et l'âme peuvent avoir besoin. Et le droit pour celui qui distribue les vivres, qui assure le couvert, de corriger, de flageller. J'ai parlé d'un corps : des membres, une tête, un « chef » : *caput mansi*, comme dit un acte des archives clunisiennes au seuil du XIIe siècle, tête d'un « manse », d'une cellule de résidence, et de tout ce qu'elle contient.

Cependant, comme la « famille » monastique, celle-ci était franchement divisée en deux parts. D'un côté, et mangeant séparément un pain moins noble, plus noir, ceux qui servaient *(servientes)* et qui souvent, dans les très grandes maisons, étaient établis dans le bourg accolé à la demeure (il me paraît évident que la population « bourgeoise » fut, au départ de la renaissance urbaine du XIe siècle, constituée en grande partie par le « privé », la domesticité – spécialisée en divers « métiers » – du seigneur, évêque, comte ou châtelain).

De l'autre côté, les maîtres. Mais, dans la société profane, et différant en cela de la société monastique, se rangeaient à leur côté, traités de la même manière, les auxiliaires chargés des deux fonctions majeures, celle de prière et celle de combat, les clercs d'abord, formant, lorsque la maison était de quelque importance, un collège de chanoines (et tout laïc qu'il fût, le seigneur participait à cette communauté, siégeait en son centre, en position magistrale) et, d'autre part, les chevaliers.

À propos de ces serviteurs de premier rang, on voit aussitôt comme il est difficile de séparer le privé du public, et les

« privés » des « amis ». Car les prières que l'on récitait dans la chapelle du seigneur profitaient à toute la seigneurie, et sa demeure était une forteresse d'où la paix et la justice rayonnaient sur le territoire avoisinant. Par conséquent, aux guerriers proprement domestiques venaient périodiquement se joindre tous les hommes résidant alentour dans leur propre maison et qui avaient vocation de combattre ; pendant ce stage, ils entraient dans le privé du maître du château, recevaient de lui leur pitance et leur harnachement, devenaient pour un temps ses privés, et, lorsqu'ils avaient regagné leur demeure, restaient ses amis, liés par l'hommage qui faisait d'eux des parents supplémentaires. D'ailleurs, la vraie parenté, de filiation ou d'alliance, attachait au chef de famille la plupart des clercs ou des cavaliers qui l'assistaient : ils étaient ses fils, ses neveux, ses cousins, légitimes ou bâtards ; aux autres, il avait donné pour épouses des filles de son sang, et tandis que, par ce mariage les établissant, il les éloignait de sa maison, il les avait unis à celle-ci par un lien plus puissant les obligeant, obligeant leurs descendants à revenir de temps à autre s'y fondre dans la maisnie.

En effet, à l'instar du monastère, la demeure aristocratique assumait une fonction d'accueil que l'on peut dire structurale. Elle s'ouvrait elle aussi aux pauvres, admis, comme dans la maison de Lazare, à recueillir ce qui tombait de la table seigneuriale, et c'était une bénédiction pour le maître et pour toute la maisonnée que de se voir ainsi spoliés par ce parasitisme nécessaire et rituel. Comme le monastère, la maison noble accueillait des jeunes, pour les former. C'était une école enseignant aux garçons bien nés les usages de courtoisie et de vaillance, où les fils des sœurs du maître, les fils de ses vassaux venaient normalement faire leur apprentissage. Elle accueillait enfin les passants, « amis » ou « estranges », parasites eux aussi nécessaires, pourvu qu'ils fussent de bon rang, et l'un des gestes essentiels, dans la symbolique du pouvoir patronal, était de les convier à s'asseoir à table, dans la salle, pour s'y repaître, y boire jusqu'à s'enivrer, à s'y étendre, la nuit, pour dormir. Certains jours, la maison n'accueillait pas seulement des hôtes de hasard, elle attirait en son privé toutes les maisonnées satellites. Ainsi, lors des cours solennelles, aux grandes fêtes de chrétienté, Noël,

Pâques ou la Pentecôte : en ces moments, la salle, dans la demeure princière, retrouvait sa fonction primitive, basilicale, régalienne, le privé tout entier se dissolvant dans le public. Et dans toutes les maisons, grandes ou petites, l'hospitalité atteignait son paroxysme à l'occasion des fêtes nuptiales. La « famille » du marié se projetait alors hors de l'enceinte au-devant de l'épouse qui s'avançait escortée par sa propre parenté, la conduisait vers la porte, l'introduisait, la guidait jusqu'à la chambre, s'arrêtant un moment cependant dans l'espace intermédiaire, à demi public, pour un festin cette fois démesuré.

Ordre et désordre

Quant à la disposition des pouvoirs qui régissaient cette société complexe et pour une large part mouvante, l'identité avec les structures monastiques est au départ, une fois de plus, frappante : un père, un seul, comme au ciel, qui cependant ne devait jamais agir sans conseil ; un conseil masculin, hiérarchisé, les jeunes sous la coupe des plus âgés ; un père dont la puissance tenait à ce que, occupant la place même de Dieu, toute vie semblait dans la demeure émaner de sa personne. La différence, considérable en vérité, était que, dans cette maison, on ne vivait pas en si étroite proximité des anges, à si large distance du charnel, que la société domestique n'était pas asexuée, que son chef, responsable d'un lignage, en devait prolonger pour une nouvelle génération l'existence et disséminer des femmes parmi les maisons voisines afin de se les concilier, donc procréer. Sa fonction génitale, primordiale, l'obligeait à posséder une femme dans son lit. Un couple était établi au centre du réseau des pouvoirs. Le féminin se trouvait certes placé sous l'entière domination du masculin ; toutefois, parce que cette femme était l'épouse, parce qu'elle devait être la mère des héritiers – et, lorsqu'elle n'y parvenait pas, on n'hésitait guère au XIe siècle à la renvoyer –, une part de la puissance de son « seigneur », comme elle disait, se projetait sur elle : « dame » *(domina)*, elle se montrait elle aussi dominante, et dans la mesure même où, en position de partenaire sexuelle légitime et par ses capacités génétiques, elle contribuait de manière décisive à l'extension de la maison.

Car il s'agissait de cela : le privé que l'on a vu surtout jusqu'à présent sur la défensive, recroquevillé derrière des murs, dans son écorce, la clôture, tendait, en réalité, comme tout organisme vivant, à s'épancher, à s'épanouir, et tout s'ordonnait dans la maisonnée, notamment l'autorité attribuée à son chef, pour que sa vitalité fût à son comble : toujours plus de parents, toujours plus d'amis, toujours plus de serviteurs. Voilà pourquoi l'on découvre, au plus profond du château d'Ardres, une cellule de fécondation et, conjointe, la couveuse où des nourrices étaient établies pour décharger l'épouse des soins de sa progéniture afin qu'elle fût au plus tôt de nouveau engrossée. Voilà pourquoi les enfants, dès qu'ils avaient atteint l'âge de raison, étaient répartis en deux casiers distincts : l'un soigneusement fermé, pour y tenir les filles, futures mères, jusqu'à ce qu'on les transportât, l'une après l'autre, en cortège dans une autre demeure dont elles deviendraient dames ; l'autre ouvert, où les garçons ne viendraient loger qu'en passant, comme des hôtes, car ils étaient lâchés, lancés à l'extérieur pour y saisir tout ce qu'ils pouvaient, notamment des épouses.

Cependant, ce qui sortait des reins du *pater familias* ne suffisait pas, et le premier devoir du maître, après celui d'engendrer et de marier, son souci majeur était de porter la maisnie à croître davantage, en attirant, en « retenant » des commensaux. Ce projet gouvernait l'économie domestique : nulle intention d'investir, et si l'on prenait soin d'accumuler des réserves dans la chambre, le cellier, la cave, ce n'était qu'en prévision des fêtes où les richesses de la maison seraient allègrement gaspillées. *Constitutio expansae*, « organisation de la dépense », tel est le titre d'un plan de renforcement des ressources qui fut transcrit au milieu du XIIe siècle sur l'un des cartulaires de l'abbaye de Cluny. Il visait en effet à ajuster le revenu du patrimoine aux besoins impérieux d'une indispensable largesse. Aux temps féodaux, la vie privée n'était point frileusement repliée sur l'épargne ; elle se répandait en générosités expansives afin de multiplier les amis – la vraie richesse, comme le répétaient à satiété les œuvres de la littérature profane.

Le patron se devait par conséquent de proposer chez lui satisfaction plénière aux besoins de l'esprit et du corps. Les premiers, à l'époque, prenaient en principe le pas sur les autres et, parmi les services domestiques, les spirituels passaient pour occuper le degré supérieur. Ils n'étaient pas seulement rendus dans la chapelle, mais aussi dans la salle, et même dans la chambre, car le père de famille en était le premier chargé. Comme au monastère, la fonction paternelle était pédagogique. L'éloge du comte Baudoin II de Guînes montre cet « illettré », incapable de lire lui-même, collectionnant pourtant les livres, ordonnant de traduire les textes latins dans le parler qu'il pouvait comprendre, commentant les lectures qu'il venait d'entendre, posant des questions, discutant, s'instruisant pour mieux instruire lui-même. Il entretenait près de lui un personnel auxiliaire, en partie temporaire – des « maîtres » des gradués de l'école hébergés quelque temps pour travailler aux traductions, enrichir la bibliothèque, ou bien de ces parents intégrés à une communauté ecclésiastique, chanoines ou moines, qui, de passage, faisaient profiter leurs frères, leurs cousins de leur savoir spécialisé –, en partie permanent – les clercs domestiques, les chapelains. Ceux-ci prêchaient. Leur maître cependant les employait volontiers aussi à composer des divertissements, des textes parlés, chantés, en langue vulgaire, mis en scène, dont il savait qu'ils lui vaudraient, mieux que les sermons édifiants, la reconnaissance des « amis ».

Pour plaire, en effet, il s'efforçait de vaincre l'ennui qui guettait ces guerriers, ces chasseurs durant les inévitables relâches de leur activité sportive. Mais il savait bien qu'il leur plairait davantage, qu'il serait d'autant mieux obéi, servi, aimé s'il comblait les désirs de leurs corps. Il s'appliquait donc à conduire les siens, aussi souvent qu'il le pouvait, à la poursuite du gibier, à la rencontre de protagonistes, dans la bataille ou le tournoi. Il veillait à ce que sa demeure fût bien garnie de femmes à tout faire, sa garde-robe fournie de « vestes », comme on disait, en suffisance pour les distributions rituelles, aux grandes fêtes. Sans ces cadeaux, ces « bienfaits » périodiques, comment tenir en main la maisnie, comment surtout remplir dans l'honneur l'office patronal ? En 1219, Guillaume, maréchal d'Angleterre, sur son lit de mort, en est à répartir ses biens personnels ; il a légué tout l'argent aux gens d'Église afin qu'ils prient pour son âme ; on lui rappelle que restent encore dans la chambre quantité de robes d'écarlate, fourrées de vair, quatre-vingts fourrures au moins, toutes neuves et dont on pourrait tirer bon prix pour acheter beaucoup plus de prières ; Guillaume se fâche : la Pentecôte approche, ses chevaliers ont droit, ce jour-là, à des parures neuves, ils les auront ; le maître ne peut pas faillir, et sa morale lui commande au seuil même du trépas de faire passer le devoir de munificence domestique avant le souci de son salut. Vêtir, mais d'abord rassasier, procurer le plus abondant, le plus savoureux, ce qui plaît à la bouche et se distingue des mangers vulgaires, ce *companagium*, qui, pour les maîtres et leurs hôtes, ne fait pas, comme pour le commun des serviteurs, simple et discrète compagnie au pain, mais le principal de la nourriture. Et, pour cela, ne jamais regarder à la dépense. Car, dans sa chambre où il procréait, dans sa salle où il nourrissait, le seigneur ne détenait de puissance en son privé qu'en proportion de son aptitude à donner, et toujours plus.

Comme l'abbé du monastère, il était aidé dans sa gestion par des officiers domestiques dont les tâches se répartissaient, à l'âge féodal, à peu près comme naguère dans le palais carolingien. Son premier auxiliaire était son épouse, détentrice d'un pouvoir analogue à celui dont disposait la reine au IXᵉ siècle : elle dirigeait tout ce qui dans la maison était féminin – et assimilé au féminin, ainsi les enfants en bas âge –, régnait sur les réserves et contrôlait ce qui entrait dans la demeure. On voit, par exemple, la femme du seigneur d'Ardres surveillant la perception des taxes levées sur les ménages paysans, et parce que l'une de ces dépendantes, trop pauvre, n'avait pu livrer le mouton prescrit, la dame, en compensation, s'était fait donner une petite fille ; elle l'éleva et, dès que celle-ci fut assez grande, la maria, l'accoupla, exploitant ses capacités de procréation, veillant comme un bon berger à ce que le troupeau croisse, coopérant avec son mari à l'extension de la « famille » ; on la voit, de la même manière, gouvernant la prolifération domestique, prendre sous sa protection telle servante enceinte et, rétablissant le bon ordre, contraindre le prétendu suborneur à l'épouser, impérieuse, corrigeant, terrorisant toutes les femmes dans la demeure, les pliant à son vouloir – comme avait aussi fini par plier, selon Jean de Marmoutier, sous la pression de la reine de France, l'orpheline d'un grand vassal que le souverain entendait marier contre son gré, qu'il ne pouvait forcer lui-même et dont il avait chargé son épouse de briser la résistance.

D'autres adjoints assistaient le maître et la maîtresse, chargés chacun d'un « métier » *(ministerium)*, de la direction d'un service spécialisé. Le règlement intérieur d'une très grande maison, la cour de Hainaut, procure l'une des plus claires vues de ces services et de leur fonctionnement. En 1210, deux vieillards, choisis parmi les plus « privés » de l'avant-dernier comte, son frère bâtard et son chapelain, étaient venus réciter publiquement la coutume la plus ancienne, que l'on voulait rétablir et fixer. Tout tendait alors à s'institutionnaliser, à se durcir, et les offices, fructueux, étaient déjà entièrement appropriés, vendables avec l'accord du patron, héréditaires, certains possédés par des femmes, ou par des maris du chef de leur épouse, encore que, normalement, le fils aîné succédât à son père mort ou trop âgé après avoir, héritier présomptif, appris le « métier » dans la *curia*. En dépit d'une telle sclérose, les « ministériaux » continuaient d'être tenus pour membres à part entière de la famille, mangeant avec le maître, dormant, bien sûr, dans la maison, pourvus d'un cheval, ce qui les situait au-dessus du commun, de deux même s'ils étaient chevaliers ; tous les ans, ils recevaient les « vestes », un manteau et une tunique ; en outre, la « livrée », c'est-à-dire des gages pour compléter à leur guise leur équipement ; enfin, pour ceux chargés du service d'armes, une solde – tels les *commilitones* du comte, ses compagnons de guerre qui chevauchaient à ses côtés, au plus près, dans son *conroi*, l'équipe de combat très étroitement soudée ; il n'est pas question d'eux dans ce document, mais on sait qu'ils étaient du même âge *(coetani)* que le chef, pour la plupart ses parents, ses camarades depuis l'enfance, adoubés le même jour que lui, formant dans la maison un corps plus uni, plus privé, semblable au collège des chanoines, et situés, semble-t-il, comme les chanoines, au-dessus des simples ministériaux. Ceux-ci cependant vivaient également dans l'étroite intimité du maître, astreints à l'accompagner dans toutes ses expéditions militaires « pour défendre son corps ».

Non point tous au même rang toutefois : à ce niveau, dans cette vaste demeure, les fonctions étaient finement hiérarchisées. Trois offices, dans le document que j'exploite, sont dits majeurs et ceux-ci dérivent directement des trois « métiers » laïcs qui aidaient jadis le souverain carolingien dans sa maison, laquelle fut le modèle initial de toute vie privée nobiliaire. Le grand sénéchal, le grand chambrier et le grand bouteiller tenaient ces offices. Ils passaient pour servir le comte de la principauté tout entière, mais, de toute évidence, leur charge devenue honorifique ne les astreignait plus à vivre dans la maison, leur valait seulement accès au prince, une place à ses côtés dans les cortèges où s'exhibait sa puissance. Sous ces hauts personnages, on aperçoit en effet trois organisations domestiques autonomes, correspondant aux trois logis comtaux dont chacun constituait la tête d'une entité politique : deux châteaux, Mons et Valenciennes, flanqués chacun d'une collégiale – celle de Mons prééminente, parce qu'y reposaient les ancêtres de la dynastie (nous ne devons point oublier les morts, inclus dans la maisonnée, associés à la vie privée par les cérémonies commémoratives périodiques) ; puis une troisième maison, moins solidement constituée, dominant une seigneurie récemment acquise, l'Ostrevent. Il existait un chambrier supplémentaire. En effet, lorsque Mme Marguerite, « l'épouse du Baudouin [V] qui est enterré au milieu du chœur de Mons » – c'était la sœur du comte de Flandre –, avait été cédée à un mari, celui-ci n'était alors que l'héritier du Hainaut ; son père occupait la demeure ancestrale ; il fallait au nouveau couple sa propre maison ; les époux s'étaient établis ailleurs, à Lille, sur les terres de la dame ; celle-ci était servie par ses femmes ; elle avait marié l'une d'elles et fait du mari son propre chambrier ; fonctionnait, depuis lors, une « chambre » particulière de la comtesse, « en tout lieu », dit le texte, non point attachée à une maison, et qui gérait le « meuble », cette part spécifique de la possession féminine, le trousseau. Des degrés donc, multiples : la personne du comte, celle de la comtesse, des rangs parmi les maisons, et dans chacune des principales, deux grands services, dont l'un surplombait l'autre, puisque les charges se répartissaient comme, dans le bâtiment, l'espace convivial : un service de la table, c'est-à-dire de la salle, dirigé par le sénéchal et par le bouteiller ; un service de la chambre, plus privé, dont l'ordonnateur était le chambrier, lequel passait après le sénéchal mais avant le bouteiller, chargé de la cave, donc du plus bas.

La table, ou plutôt les tables *(mensae)* étaient dressées dans la salle ou, dès que le temps le permettait, en plein air. De l'apparat, comme au monastère : il ne convenait pas de prendre sa nourriture accroupi, ni debout, sur le pouce. Manger était un acte solennel, public. Il était convenable qu'il relevât de l'office le plus haut placé. Le sénéchal veillait sur la part la plus noble de la pitance, sur le « companage », les « esques » *(escae)*, achetées au-dehors et préparées à la cuisine, principalement la viande qu'il appartenait au premier serviteur (et cette préséance du carné est éclairante) de présenter et de trancher devant le maître ; sous son autorité servaient, selon leur rang, sept officiers subalternes : l'« acheteur » et le « gardien des esques » d'abord ; les trois « queux » qui cuisaient ; le concierge, chargé d'entretenir les feux dans la maison, celui de la cuisine et celui, plus brillant, qui rehaussait l'éclat de la salle ; le portier, accueillant, plaçant les hôtes ; enfin, le coutillier, responsable de la tranche, mais aussi du sel. Quant à la boisson de qualité, c'est-à-dire au vin, elle était elle aussi sous le contrôle d'un officier majeur, le bouteiller. À Mons, au début de XIIIe siècle, une femme occupait ce poste, fille de chevalier, héritière de son père, mais aussi chanoinesse et pour cela peu disponible. « Sur son ordre », le vin était apporté aux tables et, s'il lui plaisait, il était servi par ses mains au comte et à la comtesse. En fait, deux substituts ordinairement la remplaçaient. En seconde position, dirigeant lui-même deux magasiniers, venait « celui qui conservait le vin et qui le versait dans les cruches et dans les coupes » (pour cette raison dépendait de lui le « métier » très inférieur du potier). Plus bas figurait le panetier, fournisseur de cette nourriture qui, pour les maîtres, signe de leur distinction, n'était plus qu'accessoire, les miches ; quatre personnes dépendaient encore de ce subalterne, dont un pourvoyeur, un boulanger « héréditaire » établi hors de la cour, dans la bourgade, avec les artisans indépendants, un gardien des pains, ou plus exactement des tranches, des canapés sur lesquels on posait les viandes, commandant lui-même « l'homme qui posait ces tranches sur les tables ». En bout de liste, le responsable du lardier, les ordonnances domestiques situant au dernier rang le lard, aliment populaire comme le pain et tiré des souillardes, du plus inférieur de la maison.

À Mons, le « chambrier mineur » – subordonné d'un *camerarius*, lui-même subordonné du grand chambrier du Hainaut – devait surveiller la chambre et les choses précieuses qui s'y trouvaient enfermées ; chargé par conséquent des « robes », du textile, il devait aussi dresser les lits « pour toute la cour », lesquels, pour la plupart, étaient dépliés chaque soir dans la salle ; il fournissait l'eau que son supérieur présentait au comte et à la comtesse tandis que lui-même donnait à laver avant le repas aux clercs et aux chevaliers ; enfin, sous le contrôle du chambrier en titre, qui sans doute se réservait le maniement des deniers, le chambrier mineur fabriquait les chandelles et les répartissait, celles notamment qui, fichées dans un pain, éclairaient le comte, la comtesse et le sénéchal, et eux seuls, lorsqu'ils étaient à table.

D'un côté donc la table, le jour, le feu clair, la parade ; de l'autre, les lits, la nuit, la chandelle, le retrait. La salle était équipée principalement pour le festin, lui-même représentation, ostension de l'ordre nécessaire. Le comte et la comtesse, le couple dominant, occupaient le centre du spectacle, objets d'un honneur particulier, servis par les plus hauts domestiques ; mais auprès d'eux, presque à leur niveau, se tenait le sénéchal, lequel avait droit, comme le maître, puisque *major domus*, premier de la maisonnée, au pain de sel à côté de sa tranche, à la lumière devant lui. Et puisqu'il s'agissait de mise en scène publique, de démonstration de puissance, il importait que les officiers de la table fussent chevaliers ; ils recevaient le même équipement, la même livrée que les compagnons d'armes du patron ; ils accompagnaient celui-ci chaque fois qu'il montait à cheval, avec les cuisiniers et le concierge : leur activité, diurne, se projetait vers l'extérieur, vers les actions de plein vent. Alors que la chambre apparaît, à lire ces coutumes, renfermement, coquille ; plus de ce vin qui convient à la fête, aux largesses ; loin du jour, pour laver ce qui souille et repousser les ténèbres, l'eau lustrale et les luminaires prophylactiques.

Cette assistance démultipliée, et le recours au cérémonial comme instrument de discipline, étaient nécessaires au maître pour maintenir en ordre la société domestique. Le tumulte fusait en effet de toutes parts. Du côté des hommes, le péril venait de la violence ouverte, armée, jaillissant naturellement parmi ces gens de guerre et de tournoi. Il fallait donc constamment évacuer la convoitise et les rancœurs, réchauffer sans relâche l'« amitié ». Tâche difficile en raison de la rivalité permanente dont la cour était le lieu, de la jalousie des cadets à l'égard des aînés, de la compétition ouverte parmi les « nourris » se disputant les faveurs du maître et celles de la dame, acharnés chacun à éclipser tous les autres, les dénigrant, les défiant, leur portant à chaque occasion des coups bas – en raison d'une émulation, source de bruit et de fureur. Pour contenir la turbulence, trois procédés entraient en jeu. L'expulsion, d'abord, des plus agités ; ce fut sans doute l'une des fonctions de la croisade, et la plus bénéfique ; un rôle analogue était tenu par la tournée, financée par le père de famille, qui entraînait rituellement loin de la maison, pour un an, deux ans, après la cérémonie de l'adoubement, le fils aîné et les autres « chevaliers nouveaux » ; tous les jeunes étaient ainsi appelés à déverser dans l'errance, provisoirement, le trop-plein de leur ardeur. On sait aussi que l'usage s'imposait d'envoyer les fils, dès qu'ils sortaient de l'enfance, se former ailleurs – simple échange en vérité, puisque la maison, délivrée des garçons de son sang, se devait d'en accueillir d'autres, mais ce transfert n'était pas sans doute sans amortir lui aussi quelque peu les heurts. Je tiens les rites de l'amour courtois pour un second moyen d'apprivoiser la jeunesse. Ce que l'on sait de ce jeu et de son développement depuis le milieu du XIIe siècle porte à penser que le seigneur proposait son épouse comme un appât, une sorte de leurre, l'offrant, jusqu'à un certain point, comme l'enjeu d'un concours dont les règles de plus en plus sophistiquées obligeaient les participants, les chevaliers célibataires et les clercs de la maisonnée, à gouverner de mieux en mieux leurs pulsions. Enfin, le chef de maison détenait un pouvoir judiciaire, le droit d'arbitrer les querelles, de redresser les torts ; et s'il ne pouvait rien dire sans le conseil des siens, ceux-ci étaient astreints à le lui donner, à parler devant lui, à étaler devant lui leurs discordes, et, dans la salle – comme dans celle, capitulaire, du monastère –, les griefs exhibés, les raisons entendues, récompenses et réprimandes étaient périodiquement distribuées ; à moins que, en appelant au jugement de Dieu, le *caput mansi* ne décidât de présider, dans la cour, à une bataille, un duel, l'une de ces rixes organisées au cours desquelles se débondait la violence des rivaux.

Ce système de régulation fut-il efficace ? Les traces de ses échecs se découvrent aisément dans le peu qui reste de la littérature familiale. Ainsi, dans l'histoire – panégyrique – des seigneurs d'Ardres, et qui n'est bien documentée que sur quatre générations, un meurtre domestique au moins est évoqué, celui du *senior*, assassiné dans la forêt, disait-on, par les valets de sa cuisine. Dans l'histoire – panégyrique elle aussi – des sires d'Amboise, et, elle aussi, bien documentée sur quatre générations seulement, il est fait mention de l'assassinat d'un beau-frère camouflé en accident de guerre ; les deux frères du dernier des seigneurs dont il est question dans ce texte furent tués par leurs familiers, l'un dans une embuscade et l'autre par empoisonnement ; tandis qu'est constamment présente l'agitation des chevaliers des châteaux, organisés en partis opposés, l'un soutenant le fils, l'autre le père, un frère de l'épouse, ce tumulte ne se laissant pas aisément maîtriser : le maître du château de la Haye (c'était un intrus, l'époux de l'héritière) et son frère finirent par être abattus par les guerriers de leur maison qui ne pouvaient plus supporter leur présence. Toutefois, dans l'espace domestique, le danger était principalement perçu comme venant, insidieusement, des femmes, porteuses du poison, des sortilèges, de la zizanie, et les défaillances, les maladies inattendues, les décès sans cause apparente, le seigneur trouvé un matin mort dans son lit, boursouflé, tout apparaissait provoqué par les manigances des femmes, et de la dame en premier lieu.

Le danger : les femmes et les morts

La menace contre l'ordre établi paraissait donc surgir sourdement du plus intime, du plus privé de la société courtoise. Et le mot courtois convient en effet : il n'y avait guère à s'inquiéter du trouble provoqué par les femmes assujetties sur qui pesait, très lourd, le pouvoir de la maîtresse de maison. Le problème de la paix, de la paix privée, se posait à propos des bien nées. Elles étaient pour cela étroitement surveillées, soumises. L'axe le plus solide du système de valeurs à quoi l'on se référait dans la maison noble pour se bien conduire, s'appuyait sur ce postulat, fondé lui-même sur l'Écriture : que les femmes, plus faibles et plus enclines au péché, doivent être tenues en bride. Le devoir premier du chef de maison était de surveiller, de corriger, de tuer s'il le fallait sa femme, ses sœurs, ses filles, les veuves et les filles orphelines de ses frères, de ses cousins et de ses vassaux. La puissance patriarcale se trouvait, sur la féminité, renforcée, parce que la féminité représentait le danger. On tentait de conjurer ce péril ambigu en enfermant les femmes dans le lieu le mieux clos de l'espace domestique, la chambre – la « chambre des dames », qu'il ne faut pas prendre en effet pour un espace de séduction, de plaisance, mais bien de relégation : elles y étaient resserrées parce que les hommes les craignaient. Dans la chambre, ils pénétraient, et le maître, très librement : les romans le montrent volontiers le soir, après souper, s'y rendant manger son fruit, détendu, la tête sur les genoux des pucelles de la famille qui le *« tastonnent »*, le peignent, l'épouillent : c'était là un des plaisirs propres aux *seniores*, à ces heureux qui dominaient une maison. D'autres hommes étaient introduits dans la chambre pour les divertissements intimes, pour la lecture ou pour le chant, mais choisis par le patron, requis d'entrer, accueillis en visite temporaire : la littérature de fiction, l'unique source d'information ou presque, ne situe aucun mâle hormis le chef de maison et ses très jeunes garçons en résidence dans la chambre, sinon des blessés, des malades, livrés jusqu'à leur guérison aux soins féminins. Le gynécée, entrevu par les hommes mais dont ils sont naturellement exclus, apparaît à leurs yeux un domaine « étrange », une principauté séparée dont la dame, par délégation de son seigneur, détient le gouvernement, occupée par une peuplade hostile et séduisante dont souvent la part la plus fragile est renfermée plus étroitement, mieux protégée dans une communauté religieuse, un couvent interne régi par une règle sous l'autorité d'une supérieure qui n'est pas l'épouse du maître, mais une veuve de la parenté ou une fille que l'on n'a pas réussi à marier. La part féminine de la famille constitue donc un corps, un État dans l'État, et maître de lui-même, échappant au pouvoir de tout homme, le chef de maison mis à part, mais le pouvoir de celui-ci n'est que de contrôle, comme suzerain, et l'on voit souvent des ecclésiastiques le lui disputer sous prétexte de direction de conscience.

À ce groupe de femmes, inquiétant, étaient assignées des tâches spécifiques, car il fallait qu'elles fussent occupées, l'oisiveté étant jugée particulièrement périlleuse pour ces êtres trop faibles. L'idéal était un partage équilibré entre la prière et le travail, le travail du textile. Dans la chambre, on filait, on brodait, et lorsque les poètes du XIe siècle s'essaient à donner la parole aux femmes, ils composent des chansons « de toile ». Des mains féminines sortaient en effet toutes les parures du corps et les tissus ornés qui décoraient la chambre elle-même, la salle et la chapelle, c'est-à-dire une part considérable de ce que nous appellerions la création artistique, sacrée et profane, mais portée par des matériaux si périssables que seuls en subsistent aujourd'hui d'infimes lambeaux. Toutefois, les oraisons et ces ouvrages, poursuivis en équipe comme l'étaient, du côté des hommes, la guerre et la chasse, ne délivraient pas les mâles, persuadés de la perversité structurelle de la nature féminine, d'une inquiétude obsédante, fantasmatique : que font les femmes ensemble entre elles seules, lorsqu'elles sont enfermées dans la chambre ? Évidemment, elles font le mal.

En un temps où l'Église conservait encore presque entier le monopole de l'écriture et pour lequel seule à peu près la pensée des ecclésiastiques est accessible à l'historien, ce sont les moralistes qui le plus clairement paraissent hantés par le souci des plaisirs coupables que, sans aucun doute, les femmes, dans le gynécée, prennent seules ou bien avec leurs compagnes et les jeunes enfants. Car la femme, la jeune femme, lit-on dans une des versions de la vie de sainte Godelièvc composée au début du XIIe siècle, est toujours livrée à l'aiguillon imparable du désir; elle l'assouvit couramment dans l'homosexualité, et cette suspicion pesante est attisée par la pratique générale de coucher à plusieurs du même sexe dans le même lit. Entre elles, par ailleurs, dans leur privé particulier, les femmes passent pour échanger les secrets d'un savoir auquel les hommes n'ont aucune part et que transmettent aux plus jeunes ces « petites vieilles » présentes dans nombre de récits, celles par exemple qui, dans la maison paternelle de Guibert de Nogent, nouaient ou dénouaient les aiguillettes, celles qui enseignaient dans les villages les opérations magiques qu'un Étienne de Bourbon pourchassait au XIIIe siècle. Le pouvoir masculin se sentait impuissant devant les sortilèges, les philtres qui affaiblissent ou bien guérissent, allument le désir ou l'éteignent. Il s'arrêtait à la porte de la chambre où les enfants étaient conçus, mis au monde, les malades soignés, les défunts lavés, où, sous l'empire de la femme, au plus privé, s'étendait le domaine ténébreux du plaisir sexuel, de la reproduction et de la mort.

La société domestique était donc traversée par une séparation franche entre le masculin et le féminin, institutionnelle et qui retentissait sur la plupart des comportements et des attitudes mentales. À l'intérieur de la demeure, la seule conjonction officielle, ostensible, publique, unissait le sire et la dame, et toute l'organisation de la demeure était disposée pour que cette rencontre fût parfaite, c'est-à-dire féconde. Beaucoup d'autres cependant s'y produisaient, illégitimes celles-là, occultes. À mille indices on discerne l'exubérance d'une sexualité privée qui se déploie dans les lieux et les temps les plus propices, ceux du secret, de l'obscur, l'ombre du verger, le cellier, les recoins, et durant les ténèbres nocturnes que ne perçaient même pas, comme au monastère, quelques lumignons. Dans cet espace mal cloisonné, il était aisé aux hommes de se glisser dans le lit des femmes; si l'on en croit les moralistes et les romanciers, le passage inverse était cependant plus fréquent : sans obstacle aux unions fugaces, la maison est montrée remplie de femmes consentantes, provocantes. Il s'agissait bien sûr de servantes, mais qui n'étaient que la menue monnaie, et ni la littérature domestique ni le roman n'en parlent guère. Il s'agissait de parentes, belle-mère, belles-sœurs, tantes, et l'on devine, foisonnant, l'inceste de rencontre. Parmi ces parentes, les plus actives d'après ce que l'on nous dit, étaient les bâtardes de la famille, filles du père, des oncles chanoines, et mères elles-mêmes de futures concubines. Qu'en était-il des « pucelles », filles légitimes du maître ? Étaient-elles aussi librement offertes aux chevaliers errants, selon les rites de la bonne hospitalité, que le prétend la littérature de divertissement ? Et les hommes, aussi souvent qu'il est rapporté dans la biographie des saints, tirés de leur sommeil par des femelles insatiables ?

Il est sûr, en tout cas, que la convivialité rassemblant autour du couple conjugal tant d'hommes et de femmes non mariés, leur promiscuité inévitable, la conduite prescrite à l'égard des hôtes, amis ou étrangers, devant qui il était de bon ton d'exhiber les femmes de la maison comme on exhibait le trésor, par vanité, entretenaient dans l'esprit du seigneur responsable de l'ordre domestique et de la gloire familiale une préoccupation majeure, celle de l'honneur. L'histoire de l'honneur que Lucien Febvre, il y a longtemps, appelait à écrire ne l'est toujours pas. Du moins est-il évident qu'aux temps féodaux l'honneur, terni par la honte, était affaire masculine, publique, mais qu'il dépendait essentiellement du comportement des femmes, c'est-à-dire du privé. L'homme était honni par les femmes soumises à son pouvoir et, en premier lieu, par la sienne. Le grand jeu, tel qu'il est décrit par la littérature courtoise, invitait les jeunes hommes, pour manifester leur valeur, à séduire la dame, à s'en emparer. Un jeu, mais qui s'inscrivait dans un cadre réel, dans le vécu. Incontestablement, l'épouse du maître était convoitée, et le désir qu'elle inspirait, sublimé en fine amour, employé on l'a vu, comme un moyen de discipliner la jeunesse domestique. De robustes interdits retenaient de la prendre vraiment. Il advenait cependant qu'elle le fût par violence. La place attribuée au viol dans l'intrigue des récits de délassement reflète de toute évidence la réalité : comment ne pas mettre en parallèle Renart le goupil prenant son plaisir de la reine, et Geoffroi Plantagenêt forçant Aliénor d'Aquitaine dans la maison de son époux, le roi de France ? Il arrivait aussi que la dame se donnât. Obsession de l'adultère, et tous les regards épiant, les envieux guettant la rencontre des amants.

La parade à la honte consistait d'abord à tendre un écran face au public : la crainte d'être honni des femmes de la maison explique à la fois l'opacité ménagée autour de la vie privée et le devoir de surveiller de près les femmes, de les tenir autant qu'on le pouvait cloîtrées, et s'il fallait les faire sortir, pour les cérémonies ostentatoires ou pour les dévotions, de les escorter. Autour de la femme en voyage, la maisonnée se portait hors de la demeure, assurant sa « conduite », pour qu'elle ne fût pas « séduite ». Pendant le très long pèlerinage qu'elle fit à Rome au milieu du XIe siècle, Adèle de Flandre demeura cantonnée dans une sorte de demeure ambulante, une litière aux rideaux constamment tirés. Femmes encloses, s'échappant parfois, au petit matin, telle Corba d'Amboise, ravie, heureuse de l'être, par son cousin au sortir de la messe, à Tours. Femmes parquées dans l'enceinte, pour que des hommes de la maison ne soient pas souillés par leurs incartades, que celles-ci restent masquées, dans le secret de la *privacy*. Sauf si leur faute, si l'adultère était profitable, si c'était la bonne occasion de se débarrasser d'une épouse stérile ou qui lassait, d'une sœur dont on redoutait qu'elle réclamât une part d'héritage. Alors le chef de maison dévoilait, lançait le cri, publiait – rendait publique – la défaillance féminine, afin de pouvoir légitimement châtier la coupable, la chasser de la maison, s'il ne décidait pas de la brûler vive.

Il faut évoquer une autre menace, pesant sur la société familiale : elle venait des morts, présents, exigeants, et qui volontiers revenaient la nuit, au plus intime, dans la chambre où leur corps avait été naguère préparé pour l'ensevelissement, quêtant de nouveaux soins. Comme au monastère, une place leur était réservée dans la convivialité privée afin que leur âme ne fût pas en peine, ne vînt pas troubler les vivants. Dès que la maisonnée en avait les moyens, et il en fallait de considérables, elle aménageait un réceptacle pour les restes de ses défunts ; elle fondait un monastère, une collégiale où tous seraient ensevelis, une nécropole ainsi s'instituait, séjour obligé pour les morts du lignage, rangés là en bon ordre, comme une annexe de la maison assignée à cette part de la maisnie, dangereuse autant que la part féminine et comme elle enfermée. On célébrait en ce lieu non seulement la commémoration du trépassé au « bout de l'an », mais son anniversaire régulier et, ce jour-là, la famille mangeait avec lui comme on le faisait au monastère, ou plutôt pour lui, à sa place, afin de se le concilier. Ce que firent, à Bruges, en 1127, tout de suite après l'avoir tué, les meurtriers du comte de Flandre, retranchés dans la chapelle, « assis autour de la bière, posant sur celle-ci le pain et les coupes comme sur une table, mangeant et buvant sur le corps, croyant que pour cela personne ne poursuivrait la vengeance », que l'assassiné pardonnerait. Cependant, c'était au moment même du passage que les rites d'accompagnement s'étaient d'abord accumulés, en une représentation où l'on voit, comme au monastère, s'imbriquer le public et le privé.

Cérémonie publique, transport d'un lieu privé, la chambre, le lit, à un autre lieu privé, fermé, le tombeau, mais traversant nécessairement l'espace public ; donc nécessairement festif, autant que les noces et par le même déroulement d'un cortège, toute la maison, en rang, dans l'ordre, offrant l'image de sa cohésion à la suite du défunt dont c'était la dernière ostentation, dont c'étaient aussi les dernières largesses publiques, répandues parmi les pauvres, tandis que se déployait un vaste banquet ; publiques étaient également durant cette phase les manifestations du deuil, un spectacle où les femmes tenaient le premier rôle, criant, déchirant leurs vêtements, se lacérant le visage. Cependant, cette démonstration succédait à d'autres rites, ceux-là très privés – un privé en vérité nombreux, grégaire. Ce rituel de départ débutait dans la salle : devant tous ses « privés » mais aussi ses « amis », le mourant énonçait ses dernières volontés, les dispositions de la succession, procédait à l'intronisation de son héritier, à voix haute et par gestes bien visibles. Ainsi à Audenarde, autour de Baudouin V de Hainaut s'apprêtant au trépas, comme pour une assemblée de paix publique toutes les reliques du pays avaient été apportées et tous les fidèles requis de jurer sur elles la concorde. Plus intime était l'agonie, qui prenait place dans la chambre. Le poème composé en l'honneur de Guillaume, maréchal d'Angleterre, mort en

1219, offre l'une des plus précises relations de la mort d'un prince en ce temps. Guillaume, désirant mourir chez lui, s'était fait conduire dans l'un de ses manoirs dès que son mal s'était aggravé. Il y convoqua tous les siens, et d'abord son fils aîné, pour qu'on l'entende disposer de l'héritage, choisir sa sépulture, pour qu'on le voie, changeant d'habit, prenant celui de templier, entrer pleinement dans une autre fraternité, baiser pour la dernière fois en pleurant son épouse. Achevé ce cérémonial de la rupture, très semblable à celui que l'on respectait lorsque le chef de maison quittait son privé pour un voyage, la scène se dépeuplait. Le moribond toutefois ne devait pas être laissé seul ; on se relayait pour le veiller nuit et jour ; peu à peu, il se dépouillait de tout : il avait cédé ce dont il n'était que le dépositaire, le patrimoine ; il cédait maintenant tout son bien personnel, l'argent, les parures, les robes ; il acquittait ses dettes, implorait le pardon de ceux qu'il avait lésés dans sa vie, il pensait à son âme, confessait ses péchés, enfin, la veille du trépas, les portes de l'au-delà commençaient de s'entrebâiller pour lui. Guillaume vit ainsi deux hommes blancs venir se poster l'un à sa droite, l'autre à sa gauche ; le lendemain, à midi, il prit congé, mais un congé privé celui-ci, de sa femme et de ses chevaliers : « Je vous confie à Dieu, je ne puis plus être avec vous. Je ne puis plus me défendre de la mort. » Se séparant du groupe qu'il avait dirigé, se dévêtant de son pouvoir, le remettant à Dieu. Seul, pour la première fois depuis sa naissance.

G. D.

Parenté

Dans les pages qu'on vient de lire, Georges Duby a volontairement mis entre parenthèses ce qui relevait des liens charnels ; il a traité de la *familia* médiévale en n'envisageant pas la famille au sens moderne : distinction nécessaire entre les deux axes qui doivent orienter l'analyse. Naturellement, les rapports de parenté et ceux de convivialité interfèrent souvent, mais cela n'a rien d'automatique. À ne pas séparer assez nettement la corésidence de la consanguinité, à persister dans l'emploi indifférencié du terme ambigu de « famille », beaucoup d'historiens d'antan se sont enfoncés dans des ornières (telle la référence à la « famille large germanique »).

La relation de parenté entre de plein droit, au même titre que celle de convivialité, dans une étude de la « vie privée ». Il serait possible d'en développer la présentation de façon parallèle : comme celles de la demeure, les métaphores du lignage ont une large place dans la représentation des solidarités religieuses ou politiques ; à l'instar des grandes maisonnées, les larges parentèles, qui retiennent l'attention privilégiée des spécialistes d'histoire sociopolitique, témoignent par leur extension, aux XIe et XIIe siècles, de la privatisation des pouvoirs, tout en se prêtant au même paradoxe de l'aliénation du rapport privé ; enfin, l'autonomie de l'individu ou du couple se trouve mise en cause par l'irrésistible empire du « lignage » autant que par l'importune présence de l'entourage domestique – en un temps où, décidément, le privé est partout et nulle part.

Toutefois, la parenté est une relation beaucoup plus abstraite que la convivialité : elle pose donc des problèmes spécifiques. Il faut commencer par préciser ce que peut être ce « lignage » que les sources médiévales donnent à voir sous des aspects très divers et que les commentateurs modernes négligent de définir. Évitant une fastidieuse revue historiographique, je mettrai seulement en exergue les deux chapitres que Marc Bloch a consacrés à cette question, en 1939, dans *La Société féodale* : livre fondateur de l'histoire médiévale française actuelle et dont on admire toujours le caractère vif fécond et inspirant – même si, sur ce point comme sur plusieurs autres, les progrès accomplis depuis lors par l'histoire, par l'anthropologie et par la coordination entre elles obligent aussi d'en faire la critique.

Marc Bloch envisage les liens du sang juste avant ceux de la vassalité et relativise à juste titre l'importance des seconds en montrant qu'ils ne font que compléter la trame tissée par les premiers pour donner sa cohérence à une société que l'on pourrait appeler, plutôt que « féodale », féodo- (ou vassalo-) lignagère : les uns et les autres sont couramment mis sur le même plan par les hommes du Moyen Âge, et les groupes les plus fortement charpentés sont ceux qui les combinent – ligesse et lignage donnent ainsi, lors de la bataille de Mansourah (1250), au témoignage de Joinville une efficacité idéale à la troupe de Gui de Mauvoisin. La parenté est analysée par Bloch en termes de solidarité juridique (mobilisation pour les guerres privées, détention de droits patrimoniaux communs). Une équivoque plane malheureusement sur la corésidence, car il ne s'affranchit pas de l'idée que les parents vivent sous le même toit ou, en tout cas, systématiquement au voisinage les uns des autres. Cela ne l'empêche pas d'ouvrir une perspective fondamentale : il veut que soit appréhendée la différence entre la société médiévale et la nôtre jusque dans cette cellule en apparence élémentaire et naturelle. « Par la tonalité sentimentale de même que par l'étendue, écrit-il, la parentèle était autre chose que la petite famille conjugale de type moderne » : quelque chose de moins affectif et de fort contraignant pourtant, et qui, pour Bloch comme pour ses contemporains influencés mal à propos par Lévy-Bruhl, est implicitement connoté de primitivité dans le mauvais sens du terme. Renforçant ce sentiment, vient le soupçon que la force de la parentèle s'instaure aux dépens du couple : « Sans doute serait-ce déformer beaucoup les réalités de l'ère féodale que de placer le mariage au centre du groupe familial » ; de fait, la femme n'appartient qu'« à demi » au lignage de son mari puisque le veuvage, *ipso facto*, l'en exclut (ou l'en affranchit). Néanmoins, par la grâce de l'Église et de l'État, une incontestable modernité pointe avec l'aube du XIIIe siècle : l'une au nom des droits de la personne, l'autre au nom de la paix publique, et tous deux, en même temps, au profit de leurs intérêts bien compris, œuvrent sans relâche au desserrement des contraintes de la parenté.

Délimitation des contours du « lignage » et mise en évidence de ses fonctions, interrogation sur ses rapports avec la « famille conjugale », enfin, recherche d'une tendance évolutive au tournant des années 1180 : j'emprunte ici à Marc Bloch ses trois thèmes principaux, pour les traiter successivement. Les travaux que *La Société féodale* a suscités font qu'il y a dans ce livre, aujourd'hui, des parties mortes, comme dans tout ouvrage scientifique âgé de quelques décennies ; sa grandeur se reconnaît, en revanche, dans les quelques intuitions que ses successeurs n'ont pas assez exploitées ou qu'ils ne peuvent que confirmer, les transformant en concepts. Ainsi est pressentie l'importance de la filiation indifférenciée [1] : « la zone des obligations lignagères perpétuellement changeait de contours ». Il y a pourtant de solides parentèles au sein desquelles vient s'abriter et s'aliéner l'homme féodal. Elles sont aussi, s'agissant d'un noble, le moyen et l'expression de sa puissance. Que sont-elles exactement ?

Les métamorphoses du lignage

Linguistique et monde féodal

Sous leur forme latine comme en ancien français, « lignage » et « parenté » désignent des *relations* bien plutôt que des *groupes* constitués de manière rigide ; on est lié à des grands *par* lignage et/ou *par* parenté (les deux termes sont pratiquement équivalents) et, de ce fait, on se trouve classé en bonne position dans la hiérarchie sociale. Le rang d'Enguerran IV, sire de Coucy, malmené en 1259 par la justice royale, tient à ce que tous les grands barons de la France du Nord sont « de son lignage » et donc amenés à le soutenir de leur « conseil » : les cousinages patri et matrilatéraux, les alliances passant par des femmes données ou reçues contribuent également à fonder le large réseau d'une parenté mise en relief par le caractère dramatique de la circonstance, sinon même reconstituée spécialement en vue d'y faire face.

L'application de ces mots à des *groupes*, tels dans le roman arthurien *li parentez le roi Ban* ou ce *nostre lignage* dont Gauvain déplore l'affaiblissement, n'est en fait que seconde, plus rare que l'évocation de la *relation* déterminante et/ou manipulée. Tel groupe cristallise et particularise le rapport de parenté. *Genus*, vocable purement latin et qui n'est pas l'an-

1. Filiation « indifférenciée » ou « cognatique » : en anthropologie, reconnaissance de la parenté par le sang dans les deux lignes (paternelle et maternelle) avec une valeur égale et des propriétés homologues.

cêtre direct de « race », s'applique aux XIe et XIIe siècles, de la même manière, d'abord à l'extraction (« noble » ou « brillante » chaque fois que l'on en fait état) d'un homme ou d'une femme, et ensuite seulement à une formation sociale précise – que désigne plus exclusivement *prosapia*. *Cognatio* s'applique également à des groupes, mais serviles plutôt qu'aristocratiques. Si l'on ajoute à cette liste celle de collectifs tels « proches », « amis (charnels) », et – les plus fréquemment employés – « parents », « cognats » *(cognati)* et « consanguins » *(consanguinei)*, une certaine abondance de radicaux et de dérivés se prête à la désignation de la parenté élargie : il n'y manque guère que « famille » ! En revanche ni le couple ni la famille « conjugale » ou « nucléaire » qu'il constituerait avec ses enfants ne sont clairement mis en valeur.

De là à conclure qu'ils n'ont pas d'existence effective, il y a malgré tout un pas difficile à franchir. Car on ne saurait se fonder seulement, pour la description et l'interprétation d'une société, sur la conscience qu'elle a et sur l'image qu'elle peut et veut donner d'elle-même : l'impensé ou l'informulé ne doivent-ils pas, au contraire, retenir l'attention ? Georges Duby nous convie à une histoire des silences dans ses récents *Dialogues* avec Guy Lardreau : précisément celle des réalités taisibles de la vie privée, en deçà des mots. Ce n'est donc pas en s'accrochant désespérément aux sinuosités du langage que l'on tranchera ici le débat. D'autant que comme Marc Bloch le notait, leur vocabulaire flottant n'est pas forcément un indice de la force des liens du « lignage ».

Le monde féodal français n'est pas un espace linguistique unifié : la langue d'oïl a ses variantes régionales, et les transpositions latines risquent d'être à la fois variables et inadéquates. L'historien doit donc seulement prendre acte de l'absence de termes spécifiques aux divers groupements possibles de parents ; c'est la parenté comme relation et fonction sociale générique qui est essentiellement perçue. À nous d'examiner la manière dont elle articule ensemble plusieurs sphères.

Manquent aussi, la plupart du temps, de véritables surnoms lignagers (« noms de famille ») : acteurs du grand jeu sociopolitique, les Blois-Champagne et les Érembaud sont appelés ainsi, pour la clarté de l'intrigue, par les historiens actuels. Les Giroie, authentiquement appréhendés comme tels par le XIIe siècle normand, représentent un cas particulier, prélude à l'adoption très progressive des noms patronymiques ; mais celle-ci a quelque chose de très artificiel, car les autorités politiques l'imposent de l'extérieur.

Enfin, l'analyse peut se diriger vers la nomenclature des rapports particuliers, bilatéraux, qui sillonnent le champ de la parenté. Dans le latin des clercs, on perçoit des distinctions que le vocabulaire moderne ne fait plus. Ainsi, celle entre les « beaux-pères » des deux types et, dans le même ordre d'idées, celle entre frères germains et demi-frères : elles sont rendues nécessaires, à l'évidence, par la fréquence des remariages dans une société où la mort fauche bien des guerriers novices et des premières parturientes ; on ne peut envisager de la même manière le couple ou « famille » dans un régime démographique qui ne laisse aux époux qu'une espérance de vie commune assez réduite et dans le nôtre, exceptionnellement favorable aux unions prolongées. Si elle était vraiment constante et confirmée, la distinction du *patruus* d'avec l'*avunculus* appellerait des commentaires plus proprement sociologiques : frère de la mère, c'est le second qui a donné l'oncle du français et qui éveille l'intérêt des amateurs de la très anthropologique relation avunculaire. Mais on manque de confirmations au plan des attitudes, et le système des appellations lui-même semble quelque peu brouillé. En contrepartie des différences que nous ne marquons plus, se présente enfin l'ennuyeuse ambiguïté de *nepos* : neveu ou petit-fils ? Le premier sens domine, et il l'a emporté lors du passage au français : c'est que peu d'enfants ont dû connaître leur grand-père ; dans la solide lignée capétienne elle-même, il faut attendre 1214, quand le futur Saint Louis naît sous Philippe Auguste.

Une enquête à poursuivre : l'inventaire complet et l'interprétation de cette nomenclature. Mais elle risque en fait d'être peu féconde, se heurtant à des usages aléatoires. La « société féodale », comme bien d'autres, ne maîtrise pas assez ses moyens d'expression pour fournir un clair reflet de ses attitudes par les règles d'emploi des mots et par la délimitation de leurs champs sémantiques. L'héritage fossilisé dans le latin, ou dans le français lorsqu'il se hausse soudain à la dignité de l'écriture, se laisse mal distinguer de la part vivante et neuve. De ces quelques remarques, ne tirons donc rien de plus que des suggestions de recherche : à propos des rapports entre oncle et neveu ou d'une pluralité éventuelle des formes du « lignage ». Mais où trouver les matériaux les meilleurs dans les sources trop rares, trop allusives ou trop majoritairement ecclésiastiques à partir desquelles s'élabore tant bien que mal l'histoire du Moyen Âge central ?

Sources

Une littérature généalogique a fleuri au XIIe siècle par les soins et à l'usage de l'aristocratie, rayonnant à partir de la Flandre et de l'Anjou, ses foyers d'origine. Georges Duby en poursuit l'étude, tout en sachant bien n'avoir affaire avec elle qu'à une « idéologie de la filiation », à une simple représentation qui s'attache plus à la lignée qu'au lignage *stricto sensu* : à l'axe vertical de la parenté plus qu'au champ défini par sa combinaison avec un axe horizontal. On ne se privera pas pour autant de cette source : l'exercice de la parenté ne se pratique-t-il pas autant dans l'imaginaire que dans le « réel » proprement (et pauvrement) dit ? Mais la référence à elle doit venir après la reconstitution de l'ensemble des filiations et alliances connues par ailleurs : on les confronte alors aux choix et aux déformations qui sont l'œuvre des généalogistes pour en tirer des indications sur l'usage sociopolitique de leurs travaux.

Avec les chartes et notices conservées par les églises, on croit d'ordinaire appréhender les rapports sociaux à l'état brut. Et c'est dans la présence très fréquente de toute une série de parents aux côtés des individus que l'on veut trouver le meilleur, l'irréfutable témoignage de la vigueur des liens de parenté. Lorsqu'un homme ou une femme aliène une terre ou un revenu en faveur d'une église, par don ou par vente (ou plutôt en une transaction complexe qui n'est ni l'un ni l'autre), il faut l'accord de ses proches, la *laudatio parentum* (octroi de la parenté). Ainsi voit-on figurer au bas des actes des noms de fils et de filles, de frères, sœurs et beaux-frères, de cousins et neveux, etc. De là, Marc Bloch et bien d'autres tirent la notion de « solidarité économique du lignage », imaginant de fréquentes possessions indivises et une forte cohésion des groupes de parenté. C'est aller trop vite en besogne. En premier lieu, parce que les formations très larges, pour intéressantes qu'elles soient, ne représentent pas la majorité des cas : après tout, la statistique des parents intervenant à la *laudatio* tourne relativement en faveur de la « famille conjugale » ; intermittentes, les présences d'amis charnels plus lointains n'en sont pas moins significatives – d'autant qu'elles peuvent être sous-estimées par les rédacteurs de notices brèves, comme le montre chaque fois qu'elle est possible la comparaison entre celles-ci et des chartes plus développées relatant les mêmes affaires. Mais – seconde et principale objection – les droits desdits *parentes* ne sont-ils pas, eux, surestimés ? Il n'apparaît guère qu'ils renoncent à une jouissance effective, mais seulement à un droit potentiel. Faut-il imaginer que l'Église exalte l'individu, le détachant des coalescences lignagères ? Ne faut-il pas, au contraire, soupçonner les frères et les cousins d'arguer de leur parenté pour élever une réclamation qu'ils savent avoir peu de chances d'aboutir vraiment, mais qui est l'occasion de recevoir un dédommagement substantiel ? Entonnant le grand air de la *calumnia* (réclamation) pour recevoir, qui dix sous, qui un palefroi, qui des souliers vermeils, et des bagues, des parures ou des truies *(sic)* pour leurs femmes et leurs filles... c'est-à-dire transformant un simple droit de regard, au mieux une part d'indivision, en avoir personnel. Le groupe de parenté a toutes chances d'être ici artificiellement constitué pour faire pression sur des moines et des clercs plus débonnaires qu'on ne l'a dit : il ne s'appuie ni sur la corésidence ni forcément sur une certaine communauté de biens, et l'on aurait bien tort de confronter ce type d'actes très ambigu aux coutumes successorales – au demeurant fort rarement rédigées entre l'an mil et l'an 1200. Toutefois, l'artifice en question est bel et bien une pratique sociale courante : celle de la revendication possible, au nom de la parenté, de multiples biens et honneurs. Car les hommes de ce temps ne « confondent » pas les notions juridiques, ils ne sont pas aveuglés par une quelconque « mentalité » : ils argumentent et rivalisent entre eux avec subtilité, par tous les moyens à leur disposition.

Insatisfait des « actes de la pratique », l'historien de la parenté peut se retourner vers les sources narratives. Leurs erreurs ponctuelles leur seront pardonnées à cause de tout ce qu'elles apportent, par leurs interprétations et leurs commentaires, à une sociologie rétrospective. La France du Nord a eu, autour de 1100, ses grands historiens et chroniqueurs. Le « Français » Guibert de Nogent, le Flamand Galbert de Bruges, le Normand Orderic Vital nous peignent, sous un éclairage assez sinistre, un monde en proie à la brutale mais rationnelle compétition des lignages plutôt qu'à l'« anarchie féodale » : la puissance des grands est donnée comme cause et conséquence, dialectiquement, de la force de leur parentèle et de leur vassalité, souvent réunies et renforcées par la vie commune de la maisonnée ; si les contours de celle-ci ne sont pas plus nettement tracés que ceux du « lignage », c'est sans doute qu'il n'y a pas lieu de les rechercher trop précisément et qu'il faut toujours penser réseaux de relations plutôt que formations homogènes. Dont acte pour la reconstitution sociologique.

Enfin, il n'y a pas lieu de récuser le témoignage direct de la littérature épique et courtoise de langue d'oïl. On me permettra d'en proposer ici, incidemment, une lecture au premier degré : la matière carolingienne y est traitée, comme celle de Bretagne, dans des décors et avec des dialogues qui sont des XIIe et XIIIe siècles ; les historiens de la culture matérielle y trouvent leur compte – dès lors, pourquoi ne pas considérer comme vraisemblables les relations sociales sur lesquelles se construisent des scénarios imaginaires ? Ici, au moins, la « féodalité » n'est pas maudite, comme c'est le cas en un double sens chez des auteurs monastiques raidis dans leur mépris du monde. Les débats et les monologues de Guenièvre et de Lancelot sont autant de paroles qui nous viennent directement des cours laïques. Et s'il y a là stylisation, « verre grossissant », c'est du reste précisément ce qu'il nous faut ! L'expression de l'affectivité, à tout le moins, ne saurait trouver de meilleur canal. Le roman médiéval, comme celui de notre temps, emprisonne une plus grande part de réalité (en entendant celle-ci au sens large) que des textes réputés plus « objectifs ». Les quatre sources envisagées ici méritent donc un égal intérêt : chacune d'elles se situe à un certain niveau d'authenticité, chacune construit – ce qui revient au même – sa propre fiction.

Le déclin, le maintien ou la chute de grandes « familles » ou « maisons » (quoique aucun de ces deux termes ne s'applique alors à des groupes de parenté) fournissent aux chroniqueurs des temps « féodaux » une ample matière – le thème, plus près de nous, est demeuré éminemment romanesque ou historique, propice à la manifestation des plus importants rapports sociaux, de leurs plus subtiles évolutions. Les « Érembaud » de Flandre à l'échelle d'une décennie puis, sur un siècle, les Giroie de Normandie ont permis, respectivement, un riche tableau instantané et une suggestive appréhension de stratégies à long terme.

Heurs et malheurs des grands lignages

La parentèle de Bertulf, prévôt de la collégiale Saint-Donatien de Bruges et chancelier de Flandre, s'est rendue fameuse, tout en se perdant, par le meurtre du comte Charles le Bon (1127) ; plusieurs témoins contemporains, au premier rang desquels le notaire Galbert, décrivent par le menu le complot, le crime et, accomplie par la main des hommes, la vengeance de Dieu. C'est aussi un morceau d'anthologie pour l'histoire sociale, au chapitre de l'ascension des ministériaux, ces serviteurs des princes et des seigneurs dont la fortune se développe rapidement au XIIe siècle et qui peinent, néanmoins, à franchir le seuil critique donnant accès à l'aristocratie. Nobles ou serfs ? Deux pôles opposés dans la hiérarchie des conditions, entre lesquels se joue leur destinée ; deux statuts qui ont en commun, au moins, de favoriser la conservation d'une mémoire généalogique, entretenue *par* les intéressés dans un cas, et *malgré* eux dans l'autre. Les « Érembaud » auraient sans doute tout à fait occulté leur origine servile si un chevalier, attaché à eux par l'alliance, ne s'était vu lors d'un procès refuser le duel judiciaire : libre initialement, il a – lui dit-on – perdu cette qualité du fait d'un an de mariage avec une nièce du prévôt ; lui qui espérait qu'une union aussi distinguée affermirait une liberté toujours quelque peu relative et précaire, voilà qu'il découvre en son épouse un vice caché : elle est serve ! La belle-famille se trouve dans l'embarras, et dans l'obligation de réagir politiquement contre la faction qui, conspirant sa perte, pousse le comte à revendiquer ses serfs natifs.

Il y a cependant un autre ressort à l'intrigue. Car la *cognatio* souillée de servitude se veut un *genus* prétendant au prestige, avec ses maisons fortes et les guerres privées que Bertulf lui-même s'applique à susciter indirectement à ses neveux, pour que croissent leur prouesse et leur honneur. Une lutte inexpiable oppose ainsi Borsiard et les autres *nepotes Bertulfi* à la formation adverse, également arrogante et haïe des Brugeois, des *nepotes Thancmari* ; des deux côtés, elle mobilise parents et vassaux. Punissant l'infraction à sa législation de paix publique, le comte détruit la maison de Borsiard : ce qui achève d'attiser la rancune des « Érembaud ».

Alors se noue une conjuration entre plusieurs des neveux du prévôt, dans laquelle entrent aussi des parents moins précisément définis, et même un non-parent. Elle perpètre le meurtre dans la collégiale et commence l'exécution d'un plan politique mûrement établi : assurer la Flandre à Guillaume d'Ypres, bâtard de la lignée comtale, sur lequel on compte pour assurer l'impunité des assassins. Mais ni les vengeurs de Charles le Bon, surgissant aussitôt de sa maisnie, ni le roi Louis VI en quête de souveraineté et son candidat Guillaume Cliton ne laissent le champ libre à une telle conspiration des mal nés : sous le poids de la faute, tous les membres de la parentèle, même étrangers à l'acte criminel, s'écroulent un à un. Et Galbert traduit et justifie, *a posteriori,* cette damnation collective en termes de malédiction lignagère ; c'est lui (ou ses inspirateurs « populaires ») qui façonne le groupe des « Érembaud ». Le nom est celui de l'ancêtre d'un chevalier de bas étage, traître à son seigneur le châtelain de Bruges (un « Boldran » dont en fait aucune charte ne porte la trace !) : il commet l'adultère avec son épouse avant de le précipiter dans les eaux d'une rivière et de saisir, avec la femme, la châtellenie. Ainsi, le châtiment de ceux des meurtriers du comte que l'on a jetés du haut d'une tour a-t-il reproduit et compensé le forfait initial et refermé sur elle-même l'histoire d'un lignage infâme... et fictif. Significative à tout le moins est la contrefaçon de l'épisode fabuleux qui d'ordinaire, dans la littérature généalogique, fonde la fortune d'un bon *genus* : l'obtention par un jeune héros inconnu et vaillant de la main d'une fille ou d'une veuve pour prix d'un exploit ; par la femme, l'honneur (patrimoine et prestige du sang) vient à la descendance masculine.

Si l'on peut déceler dans la présentation d'un lignage, en ce dernier passage, quelque chose d'artificiel, c'est qu'ailleurs les contours du groupe sont moins rigides. Son noyau central est bien, cependant, patrilinéaire : promu *caput generis* du fait de ses hautes fonctions dans la principauté, Bertulf dirige la carrière des fils de ses frères, qu'il affectionne pour les avoir élevés dans sa maison ; s'ils sont, à présent, établis chacun dans la sienne, ils n'en relèvent pas moins de lui pour la conception et la coordination de leurs parcours, et sa demeure est le haut lieu du prestige du groupe. Le père de Borsiard, bien vivant, prend place à la périphérie du système : châtelain de Reddenbourg, ce Lambert se veut (en vain) étranger à l'affaire dont son fils est l'un des principaux responsables.

À son propos, comme pour d'autres membres de la parenté, se pose la question de la culpabilité collective ; plusieurs tentent d'échapper à la vengeance. Ainsi le châtelain Didier Haket, frère de Bertulf, cherche-t-il, devant les principaux de Flandre, à se désolidariser d'avec les meurtriers du comte : « Nous condamnons leur acte et nous les aurions absolument éloignés de nous si nous n'avions dû, quoique à contrecœur, tenir compte de la proximité de notre sang [...] » (pour leur donner refuge, aide et avis). Manière de ruser, ou vrai conflit de valeurs ? Il y a un certain tragique dans la manière dont la personne, ici, se débat contre la parenté. Mais ce combat n'est pas sans fondement. Il n'échappe ni à Galbert ni à ses contemporains que certaines individualités se détachent avantageusement de la cohorte maléfique : aimé du « peuple » et quasi noble, Robert l'Enfant (fils du châtelain Didier) a le double privilège d'échapper à la détention au cachot avec ses « parents » et d'avoir la tête tranchée au lieu d'être pendu. L'emprise des liens charnels demeure tout de même inéluctable.

Les responsabilités étaient inégales, et l'initiative n'était pas émanée de la parentèle dans son ensemble. Le récit de Galbert en détache un solide groupe de filiation, auquel on ne peut refuser la qualification de lignage, quoiqu'un autre chroniqueur, Gautier de Thérouanne, en donne une représentation plus axée sur la convivialité : Bertulf est pour lui, avant tout, un *pater familias*, maître d'une maisonnée. De même, la conjuration est, à ses yeux, une association contractuelle. D'autre part, les deux auteurs nous mettent en face d'une ambiguïté quant à la situation des alliés, fort propre à compliquer l'expertise sociologique : tout mariage influence le classement des deux parentés et crée une certaine solidarité entre elles ; autant qu'on le sache, les maris des nièces de Bertulf n'échappent pas au naufrage, mais ils demeurent au long des récits, à une exception près, à l'arrière-plan. C'est l'indice d'une interférence complexe, presque aléatoire, entre la filiation et l'alliance.

Mais cette imprécision tient peut-être à l'immaturité de ce *genus* particulier. Contrastant avec ces parvenus, l'ancienne aristocratie ne s'appuie-t-elle pas sur une structure lignagère plus ferme, moins improvisée ? Les Giroie en paraissent être une belle illustration. Lorsque Orderic Vital, contemporain de Galbert, relate leur histoire, ou plutôt en glisse des aperçus en quelques points de son *Histoire de l'Église*, elle s'étend déjà sur plus de quatre générations.

1° Ils sont des représentants typiques de la haute aristocratie normande, mise en place ou, du moins, largement modelée par les ducs du début du XIe siècle : une étude de Lucien Musset montre bien qu'à défaut des légendaires « compagnons de Rollon » (que sans doute on attendrait), elle est constituée d'immigrés francs ou bretons de haute extraction. Giroie le fondateur est issu « d'une grande noblesse française et bretonne » : les noms de son père et de son aïeul sont parvenus à Orderic Vital, ainsi que celui de sa sœur Hildiarde, mère de nombreux enfants nobles. Les descendants de « Giroie » perpétuent son surnom, en l'accolant à leurs propres prénoms, soit tel quel (Robert « Giroie »), soit adjectivé (Guillaume *Geroianus*, « le Giroie »). Les prénoms sont, aux yeux des hommes du Moyen Âge, les noms véritables et fondamentaux ; le lien familial entre individus se marque par leur répétition régulière, à chaque génération ; ils sont transmis, comme des attributs héréditaires, de père en fils, d'oncle en neveu, mais aussi (et peut-être avant tout) de grand-père ou grand-oncle maternel à petit-fils ou petit-neveu. C'est un des apports essentiels des femmes aux lignages de leurs maris que ces noms illustres, que l'on ne porte qu'à condition de descendre de leurs premiers possesseurs, et qui représentent en eux-mêmes un atout majeur pour la carrière politique : non seulement la *virtus* des ancêtres vient irriguer le sang de leurs descendants homonymes, mais leurs *honores* (seigneuries) eux-mêmes leur sont parfois destinés. Dans toute étude d'un groupe de parenté aristocratique, il faut prendre garde aux héritages de prénoms, tenter de comprendre les choix effectués lors de la nomination des enfants – celle-ci n'est-elle pas déjà programmation de leur existence ? Ici, *Guillaume* et *Robert* attestent un lien (par alliance sans doute, ou par filiolage) avec la famille ducale de Normandie ; ils tendent à supplanter *Ernaud/Renaud*, qui semble plus ancien et patrilinéaire. *Giroie* n'est qu'un sobriquet surimposé, à l'aide duquel se reconnaissent les membres d'un patrilignage (lignage paternel) spécifique, sur fond d'une parenté indifférenciée qui apparaît bien reconnue et exploitée, d'après l'usage traditionnel des prénoms transmis par les femmes. La pratique ancienne, en effet, c'est cette « grammaire des relations de parenté » (cognatiques), selon l'expression de Karl Ferdinand Werner ; en revanche, le surnom masculin véhiculé par l'agnation[1] est une nouveauté – on dirait presque : une formule pionnière – liée à l'enracinement du groupe, avec une densité et une vigueur inédites avant l'an mil, dans le secteur que dominent ses châteaux. Gérer un tel « système castral » et le pouvoir de commandement qui lui est attaché (la « seigneurie banale ») : telle est la tâche ardue des descendants du premier Giroie.

L'installation aux confins du Maine et de la Normandie s'est faite entre 1015 et 1027, par le soutien d'un sire de Bellême dont Giroie était compagnon d'armes et par la

1. Agnation : lien de parenté établi par la filiation patrilinéaire (contraire de cognation : bien établi par la filiation indifférenciée, par toutes les lignes).

faveur ducale : la fille unique du puissant Helgon est promise au guerrier ; elle meurt prématurément, avant les noces, mais cela n'empêche pas celui-ci de recueillir le *fiscus* (domaine ou fief en passe de devenir château) de Montreuil et Échauffour. De son mariage avec une autre fille noble naissent sept fils et quatre filles : la fécondité très forte des unions n'a rien d'exceptionnel en ce temps ; elle oblige les lignages, s'ils veulent éviter les partages fatals, à poursuivre une logique d'expansion qui déchaîne la compétition à l'intérieur des « patries » et au-dehors, ou à marquer envers les cadets une souveraine rigueur. Orderic Vital aide à reconstituer la stratégie des Giroie, mais il n'en montre pas tous les aspects, attaché qu'il est à une représentation particulière, conforme à ce qu'il sait et à ce qui sert les intérêts de son monastère, Saint-Évroul d'Ouche ; l'une et l'autre, la stratégie et la représentation, méritent un examen conjoint.

2° À la première génération d'héritiers, trois seulement parmi les sept garçons produisent des fils. Aîné des survivants (après la mort d'Ernaud), Guillaume le Giroie, sa vie durant, commande à ses frères ; ayant obtenu le château de Saint-Céneri, il le laisse à son cadet Robert, qui apparaît comme son allié dans la lutte contre le troisième-né Foucois. Car la prééminence de Guillaume ne s'est pas établie automatiquement : entre lui et Foucois, l'*honor* de Montreuil avait d'abord été partagé, et il faut imaginer, peu après 1035, une âpre rivalité. Foucois a été le compagnon et filleul de Gislebert, comte de Brionne, ennemi de Guillaume le Giroie et des siens ; mais il a perdu la partie, et le récit d'Orderic Vital, même, le relègue avec ses descendants dans une zone d'ombre et d'illégitimité : la mère de ses enfants est appelée « concubine » – serait-ce la seule union de validité contestable dans toute l'histoire de ce lignage, puissant en un temps où les règles canoniques du mariage sont si souvent malmenées ? On a peine à le croire. Ne s'agit-il pas de disqualifier des fils qui n'ont pas eu de part à la fondation du monastère d'Ouche (qui l'ont doté cependant) et qui plus tard l'ont inquiété ? On saisit ici, en fait, une de ces procédures de compétition sur lesquelles Georges Duby a insisté plus haut. Pour l'histoire politique et sociale, il est d'autre part remarquable que les luttes internes d'une principauté comme la Normandie n'opposent pas les grandes parentèles bloc contre bloc, mais mettent en scène, bien plutôt, des factions utilisant les clivages intralignagers. Lesdits lignages survivent, puisqu'ils ont des représentants dans chacun des deux camps ; mais le tout est de savoir lequel des rameaux éliminera les autres ou acquerra, du moins, la prééminence (voire, par manipulation de la mémoire, l'aînesse rétrospective ?).

Des quatre autres fils, trois sont emportés par une mort prématurée – ou, du moins, survenue alors qu'ils étaient encore « jeunes », c'est-à-dire célibataires. Ainsi de l'aîné Ernaud, ou du « Giroie » (dont le « vrai » prénom n'est pas donné), sixième-né, accidentellement blessé à mort par un écuyer : dans ses derniers moments, par un acte de piété qui, un peu comme le don aux églises, isole l'individu de sa parenté, il le presse de s'enfuir et d'échapper à la vengeance de ses frères – à laquelle, sans doute, le souci de l'honneur aurait autant ou plus de part que le mouvement passionnel de l'affection. Enfin, pour conclure l'examen des sept destinées, un autre cadet, Raoul Male-Couronne, renonce aux périls et aux péchés de la chevalerie au profit d'une cléricature qui lui donne le loisir de cultiver les lettres et de s'adonner à la médecine.

Guillaume l'a donc emporté, soumettant ou excluant ses frères avec l'aide du sort ou de la vocation ; il mène sans contredit le jeu difficile d'un groupe patrilinéaire, dont les membres se donnent mutuellement l'octroi, à l'exclusion de tous autres parents (mais non des seigneurs et vassaux éventuels de chacun) lors des « dons » ou « ventes » à Saint-Évroul : « consentants » ou « codonateurs », comme si ces termes s'équivalaient et sans que cette pratique implique toujours l'existence d'indivisions.

Les quatre filles de Giroie, en revanche, ne transmettent à leurs héritiers ni le surnom patronymique ni de tels droits sur le patrimoine. Elles ont toutes été mariées, puisque cela ne mettait pas en cause la préservation de ce dernier ; au contraire, les alliances matrimoniales servent la politique du lignage, en lui créant des obligés. Érembourc et Emma sont données à de plus petits sires, voisins de la zone d'influence de Giroie : leur père a sur ses gendres un certain pouvoir de persuasion, mais on discerne aussi, dans le groupe des « voisins, hommes et cousins » des flottements, une marge de manœuvre qui s'accroît au bout d'une génération. Adélaïde et Hadvise font, me semble-t-il, des mariages d'un type différent, isogamique[1] et distancié : l'une en Maine-Anjou et l'autre en Normandie, provinces entre lesquelles le lignage a toujours soin de répartir équitablement ses filles, lorsqu'il les donne comme épouses ou comme religieuses.

L'alliance conclue par l'intermédiaire d'Hadvise est valorisée par Orderic Vital : c'est en effet en s'associant avec leurs deux neveux de Grandmesnil que Guillaume et Robert « fondent » l'abbaye de Saint-Évroul, vers 1050. L'établissement d'un rapport privilégié avec un monastère est une étape obligée sur le parcours des aspirants à la seigneurie banale autonome ; il faut que le pouvoir de l'épée trouve une sorte de légitimation et d'appui dans celui des saintes reliques. « Nécropoles familiales », les abbayes sont le lieu d'une prière ininterrompue pour les morts ; les épitaphes rimées en beau latin élèvent ceux-ci au rang d'ancêtres. N'est-on pas là, malgré l'évidente spécificité du culte chrétien, assez près de l'Afrique lignagère ? La constitution du groupe des fondateurs est le fruit d'une manipulation spécifique de la parenté : mise en évidence d'une relation d'alliance, à la suite d'une pression de Guillaume, alors que ses neveux désiraient d'abord agir seuls et installer des moines à l'emplacement même de la mort de leur père. Ouche est donc un sanctuaire interlignager, et non pas lié aux descendants par la même ligne d'un ancêtre commun ; toutefois, il y a comme une prééminence des Giroie : le rattachement de Robert de Rhuddlan aux fondateurs, en vue d'une sépulture, mène à eux, par deux filiations maternelles – sa mère, sœur des Grandmesnil, étant « de l'illustre souche des Giroie » *(ex clara stirpe Geroianorum).*

La médaille conférée aux deux lignages par cette aura de sacralité a cependant ses revers. Économiquement, elle leur coûte cher : Robert de Grandmesnil comme Ernaud d'Échauf-

---

1. Isogamies : mariages conclus avec des personnes de niveau social approximativement égal (contraire d'hypergamies : avec des personnes de rang supérieur ; *cf infra*. p. 126).

four, devenus moines en ce lieu, « ravissent » littéralement à leurs « parents » une part de leurs trésors, notamment du butin ramené d'Italie méridionale, au profit du saint ; la démarche n'est-elle pas exactement symétrique de celle des *calumniatores* qui encombrent les pages des cartulaires ? D'autre part, le contrôle d'un monastère comme celui-ci n'est pas acquis définitivement : le pouvoir ducal, plus encore que la réforme grégorienne proprement dite, combat la mainmise des fondateurs. Les Giroie et les Grandmesnil passeront, Saint-Évroul ne passera pas... pas aussi vite, du moins.

3° Les difficultés rencontrées ne sont, à vrai dire, que les répercussions directes de la grave crise politique qui s'abat sur les uns et les autres en 1060. Rebelles au duc, Robert Ier de Saint-Céneri et Ernaud d'Échauffour ne survivent pas à la tourmente ; le second n'a que le temps de rentrer en grâce auprès de Guillaume le Conquérant, et en possession de son héritage un moment confisqué, avant de succomber au poison préparé par Mabille de Bellême (1064) : au compagnonnage des aïeux a succédé, en effet, l'inexpiable guerre des Giroie et des sires de Bellême, aux péripéties remarquables. Les Grandmesnil se rétablissent plus vite ; leur destinée dès lors se sépare nettement de celle de leurs cousins, tandis qu'après Ernaud la noblesse des *Geroiani,* aux dires d'Orderic Vital, se dégrade ; ses descendants ne trouvent refuge que dans l'Italie du Sud, exutoire d'un grand nombre de branches cadettes ou simplement déshéritées de cette constellation aristocratique.

4° Pourtant, les Giroie reviennent : le nom continue de vivre dans la branche de Saint-Céneri. En 1088, le libéral Robert Courteheuse succède comme duc à Guillaume l'implacable ; autour de lui s'empressent, accourus de toutes parts, des héritiers de grands *honores,* parents plus ou moins proches des puissants spoliés par son père, et il leur « restitue » leurs patrimoines – consacrant la valeur d'un droit héréditaire qui s'attache, dans la culture juridique médiévale, aux alleux. L'argument de Geoffroi de Mayenne, qui intercède en faveur de Robert II le Giroie, n'est cependant pas la filiation de celui-ci, mais sa parenté avec le duc de par sa mère Adélaïde, une cousine *(consobrina)* du Conquérant.

La *progenies* (descendance) se maintient en dépit de nombreux aléas, parce qu'elle est à la fois plus et moins qu'un pur patrilignage. Un réseau étendu et multilatéral de liens de parenté l'aide à traverser les moments difficiles, à charge de revanche : ainsi, en 1094, lorsque sa première épouse, son fils otage et son château lui-même sont tombés sous les coups des Bellême, Robert II, « appuyé sur le soutien de parents et d'amis », refait ses forces et reprend espoir. D'un autre côté, puisqu'il faut préserver l'intégrité de la terre, la stratégie d'un lignage comme celui-ci consiste à n'être qu'une lignée – admettant les frères et les oncles célibataires, tout en rejetant les cousins ou, s'ils trouvent fortune ailleurs, tendant à les perdre de vue. En 1119, Montreuil et Échauffour reviennent aux mains de Robert II ; il refait donc l'unité du patrimoine ancestral avant d'avoir à le répartir entre ses fils. Les Giroie sont bien présents au pays lorsque le vieux moine de Saint-Évroul fait entrer une part de l'histoire de leurs prédécesseurs dans sa vaste fresque : il marque bien, rétrospectivement, la spécificité d'une lignée qui a su multiplier l'alliance et limiter la filiation directe, se réservant de mener, sur fond de solidarité parentélaire, un incessant combat pour sa propre cause, en cent ans de solitude.

Cette destinée, comme le point de vue du témoin, sont exemplaires à plus d'un titre. La date de l'enracinement (début du XIe siècle) s'appliquerait à la majorité des maîtres de châteaux, en France du Nord : l'heure de la cristallisation lignagère vient pour eux plus tard que pour les princes et plus tôt, sans doute, que pour les petits chevaliers. La puissance des ducs, capable de tout remettre en question par des confiscations, est une marque normande particulière ; mais dans les contrées, plus troublées encore, du Val de Loire ou de l'Ile-de-France, coups de main et guets-apens ont le même effet perturbateur, purement conjoncturel, sans ébranler davantage, à terme, la puissance lignagère.

Cette structure de parenté caractérise bien l'aristocratie, adonnée par vocation et raison sociale au grand jeu du pouvoir et de la domination locale. Les « moyens » chevaliers, acteurs fréquents mais rarement personnalisés de l'*Histoire* d'Orderic Vital, interviennent comme satellites des « puissants », impliqués dans les rouages et dans les intrigues de leurs vastes maisonnées. Quant aux paysans voués aux tâches de production, leurs fragiles maisons n'abritent que des

« familles étroites ». Ils ont moins un honneur à entretenir par des alliances matrimoniales ou par des guerres privées qu'un lot de terres à arrondir ; l'intégration dans une seigneurie ou une paroisse les attache à la coutume d'un lieu et aux *patres* anonymes qui reposent dans l'aître de l'église. L'ethnologie contemporaine nous l'enseigne aussi bien que l'histoire sociale du Moyen Âge central : lignages et généalogies sont le monopole des chefs.

Ils sont aussi le produit d'une construction idéologique. Ici, à défaut de recueillir fréquemment et directement la tradition orale des maisonnées châtelaines, l'historien bénéficie des œuvres de Lambert d'Ardres, de Jean de Marmoutier et de ses remanieurs – dons inestimables du second XIIe siècle. Les rapprochant de quelques généalogies composées, Georges Duby en souligne les préoccupations majeures : justifiant la détention d'un patrimoine, les rédacteurs suivent la ligne masculine, ils signalent aussi l'illustration qu'apportèrent au groupe quelques beaux mariages, hypergamiques (conclus avec des personnes de niveau social plus élevé). Ce n'est pas que la noblesse vienne des femmes plutôt que des hommes ; s'il y a dans cette société une condition qui s'acquiert par la mère, c'est la servitude – encore que l'existence d'un vrai mariage et la résidence autonome virilocale (dans la maison du mari) aient largement périmé cet héritage des chiourmes antiques. S'agissant de la noblesse, cette qualité innée encore susceptible d'inégale intensité selon le degré d'honneur et de proximité avec les rois, seul un surcroît d'éclat par rapport à la ligne masculine justifie qu'on la rapporte à une mère ou à une aïeule, en pratiquant un décrochement matrilatéral dans la voie royale de l'ancestralité. À une telle mise en forme par sélection, l'ascendance des Giroie aurait pu se prêter, au XIIe siècle, si un chapelain domestique avait imité celui des sires d'Ardres. Le mérite d'Orderic Vital, auteur plus distancié, est de nous livrer un état d'élaboration intermédiaire entre le matériau brut et l'image idéale.

Chef-d'œuvre précoce, dont le manuscrit le plus ancien provient du milieu et du moment auxquels s'attache l'*Histoire de l'Église, La Chanson de Roland* ne nous présente, pourtant, pas même l'esquisse de structures lignagères. Le héros n'a que deux parents identifiés : Charlemagne, son oncle maternel, et Ganelon, son parâtre et ennemi. On peut certes imaginer, comme cause de cette haine, la rivalité de deux parentèles pour la conquête du pouvoir : obtenir une sœur de roi assure une position dominante à la cour, et le remariage pourrait signifier qu'entre groupements rivaux l'alternance a joué... mais le texte n'explicite rien de cela. Roland ne vit pas au milieu d'amis charnels mais de compagnons de combat, formant la maisnie royale. Sa « parenté » n'a d'existence que virtuelle et abstraite, lorsqu'il l'évoque pour justifier son orgueilleux et fatal refus de sonner du cor pour appeler à l'aide : *« – Ne placet Damnedeu/ Que mi parent pur mei seient blasmet. »* (« À Dieu ne plaise que mes parents soient blâmés à cause de moi. »)

Les deux âges des sociétés fictives

La trahison de Ganelon est jugée par les barons, devant qui Charlemagne porte plainte lui-même, appuyé par le jeune Thierry son fidèle, familier mais non lignager. En face d'eux, le félon dispose de l'aide de trente « parents » : silhouettes indistinctes et innommées, desquelles se détache le seul Pinabel à l'occasion du duel judiciaire et sans que sa relation spécifique avec l'inculpé soit signalée. Entre les coups, il échange avec Thierry des propositions de paix et de médiation. Pinabel, cependant, ne peut lâcher Ganelon ; il s'écrie, exprimant lui aussi les valeurs maîtresses d'une *shame culture* : *« – Sustenir voeill trestut mun parentet/ N'en recrerrai pur nul hume mortel ;/ Mielz voeill murir qu'il me seit reprovet. »* (« Je veux soutenir toute ma parenté ; nul homme mortel ne m'en fera dédire : je préfère mourir plutôt que de me le voir reprocher. »)

Et sa défaite provoque non seulement le supplice du traître, mais aussi la pendaison des trente qui l'ont assisté. Une parenté sans contours ni sentiments, pas même articulée – serions-nous là dans les brumes toutes germaniques de la primitivité ?

Avec le Lancelot ou le Perceval de Chrétien de Troyes (1170-1190), l'ambiance est plus printanière, et une plume alerte confère aux présences féminines, génératrices d'« états d'âme », un rôle plus important. L'aventure individuelle des héros les met assez souvent en présence de parents dénommés et caractérisés génériquement ; mais ce n'est jamais que par incidence, et l'identité se révèle, de préférence, après l'établissement d'une sympathie spontanée. Perceval défend-il une damoiselle contre la brutalité de son ami ? Incline-t-il tristement la tête, sous le poids du remords, aux propos d'un ermite ? Il retrouve après coup en celle-là sa cousine, en celui-ci son oncle. De même, le bon Gormemanz de Gorhaut admire le talent inné du fils de sa sœur sans le connaître pour tel, lors d'un apprentissage accéléré de la chevalerie. Un « J'avais grand besoin que ce fût là mon neveu ! », ou encore un « Enfin, j'y vois clair dans mon cœur ! » viendraient fort à propos pour clore ces épisodes auxquels il ne manque qu'un zeste de second degré pour être tout marivaudiens : révélateurs du préjugé social du public autant que du subtil héritage de « la classe ».

Vers 1200, l'épopée et le roman mûrissent, non sans peut-être s'affadir, et s'entremêlent l'une à l'autre. Désormais dispersées en de multiples œuvres, la matière de France et la matière de Bretagne ont besoin, chacune de son côté, d'une synthèse. Or, c'est à ce moment que, des deux parts, le patrilignage fait son apparition, acquiert bientôt un rôle dramatique central et assume une fonction organisatrice dans ces sociétés de fiction. Arthur et Charlemagne s'affaiblissent face à leurs barons, à l'inverse d'un Philippe Auguste auquel ils empruntent néanmoins sa brutale ingratitude et son peu d'inclination à payer de sa personne. Au-delà d'un homme, c'est l'État qui de toute façon a changé de visage ; et au-delà d'un déterminisme, même dialectique, c'est la logique propre à cette littérature en expansion qui l'entraîne à la représentation de mondes complets. Une fois ces remarques faites, on est presque étonné de trouver de nombreuses concordances entre les sources réputées plus « objectives » et les types de relations et d'attitudes que met en scène le second âge épico-romanesque.

Bertran de Bar-sur-Aube répartit les héros de l'épopée franque en trois grandes « gestes », c'est-à-dire « races » ou « clans » au sens précis : celle des rois, celle des traîtres issus de Doon de Mayence et celle des loyaux barons auxquels il procure un ancêtre en créant Garin de Montglane. Les deuxième et troisième gestes se disputent la prééminence dans le royaume *(seignourie)*; elle les intéresse plus que tels châteaux ou duchés particuliers qui ne sont que les pièces d'un jeu de go – à l'exception de terres patrimoniales anciennes auxquelles s'attachent des sentiments.

Dès lors, chacune des œuvres du cycle épique peut se consacrer à l'un des patrilignages minimaux, présenté comme un segment de la geste; le personnage principal se laisse difficilement mettre à part de ses frères (ainsi dans *Renaud de Montauban*, chanson connue également sous le nom des *Quatre Fils Aymon*). À la première génération, les quatre héritiers directs de Garin de Montglane se mobilisent autour de leur cadet, Girart de Vienne (qui donne son nom à la *Chanson* de Bertran) : il a été insulté par la reine, d'où une guerre privée contre le roi Charles. Venus avec d'importants contingents de vassaux, les frères ne marchandent pas leur concours à celui des leurs qui, étant l'offensé, joue en cette situation le rôle de chef. En présence du vieux père, se tient un conseil de « famille » : palabre où l'on entend l'avis de chacun. Les relations lignagères entre hommes mûrs revêtent une forme égalitaire ; c'est une simple préséance qui valorise, en alternance, Hernaut l'aîné et Girart, maître des lieux et *chevetaigne* de la guerre. Ce dernier entretient encore un rapport privilégié, d'affection et d'autorité relative, avec son neveu Aymeri – au détriment d'Hernaut, propre père du garçon ; ainsi se trouve consacré son rôle d'éducateur, « nourricier » d'un adolescent qu'il a naguère admis en sa maison après avoir mis à l'épreuve son sens de l'honneur lignager : *Molt traoit à sa geste* (« il était de son lignage » ou « tenait » de lui « en beaucoup de choses »).

Lors de l'*asseurement* (accord d'assurance mutuelle en vue de la paix) qui réconcilie finalement cette parenté avec Charles, le jeune Aymeri refuse d'abord, seul du groupe, de prêter l'hommage de paix ; il use d'un droit que lui reconnaissent les coutumiers du temps de Saint Louis, pour se dérober à un rituel dont les actes de la pratique portent la trace depuis le XIe siècle. Il se laisse toutefois convaincre de son incapacité à poursuivre seul la guerre. Au sein de la parentèle, il incarne bien les positions arrogantes de la jeunesse : mal domestiqué par l'autorité des *senez* (anciens), tantôt il brocarde son grand-père en présence des siens, tantôt il les devance tous pour défendre en lui, à la cour, l'honneur commun du groupe quand un baron irrespectueux lui tire la barbe. Chez les Giroie apparaissaient des clivages intralignagers verticaux, opposant des branches entre elles ; ici se révèle une autre ligne de partage, horizontale celle-là, provisoire certes et vers laquelle convergent des tensions dynamiques plus que des forces d'affrontement fatal, mais bien réelle tout de même. Or, les sources latines l'occultaient quelque peu : c'est à propos de la société globale et non de l'organisme lignager qu'elles opposent souvent, à la paresseuse sagesse des *seniores*, l'impétuosité irréfléchie des *juvenes*.

Le damoiseau est devenu un vieux seigneur aux confins du gâtisme dans l'épopée qui porte son nom, *Aymeri de Narbonne*. Un conflit latent l'oppose aux six premiers de ses sept fils : traçant pour son lignage un plan d'expansion à l'échelle de l'univers, il les expulse de la cité et ne garde auprès de lui que le benjamin, tout enfant ; c'est éviter les querelles et préserver l'intégrité du patrimoine, mais c'est aussi frustrer les aînés et mettre en péril une terre qui reste sans défenseur face aux Sarrasins. Exposant ce conflit de générations, l'auteur ne donne pas raison à l'ancien ; il laisse son public en présence d'arguments contradictoires de force égale, d'une aporie de la raison lignagère.

En vérité, comme le montre Joël Grisward, le groupe des Narbonnais réunit et articule les trois fonctions (avec leurs doubles faces et leurs domaines distincts) en lesquelles les « Indo-Européens » résumaient les modes d'action possibles sur le monde et sur la société. Le panthéon de l'Inde ou des Germains, l'histoire nationale des Romains, le lignage des féodaux : autant de « champs idéologiques », selon l'expression de Georges Dumézil. La parenté n'est-elle pas, dans beaucoup de sociétés « archaïques », une des catégories les plus opératoires de la pensée ordonnatrice ? Une fois le champ ouvert à l'imagination, on peut y introduire, sans rapport immédiat avec le milieu ambiant, les problématiques de l'un et du multiple, de la différence et de l'identité, en termes de gémellité et de consanguinité ; on peut en somme penser le monde, avec ses contradictions et ses emboîtements.

La présente réflexion n'a pas à s'aventurer sur ce terrain. Il me suffira d'une remarque à propos du travail même des trouvères remanieurs, Bertran et ses confrères. Ne reproduit-il pas, en fait, le processus même d'invention du lignage au sein de sociétés réelles ? Là s'accomplit plus subtilement, dans la simultanéité et de l'intérieur, ce que l'histoire littéraire nous présente sous forme d'étapes successives et comme une opération hors contexte.

Même évolution autour de la Table ronde, de Chrétien de Troyes à l'anonyme qui, se couvrant de l'autorité de Gautier Map, termina vers 1230 l'énorme cycle *Lancelot-Graal* par le dramatique récit de *La Mort le roi Artu*. Contrastant avec la féconde émulation individuelle qui régnait dans la cour des premiers romans, une rivalité entre lignages déchaîne ici les forces incontrôlables de la vengeance, de la haine mortelle, et mène le monde arthurien à sa perte. Amis de prédilection, Lancelot et Gauvain sont séparés, tragiquement, par l'intrigue et par le sang de trois des frères du second.

Les deux patrilignages affrontés ne sont pas tout à fait homologues. *Li parentez le roi Ban* réunit les fils (Lancelot, Hector) et les neveux (Bohort, Lionel) de l'éponyme défunt. L'aînesse de Lancelot dans la branche aînée lui vaut le commandement indiscuté du groupe, la détention du patrimoine de Bénoïc et Gaunes (sur lesquels cependant ses deux cousins ont un droit de succession) et la qualité de seigneur. Son honneur d'amant, dans l'aventure courtoise avec la reine Guenièvre, est aussi leur affaire, et ils le défendent. Il a beau, en quête de destin personnel, se retirer avec son écuyer et se déguiser, arborant des armoiries d'emprunt pour s'extraire un moment du groupe, son cœur n'en demeure pas moins transparent à ses lignagers : frère et cousins entre lesquels ni le degré d'affection ni la force des obligations mutuelles ne diffèrent. Menant chacun son importante compagnie domestique, les quatre hommes font montre d'une inébranlable cohésion, au tournoi comme à la guerre.

Cette belle unité s'établit plus difficilement entre les cinq neveux – fils d'une sœur ou d'un frère, on ne sait plus – qui forment la *parenté* du roi Arthur et en lesquels il déplore, lors du deuil, la perte de sa chair. De leurs *ostels* en ville, ils convergent vers le palais où on les trouve souvent rassemblés dans tel recoin ou tel corridor, chuchotant et murmurant entre eux comme en privé. Mais ils ne partagent pas les mêmes sentiments, ne définissent pas d'action commune : à l'envie et à l'intrigue d'Agravain, aux crimes de Mordret, s'opposent la courtoisie de Gauvain, la loyauté de Gahériet. Entre eux peut s'établir un palmarès : ces deux derniers sont, dans l'ordre, les plus *vaillans*. Moins homogène que l'autre, ce lignage n'a pas la même organisation hiérarchique. En fait, c'est seulement le triple deuil subi du fait de la parenté du roi Ban qui fait prévaloir chez Gauvain l'esprit « de famille » le poussant à la vengeance. À l'instar des héros des grandes sagas islandaises, contemporaines de ces romans français, il doit se montrer intraitable dans les pourparlers parajudiciaires, refusant toute autre compensation à la mort de Gahériet que celle de Lancelot lui-même, poursuivant cet objectif avec un fol entêtement. Il exhibe publiquement son « amour » pour les frères qu'il a perdus – mais le mot est, au long de l'œuvre, assez galvaudé. Ne nous y trompons pas : l'enjeu principal est le rang du « lignage » dans la société globale, et celui-ci, royal, veut évaluer ses membres au plus haut prix.

Le trait n'a rien d'anachronique au XIIIe siècle : même sans la précision statutaire et monétaire que les lois « barbares » du haut Moyen Âge prétendaient leur conférer, les « prix » ou « valeurs » de l'homme, par lesquels les meurtriers dédommagent les parents de leurs victimes, rachetant la paix, demeurent présents à l'esprit des « féodaux », permettant et compliquant la détermination des rangs sociaux. La vengeance des amis charnels ne s'impose ni par suite d'un traumatisme affectif, ni même pour compenser le handicap infligé dans la perspective d'une lutte bloc contre bloc, mais parce que, chaque fois, tous sont intéressés à un débat qui met en cause, à travers le « prix » d'une victime, leur indice d'honorabilité.

L'actualité sociologique de *La Mort le roi Artu* paraît aussi, me semble-t-il, dans le contraste entre le *parage* [1] de Gauvain et le *frérage* [1] de Lancelot : par l'intrusion d'un rapport vassa-

1. Parage et frérage sont deux systèmes permettant au XIIIe siècle à plusieurs fils héritiers d'un fief de le tenir en indivision sous l'autorité de l'aîné : dans le premier cas, ils l'aident à s'acquitter du service militaire ou de la taxe de remplacement dus au seigneur, mais sans devoir l'hommage à ce frère ; dans le second cas, au contraire, les cadets tiennent de lui en fief leur part d'indivision et lui prêtent hommage.

lique au sein du lignage, le second est une nouveauté des années 1200, diversement appréciée et répandue dans l'aristocratie « féodale » de France du Nord, donc parmi le premier public du roman.

Celui-ci, tout comme la chanson de *Girart de Vienne*, se présente donc comme un suggestif mélange de réalité sociale et de fiction. La geste et le roman révèlent ou précisent des attitudes – telles la rivalité des jeunes et des anciens, ou l'indistinction affective entre frères et cousins – que les autres sources oublient de rapporter ou laissent dans la pénombre. Elle s'intègrent au système avec une grande vraisemblance ; seule la relégation de l'oncle maternel (dont témoigne bien la transformation de Girart en oncle paternel d'Olivier, opérée par Bertran de Bar-sur-Aube) peut susciter une certaine perplexité – encore qu'elle soit cohérente à l'exaltation du patrilignage. On est enfin frappé de voir à quel point la relation abstraite de parenté a grand besoin d'être étayée par une convivialité : chacune, au vrai, sert à manipuler l'autre. Cette littérature de synthèse s'est donné la peine de peindre l'individu dans son réseau de sociabilité, l'arrachant à une solitude rêvée, à un délaissement héroïque. Ne dévoile-t-elle pas clairement toutes les fonctions de la parenté ?

La fiction réside seulement dans leur attribution indistincte à un seul groupe. Or, dans la pratique, comme le montrent le reportage de Galbert de Bruges et le monument érigé par Orderic Vital, le patrilignage ne saurait être pris tout à fait pour le microcosme en lequel se contracte tout le domaine de la parenté. Si le patrimoine relève bien de lui, la guerre en principe met en branle des cognations plus larges. Vérité des systèmes de relations, erreur – ou, du moins, stylisation – dans la constitution des groupes : ainsi peut s'apprécier l'apport de la littérature.

Je me propose, en effet, d'utiliser la distinction entre parenté et lignage comme une clé pour l'analyse. Elle impose de renoncer à l'équivalence de ces deux mots en ancien français, réservant « parenté » pour la relation en général et « lignage » pour un groupe particulier, défini par la filiation unilinéaire. Elle permet de surmonter l'apparente contradiction entre Marc Bloch, qui recommande la prudence à cause de l'imprécision de la zone des obligations « lignagères », et

Georges Duby, qui met résolument en scène, dans ses textes sur le temps des châteaux, des lignages combattants et conquérants.

Honneur de la parenté et stratégie du lignage

Le savoir des juristes confine parfois à la sociologie, même s'il est constitué à d'autres fins et développé selon d'autres exigences. Philippe de Beaumanoir, ancien bailli du roi, entreprend vers 1283 de recorder et de raisonner les *Coutumes du Beauvaisis* : il fournit, aux chapitres « Des degrés de lignage » et « De la guerre », une excellente illustration des propriétés de la filiation indifférenciée. Il compte les degrés de parenté selon la méthode canonique : nombre de générations qui séparent chacun des deux consanguins (ou le plus éloigné) de leur ancêtre commun ; sa pédagogie introduit, significativement, des *ego* masculins et des liaisons patrilatérales, mais le contexte démontre amplement que, pour lui, la parenté passe aussi bien par les femmes que par les hommes. La définir sert à quatre ordres de questions juridiques : guerre, mariage, héritage et retrait lignager. Examinons le premier.

Beaumanoir se pose le problème concret d'un juge devant lequel sont déférés des nobles, qui souvent prétendent « s'excuser » de leurs *mefets* en invoquant leur participation à la « guerre » d'un de leurs parents : quand peut-on leur donner raison ? L'usage médiéval n'accole pas à ce mot l'épithète « privée » (elle vient de commentateurs plus récents) ; cette violence n'est pas encore privée de légitimité par l'État, qui cherche seulement à en restreindre l'application : à la classe noble, aux consanguins en deçà du quatrième degré et sans prise en considération de la relation d'affinité (parenté par alliance). Les bourgeois et les *hommes de la poesté* (le commun des sujets de la seigneurie) ne peuvent être « chefs » de guerre ; ils se trouvent toutefois impliqués dans celle de leur seigneur, s'ils en ont un. Autour de l'homme en cause, offenseur ou offensé, la parenté s'ordonne selon un principe de relativité structurale : les contours du groupe concerné varient pour chaque individu. Non pas flottement, mais rigoureuse logique, dont le légiste se sert comme d'une catégorie *a priori* pour penser les règles de la guerre. On ne peut en effet la mener seul, et rien ne permet de ranger dans l'un des camps plutôt que dans l'autre les hommes dont les deux *chevetaignes* sont parents au même degré. C'est pourquoi deux frères germains ne peuvent pas s'opposer en guerre, tandis que des demi-frères, dont le *lignage* diffère, du côté maternel par exemple, ont le moyen de s'affronter – leur parenté commune devant rester neutre. Ainsi de suite dans toute la zone de solidarité légitime : les cousins du même degré n'ont pas à prendre les armes ; à degré de proximité inégal, ils vont du côté le plus rapproché.

Cela met en valeur des différences essentielles entre consanguinité et vassalité, si proches pourtant l'une de l'autre, par les obligations qu'elles entraînent, que Marc Bloch qualifie la seconde de parenté de substitution. Outre l'absence de hiérarchie qui la caractérise, la parenté paraît un lien aux effets inéluctables ; une fois reconnue et admise, elle n'est pas négociable. En cas de conflit de devoirs vassaliques, on peut en revanche déclarer telle ligesse prioritaire sur telle autre et, par une fine casuistique, mesurer sa contribution militaire ou financière. Entre parents, l'aide est illimitée, et le cousin issu de germain n'a pas moins d'obligations que le frère.

L'argument de l'affection n'est pas reçu en cour de justice baillivale. Beaumanoir l'évoque toutefois à propos des bâtards (demi-parents, au vrai, puisqu'ils n'ont pas de droit à l'héritage, tout en étant à l'évidence concernés par les empêchements de mariage) ; un naturel amour (et une communauté d'intérêts !) les rapproche de leurs demi-frères. En fait, si la rigueur des liens d'amitié charnelle clarifie le débat, elle ne fait pas oublier au légiste la mobilisation d'autres forces. Il évite aussi le piège qui consisterait à faire passer pour obligatoires – au détriment d'une paix publique qu'il veut au contraire renforcer – l'aide entre proches : les individus concernés peuvent toujours se désolidariser explicitement de la guerre, se dérobant à ses périls, mais aussi, s'il s'agit de vengeurs, renonçant à marchander la paix. Au rebours, ils ont le droit de refuser l'asseurement en dépit du *chevetaigne*, pourtant principal intéressé : force du sentiment de l'honneur parentélaire et/ou situation parallèle à celle de la *laudatio parentum*, quand l'invocation du droit collectif couvre des tractations personnalisées. Formé pour la circonstance, le groupe qui mène la guerre ne comporte ni véritable agencement hiérarchique ni ferme structure d'autorité.

La filiation indifférenciée sert à la théorie de la guerre privée, dans l'abstrait. Mais rien n'empêche de penser qu'elle s'accommode d'une pratique préférentielle du cousinage patrilatéral (côté paternel) – comme justement la *laudatio*. Le Beauvaisis est-il si loin de la Cornouaille imaginaire ? Entre la règle qui préside au raisonnement juridique et le modèle qui domine l'idéologie chevaleresque, il y a un grand écart, mais les sources narratives et diplomatiques fournissent la transition. Il est temps de conclure en caractérisant le *jeu* qui s'établit dans les faits entre la fonction-parenté (1°) et la structure-lignage (2°).

1° La première, réduite ici provisoirement au cas de la filiation (l'alliance est examinée plus loin), est une fonction, au sens quasi mathématique du terme. Elle induit entre les hommes des relations égalitaires (tous ont le même honneur), indistinctes (on doit autant d'aide et d'affection à un cousin qu'à un frère) et marquées, au plan des échanges, par une réciprocité non tarifée. L'honneur est un capital social que l'on maintient et que l'on fait fructifier ensemble, mais chaque situation d'évaluation (affaire de meurtre ou alliance matrimoniale) remet en question et le rang et les contours mêmes du groupe solidaire. La société dite féodale reconnaît la virtualité de tels rapports entre amis charnels, dans toutes les lignes, et elle les actualise fréquemment. Le beau mariage de Guillaume de Grandmesnil tourne « à grand honneur pour sa parenté » *(in magno honore consanguinitatis sue)*. La pendaison, en terre de Nesle, d'un chevalier-brigand fait honte à ses cousins : quoique étrangers à ses forfaits et peu sensibles à son supplice, ils s'en plaignent donc, mais en vain, à Saint Louis (Guillaume de Saint-Pathus). Ces solidarités larges, contrairement à ce qu'imagine, avec bien d'autres, Marc Bloch, n'entravent aucunement l'individu. Elles lui donnent au contraire l'occasion de tirer son épingle du jeu : d'extorquer des contre-dons aux établissements religieux, de s'inviter en parasite chez des cousins éloignés et de s'en aller « t-en-guerre » avec les joies du sport et l'espérance du butin.

Elles sont le garant de la liberté du noble, le critère de son classement, le tremplin de sa carrière : elles font le succès de sa vie publique.

Un souvenir précis de tous les ancêtres connus mérite donc d'être conservé. La conscience « familiale » de ces hommes, lorsqu'elle nous a été transmise à l'état pur, au degré zéro, se révèle tout aussi cognatique que la nôtre : c'est-à-dire attachée aux cousinages par toutes les lignes, par les femmes comme par les hommes. Ainsi de celle d'un chanoine de Saint-Aubert de Cambrai, Lambert dit « de Wattrelos » ; né en 1108, il rédige sa généalogie en 1152 ; elle est vierge de toute manipulation consciente, parce qu'elle émane d'un clerc relativement affranchi par son office de son lignage d'origine, qui était de petite ou moyenne aristocratie. Il a un égal intérêt pour ses deux ascendances, paternelle et maternelle : même nombre de parents cités de chaque côté. Il néglige d'autant moins la seconde qu'elle semble être un peu plus honorable – féconde, à tout le moins, en ecclésiastiques qui ont frayé le chemin du cloître au jeune homme. Éparpillées dans son autobiographie (vers 1115), les allusions de Guibert de Nogent à de siens *consanguinei* font entrevoir un trésor de mémoire du même type.

2° L'ordre d'exposition adopté par Lambert donne cependant la priorité aux hommes sur les femmes, aux aînés sur les cadets. « Dans son esprit, commente Georges Duby, sa famille paternelle s'ordonne comme une “maison”, un lignage de guerriers, où compte très fortement l'aînesse. » L'opération consistant à détacher, sur le fond de ce tableau de parenté indifférenciée, l'image d'un patrilignage serait assez aisée ; elle ferait apparaître une formation concrète, construite sur et travaillée par les oppositions hommes/femmes, aînés/cadets, sous-jacentes dans l'exposé. D'un tel groupe, que les subtiles sélections de la mémoire révèlent déjà bien, la demeure de Wattrelos serait certainement le noyau de cristallisation ; si Lambert manque à le mettre complètement en valeur, c'est qu'à la différence des généalogistes domestiques, il n'est pas un membre de la maisonnée, mais un de ces fils qui en sont sortis pour s'établir audehors.

Le lignage ressemble à une structure politique élémentaire – sans en être une tout à fait. Il réalise l'unité de ses membres face à l'extérieur, utilisant à cette fin les propriétés de la fonction-parenté. Mais aussi, et surtout, il entretient et fait accepter des disparités d'avantages entre eux : asymétries dans la répartition de l'héritage, rigueur drastique dans celle des rôles sociaux – notamment dans l'entrave au mariage des puînés. Occultant les affrontements internes (qui pourtant sont facteurs de dynamisme), la généalogie en légitime le résultat ; elle est mise d'autre part au service de l'engagement du groupe dans la compétition publique.

C'est de ce côté qu'il faut chercher les contraintes effectives exercées sur l'individu ; mais elles sont l'expression d'une stratégie, non l'émanation d'une mentalité. Le sacrifice des cadets est, en France du Nord, une malédiction propre à l'aristocratie. Le lignage suscite la prévention de ses fils clercs, méfiants envers les liens de la chair et impuissants toutefois à s'en dégager complètement ; il compromet (on le verra) l'équilibre des couples formés ou rompus par sa politique ; il dispute à l'homme et à la femme nobles leurs moments et leurs espaces de vie privée.

Les mésaventures du couple

Le patrilignage se rattache nécessairement à un couple, maître d'une maisonnée et procréateur de fils : il lui doit sa substance. Même innommé dans le langage courant, celui-ci ne prend-il pas place au cœur de « la famille », en dépit de Marc Bloch ? Le groupe de parenté « féodal » le plus actif et typique est une communauté élargie, d'intérêts et d'affection à défaut de permanente corésidence, entre frères et cousins devenus adultes. Les regards convergent sur une demeure majeure, sise au cœur du patrimoine ancestral, érigée en haut lieu du prestige lignager, et dont la direction passe, des grands-parents, à l'aîné et à son épouse. Le seigneur et la dame régnant conjointement au château – du moins dans la partie résidentielle de la haute cour – appartiennent bien à l'histoire de ce temps.

Mais comment l'épouse s'intègre-t-elle au lignage de son mari ? Quels liens conserve-t-elle avec le sien propre ?

L'époque « féodale » n'est évidemment pas la seule où s'imposent ces questions, posées justement par Marc Bloch ; mais la soumission de beaucoup de mariages aristocratiques à des impératifs politiques leur donne ici une importance particulière. Otage des uns, ou instrument des autres ? Vraie question, pour une histoire de la dame au temps des châteaux.

Le choix du conjoint

Pour analyser un système de parenté, il faut décrire la manière dont les hommes échangent des femmes. Brutale en apparence, cette formule de Claude Lévi-Strauss ne doit pas produire l'impression qu'elles sont des objets purement passifs ; elle ne s'applique qu'à un certain niveau d'intelligibilité ou d'artifice et ne préjuge pas des comportements et des rapports de pouvoir effectifs. Un père « donne » sa fille à un gendre qui la « prend » pour femme : les expressions médiévales demeuraient usuelles il n'y a pas si longtemps.

Les sociétés « primitives » et « archaïques » réglementent soigneusement les mariages : elles interdisent l'« inceste » avec les proches parentes ou celles d'une certaine ligne (parallèle) et prescrivent l'union légitime avec telle cousine plus lointaine ou « croisée ». Le système d'échange généralisé du haut Moyen Âge est l'un des plus complexes de ceux qui se trouvent logiquement possibles et historiquement attestés. On le nomme, en ethnologie, *cognatique* parce qu'il prend en compte une filiation indifférenciée : interdisant les cousines de toutes les lignes jusqu'à un certain degré, généralement le quatrième. Modifier le nombre ou la méthode de computation de ces degrés ne change pas nécessairement l'allure du système : de toute façon, il contraint les groupes échangistes à rendre leur réseau d'alliances à la fois plus étendu et plus lâche ; il ouvre le jeu sociopolitique. C'est là comme une transition entre les sociétés « archaïques », qui indiquent assez précisément à chacun quelle doit être sa chacune, et nos sociétés « modernes » qui les mettent tous deux, ainsi que leur parenté, en présence d'un nombre élevé de partenaires possibles, leur donnant à la fois la chance et l'embarras du choix.

Toutefois, l'étude de Françoise Héritier sur les systèmes cognatiques montre la tendance, appuyée sur une nécessité sociologique, à choisir l'épouse juste aux premiers degrés de consanguinité permis. Cette pratique préférentielle permet des cycles d'échanges réguliers ; elle conserve à la fonction-alliance toute son importance pour la cohésion d'ensemble d'un groupe de dimension limitée. Est-elle repérable dans l'aristocratie de France du Nord, aux XIe et XIIe siècles ? Les travaux de recherche sur ce point sont difficiles, parce que les sources manquent souvent ; on ne sait pas même si l'élargissement de la zone interdite par l'Église, du quatrième au septième degré canonique, a été sérieusement pris en considération.

Comme l'avait vu Marc Bloch, la filiation indifférenciée ne permet pas de fixer les contours de groupes permanents : chaque mariage remodèle la parenté. Mais si le patrilignage, enraciné dans une demeure dominante et un patrimoine préservé, mène effectivement le jeu, sur fond d'amitié charnelle cognatique, alors on doit le considérer comme le véritable partenaire de l'échange matrimonial, avec ses homologues. Il intervient notamment pour donner ses filles et pour recevoir l'épouse de son chef. Qu'un prince décide certains grands mariages aristocratiques, comme le fait souvent le monarque anglo-normand, ne fait pas de lui un échangiste, mais montre seulement son aptitude à réguler les relations interlignagères – à adopter, du moins, la posture du régulateur.

Certaines stratégies commencent à être mieux connues des historiens. En quête de prestige, les lignages cherchent pour l'aîné une épouse de rang supérieur ou égal au leur, préférant attendre quelque temps plutôt que de se mésallier. À dresser des tableaux généalogiques complets de « familles » de sires ou chevaliers de châteaux, on est frappé par la constance de cette préoccupation. Les hypergamies masculines, moins fréquentes sans doute que les simples isogamies, mais beaucoup plus valorisées qu'elles, permettent l'irrigation des patrilignages par le sang des rois, des princes et des comtes, en un flux périodique qui ravive leur noblesse et assure la cohésion de la classe dominante. Un beau mariage rehausse le rang du mari et de ses lignagers : on en conserve précieusement la trace dans les généalogies « maison ». On oublie, en revanche, plus facilement les filles données : leurs enfants ne sont pas de la maison ! Et pourtant, le « mariage » d'une femme (sa dot) est normalement tenu en « parage » (en parenté) sans hommage ni service avant plusieurs générations. De quoi entretenir le cousinage !

L'exemple des Giroie illustre bien les pratiques de l'alliance : on a intérêt à marier toutes les filles, puisqu'elles valent au groupe des alliés, des débiteurs même, et à restreindre au contraire les unions légitimes des garçons, causes d'une prolifération importune d'héritiers – l'agnation prévalant nettement en matière patrimoniale. La relégation au couvent des deux filles d'Ernaud d'Échauffour est le signe d'une exclusion du jeu politique normand, la marque d'un déclin de cette branche.

Il y a, dans cette société, des femmes à conquérir : par elles vient plus généralement le prestige que l'héritage véritable d'un château, mais c'est assez pour déchaîner une vive compétition. L'ascension sociale du chevalier heureux en amour ne représente pourtant, au vrai, qu'un reclassement. Georges Duby a soigneusement analysé la noblesse/chevalerie du Mâconnais vers l'an 1100 : bien que tous ses membres aient au fond la même origine, dans la vieille aristocratie (celle « de toujours », est-on tenté d'écrire, antérieure à coup sûr à l'an mil), elle se décompose en plusieurs strates parce que les aléas de la lutte pour les châteaux et les inégalités dans l'ordre de naissance ont opéré la différenciation. La rareté des seigneuries provoque en permanence le déclassement de rameaux défavorisés ou exclus ; l'hypergamie masculine provoque ou consacre une remontée provisoire. C'est dans un tel contexte que des cycles d'alliances seraient intéressants à observer. Ne faudrait-il pas les voir comme des processus de réinsertion ?

La plupart des mariages dont on nous fait le récit se concluent après mûre réflexion des deux parentés : évaluation par chacune d'elles de l'honorabilité de l'autre et négociation menée par les chefs de maison. Le jeune homme et la jeune fille sont seulement appelés à consentir à leur promotion au rang d'adultes, à leur établissement ; une demeure et un statut, n'est-ce pas ce dont ils rêvent l'un et l'autre ? Parents et protecteurs les leur doivent : c'est la conclusion naturelle de leur œuvre éducatrice, « nourricière ». L'importance et la difficulté des tractations ressortent bien de trois exemples empruntés ici au second XIe siècle, et nullement atypiques.

Héritier en 1076 de trois comtés stratégiques bordant au nord le domaine capétien, Simon de Crépy-en-Valois devrait se marier afin de perpétuer la maison. « On lui choisit [une épouse auvergnate] élégante d'allure, belle de visage et noble de lignage. » Mais sa vocation monastique l'empêche de consommer cette union, le tirant en fait d'une impasse politique, puisqu'il lui faut se dérober à la proposition concurrente d'un Guillaume le Conquérant qui le recherche comme gendre avec d'évidentes arrière-pensées anti-capétiennes.

Devant les père et mère de la future sainte Godelieve, jeune personne du meilleur chic et du meilleur genre, se présentent plusieurs prétendants (Boulonnais, au milieu du XIe siècle). Le Brugeois Bertulf reçoit la préférence parce qu'il apporte le plus beau douaire ; il n'a cependant pas pris conseil de ses propres père et mère. Cette dernière le lui reproche vivement, déplorant un choix trop lointain et inquiète des noirs cheveux de sa belle-fille comme d'un signe maléfique : « Ne pouvais-tu, cher fils, trouver des corneilles dans ta patrie ? » insinue-t-elle, selon l'hagiographe talentueux, Dreu de Thérouanne. La vie conjugale commence sous de mauvais auspices.

Plus romanesque, cet épisode des années 1080 relaté par Hermann de Tournai. Un cadet de Bourgogne, Foulque de Jur, s'éprend de la noblesse et de l'excellence du comte Hilduin de Roucy et recherche pour épouse une de ses nombreuses filles, Adèle. À la demande, le père « français » oppose d'abord un refus, argumenté sur sa nationalité étrangère. Mais, à quelque temps de là, voyageant pour le service du roi Philippe Ier, il tombe dans une embuscade tendue par Foulque : la main de sa fille rachète sa liberté et ses trésors. L'ayant promise, il est aussitôt traité avec honneur, recevant les cadeaux d'usage. Plus élégante et plus aisément pardonnable, sans doute, qu'un rapt direct, cette démarche hardie fonde un couple fécond ; la plupart des enfants vivent et font carrière dans l'orbite de leur « famille » maternelle.

À l'opposé de Simon de Crépy, puissant héritier autour duquel on s'empresse en vain, Foulque de Jur entre donc par effraction dans l'heureux groupe des bénéficiaires d'hypergamies. Les trois exemples témoignent aussi, ensemble, d'un élargissement des réseaux de relations, non sans quelques réticences des parentés à l'égard de l'exogamie régionale. Parce qu'ils ont droit à la mobilité, alors que tout voyage est péril pour les filles et les femmes, les garçons semblent jouir d'une marge personnelle de manœuvre. Rien n'indique, en revanche, si Godelieve de Ghistelles ou, plutôt, Adèle de Roucy ont fait des avances discrètes à leurs prétendants. Ni les règles de l'hagiographie ni la morale des guerriers ne laissent place à l'initiative féminine. Ne trouve-t-on pas, un siècle plus tard, cette dure parole dans la bouche du Girart de Vienne de la fiction, à une désirable duchesse qui pourtant se jette à sa tête : *« Or puis bien dire et por voir afïer/que or comence le siecle a redoter/puis que les dames vont mari demender »* ? (« Je peux bien dire et assurer comme vrai que le monde retombe en enfance, puisque les femmes se mettent en quête elles-mêmes de maris. »)

Et de l'éconduire, en lui rappelant que les mariages sont affaire d'hommes – comme les guerres dont ils interrompent le cours et marquent seulement le très provisoire apaisement.

La volonté féminine peut s'exprimer plus clairement dans le refus : le vœu de consacrer à Dieu sa virginité et l'effort pour échapper aux desseins du lignage par la fuite sont des lieux communs des *Vies* de saintes... et même de saints, avec Simon de Crépy. Vers 1150, sainte Ode, en Hainaut, trouve l'évasion trop périlleuse, moins à cause des verrous du dedans qu'en considération des périls du dehors ; elle préfère se défigurer pour éviter un mariage importun. Déjà, dans son cas, une nouveauté est apparue : elle a refusé de consentir à l'union devant un prêtre, obligeant la « famille » à suspendre la cérémonie ; mais, depuis, les pressions n'ont pas manqué de la part d'un lignage attaché à sa stratégie. La fille est bien soumise à un pouvoir aliénant ; mais il n'émane pas, ici, du seul père, car celui-ci sait s'assurer le concours des matrones. Il est enfin des pucelles qui se meurent d'amour pour un prétendant éconduit ou perdu : éprise de l'Anglo-Saxon Harold, à qui son père l'avait promise avant de le combattre et de le tuer à Hastings, une fille du Conquérant se serait laissée mourir sur la nef qui la portait à un autre mari, Alphonse de Castille (Orderic Vital). Attenter à ses jours, c'est aussi la menace proférée par la fille d'un châtelain de Coucy, vers 1080 : à l'honnêteté de la parentèle du mari que lui ont choisi père et mère, elle oppose la prouesse du « fameux chevalier » dont elle s'est amourachée. Sur le conseil de saint Arnoul (dont la *Vie* rapporte ce trait), on la donne à l'objet de ses vœux : « L'autorité canonique prescrit de ne pas unir une jeune fille à quelqu'un dont elle ne veut pas » ; toutefois, laisse-t-il entendre, à qui fait métier de chevalerie, un accident est vite arrivé... Bientôt veuve, la récalcitrante reviendra à celui qu'on lui destinait d'abord.

Il y a un air de spontanéité dans le jeu de l'exploit et de la séduction que mènent au XIIe siècle, dans la saison des tournois de France du Nord, les « chevaliers errants » *(milites gyrovagantes)*. Mais tous ne sont pas des cadets expulsés de leur maison : l'errance des héritiers s'inscrit dans les programmes de promotion lignagère ; leur itinéraire n'est pas le fruit du hasard, et leur aventure est plus initiatique que contestatrice. Un brassage croissant de la noblesse, favorisé sans doute par la lutte de l'Église contre les unions trop consanguines, a pu se produire. Filles et garçons n'ont pas pour autant échappé au contrôle subtil des lignages, à l'effet insoupçonné des pesanteurs sociologiques sur leurs propres inclinations. Des aléas, quelques surprises, à peine une ou deux rébellions : est-ce là de quoi abolir un système de parenté ?

Mariages chrétiens

Vers 1100, apparaissent les premiers rituels liturgiques du mariage pour la France du Nord ; ceux notamment du type anglo-normand (élaborés dans l'île ou sur le continent ? on ne sait), commentés par Jean-Baptiste Molin et Protais Mutembé. C'est l'indice d'une pénétration croissante du pouvoir des clercs dans la vie des « familles » : ils vérifient les consentements des deux époux et enquêtent sur les relations de consanguinité à degré prohibé qui pourraient empêcher l'union légitime. En permettant à la volonté féminine de s'exprimer publiquement et en perturbant peut-être les cycles d'alliances par l'exigence d'une très forte exogamie, l'Église n'a-t-elle pas bouleversé les équilibres fondamentaux de l'aristocratie ? La libération de la femme, dont Michelet faisait, avec celles de l'« esprit » et des « communes », l'une des trois grandes gloires du XIIe siècle, devrait être décelable d'abord à l'examen des cérémonies du mariage, garantes de la dignité religieuse de l'épouse (en même temps que fondatrices de ses prérogatives économiques). Il faut toutefois confronter attentivement les formulaires liturgiques aux entrefilets que l'hagiographie ou la chanson de geste consacrent incidemment à des mariages de nobles : on prend alors conscience du caractère incomplet (voire inadapté) de l'entreprise ecclésiastique.

Le mariage coutumier comporte deux procédures, nettement distinguées, pour le milieu du XIe siècle, par la *Vie de sainte Godelième*. Ayant vu sa demande agréée, Bertulf reçoit la jeune fille « sous loi maritale » : elle est *sponsa* dès lors que l'autorité sur elle, le droit et le devoir de protection dans le domaine public sont transférés à son mari ; assuré de la constitution d'un douaire, le père l'a certainement remise de la main à la main. Le contrat ne peut être rompu, et les reproches de la mère de Bertulf viennent trop tard. Les noces installent Godelième dans la maison conjugale (en tant que *sponsa nova nupta,* elle s'y tient désormais) ; on lit tout de même avec étonnement que le mari, qui déjà regrette son choix, est absent de cette cérémonie, à laquelle le représente sa mère, contrainte de dissimuler sa rancœur derrière un visage riant ! Ce n'est qu'après trois jours qu'il apparaît... pour repartir aussitôt vivre chez son père, laissant l'épouse régir seule – et sous surveillance – le domicile conjugal. Tout cela finira très mal ! Mais ce récit, plus ou moins romancé par l'hagiographe, présente à son public une certaine vraisemblance, et l'on y distingue clairement l'*épousaille*, qui commence le mariage, des *noces* qui le consomment et lui donnent valeur indissoluble aux yeux de l'Église.

À la fin du XIIe siècle, l'épopée d'Aymeri de Narbonne met également en scène, et de manière plus riante, les deux temps du mariage traditionnel. Il envoie ses barons demander pour lui la belle Hermanjart à son frère, le roi de Lombardie, puis vient lui-même la chercher : suite de tractations entre hommes, au cours desquelles alternent la menace et la largesse des demandeurs, mais qui sont menées avec le souci de respecter la volonté de l'intéressée. Jouant sur ce second registre, le trouvère veut-il plaire au public ou reprend-il une habitude « réelle » ? Toujours est-il que les deux futurs conjoints fondent le désir qu'ils ont l'un de l'autre sur leur réputation, puisqu'ils ne se sont jamais vus. Les paroles des négociateurs, à tout le moins, sonnent juste ; Aymeri met ainsi en valeur auprès de son futur beau-frère la valeur de l'alliance proposée : *« En totes corz en seroiz vos plus chier/Et en voz marches plus redoté et fier. »* (« Dans toutes les cours de justice, on vous en estimera à plus haute valeur d'homme ; et dans vos marches, on vous en redoutera et craindra davantage. »)

Convaincu, le roi lui baille sa sœur par la main. Tout au long du voyage vers Narbonne, elle est dénommée *espouse* ou *moillier,* bien que le mariage ne soit pas encore consommé ; le contretemps d'une attaque sarrasine retarde les noces. C'est après la levée du siège qu'elles ont lieu, faisant enfin d'Hermanjart la dame de la cité. Plaisamment, la nuit de noces vient avant le jour des cérémonies officielles : messe dite par l'archevêque, et dont on se hâte de sortir pour prendre place aux tables d'un festin d'une semaine. La splendeur en est destinée à exalter le comte et la France, en un temps où richesse et puissance, inséparables, se mesurent à la libéralité et au faste.

En parcourant les sources des XIe et XIIe siècles, on se convainc que l'écart de temps entre l'épousaille et les noces varie beaucoup selon les circonstances. Les délais les plus longs tiennent aux caractères originaux de la vie aristocratique : éloignement géographique des deux parentés, qui impose un voyage sous la responsabilité du mari, ou nécessité de conclure l'épousaille d'enfants (implicitement admise par Ive de Chartres à condition qu'ils aient tous deux plus de sept ans) parce qu'elle est le sceau indispensable d'une alliance ou d'une réconciliation entre groupes guerroyants. Telle fille unique menacée par un oncle a besoin d'un mari défenseur pour lui conserver son château. Tel prince ne peut différer de s'attacher par l'intermédiaire d'une parente le sire récalcitrant qui écume les marges de sa province. Les chroniques du temps distinguent donc très clairement et très fréquemment une épousaille et des noces que les termes de « fiançailles » et de « mariage », dans leur connotation actuelle, traduisent évidemment à contresens.

Héritier du trône capétien, Louis VI est uni en 1105 par épousaille à la jeune Lucienne, fille « non encore nubile » du comte Gui de Rochefort (-en-Yvelines) : rapprochement provisoire entre un prince qui ne maîtrise son « domaine » qu'à grand-peine et la faction dominante d'un puissant patrilignage dont les châteaux peuvent encercler Paris. Cependant, on représente au « roi désigné » qu'il lui faut chercher une union plus conforme à sa dignité et à ses intérêts à grande échelle : il renonce donc à Lucienne au profit d'un sire de son entourage, sans se hâter toutefois d'en épouser une autre (elle ne viendra qu'en 1115). La volte-face n'est pas facile : il faut l'accord d'un concile, à Troyes en 1107, pour annuler ce que Suger nomme en termes propres « mariage [...] contracté » ; la fille n'avait pourtant pas quitté la compagnie de sa tante, dans le donjon de Montlhéry. Quant au père, il ne s'y trompe pas : s'estimant bafoué, avec quelque raison, il déchaîne la guerre en Île-de-France.

Les canonistes et les théologiens du XIIe siècle, notamment à Paris, ont précisé la pensée de l'Église sur le mariage, ajoutant une dimension consensuelle et sacramentelle à la morale plus réaliste et plus proprement terrestre de leurs prédécesseurs des temps carolingiens : ces derniers étaient avant tout attentifs à la fois *(fides)* mutuelle des époux comme valeur sociale et au rôle décisif de la consommation dans la formation du lien. La mise en avant des éléments plus spirituels à partir du XIIe siècle ne représente, au reste, qu'une avancée de la haute culture cléricale : dans la pratique, la « petite part », charnelle et sociale, du sacrement demeure prédominante. Jusqu'au concile de Trente, d'ailleurs, les relations sexuelles entre « fiancés », pourvu qu'elles fussent complètes, réalisant l'« unité charnelle », transformaient leur engagement en mariage authentique, au regard du droit canon. Le consentement exprimé lors des « fiançailles » se trouvait de ce fait confirmé.

Le rituel aux portes de l'église, duquel traitent les formulaires anglo-normands, est-il autre chose qu'une épousaille, soit première, soit éventuellement réitérée ? Des informations précieuses nous sont ici livrées, notent Molin et Mutembé, sur les « coutumes séculières et familiales qui se sont tout naturellement [?] insérées dans la liturgie ». En rendant publics ces rites anciens qu'elle soumet à son contrôle, l'Église nous les révèle. Elle les infléchit, pourtant, dans le même temps : situation éminemment ethnographique ! On parvient encore, cependant, à distinguer avec vraisemblance les traits hérités du contexte « civil » d'avec les innovations dues aux desseins spirituels. Ayant vérifié les consentements et la non-consanguinité, le prêtre fait procéder à une cérémonie qu'il se contente encore de regarder et que, seulement, il termine par une oraison. L'épouse *(sponsa)* est remise au mari par son père ou par le proche parent qui la tenait en sa garde : cette jonction des mains droites réalise une donation (avec la part d'artifice et d'ambiguïté qui s'attache à cet acte) ; un peu plus tard, l'Église l'interprétera comme un engagement de foi mutuelle des époux, et son prêtre jouera lui-même le rôle de « joigneur » (XIIIe siècle). L'homme passe à trois doigts de sa femme l'anneau bénit par lequel il l'épouse. Cet anneau détournera d'elle les assauts du démon ; il est remis, dit déjà la théorie ecclésiastique, par amour et pour la fidélité, mais le geste réciproque n'apparaîtra qu'après le XVIe siècle. Deux des formulaires du XIIe siècle comportent ensuite la prosternation de la femme devant son mari : puis, la transformation du geste est esquissée par une tentative de jeter les époux, ensemble, aux pieds du prêtre – mais c'est trop en demander, et l'Église, experte à prendre en compte les essais et erreurs dans son entreprise d'absorption du rituel, préfère la suppression pure et simple de cette séquence, qui n'était sans doute, comme d'autres, qu'une particularité régionale. La théologie a beau exalter le don des époux l'un à l'autre, la cérémonie marque la prédominance du mari. Il est la partie active : donnant avec l'anneau les cadeaux « accoutumés » et présentant la charte du douaire, ainsi que treize deniers venus tout droit de la loi salique, bien que la dot (« mariage ») soit aussi dans les mœurs ; ceux-ci finiront dans la bourse du prêtre, des pauvres ou de certains des assistants plutôt que dans celle de l'épouse. Car celle-ci est moins achetée qu'investie de la mission de faire les aumônes du couple : ces piécettes ne sont-elles pas les symboles qui restent, tandis que passent et changent au cours des siècles les symbolismes ? « De cet anneau je t'épouse, de cet or je t'honore et de cette dot je te doue » : cette formule dite par l'époux, ou quelque autre du même ordre, accompagne le geste.

Les « fiançailles » de Roland avec la belle Aude, explicitement dénommée ainsi par la *Chanson de Girart de Vienne*, ont des caractères semblables à cette épousaille. Charlemagne a demandé la jeune fille à l'oncle « chef » de guerre, puis à l'oncle aîné du lignage (mais non au père, pourtant présent), et l'a obtenue pour son neveu. À l'issue du banquet qui termine les hostilités, la dame Guibourc fait sortir de la « chambre » Aude richement parée ; de la main de sa tante, cette charmante apparition passe à celles de son oncle et du roi, avant de rejoindre enfin celle de son prétendant. Il lui donne l'anneau liturgique, et elle le paie de retour par une *ensegne* qui appartient plutôt au rituel courtois. Un archevêque est présent, qui témoigne de tout cela à défaut d'intervenir directement. Si le drame de Roncevaux ne venait interrompre l'idylle, le « mariage » serait-il autre chose qu'une répétition publique de l'épousaille, suivie de noces qui installeraient véritablement le couple à la tête d'une maisonnée ?

Les actes de la pratique offrent de nombreux exemples de donations rituelles accomplies une première fois dans la demeure des intéressés puis réitérées dans ou devant le sanctuaire – ou l'inverse. L'épousaille, comme les autres contrats, ne serait-elle pas susceptible d'une semblable réduplication ? L'Église n'aurait encore réalisé qu'une projection dans le domaine public, un redoublement à l'extérieur, des gestes accomplis dans l'espace privé – où les prêtres, d'ailleurs, pénétraient assez souvent dès l'époque carolingienne.

Les noces elles-mêmes ne peuvent être entièrement transférées ou reproduites sur la place publique : leur temps fort est la bénédiction de la chambre du couple, ou, pour mieux dire, de son lit. Le domicile conjugal en effet se définirait plus exactement comme un « lit » que comme un foyer. La bénédiction du lit, bien connue des historiens modernistes attachés à ressusciter l'« ancienne France », figure dans certains des formulaires de la France du Nord au XIIe siècle : il faut en écarter les maléfices qui compromettraient la fécondité du couple et les souillures qu'un adultère féminin (mais non les frasques masculines !) y ferait entrer. Les époux prennent place dans le lit sous le regard d'un cercle de proches que l'on peine à définir exactement : ils y sont vus ensemble, laissés seulement, peut-être, à l'intimité de l'accouplement. La bénédiction du prêtre entre dans les mœurs, non sans hésitation des évêques ; mais celle du père de l'époux vient la concurrencer, dans un passage de Lambert d'Ardres s'appliquant aux années 1190. Plutôt qu'un reste de patriarcat spirituel « des anciens temps », je serais tenté d'y voir un essai d'appropriation de l'autorité religieuse par le pouvoir domestique, une préfigure lointaine du père fameux de Restif de La Bretonne. Car la grande scène du lit nuptial, parce qu'elle demeure ou devient la part la plus constitutive du mariage (les enquêtes des clercs du XIIIe siècle eux-mêmes le montrent), comporte les rôles et les enjeux du pouvoir dans et sur l'existence privée. Pour peu que la petite aristocratie soit encore mal dégagée de toute servitude, l'hydre du féodalisme pousse jusque-là ses tentacules ; le même Lambert d'Ardres situe vers 1100 la mésaventure d'une vavassoresse qui, se mettant au lit avec son chevalier, reçoit la visite impromptue du ministérial d'un puissant voisin chargé de percevoir une taxe de *colvekerla* qui a tous les désagréments d'un formariage. Elle en rougit de honte, la malheureuse ! À coup sûr, sa pudeur s'en offense moins que n'en pâtit sa dignité sociale : par une intervention auprès de la comtesse de Guînes, elle fait plus tard abolir la redevance – militante efficace pour la cause des femmes de sa condition.

La valeur de l'épousaille aux yeux de l'Église ressort clairement d'une sentence d'Ive de Chartres : en cas de décès ou d'annulation avant les noces, l'un des conjoints ne peut se (re)marier avec les frères ou sœurs et parents de l'autre. Elle émane d'un prélat particulièrement soucieux, comme beaucoup de ses contemporains, de la prohibition d'un « inceste » dont la définition s'élargit démesurément : la relation d'affinité, en cause ici, va au quatrième degré canonique, et celle de consanguinité, plus souvent invoquée, oblige à contrôler toutes relations en deçà du septième. Lesdits degrés étant les générations qui séparent chacun des parents, ou le plus proche, d'un ancêtre commun, l'énormité de la zone interdite, surtout à l'échelle de cette société, constitue pour les historiens une petite énigme. En l'étendant ainsi, l'Église « carolingienne » et, après elle, avec plus de rigueur, l'Église « grégorienne » (fin du XIe siècle) compliquent singulièrement la conclusion des mariages : comment les petites gens, entravés par les liens de la seigneurie, sortiraient-ils de leur canton pour trouver à épouser des non-parents ? Et comment les bien nés éviteraient-ils la mésalliance sans porter leur démarche bien au-delà de leur « patrie » provinciale ?

Que veulent les clercs, exactement ? Dans leur laconisme, les sources législatives taisent les motifs, se bornant à présenter des références aux « autorités » – qu'elles auraient fort bien pu, toutefois, sélectionner ou interpréter autrement. On en est donc réduit aux hypothèses. S'il s'agit seulement d'obliger les chrétiens à solliciter des dispenses, donc à reconnaître leur pouvoir, c'est bien machiavélique – et l'effet n'est-il pas ici pris pour la cause ? Paroissienne directe des évêques, l'aristocratie est à l'évidence la première visée : prélats et moines ne peuvent raisonnablement opposer à la gestion endogamique de leur propre cheptel servile un tel obstacle. Des vues plus inspirées, européennes en quelque sorte, ont pu s'appliquer à l'exigence envers les rois : ceux de l'an mil, pour ne pas déchoir ni se rendre « incestueux », doivent guetter la conversion et l'élévation des roitelets slaves ou scandinaves pour envoyer quérir, en toute hâte, leurs filles ; à moins qu'ils ne sachent attendre, avec la patience requise par la complexité de l'ambassade, qu'on leur défère une princesse byzantine ! La cohésion de l'ensemble franc du IXe siècle avait aussi tout à gagner au mélange plus dilué des aristocraties ethniques du haut Moyen Âge. Et faut-il croire que des clercs du sang le plus noble, que l'histoire de ces temps montre toujours très sensibles à la raison de leur lignage, aient pris à cœur collectivement, dans des moments d'élévation, d'en faire éclater les patrimoines en empêchant les reconcentrations par mariage ?

La meilleure hypothèse, en ce qui concerne les intentions, est tout de même celle d'une « confusion » : Bernard Guenée suggère qu'un *sept* symbolique a été pris au sens littéral. Il s'agissait, dans l'autorité biblique et patristique, d'éviter toute parente reconnue, non de conduire des enquêtes spéciales sur toute la parenté effective jusqu'au septième degré, comme le recommandent pourtant les synodes autour de l'an mil.

Les rois eux-mêmes, modèles pour le « peuple », se sont parfois mariés avec des « cousines » à cinq ou six degrés. L'Église, d'ailleurs, finit par en rabattre : ramenant en 1215, au quatrième concile du Latran, la norme prohibitive de sept à quatre degrés, ne consacre-t-elle pas la victoire du système cognatique traditionnel ? À moins qu'elle ne l'ait déjà détruit... Surtout, elle se rend alors compte de la contradiction dans laquelle elle s'était placée, et que Georges Duby a mise en relief : soucieuse de l'indissolubilité des unions, elle fournissait en réalité un prétexte facile pour les rompre. Comme tant de pères abusés, un Gui de Rochefort attribue à juste titre à l'intrigue l'annulation de l'épousaille de sa fille. L'histoire du temps abonde en maris qui se découvrent parents de leur épouse au moment où l'exige leur politique ou leur humeur ; le comte d'Anjou Foulque le Réchin est, à la fin du XIe siècle, un spécialiste avisé de la généalogie dressée pour le « divorce ». L'argument sert aussi à contrer le jeu adverse : Henri Beauclerc, duc de Normandie et roi d'Angleterre, empêche Guillaume Cliton, le neveu qu'il a déshérité, de s'appuyer sur l'alliance angevine en publiant son cousinage avec l'épouse recherchée. La préoccupation religieuse est à l'évidence détournée.

Jusqu'au XIIe siècle, la liturgie chrétienne du mariage est peu développée. La présence du prêtre ne change guère le sens d'un rituel de « mariage » qui n'est toujours que la remise au mari du pouvoir sur sa femme dans le domaine public et l'installation de celle-ci en maîtresse du domaine privé ; le transfert de l'épousaille devant l'Église n'arrache pas la cérémonie à l'emprise des parentés. Contrairement même à ce qui arrive dans la *Vie de sainte Ode*, le silence virginal est érigé en consentement tacite par les canonistes. Enfin, les garanties apportées à l'épouse contre les revirements du mari ou les renversements d'alliances, qui représenteraient tout de même un apport appréciable de l'humanisme chrétien, se trouvent presque annulées par l'attachement aveugle à une norme étonnante. À supposer même que le respect de celle-ci prévale, la fille inconnue introduite dans sa « belle-famille » ne serait-elle pas suspecte et, comme sainte Godelième, persécutée ?

Les femmes, la guerre et la paix

Nécessaires à la trêve entre les lignages et factions, les mariages sont aussi précaires qu'elle. Que devient une femme dont le mari se trouve affronté à son père ou à son frère ? Les récits d'Orderic Vital et de Suger présentent des issues diverses à cette situation intenable.

Guillaume le Conquérant, en mariant ses nièces et cousines, sait faire d'elles ses espionnes ou ses complices. Judith dénonce la conspiration de son époux anglo-saxon, le comte Waltheof ; ce qui ne l'empêche pas de mener grand deuil après l'exécution de ce dernier (1075). Robert le Giroie avale par accident la pomme empoisonnée que sa femme Adélaïde a préparée pour un autre (1060) ; mais, par une troublante coïncidence, cela se passe au moment de sa rébellion contre le duc dont elle est cousine. L'épouse d'un sire est souvent placée auprès de lui pour l'exciter à la guerre aux côtés de sa propre parenté : en un sens, elle règne au donjon pour le compte des beaux-frères...

Toutefois, les femmes prennent plus souvent parti pour leur mari : maîtresses de sa maison, elles ont beaucoup à perdre à un retour auprès de leur lignage d'origine. La fille bâtarde d'Henri Beauclerc, Julienne, a été donnée à Eustache de Breteuil avec le château d'Ivry ; elle est à ses côtés dans la lutte qui l'oppose en 1119 au duc-roi, dirigeant avec une extrême énergie la défense de cette place forte. Dans le même temps, Henri ne craint pas de laisser aveugler et mutiler (on leur tranche le nez) ses propres petites-filles, détenues en otages. Mais quelques mois plus tard, à l'automne qui ramène la paix, la soumission du couple est acceptée au nom de la relation de parenté : « La clémence attendrit le cœur du roi en faveur de son gendre et de sa fille, et il revint à la bienveillance » ; ce qui ne redonna pas la santé aux enfants martyrs !

Si nous prenons *a priori*, sous l'influence d'un vieux paradigme, le XIe siècle pour un temps de guerre perpétuelle, nous ne voyons dans les sources rien que les faits horribles et spectaculaires, à l'exclusion de tout ce qui s'y trouve d'autre. Des brutalités féodales ravagent la vie privée. Suger relate la déchirante apostrophe de la femme de Gui de La Roche-Guyon, à un beau-frère qui tue son mari sous ses yeux : « N'étiez-vous pas unis par une indissoluble amitié ? Quelle est cette folie ? » À l'époux qui s'effondre, elle veut faire un rempart de son corps ; mais on l'arrache toute meurtrie à l'étreinte, avant de parachever le crime en précipitant du haut des falaises de la Seine leurs deux fils tout enfants. Sombres couleurs, pour le « printemps du Moyen Âge » ! Mais que valent cet exemple et le petit cortège qu'on pourrait lui adjoindre ? Quelle époque est sans drames ?

Médiatrice impuissante ou spectatrice affligée, la dame se réfugie parfois au monastère, sous la protection et l'autorité du clergé. L'ordre de Fontevraud, selon Jacques Dalarun, sert de refuge aux victimes d'une crise du mariage politique ; mais il les accueille surtout lorsqu'elles sont irrémédiablement délaissées ou hors d'âge. On peut se représenter aussi la femme des temps féodaux comme instigatrice de revanche, participant à corps perdu aux conflits qui scandent et qui déchirent son existence.

En effet, les auteurs monastiques représentent avec effroi et réprobation des *viragos* (le mot vient sous leur plume) qui déchaînent elles-mêmes la guerre entre leurs maris à cause de leurs mutuelles inimitiés. En 1090, « la comtesse Helvise [d'Évreux] fut irritée contre Isabelle de Conches [une Montfort] pour quelques paroles méprisantes et elle travailla de toutes ses forces, par colère, à faire prendre les armes au comte Guillaume et à ses barons. C'est ainsi que des jalousies et des querelles de femmes embrasèrent le cœur d'hommes courageux »... Un scénario identique engendre, peu avant 1111, un conflit entre Enguerran de Coucy et Gérard de Quierzy : des épouses à la langue fourchue (et qui se signalent d'autre part par une inconduite notoire) profèrent des insultes et des insinuations en privé – c'est-à-dire avec l'assurance d'une large publicité – les unes contre les autres. Guibert de Nogent les décrit très précisément comme des vipères lubriques.

Les femmes ont même le privilège d'être, en principe et en pratique, moins exposées aux périls de la guerre. Au point que, parfois, le rapport d'autorité semble s'inverser entre les altières instigatrices de bataille et les guerriers qui, pour elles, s'épuisent en chevauchées inutiles et sanglantes. Le premier des grands sires de Coucy, Enguerran de Boves, entre dans la place vers 1079 parce que la maîtresse des lieux (héritière du droit paternel, peut-être) se donne à lui et la lui livre, trahissant son mari : la fortune du chevalier, toutefois, est ici trop belle pour ne pas impliquer un rude devoir de protection militaire. Figure plus pacifique du pouvoir féminin, quoique non moins déchaînée, Bertrade de Montfort, inquiète des dispositions de son terrible époux Foulque le Réchin, fait des avances au roi Philippe Ier : il l'enlève et la met sur le trône (1093). Elle exerce dès lors un ascendant évident sur le monarque vieillissant et, longtemps, coordonne la stratégie des fils de ses deux lits à l'encontre du jeune Louis VI. Le conflit avec la marâtre est un autre grand classique. Dans ce cas-ci, l'échec de ses menées conduit seul Bertrade au cloître, après un affrontement remarquablement long.

Le rapt sévit jusqu'au XIIe siècle : mais faut-il y voir tout uniment un trait de barbarie et d'oppression dont pâtissent les femmes ? Souvent elles sont elles-mêmes instigatrices ; à tout le moins leur complicité favorise-t-elle la réussite. Un enlèvement peut être le moyen pour deux amoureux de faire prévaloir leur choix personnel, à l'encontre des lignages ; et si ceux-ci plus tard en viennent à reconnaître le fait accompli, tout se termine par un *happy end*... Ou encore, le ravisseur mérite plutôt d'être appelé libérateur d'une fille que l'on séquestre ou d'une épouse que l'on maltraite. S'offrir, pour trouver un défenseur : au paragraphe du rapt, l'ambivalence triomphe ; il manifeste à la fois l'aliénation de celles qui sont contraintes d'en arriver là et un de leurs plus efficaces moyens de s'affranchir. Il entre en lui une part de mise en scène, souvent ; ou, plus profondément, de rituel.

À vrai dire, nous ne savons de la femme que ce que nous en disent des hommes, et les textes qui la dépeignent si redoutable ne sont pas innocents. Elle apparaît plusieurs fois, dans l'*Histoire* d'Orderic Vital, comme manipulatrice du poison, nouvelle Ève offrant à l'homme des pommes vénéneuses et susurrant sans cesse ses serpentines insinuations. On mesure l'emprise des paradigmes de l'Ancien Testament chez un moine à l'esprit modelé par la lecture biblique. Mais justement, l'accusation n'est-elle pas répétée ici, à l'instar du grief de sorcellerie, pour désamorcer toute tentative de remise en question d'un ordre de domination masculine ? Dans sa constance, la suspicion d'adultère a peut-être une semblable fonction, même si elle n'est pas dénuée de fondement. On reste incrédule devant la mention de lettres qu'auraient écrites aux compagnons de Guillaume le Conquérant, en 1068, leurs femmes libidineuses : les requérant de revenir satisfaire leurs désirs, faute de quoi elles prendraient des amants. Il est de fait, pourtant, que l'espace féminin ne paraît pas strictement verrouillé par les hommes : ni la chemise des donjons ni la légendaire ou tardive ceinture de chasteté n'emprisonnent les épouses des combattants de la première croisade. Si l'enfermement existe, c'est de manière plus subtile et – on peut le croire – plus efficace.

Il doit être assuré par le pouvoir des matrones – voisines ou corésidentes ? Il n'importe. Car le clivage entre jeunesse et maturité ne traverse pas seulement la société masculine. La triste histoire de sainte Godelième, qui périt assassinée par un sbire de son époux après avoir subi diverses persécutions, n'atteste pas tant le délaissement de cette femme – elle a régenté une maison, quoique sous contrôle, et s'est assuré de nombreux soutiens – que son affrontement avec une belle-mère d'allures pesamment matriarcales. Chez Orderic Vital, le modèle du chef de « famille », en même temps que du juste seigneur châtelain, est Anseau de Maule, éducateur et correcteur d'une jeune et noble épouse ; mais la clé de sa supériorité ne serait-elle pas dans le maintien, donné pour l'effet d'une belle et rare piété filiale, de la vieille et non moins noble mère au foyer de son mari défunt ? Si elle peut mettre au jour leurs aveux implicites, on a le droit de proposer des sources une lecture rusée. Bonne préparation à la rencontre, après 1150, d'une littérature courtoise qui appelle une méfiance redoublée...

Raoul Ier, sire de Coucy, reçoit en mariage, vers 1160, Agnès, fille du comte Baudouin IV de Hainaut ; elle lui apporte une dot assise sur la taxe annuelle que doit à ce prince une des villes de sa province. Pour être sûr de la percevoir régulièrement, le gendre a tout intérêt à aider militairement et à conseiller son beau-père : juste rétribution, par un service non réciproque, d'un apport de sang carolingien au lignage. La relation inégale serait dans la logique de l'hypergamie, décrite plus haut ; elle contribuerait à l'agencement hiérarchique d'un système.

Entre beaux-frères il y a une relation ambivalente dans la pantomime des tournois : Raoul Ier de Coucy et Baudouin V de Hainaut s'allient et s'affrontent, alternativement, en ces joutes de grande ampleur. Et Gislebert de Mons signale les liens conservés par la dame Agnès avec ses parents : elle figure dans une « réunion de famille », en 1168, où la présence de son mari n'est pas certaine.

Elle sait surtout se faire aimer des chevaliers « féroces » qui détiennent, avec le sire de Coucy, le pouvoir sur sa terre et qui composent sa cour châtelaine. Elle est, en ces contrées, la dame des romans de chevalerie : c'est-à-dire, selon l'interprétation de Georges Duby, non pas une idole élevée pour elle-même au zénith de la société courtoise, mais un instrument indirect, et manipulé avec finesse, de l'ascendant de son époux.

Ce qu'elles ont gagné peut-être en sécurité et en stabilité, les dames nobles de l'an 1200 l'ont sans doute perdu en marge de manœuvre. On voit alors, pourtant, se multiplier les grandes régences maternelles de royaume (Blanche de France), de principauté (Blanche de Champagne) ou de simple seigneurie ; mais ce n'est pas qu'une carrière nouvelle se soit ouverte à elles spontanément ou que la croisade leur ait valu des responsabilités accrues ; c'est seulement que les conditions d'exercice du pouvoir ont changé : la présence physique au combat ou au plaid importe moins dorénavant que la tenue avisée des comptes et des conseils, avec l'aide des légistes.

L'on voudrait, surtout, atteindre aux rapports humains authentiques – mais divers, mais complexes.

La société conjugale

Ainsi de l'amour conjugal, souvent manifesté à l'approche de la mort. Il y a des moments émouvants dans le récit de la commune de Laon par Guibert de Nogent : lorsque le vidame

Adon quitte sa maison pour courir en armes au secours de son seigneur l'évêque assailli par la plèbe en émeute (1112), son épouse prévoit la mort qui l'attend ; devant les gens de la domesticité, elle lui demande pardon des torts qu'elle a pu avoir envers lui, et un long embrassement précède l'échange des derniers baisers. La même tendre solennité préside à l'adieu d'Anseau de Maule aux siens, trois jours avant la mort qu'il sent venir : il prononce d'abord, devant les chevaliers de son château, une admonition à son fils aîné, l'invitant au respect de l'Église et du roi, et il le bénit ; se tournant ensuite vers sa femme, il lui prêche la chasteté dans son veuvage et lui demande, aussi, l'autorisation de se faire moine. Deux pratiques fréquentes dans la noblesse du XIe siècle sont ici conjuguées : celle de mourir sous l'habit de saint Benoît, en l'ayant revêtu *in extremis*, « au secours » *(ad succurendum)*, disent les textes, et après une donation importante ; celle de rompre la société conjugale en faveur d'un lien plus pur : seule rupture autorisée par l'Église, à condition d'avoir le consentement du conjoint.

Devant la mort, ici, est exaltée et exhibée l'union des époux : révélation du fondamental, à l'heure où l'on ne ment pas ? Ou saisie d'une dernière occasion de façonner une image idéale ? Ici, comme dans le rituel même de l'épousaille, s'affirment tout à la fois l'égalité et la soumission de la femme. C'est l'art des mythes ou, comme ici, des stéréotypes et des séquences rituelles que de faire aller ensemble des principes ou des constatations contradictoires : fonction bien mise au jour par l'anthropologie. La société conjugale est voulue *à la fois* égalitaire et hiérarchique. Exactement comme la relation féodo-vassalique, avec laquelle elle a en commun l'usage de mots comme *mon seigneur* et, dans le même temps, *ma par*, mon égale. Quant au droit romain, qui n'est pas sans influence au XIIIe siècle sur les légistes de France du Nord, le souci qu'il a des individus va de pair avec un renforcement des prérogatives maritales et paternelles. La rationalité est la même que celle du droit canon. Il faut, dans l'association *(societas)* conjugale, que la femme consente à sa soumission.

Avec vraisemblance, on peut faire un parallèle entre les formes du pouvoir familial et celles du pouvoir étatique : la sociologie contemporaine propose souvent cette articulation. La « franchise » apparente de l'épousée n'est sans doute qu'une image juridico-politique nouvelle et ne comporte rien de plus que celle du village, « accordée » à la même époque : un ensemble de relations tarifées et réglées, une affirmation de la liberté de principe des gouvernés qui prélude à l'établissement de strictes contraintes. La libération de « la femme » et celle des « communes », jadis exaltées par Michelet, ont les mêmes faux-semblants. Aux unes on demande la reconnaissance du seigneur ; à l'autre, l'amour du recteur.

L'obtient-on ? C'est presque un lieu commun de dire, comme l'excellente *Encyclopaedia Universalis*, que le XIIe siècle français, esquissant un trait fondamental de l'Occident tel qu'en lui-même, a inventé le couple : hors du mariage d'abord et contre lui (avec les troubadours de la troublante Occitanie), puis jusque dans l'union légitime (grâce à l'équilibre de douce France d'oïl), lorsque Chrétien de Troyes la pare des mêmes charmes et lui confère la même profondeur qu'à l'aventure adultère, à travers Érec et Énide, Perceval et Blanchefleur. Amour et mariage sont-ils compatibles ? Grand débat de l'univers courtois de Champagne ou de Paris, où la réponse cependant demeure suspendue. Ces discussions ont-elles eu pour base d'authentiques expériences conjugales ? En ont-elles conditionné d'autres ? N'est-on pas plutôt resté dans le champ de la fiction, gratuite ou compensatrice ?

L'anthropologie se pose le problème de la distance morale entre époux, dont témoignerait le peu de paroles échangées, à propos de beaucoup de sociétés « archaïques ». Lorsque la pression des parentés s'exerce quotidiennement et lorsque, malgré cela, l'autonomie et les recours de la femme demeurent importants, alors le rapprochement existentiel avec son mari n'est guère possible. Or, ces deux empêchements se trouvent, dans une certaine mesure, réunis dans le monde aristocratique décrit par Orderic Vital, Suger et Guibert de Nogent. La suspicion mutuelle empoisonnerait-elle la vie conjugale ?

Ainsi le XIe siècle, ou plutôt l'esprit des hommes de ce temps, est-il travaillé par l'obsession de l'adultère féminin, fondée sur la réelle perméabilité de la maisonnée ou de ses cloisons internes. Les reines et les dames, accusées par une faction adverse de relations coupables avec les hommes qu'elles ont entretenues dans la « chambre », pour les nécessités de l'intrigue, se disculpent souvent par l'ordalie : celle, unilatérale, du fer rouge que l'on tient en main ou celle, bilatérale, du duel où l'on se fait représenter ; la première révèle une certaine solitude devant l'inculpation, la seconde suppose l'intervention d'un champion, familier, parent... ou amant. Yseult, Guenièvre et toute une galerie d'héroïnes épico-romanesques, qui ne paraissent pas toutes vraiment innocentes, parviennent ainsi, spectaculairement, à échapper au verdict de la cour féodale de leur seigneur et maître. À l'époque où le public des trouvères frémit au récit de ces dangereuses épreuves (fin du XIIe siècle), l'ordalie semble toutefois en déclin – et, avec elle, une sorte de liberté ? Des lettres d'Ive de Chartres attestaient au contraire, aux années 1100, son actualité brûlante : le grand canoniste veut certes restreindre l'usage de cette preuve « illégitime » (« irrationnelle », dit-on aujourd'hui), choquante surtout en tant que « tentation de Dieu », aux cas où il n'y a pas d'autre moyen d'éclaircissement ; l'adultère imputé à la femme est un de ceux-là. Elle peut prendre le Ciel à témoin.

Quant aux débordements de la sexualité masculine à l'extérieur de la maisonnée, ils ne mettent en péril ni l'ordre de celle-ci ni la pureté de la lignée : anodins, ils ne sont mentionnés qu'incidemment. Le portrait du comte de Guînes Baudouin II (m. 1169) par le chapelain Lambert respire l'authenticité : la vitalité de ce seigneur (« l'intempérance de ses reins ») s'est traduite, des premiers mouvements de l'adolescence jusqu'à la vieillesse incluse, par un goût immodéré des pucelles ; il a semé autour du pas de Calais de nombreux bâtards et bâtardes, et s'est occupé tout spécialement d'établir trois d'entre eux (aucun droit à son héritage propre ne leur étant de toute façon reconnu). Toutefois, il conçoit une extrême douleur de la mort en couches de sa femme, la dame d'Ardres ; il a tout d'un veuf désemparé, inconsolable. Dès lors, il prend à cœur de pratiquer les « bonnes œuvres », au bénéfice des *domestici* (de sa maisonnée élargie) et aussi à l'avantage des petits nobles en difficulté, nombreux dans la contrée : il remplace en somme la défunte patronnesse. On imagine assez le type de relation jadis établie entre elle et Baudouin : une bonne amitié, au sens cicéronien du terme, marquée par l'attention aux « offices » que l'on se doit l'un à l'autre ; une harmonieuse association pour gérer l'affaire commune, l'organisme seigneurial, animé par le double flux des prélèvements et des redistributions.

Or, cela seul suffit, me semble-t-il, à créer un rapprochement au sein du couple. Les sociétés où règne la défiance interconjugale la plus grave sont celles dans lesquelles la virilocalité ne s'impose pas sans partage, ou qui ne connaissent que des maisonnées réduites et fragiles. Au rebours, tout progrès de l'ampleur et de la compacité des demeures (et ce livre marque nettement le seuil des années 1180, à cet égard) doit entraîner une certaine promotion de la cellule conjugale. Les indicateurs d'une telle tendance foisonnent à la fin du XIIe siècle, au point de susciter le doute sur le maintien des solidarités lignagères plus étendues. Ils concernent notamment les transactions.

L'économie domestique : thème indispensable à l'analyse de la société conjugale, parce que celle-ci a besoin de fondements matériels solides. La pleine communauté des biens ne se rencontre pas, sauf parfois réduite aux acquêts. Complexes, les rapports patrimoniaux entre époux de rang noble ou chevaleresque nous ramènent malheureusement à des considérations très formelles. La constitution du douaire, traditionnelle depuis la loi salique, et équilibrée cependant par une dot (« mariage ») dont j'ai dit plus haut la fonction stratégique, entre dans le déroulement de l'épousaille. La charte écrite à cet effet en 1177 au nom d'Arnoul de Monceau, un chevalier de la région de Laon, affirme dans son long préambule la dignité du mariage ; cela vise explicitement les hérétiques, dont la propagande égalitaire et presque libertaire séduit des femmes rebelles à l'ordre masculin. Par amour, l'époux désigne ici – c'est l'objet principal de l'acte – la « meilleure part » de ses biens, un péage de la cité de Laon, pour servir précisément de douaire à sa femme. Mais on sait bien du reste, un proverbe le dit, que celui-ci se gagne « au coucher » et est perçu au veuvage.

Dans le domaine capétien à l'aube du XIIIe siècle, l'usage confère à l'épouse noble un droit au douaire *(jus dotalitii)* sur la moitié des biens de son mari ; il s'agit d'assurer sa subsistance à la mort de celui-ci, au cas où elle ne se remarierait pas et compte tenu du fait que, dotée lors de son mariage, elle n'a plus à figurer au partage successoral avec ses frères. Quant à son douaire, il n'est pas toujours définitivement assis ; aussi les juristes praticiens prennent-ils soin de mentionner toujours le consentement de la femme aux aliénations de biens propres du mari. Tous deux se présentent, par exemple, devant une officialité ecclésiastique : elle s'associe au don ou à la vente, abandonnant sa part, ou se fait accorder un augment de droits sur un autre élément du patrimoine. On note l'acceptation « spontanée, sans contrainte » *(spontanea, non coacta).* Elle est ainsi à l'abri des prodigalités abusives d'un époux et des éventuelles contestations qu'élèveraient, au décès, les enfants ou, surtout, les collatéraux.

À partir de 1175, les actes de la pratique témoignent d'un déclin de la *laudatio parentum* (octroi de la parenté) et, comme en contrepoint, valorisent les interventions de la femme aux côtés de son mari. Le couple triompherait donc alors du lignage ? On peut, tout aussi bien, proposer l'interprétation contraire : à la parenté, un droit indiscuté, dit de « retrait lignager », attesté par Beaumanoir, et qui permet d'obtenir préemption sur toute vente ; à l'épouse, au plan de l'héritage cette fois, une garantie incomplète, fragile et menacée. L'image fournie n'est-elle pas, dans une certaine mesure, le négatif des réalités ? Ou, plus subtilement, leur préfigure ?

Les légistes, en somme, veulent assurer la défense de la veuve future. Et ce souci atteste la tension virtuelle entre celle-ci et les consanguins de son mari : problème central d'une histoire de la parenté. Marc Bloch s'y montre attentif en relevant, dans la geste de *Garin le Loheren,* l'apostrophe cruelle d'un beau-frère à une veuve : il a plus grand deuil qu'elle, car sa perte à lui est irréparable tandis qu'elle se remariera. Le mot n'exprime pas seulement une pure et brutale réaction « sentimentale », incontrôlée : la plainte publique signifie en effet revendication d'héritage, *clamor* au sens plein du terme.

La veuve et l'orphelin

Mais le chevalier, dira-t-on, n'a-t-il pas vocation à « défendre la veuve et l'orphelin » ? À quoi je répondrai que précisément, si l'Église le lui enjoint par cette formule (empruntée à la définition même, traditionnelle, des devoirs régaliens), c'est qu'il a coutume, au contraire, de les opprimer, en commençant par sa belle-sœur et son neveu. La lutte pour un train de vie qui nécessite une richesse héritée oppose nécessairement entre elles les branches d'un patrilignage, à chaque règlement de succession ; seules sa forme et son intensité ont pu varier au cours des deux siècles qui nous occupent.

Que devient la jeune veuve ? À la mort d'Ernaud d'Échauffour, emporté prématurément par le poison de Mabille de Bellême (1064), sa femme se retire dans sa parenté d'origine, demeurant chez son frère sénéchal de Normandie : marque d'une primauté structurelle du lignage natal, ou contrecoup conjoncturel, atypique, de la déconfiture des Giroie ? La cellule conjugale éclate ici, dans l'infortune : les deux jeunes fils transférés dans des « maisons étrangères », loin de leur mère, y sont en butte « à la pénurie et à l'injustice » – ce qui ne les empêche pas, plus tard, d'entrer par la grande porte, l'un en religion et l'autre en chevalerie.

Très contemporain de celui-là, l'exemple inverse de la mère de Guibert de Nogent. Il faut lire le récit autobiographique, par ce moine fils de chevalier de château, d'une enfance traversée par la tension entre patrilignage et « famille conjugale ». Mariés très jeunes, au milieu du XIe siècle, ses père et mère disposent d'une résidence autonome, avec une domesticité, dans un *oppidum* (château, petite ville) du Beauvaisis. D'autres couples, rattachés au lignage paternel, vivent dans leur immédiat voisinage, et l'on devine, entre eux, un mélange d'aide mutuelle et de rivalité (par exemple autour d'un précepteur que l'on s'arrache pour conférer à ses enfants un avantage culturel). Un écran protecteur de l'intimité isole tout de même ces jeunes ménages les uns des autres, puisque « sept ans » s'écoulent avant que le futur père de Guibert n'avoue à sa parentèle son impuissance à consommer le mariage. La femme se trouve alors à rude épreuve, car le patrilignage cherche à la pousser à la faute (au rapt provoqué ?) afin de rompre l'union, pourtant hypergamique. À ces pressions, le couple survit : une expérience extraconjugale décomplexe un homme qu'impressionnait peut-être la noblesse de sa conjointe légitime ; il a d'elle plusieurs enfants avant de mourir, encore jeune, probablement des suites d'une captivité. C'est alors que la parentèle se déchaîne, aux dires de l'orphelin, contre la veuve : on veut se débarrasser au plus vite de cette femme qui, pour sa part, refuse de se remarier ; on l'obsède de prétendants et de procès (affaires de douaire ?), combinant la menace et l'intimidation avec les jeux de la tentation. Il y a une scène terrible où la malheureuse, tout près de s'effondrer devant une cour châtelaine hostile (et – faut-il le préciser ? – exclusivement composée d'hommes), trouve son salut dans l'invocation du nom de Jésus-Christ comme *sponsus* (fiancé/époux promettant les noces éternelles) – c'est-à-dire dans l'expression d'une vocation religieuse bien propre à lui valoir le soutien des prêtres. De fait, cette femme forte, telle qu'en l'Écriture, demeure maîtresse de sa maison et de l'éducation de ses enfants jusqu'à ce que Guibert, le dernier-né, atteigne l'âge de douze ans environ. Elle ne pense plus, dès lors, qu'à gagner par la pénitence, en vivant parmi d'autres femmes aux portes d'un monastère, le salut de son âme ainsi que de celles de ses fils et, surtout, de son époux : au point de prendre en charge l'éducation d'un enfant perdu pour racheter la faute de ce dernier – car l'essai de virilité avait produit un bâtard.

L'amour conjugal et l'amour maternel existent donc, au cœur du Moyen Âge : on les rencontre dans les combats, dans les visions et dans les rêves de la mère de Guibert de Nogent, intimement liés l'un à l'autre s'il est vrai qu'elle a transféré sur lui son attachement à l'époux défunt. Mais les autres dimensions sociales et affectives de la parenté interviennent dans le récit, avec, me semble-t-il, leur exacte valeur fonctionnelle. L'homme d'Église se reproche, comme autant de « décours » loin de Dieu, tout ce qu'il a fait sous l'impulsion de ses amis charnels ; le fils aimant, dont la piété mariale a d'explicites rapports avec ses sentiments à l'égard de sa mère, épouse les griefs de celle-ci contre sa belle-famille. Mais le patrilignage, intéressé à la promotion de ses fils, a veillé activement à sa carrière ecclésiastique : Guibert hait au fond de lui-même le cousin aîné qui le dirige, mais il a failli lui devoir un canonicat. Quant à la parenté du côté maternel, plus illustre sans doute, elle ne brille que par son absence, dans les deux mauvaises passes que traverse la jeune femme. Il se confirme que la parenté cognatique n'est pas agent actif dans la vie sociale, mais se cantonne plutôt aux fonctions passives de représentation du rang. Du Beauvaisis au Laonnois, les pas de Guibert croisent partout ceux de parents, reconnus tels en vertu de toutes les lignes ; or, il ne peut ni ne veut se défendre de son affection pour Évrard de Breteuil ou de son préjugé, tout mondain, en faveur d'une sienne cousine établie à Laon par mariage. Malgré son intégration dans l'immense et métaphorique parenté qu'est le clergé, ce moine ne renie pas les siens. Malgré l'apparente modernité de son Œdipe, cet enfant de la « féodalité » n'a pas tout à fait la même famille que nous.

L'impression prévaut que la veuve n'a nulle envie de retourner chez les siens ; y serait-elle bien accueillie ? L'attention des sages juristes du XIIIe siècle à tout ce qui touche le douaire tient peut-être à une diminution tendancielle des remariages, à un éloignement des parentés ; signes qui, si l'on pouvait en confirmer la fréquence, témoigneraient tout de même en faveur du couple. La destinée de la belle Hermanjart, venue vivre avec Aymeri de Narbonne loin de sa Lombardie natale, n'est certes pas d'y retourner ; et la dame Guibourc exprime à son neveu, en sa faveur et en vers, la raison sociale de cette pratique, doublée de l'idée prosaïque (mais utile) que les bons comptes font les bons époux : *« El n'a parant en iceste contrée,/Seror ne frere, dont elle soit privée./De son doaire ne doit estre obliée :/Car li nomez, sire, s'il vos agrée/Plus en avra d'amor a vos tornée,/Si vos en ert plus cortoise et privée. »* (« Elle n'a pas de parent dans cette contrée, sœur ou frère avec qui elle soit en relation de solidarité privée. Il ne faut pas oublier son douaire : définissez-le-lui de vive voix, sire, s'il vous plaît ; en retour, elle vous en aimera davantage, elle sera plus attentive, plus attachée à vous. »)

Dans les grandes lignées du XIIe siècle, la dame veuve et douairière joue un rôle important : attaché à l'étude des Coucy, je remarque son étroite association aux actes d'un fils adolescent, dans les premières années de son gouvernement, et ensuite son maintien définitif à la terre ; elle vit des rentes de son douaire qui, à sa mort, iront soit à un fils cadet, soit à un nouveau douaire (demeurant de toute façon dans le patrilignage pour servir à des dotations) ; elle les amenuise quelque peu, cependant, attentive qu'elle est à entretenir ou fonder des églises, au soir de sa vie. Entre 1130 et 1138, la veuve et le fils du terrible Thomas de Marle, sire de Coucy, subissent l'attaque du comte de Vermandois et les récriminations de monastères qui se disent spoliés ; mais le roi Louis VI, victorieux de Thomas, ne se laisse pas entraîner à l'injustice (et à l'imprudence) d'un déshéritement de la femme et des enfants du défunt : il se contente de rafler ses trésors, laissant la terre, tandis qu'évêques et abbés, de leur côté, ne désirant pas la mort sociale des successeurs du pécheur, se satisfont de « restitutions » et d'aumônes.

Lors des moments de faiblesse que provoque, dans l'histoire d'une seigneurie, d'une principauté ou d'un royaume, le décès d'un père et mari encore jeune, les relations féodo-vassaliques prennent de plus en plus le pas, au fil des XIIe et XIIIe siècles, sur les relations lignagères pour à la fois défendre et manipuler la veuve et l'orphelin : les pairs de châtellenie soutiennent et inspirent l'héritier de leur sire, le roi et le prince suzerain prennent sous leur défense et sous leur coupe le fils ou la fille de leur vassal. Entre l'enfant otage et martyr et l'adolescent éduqué et promu, l'ambiguïté subsiste durablement. Il faut savoir, à propos des grandes régentes mentionnées plus haut, que l'une, Blanche de Champagne, est étroitement surveillée par le roi Philippe Auguste qui détient son fils (1200-1216), tandis que l'autre, Blanche de France, née de Castille, voit son « bail » sur le royaume contesté par de grands barons qui cherchent, en 1229, à s'emparer par la force du jeune Saint Louis – leur seigneur mourant, Louis VIII, ne l'a-t-il pas recommandé à leurs soins ? La vie d'une veuve, comme au temps de Guibert de Nogent, est un dur combat. Jeune, elle est souvent pressée de se remarier, par la tyrannie d'un seigneur ou par l'insolence de vassaux ; elle n'a pas le choix.

Dans la mesure où, jusqu'à la fin du XIIe siècle, les grandes seigneuries n'étaient pas soumises à des règles féodales contraignantes, mais conservaient un profil allodial, la pression/protection la plus forte était celle du patrilignage. Ensuite s'imposent l'image et les règles pratiques d'une féodalité classique : la liberté authentique des femmes et des enfants n'a rien à y gagner. On lit dans les histoires de France traditionnelles que les Capétiens ont su faire jouer en leur faveur, habilement et pacifiquement, les règles de la suzeraineté : il faut entendre par là, en réalité, séquestration de filles à marier, inquisition sur les relations entre parents, veto à l'encontre des alliances dangereuses, bref, un saccage sans scrupule de la vie privée de la haute aristocratie.

De sa vie privée ? Bien plutôt d'un ensemble de stratégies que j'ai décrites en m'appuyant sur la délimitation large du « domaine privé », proposée auparavant par Georges Duby.

Post- scriptum (1998)

La fin de mon texte de 1985 reprend les thèmes en une conclusion un peu touffue. Il y a des permanences, comme la parenté large, cognatique, et dans une certaine mesure comme le couple, et il y a des mutations à moyen terme, comme l'accentuation des traits lignagers dans la noblesse « vers l'an mil » (!) et leur affaiblissement, au contraire (?), vers l'aube du XIIIe siècle. La classe dominante constitue un immense réseau de parentés, tramé par des cousinages et par des affinités. Cela la définit durablement : on est noble par la naissance et par le travail (chevaleresque) d'entretien des liens familiaux, on est un homme « de franc lin », une dame de « haut parage » (expressions synonymes, toutes deux, de « parenté noble »), toujours solidaire ou rival(e) des autres. Cependant le champ, les enjeux et les règles de la compétition se modifient quelque peu au cours de l'histoire. La monarchie palatine des Carolingiens a fait place vers 880 à des principautés, disons, plus « féodales » et bien plus tard, dans les XIIe et XIIIe siècles, le pouvoir se reconcentre, il se construit sur des bases juridiques et administratives plus fortes que jamais auparavant. Ces deux processus incorporent nécessairement certaines évolutions de la « famille noble ». Je voudrais aujourd'hui (1998) revenir sur eux grâce aux études parues récemment et grâce à l'enrichissement de ma propre expérience. Mon essai de 1985 m'a paru pouvoir être ici élagué, surtout dans la partie sur « le couple », pour laisser de la place à ce post-scriptum.

Les legs carolingiens. Le monde « féodal » français est fils de l'ordre carolingien des VIIIe et IXe siècles, bien plus que ne l'ont cru la vieille école (Marc Bloch) ou les tenants d'une « mutation de l'an mil » par la crise rapide et catastrophique des institutions publiques. À défaut d'une liturgie forte du mariage chrétien, qui manque en effet longtemps, l'Église carolingienne a légué des éléments très importants de morale et de droit. Le couple a déjà été érigé en modèle du contrat social, par des moralistes de la « foi » que Pierre Toubert a magistralement étudiés. Il prend place dans une évolution des stratégies sociales que Régine Le Jan évoque dans son grand livre : *Famille et pouvoir dans le monde franc (VIIe-Xe siècle)*, Paris, 1995. Si l'époque « féodale » est dominée par des patrilignages nobles comme la « maison » chevaleresque d'où sort Lambert de Wattrelos, c'est que le couple dont ils procèdent a gagné en force et en droits, dès les VIIIe et IXe siècles. La reine et la comtesse ont pris place parfois aux côtés de leurs maris, dès avant « l'an mil », et la dame noble du château s'affirme après elles. Anseau de Maule n'est pas le seul à honorer sa mère. La femme s'intègre fortement à une maison devenue la sienne, à l'issue du cortège nuptial. En lui faisant une dot (« mariage »), son marieur de père, de frère ou de seigneur a signifié souvent son exclusion du patrilignage natal. Si elle a des frères chevaliers, elle ou ses enfants n'hériteront pas grand-chose. À ses fils comme à ses filles, elle apporte davantage de relations sociales, de prestige statutaire, que d'héritage matériel. Ce que tout de même elle recueille, dans le don de « mariage » ou après lui, risque de passer à ses fils cadets ou à ses filles, ce qui permettra à l'aîné de garder tout du père. Cette pratique de la dot uxorale (don de « mariage ») en contrepoint du douaire légal, des chartes d'épousaille, apparaît près de Cluny ou de Vendôme dans les dossiers du XIe siècle, soudain plus denses et pleins de détails nouveaux sur la vie. Je crois qu'elle s'enracine dans une évolution et une complexité un peu antérieures. Georges Duby a souvent pressenti qu'il y avait « vers l'an mil » beaucoup plus de « révélations » que de vraies « révolutions », et Gilbert Dagron ne raisonne pas autrement à propos des pratiques soudain attestées dans le monde byzantin, par une explosion documentaire contemporaine de la nôtre.

Un autre legs carolingien à la société dite « féodale » pourrait être le relief donné au parrainage. C'est une idée chère à un couple d'historiens (Anita Guerreau-Jalabert et Alain Guerreau), qui donnent à la parenté spirituelle une importance dès lors structurale. Je trouve tout de même le dossier peu épais, avant le XIIe siècle ; la relation de parrainage n'a jamais pu être qu'une parmi d'autres, et probablement plus souvent accentuée à partir de la réforme grégorienne (1070-1120) qu'avant.

Dans le même élan, c'est le XIIe siècle aussi qui ravive et raidit l'exigence de la non-consanguinité des deux époux. Quel sens a cette exigence ? Régine Le Jan propose une mise au point qui m'a fait rayer d'un trait, ici, mes errances de 1985. L'anthropologie lui fait apercevoir qu'il y a un lien entre un système de filiation indifférenciée et une forte exogamie. Cette dernière a été caractéristique d'emblée de la noblesse franque du haut Moyen Âge ; elle lui permet de s'élargir par absorption, jusqu'à constituer au IXe siècle (et au-delà) le gratin et le ciment de la chrétienté latine. Pour le couronnement impérial de Charlemagne, l'exogamie franque fait autant que la francisque et l'étrier réunis. Dans le principe, la règle en est de plus en plus sévère : gare à « l'inceste », si l'on s'unit à une cousine à moins de sept degrés ! Mais Régine Le Jan note que l'évolution s'est nourrie de l'incertitude même du concept de « degré » de parenté ; par scrupule d'abord les évêques ont décrété le maximum (sept), mais ensuite par pragmatisme ils s'interdisent le plus souvent d'enquêter au-delà de la parenté déjà connue. Quand la volonté de savoir intervient, à elle seule elle durcit la règle et crée des problèmes. La règle est donc en fait *assez flexible* au-delà du quatrième degré. Pour finir, en un temps qui veut des lois plus fermes, le concile de Latran IV (1215) fige en norme, fort sagement, la pratique la plus modérée.

En un autre sens, enfin, la société et la famille « féodales » portent une marque carolingienne, mais c'est plutôt celle d'un échec ! Charlemagne, tout en pourchassant « l'inceste » avec l'aide des évêques, voulait aussi supprimer la « faide », par leur action appuyant celle des comtes. Cette « faide » (le *feud* en anglais), c'est le droit de vengeance, la guerre privée du très haut Moyen Âge, d'autant plus vigoureuse que les belligérants sont plus libres, plus puissants, plus chatouilleux sur leur honneur – en un mot, plus nobles. Or à peine Charlemagne l'a-t-il limitée. Et elle reprend tous ses droits, après 880, à l'époque des châteaux et des principautés régionales ou microrégionales. Au XIe siècle, la vengeance est légitime, obligée presque pour la forme. Comme par accident, un cousin du comte d'Anjou est tué vers 1030 par un vassal de celui-ci, Hamelin de Langeais. Le comte Geoffroi Martel se pose alors en vengeur de son parent. Il menace son vassal de lui confisquer tout son fief. Tout de même, fléchi par des intercesseurs, il se contente de saisir un moulin, et il s'empresse de le donner en aumône à l'abbaye de Vendôme, de peur d'avoir l'air, lui si haut homme, de vendre à prix l'honneur de son parent. Mieux vaut en effet pardonner, de manière chrétienne et à la royale... L'exemple montre combien la réaction vengeresse est d'abord nécessaire ; il suggère aussi qu'elle ne va pas toujours à son terme mortel. La « culture de la faide » *(feuding culture)* est autant et plus une culture de la négociation et du compromis, que de la violence. Stephen White le montre en Touraine, et jusque dans des chansons de gestes.

Le terrorisme seigneurial et la tyrannie châtelaine « de l'an mil » sont un peu des mythes. Ils risquent de nous masquer l'institution sociale de la faide, qui se déploie dans le grand réseau des parentés nobles et dans ces chevaleries châtelaines que Georges Duby a su si bien, en 1953 (Mâconnais) et ici même, en 1985, substituer au « chef » et à la « bande » de convention. C'est de la faide que s'inquiète un moment le moine Raoul Glaber, et non de la prétendue montée des violences de l'an mil, classe contre classe. C'est elle surtout que prétendent apaiser les pactes de la paix de Dieu, entre autres formes de compromis dont la société de ce temps est, en fait, assez abondamment productrice. Quand les reliques de saint Ursmer passent, en 1060, au château de Blaringhem, près de Lille, elles mettent la paix entre des chevaliers que le seigneur même du lieu peine à réconcilier vraiment. Henri Platelle, en une belle étude, note qu'ainsi le XIe siècle évoque de près le VIe siècle ! Il met bien à part, soit dit en passant, le crime des parricides et leur pénitence saisissante. Attention tout de même à ne pas considérer la faide, par excès de préjugé moderniste, comme une violence fatale pour tout équilibre social ; quand on y regarde de près, elle sévit sans se déchaîner tout à fait ;

surtout, elle ne met pas en cause la structure sociale. Elle coexiste, même, avec un forme minimale de justice publique, que nulle poussée de constructions « militaires », nulle éruption de mottes en terre, n'ont jamais durablement détruite.

Mutations. Marquer les enchaînements de causes « carolingiennes » à des effets « féodaux », et souligner la continuité d'une véritable *civilisation du haut Moyen Âge*, du VIe au XIIe siècle environ, tout cela n'empêche pas de repérer quelques vraies ruptures, et beaucoup de mutations graduelles.

Des tendances lignagères existent à tout moment, quoique en veilleuse sous Charlemagne : tendances à constituer les descendants mâles d'un couple en un groupe très soudé, agnatique, patrilignager, dans lequel l'aîné prédomine et se taille en héritage la part du lion. Ce sont ces groupes qui, en pratique, font des faides après le IXe siècle. Avec la chute du palais carolingien (877-884) et le régime des principautés régionales, les patrilignages prennent tout leur essor. Les premières principautés s'érodent du reste ; à leurs marges grandissent des principautés châtelaines (au Berry, celles de Déols et de Bourbon datent des abords de 900, d'autres sont plus petites et plus tardives). Le temps est à la territorialisation du pouvoir noble. Entre elle et l'accentuation des traits lignagers, où est la cause, où est l'effet ? La corrélation du moins est certaine, on va vers des seigneuries plus compactes et de moindre étendue, et ces « honneurs » emblématiques et patrimoniaux cristallisent, du Xe au XIIe siècle, des patrilignages : à défaut de corésidence, du moins certaines solidarités et une « image » forte dans les esprits et dans les chroniques.

Des pères associent leur fils aîné à l'honneur seigneurial, de leur vivant. Cette pratique a semblé longtemps, dans les modernes histoires de France, une tactique propre aux rois capétiens ; ils auraient craint l'élection accidentelle d'un rejeton de famille rivale (blésoise, par exemple). En fait, elle était déjà celle des « derniers carolingiens », à la fin du Xe siècle. Andrew Lewis pense et démontre qu'elle assure l'aînesse, empêche tout partage fatal avec un ou plusieurs cadets. À ceux-ci, il faut que l'aîné très tôt remette leur part, une portion congrue. Si Louis VI, seul des premiers Capétiens, n'est sacré en 1108 qu'une fois son père mort, c'est qu'il y a eu du tirage avec ses demi-frères et avec leur mère, la belle et redoutable Bertrade ! Mais tout se règle ensuite à l'avantage de Louis. Or il m'apparaît que cette pratique d'association, ce gros coup de pouce à l'aîné, se retrouve souvent, dès le XIe siècle, chez des seigneurs de haut parage. Elle est ce que les anthropologues appellent un *préhéritage*, et elle a sans doute plusieurs usages à la fois : produire l'aînesse bien sûr, mais aussi mettre de la paix entre le vieux et le jeune seigneur, partager entre eux les rôles, avant que le premier ne meure ou n'entre au cloître.

Selon les circonstances, ou plutôt par la rencontre entre elles et quelques grandes normes de morale sociale implicite, la noblesse d'oïl au XIe siècle a produit (ou reproduit) une certaine variété de systèmes successoraux. Il y a les cas, par exemple entre Thouars et L'Ile-Bouchard, de succession entre les frères, jusqu'au dernier vivant avant de revenir au fils de l'aîné. Véritable usage local ? Plutôt un bricolage, au prix d'une série de pactes et sans éviter des tensions... Du moins le XIe siècle semble-t-il, encore, réserver à des cadets de famille toutes les seigneuries acquises en sus de l'honneur paternel : Guillaume le Conquérant ne laisse à son aîné, Robert Courteheuse, que la seule Normandie ; c'est le deuxième qui a l'Angleterre. Face à la fille sans frère, l'oncle paternel a ses chances. À moins qu'elle ne trouve un mari, « chevalier servant », qui sera lui-même un cadet sorti de quelque bonne famille. Autant de freins à la concentration patrimoniale, que le XIIe siècle en revanche a parfois desserrés. Aliénor d'Aquitaine passant des bras de Louis VII à ceux de Henri Plantagenêt, sans qu'un de leurs cadets ne l'ait eue, cela, c'est de l'inédit !

Aliénor... Elle est le symbole des heurs et des malheurs de « la femme » au XIIe siècle. Vit-elle mieux ou plus mal que les dames d'avant elle ? Dans nos esquisses sur la civilisation altimédiévale, à laquelle confine si fort le XIe siècle patrilignager, nous ne devons ni ignorer, ni surestimer la place de la femme noble. Ne pas l'ignorer, puisque tout n'est pas que guerre, vassalité, chevalerie, mais aussi négociation, parenté et noblesse – trois domaines où les femmes sont admises. Ne pas la surestimer, puisque les moyens et les emblèmes de la domination, profanes et religieux, se trouvent tous en mains masculines. Pauline Stafford a dû rappeler récemment l'ambiguïté des chartes conventionnelles du Xe siècle, à auteur prétendument féminin. Elle veut rendre à sa vraie complexité l'histoire des femmes ou, mieux encore, l'histoire sociale d'ensemble qui tient compte d'elles. Au XIIe siècle ensuite, l'évolution est tout à fait contrastée. Il y a davantage d'héritières et de régentes, mais le pouvoir marital s'accentue au sein du couple, plutôt qu'il ne faiblit. Comme si le rapport entre les hommes et les femmes, à l'instar de celui entre les seigneurs et les paysans, ne cessait d'être réajusté, pour rester fondamentalement le même : un rapport de domination relative des mâles, des seigneurs, avec certains contrepoids...

Est-ce que, d'autre part, les tendances lignagères sont en reflux à partir du XIIe siècle ? Je n'en crois rien, elles semblent plutôt s'inscrire dans la durée par l'intermédiaire d'une législation plus explicite. Et n'est-ce pas alors que progresse, en noblesse comme en roture, le surnom patrilignager, c'est-à-dire notre « nom de famille » ? Monique Bourin a entraîné avec elle, à son étude, tout le « groupe d'Azay-le-Féron » depuis 1986. Quant au déclin de l'octroi parental *(laudatio parentum)*, Stephen White le relativise (1988) en des termes proches des miens, quoique plus précis et plus forts.

Georges Duby évoquait en 1985 le « chantier » dans lequel nous nous avancions. Je crois que ce chantier a progressé quelque peu, depuis lors, et je me suis efforcé d'en rendre rapidement compte ici. Mais hélas, Georges Duby désormais nous manque.

D. B.

BIBLIOGRAPHIE DU POST-SCRIPTUM

Rappelons qu'il n'est ici question que du Nord de la France, à l'exclusion de l'Occitanie, regrettable mais assumée dès 1985. Sur elle, un complément, des mises au point et des discussions critiques prendraient ici beaucoup trop de place.

Barthélemy, Dominique, *La Société dans le comté de Vendôme, de l'an mil au XIVe siècle*, Paris, Fayard, 1993.

– « Noblesse, chevalerie et lignage dans le Vendômois et les régions voisines aux XIe et XIIe siècles », dans Claudie Duhamel-Amado et Guy Lobrichon éd., *Georges Duby L'Écriture de l'Histoire*, Bruxelles, De Boeck, 1996, p. 121-139.

Bourin, Monique, et autres éd., *Genèse médiévale de l'anthroponymie moderne*, Publications de l'Université de Tours, 5 volumes d'*Études d'anthroponymie médiévale*, depuis 1989.

Burguière, André, et autres éd., *Histoire de la famille*, tome I, Paris, Armand Colin, 1986.

Gaudemet, Jean, *Le Mariage en Occident*, Paris, Cerf, 1987.

Guerreau-Jalabert, Anita, « La désignation des relations et des groupes de parenté en latin médiéval », dans *Archivum Latinitatis Medii Aevi* 56-57, 1988, p. 65-108.

– « Prohibitions canoniques et stratégies matrimoniales dans l'aristocratie médiévale de la France du Nord », dans *Épouser au plus proche Inceste, prohibitions et stratégies matrimoniales autour de la Méditerranée*, Paris, Éditions de l'EHESS, 1994, p. 293-321.

Le Jan, Régine, *Famille et pouvoir dans le monde franc (VIIe-XIe siècle) Essai d'anthropologie sociale*, Paris, Publications de la Sorbonne, 1995.

Lewis, Andrew W., *Le Sang royal La famille capétienne et l'État, X^e^-XIVe siècle*, trad. fr., Paris, Gallimard, 1986.

Morelle, Laurent, « Mariage et diplomatique : autour de cinq chartes de douaire dans le Laonnais-Soissonnais, 1163-1181 », dans *Bibliothèque de l'École des Chartes* 146, 1988, p. 225-284.

Platelle, Henri, « La violence et ses remèdes en Flandre au XIe siècle », dans *Sacris Erudiri*, 20, 1971, p. 101-173.

Stafford, Pauline, « La Mutation familiale : A Suitable Case for Caution », dans Joyce Hill and Mary Swan éd., *The Community, the Family and the Saint Patterns of Power in Early Medieval Europe*, Turnhout, Brepols, 1998, p. 103-125.

White, Stephen, *Custom, Kinship and Gifts to Saints the Laudatio Parentum in Western France, 1050-1150*, Chapel Hill and London, 1988.

– « Feuding and Making Peace in the Touraine around the Year 1100 », dans *Traditio*, 42, 1986, p. 195-263.

La vie privée des notables toscans au seuil de la Renaissance

Comme le précédent, ce tableau met principalement en scène la classe dominante. Mais il est incomparablement plus précis. En trois siècles, en effet, le matériel documentaire dont dispose l'historien s'est très largement accru. Aux abondants vestiges qui demeurent de la civilisation matérielle, à ce que les peintres donnent à voir, aux inventaires dont regorgent les archives notariales s'ajoutent en particulier, dans cette région très avancée, le pays florentin, que nous avons choisi comme premier témoin, les livres de raison, les Mémoires, enfin les réflexions des moralistes, professionnels ou amateurs, qui prêtent une attention toute neuve aux problèmes de la vie privée. Celle-ci est désormais sortie, en Europe, de la pénombre de sa protohistoire.

G. D.

Les milieux privés, inventaire et description

L'homme n'est pas fait pour vivre seul – sauf vocation particulière, ermite ou brigand –, c'est un animal social ou, pour reprendre à ce sujet l'opinion ici résumée du franciscain vénitien Fra Paolino (1314) : *Fagli mestiere a vivere con molti. Con molti*, avec beaucoup d'autres mais sans désordre. Vivre en société, c'est participer, toujours d'après Paolino, à trois milieux emboîtés : la grande communauté politique, ville ou royaume (ou autre district), le groupe de voisins *(vicinato)*, la maison. Dans cette optique, largement partagée, des groupes particuliers se découpent à l'intérieur de la sphère publique (ville ou royaume), groupes doués d'autonomie et que l'on peut qualifier de privés. La maison (*casa*, *ostau*, etc.) en représente le cœur, mais elle n'enferme pas toute l'existence privée. Celle-ci déborde la famille et la demeure, et imprègne un milieu plus ouvert, le *vicinato* de notre franciscain. Parler de voisinage, c'est insister sur la solidarité de voisins, de gens amenés quotidiennement à se côtoyer, mais ces antennes privées qui prolongent la simple existence domestique, se déploient plus avant et de manière plus multiforme dans la vaste communauté (ville, canton) qui héberge chacun. Avant de franchir le seuil du privé, je commencerai donc par chercher où il se trouve.

Vivre en privé, c'est avant tout vivre chez soi, en famille. La famille constitue le cœur du privé, chacun en est convaincu. La maison, le foyer, ce privé-là, le plus indispensable et le plus chaleureux, est souvent perçu comme un milieu étroit. Toujours d'après Paolino, il doit comprendre le mari, son épouse, leurs enfants et pas davantage, sauf une domestique pour les servir, chose à ses yeux notoirement indispensable. Cent vingt ans plus tard, L. B. Alberti présente de la famille la même vision ramassée. Le mari, les enfants, l'épouse, domestiques et serviteurs, « voilà ce qu'on appelle famille ». À croire ces moralistes, la première cellule privée, le véritable foyer est donc représenté par le couple. Est-ce vraiment le cas ? Dans l'Italie de l'époque, les couples ont-ils acquis leur autonomie ?

La famille

Grâce aux déclarations établies par chaque contribuable, la composition du ménage italien se laisse entrevoir à partir du XIVe siècle. Il arrive effectivement, et c'est même la règle après 1348, que la dimension moyenne de chaque foyer soit peu supérieure à 4 personnes (Bologne, 1395 : 4,30 ; Toscane, 1427 : 4,42 ; Sienne, 1453 : 4,28), et parfois même inférieure (Florence-ville, 1427 : 3,80 ; Lucques, 1411 : 3,91), chiffres réduits qui semblent s'appliquer à des ménages strictement conjugaux : père, mère, deux enfants.

Mais il s'agit là de moyennes déprimées, en raison notamment des pestes si tragiquement présentes après 1348. Les ménages vivant au début du Trecento avaient probablement meilleure allure, et l'on trouve encore au début du XVe siècle des cantons où l'on se tient les coudes jusqu'à l'entassement. C'est le cas notamment de San Gimignano, où les paysans vivent à 6 en moyenne par feu en 1290 et à plus de 7 en 1428. Ces chiffres élevés font supposer que les foyers ne se limitent pas à une seule famille conjugale, et l'hypothèse se confirme quand on passe ces feux en revue l'un après l'autre ; les feux dont la dimension moyenne est la plus étoffée (7 et plus), mais les autres aussi (4 ou 5), regroupent des ménages d'allure très différente. Les remarquables travaux de Christiane Klapisch et de David Herlihy ont montré qu'en Toscane, où le feu moyen vaut 3,80 en 1427, les ménages se répartissaient dans un vaste éventail de configurations très diverses : personnes isolées (veufs ou veuves, célibataires) ; simples familles conjugales (avec ou sans enfants), familles conjugales élargies (hébergeant un ascendant en ligne directe ou non, ou un descendant, un frère ou un cousin) ; familles conjugales multiples (ménages de parents et ménages d'enfants, de frères, etc.). Le modèle étroit défini plus haut, la famille conjugale simple, même s'il prédomine (54,8 % des feux), ne confisque donc pas toute la réalité, à beaucoup près : des gens vivent seuls (13,5 % des feux) et, à l'inverse, les ménages ne s'isolent pas forcément une fois formés.

L'attrait des couples toscans du Quattrocento pour la vie largement commune est peu marqué dans les villes (les familles conjugales multiples y représentent 12 % des feux), mais cet attrait se manifeste avec force chez les ruraux, surtout les plus riches : un feu paysan sur cinq est formé de ménages multiples, et la proportion s'élève à un sur deux chez les coqs de village. On pourrait croire, en découvrant ces foyers patriarcaux, retrouver le modèle familial primitif dont le feu conjugal serait issu au terme d'un démembrement récent. Ce n'est pas sûr du tout. Au XIIe-XIIIe siècle, la famille rurale, en Romagne par exemple, semble formée de peu de membres, et les feux supérieurs à 7 membres y sont l'exception dans les villages accessibles à l'observation. À notre époque en tout cas, cette cohabitation des ménages se révèle largement pratiquée dans les campagnes italiennes. Elle l'est autour de Bologne (22 % des feux en 1392, et jusqu'à 36 % en 1451 dans la plaine), autour de Lucques (18 % des feux en 1411-1413), dans la Polésine de Ferrare (30 % des feux en 1481). Si les conditions de la vie urbaine freinent la formation en ville de ménages multiples (ou multinucléaires), ces handicaps y gênent moins les gens aisés. Parmi les feux florentins riches de plus de 800 florins, 15 % environ comprennent plusieurs ménages en 1427. La pratique de cette cohabitation varie en ville d'un lignage à l'autre, et d'une génération à l'autre : parmi les ménages Rucellai, illustre lignage florentin, 2 seulement sur 26 (7,7 %) sont formés de plusieurs noyaux conjugaux en 1427, contre 7 sur 28 (25 %) en 1480. Chez les Capponi, autre lignée florentine tout aussi connue, les ménages multiples représentent 8 % des feux familiaux en 1427, 54 % en 1469. Pas de règle fixe. Ce sont les circonstances qui commandent. Dans ces milieux, il est courant de voir un foyer se transformer complètement au fil des générations. Les premières déclarations fiscales nous présentent d'abord un jeune couple et ses enfants : quinze ans plus tard, les parents ont disparu, mais les enfants, des jeunes gens désormais, sont restés ensemble ; dix ans passent encore, et l'on retrouve, toujours uni, le phalanstère des ménages qu'ils ont chacun formés ; puis la frérèche éclate, et c'est le frère resté sur place, un patriarche vieillissant, qui rédige pour les ménages de ses fils l'ultime description du feu.

L'existence de ces feux multiples, eux-mêmes issus des situations intermédiaires évoquées plus haut (ménages de frères orphelins et célibataires), la souplesse du passage d'une situation à l'autre font que la grande famille, sous l'un ou l'autre de ses avatars – famille élargie (couples, enfants et ascendants) ou ménage multiple – constitue finalement une expérience courante, à un moment ou à un autre, dans l'existence de nombreux Toscans, surtout s'ils vivent à la campagne ou appartiennent à la bourgeoisie. Avoir ainsi vécu – au moins par moments – avec un grand-père, des cousins, les ménages de ses frères, a nécessairement entraîné chez beaucoup un sens de la famille étroite et du privé familial plus complexe et plus étendu que ne le suggèrent les perspectives des moralistes. Les Mémoires privés *(ricordanze)*, rédigés au XVe siècle par les bourgeois florentins, abondent en témoignages sur l'attachement porté par leurs auteurs à cette large cohabitation. L. B. Alberti, parmi d'autres, fait à maintes reprises état, par la bouche du vieux Giannozzo, de son regret de voir « les familles se séparer, entrer et sortir par plusieurs portes ; et je n'ai jamais souffert [c'est toujours Giannozzo qui parle] qu'Antonio mon frère habite sans moi sous un autre toit ». Cette conception élargie est si courante qu'on la trouve souvent enregistrée et entérinée par les lois et règlements touchant la famille et par les moralistes eux-mêmes. Un statut bolonais de 1287 définit la famille comme rassemblant père, mère, frères, sœurs, brus (c'est la famille patriarcale).

Tous ces foyers, aussi accueillants, ouverts et peuplés soient-ils, ne regroupent normalement que des parents par les hommes. Les alliés, les parents par les femmes, même très proches ou très démunis (orphelins ou même bâtards), n'y sont introduits qu'avec réticence (mais traités une fois admis au foyer avec hospitalité et affection). Quant aux domestiques, signalés avec insistance par Alberti comme membres normaux du ménage, on en trouve bien entendu chez les gens aisés, où ils sont parfois nombreux (un valet, cinq servantes, une petite bonne chez le marchand florentin Bene Bencivenni en 1290 ; deux valets, deux servantes, un esclave en 1393 chez Francesco di Marco Datini, le fameux marchand de Prato). Mais ce n'est pas la règle, et les artisans n'en engagent que de loin en loin. Les domestiques n'envahiront la vie qu'au XVIe siècle.

Le seuil du groupe privé ne coïncide naturellement pas avec celui du foyer. En ville comme à la campagne, chacun a des oncles, des cousins, toute une parenté susceptible de partager à sa façon l'intimité propre aux membres d'un même foyer.

Là encore, la parenté, c'est d'abord le lignage, l'ensemble des individus descendant d'un même ancêtre en ligne masculine, et conscients de cette origine commune. Parmi les lignages *(consorterie*, *casate* ou même *famiglie)*, qui existent bien entendu dans l'Italie des XIVe et XVe siècles comme partout ailleurs, les plus anciens ou les plus notoires se sont donné désormais un nom, témoignage de leur conscience lignagère. Cette conscience est suffisamment forte et suffisamment répandue à Florence, en 1427, pour qu'un contribuable sur trois y ait un nom de famille. La proportion est moindre dans les autres villes toscanes (20 %), et moindre encore dans les campagnes (9 %), mais on voit à l'occasion se manifester un sens aigu du lignage chez des paysans dépourvus de nom de famille (ils connaissent leurs cousins éloignés et savent faire partie de la même *consorteria*), et cette solidarité sans ostentation est certainement très fréquente dans tous les milieux. Il arrive que des lignages à leur tour se soient rassemblés par traité en un *consorzio famigliare* avec ses organes, ses chefs, ses statuts, ajoutant aux deux premières (foyer, lignage) une dimension supplémentaire possible du privé.

Les alliances enfin organisent autour de chacun, par sa mère, son épouse, ses brus, un réseau supplémentaire de parentés (appelées justement *parentadi*). Se marier est une affaire d'État. L'enjeu est considérable. « Tant de mariages ont été, de notoriété publique, cause de la ruine de la famille, pour s'être conclus avec des individus querelleurs, procéduriers, orgueilleux ou malveillants », rappelle L. B. Alberti. Des unions raisonnables au contraire et combinées avec soin valent aux familles « le zèle empressé de leurs alliés » (F. Barbaro), « renforcent la mutuelle affection entre les nouveaux parents et [...] rétablissent la concorde » (saint Bernardin de Sienne), amènent les familles « rapprochées par la parenté [...] à se secourir charitablement et à se prêter les unes aux autres conseils, faveur et assistance » (Matteo Palmieri). Se marier, en un mot, c'est ouvrir un champ tout neuf et plein de promesses aux relations, aux confidences, aux appuis, aux affections, qui débordent parfois, mais d'abord définissent la vie privée.

Entraînées par la pente familiale ou personnelle, d'autres solidarités privées complètent ou concurrencent parfois celles de la famille. Les auteurs du temps, moralistes ou non, exaltent les valeurs de l'amitié et du voisinage. Les différentes formes de copinage, malgré le silence pudique qui les entoure dans la littérature, auront aussi droit à quelques mots ici. Comme valeur de jeu, d'évasion, de formation, de contestation, on devine qu'elles ont marqué bien des individus.

Le privé familial d'appoint

Dans les formules standard évoquant les proches, les amis sont toujours cités après les parents *(parenti, amici)*, sans jamais s'identifier avec eux – contrairement à la France. Chaque famille peut compter sur un noyau stable d'amis qui complète et consolide l'entourage du sang et de l'alliance. Parmi ces amis, ceux que leur intimité permet d'associer aux parents ne sont souvent qu'une poignée, eu égard surtout aux groupes familiaux où chacun s'insère : une demi-douzaine, peut-être, d'après ses Mémoires, pour le banquier florentin Lapo Niccolini (vers 1410). Mais enfin, ils sont là, stables, fidèles, chaleureux et prêts à tous les services, financiers ou autres, comme on le verra. Le cercle des amis peut du reste s'agrandir si l'on soigne et si l'on approfondit ses relations. Les moralistes et mémorialistes insistent volontiers sur la nécessité et les avantages de la chose. L'amitié est un grand bien en soi. Les humanistes, séduits par les grands exemples antiques, en parlent avec ferveur. Et la question, soulevée un peu partout, de savoir quoi préférer, l'amitié ou la parenté, suscite des débats passionnés jusque dans l'entourage de Cosme de Médicis (Platina). Alberti ne met pas en doute que l'amitié dure avec toute sa force plus longtemps que tout *parentado* et il n'hésite pas à en faire, bien qu'étrangère au chez-soi *(fuori casa)*, un bien domestique, privé *(privato)*, tout comme l'honneur. Sans entrer dans le débat, en homme positif qu'il est, « gagner l'amitié d'hommes de bien […] vertueux et puissants » est un des objectifs que le Florentin Giovanni Morelli propose de son côté à ses descendants, après l'avoir poursuivi lui-même et vu poursuivre par son père. Les services que, d'après Giovanni, ce dernier rendait à ses précieux amis, ou qu'il attendait d'eux et qu'on détaillera dans un instant, montrent combien étroitement on les associait, là encore, à l'existence privée.

Voisins, le mot complète à tout coup la trilogie standard (parents, amis, voisins) des mémorialistes. Les voisins, en effet, jouent dans la vie quotidienne privée un rôle qui n'est pas si différent de celui d'amis ou de parents, rôle auquel leur proximité les prédispose. On ne cache pas grand-chose à ses voisins. Ils ont cent occasions d'intervenir dans la vie quotidienne et de franchir même le seuil de l'amitié quand passe un courant de sympathie : pour avoir bu en passant le vin offert avec humour et bonne grâce par son voisin le boulanger Cisti, le patricien florentin messire Geri Spini le traita désormais en ami : c'est Boccace qui le raconte. Le voisinage estompe les distances sociales.

Une sélection opérée parmi les amis et les voisins élève certains d'entre eux à la qualité enviée de parrain (de l'enfant) et donc de compère (des parents) ; l'habitude des parrainages multiples (attestée en France aussi, pour Jeanne d'Arc par exemple), parrainages assumés par des étrangers à la famille, crée autour des ménages prolifiques un cercle nouveau, imposant et très particulier, de compères et de commères. Pour leurs 13 enfants, les époux Niccolini ont ainsi rassemblé 32 compères et commères. À l'amitié, à la familiarité du voisinage, le compérage ajoute sa note de parenté spirituelle (unissant les parrains à leur filleul et à ses parents), parenté fortement vécue et ressentie. À en juger par l'entourage des Niccolini, le monde des compères n'offre aucune homogénéité, pas plus que le groupe disparate des voisins où il se recrute. Des compères Niccolini, si la moitié appartiennent à leur milieu, dix autres se situent socialement beaucoup plus bas. Mais quelque chose les distingue tous, autre trait commun souvent souligné par les conteurs : leur compérage leur donne plus librement accès à la demeure et à l'espace intime de la famille de leur filleul. Ils entrent, ils sortent, ils causent avec les servantes, avec la patronne, sans donner matière à ragots. Les compères font partie de la vie privée.

Brochant sur l'amitié et le voisinage, les puissants (nobles, bourgeois, hommes d'affaires) apparaissent largement entourés, d'après les sources, d'*amici* et *seguaci*, autrement dit de clientèles. Ces clientèles sont à la base de bien des réussites politiques dans les villes toscanes des XIVe et XVe siècles. Réciproquement, la recommandation du patron permet seule d'obtenir postes, faveurs, dégrèvement d'impôts, toute la pacotille des quémandeurs. Ces clientèles agitées nous restent encore bien opaques, mais on entrevoit l'étroitesse des liens patrons-clients. Des personnalités comme Cosme de Médicis et tous les patriciens qui l'entourent sont assiégées de sollicitations : on les bombarde de lettres, d'interventions, de cadeaux ; on multiplie les courbettes ; on les traite d'aînés, de presque pères. On se propose en un mot d'établir avec eux ces liens personnels faits de protection et d'affection que les contemporains qualifient d'*amicizia* mais qui démarquent et simulent réellement ceux d'un privé lignager et patriarcal. Une clientèle, c'est le lignage artificiel, le privé d'appoint constitué autour des puissants par les gens de familles trop modestes pour pousser leurs membres vers la réussite ou les honneurs. Pas de vraie promotion publique sans un soutien privé puissant.

Quitter le foyer, la demeure, la famille, c'est découvrir un monde étrange jugé souvent trop dangereux pour être affronté seul. Les confréries, les corporations, tous les corps structurés sont là pour offrir un encadrement de remplacement. Mais quand on sort brièvement de chez soi, quand les structures d'encadrement habituelles font défaut ou qu'on n'en veut pas, des regroupements s'opèrent spontanément qui prolongent, remplacent, imitent parfois les milieux privés. Comme partout, les enfants, toutes classes sociales mêlées, jouent en bandes dans les rues. En ville, leurs *brigate* rassemblent tantôt la marmaille d'un même quartier, tantôt les galopins employés comme garçons de courses par les artisans d'une profession, etc., pour des jeux discontinus mais répétés qui les unissent dans une même connivence. À la campagne (en Val d'Elsa, par exemple), on voit les jeunes compagnes de sainte Verdiana, bergères de six à quatorze ans, toutes éparpillées dans les champs, se réunir à l'occasion. À l'ombre d'un arbre ou d'une chapelle, elles bavardent longuement. Causeries puériles, sérieuses aussi, puisqu'on y parle religion ou sainteté. Ce petit monde grandit, et l'adolescence aussi a partout ses *brigate*, qu'il s'agisse de bandes d'amis escortant à l'occasion un galant en bonne fortune, ou de troupes joyeuses réunies régulièrement par quartier dans le seul but de banqueter et de s'amuser, et parfois fidèles d'une année sur l'autre à cette fête. Là encore, les jeunes gens ne manquent pas d'inventivité. Mais il arrive aussi que leurs *brigate* s'organisent plus strictement, avec leur uniforme, parfois aussi avec leurs coutumes, leur nom, et leurs rituels plus ou moins secrets, leurs rivalités aussi. Un procès nous apprend ainsi qu'il existait à Florence en 1420 deux bandes de jeunes, la Berta et la Magrone, et qu'elles se bagarraient à grands coups de poing. Le long célibat masculin des Florentins, le long piétinement qui les bloque jusque vers trente ans au seuil des responsabilités familiales et politiques, l'insatisfaction qui en découle, tout les conduit à cette sociabilité de repli en marge de la famille, à ce succédané du privé avec ses pseudo-*consorterie* (les clans), leur secret, leur nom.

Les privés marginaux et subreptices

Une fois les noces passées, il arrive aux gens mariés eux-mêmes, et notamment aux femmes, de participer encore une fois à ces prolongements marginaux du privé. Participations épisodiques et informelles mais significatives. Elles aussi, les femmes, ont leurs *brigate* de commères qu'elles retrouvent hors de chez elles pour les escorter, par exemple, à confesse ou ailleurs, et à qui elles ne cachent pas grand-chose. Du village à la ville, d'une ville à l'autre, et jusqu'aux pèlerinages lointains, se déplacer, pour une femme, c'est souvent se joindre à une *brigata* féminine empruntant le même itinéraire. Se dirigeant vers Montepulciano, la jeune Agnès, la future sainte locale, voyage avec un groupe de femmes ; et quand son émule, la bienheureuse Verdiana, quitte Castelfiorentino pour Saint-Jacques-de-Compostelle, c'est en compagnie d'autres pèlerins, en majorité des femmes de sa bourgade, délibérément parties ensemble. Notons aussi les groupes de pieuses femmes, parfois membres d'un tiers ordre, parfois veuves, réunies chez l'une d'entre elles de manière purement privée dans un but de sanctification, et ces clientèles fidèles de dévotes locales que les recluses (comme la même sainte Verdiana) rassemblent autour de leur cellule. Les hommes comme les femmes ont l'occasion, le besoin ou le goût de ce privé d'appoint. S'ils sont isolés, sans famille, on les voit chercher un soutien en s'associant, comme ces trois aveugles de Sacchetti qui vont quêtant sur la même route et, le soir venu, partagent leur recette dans la chambre qu'ils ont louée à trois (nouv. 140). Mais les gens mariés, eux aussi, sentent l'attrait d'un prolongement occasionnel du privé ; la fête, le jeu dominical en sont l'occasion à la campagne, et l'on pourrait appliquer à maints villages paysans la description d'un soir de fête à l'hôtellerie de Pontassieve (Toscane) : « Une bonne trentaine de paysans s'étaient réunis, selon l'habitude des soirs de fête, pour y boire, y jouer, y raconter leurs inepties » (fin XVe siècle). Imaginons enfin, pour n'y plus revenir, le privé différent et prolongé des pèlerins, des marchands, des bergers, des marins, de toutes ces professions masculines qui entraînent nécessairement un déracinement durable et collectif.

Tout au long de son existence, chacun, dans cette Italie hautement urbanisée et sociabilisée, a l'occasion, l'obligation ou le désir (comme substitut ou dérivatif) de s'intégrer – durablement ou non – à différents milieux de sociabilité collective, milieux d'élection, chaleureux, informels, propres à la confidence, images pâlies mais ressemblantes de la vie privée familiale.

Du copinage la marge est parfois étroite avec la complicité. On le devine à propos des clans de jeunes. D'autres copinages sont franchement situés en marge des lois et d'autres carrément voués à la délinquance. Plus encore que les copinages simples, la passion qui y attache parfois leurs membres, leur caractère clandestin et secret les apparentent de manière caricaturale mais lisible aux milieux privés.

Il y a d'abord le jeu, le jeu par excellence, le jeu de hasard *(ad zardum)* qui est un jeu de dés. On s'y livre partout avec passion, le jour ou surtout la nuit, chez soi (et nous rejoignons le privé domestique), dans certains lieux tolérés (foires, marchés), mais plus encore de manière clandestine partout où un espace même restreint peut abriter et dissimuler quelques joueurs et un lumignon : marchés déserts, *loggie*, renfoncements de portes, seuils de palais, ruelles, coins d'une place, berges d'un fleuve, etc. Des groupes s'y agglomèrent, au milieu des vociférations sourdes, rassemblant au hasard des rencontres des inconnus originaires des quartiers les plus divers, tout à fait en dehors de cette sociabilité normale qui unit les gens des mêmes quartiers ou des mêmes paroisses. Et pourtant, cette faune du jeu (comme celle plus évanescente, épisodique et dispersée des homosexuels), malgré l'inconfort, le froid, les rondes de police (qui la font connaître), tient avec passion à ce qui la rassemble. Excroissance particulière, secrète, exigeante mais courante de la sociabilité privée, elle a sa place dans ce parcours panoramique du privé.

Voici enfin, sur la même planche anatomique mais en plus poussé, le privé pittoresque et cruel, mais souvent très réglé, des bandes franchement et longuement hors la loi, celles des compagnies d'aventure, des brigands, que rassemblent, parmi les victimes du déracinement, de la mobilité, de l'errance, les longues guerres, les rançons et les rapines de l'époque. La vie au camp, le jeu (là encore), les prostituées, un privé de remplacement se construit de pied en cap, totalement hors des normes habituelles de la vie familiale, encore qu'empreint de sa nostalgie.

La rencontre des âges et des sexes

Tous ces milieux emboîtés (ménage, lignage, parenté, amis, voisins, copains, privés cachés) qui entourent l'individu l'introduisent dans la familiarité de centaines de personnes. De cette petite foule, ce que l'on sait de la démographie de l'époque permet de dessiner les grands traits. Avant les pestes, les maisons semblent grouiller d'enfants. Mais il s'agit d'impressions, fondées sur des cas isolés. Fin XIVe-XVe siècle, on a des chiffres. Dans certaines zones rurales, la place des jeunes atteint encore, en 1371, des proportions exceptionnelles : autour de Prato, les jeunes de moins de quinze ans représentent 49 % de la population, pourcentage supérieur à celui de tous les pays actuels en voie de développement, et ce pourcentage n'est que peu inférieur vingt ans plus tard dans la bourgade de Budrio, près de Bologne (43 % de jeunes). Cependant, les épidémies, si courantes après 1348, menacent d'abord les enfants, dont le petit monde se raréfie. En 1427, deux générations plus tard, les jeunes du même âge (jusqu'à quinze ans) ne forment plus autour de Prato que 37 % de la population, et le chiffre est et restera le même, à un ou deux points près, pendant quarante ans, dans toute la Toscane (villes et campagnes). Certes, les jeunes sont encore nombreux dans les ménages (un peu moins que dans l'Égypte actuelle, un peu plus qu'en Chine), mais on y rencontre aussi une proportion inédite de gens âgés de plus de soixante-cinq ans (de 9 à 10 % dans les campagnes toscanes), très supérieure à celle de l'Égypte et de la Chine, et la population ainsi définie est une population vieille au sens des démographes, même si la place des anciens s'amenuise après 1430. Dernier trait particulier et mal expliqué : on note un peu partout (Toscane, environs de Bologne, de Ferrare) un réel déséquilibre entre les sexes, au bénéfice des hommes, notamment dans certaines zones rurales et parmi les classes urbaines aisées. Vivre au XVe siècle dans ce privé large de parents et de relations défini plus haut, c'est donc vivre familièrement au milieu d'enfants, quoique en plus petit nombre au fil des générations ; c'est aussi fréquenter assidûment des gens âgés et les écouter ; c'est enfin, dans un milieu déséquilibré par la raréfaction des femmes (fait surtout sensible dans la bourgeoisie et chez les adultes), parler beaucoup des femmes, mais faire prévaloir des points de vue d'hommes.

Le chez-soi

Les mémorialistes du XVe siècle cherchent à entretenir au sein de leur famille le goût et le respect, disons même la mystique de la vie commune. Dans son journal personnel, le Florentin Gino Capponi écrit en 1421 à l'intention de ses enfants : vous avez à « rester ensemble pour un temps jusqu'au moment où vous serez en mesure d'opérer le partage dans l'unité », et quatre-vingt-dix ans plus tard, en 1510, un autre Capponi, Andrea, informe son oncle, évêque de Cortone, que son frère et lui ont décidé de vivre ensemble, mettant tout en commun, chose propre à satisfaire l'honneur de la maison et le désir dudit oncle. Vivre ensemble, c'est aussi l'idéal d'Alberti qui fait déclarer à son porte-parole, le vénérable Giannozzo : « Je voudrais que tous les miens résidassent sous le même toit, se chauffassent au même feu, mangeassent à la même table. » Tous les miens, il s'agit bien entendu de la parenté étroite, celle du ménage. Mais chacun, à ce niveau du moins (grande bourgeoisie urbaine), dit souhaiter conserver ce ménage patriarcal. Ce que ce désir a de concret, de précis, est en partie réalisé, on l'a vu, dans les familles multiples du patriciat ; mais il s'agit aussi d'un souhait à la fois plus profond et plus général : en évoquant l'unité, l'honneur, la maison, les patriarches traduisent à la fois la nostalgie d'une entente quotidienne dans le foyer qui ne soit pas de pure façade, et celle d'un accord permanent qui, au-delà du ménage, rassemble également le lignage et les amis. La vie courante confirme-t-elle ou dément-elle ce vœu ? Comment vit-on ensemble ?

Autant de styles de ménage – restreints ou nombreux, pauvres ou riches, ruraux ou urbains, etc. –, autant de types de demeures.

Les types d'habitation

La diversité des conditions se manifeste d'abord dans le plat pays. Un peu partout, le logement des salariés et des petits exploitants semble plus que sommaire, avec ses murs de torchis, son toit de chaume (environs de Bologne, çà et là en Toscane, massivement autour de Lodi, en Lombardie), ses dimensions souvent réduites (4-5 mètres sur 8-10 mètres). Exigus, enfumés, dépourvus de cloisons intérieures, et parfois ruineux, ces gîtes ne ménagent ni repos ni intimité. Les fermes *(poderi)* aménagées en Toscane pour les fermiers ou métayers ont souvent meilleure allure : un matériau plus solide pour les murs (pierre, brique) et pour la toiture (tuile), des dimensions plus grandes en largeur et en hauteur (10-12 mètres sur 5-6 mètres sur 5 mètres) les rendent plus habitables. L'espace intérieur, qui comprend un étage, est généralement divisé en plusieurs pièces où figurent un cellier, une salle, une ou plusieurs chambres, plus des *loggie* où travailler à l'extérieur. Mais le modèle connaît mille variantes attestées au Piémont ou dans l'Apennin émilien (escalier extérieur, avec galerie et logement au premier étage, étable au rez-de-chaussée), etc. Dans les bourgades et villages fortifiés, où l'entassement est de règle à l'intérieur des murs, les conditions de logement sont encore différentes. À San Colombano, près de Lodi, la partie la plus ancienne comprend en 1437 sept habitations *(domus)*. D'une grande robustesse avec leurs murs de pierre (dont la muraille urbaine où elles s'adossent), ces *domus* n'en sont pas moins exiguës : quatre d'entre elles ne dépassent pas 27 mètres carrés, répartis en deux pièces seulement, espace vital réduit pour le barbier et autres artisans qu'elles abritent. L'entassement ici n'est pas forcément lié à la pauvreté.

La disparité des logements est plus grande en ville, tout comme celle des fortunes. Dans les cités les plus importantes au moins, le matériau s'uniformise. Les constructions en bois, si courantes au XIIe siècle, entretenaient un risque considérable d'incendie. Elles n'ont pas toutes disparu ni à Florence, ni à Bologne, ni à Sienne, ni à Gênes, ni à Venise, au XIVe siècle, mais l'habitude s'est prise partout de construire en matériau plus sûr, brique ou pierre : brique à Florence pour les constructions plus simples, pierre pour les demeures bourgeoises ; brique à Sienne pour les simples maisons et les palais, au moins en parement, pierre à partir du XVe siècle ; pierre, puis brique à partir du deuxième étage à Gênes, etc. Cette relative standardisation du matériau n'entraîne bien entendu ni celle des maison ni surtout celle des conditions de logement.

Habiter en ville, pour les gens pauvres ou mal insérés, c'est devoir se contenter d'un logis sommaire, souvent fruste, voire plus médiocre encore que ceux du plat pays. On voit des jeunes célibataires fraîchement immigrés se contenter d'une seule pièce qu'ils partagent (Florence, 1330). Des ménages, dans une proportion qu'on ignore, n'ont guère mieux. En Toscane, au XIVe siècle, le logement pauvre standard comprend tantôt quelque masure étroite, en matériau périmé (bois, torchis) et mal entretenu, tantôt une ou deux pièces dans un immeuble de plusieurs étages ; dans les meilleurs cas, ces deux pièces sont jointives, mais c'est pour être confinées soit au dernier étage, soit au *palco inferior* (premier étage à allure d'entresol) ; il arrive aussi qu'elles soient superposées, chacune à son étage (salle, puis chambre, puis éventuellement cuisine) et reliées par l'escalier commun de l'immeuble. Logements de toute manière obscurs, malcommodes (cuisine souvent absente), rejetés sur la cour, pour réserver la façade aux occupants plus aisés. L'immeuble peut être de belle apparence ; un zonage impérieux, à la fois horizontal et vertical, y répartit les foyers selon leur situation sociale. Mais les pauvres s'agglomèrent aussi, et peut-être surtout, dans des quartiers, des rues, des immeubles qui leur sont propres, et cette ségrégation s'accentue au XVe siècle, au moins à Florence. Ajoutons qu'il s'agit à ce niveau naturellement de locations, de locations brèves (un an, trois fois sur quatre). Les humbles déménagent souvent. La pauvreté réduit l'espace privé, comprime le ménage (jusqu'à la promiscuité) en même temps qu'elle oblige à briser les solidarités privées plus larges (amis, voisins) au moment où elles vont se former. Reste alors le recours des clientèles, liens plus souples et indifférents à l'emplacement des logements, mais liens aussi plus dépendants, encore que l'entrée des plus pauvres dans les clientèles riches reste problématique.

Artisans, boutiquiers, tout le *popolo medio* des villes italiennes en général, toscanes en particulier, vit dans des logements plus spacieux et plus décents, qu'il s'agisse d'appartements ou de maisons, de location (cas fréquent) ou de propriété. Le cœur de ces logements est naturellement formé par les deux groupes de pièces constamment présentes dans l'habitat médiéval, la salle *(sala)* et la chambre *(camera)*, mais l'on y trouve des commodités supplémentaires : une cuisine d'abord (les logements pauvres n'en ont pas), toujours plus fréquemment insérée dans la maison (et non pas dans la cour), quoique reléguée maintes fois dans une soupente du dernier étage ; souvent aussi une cour, un jardin, un cellier, une écurie, un puits privé, etc. ; plus que tout, et c'est le vrai luxe, le ménage dispose de deux (voire plusieurs) chambres, réparties entre les étages s'il s'agit d'une maison, ou créées en dédoublant une pièce plus spacieuse par une cloison. Les salles sont installées de préférence côté façade, les chambres (surtout celles des femmes) côté cour. Les lotissements réalisés à Florence au XIVe siècle ont multiplié, le long de nouvelles rues rectilignes, les maisons à double exposition (rue-jardin) et à plan simple (salle sur la rue, chambres sur le jardin) qui proposent à la fois un nouveau type de voisinage (la rue qui éloigne remplace la placette qui rapproche) et d'intimité (promotion du jardin familial ; de la chambre individuelle).

La bourgeoisie très aisée des arts majeurs *(popolo grasso)* et la noblesse sont logées plus grandement. Les maisons fortes et crénelées, bien dépourvues d'espace et de confort, qui les abritaient au XIIIe siècle, ont cédé la place à des demeures plus ouvertes et plus spacieuses, attestées dans toutes les villes toscanes (Pise, Sienne, Lucques, Florence) et lombardes. Construites comme les autres (celles du *popolo medio*) en brique ou en pierre, elles s'en distinguent par les dimensions de leur façade et de leurs ouvertures, et par les détails dont on les enjolive : ferronneries diverses (anneaux, lanternes, crocs), colonnettes de marbre aux fenêtres (à Sienne) ou vastes ouvertures en plein cintre (Florence), crénelage au bord du toit, etc., et sans aucun doute par une disposition intérieure plus spacieuse. Les premières demeures florentines de ce type apparaissent avant la fin du XIIIe siècle (palais Mozzi, Frescobaldi, Spini, Peruzzi), et, dès la première moitié du XIVe siècle, les résidences urbaines des principaux marchands se sont toutes alignées sur ce type. Robustes, habitables, beaucoup ont défié le temps – notamment celles qu'on vient de nommer –, et l'on peut encore admirer le long déploiement de leur façade, d'une austérité sévère, quoique adoucie par les longues séquences superposées des magasins (au rez-de-chaussée), et des baies (aux étages), qui aèrent l'habitation et lui ôtent tout caractère de forteresse.

Ce type d'habitation, un peu indûment appelé palais, continue à se mettre en place. Quelles sont ses transformations au cours du siècle ? On ne sait. Toujours est-il que lorsqu'on en connaît enfin, par des inventaires postérieurs à 1375, la disposition intérieure, celle-ci apparaît réellement variée et articulée. La demeure du Florentin Jacopo di Rosso comprend ainsi, d'après son inventaire de 1390, une grande entrée *(androne)* probablement voûtée, une pièce voûtée à usage de cave et/ou de cellier *(volta)*, deux salles (la « première » et la « grande »), deux chambres dépendant chacune d'une des salles, la cuisine et une chambre de service. En tout, cinq pièces habitables et de vastes dégagements. Serotino Brancacci dispose pour sa part, deux ans plus tôt, de trois salles, une antichambre, quatre chambres, deux *volte* et une cuisine, le tout agencé autour d'une cour où trône un oranger et réparti sur deux niveaux (étage et rez-de-chaussée). Les voûtes, une salle et une chambre sont installées au rez-de-chaussée, l'étage comportant deux salles et deux chambres.

Ces dispositions sont susceptibles, naturellement, de mille variantes. Quoi qu'il en soit, elles illustrent la diffusion et l'importance dans l'habitation bourgeoise d'éléments nouveaux, au moins par leur ampleur et leur simultanéité : l'usage privé du rez-de-chaussée, dont ici l'ancien rôle commercial s'amenuise (boutiques et magasins réduits, loués à d'autres, ou absents), la démultiplication des salles et des chambres, sans rompre pourtant les couplages salle/chambre, comme autant d'espaces particuliers dans l'espace commun ; la profusion des réserves et des services propres à assurer au ménage plus d'autonomie et de confort ; l'élargissement sur deux étages de la vie du ménage, susceptible d'entraîner une répartition plus spécifique des usages communs et du privé personnel (privé des parents, des enfants, des domestiques, des différents couples) ; la mise en valeur de la cour (souvent encore embryonnaire ou absente) comme centre esthétique et festif de la demeure (cour meublée chez Serotino d'un seul objet : un grand oranger). Les lotissements créés au XIVe siècle à l'extérieur de la vieille cité constituent un cas particulier. Les patriciens qui s'y établissent y construisent des demeures aussi cossues, mais la situation particulière de ces maisons, élevées à l'extrémité des longues parcelles, perpendiculaires à la rue, si caractéristiques de ces lotissements, leur donne une allure spéciale, identique à celle des maisons plus simples qui les bordent : plan rectangulaire, double exposition rue/jardin (le jardin étant constitué par la partie non bâtie de la parcelle), pas de cour intérieure. Dans la file continue des maisons où ces demeures patriciennes s'insèrent, leur originalité tient à leur largeur : on les a construites à cheval sur deux parcelles.

Le XVe siècle apporte à ce dispositif des changements incontestables mais dont il faut bien voir la portée. La construction, ou plus souvent l'aménagement (par agrandissement, redistribution intérieure, fusion d'immeubles contigus) de demeures amples et cossues analogues à celles que je viens de décrire se poursuit fin XIVe-XVe siècle. Certaines de ces demeures conservent les dimensions indiquées plus haut, mais d'autres sont conçues plus grandement. Dès la fin du XIVe siècle, les inventaires déjà cités (1380-1410) révèlent à Florence plusieurs demeures (celle de Palla Strozzi, des Bombeni, des Cappelli, des Davanzi) pourvues de cours intérieures *(cortili)* et comportant, sur trois ou quatre niveaux, douze pièces et plus. Le palais (le mot convient) habité au XVe siècle par les frères Da Uzzano (via dei Bardi) renferme jusqu'à trente pièces, neuf au rez-de-chaussée, dix au premier, onze au deuxième. Mais ces demeures respectent le tissu urbain. Leur plan, souvent biscornu, se plie à la forme de la parcelle où ils se dressent, parcelle elle-même constituée par des achats difficiles et aléatoires. Leurs façades suivent l'alignement général sans rien qui les distingue vraiment des maisons mitoyennes (sauf le soin apporté à la taille des pierres et aux finitions) ou du moins qui les en isole. À leur rez-de-chaussée, des boutiques subsistent ou réapparaissent, avatar illustré par le palais Davanzati que son propriétaire présente au fisc, en 1498, comme « un palais avec trois boutiques de l'art de la laine ».

À partir de 1440, cependant, des palais se mettent en place çà et là, que leurs constructeurs veulent voir trancher nettement sur l'ancien système, les grands et fameux palais Médicis (1446), Pitti (première version, 1446), Antinori (1465), Strozzi (1489), Gondi (1490). Constructions de grand prestige, elles sont coûteuses ; des pâtés entiers de maisons sont achetés et détruits pour faire place à la nouvelle bâtisse. Isolée, entourée de rues qu'elle borde souvent directement sur deux ou trois côtés, celle-ci doit s'orner d'autant de façades décorées. Totalement dépourvue de boutiques, elle est entièrement vouée à l'espace privé, espace immense, magnifique, avec jardin et beau *cortile*, mais entièrement clos sur lui-même et protégé du monde des autres par la hauteur des fenêtres, celle des murs, et par l'épaisseur rébarbative du portail. La cour, vaste et entourée de portiques, constitue le cœur de la demeure vers quoi tout converge (ouvertures, escaliers).

Contrairement à ce que suggère irrésistiblement leur majestueuse architecture, et malgré l'énorme différence d'échelle qui les sépare des demeures bourgeoises et marchandes décrites plus haut, ces palais ne sont pas plus logeables que les autres et parfois moins. Les quatre étages du palais Davanzati abritent environ quinze pièces d'habitation alors que, d'après Richard Goldthwaite, leur plus récent historien, on n'en dénombrerait pas plus d'une douzaine dans les palais nouveau style, même les plus spacieux : une partie considérable de l'espace privé y est en effet laissée aux cours, aux jardins, et les dimensions des pièces habitées, démesurément surélevées et agrandies, empêchent de les multiplier dans l'espace restant.

Les ménages des plus riches bourgeois disposent donc à Florence de deux types de demeures. Les palais récents sont de loin les plus prestigieux, et ils tranchent par leur taille et leur situation sur l'ensemble des demeures bourgeoises. On est tenté d'en faire le véritable modèle de l'habitat aristocratique florentin, lequel s'orienterait ainsi, dans la réalité ou dans le rêve, vers ce qui, en dépit des apparences, apparaît comme la raison d'être de ces demeures : servir d'écrin, à la fois fastueux et protecteur, à l'exaltation neuve de la famille conjugale survalorisée et de l'individu supérieur qu'elle y façonne.

Mais l'éclat de ces palais et l'ambition de leurs constructeurs ne doivent pas donner le change. Les constructions de ce type ne représentent à Florence, parmi les demeures habituelles à l'aristocratie, qu'une minorité exiguë. De 1430 à 1520, parmi toutes les branches des trois familles Capponi, Ginori, et Rucellai, qui ont compté à elles toutes plus de deux cents ménages, deux chefs de famille seulement ont entrepris la construction de palais ; tous les autres ont vécu dans des maisons héritées ou achetées, maisons de toutes dimensions, généralement anciennes, parfois plus que centenaires, maisons somme toute médiévales de conception et d'aspect. Or, chose paradoxale, grâce aux réaménagements, ajouts, surélévations, etc., dont elles sont l'objet, ces vieilles demeures s'avèrent plus malléables, plus ouvertes et même plus spacieuses que les palais. Dans les douze, quatorze et jusqu'à trente pièces que l'on peut y dénombrer, de vastes familles multinucléaires peuvent prendre place et vivre dans une atmosphère de phalanstère, là même où l'espace habitable est séparé en appartements. La famille large, la famille patriarcale, poursuit dans l'aristocratie florentine une carrière florissante, et on l'y rencontre souvent, à condition de ne pas prendre avec elle, dans les palais, un rendez-vous qui tournerait court.

L'AMÉNAGEMENT DE LA DEMEURE

Les pièces uniques des pauvres servent à tous les usages. Puis on passe aux pièces multiples, et chacune est censée avoir sa fonction. Comme partout ailleurs en Europe, dès que l'ampleur du logement le permet, tout simplement dès que l'on dispose de deux pièces (caractère des logements urbains et ruraux même modestes), l'une est employée comme *sala* (séjour) et comme cuisine, l'autre comme *camera* (chambre). L'association *sala-camera* semble partout fondamentale, à Florence comme à Gênes, comme à Naples. Puis les pièces augmentent en nombre, avec l'aisance, et leur fonction se diversifie.

Dans la campagne florentine, qui illustre probablement une tendance plus générale, les paysans assez aisés pour s'élargir hésitent sur les priorités : locaux professionnels ou pièce privée ? Papino di Piero, de Certaldo, chef d'un ménage de six personnes (1456), avait joint au couple *sala-camera* une seconde chambre, mais aussi une *cella* (cellier). Telle autre famille de quatre membres, outre la *sala* et la *camera*, dispose d'un cellier et d'une chambre à pain (fournil ?). L'un et l'autre, et surtout le second, donnent la priorité aux pièces professionnelles. Des métayers sont logés à meilleure enseigne. Le patron de Maso de Montalbino a mis à sa disposition, vers 1450, une salle utilisée comme cuisine, une salle à manger, une chambre matrimoniale, deux chambrettes pour ses deux fils (chacun la sienne) et l'indispensable cellier. Maso y vit à l'aise. C'est aussi le cas du fermier des chartreux, près de Lodi : cinq pièces sont à sa disposition. Est-ce fréquent dans leur profession ? On ne le sait.

En ville, passer de deux pièces à trois, c'est gagner soit une cuisine, soit une *camera* supplémentaire, solution fréquente celle-ci et facile à réaliser en élevant une cloison dans la *camera* primitive, cloison mince du reste, faite de bois, de torchis ou d'un rang de briques montées debout et qui protège mal l'intimité (les conteurs ne ratent pas la cloison).

Plus le logement grandit, plus, naturellement, les pièces se diversifient. Rares les simples maisons bourgeoises dépourvues de *cella*. Puis les exigences s'accroissent avec la richesse. Pour entreposer leur part de métayage et leurs provisions, les gens aisés aménagent de vastes dégagements : un cellier, des voûtes (salles voûtées du rez-de-chaussée utilisées comme cave ou comme dépôt), un bûcher, des écuries, des cabinets et cagibis divers gagnés sur les paliers ou sur les couloirs, sans négliger, bien entendu, les pièces spécifiques de la vie privée, les salles et les chambres auxquelles s'ajoutent, dans les milieux vraiment cossus et surtout à partir du XVe siècle, les entrées, les antichambres, la salle d'armes, le *studio,* etc., la cour et ses arcades, les *loggie* enfin, *loggie* du dernier étage où prendre le frais les jours d'été, ces *loggie* qui sont au XIVe-XVe siècle la coqueluche des Florentins, des Siennois, des Vénitiens aussi, qui raffolent d'un espace dont, sous le nom de *liago, termanza, corteselle, altane*, ils ont sur la lagune multiplié les types à leur fantaisie.

Ces pièces et commodités se répartissent selon les étages, et cette répartition n'est pas laissée au hasard. Comme il est normal, les locaux d'entrepôt et de service sont installés au sous-sol ou au rez-de-chaussée où ils prennent accès sous les arcades du *cortile,* lequel débouche sur la rue par l'entrée voûtée, l'*androne*. Si la maison comporte un jardin, les appartements du maître peuvent s'y ouvrir au rez-de-chaussée. Les pièces donnant sur la rue sont, elles aussi, éventuellement aménagées en chambres, là où manquent les boutiques. Mais c'est aux étages que se déploie l'espace de la vie quotidienne. Le premier étage, l'étage noble, renferme les pièces les plus prestigieuses, la chambre des maîtres, l'antichambre, éventuellement la salle d'armes, le *studio,* et d'abord la grande salle que l'on voit souvent occuper toute la façade sur la rue (palais Davanzati, Pazzi, Guadagni, Médicis). L'étage noble n'a cependant le monopole ni de ces pièces ni de leur disposition. La salle peut se retrouver à tous les étages, toujours associée à une ou plusieurs chambres, dans une configuration parfois identique d'un étage à l'autre (palais Davanzati). Que la maison soit divisée et louée par étage ou qu'une famille multinucléaire l'occupe tout entière, un privé séparé peut constamment s'ébaucher ou s'organiser à chaque étage.

Le confort du mobilier est un privilège urbain. La maison paysanne, fût-ce celle d'un cultivateur aisé, frappe par la pauvreté d'objets réduits au minimum. L'inventaire de la succession de Zanobi, paysan de Capannale (Mugello) mort en 1406, donne une impression d'aisance. Le défunt, propriétaire de son exploitation, était bien équipé en matériel agricole, tonneaux, bêtes de trait et de basse-cour (trois porcs) ; ses provisions de blé et de vin auraient suffi jusqu'à la prochaine récolte ; aucune dette. Mais dans la pièce unique qui l'abritait avec sa famille (une femme, trois enfants), le seul meuble marquant est un lit, un grand lit large de 2,90 mètres avec toute sa literie et le cortège de ses coffres ; pour le reste, pas même le strict nécessaire. Si : un pétrin, un coffre à grain, deux tables, dont une petite table ronde, un chaudron, une poêle, quelques casseroles ; mais ni siège, ni luminaire, ni aucun bassin pour l'eau, ni vaisselle de table. La part faite aux omissions habituelles aux notaires (écuelles, poteries jugées sans valeur), il est évident que, pour Zanobi, sa prospérité et sa réussite se confondent avec celles de son exploitation. C'est là que vont ses soins, son ostentation et ses dépenses. Le mobilier privé compte à peine, et beaucoup de paysans réagissent certainement comme lui, même si, plus sensibles aux goûts urbains, certains coqs de village consacrent plus d'argent aux coffres, aux bancs, aux tables, aux luminaires, à plus de commodité domestique.

Les ménages pauvres (cardeurs, etc.) établis en ville utilisent un mobilier aussi rudimentaire et, dans leur cas, souvent pris en location. Mais il ne s'agit pas d'un choix délibéré. L'aménagement des pièces compte davantage en milieu urbain. S'enrichir, progresser dans la société, c'est, entre autres, soigner son mobilier. Exemple parmi d'autres, l'inventaire d'Antonio, peaussier florentin, profession artisanale sans éclat, comporte, en 1393, 553 numéros correspondant aux objets répertoriés dans les huit pièces de sa maison, dont quatre chambres. Si l'essentiel est constitué par les habits, le mobilier a aussi sa place. Antonio dispose de neuf lits, dont cinq au moins entièrement garnis (matelas, etc.), de sept bancs (15 mètres à eux tous) et de quatre autres sièges, de deux tables et d'un secrétaire *(tavola da scrivere)*, cela pour le gros mobilier (sans compter les luminaires, la vaisselle et le linge, sur lesquels je reviendrai). Faste encore sobre, mais l'essentiel est là : lits, sièges, table, et chacun y trouve son compte.

Plus haut dans la réussite, marchands drapiers, fourreurs, *mercatores*, tous ont réuni un mobilier encore plus diversifié. Eux aussi disposent de plusieurs lits, chacun avec sa literie, de sièges (longs bancs de 2 à 3,50 mètres, ou escabeaux – *deschetti*), de tables, panneaux longs de 2 à 3 mètres et montés sur tréteaux. Mais le matériau de ces meubles est souvent plus beau, plus flatteur – chêne pour les bancs, noyer pour les tables –, et beaucoup d'autres objets les complètent. Des coffres d'abord, sous toutes leurs formes. La veuve d'un fourreur en détient pour sa part dans sa chambre une petite dizaine, depuis ces grosses *cassapanche* qui entourent le lit et dont le couvercle sert de banc jusqu'aux *cassoni*, coffres ouvragés ayant contenu son trousseau, aux *forzieri*, coffrets renforcés de métal, aux *cassoncelli* – autre variété de *cassone* – ou à la simple boîte peinte. Comme pour cette dame, les bahuts, les coffres, les écrins, tous ces réceptacles habituels du linge et des objets de prix (les armoires sont rarement citées au XIVe siècle) équipent normalement en nombre les maisons des riches. Mais les autres et multiples auxiliaires du confort se diversifient en même temps, et l'on trouve toujours dans les grands inventaires les ustensiles du foyer, les luminaires, les récipients où serrer les provisions – viandes, grains, liquides –, les outils, la vaisselle, en fer, en bois, en cuivre, en étain, en céramique, celle de la cuisine et celle de la table, tous les objets enfin qui accompagnent désormais l'aisance.

Ce confort mobilier commence à s'organiser. La vogue des coffres est liée au besoin plus ressenti, plus vif, du rangement. Les pauvres accrochent leurs nippes aux longues barres qui suivent à mi-hauteur les murs nus de leur chambre. L'aisance, elle, a ses coffres. Cet effort d'organisation règle aussi la répartition des meubles et des objets entre les pièces. Tout n'est pas encore bien défini, notamment pour les provisions. Le cellier ou la *volta* constituent avec la cuisine les resserres habituelles, mais certains patrons exercent sur leurs réserves une surveillance plus étroite. Un huissier de la commune de Florence a entreposé dans la salle *(sala)* du blé et de la viande salée et transformé sa chambre en garde-manger en disposant autour des lits (il y en a trois) quatre sacs de farine de blé, un de son, un barillet de vinaigre et quatre cruches d'huile. Mais les pièces n'en paraissent pas moins avoir la destination que suggère leur nom *(sala, camera, cucina)* avec un avantage particulier pour les chambres, manifestement considérées comme le cœur de la maison. Le mobilier des salles est généralement formé d'une ou de deux tables et de rares bancs et tabourets. À ces éléments de base qui manquent parfois (certaines salles sont absolument vides), s'ajoutent à l'occasion un peu de vaisselle, des provisions, quelques objets disparates (un échiquier, un livre de comptes, un clystère) ; c'est là qu'on peut entreposer provisoirement des matériaux de construction ou du bois à brûler. Sans décor, chichement meublées, parfois nues, beaucoup de ces pièces rébarbatives ne jouent assurément qu'un rôle discontinu dans le privé ; elles s'animent l'été ou pour les réceptions. L'apparat des banquets, les jonchées, leur donnent alors un air de fête et un charme qui leur font habituellement défaut. Cela du moins au début du XVe siècle, car Alberti donne des *sale,* en 1434, une description plus chaleureuse et beaucoup plus flatteuse. C'est là que se tiennent les réunions dont il décrit les dialogues avec un tel talent.

Des chambres se dégage l'impression contraire, celle d'un usage constant et multiple, de chaleur et de vie. Usage nocturne d'abord, bien entendu : la chambre est le lieu par excellence du sommeil et du repos. Elle est seule à l'être : on dort à l'occasion dans les salles, les antichambres, les cagibis (domestiques, esclaves, enfants), mais des lits n'y sont signalés qu'exceptionnellement. Elle l'est même de manière affichée, parfois monumentale.

À la campagne comme à la ville, partout le lit est le meuble de base, le meuble roi. Ne disposer que d'un grabat ou d'une paillasse est un signe de grande pauvreté. Le premier investissement mobilier (venant souvent du père du marié) est consacré au lit, au vrai lit de ménage. De ce meuble prestigieux, récits, inventaires, peintures énumèrent et représentent tous les éléments. Le bâti est généralement en bois, parfois en terre cuite et de largeur comprise entre 1,70 mètre et 3,50 mètres, le plus souvent de 2,90 mètres (les inventaires y distinguent des variétés – *lectica, lectiera, lettucio* – et des modes – *lectica nuova alla lombarda* – difficiles à identifier mais indépendantes de la taille). La literie complète de ce monument comprend généralement un sommier, un matelas, des couvertures, une paire de draps, un couvre-pieds, des oreillers et parfois des *piumacci,* coussins de destination imprécise, peut-être simples traversins ; le tout assorti de draps et de couvre-pieds de rechange rangés à proximité.

Trônant ainsi dans la pièce de la largeur de ses 2 ou 3 mètres, sa vaste surface à la fois agrandie par les coffres qui l'entourent et relevée par la vivacité colorée d'une courtepointe tantôt bariolée (à épines de poisson ou en échiquier), tantôt rouge ou bleue ou même blanc neige selon les caprices de la mode, le lit s'impose par son caractère monumental que rehaussent les courtines. Ce caractère reste discret au XIVe siècle. Dans la chapelle Scrovegni, la sainte Anne peinte par Giotto, tout récemment mère, repose sur une couche toute simple, étroite, dépourvue de tête de lit et de l'habituelle couronne de ses coffres ; le rideau qui l'isole n'est qu'un voile de tissu bon marché coulissant sur l'assemblage rustique de quatre barres de bois accrochées au plafond (vers 1306). Vingt ans plus tard (vers 1328), dans la chambre bourgeoise où Simone Martini place l'un des miracles de Sant'Agostino Novello, le protagoniste est un lit, immense celui-là, et pourvu à son côté d'un rutilant coffre vermillon. Mais on ne voit à ce lit ni bâti ni la moindre courtine. Passe une génération, et la version de la naissance de la Vierge, imaginée pour Santa Croce par Giovanni da Milano (1365), nous remet en présence d'un lit bien mieux équipé et conforme aux descriptions des inventaires fin de siècle. Le long coffre désormais habituel le borde sur toute sa longueur, ce qui entraîne une surélévation du lit proprement dit qu'on dirait juché sur un piédestal. Une courtine légère, mais élégante, est prête à coulisser sur une tringle dissimulée par un coffrage. Les années s'écoulent, et les lits où, vers 1430, Fra Angelico fait naître, dormir, souffrir, mourir ses personnages conservent une partie des caractères décrits plus haut, souvent en les amplifiant. Un coffre ininterrompu les borde sur trois côtés, ce qui les élargit encore et accentue la surélévation de la partie centrale ; la tête de lit s'élève parfois à hauteur d'homme. Finalement, leur ampleur, l'obligation d'accéder aux coffres qui les entourent a souvent fait migrer ces lits des angles de la pièce à son centre, situation qui donne un caractère plus ostentatoire encore à leur monumentalité. Cela pour les milieux riches. En plus simple, en plus étroit, en plus économique (sapin ou bois blanc), les lits des gens modestes reflètent souvent les mêmes modèles : bâti de bois ajusté, coffres périphériques, haute tête de lit, courtines (Fra Angelico : prédelle de la *Pala de San Marco*).

À Venise, à la fin du siècle (1495), le lit où songe la sainte Ursule de Carpaccio trône lui aussi au milieu de la chambre, perpendiculaire à l'un des murs et entouré du marchepied de son coffre. La tête de lit, qui fait corps avec la paroi, est devenue un chef-d'œuvre de raffinement architectural. Un léger baldaquin, implanté très haut et totalement dépourvu de rideaux, surmonte le tout ; d'élégantes colonnes de bois le soutiennent, colonnes absentes du dessin préparatoire. Ailleurs dans Venise, on signale sur d'autres lits des courtines précieuses, des figures, des dessins, des scènes de chasse, toute la profusion du luxe.

La chambre est aussi animée pendant la journée, et elle l'est à mille occasions et à tout instant. Autour du lit, toutes sortes de meubles et d'objets sont là pour l'attester. Les inventaires des années 1380-1420 en dénombrent jusqu'à 200, 300 et davantage. Des bancs, des escabeaux ronds, des tables même, sans compter les multiples coffres, invitent à s'y asseoir ensemble. Pour y causer. Pour y travailler. Pour y prier aussi, en se tournant vers les icônes et objets de piété souvent présents dans les chambres (aux murs et sur les meubles), et là seulement. Cet endroit, si étroitement lié à la vie des maîtres et à leur surveillance, s'impose d'autre part comme le lieu fort, la resserre où l'on range, où l'on amasse, où l'on protège ses trésors. Voilà la raison d'être des coffres qui la peuplent et qui jouent tout à la fois (car on mélange un peu tout dans un coffre) le rôle de garde-robe pour les vêtements (pliés et non suspendus), de bibliothèque pour les quelques livres du ménage et les papiers personnels (lettres, *ricordanze*) du maître, de coffre-fort pour les bijoux, de buffet pour le linge de table et, éventuellement, de crédence pour la vaisselle. Cela étant, remplir la chambre ne signifie pas forcément l'encombrer. Tout est serré, peu d'objets traînent. Peu de bibelots, semble-t-il, pour donner du piquant aux chambres du XIVe siècle. La mode s'en répand plus tard seulement. Restent le faste des étoffes, la protection des icônes, la présence rassurante du lit, les conversations, le va-et-vient au milieu des coffres constamment mis à contribution ; ce faste paisible, cette animation, cette âme secrète qui l'habite, tout cela vivifie la chambre, l'égaie, en fait la pièce la plus chaleureuse de la maison.

Les grands palais nouveau style des Florentins sont à mettre à part. Comment meubler leurs pièces démesurées ? Cinquante ans après l'aménagement du palais Strozzi, au début du XVIe siècle, ses plus grandes salles restent entièrement nues. La massivité du mobilier florentin peut être mise en rapport, au XVe siècle, avec la nécessité d'habiller sans ridicule cette impressionnante nudité (par la suite seulement égayée par des bibelots).

Le confort privé

Être bien chez soi, fût-ce dans une chambre sympathique, suppose à nos yeux d'autres aménagements. Le besoin ou le goût de certains d'entre eux s'en manifestent aussi, ou s'en répandent, dès l'époque étudiée.

Inventaires et descriptions parlent constamment de serrures, de bâcles *(spranga)*. Tient-on sa maison souvent et volontiers fermée ? On a des raisons de le penser. L'espace privé est un espace défendu. On porte une grande attention à l'huisserie extérieure, à la campagne comme à la ville, et cette prudence est largement explicable par l'insécurité. Dans les villages de la région de Lodi, les maisons rurales sont pourvues d'une solide huisserie. Les plus cossues, qui sont en pierre, sont pourvues de portes de bois consolidées par des montants transversaux, et toute une série de dispositifs permet de les fermer hermétiquement : barres encastrées perpendiculairement aux battants, verrous, serrures, celles-ci de types multiples, vrais chefs-d'œuvre de serrurerie. Les fenêtres sont toutes pourvues de volets pleins, bâclées et souvent munies de barreaux de fer. Dans ces mêmes zones, les chaumières villageoises, qui sont bien plus nombreuses, sont elles aussi pourvues de portes de bois munies d'un dispositif de blocage (bâcle) ou d'une serrure. Mais elles le sont moins soigneusement. Des clés sont perdues ; dans certaines maisons, des accès manquent de ce dispositif de blocage. En revanche, sauf exceptions, toutes les fenêtres sont pourvues d'un volet.

En ville, les maisons-tours sont abandonnées (quoique encore attestées à Bologne en 1286), ces maisons dans lesquelles hommes et femmes devaient, pour y pénétrer, grimper au moyen d'échelles jusqu'à des portes situées à mi-hauteur (XIIIe siècle). Mais la vigilance est encore de mise. Les nouvelles maisons urbaines sont pourvues d'un système de clôture extérieure encore plus soigneusement combiné. Les mieux connues, les demeures bourgeoises, sont closes au moyen de portes formées de deux battants, eux-mêmes renforcés par de minces planches de bois fixées par un dense semis de clous à tête très large (semis uniforme ou encadrant des panneaux nus). Ces portes, fort sévères, sont aussi très solides. Leur fermeture et leur blocage sont assurés par une barre horizontale intérieure et par une serrure que l'on ferme à clé et qui peut être complétée par un verrou. Tout cela est entretenu et sert. Une fois son mari parti, une femme honnête doit penser à donner un tour de clé à la grande porte. Quant au mari, qu'il pense à bien tout fermer la nuit, afin d'empêcher quiconque d'entrer et de sortir, et qu'il serre dans sa chambre la grande clé de l'entrée (Paolo da Certaldo). Là où l'existence de pièces au rez-de-chaussée entraîne la création de fenêtres, celles-ci sont munies de barreaux, surtout quand il s'agit d'ouvertures réduites destinées à donner de l'air et dépourvues de volets.

La maison doit protéger des intempéries, et ce besoin grandit avec l'aisance, surtout quand les nouvelles constructions urbaines, délaissant le style fortification, ont multiplié les ouvertures et les grandes baies dans toutes les pièces et à tous les étages. Premier souci : faire écran aux insupportables courants d'air balayant les pièces. La première parade et la plus ancienne est celle des volets intérieurs. La pratique en est courante, à Sienne par exemple, dès avant 1340, mais peut-être pas générale : les fenêtres géminées des palais gothiques représentées par Lorenzetti (salle de la paix) en paraissent toutes dépourvues. Des rideaux semblent avoir constitué dans ces demeures une barrière plus légère et plus précaire contre le vent et le soleil ; on les accrochait aux longues perches horizontales barrant les façades à mi-hauteur des fenêtres. Cela étant, fermer les volets, c'est arrêter la lumière avec la pluie, sans en revanche rien changer au froid. Le volet n'est, dans le confort, qu'une toute première étape.

Pour ne pas vivre dans l'obscurité par mauvais temps, sans pour autant user de luminaire, on a imaginé d'articuler les deux battants du volet en ménageant à leur base un système de panneaux pivotant autour d'axes horizontaux et verticaux ; mais on l'a fait tardivement. Ce procédé ne semble répandu ni dans la Sienne des années 1340 ni même dans la Florence des années 1420, où les fresques et tableaux (Lorenzetti, Martini, Masaccio) nous montrent des volets massifs plus ou moins entrouverts. Les premières mentions de guichets ou de jalousies remontent aux années 1390-1400 ; on les trouve dans les comptes d'hôpitaux florentins, et c'est là peut-être, dans l'empressement autour des malades si caractéristique de cette époque, que cette technique a été vraiment mise au point et systématisée, avant de se répandre largement dans la seconde moitié du XVᵉ siècle. Les guichets n'éliminent pourtant pas tous les inconvénients des volets (semi-obscurité, courants d'air, etc.). Un dispositif plus élaboré apparaît tôt (début XIVᵉ siècle ?) mais progresse, semble-t-il, lentement : celui des *finestre impannate* (fenêtres « drapées »). À Florence, c'est vers 1370-1380 et dans le milieu des hôpitaux qu'on en perçoit le mieux la diffusion, en liaison probable, là encore, avec le souci des malades. Il s'agit en effet d'un châssis tendu d'une toile de lin, elle-même imprégnée d'huile pour devenir translucide, que l'on bloque dans l'ouverture de la baie, dont il a les dimensions, pour l'obturer sans l'aveugler. Le procédé progresse au XVe siècle, attesté un peu partout dans l'Italie centrale (Pise, San Gimignano, Montefalco ainsi qu'à Gênes). Les palais florentins de la fin du XVe siècle en font grand usage, surtout naturellement pour les pièces nobles : salles, chambres, bureaux; on lui trouve aussi des usages techniques (ateliers de peintres ou de mosaïstes). Les fenêtres à vitres ne sont pas beaucoup plus tardives. On en cite à Bologne en 1331, accompagnées d'un treillage de fils de cuivre pour les protéger; en 1368, à Gênes. Vingt ans plus tard (1391), elles équipent au moins deux pièces du couvent des carmes à Florence, l'infirmerie – deux fenêtres – et le studio, avant de se répandre (mais très modérément au XVe siècle) dans les maisons bourgeoises de toutes ces villes. Le verre, rappelons-le, se présente sous forme de galettes rondes réunies par un réseau de plomb.

Reste à résoudre le problème de la nuit, celui aussi de l'obscurcissement dû à l'entassement : dans une lettre, la patricienne florentine Alessandra Mazzinghi-Strozzi se plaint du voisin dont les constructions lui ôtent, dit-elle, la lumière. Que dire alors des rues populaires ! On doit donc s'éclairer. Le procédé le moins coûteux est la chandelle faite de suif, éclairage général à la campagne où l'on signale des mortiers à piler le suif. Les inventaires paysans enregistrent aussi des lampes *(lucerna)* fonctionnant à l'huile, mais 48 des 60 intérieurs (misérables ou aisés) étudiés par M. A. Mazzi en sont dépourvus. Compagne fidèle, la chandelle accompagne le paysan dans ses va-et-vient et dans son travail nocturne. Mais sa lueur mesquine est vite engloutie par l'obscurité. La lumière seule de l'âtre peut éclairer tous les visages et tous les gestes de la communauté familiale. Le feu, le foyer, est le grand rassembleur de la nuit paysanne.

Les maisons de la ville, celles des bourgeois que nous connaissons, sont bien mieux équipées, supériorité due surtout à la profusion des luminaires, qu'il s'agisse de simples lampes à huile (de terre mais également d'étain, de fer), de lanternes, de « porte-lampes », d'innombrables chandeliers enfin, chandeliers courts ou longs, de cuivre, de fer, « anglais ». Ces objets se trouvent tous, à plusieurs exemplaires parfois, dans les intérieurs florentins aisés (connus) des années 1400. On en signale partout, mais ils semblent placés de manière privilégiée dans les chambres (à six reprises) au détriment des salles (deux fois) et des cuisines (une fois). Bien entendu, ces objets légers sont mobiles, mais la lumière apparaît là encore comme le luxe privilégié de la chambre, une lumière que des supports toujours plus nombreux (de 2 à 6 par chambre) permettent de placer à bonne hauteur et aux bons endroits. Contrairement aux lumignons ruraux, les grands luminaires des demeures bourgeoises permettent d'illuminer dans une chambre ou dans une salle les conversations et les réunions des ménages ou des *brigate* urbaines. D'autres fanaux flamboient aux angles des plus grands palais, qu'ils habillent de ce prestige mystérieux et théâtral dû aux éclairages nocturnes, mais l'existence privée de leurs hôtes n'en est pas affectée.

La lumière discrète des bougies ne peut rien face au froid, réalité toujours menaçante de novembre à avril, dans ces pièces mal isolées et mal calfeutrées. Dans les campagnes toscanes des XIVe et XVe siècles, le feu destiné aux aliments (salle ou cuisine) représente l'unique source de chaleur. Feu simple, rustique, foyer sans aucun apprêt, préparé directement sur la terre battue, avec quelques briques pour support. Même situation dans la région de Lodi en 1440, à l'exception des ménages vraiment aisés, ceux notamment des *castelli* ; même petitement logés, leur maison comporte désormais une cheminée, parfois même deux (pour cinq pièces). Le feu est mieux domestiqué dans les villes où la cheminée murale, avec son manteau, son conduit, son issue extérieure, n'est plus une nouveauté au XIVe siècle. On en connaît à Venise au XIIIe siècle, et les premiers exemples à Florence apparaissent vers 1300. Sa diffusion en est lente. Pas de cheminée à Plaisance en 1320, d'après le chroniqueur G. Musso, pas plus qu'à Rome en 1368. À Sienne, en 1340, la fresque de Lorenzetti ne révèle qu'une demi-douzaine de conduits extérieurs sur les toits (pas forcément liés à des cheminées murales). Le même Musso ajoute qu'à Plaisance, en 1388, on trouve plusieurs cheminées dans chaque maison : mais s'agit-il de véritables cheminées murales ? Le passage en tout cas est progressif à Florence ; c'est dans les années 1370-1420 qu'il semble s'accélérer, déclassant le foyer central au bénéfice de la cheminée « à la française ».

Chacun pourtant n'en bénéficie pas au même titre, ni aussi vite. Certaines maisons, trop étroites ou trop légères, sont moins aptes à recevoir des cheminées. C'est paradoxalement le cas, à Florence, des files de bâtisses neuves alignées sur les lotissements périphériques des années 1280-1340. On hésite à courir le risque d'y créer, dans les murs mitoyens, de longs et périlleux conduits de fumée. Les cuisines elles-mêmes, installées au dernier étage, ne disposent que d'un foyer central. Les demeures bourgeoises des vieux quartiers, plus spacieuses et plus articulées, ont-elles pu être plus facilement aménagées ou réaménagées ? Fin XIVe siècle, la plupart d'entre elles disposent d'au moins une pièce chauffée, sans compter la cuisine. Dans les huit intérieurs connus de moi, six cuisines, six chambres et deux salles contiennent du matériel lié à un foyer : chenets, pincettes, crémaillère ou pelle. Ce foyer n'est pourtant pas décrit, à deux exceptions près : une cheminée murale est signalée dans une chambre de maître, un brasero dans une chambre d'hôte. Retenons pour cette époque (fin XIVe-début XVe) l'existence assurée dans les demeures florentines aisées de vrais chauffoirs indépendants de la cuisson des aliments et liés à la chambre (mais pas à plus d'une sur trois) plutôt qu'à la salle, chauffoirs où la cheminée n'a cependant pas triomphé et où foyers au tirage incertain et ustensiles mobiles conservent une place importante, peut-être même prépondérante.

La carrière de la cheminée murale se développe irrésistiblement au XVe siècle là où on peut l'observer. Les villes sont gagnées les unes après les autres. La nouvelle invention, quand elle est adoptée par quelques-uns, l'est vite par tous. La technique est assez familière aux maçons pour qu'on fasse installer ce précieux édifice à plusieurs endroits d'un même logement. Fin XVe siècle, les cheminées ornent à Florence les pièces principales des grands palais, leur hotte y prend un caractère monumental, et les chenets, les pincettes, toute une panoplie d'objets nouveaux et ciselés avec goût donnent au foyer où on les dispose un air de galerie d'art. Les cheminées ont aussi conquis Venise, et les monumentales issues des conduits de fumée donnent aux toits, sur les tableaux de Carpaccio (*Miracle de la relique de la Croix*, 1494), l'allure d'une élégante champignonnière.

Le décor domestique

Le privé strict exclut le faste vestimentaire. Les paysans gardent à la maison leur vêtement de travail, qui peut varier du XIVe au XVe siècle en suivant de loin la mode urbaine, mais dont le tissu privilégié reste le *romagnolo*, drap grossier brun ou gris. Sortir et exhiber ses habits de fête – ils en ont tous –, c'est précisément se mêler à une société extérieure au privé strict. En ville aussi, on s'habille simplement chez soi et entre soi. Alberti le signale pour y insister : les vêtements neufs sont pour les jours de fête ; déjà portés, ils sont pour la vie courante ; vraiment usés, pour la maison. L'avis de M. Palmieri est comparable mais un peu différent : n'user chez soi pour les jours ordinaires que les habits de tout le monde. Deux catégories de vêtements sont ainsi déclarées bonnes pour la vie privée et probablement utilisées : les tenues les plus simples d'étoffe ou de coupe ; les beaux costumes hérités d'une aïeule ou trouvés chez le fripier et déclassés malgré leur richesse parce qu'usés ou ridicules. La règle, c'est quand même la tenue simple. Dans son intérieur, une femme, quel que soit son milieu, se contente de la *gonnella* (XIVe siècle) dite au XVe *gamurra* (en Lombardie *zupa*), à savoir une tunique de laine, toute simple et pourvue de manches (amovibles après 1450), qu'on enfile par-dessus la *camicia*, longue chemise de lin ou de coton. C'est ainsi vêtue qu'elle vaque à son ménage et fait même à proximité les courses rapides ou les visites très informelles (quand elle ne porte pas un vêtement supplémentaire contre le froid). Mais dès que l'on quitte le privé strict pour aborder, même de loin, le monde et la représentation, rester en *gamurra* serait une faute de goût. C'est alors qu'on ouvre les coffres pour en sortir les vêtements plus riches destinés à vous distinguer personnellement et socialement.

La vie chez soi admet en matière vestimentaire une liberté encore plus désinvolte. Les moralistes recommandent d'observer une totale correction chez soi, notamment dans la salle (où l'on est en famille), mais, en réalité, laisser partiellement ou totalement paraître sa nudité, à certains moments de privauté, ne choque pas. On peut dormir en chemise, mais on dort aussi facilement nu, tout simplement parce qu'il fait chaud, sans que les dames se soucient par exemple de la petite fille étendue à leur côté, ou du voisin qui lorgne leur lever ou leur coucher par la fenêtre grande ouverte sur la fraîcheur de la nuit. Et puis se chauffer ou se sécher au feu est facilement indécent pour des femmes dont la lingerie est inexistante et pour des hommes qui, ôtant leurs chausses, se mettent volontiers à l'aise, assis devant l'âtre. Gare alors au chat (*dixit* Sacchetti) qui, se faufilant sous les escabeaux, cherche à jouer avec ces amusantes pendeloques.

Ce que la mise intérieure a de simple et même de négligé ne doit pas masquer la gaieté fraîche, animée ou colorée que les ménages cherchent souvent à donner à leur intérieur. La gaieté, ce peut être une fleur, un bouquet, une de ces plantes dont fresques et tableaux florentins et siennois des XIVe et XVe siècles nous montrent tant d'échantillons ornant, dans leurs vases, les tables et les crédences ou prenant le frais sur les appuis de fenêtres. Ce peut être ces oiseaux dont les cages de jonc pendent aux fenêtres des fresques de Lorenzetti ou de Masaccio, ou qu'on envoie à un enfant malade, Michele Verini, pour qu'ils l'égaient de leurs chants (le jeune humaniste de dix ans répond dans un latin parfait). Ce peut être ces chats frôleurs ou farceurs, ces chiens, cette oie qu'Alberti souhaite toujours voir dans son foyer pour en assurer la garde, ce singe enfin, qui, malgré sa laisse, fait sa gymnastique sur la corniche d'une maison de Masaccio (Carmine, à Florence).

L'aisance et la fortune permettent d'aller plus loin et d'orner et d'égayer de manière plus durable, par des tapisseries ou par des fresques, les pièces principales. Les inventaires génois des années 1390 mentionnent fréquemment des tapisseries (non décrites), et la mode s'en continue au XVe siècle. Il existe aussi à Gênes des « chambres de toile peinte » (signalées à la fin du XVe siècle), peintures à sujet exécutées sur toile et destinées à tapisser une chambre entière ; chambre, ici encore, plutôt que salle. Les étoffes et tapisseries font aussi fureur à Florence dès le XIVe siècle. Seuls les échantillons de plus petites dimensions que l'on jette sur les tables, les sièges ou les bancs sont d'usage constant et décorent les moments strictement privés. Les plus grandes pièces, les vraies tapisseries *(arazzi)*, destinées aux murs, aux têtes de lit, aux portes même, servent moins souvent. On ne les tire des coffres, où elles reposent en temps normal, que les jours de fête, pour en faire une vraie débauche aux grandes occasions. Elles accompagnent et rehaussent les riches vêtements, le maquillage, les bijoux, tout le faste dont le privé se revêt pour s'exhiber.

Les peintures, fresques ou détrempes qui, dès la fin du XIIIe siècle (Dante, *Vita nuova*), ornent les pièces de manière permanente et moins onéreuse que les tapisseries – dont elles sont un succédané – sont aussi plus étroitement liées à un privé dont elles sont les témoins sans défaillance. Les motifs standard et les moins coûteux associent ou alternent, suivant les goûts, les dessins géométriques simples (échiquiers bariolés, losanges, etc.) ou complexes, les arabesques ou – déjà plus raffinées – les imitations de fourrure (vair ou hermine). Parfois appliqués uniformément à la paroi tout entière, ces motifs sont ailleurs censés décorer des tentures peintes en trompe-l'œil sur les murs avec leurs attaches espacées, leur courbure, leur frange. La mode et leur bon marché ont répandu largement ces fresques à motifs simples qui ont envahi les cours intérieures, les galeries à mi-étage (château de Poppi, fin XIIIe siècle, Toscane), les salles, les *loggie* et jusqu'aux latrines. Mais les infinies possibilités de la peinture s'expriment plus amplement dans les intérieurs vraiment aisés où, dès le XIVe siècle, se répandent les scènes figurées. La vogue va principalement aux arbres, élégamment isolés sur des panneaux, puis aux jardins remplis de fleurs et d'oiseaux, aux personnages enfin, rassemblés dans les scènes de jeu, de chasse, ou dans les épisodes d'une histoire courtoise. Associant ces divers thèmes, plusieurs registres peuvent se superposer dans une même pièce. Le palais Davanzati, magnifiquement conservé et restauré, offre un superbe échantillonnage de la chose, étalé sur trois générations (fin XIVe-XVe siècle). La salle et les deux chambres décorées entièrement (les seules à l'être) associent toutes les trois un premier niveau de motifs géométriques soignés, voire raffinés, mais de réalisation simple, qui couvre environ 2,50 mètres en hauteur, puis, au-dessus d'un bandeau plus ou moins large (de 20 centimètres à un mètre), tantôt une frise de palmiers entourés d'oiseaux sur fond alternativement bleu et rouge (la salle), tantôt une frise d'arbres encore, chacun cette fois décoré d'un écusson et encadré d'une arcature gothique, tantôt enfin, toujours en frise, l'histoire de la châtelaine de Vergy dont les épisodes se déroulent au milieu des arbres et des oiseaux, sous le trompe-l'œil raffiné d'arcades en plein cintre, elles-mêmes peintes aux armes de France. Plus grandissent l'aisance, la richesse, plus s'affine dans la fraîcheur et la gaieté, le rêve aussi et l'artifice, un cadre propre à faire écran aux soucis du dehors.

Un privé nourricier

Contre les aléas du ravitaillement, un père de famille avisé se doit d'intervenir en constituant des réserves. Le ménage seul, dans son privé, peut amortir les intermittences de la nature et du service public. Tel est l'enseignement de ce parangon du bon sens bourgeois qu'est Paolo da Certaldo (XIVe siècle) : « Aie constamment chez toi du froment pour deux ans […] et fais de même pour l'huile. » Bien entendu, les pauvres gens sont incapables de se plier à cette règle de prudence, et les ménages paysans sont nombreux, surtout en période de disette, à vendre leur blé en herbe. Mais la moindre aisance de trésorerie est mise à profit pour commencer à remplir, au meilleur prix, les coffres à provisions. Dans la ville de Prato, en novembre 1298, alors qu'une cherté se dessine, les autorités font procéder à un relevé des stocks de céréales. Dans le quartier San Giovanni, 30 % des familles n'ont plus rien, 20 % disposent d'un à six mois de provisions, les autres, une bonne moitié, sont entièrement pourvues jusqu'à la nouvelle récolte. C'est dire que la pratique du stockage va bien au-delà de la grande bourgeoisie des juges ou des marchands. Boutiquiers, artisans s'y plient aussi et, étant donné la modestie de leurs ressources et l'ampleur de leurs stocks, c'est chez eux surtout que cette pratique est prioritaire (en temps et en pourcentage de leur budget).

Les bourgeois florentins des années 1400 n'ont pas renoncé à cette habitude, mais elle apparaît moins dans leurs inventaires. Les ménages connus ont presque tous du vin – quelques tonneaux – et de l'huile – quelques cruches – à leur disposition. Ils disposent deux fois sur trois de vinaigre ; une fois sur deux (au moins) de froment, de céréales, de légumes secs, de viande séchée ou salée. Cet échantillonnage n'a pas la rigueur du premier, de celui de Prato. Les stocks de froment sont certainement plus fréquents dans un monde, celui des bourgeois toscans, où chacun possède une ou plusieurs fermes. Il est sûr en tout cas que, dans une mesure qui nous échappe, l'habitude de largement approvisionner son ménage ne s'est pas perdue. Des locaux sont prévus à cet effet. Les coffres *(arca)* à céréales sont à différentes reprises rangés dans les salles, ou plutôt dans les chambres, mais on entrepose toujours les tonneaux dans le cellier *(cella, volta)* aménagé au rez-de-chaussée de chaque demeure bourgeoise.

De la cave à la table, les aliments, bien entendu, ont à subir une préparation. Les cuisines équipent la plupart des logements et toutes les maisons bourgeoises. Des cours et jardins où elles étaient exilées au XIIIe siècle, elles ont été transférées dans les maisons. Différents motifs les y ont confinées dans les soupentes (crainte du feu, de la fumée, des odeurs), mais il est possible qu'on en ait par commodité installé certaines aux étages nobles. Ce témoignage du confort urbain a fait tache d'huile à la campagne, et la cuisine est au XVe siècle une pièce plusieurs fois signalée dans les maisons cossues des Apennins, de certaines zones lombardes et ailleurs aussi, certainement.

Parmi les pièces du logement, la cuisine n'est pas la moins équipée, et l'on y dénombre plus d'objets (de 25 à 80 dans les inventaires florentins), eux-mêmes plus variés et parfois plus coûteux, que dans bien des salles. En fait de meubles, on peut y trouver pétrin, huche, armoire (rare et là seulement au XIVe siècle), étagères, mais l'attention des ménagères se porte avant tout sur ces mille ustensiles de fer, de cuivre, d'étain, de terre cuite, de bois, propres à toutes les manipulations techniques d'où sortent les bons repas et plus encore les excellents banquets, car la bonne chère adoucit l'humeur du maître, mais elle est aussi, dans l'ouverture du privé au public, l'une des armes maîtresses de l'ostentation réussie.

Les cuisines de haut niveau technique existent à Venise à la fin du XIIIe siècle, et l'on en trouve au XIVe siècle, à travers l'Italie, dans toutes les bonnes maisons.

Cette progression du confort privé des yeux et de la bouche est facilitée par l'amélioration de l'alimentation privée en eau. Le puits public creusé aux carrefours et sur les places, et maintenu aux frais des voisins, est d'usage commun à Bologne, à Plaisance, à Florence et dans beaucoup de villes au XIIIe siècle. Mais l'eau qu'on y puise n'est ni toujours suffisante ni toujours bonne, et l'eau du fleuve, quand il en existe un, n'est pas meilleure. Soucieuses de modifier les choses, des communes ont pris l'affaire en main, créant, comme à Venise, un ensemble de cinquante citernes publiques supplémentaires ou organisant, comme à Sienne, un ambitieux réseau de canalisations souterraines et de fontaines publiques. Ailleurs, ce sont plutôt les habitants que l'on voit agir. À Florence par exemple, dans les nouveaux lotissements tracés en 1320-1380 au nord de San Lorenzo, des puits privés sont souvent construits avec les bâtiments : 149 au moins, d'après un travail récent. Ces puits ne sont pas creusés partout. Certaines voies écartées et toutes les maisons pauvres en manquent (on trouve un puits pour 33 maisons dans la via Guelfa). Plus les rues sont belles et les constructions coûteuses, plus les puits y sont nombreux, équipant jusqu'à 39 % des maisons des beaux quartiers (campo Corbolino). L'eau est donc là, à portée de main, à qui veut la puiser, le conduit du puits s'élevant parfois jusqu'au troisième étage, avec ouverture, poulie, seau à chaque étage, au grand bénéfice de l'hygiène, de l'entretien, de la cuisine et de la soif.

Comment vivre ensemble

LES OCCUPATIONS COLLECTIVES DANS LE PRIVÉ DU MÉNAGE

Les métiers de la boutique et de l'artisanat se déroulent le plus souvent hors de l'espace du logement privé. À Florence, la plupart des artisans sont locataires de leurs ateliers et habitent ailleurs en ville. On a des exemples contraires d'ateliers et d'habitations superposés, mais c'est tout à fait rare. La dissociation semble la règle. La demeure urbaine se vide pendant le jour de ses travailleurs, hommes, femmes aussi éventuellement et même enfants (parfois dès huit-dix ans). Quelques métiers s'exercent pourtant traditionnellement à domicile, métiers masculins comme le tissage, métiers féminins comme ce même tissage et avant tout comme le filage. Le mobilier des ouvriers de la laine, d'après les inventaires qui les concernent (1378), comporte en effet souvent un métier à tisser – pour le mari s'il est tisserand, pour la femme dans le cas contraire – et un *filatoio*, un rouet, instruments énumérés avec le mobilier et installés parmi les meubles dans le logement privé. Il en va de même à Sienne, au milieu du XVe siècle, et dans beaucoup d'autres endroits. Les ménages associant deux tisserands ou un tisserand et une fileuse travaillent donc chez eux, en commun ou côte à côte, à longueur de journée et parfois même tard dans la nuit. À la campagne aussi et là surtout, le travail quotidien à la ferme, qu'on exécute entre soi, ne se dissocie pas de la vie privée. Travailler conjointement chez soi est en revanche une situation peu courante en ville et, du reste, plus menaçante qu'avantageuse pour l'intimité familiale quand le travail, comme il arrive pour les pauvres, submerge tout, même les nuits.

Les occasions ne manquent heureusement pas, à ceux des membres de la famille que leur travail éparpille le matin, de se retrouver ensemble chez eux, et cela comme à toutes les époques, le soir à la fin du travail (à l'heure de vêpres pour les maçons florentins) ou à longueur de journée les jours chômés (dimanches et fêtes). Ces moments de rassemblement donnent-ils lieu à vie réellement commune ?

La toilette est une première et bonne occasion de se rencontrer : toilette des enfants, surveillée par la mère comme le veut Giovanni Dominici, toilette aussi des grandes personnes, ni toujours solitaire ni réservée au petit matin. Il est normal qu'une femme aide aux ablutions de son mari. Les matrones prient les domestiques de les habiller, de les maquiller, de les laver (au moins quant aux pieds), et l'épouillage mutuel est si répandu parmi les dames et les ménages de Ravenne qu'un règlement du XIIIe siècle doit y interdire de se transporter en public sous les arcades pour s'y livrer.

Avec moins de privauté on se retrouve aussi aux repas, parfois avant. Autour d'une ménagère s'affairant à son potage vespéral (Fiesole, juillet 1338), voici, rapidement campés par un témoin, sa fille de quinze ans qui s'est assise pour coudre sur un coffre bas, son aînée installée sur le seuil, les genoux au menton, guettant son galant, tandis qu'un galopin désœuvré fait les cent pas. Puis chacun s'installe. Manger ensemble est à la fois un idéal (rappelé par Alberti) et une réalité. Riches ou pauvres, les ménages florentins possèdent tous une (ou plusieurs) table, rectangulaire (et montée sur tréteaux) ou ronde, et manifestement destinée aux repas, selon la définition même de certains inventaires (table ronde à manger). Les conteurs nous présentent comme chose normale les maris mangeant avec leur femme, et les enfants d'un certain âge complètent probablement le rond de table. Pas les domestiques, sauf peut-être çà et là, à la campagne et dans les milieux modestes.

Enfin commencent les veillées, qui s'ouvrent toutes grandes après le souper pour les retrouvailles familiales. On a beaucoup à faire ensemble, travaux domestiques de toujours (écosser, gratter, ravauder, nettoyer, raccommoder, etc.), travaux féminins, et beaucoup à dire aussi. Veiller, comme partout, c'est causer. On rumine le labeur quotidien, « les moutons, le blé, les bâtisses, sujets habituels des époux », selon l'expression d'un témoin rapportant une conversation conjugale paysanne. On ressasse les projets (à qui marier sa fille) et les soucis : la fiscalité oppressante, les enfants qui arrivent coup sur coup et qui « ne font que manger », toutes ces plaintes des déclarations fiscales, écho figé de tant de soupirs et de tant de récriminations domestiques. Des conversations entières roulent sur la dot, sur les intérêts matériels, sur les rapports avec le propriétaire ou le patron quand il s'agit de métayers. Les moralistes se plaignent de la grivoiserie des conversations privées. Il arrive aussi que l'on cause religion. Les familles les plus saintes et les mieux élevées sont comme les autres secouées par ces moments de colère où chacun « exhale son amertume en paroles violentes », selon l'expression appliquée à la famille de sainte Catherine de Sienne par son biographe. À d'autres moments, on entend les grands-parents évoquer leur enfance et discuter généalogie (sans toujours beaucoup d'assurance). On commente avec indignation les scandales locaux (bigamie, meurtres, dérèglement du clergé, etc.). Cet échantillonnage emprunté à différents documents toscans du XIVe siècle s'enrichit naturellement si, des paysans et des gens modestes, on passe à la bourgeoisie urbaine et aux humanistes. Chez eux on cause aussi, sans toujours fuir la simplicité du quotidien. L. B. Alberti vante les charmes des propos détendus sur « le bœuf, la laine, la vigne et les semences » que permet la villégiature. Mais on sait également se hausser à un autre ton. Chez un oncle du même Alberti, « l'habitude était de ne jamais converser de choses futiles, mais toujours de choses magnifiques ». Quant aux propos des humanistes, à leurs dialogues – vrais ou supposés –, la conversation s'y élève au niveau de l'érudition et de la pédagogie, et c'est là que nous la retrouverons.

De la causerie on passe au jeu. Aux dés (mais c'est mal vu), aux tables, aux échecs (souvent mentionnés dans les intérieurs bourgeois), plus tard aux cartes. Ou bien on convoque les enfants pour un peu d'alphabet sans larmes (Palmieri) ; quand ils grandissent, on organise une petite séance de lecture vespérale, comme le digne et pieux notaire Lapo Mazzei de Prato, lequel meublait les soirées d'hiver en lisant les *Fioretti* de saint François à ses enfants (1390). Cent ans plus tard (1485), un oncle du jeune humaniste prodige Michele Verini lui lit semblablement l'Écriture après le dîner (et Euclide en apéritif).

La structure même des maisons, inégalement meublées et chauffées (ou rafraîchies), se prête à ces assemblées et veillées collectives. L'été, on prend ensemble le frais sur le pas des portes, ou au jardin, ou dans les *loggie* de différents types. L'hiver réunit la maisonnée autour du feu de la *sala*, l'épouse filant, le maître tisonnant et parlant, les enfants, chacun sur son tabouret, l'écoutant dans diverses attitudes, selon tant d'enluminures consacrées à ce sujet de prédilection. D'autres circonstances (accouchement, maladies) amènerc nt chacun à se retrouver dans la chambre. Mais cela paraît aux puristes un empiétement sur un espace proprement féminin ou conjugal, et l'espace par excellence de la sociabilité familiale est, à leurs yeux, la salle. Celle-ci joue certainement son rôle. Mais un couple et ses enfants (la famille conjugale stricte) se tiendront plutôt dans la chambre, plus intime et plus accueillante. La grande salle des maisons bourgeoises s'ouvre surtout au monde plus vaste du groupe de parenté et de convivialité en même temps qu'elle le filtre, pour ne permettre qu'à quelques élus d'accéder aux chambres.

Le « pater familias »

Un ménage se gouverne. Des décisions s'imposent quotidiennement. Deux ordres de problèmes surtout exigent une bonne définition des responsabilités : le patrimoine et les enfants. Pour les enfants, tout est à faire, de leur prime enfance jusqu'au mariage. Or, ils dépendent de deux lignages et de deux traditions, représentés respectivement par le père et par la mère. Qui va prévaloir ? Même observation pour le patrimoine. Jusqu'aux *nihil habentes* (sans avoir) déclarés comme tels par les documents fiscaux, tous les foyers ont du bien à eux, fût-ce quelques meubles et quelques hardes. Mais ce patrimoine est composite. Il juxtapose les biens patrimoniaux proprement dits apportés par le père, ses propres acquêts, la dot de l'épouse et celle éventuellement des brus, les *peculia* des fils (biens venus en leur possession par don ou acquisition). La dot elle-même ne forme pas bloc, et les juristes distinguent la partie « estimée », qui a fait l'objet d'un inventaire attentif, de la part « non estimée », meubles ou objets d'usage quotidien. Père, épouse, grands enfants, chacun est impliqué dans le patrimoine. Il faut partager les responsabilités ou les déléguer. Là encore, qui s'impose ?

Dans toute la tradition italienne, le pouvoir appartient d'abord, incontestablement, au père de famille. Par assimilation à celle du roi, son autorité n'a cessé d'être consolidée, au XIIe-XIIIe siècle, par les juristes (à Bologne notamment) pour aboutir à l'adage partout redit au XIIIe siècle : « Chacun chez soi est appelé roi » *(Quilibet, in domo sua, dicitur rex)*. Cette autorité, la *patria potestas*, le père l'exerce sur ses enfants et il en est le seul dépositaire : comme l'expose le juriste Azzo,

« ni les mères ni les aïeux maternels n'ont pouvoir *(potestas)* sur les enfants ». Ce pouvoir, le père l'exerce aussi sur sa descendance, et d'abord sur ses petits-enfants, et cela quel que soit son âge, quand bien même aurait-il soixante ans *(etiam sexagenarius)*, et quel que soit l'âge de ses fils. Cette maxime générale ne reste pas confinée dans les manuels des juristes. Élaborée comme réponse à des questions posées par la vie courante, elle y est répercutée, et d'abord par les statuts et coutumes dont se dotent les villes au XIIIe-XIVe siècle (statuts qui régissent, entre autres, la vie privée), et par là elle imprègne encore davantage la vie des ménages.

Le *pater familias* s'impose d'abord comme le gérant unique de l'ensemble des biens du ménage dirigé par lui. La gestion de la dot lui incombe, de toute la dot (XIIIe siècle), *estimata* ou non, et parfois de toutes les dots, brus comprises. Cette dot, il peut même la vendre, sans que la femme soit vraiment armée pour s'y opposer. Toute la pratique juridique tend à donner pleins pouvoirs au mari dans le gouvernement du bien apporté par l'épouse et à en écarter celle-ci, qu'on met dans l'incapacité de freiner les initiatives dangereuses pour son bien, futur héritage de ses enfants. Quant aux revenus de cette même dot, les juristes opinent aussi pour qu'ils soient versés au pot commun du ménage géré par le mari (et non pas réinvestis), cela pour mieux faire front aux « insupportables charges » du mariage (tout simplement les dépenses courantes), le mari ayant ainsi le champ libre pour réinvestir ses propres revenus dans la terre ou dans la marchandise. Du côté du fils, même contrôle du père sur son pécule et sur ses acquêts, toujours aux termes de la *patria potestas*.

Comme il l'est des choses, le père fait également figure de patron pour les personnes de son foyer. L'épouse est soumise comme les autres à la *potestas* définie par les juristes et doit à ce titre obéissance et respect à son conjoint. L'enseignement des grands directeurs de conscience dominicains conforte celui de leurs collègues juristes. En rappelant en 1398 à l'une de ses pénitentes que la femme a été placée sous le commandement de son mari (jusqu'au péché exclu), Giovanni Dominici énonce un lieu commun de la prédication. Même son de cloche chez les moralistes Fra Paolino, Alberti, E. Barbaro et chez beaucoup d'autres : « Seul maître chez lui, le mari ne révèle à son épouse qu'une partie des secrets familiaux. Il la forme lui-même à son métier de femme et, eu égard à la fragilité de son corps et de son caractère, ne doit lui confier dans le ménage que des responsabilités mineures. » Cette subordination peut avoir des conséquences pratiques douloureusement tangibles, exprimées et codifiées par certains statuts communaux où l'on autorise les maris, comme à Gello (Toscane, 1373), « à corriger leurs enfants, leur jeune frère et aussi leur femme ». L'autorité attribuée au père sur les enfants par les textes juridiques, législatifs ou moraux est encore plus complète. À leur père, les enfants doivent un profond respect et une entière révérence, comme à une personne pour eux sacro-sainte. Quelles que soient les responsabilités publiques du fils, elles disparaissent dans la vie privée : le père y garde inaltérées son autorité et sa préséance (Palmieri). Tout manquement, toute rébellion, injure, négligence (envers un père âgé) seront légitimement punis ou par le père lui-même ou par la justice publique. En 1415 encore, une rubrique des statuts florentins autorise un père ou un grand-père à faire emprisonner un descendant fautif. Les prédicateurs aiment à développer un thème analogue : qui honore son père sera récompensé dans ses fils ; il recevra la bénédiction divine, etc. Enfin chacun (moralistes, clergé) s'accorde à reconnaître dans les pères disposés à « orner la vie de leur fils des mœurs les plus vertueuses » (Palmieri) la source de toute éducation. Giovanni Dominici, que son traité de la bonne éducation oblige à être concret, insiste pour qu'un enfant réponde à son père : « *Messer si* », reste debout en face de ses parents, baisse humblement la tête quand on lui donne un ordre, manifeste ouvertement, en un mot, son respect constant pour l'auteur de ses jours.

La législation et les impératifs sociaux reflètent les mœurs, et ce qu'on sait des ménages toscans correspond en partie au programme dont je viens de rappeler les grandes lignes. Le statut sur l'emprisonnement d'un fils est encore appliqué à Florence en 1463 et, dans les grandes familles bourgeoises du XVe siècle, les patriarches sont parfois les témoins vivants de cette prééminence du père. On voit certains d'entre eux garder entre leurs mains la totalité de l'autorité en matière économique. En 1480, le vieux Gino Ginori rédige lui-même, et lui seul, sa déclaration fiscale, ajoutant à propos de ses fils adultes vivant sous son toit et travaillant avec lui : « Ils travaillent avec moi à mon entreprise de drap et n'en savent pas encore assez pour se séparer. » D'autres patriarches de son calibre dotent eux-mêmes leurs petites-filles, etc. Le pouvoir du père en matière économique est fortement enraciné aussi dans le monde plus modeste des métayers. Autour de Sienne, vers 1400, les familles de métayers apparaissent organisées comme de petites sociétés où tout est géré, contrôlé, divisé (travail, dettes, récoltes, stocks) par le père.

On voit aussi souvent les pères s'imposer comme les grands responsables de l'éducation. Leur femme en fait les frais toute la première. Sa grande jeunesse, son inexpérience au moment du mariage la rendent nécessairement tributaire des connaissances de son mari. Beaucoup d'époux auront infligé à leur toute jeune femme attentive et apeurée les longs discours moralisateurs et sentencieux grâce auxquels le vieux Giannozzo, d'après son neveu Alberti, raconte avec suffisance avoir fait de sa jeune moitié une ménagère plus qu'accomplie : « Ses dons et sa formation mais bien plus encore mes instructions ont fait de mon épouse une excellente mère de famille. » Mais les soins les plus tendres et les plus vigilants – les plus touchants aussi – des pères vont à la formation morale et intellectuelle de leur progéniture (à l'occasion par exemple des veillées dont on a parlé). Quelle joie pour eux quand cette attention est récompensée ! Cette affectueuse fierté illumine les lettres adressées fin XVe siècle par le notaire ser Ugolino Verini à son fils Michele, jeune humaniste prodige. Ce père exigeant encourage son fils, le conseille de près, le houspille même, mais, bien souvent constatant les dispositions exceptionnelles et l'affection de ce miraculeux petit bonhomme de dix ans, il laisse éclater sa tendresse : « Quelle joie m'aurait causée ta visite [de Florence à Pise]. Personne ne m'est plus cher que toi, personne que je désire autant revoir, toi qui as comblé tous mes vœux. »

La discipline et le respect suscitent la satisfaction du maître ; la fronde et l'arrogance, son courroux. La législation l'autorise à corriger les siens. Il use de ce droit à la satisfaction générale, et d'abord sur sa femme. Sacchetti raconte l'histoire d'un ménage d'aubergistes romagnols où la femme n'avait un soir aidé son mari qu'en bougonnant et très mal. Un client était là, qui étouffait d'indignation. La Providence l'ayant rendu veuf comme son hôtesse d'un soir il épousa cette dernière dans la seule intention de la punir de son insolence passée. Ce qu'il fit, dès le soir de ses noces, en accablant la malheureuse de rossées, de brutalités, d'avanies. Corrigée, moulue, matée, la nouvelle épouse jura tout ce qu'on voulut d'une voix brisée : elle serait une parfaite épouse. Et Sacchetti de conclure sentencieusement : la qualité des épouses dépend entièrement des hommes. S'il ne souscrit pas au proverbe (pourtant très populaire) : « Bonne épouse ou bien souillon, toute femme veut du bâton », il n'en concède pas moins que, oui, la souillon veut du bâton. L'affaire lui tient à cœur. On le voit consacrer encore toute une nouvelle au dialogue forcé d'une autre jeune épousée et de Martin Bâton. Quant aux enfants, pas de bonne éducation sans coups (bâton, verges), des coups dont Giovanni Dominici rappelle le bon usage : « Des corrections pas furieuses mais fréquentes leur sont d'excellent profit. »

ÉPOUSE ET MÈRE

Battues et sujettes, les femmes n'en conservent pas moins dans le ménage un pouvoir qui, si elles ont de la personnalité, peut aller loin et que les réflexions humanistes consolident en partie. La femme, disent les moralistes, doit se limiter au ménage, mais elle y occupera la première place « avant tout le reste de la famille ». C'est lui assigner, dans un champ bien sûr étroit, une autorité réelle. Autorité déléguée et contrôlée, parfois minutieusement, mais tout à fait certaine au niveau des discussions et des décisions quotidiennes, et cela sans toujours avoir le mari sur le dos : elle est libre quand il voyage, par exemple, cas bien fréquent dans ces villes de commerçants. « Tout le soin familial des effets domestiques des serviteurs, de l'éducation des enfants, c'est elle. Princesse de la famille, il lui appartient de gouverner et de distribuer avec soin et prudence tout ce que le mari lui fait parvenir [...], de le développer, de l'améliorer » (Ermolao Barbaro). Voilà un premier hommage sympathique, mais ampoulé et allusif. Saint Bernardin de Sienne est plus direct et plus éclairant. De sa description pittoresque mais longue, retenons quelques instantanés qui montrent l'épouse s'affairant de la cave au grenier, surveillant l'huile, salant la viande balayant, filant, tissant, taillant, lavant, nettoyant les vêtements, tenant toute la maison en ordre. Travail de servante ? Oui, saint Bernardin en convient, mais tellement mieux fait ! Travail fondamental en tout cas, base de tout un édifice familial régi par l'épouse et dont les étages s'appellent éducation des enfants (Barbaro y insiste aussi beaucoup), soutien du mari et de la famille, porte ouverte aux nécessiteux et, finalement, paix et concorde. Concorde, objectif majeur de toute vie sociale et de tout gouvernement : en présenter la femme comme son véritable garant dans le privé, voilà l'amorce d'une réflexion morale neuve sur le sens et l'aboutissement du travail féminin domestique.

L'ambiguïté d'une destinée d'épouse est bien illustrée par ce que nous savons, grâce à ses lettres, de l'existence et des humeurs quotidiennes de Monna Margherita, femme du marchand Francesco di Marco Datini de Prato. Au début, les époux ne se quittent guère. Puis la profession de Francesco sépare plus souvent les deux conjoints. Ils s'écrivent davantage. Quand leur correspondance la révèle pleinement, Margherita est une femme plus mûre, dont le caractère s'est durci et qui supporte plus mal les servitudes de sa subordination à un mari pas commode. Tout cela donne aux relations entre époux à la fois plus de complication et plus de relief. Francesco, dont la formation marchande a renforcé la vigilance de bon *massaio*, accable sa compagne de consignes quotidiennes assorties de rappels si méfiants qu'ils en deviennent offensants : « N'oublie pas de garder fermées les fenêtres de la cuisine, d'arroser les orangers, n'oublie pas [...], n'oublie pas [...]. » Au début, Margherita obtempère gentiment. Puis les rapports se tendent. Sa stérilité irrémédiable, les aventures ancillaires de son mari l'assombrissent et l'aigrissent. Elle répond avec plus d'humeur aux reproches tatillons de son conjoint et sait riposter. On la voit insister sur leur différence de naissance (elle a du sang noble) couper court aux jérémiades de son mari (c'est toi qui as choisi de partir), lui reprocher, parfois avec véhémence, son inconduite (change ta manière de vivre, prends soin de ton âme), bref, manifester un grand franc-parler. Une certaine indépendance aussi, car Francesco, par moments lucide et contrit, lui donne raison et va jusqu'à l'encourager à « agir pour le mieux selon ton avis […], si seulement Dieu avait voulu que je t'écoute […] », etc. Dans le quotidien d'une longue vie conjugale, quand une épouse a du caractère (et l'a mauvais) et que l'éloignement de son mari l'oblige à mille initiatives ou décisions, un certain équilibre s'établit à son bénéfice. La brutale rupture du veuvage la trouve mieux armée pour affronter le choc de ses nouvelles responsabilités (gestion, éducation), tout à fait égales à celles d'un homme. Mais c'est dans l'éducation des enfants surtout que la femme s'accomplit. Épouse stérile, Margherita en ressentait toute la frustration. Son cas ne constitue pas la norme, à beaucoup près. Femmes généralement comblées par la maternité, beaucoup de circonstances les placent à cette position centrale d'éducatrice. Leur âge d'abord. Plus jeunes que leur mari de sept à dix ans, mariées à seize/dix-huit ans, elles occupent entre la génération du père et celle des enfants (surtout des aînés) une position intermédiaire qui les rapproche de ceux-ci. Elles représentent aussi pour eux la stabilité et la permanence dans un monde (en ville surtout) où les hommes, marchands et artisans, travaillent plus longtemps, où ils s'absentent aussi, souvent et durablement. Leur influence d'éducatrice est grande. Excessive, disent certains moralistes : gare à la mollesse d'une ambiance trop féminine. Dans certains milieux bourgeois, malgré la législation si favorable au *pater familias* et le culte que lui vouent les mémorialistes bourgeois, la réalité, c'est peut-être, au moins par moments, dans une existence d'enfant, l'effacement du père.

Une hiérarchie théorique existe donc dans les ménages, hiérarchie idéalisée par les moralistes, même si la réalité la dément, où le père prend le pas sur la mère. On peut l'observer dans beaucoup d'exemples à travers les appellations, voussoiements, etc., qui la concrétisent. Jamais, par exemple, un mari ne voussoie sa femme. L'épouse, si ; et quand le mari est décoré d'un titre *(messer, maestro)*, elle se garde bien de l'oublier : « *Maestro, voi* » (Boccace). Envers leur père, le *voi* semble toujours imposé aux enfants de la bourgeoisie urbaine.

Un couple quand même

Mais cette échelle de dignité et de déférence est souvent perturbée, notamment dans le petit peuple. Les épouses y tutoient toutes, sans façon, leur mari, et l'on verra qu'elles savent l'apostropher avec verdeur et sans poil sur la langue. Monna Margherita elle-même tutoie son pointilleux conjoint. Le voussoiement de l'épouse semble en fait limité à certains milieux nobles ou patriciens fidèles à leurs traditions, ou délibérément archaïsants (comme Alberti). Le voussoiement des enfants paraît au contraire plus répandu, mais on a l'impression, là où il persiste, qu'il s'adresse aux deux parents en bloc et il en va ainsi pour les autres marques de politesse. Les règles de bonne conduite (révérences, silence respectueux, courbettes) auxquelles Dominici juge indispensable de former les enfants, c'est aux deux *genitori* qu'elle s'adressent toujours sans distinction. Insistant en priorité sur la démarcation parents/enfants, Dominici propose un idéal mais il reflète certainement aussi une situation partout acceptée. À l'égard de leurs enfants, les parents toscans, italiens, apparaissent avant tout probablement comme un couple, une entité tutélaire entourée d'une aura qui estompe les différences, égalise les personnages, fusionne les autorités.

Le privé personnel dans le privé du ménage

À chacun sa tâche

Le ménage, qui rassemble ses membres pour manger et pour causer, les disperse pour travailler. À chacun sa tâche. Le Giannozzo d'Alberti, qui n'omet rien, avertit bien sa femme d'avoir à distribuer à tous une besogne qui leur convienne. Dans la grande bourgeoisie dont il parle, il s'agit des domestiques, mais les membres des foyers humbles procèdent entre eux à cette répartition, notamment à la campagne. Cette répartition, généralement simple, mais mal connue, se complique quand l'occasion se présente de diversifier les emplois accessibles aux membres du ménage. On le constate par exemple en analysant les rapports étroits établis entre le monastère de Monte Oliveto (Sienne) et les familles de ses métayers (1400-1430) ; les femmes filent le lin pour le compte des moines, tissent la laine, lavent les draps de laine et, à ce travail salarié, se succèdent presque toutes celles de la famille. Les hommes, cependant, outre la responsabilité de la ferme, se mettent au service des moines pour toutes sortes de brèves tâches salariées, qui épousent les rythmes de l'année agricole. Les garçons de leur côté sont embauchés, chacun à son tour, au monastère même comme domestiques. Mais la famille peut les rappeler, en accord avec l'économe aux moments de presse. Le groupe domestique se recompose à cette occasion. La proximité du monastère fait ici du métayage une entreprise qui dépasse les limites géographiques de l'exploitation. Chacun se taille une place originale, à cheval sur les deux pouvoirs, celui du *pater familias*, celui de l'économe, et donc à moitié indépendante de tous les deux. La cohésion du foyer rend ces aventures individuelles à la fois intéressantes pour chacun et bénéfiques pour tous. Il en va de même pour beaucoup de foyers ruraux, où l'on voit par exemple un cordonnier exercer son art dans une famille de métayers (Val d'Elsa). Ailleurs, la famille voit les enfants la quitter momentanément pour la ville, une profession, etc. sans nuire à la bonne entente familiale. Situation encore plus fréquente dans les agglomérations.

Un espace propre à l'isolement

Cette diversification des emplois se manifeste au moment où se multiplient dans les documents les signes d'un goût plus marqué pour l'intimité personnelle, au sein même du ménage ; les signes aussi d'un besoin (nouveau ?) de s'isoler dans le foyer sans le quitter, le privé ménager servant de cadre à un privé personnel. On constate ce besoin à la disposition et à l'usage des espaces privés. Les pièces du logement augmentent en nombre, et c'est avant tout, je l'ai dit, au bénéfice des chambres. Plus important encore, ces chambres ferment à clé, ou même au verrou, obstacle encore plus inviolable. Les maisons s'organisent ainsi comme un emboîtement d'espaces privés toujours plus étroitement personnels. Une petite scène de Boccace nous présente les adieux d'un mari (jaloux) et de sa jeune femme (infidèle) : « Je m'en vais donc dîner ailleurs, dit le jaloux (il ment), aussi verrouilleras-tu soigneusement la porte sur la rue, celle de la mi-étage et celle de la chambre. » Ainsi, le ménage dispose de la maison tout entière. On y entre par la première porte sur la rue : première barrière. Cette ouverture ne donne cependant directement accès qu'au rez-de-chaussée, espace ici périphérique consacré aux provisions, resserres, etc., et par moments aux hôtes : une chambre s'y trouve en effet, mais elle est inoccupée (le jaloux s'y cache). La demeure proprement dite, l'ensemble des pièces habitées en permanence, se situe au premier étage ; une porte palière, à serrure, la sépare de l'espace des choses et des hôtes : deuxième barrière. La demeure enfin est elle-même compartimentée, et la pièce propre au couple, sa chambre, le vrai cœur de la maison, peut être clos à son tour : troisième barrière. Trois portes, trois espaces isolables, trois niveaux d'intimité : le passage et les hôtes, la famille, le couple. Nous avons partagé brièvement la vie de la famille. Pénétrons maintenant successivement dans l'intimité du couple et, puisque nous avons repéré plusieurs chambres, dans celles des autres membres du foyer.

Intimité du couple

La chambre conjugale, nous la connaissons, avec ses coffres, ses tentures, ses icônes, ses bancs et escabeaux, son lit, son loquet et sa clé. Ou plutôt ses clés. Dernière étape du privé, les coffres, les fameux coffres du ménage, sont en effet fréquemment munis de serrures que jamais les inventaires n'oublient de signaler. Nous savons par exemple que le ménage de Bartolo de Castelfiorentino et de Catherine, son épouse, disposait dans sa chambre en 1380 d'un long coffre-banc *(cassapanca)* et d'un bahut respectivement munis de trois et deux serrures, ainsi que, dans l'antichambre, de deux coffres-bancs encore plus longs, chacun équipé de six serrures, plus un bahut à deux serrures. Cette liste n'a rien d'exceptionnel ni à ce niveau d'aisance ni, mais en moins fournie, dans les milieux modestes. Il n'est guère de ménage d'artisans qui n'ait son coffre à serrure.

Cette chambre chaleureuse, leur pièce, plaît aux époux. Ils s'y tiennent souvent, le soir par exemple, après le souper. Le mari instruit sa jeune femme qui l'écoute avec déférence. Elle lui lave les pieds (Sacchetti), l'épouille (les conteurs réservent cet épisode aux paysans). L'épouse s'enhardit ; elle évoque ses soucis, les petites frictions du ménage viennent sur le tapis : « Je n'ai rien à me mettre, tu me négliges [...]. Une telle est mieux habillée que moi, telle autre plus honorée, tout le monde me trouve ridicule [...]. Qu'est-ce que tu racontais à la voisine ? et à la bonne ? » (Fra Paolino). Tout s'apaise. On parle des choses du ménage, des bons usages, des enfants (Alberti). On continue à deux les propos de la veillée familiale. Les sujets ne manquent pas.

L'heure est au sommeil, ou à la tendresse. Commencent les préparatifs de la nuit. Ils peuvent s'ouvrir par une prière. Certains jeunes couples, une fois la porte verrouillée, inaugurent ainsi, à genoux, leur vie de ménage ; ils demandent à Dieu la prospérité, la concorde, la fécondité (beaucoup de garçons), la richesse, l'honneur, la vertu (Alberti). En temps normal, si les confréries et les directeurs de conscience font de la prière du soir une obligation pour leurs dévots, ils parlent peu du couple, et l'on ignore la diffusion de cette dévotion dans les ménages.

Les époux se mettent à l'aise. Le mari, en manches de chemise, sa femme, plus ou moins dévêtue ou même nue sous sa chemise, expédient les derniers rangements (Sacchetti). L'embonpoint de l'épouse, que rien ne dissimule plus, excite la verve du mari : « Tu sais ce qu'on m'a dit ce soir ? Quand tu vas te soulager, tu ne peux même pas t'essuyer ce à quoi je pense ! » Dernière prise de bec (Sacchetti).

Épuisés par leur journée, certains maris sombrent aussitôt dans le sommeil. Tant pis pour l'intimité conjugale. Tous n'en sont heureusement pas là. À ces moments d'intimité, les moralistes et les prédicateurs ont consacré beaucoup d'investigations soupçonneuses, de mises en garde et de réglementations tatillonnes. Les conteurs, de leur côté, n'ont pas raté cette occasion de plaisanteries gaillardes. Sentencieux ou rigolards, leurs témoignages respectifs ne nous introduisent pas moins, à leur manière, dans l'intimité spontanément vécue par le couple.

Les préliminaires ne manquaient pas d'importance. Les *ragionamenti amorosi* où l'on s'attarde précèdent le moment où l'on se dévêt. La nudité a sa fascination. On cite pourtant l'exemple d'un mari (un gentilhomme florentin) incapable sans en voir le visage, de reconnaître la nudité de sa femme. Question de pudeur : certaines épouses rejoignent leur mari en chemise. Les médecins lient les bonnes grossesses et les beaux enfants à l'éveil et à l'épanouissement maximum, avant l'union, du désir féminin : *farsi ardentemente desiderare*. C'est conforter ces habitudes et ces penchants des couples pour les *toccamenti.. de la bocca... et con mano* dénoncés par saint Bernardin.

Les conteurs et les commères affichent le plus grand scepticisme sur la virginité des filles au mariage. On est bien persuadé à la cuisine, quand un valet prend femme, que « messire Laverge est entré dans Noire Motte sans verser de sang et au grand plaisir des habitants » (Boccace). La cuisine se trompe probablement quand il s'agit des demoiselles de la bourgeoisie. Mariées jeunes (seize/dix-huit ans) et fort surveillées, le château fort de leur vertu n'aura jamais ouvert ses portes avant le oui. Les premières nuits auront été traumatisantes pour ces jeunes pucelles, mariées délibérément sans aucune information. Puis les épouses acquièrent toute l'*astuzia* et la *malizia* convenables. À travers les réticences des moralistes, on devine que les couples d'alors connaissaient et utilisaient les positions qu'une longue connivence amoureuse entraîne d'elle-même. C'est ainsi que le niais Calendrino, à qui ses compagnons ont fait croire qu'il est enceint, s'en prend à sa femme : *« Non vuoi stare altro che disopra »* (Boccace).

À l'insistance des moralistes, on comprend aussi qu'une pratique s'est répandue, semble-t-il, de manière assez large (et probablement récente) au début du XVe siècle dans les villes toscanes, celle de la sodomie conjugale. Les prédicateurs incriminent la grande ingénuité de jeunes épouses totalement soumises à des gestes dont elles ignorent tout. Il faut aussi regarder du côté de l'éducation, trop féminine, reçue par les garçons, leur long célibat, etc., et rapprocher également cette pratique des procédés contraceptifs *(coïtus interruptus ?)* dont la situation démographique révèle à peu près certainement l'existence, au moins chez les femmes mûres (plus de trente ans) de la petite bourgeoisie et de l'artisanat (leurs maternités s'arrêtent bien avant leur ménopause). Les conteurs s'étendent sur les performances sexuelles des hommes, qu'ils expriment volontiers en « psaumes » ou en *Pater*, en hommage aux clercs et aux moines, champions de la catégorie. L'un de ceux-ci aurait récité six psaumes dans sa nuit et deux le matin. Excès de dévotion plus clérical que marital. Conformément aux croyances médicales véhiculées par les traditions orales et par les mémorialistes, les moments de détente heureuse consécutifs à l'acte conjugal sont vécus par l'épouse, si elle veut des enfants, dans le repos absolu : gare au simple éternuement qui ferait jaillir la semence hors du vase. Si elle n'en veut pas, libre à elle d'éternuer, qu'elle le fasse de tout son cœur et qu'elle s'agite tant qu'elle pourra. La promiscuité régnant dans les chaumières paysannes les plus pauvres – une seule pièce, parfois un seul lit familial – aura profondément changé la manière de vivre l'intimité du couple et la pudeur des enfants.

Une chambre pour chacun

Pour en revenir aux maisons bourgeoises, la multiplication des pièces y permet souvent de donner une chambre aux grands célibataires et parfois même une à chacun. Parmi l'élite bourgeoise, un nombre indéterminé mais important d'individus dispose ainsi d'un cadre pour sa vie personnelle et en dispose tôt. Ces chambres individuelles sont équipées comme celles des patrons, ou peu s'en faut : porte avec loquet et verrou, coffres à serrures (attestés par exemple dans une chambre d'amis, dans une chambre de bonne) luminaires, bancs, escabeaux, parfois icône ou foyer et, bien entendu, lit complet de toute sa literie. Elles déploient un réel confort, propre à fournir un cadre de choix à l'indépendance de chacun, sans toutefois susciter cette indépendance. Préserver et développer sa vie personnelle semble, au XVe siècle, un objectif de longue date. La multiplication des chambres vient couronner et accélérer un mouvement plus ancien. Quoi qu'il en soit, vivre à son gré dans un foyer n'est pas une utopie complète au XIVe-XVe siècle. Comment s'organise cette vie personnelle ? Alberti recommande au mari et à la femme d'avoir chacun sa chambre, pour éviter aux deux conjoints de se gêner mutuellement (maladies, grosses chaleurs, accouchements, etc.). Une porte mettra les deux pièces en communication pour favoriser la rencontre des époux sans alerter les indiscrets. La prérogative d'une chambre particulière, chauffée et silencieuse, est encore plus indispensable à un vieillard, ajoute l'auteur. Mais elle s'impose aussi et d'abord, continue Alberti, à n'importe quel chef de foyer, surtout s'il appartient à un grand lignage. La chambre est le lieu du secret où, seul en face de ses objets les plus précieux et de ses documents familiaux, le père nourrit de leur contemplation et de leur consultation sa fierté familiale et son activité. Face à ces « choses [les documents familiaux] sacrées et religieuses », le père fait, dans sa chambre, figure de prêtre accomplissant dans son temple une liturgie commémorative et propitiatoire. De la chambre pourra dépendre un bureau *(studio)*, lieu secret et sacré lui aussi, où le père, entre autres, rédigera ses Mémoires jalousement réservés à sa descendance. De l'exaltation du privé paternel dépend, dans cette perspective, le maintien de la tradition familiale dans son authenticité et sa chaleur. Alberti, à son habitude, donne à ses recommandations une emphase quelque peu théâtrale, mais ce qu'il préconise, un privé propre au père est pratiqué dès le XIVe siècle et peut-être répandu. Des pères ont leur chambre séparée de celle de l'épouse, habitude signalée dans la bonne bourgeoisie par les conteurs (Boccace) comme par les inventaires (1381). Plus tard (XVe siècle), des *studii* sont signalés dans plusieurs palais.

Ces pièces masculines n'ont pas le monopole des livres familiaux que l'on trouve – et pas forcément sous clé –, oui, dans des chambres, peut-être réservées au mari (deux fois) mais aussi dans de vastes chambres à deux ou trois lits ouvertes à tous (trois fois), dans des antichambres (une fois), parfois même dans toutes les chambres (une fois), sans aucun secret ni révérence sacrée, au moins apparent. À cette réserve près, les pères n'en ont pas moins leur retraite propre où abriter leurs papiers familiaux et d'autres livres, conservés avec ceux-ci (Tite-Live, Salluste, la *Chronique* de Villani, tous cités dans nos inventaires), et qu'on voit ces messieurs sortir des coffres, ouvrir sur les tables à écrire et lire attentivement, le samedi après-midi par exemple (Sacchetti) ou le soir. Dans leur vie courante, des chefs de famille ont donc tenu, dès le XIVe siècle, à se ménager chez eux des endroits qui les isolent, des occupations propres qui les intéressent et les cultivent, sans pourtant leur faire perdre de vue leur famille ou leur lignage, dont le souci explique souvent leur retraite.

L'épouse aussi a ses moments de solitude, parfois imposés, parfois choisis. Il lui arrive de faire chambre à part, soit de manière permanente, soit provisoirement. Les témoignages ne manquent pas sur cette retraite plus ou moins volontaire. Les plus grandes dames, comme Lucrezia, la mère de Laurent de Médicis, ont leur chambre, mais le cas se présente souvent aussi dans l'aristocratie ou la bonne bourgeoisie de Naples, de Florence ou de Venise. Il arrive que les circonstances imposent une séparation et un isolement provisoires. En cas de maladie par exemple, il apparaît normal qu'une jeune femme se fasse dresser un lit dans un lieu séparé, dans cette chambre au rez-de-chaussée par exemple, que nous avons vue réservée aux hôtes et qui est souvent inoccupée (Pecorone). Les accouchements aussi amènent l'épouse à faire, pour un temps, lit à part. Ces espaces propres qu'elles se sont donnés au sein même du couple permettent aux dames fortunées de se ménager des moments de retraite, de les répéter et de les prolonger d'autant plus aisément qu'aucun travail ne s'ajoute à leur responsabilité de ménagère. Dans la perspective de sanctification personnelle que se proposent certaines de ces patriciennes (et/ou leur directeur), la chambre, espace mystique, tient lieu de chapelle, de reclusoir et de refuge contre le monde. On l'équipe d'un prie-Dieu, on ajoute un crucifix aux icônes de la Vierge qui la décorent, et l'épouse vient y prier à genoux plusieurs fois dans la journée. C'est là aussi qu'elle cherche dans la lecture et l'oraison un refuge contre les conversations oiseuses d'après dîner. Touchée par la grâce, après une jeunesse de fornication, sainte Marguerite de Cortone s'isole dans sa chambre pour y pleurer. Il s'agit de femmes d'exception. Les autres, moins pieuses et moins hostiles au monde, trouvent à cet enclos de leur privé des usages plus humains. La chambre est d'abord le lieu des sentiments et du secret, aspect mis en valeur par les conteurs. La tonalité culturelle et sacrée soulignée à propos du mari est ici estompée au bénéfice d'une atmosphère plus sentimentale. Seule avec ses coffrets, l'épouse prend ses lettres, les relit y répond, évoque son mari lointain ou son amant : elle s'attendrit. Séparée de celui qu'elle aime, Madonna Fiammetta se retire souvent dans sa chambre : « Plus volontiers seule qu'accompagnée [...], ouvrant un coffret, j'en sortais un à un des objets lui ayant appartenu, je les regardais avec le même désir que si c'était lui ; je les contemplais encore et encore, et les embrassais en contenant mes larmes [...]. Après quoi je reprenais ses innombrables lettres et ressentais à les relire un réconfort semblable à celui que j'aurais eu à lui parler. » Mais les matrones peuplant les villes sont plus robustes et plus réalistes que celles des romans. Elles gagnent leur chambre, seules ou avec leur servante, quand elles en ont une, pour des activités plus liées à leur responsabilité : écrire, oui, à leur mari ou à leurs enfants, mais sans nécessairement larmoyer et sur des sujets où les sentiments n'entrent que pour une faible part : santé, et surtout gestion ; préparer et rédiger le courrier lié aux affaires qu'elles montent elles-mêmes, affaires parfois étonnamment complexes et nombreuses (petite spéculation sur le lin, sur des tissus, des denrées, etc.) ; étudier et débrouiller les gros problèmes de gestion qui incombent aux femmes dont le mari est absent ou aux veuves de manière plus féminine et plus privée, vaquer à tous les soins de toilette, essayages de robes compris.

Les maladies et surtout les accouchements sont les occasions, toujours dans le privé de la chambre, d'activités prises en charge par le groupe domestique des femmes : préparation de bons petits plats, de bains chauds pour réconforter l'accouchée, chansons pour l'égayer, etc. ; bien d'autres fêtes auront animé la *brigata*.

Le privé de l'épouse n'est donc pas sans évoquer celui du mari. De sa chambre, un peu son bureau, elle dirige et combine certaines activités dont elle est coresponsable avec lui (gestion du ménage, éducation) ou qui lui sont propres (menus échanges entre femmes), plus tard, la pénétration des goûts humanistes dans la chambre des dames la meublera de livres et de ces pupitres qu'on voit sur les *Annonciations* de la fin du XVe siècle. Mais, à l'image de sa chambre, plus intime et plus chaleureuse, l'épouse donne à son privé une tonalité plus domestique, plus frivole aussi (ah ! les habits, les chiffons !) ou parfois au contraire plus mystique ; plus tendre enfin, plus sensible : on y pleure davantage. Mais on sait y rire ; l'épouse dans sa chambre est plus rarement seule que l'homme dans la sienne, enfants, filles, servantes nourrices lui constituent une cour indiscrète et encombrante qui l'occupe pourtant, l'aide, la réconforte. Cela, bien entendu, dans les milieux aisés des villes. Partout ailleurs, les femmes travaillent à longueur de journée, et ces considérations sur l'espace privé les laisseraient bouche bée.

LA PLACE DES ENFANTS

Les tout jeunes enfants partagent en partie le destin de leur mère. En partie seulement, car dans la bourgeoisie les nourrissons sont exceptionnellement allaités par leur mère. On les confie à des nourrices, dont le quart à peine (23 %) sont installées chez les patrons. Dans la proportion de trois sur quatre, les jeunes enfants passent tous leurs premiers mois loin de chez eux, et même davantage puisque 53 % d'entre eux ne sont repris par leur famille qu'après dix-huit mois au moins. Un mémorialiste parlant de son père le fait même rester chez sa nourrice jusqu'à douze ans !

Tôt ou tard pourtant, s'ils ont survécu, leurs parents les récupèrent et ils réintègrent le privé familial. Ils ont leurs berceaux, simplement construits et équipés (matelas léger), et placés près du lit, ou parfois même au-dessus de lui. Il s'agit, dans ce dernier cas, d'un simple bâti de bois sommairement aménagé, suspendu au plafond par des cordons et qu'on balance comme un hamac (Simone Martini, XIVe siècle). Les pièces où les inventaires situent ces petits meubles (chambre d'amis, chambre de *cacina*, débarras), indiquent un entrepôt plutôt qu'un usage, sauf si une nourrice occupe la *camera di cacina* (chambre de bonne). Aucun des berceaux recensés dans nos inventaires ne se trouvait en tout cas dans la chambre maternelle. L'enfant n'est introduit avec son berceau dans la chambre maternelle qu'entre son retour de nourrice et le moment excitant d'aller avec les grands, en somme pour peu de temps. Les couches, les langes, le trousseau du premier âge sont plus fréquemment à portée de main de la mère (antichambre, chambre) et sous sa surveillance, comme si elle tenait à contrôler en personne, nourrice ou pas, l'état et l'usage de la layette, qui est parfois abondante (cinquante chemises d'enfant dénombrées dans un seul coffre) et soignée.

Francesco di Barberino, moraliste du XIVe siècle, prodigue mille conseils attentifs et sensibles à propos des soins à donner aux nourrissons. Mais il s'adresse à la nourrice, cette brave paysanne les suivait-elle ? Les connaissait-elle seulement ? Correspondaient-ils aux pratiques courantes dans le peuple ?

En milieu populaire ou paysan, la mortalité des nourrissons est considérable au moment des pestes (1348-1430). Dès ce moment, et plus encore à partir du XVe siècle, l'infanticide (par étouffement) n'est plus un phénomène exceptionnel, et les abandons sont devenus assez nombreux pour entraîner la création d'hospices (San Gallo, Innocenti, 1445, à Florence), générateurs à leur tour d'abandons nouveaux. Les nourrissons, surtout de sexe féminin, sont trop fragiles, trop peu désirés parfois, pour que l'attachement réel qu'on leur porte résiste aux graves contraintes de la pauvreté.

À l'égard des enfants en état de marcher et bientôt de parler, l'attitude change. C'est à leur retour de nourrice que les rejetons de la bourgeoisie prennent véritablement leur place dans le privé familial. L'existence de berceaux de différentes tailles montre que ces petits meubles n'étaient pas réservés au premier âge, mais l'enfant semble avoir eu tôt accès à un lit, qu'il partage avec ses frères, ses sœurs, un de ses parents ou toute la famille (jusqu'à six ensemble) suivant les cas, les circonstances et les milieux sociaux. Giovanni Dominici présente dès lors l'enfant comme un petit être adulé et comblé – dans les familles aisées – de soins et de gâteries ; on l'embrasse, dit-il, on le lèche, on le berce avec des chansons ; les histoires de sorcières et autres qu'on lui raconte lui font délicieusement peur, il retrouve dans son coin à jouets les chevaux à bascule, tambourins et tambours, oiseaux de bois ou de céramique bariolée, etc., tous les cadeaux d'un entourage rivalisant de gentillesse. Enfant gâté ? Certains inventaires le confirment à première vue, qui révèlent dans les coffres de la chambre maternelle de quoi magnifiquement habiller ce petit roi : vestiaire varié, abondant, solide, superbement teint et rutilant de boutons d'argent (cent soixante-dix sur les différentes pièces d'un seul vestiaire enfantin).

Mais la description de Giovanni Dominici, qui s'adresse à une très grande dame, ne s'applique apparemment, même dans la bourgeoisie, qu'à un nombre limité de familles. Les enfants d'un fourreur par exemple, d'après son inventaire, ne disposent à eux deux que d'un manteau et de quatre tuniques noires, dont une seule fourrée, et la fille d'un huissier communal n'a dans sa garde-robe, outre quatre chemises, qu'une robe d'intérieur, deux tuniques simples et une petite jupe, le tout de drap très commun. Et partout, mention rarissime de jouets coûteux. Quels que soient les sentiments qu'on leur porte, j'y reviendrai, les enfants aisés ne sont pas nécessairement gâtés, même si l'éducation s'amollit au fil du XVe siècle. Quant aux enfants du peuple, leur garde-robe est encore plus pauvre, et on ne parle jamais de leurs jouets.

L'insertion des jeunes enfants dans le privé familial s'opère donc, en règle générale, de manière simple et parfois rugueuse. L'enfant, bien entendu, a ses jeux et ses jouets sans prétention, et l'on ne lui refuse pas la tendresse. Mais comme il partage très tôt la chambre et même le lit de ses aînés, il en partage les occupations et les soucis. Plus il est pauvre, plus tôt cesse l'insouciance de l'enfance : on voit dès six/huit ans des petites filles placées comme bonnes.

Ajoutons une dernière ombre au tableau (orienté) de Giovanni Dominici à propos même de l'élite la plus favorisée. Attention, disent certains experts de l'époque, à l'attachement de l'enfant pour sa nourrice, cette petite maman affectueuse et empressée, si l'on continue à le lui confier après le sevrage. Cet attachement pourrait affaiblir l'amour naturellement porté à la mère et l'affaiblir durablement.

Adolescents et « jeunes »

En grandissant, garçons et filles prennent de la personnalité ; beaucoup travaillent jeunes. Ils gagnent de l'argent. Tout en restant au foyer, ont-ils l'occasion d'y vivre de manière plus indépendante ?

Les jeunes célibataires n'ont pas tous droit à un lit personnel. On voit – mais c'est un cas particulier – trois jeunes ermites florentines partager la même couche (où se glisse un soir une quatrième personne : leur confesseur). La pratique du lit partagé est fréquente chez les pauvres et à la campagne. Cela étant, avoir son lit semble chose courante jusque chez les artisans. Les exemples en abondent chez les conteurs. Catherine de Sienne, fille de teinturier et vingt-quatrième enfant d'une famille de vingt-cinq, a son lit personnel dès quatorze ans au moins, et tant mieux pour les sœurs dispensées de partager sa couche, car elle en a remplacé le matelas par des planches. Dormir seul dans son lit n'est pas toujours synonyme d'isolement, si plusieurs lits sont dressés dans la même pièce. L'huissier communal dont nous connaissons l'appartement en 1390, et qui dispose de deux chambres, a installé ses trois lits dans l'une d'entre elles, dont un seul avec courtines. Sainte Catherine elle-même partage quelques mois la chambre d'un de ses frères. Mais les jeunes gens cherchent à être seuls et ils obtiennent satisfaction. Catherine finit, sur son insistance, par obtenir une pièce isolée dont sa déplorable obstination à refuser tout mariage l'avait seule privée à titre de sanction ; nombreux sont les jeunes filles et les jeunes gens, en ville et parfois en milieu rural, à disposer comme elle de leur chambre personnelle. Cette heureuse conquête est aussi propice à l'épanouissement d'une vie spirituelle intériorisée qu'à celui d'une vie sentimentale. Des enfants prennent très jeunes l'habitude d'une prière personnelle (Agnès de Montepulciano, Catherine de Sienne), tandis que d'autres, parmi leurs aînés, récitent à deux, en secret, ces autres psaumes dont parlent les conteurs. Enfin, c'est là, en ville comme dans leur propriété de campagne, que les jeunes humanistes rangent et utilisent leurs livres et leur écritoire.

Cette amorce d'un privé juvénile ne démembre pas le privé familial. Les grands enfants sont mis à contribution par leurs parents, ils rendent des services. Sainte Catherine, à sept ans, est envoyée faire des commissions ; à treize ans, on la met à la cuisine (par brimade) ; dès qu'elle en a la carrure, elle arpente les deux volées d'escalier de son domicile, portant sur l'épaule jusqu'au grenier les fardeaux qu'a déchargés sur le seuil un roncin ou un âne. Pour Francesco di Barberino, il est normal qu'une fille de marchands (même riches) collabore à toutes les activités ménagères auxquelles une maîtresse de maison met la main, c'est-à-dire (précise Paolo da Certaldo) faire le pain, cuisiner, laver, faire les lits et tous les travaux de fil, de toile et d'aiguille, filer, coudre, broder des aumônières, comme les filles de chevaliers ou de juges. Quant aux filles du peuple, paysans ou assimilés, leur travail sera celui d'une servante, ni plus ni moins. Les garçons aussi sont susceptibles d'être utiles. Petits commissionnaires pendant leur enfance, ils prennent ensuite plus d'autorité. Morelli raconte avec éloge l'histoire d'un sien cousin, un garçon de douze à quatorze ans, capable d'assurer seul toute l'intendance de la famille, quand les vingt personnes qui la composaient s'étaient réfugiées de Florence à Bologne, au moment d'une peste.

Naturellement, les services, la vie courante, la vie professionnelle même sont contrôlés par les parents. Toutes les initiatives domestiques, même purement privées (emplacement d'un lit, dormir sur une terrasse) sont soumises à l'autorisation parentale. Surtout quand il s'agit des jeunes filles, dont la chambre, le lit, le verrou, la coiffure, les occupations domestiques, tout est réglé par les parents (sainte Catherine de Sienne). Il en va de même pour le choix du métier : les contrats d'apprentissage sont conclus par le père et certainement décidés par lui. Plus généralement, c'est vrai aussi pour la gestion de la fortune appartenant au fils, quel que soit le moyen d'appropriation de cette fortune : don, salaire, héritage, achat ; de tout cela, la *paterna potestas* permet au père de contrôler la gestion et l'usage. Encore que l'émancipation vienne souvent atténuer ce pouvoir.

La pression familiale s'accentue au moment du mariage. L'enjeu est trop important pour laisser libre champ à la décision purement privée de l'intéressé. Première question : se marier ou pas ? Dans la réponse, pense-t-on constamment, la famille a largement son mot à dire. Beaucoup de garçons (au moins dans les milieux fortunés) sont réticents à prendre femme : c'est trop coûteux, trop fastidieux, trop lourd. Alberti, qui déplore cet état de choses, prêche la fermeté : « Il faut induire la jeunesse à prendre femme par la persuasion, les raisonnements, les récompenses ; par tout argument, moyen, artifice. » Suit tout un plan de discours fort bien argumenté. On devine les innombrables discussions, emportements, larmes dont les foyers auront été les témoins à ce sujet. Pour les filles, on prend moins de gants. Quand Catherine fait part à sa mère de son vœu irrévocable de chasteté et lui montre ses cheveux coupés ras, Monna Lapa manque s'étrangler de fureur. C'est l'indignation générale : reproches et brimades pleuvent quotidiennement. On l'avertit : « Ton cœur devrait-il se briser, tu te marieras. » C'est alors qu'on la prive de chambre, de serrure, de liberté, qu'on l'expédie comme souillon à la cuisine. Autant que la fille, la famille est en jeu : la petite est parfaite, tout permet d'espérer une alliance flatteuse, un « grand gendre ».

Une fois acquis – ou arraché – l'accord de l'intéressé, reste à résoudre la seconde question : avec qui ? Autre sujet de conciliabules et d'interventions. Mais il s'agit ici de l'ouverture du privé familial au monde des autres, et nous y reviendrons.

Il y a des occasions, malgré tout, où les grands enfants célibataires parviennent à assouplir ou à relâcher l'autorité parentale, et où ils récupèrent partiellement leur autonomie ou bien sont associés à l'exercice de l'autorité du *pater familias*. Au plan théorique, l'opinion générale, peu à peu corroborée par les statuts urbains (malgré la lettre de la loi romaine), reconnaît au fils une participation au *dominium* (exercice de l'autorité) sur le patrimoine paternel. Au plan pratique, la chose est encore plus marquée. Dans les milieux ruraux, les fils sont associés au père dans la rédaction des contrats, de métayage par exemple, et dans la gestion. Les frères interviennent et prennent parfois vigoureusement parti au moment du mariage de leurs sœurs (comme le font à Sienne ceux de la jeune Catherine). Le seuil est ici situé à quatorze ans, âge auquel le garçon peut s'engager ou s'associer à des responsabilités, dans les assemblées villageoises par exemple. Et puis, ils trouvent appui les uns sur les autres. Il existe une connivence entre sœurs, entre frères. Bref, en grandissant, les enfants cherchent à se forger un privé qui ne soit pas seulement le refuge de la chambre close, mais l'exercice autonome de responsabilités.

Malgré les freins de la coutume et les réticences des parents, les garçons accèdent en partie à cette forme supérieure du privé. Les tentatives jaillissent de toutes parts : piété, sexe, travail personnel, alliances matrimoniales. Elles ne sont pas toutes couronnées de succès. Elles aboutissent plus facilement quand les jeunes peuvent se joindre à d'autres groupes qui constituent autant de privés de remplacement : les confréries, les bandes de jeunes, l'apprentissage des boutiques. Ces groupes mal connus, mais nombreux, contribuent par leurs rites, leurs chahuts, à intégrer les garçons dans d'autres communautés privées et, par là, peu à peu, dans cette autre communauté supérieure qu'est la grande collectivité urbaine. Pour les filles, l'espérance d'une émancipation active est faible, quasi nulle. À moins qu'elles ne se réfugient dans la prière, le mysticisme ou cet acte libre qu'est le refus du mariage. Cette situation est accentuée par le courant misogyne toujours vigoureux dans beaucoup de ménages traditionnels, et illustré par divers mémorialistes (Paolo da Certaldo et d'autres). La fille doit vivre, bien sûr, et son aspect vestimentaire ne pas porter tort à la maison. Mais inutile de la gaver, et pas question qu'elle sorte, sauf circonstances précises et calibrées. Tel est du moins le principe, un principe largement partagé, et pas seulement dans les milieux bourgeois.

Vieillir chez soi, et chez les autres

La vieillesse est une réalité changeante pour les contemporains. Dante la fait commencer à quarante-cinq ans. Palmieri, à cinquante-six : il parle auparavant de *virilità*. Cela en ce qui concerne la vieillesse, qui constitue le début mais non pas le terme du déclin. La vraie vieillesse, la nôtre, le quatrième âge, la décrépitude (terme de l'époque), se situe pour Dante à soixante-dix ans, ce qui est aussi l'opinion de Palmieri. Adopter pour définir la vieillesse quarante-cinq ou même cinquante-six ans, c'est largement mordre sur la population des pères et même des jeunes pères, puisque la fourchette des âges des pères dont les bébés ont moins d'un an, dans la Toscane de 1427, va de trente à cinquante ans et que leur âge moyen est de quarante ans. À cinquante-six ans, un homme commence à peine à connaître les enfants de ses fils, ses petits-enfants du nom et du lignage. Déplaçons donc l'objectif sur les individus plus vénérables, sur ceux de soixante-cinq/soixante-dix ans et plus, les véritables vieux qui cristallisent vraiment les sentiments et les attitudes suscités par le grand âge.

Leur nombre n'est pas très élevé (3,8 % de la population à Prato en 1371, 4,8 % à Florence en 1480), mais les circonstances les favorisent par moments, et ils représentent 10 % des paysans toscans en 1427. À cette date, leur présence se fait surtout sentir dans le peuple et la petite bourgeoisie, où leur proportion atteint et dépasse 11 %, et elle est plus discrète dans les milieux opulents où elle plafonne à 3-4 %. Mais leur nombre n'est pas à la mesure de leur rôle familial, surtout dans les milieux vraiment aisés ainsi qu'à la campagne. Dans ces deux cas, le vieillard, toujours chef de la famille, dirige souvent des feux étendus, où cohabitent avec lui un ou plusieurs ménages d'enfants, voire de petits-enfants. À l'égard de ces patriarches, les mémorialistes comme Alberti affichent un grand respect et encouragent vivement à les questionner, à les écouter, à leur obéir en raison de leur expérience. Ils insistent aussi pour qu'on soigne le confort de leur chambre. Dans la réalité, l'attitude de la famille à l'égard du vieillard est plus ambiguë, et le respect, par moments, battu en brèche. Sa femme, souvent épousée en secondes noces et jeune, peut se lasser d'un homme pas très fringant, parfois répugnant et naturellement jaloux, à en croire le succès chez les conteurs (Boccace, Sacchetti) de ce rôle de répertoire. Le changeur Lippo del Sega, alors âgé de soixante-quatre ans, enregistre avec dépit dans son mémorial les injures dont l'abreuve sa jeune épouse qui le traite de *vecchio rimbambito* (vieux gâteux) et déclare, dit-il, que « *il cesso dove ella cacava era più bello* […] *que la mia bocca* ». Quant aux enfants, la tutelle interminable de ce fossile finit souvent par leur peser, et les documents abondent sur les tiraillements que cette situation entraînait dans les foyers. Mais le quotidien des vieillards est plus paisible ; l'âge, comme partout, les rend loquaces, et ils auront animé bien des veillées au coin du feu, mieux que ne le fait, chez Alberti, porté par la flagornerie générale, cet intarissable raseur de Giannozzo.

La situation des vieilles femmes est certainement plus dure. Les veuves jeunes ont du pouvoir et de l'autorité, qu'elles doivent pourtant partager avec les tuteurs de leurs enfants, souvent les frères mêmes du mari. Mais elles sont peu nombreuses : les foyers dirigés par des veuves de moins de trente-huit ans ne représentent à Florence, en 1427, que 1,6 % du total des feux, et pas même 1 % à la campagne. La position des veuves à la tête du ménage se détériore quand elles sont âgées, cas de beaucoup le plus fréquent. Toujours à Florence, les feux dirigés par une veuve de plus de cinquante-huit ans constituent 8,4 % des feux urbains et encore 5 % des feux ruraux. Or, ces foyers n'ont pas la consistance des autres : ils contiennent à peine deux personnes, et leur patrimoine moyen (en ville) est extrêmement bas (200 florins environ contre 800 florins pour les foyers masculins). Vieillir, pour une femme, c'est affronter le veuvage (46 % des Florentines sont veuves à soixante ans, 53 % à soixante-cinq ans, 75 % à soixante-dix ans), l'isolement et la pauvreté, sauf si l'on trouve un abri chiche au foyer d'un fils. Écoutons une vieille se confier à une jeunesse : « Une fois vieille, à quoi diable sommes-nous bonnes, sinon à remuer les cendres du foyer ? Quand nous vieillissons, nous autres femmes, ni mari ni personne ne veut nous voir ! On nous expédie à la cuisine, passer en revue les pots et les casseroles et débiter nos sornettes au chat. Et ce n'est pas tout. Des chansons se paient notre tête : les bons morceaux à Jeanneton, les vieilles croûtes aux vieux croûtons, et s'il n'y avait que ça ! » Vieillir, pour une femme, c'est voir se démembrer progressivement autour de soi le privé domestique. C'est au moins, dans le foyer qui vous accueille, se sentir importune, délaissée, objet parmi d'autres, sans qu'une tendresse intacte éveille d'échos. Plaintes fondées ? Jérémiades sans raison ? Comment le savoir ? Les souffrances de la faim et du froid sont souvent bien moins dures que les blessures et les déserts de l'affection.

Le privé des serviteurs

La famille, dit Alberti, comprend les domestiques et les serviteurs. Les ménages bourgeois n'en emploient à Florence, au XVe siècle, qu'un effectif réduit, bien inférieur à la marée domestique qui envahira les foyers au XVIe siècle (16,7 % de la population florentine en 1552). Les grands palais renaissants, en particulier, ne mobilisent qu'une équipe très légère. Si le service de la vaste famille élargie de Giovanni Rucellai requiert dans son palais une bonne demi-douzaine de personnes (et cinq pour Francesco Datini), un foyer normal, même dans la haute bourgeoisie, se contente de deux à trois domestiques, chiffre que l'on trouve chez les médecins et les notaires, les juges et les marchands. Plus bas dans l'échelle sociale, artisans, boutiquiers, revendeurs, tous gens du *popolo medio*, n'ont à leur service qu'une seule personne, généralement une servante. À Pise, en 1428-1429, les grosses domesticités sont encore plus rares ; mais, là encore, on les réserve avant tout au service de la maison. Nombreux ou rares, les domestiques n'en marquent pas moins de leur présence constante beaucoup de foyers. Comment s'y intègrent-ils ?

Leur jeunesse est un atout. On a pu calculer qu'à Florence, en 1427, parmi les serviteurs connus, 40 % des hommes (456) et 39 % des filles (280) avaient entre huit et dix-sept ans. Des domestiques aussi proches en âge des enfants de la maison sont traités comme eux : avec sévérité – on les bat –, mais autant que possible avec justice, voire avec magnanimité – ne pas les rosser pour des peccadilles, leur pardonner. Telles sont au moins les consignes des mémorialistes (Paolo da Certaldo, Alberti, Giovanni Rucellai). Différentes tâches attendent ces jeunes gens. Cette diversité est soulignée par le vocabulaire qui distingue *famulus, domicellus, fante*, nourrice, camériste, *ragazzo*, et il est probable qu'elle entraîne une pénétration inégale de chacun d'entre eux dans le privé familial. S'agissant des servantes, là où un ménage en aura engagé plusieurs, la caméristе sera par définition plus proche que les autres du privé de sa maîtresse. Mais cette distinction est sans objet dans les familles où l'on n'emploie qu'une bonne à tout faire, et ce sont les plus nombreuses. Qu'elles soient caméristes ou servantes, dès qu'elles atteignent quinze ans, et jusqu'à trente ans (catégorie la plus nombreuse), la maîtresse de maison (mariée à dix-huit ans environ) trouve en elles des compagnes de son âge dont il est tentant de faire des confidentes quand le destin vous confine dans un espace sans horizon et sans ouverture, et qu'on le partage avec un mari bien vieux, bien sévère et bien souvent absent. Confidentes, complices aussi dans les escapades sentimentales de la patronne ; mais il s'agit des ragots habituels aux conteurs et dépourvus de toute consistance statistique. Familière ou respectueuse, la caméristе ou la servante, constamment requise d'assister sa maîtresse dans ses moments les plus intimes – toilette, bains, essayages –, est en tout cas la compagne attitrée du privé proprement féminin.

À Florence, à la fin du XIVe siècle, les maîtres aisés logent convenablement leurs domestiques, à qui une chambre est souvent réservée près de la cuisine ou ailleurs dans la maison. Cette chambre sert parfois conjointement de débarras ; l'on peut y entasser les objets les plus hétéroclites (provisions, vieux meubles, bois, matériaux bruts, etc.), et des pétrins et autres meubles lui donnent un air d'office. Mais elle est toujours équipée d'un lit, lui-même pourvu d'une literie complète (comme celle des patrons) et souvent de sièges. Cette literie et tout le linge des domestiques (draps, serviettes, nappes) sont plus rustiques et souvent plus usés que le linge des maîtres, et la maîtresse de maison les range dans ses coffres et en contrôle elle-même l'usage, mais il n'y faut voir aucune brimade particulière : les enfants aussi sont traités simplement, et la patronne tient sous clé tout le linge de la maison.

Surveillés, éventuellement châtiés, les domestiques n'en ont donc pas moins droit à de la gentillesse, à des égards. Des liens d'affection réciproques se nouent, avec les nourrices notamment. Des serviteurs s'attachent, vieillissent au foyer, et le maître n'oublie pas de récompenser cet attachement dans son testament en ajoutant aux quelques lires habituellement éparpillées entre ses familiers des dispositions spéciales en faveur des vieux fidèles : vêtement de beau tissu, pièces d'or, parcelle de terre. Il lui arrive même de prévoir pour eux le vivre et le couvert perpétuels au foyer des héritiers, traitement qui rappelle celui même des veuves. Pour entretenir cette concorde entre maître et domestiques, et comme ils le font pour les enfants, les moralistes sont prodigues de conseils déontologiques à l'intention des uns et des autres. Francesco di Barberino insiste sur les devoirs de la *cameriera* si dangereusement introduite au cœur du privé domestique : qu'elle soit déférente, propre, chaste, franche (pas de flatteries à la patronne), attachée aux enfants et avant tout discrète, discrète, tellement discrète !

Bonne volonté mutuelle et mises en garde ne balaient pas toutes les difficultés. L'insertion des domestiques dans le privé est trop artificielle pour s'opérer sans histoire et pour durer. Les dispositions empreintes de bonté prises par les maîtres et indiquées plus haut cachent parfois le simple devoir – rappelé par le confesseur – de s'acquitter de gages impayés depuis des années. Bien d'autres frictions étouffent, sans toujours l'éteindre, l'affection entre maîtres et valets. Les griefs pleuvent de la part des maîtres, et les domestiques incompétents, paresseux, sournois et chapardeurs encombrent les conversations et les correspondances (chez Margherita Datini, par exemple) ; les jolies servantes sont trop coquettes (au jugement de la patronne), les « vieilles guenons » qui les remplacent trop hideuses (au jugement des patrons). Aux maîtres, les domestiques, s'ils écrivaient, reprocheraient brutalité, pingrerie, lascivité, et j'en passe. Des rancunes se font jour, et rancissent : « Je le verrais pendu au gibet, je ne donnerais pas un liard pour son rachat, à ce fieffé menteur [...] pétri de vices et de sournoiserie », écrit d'un serviteur Margherita Datini exaspérée. De maître à serviteur, la défiance en définitive semble l'emporter (d'un côté comme de l'autre), à en juger par la facilité avec laquelle on change de domestique (ou de maître). En principe, un domestique s'engage par contrat notarié, lequel prévoit la durée du service, qui peut aller jusqu'à six ans (cas le plus fréquent à Gênes). Dans la réalité, le contrat n'est ni partout pratiqué ni partout respecté. Sur trente engagements connus au XVe siècle par les *ricordanze* de trois familles florentines, quatre seulement dépassent un an. Les servantes (il s'agit d'elles surtout) restent normalement en service entre trois et six mois, le séjour type (médian) étant de quatre mois.

Dans ces conditions, le service domestique, assuré en majeure partie par des mercenaires, entraîne pour les maîtres l'incursion successive dans leur privé intime – la chambre – de témoins sans bienveillance dont l'indiscrétion peut colporter bien des secrets. D'où les clés, dont le trousseau ne doit pas quitter la ceinture de la patronne, les coffres, d'où ce privé individuel de la chambre de chaque époux. Restent les secrets des sentiments et ceux des corps, offerts à l'indiscrétion, aux commentaires, aux commérages de dizaines de voyeurs éphémères (une servante assiste au bain et au coucher des nouveaux époux – nus l'un et l'autre – d'une fresque de San Gimignano). Les maîtres s'en préoccupent pour leurs sentiments et leurs aventures, qu'ils souhaitent étouffer, mais ils semblent indifférents aux ragots éventuels sur leur nudité. Les vrais secrets sont ceux des familles et des fortunes.

Les esclaves domestiques

Une catégorie inférieure de serviteurs *(servi)* coexiste dans les grandes maisons avec les domestiques libres, ce sont les esclaves, ne les oublions pas. Ces esclaves (orientaux) sont aussi employés dans les campagnes siciliennes et espagnoles, mais la gestion et l'ostentation domestiques les ont plus largement introduits dans le privé du ménage urbain. Un recensement dénombre à Gênes, en 1458, plus de deux mille de ces infortunés. Or, il s'agit de femmes, dans une proportion écrasante (97,5 %), presque toutes employées comme servantes dans les familles, où on les préfère souvent aux servantes libres pour des raisons d'économie (le prix d'achat des plus coûteuses ne dépasse pas six années de gages d'une servante normalement payée). À Venise, à Florence, ailleurs en ville, les esclaves sont nombreuses et généralement utilisées, là aussi, comme servantes.

Acheter et héberger une esclave n'est pas sans conséquence dans le privé. Au moment de leur acquisition, ces malheureuses sont encore jeunes (parmi les 340 esclaves achetées à Florence – et enregistrées – de 1366 à 1397, 40 % n'ont pas vingt-trois ans) et totalement désemparées ; chacun à la maison les morigène, chacun les bat (patron, mère, grands enfants), et les témoignages de procès où elles comparaissent les montrent vivant souvent dans la crainte des coups. Puis les mois passent et, malgré les coups, elles prennent plus d'assurance et plus de place, dans la mesure surtout où elles s'introduisent plus étroitement dans le privé de leur maîtresse. Sans échapper à la tutelle générale, les femmes esclaves sont en effet attachées avant tout à l'épouse. Une coutume tacite, répandue dans certaines villes (Frioul, Raguse), impose aux femmes aisées de s'attacher une esclave, et là où la coutume n'est pas aussi impérative, à Gênes ou à Venise, l'esclave-servante est un élément essentiel du prestige des nobles et riches matrones. À vivre quotidiennement avec leur maîtresse, ces humbles compagnes s'introduisent plus avant dans son intimité. Naturellement, les travaux les plus dépréciés et les plus fatigants sont pour elles et non pour la servante éventuelle. Mais on peut leur confier des occupations plus pacifiques, comme la couture, qui entraîne la causerie. Certaines sont prises comme nourrices. En 1460, une certaine Marie, esclave de boutiquiers florentins, est laissée seule à la maison à longueur de journée. On la voit pénétrer seule, à plusieurs reprises, dans la chambre de sa patronne ; elle sait où est dissimulé le coffret à bijoux et met facilement la main sur sa clé. On la sent totalement familière avec ce sanctuaire du privé domestique – la chambre – sans rencontrer la défiance de ses maîtres. Ceux-ci parfois s'entichent d'une esclave dévouée et diligente au point de s'en remettre largement à elle pour la gestion de leur ménage. Alessandra Strozzi plaisante à plusieurs reprises son fils Philippe à ce sujet (1463).

Au sein du privé familial, il arrive à l'esclave, à elle aussi, de se façonner un privé personnel, entreprise facilitée par la durée de son service qui, si elle n'est pas revendue, peut l'attacher pendant de longues années à une même famille, contrairement aux servantes libres (mais ce n'est pas toujours le cas). On peut lui attribuer un logement particulier. Beaucoup d'esclaves sont reléguées sous les tuiles, dans un galetas encombré de provisions et de meubles hors d'usage (Florence, 1393). Solution déjà préférable, on peut aussi les faire camper dans la salle où leur couche (non décrite : en ont-elles une ?) jouxte bûcher et matériaux de construction (Florence, 1390). Notons du moins qu'elles y dorment seules. D'autres ont droit à un logement plus décent, à une vraie chambre. « Ma chambre », disent-elles. Dans cette pièce privée, on voit l'une d'elles (Florence, 1450) serrer ses propres vêtements. Il s'agit d'effets simples, bien entendu, mais identiques aux habits domestiques des patronnes, mis à part leur vétusté et leur tissu. Cette même jeune femme dispose en toute indépendance de sa garde-robe qu'elle utilise, range et peut même démembrer. On la voit aussi déambuler à travers la ville, échanger des visites avec des amis – libres ou affranchis – sans avoir à rendre de comptes à personne.

Cette présence enkystée dans leur intimité indispose pourtant bien souvent les ménages. Ils supportent mal un comportement étrange, parfois hostile, et qui exprime des goûts, des options, un secret, des révoltes, inquiétants, qui exprime aussi la quête d'un privé indocile qui tranche sur le conformisme habituel des autres membres du foyer. Le traumatisme qui a marqué la capture, puis le déracinement des esclaves, a perturbé le caractère de beaucoup d'entre eux. On ne le leur pardonne pas. On condamne ce que leur comportement a d'exotique. On leur reproche les lacunes d'une éducation qu'ils n'ont jamais eue, leurs chapardages, leurs mensonges, leurs querelles... leur odeur. Enfin, les épouses s'effraient des ravages exercés sur les sens de leur mari par ces corps jeunes chargés de tout l'attrait de l'exotisme : entre le quart et le tiers des enfants confiés aux hospices florentins de *trovatelli* (enfants trouvés), vers 1430-1445, sont des fils de femmes esclaves, et donc aussi des bourgeois, leurs patrons. Il n'est donc pas possible de maintenir à longueur de vie chez soi, dans une dépendance privée de type enfantin, des adultes avides d'une autonomie, d'un privé qui ne peut finalement s'exprimer que dans la séduction, la contestation, la violence ou, phénomène fréquent, la fuite. Beaucoup d'esclaves, en fin de compte, sont affranchies.

Les autres solidarités privées

Le privé élargi : un programme

Dans les milieux aisés – aisés et pas seulement aristocratiques – et surtout en ville, le sentiment du privé déborde du ménage sur la parenté. Cette connivence particulière, renforcée d'affection, se manifeste plus vigoureusement à l'égard du noyau des frères, des cousins germains *(fratelli germani)*, des oncles, des neveux en compagnie desquels s'est souvent écoulée, dans un même foyer élargi, une partie de l'enfance. C'est à eux – frères et intimes – que l'on réserve le deuil, porté en noir par les veuves, les frères, les belles-sœurs. Mais cette entente dépasse ce noyau privilégié. Alberti et les autres mémorialistes toscans – dont les *ricordanze* tout entières sont autant de célébrations vouées à leur *gens* – en apportent à tout instant la preuve.

À Florence, à Gênes, à Bologne, partout, beaucoup d'éléments entretiennent cette union entre parents et la symbolisent en même temps, éléments qui ne fléchissent pas tous au XIVe-XVe siècle, bien au contraire. Un nom de famille (attribut toujours plus répandu) distingue les lignages, comme un label attestant leur communauté de sang. Un petit stock de prénoms se transmet dans le lignage (ou dans la branche, segment du lignage) au fil des générations, chaque prénom étant censé apporter au nouveau-né le souvenir et plus encore la force vitale du *consors* qui le portait antérieurement. Un blason commun au lignage et qui décore tout – armes, habits, maisons, chapelles, garnitures d'autels, catafalques, bannières – rappelle à chacun l'ancienneté (supposée), la puissance, la valeur de cette maison. Des terres, des immeubles, des biens hautement symboliques (tours, places, ruelles, chapelles, patronages d'église), possédés en commun, maintiennent une solidarité sans grande importance sur le plan économique (le reste du patrimoine s'est divisé au fil des successions) mais capitale pour la conscience de soi qui est celle de la parenté. Le lignage possède enfin, dans l'église où vont ses dévotions et toujours décorée du fameux blason, des autels, des chapelles, des tombeaux qui cristallisent la dévotion familiale autour des mêmes saints, des mêmes cérémonies, des mêmes défunts. Pour couronner le tout, le souvenir des ancêtres communs ne meurt pas chez leurs descendants (fort éloignés les uns des autres à mesure que passent les générations), et tous les moyens sont bons au XIVe-XVe siècle pour le raviver et pour l'entretenir. À Florence notamment, les mémorialistes rivalisent à qui remontera plus loin sur la trace du premier ancêtre connu. Giovanni Morelli par exemple ouvre ses Mémoires *(ricordi)* – inaugurés par lui vers 1400 – par l'évocation d'un ancêtre vivant en 1170 et dont il va jusqu'à nommer l'arrière-grand-père. Et les maisons commencent à se peupler, après 1450, de portraits d'ancêtres réalisés en peintures et en bustes, auxquels s'ajoute, après 1480, un nombre « infini » (Vasari) de masques mortuaires accrochés partout – sur les cheminées, les portes, les fenêtres, les corniches, etc. –, masques « si naturels qu'ils en paraissaient vivants ». Tous ces visages qui animent, épient et démultiplient le privé étroit de la demeure renvoient chacun, en permanence, de cette petite cellule au plus vaste corps qui l'englobe, au lignage.

La parenté rapproche ; elle crée des solidarités ; mais pas nécessairement d'intimité. Dans le lignage étendu, il y a des cousins qu'on ne voit jamais et qui ne participent que marginalement ou par à-coups à votre privé. La solidarité lignagère n'est pas constamment génératrice d'intimité privée. Au contraire, des amis qu'on voit constamment ou des voisins tout proches sont plus immédiatement et plus normalement accueillis dans le privé. Il convient donc de définir plus précisément, dans le stock, si l'on peut dire, des candidats possibles à l'intimité de ce privé élargi, ceux qui y pénètrent réellement ainsi que les lieux et les occasions de cette intimité.

La prévenance, la familiarité, le cœur à cœur – qui amorcent (sans s'y identifier tout à fait) la véritable intimité privée –, il faut les étendre le plus largement possible parmi les candidats présentés plus haut. C'est ce qu'affirment, avec un bel ensemble, les mémorialistes florentins du XVe siècle. Obsédés comme ils le sont par les problèmes fiscaux et par les aléas d'une politique régie par un petit nombre de familles, la constitution d'un réseau étendu de solidarités proches et affectueuses leur semble le meilleur rempart contre l'arbitraire et les retours de fortune. Giovanni Rucellai se fait avec éloquence l'avocat de cette manière de voir (extrêmement répandue) dans le mémorial qu'il rédige à l'attention des siens : « Dans notre ville de Florence, je vous dois cet avertissement indispensable, on ne conserve pas ses richesses sans des difficultés immenses [les impôts !] [...]. Je n'y vois pas d'autre remède pour s'en défendre que de bien se garder de se faire des ennemis – un ennemi est plus nocif que quatre amis ne sont utiles ; en second lieu, d'être en bons, en excellents termes avec ses *consortes* [gens du lignage], ses alliés, ses voisins et l'ensemble des personnes de son gonfalon [quartier] ; de tous ceux-ci je n'ai eu qu'à me louer ; ils m'ont toujours servi dans les dégrèvements fiscaux obtenus dans le gonfalon, ils m'ont aidé et ont eu compassion de moi. Et, à cette occasion, les bons amis et les parents dévoués sont bien utiles : ils te maintiennent la tête hors de l'eau quand tu vas sombrer et te sauvent du péril [...]. Et pour être dans les meilleurs termes avec citoyens, parents et amis, je vous exhorte, mes chers fils, à être bons, justes, honnêtes, vertueux et à vous adonner aux bonnes œuvres... pour vous faire aimer. Je ne vous exhorte pas moins à servir avec la plus grande libéralité vos amis vraiment justes, honnêtes et bons. Je n'hésiterais pas à leur faire des prêts, ou des dons, à leur faire totalement confiance, partageant avec eux tous mes projets, mes pensées, mes réussites et mes échecs (sans négliger d'acquérir des amis nouveaux) [...]. Il me reste à vous parler des demandes de service que pourraient vous adresser, cela arrive tous les jours, les gens de votre lignage. Mon opinion est que votre devoir est de les aider, pas tant de votre argent que de votre sueur, de votre sang, de tout ce qui se peut, jusqu'à votre vie, quand il y va de l'honneur de votre maison et de votre lignage. »

L'homélie continue, apportant des nuances à ce qui précède, mais le sens du passage est clair. Leur intérêt bien compris (se défendre mutuellement contre le fisc) conduit les foyers à dépasser les simples relations de courtoisie pour multiplier autour d'eux les liens plus étroits, plus chaleureux, plus existentiels, dans et hors de la famille large. Ces liens sont tout spécialement intimes avec le lignage *(casa)*, digne sans exception qu'on lui sacrifie tout, et avec les amis les plus proches, dignes qu'on leur confie tout. Mais être « dans les meilleurs termes » avec les autres (citoyens, alliés, autres amis), c'est les traiter, eux aussi, avec une grande intimité, les introduire – par un repas, une confidence, une série de lettres ou de visites – dans la vie privée. Ce projet de vie est défini par un grand et riche marchand. Mais il se forme dans un milieu où les problèmes fiscaux, politiques qui harcèlent ce marchand sont les mêmes pour tous (ou presque). À le lire, on prend conscience de l'intérêt toujours plus actuel qu'ont tous les ménages à ouvrir largement leur intimité autour d'eux pour faire d'un solide privé élargi un rempart contre une envahissante sollicitude publique.

Cela étant, ce programme – aussi justifié soit-il – n'est qu'un projet, un souhait de réalisation difficile, plein d'abnégation et évidemment utopique. Les occasions d'élargir spontanément son espace privé et d'ouvrir à d'autres son monde privé ne manquent certes pas dans la vie courante, mais elles sont à la fois plus simples, plus modestes, plus sélectives et souvent plus discontinues. Commençons par elles avant d'examiner le gonflement du privé qu'auraient éventuellement entraîné les nécessités fiscales ou autres.

L'espace du privé élargi

La simple configuration de l'espace urbain et celle aussi de l'espace villageois sont favorables à l'établissement de liens privés élargis unissant divers foyers du même lignage ou de lignages différents. Ces lieux du privé élargi favorisent d'abord la noblesse et les magnats. Depuis longtemps, dans les cités italiennes, les grandes familles ont construit leurs tours, puis leurs maisons dans un espace restreint qu'elles ont chacune colonisé et souvent fortifié. Le groupe familial s'enracine dans un quartier. Cette disposition et la solidarité de voisinage qui en résulte ne sont brisées, au XIVe-XVe siècle, ni à Florence – où les maisons des grandes *casate*, rassemblées souvent autour d'une tour, d'une église, d'une *loggia*, d'une placette, restent étroitement proches les unes des autres –, ni à Pise, ni à Sienne – où les *castellari*, ensembles d'édifices formant bloc, fortifiés et groupés autour d'un palais, continuent à abriter au XIVe siècle les principales *consorterie* (autour d'une cour centrale) –, ni à Gênes – où les *alberghi* (grandes familles et leur clientèle) ont toujours, au Quattrocento, leurs demeures urbaines concentrées à l'intérieur d'un quartier déterminé souvent étroit –, ni dans la banlieue de Gênes, où ces mêmes familles tiennent également à maintenir un voisinage aussi strict pour leurs résidences rurales, construites en banlieue : en 1447, les Spinola disposent de dix-huit demeures à Quarto. Des familles paysannes imitent les nobles : on peut repérer dans certains villages toscans de véritables hameaux ou quartiers villageois peu à peu construits au XIVe siècle, par les lignages qui s'élargissaient, pour leur permettre de rester groupés.

Des cellules individualisées, parfois réellement isolées – par des murailles ou par un dédale de ruelles –, se sont ainsi formées, et elles conservent encore pour la plupart, au XIVe siècle, leur caractère et leur originalité, à Gênes, à Sienne et dans les vieux quartiers de Florence. Une solidarité faite de familiarité, de connivences, d'alliances et d'intérêts communs en unit les habitants, qu'ils soient membres de la *consorteria* ou du lignage, ses clients, ses amis, ou simplement ses locataires, sauf, cas fréquents chez les pauvres, pour les locations de brève durée. Cette sociabilité entraîne bien normalement des rencontres, des discussions, des bavardages, lesquels sont parfois encadrés par des structures publiques (diverses assemblées de paroisse, de gonfalon, etc.) mais restent le plus souvent purement privés par leurs occasions, leur spontanéité, les sujets informels de leur conversation.

Des équipements parfois très simples ont été mis en place pour permettre ces rencontres. Dans les demeures aisées où le rez-de-chaussée s'interpose entre la rue et le privé strict du ménage, la salle qui y est souvent aménagée semble destinée précisément à ces rencontres plus ouvertes du privé élargi. L'inventaire de Piero Mostardi (Florence, 1390 environ) y énumère des bancs, des tabourets (de quinze à vingt places assises à eux tous), des tables, des pichets, des carafes, des gobelets, matériel évidemment destiné à rafraîchir les *brigate*, d'autant plus facilement que la salle donne dans la *volta* où six cents litres de vin blanc et rouge attendent qu'on les boive. Pour les beaux jours, où l'on aime à prendre le frais dehors, des bancs de maçonnerie ont été aménagés le long des immeubles. Chacun peut s'y asseoir, à l'abri parfois d'un encorbellement. Les placettes des *castellari* siennois et des blocs lignagers florentins en sont souvent entourées, comme autant d'agoras miniatures ouvertes à tous les palabres. Les cloîtres, le puits commun, la boutique du fournier, le parvis de l'église, le cabaret (pour les hommes), autant d'occasions encore d'échanger entre voisins quelques propos, quelques boutades ou quelques mots. Mais les deux monuments les plus typiques de la solidarité familière du lignage, de sa clientèle et de ses voisins, sont l'église paroissiale, alternativement centre sacré (pendant les cérémonies) et profane (dans l'intervalle), et la *loggia*, vaste local ouvert de plain-pied sur la rue par des arcades où les hommes du lignage et du clan (plus rarement les autres) se rassemblent pour bavarder, discuter, arbitrer leurs contestations, gérer leurs biens (en recevant vassaux et fermiers) et parader. À Gênes, certaines *loggie* sont ouvertes à tous ; on les fréquente même à la nuit noire.

Les demeures rurales aristocratiques, prises isolément, constituent souvent aussi des espaces tout à fait adéquats, et parfois délicieux, pour de larges rassemblements privés. Dans son livre *De re aedificatoria* (De l'architecture) L. B. Alberti en décrit le modèle idéal et son usage, sous le titre prometteur : « De la villa des maîtres et des nobles personnes avec toutes ses parties et son meilleur emplacement. » Et voici ses conseils : qu'on y jouisse d'une vue étendue et qu'elle soit entourée de jardins propres à la pêche et à la chasse. « Elle comprendra plusieurs parties : les unes accessibles à tout le monde, d'autres ouvertes à une compagnie plus restreinte, d'autres encore réservées à l'intimité. » Les premières, aménagées sur le modèle des maisons princières, consisteront en des prairies immenses propres à servir de cadre aux courses de char et de chevaux. Les secondes offriront aux *brigate* des promenades, des baignades, des prairies, des cours, des *loggie* ; les vieux s'y promèneront, la *famiglia* s'y esbaudira, *famiglia* très large comprenant le ménage, sa parenté, la domesticité, sans oublier les hôtes de passage, eux aussi compris dans la *famiglia*. Cette seconde partie de la demeure, espace type du privé élargi, comprendra également, disposées autour du *cortile*, diverses *sale*, d'hiver, d'été, de demi-saison – les premières seront chauffées –, toutes spacieuses et gaies. Des chambres aménagées près de l'entrée seront à la disposition des hôtes. Puis Alberti nous fait entrer dans le privé plus strict du ménage.

Ce modèle de rêve n'aura été que rarement réalisé avec ce faste, et par les princes seulement, mais il n'en correspond pas moins à une sensibilité et à un goût que les riches italiens manifestent, en plus modeste, dès le XIVe siècle. Il s'inspire d'une pratique générale qu'il aura amplifiée et enjolivée. Les Peruzzi, illustres banquiers florentins, aménagent en 1310-1320 une demeure champêtre récemment achetée par eux aux portes de Florence, y créant un jardin de plaisance, égayé de bassins et de fontaines, et clos de murs. À la fin du siècle, la propriété des Alberti est si fameuse par son charme qu'on la surnomme *il Paradiso*. Des bosquets de résineux parfumés (pins, cyprès) ont été plantés à proximité de fontaines et, sur les prairies où ils sont épars, paissent des animaux « étranges et merveilleux ». C'est là que se réunissent les *brigate* florentines (*il Paradiso* est aux portes de Florence), comme elles le font dans les jardins tout aussi parfumés des campagnes napolitaine, génoise ou vénitienne.

CONQUÊTE JUVÉNILE DE PRIVÉS DIFFÉRENTS

L'amicale familiarité qui distingue le privé élargi naît en Italie, comme partout, dès l'enfance, et elle s'épanouit, comme partout, dans les jeux. Les enfants du quartier forment des bandes dont les garçons font partie avec les filles, sans aucun souci des milieux sociaux ; le fils d'un riche marchand peut former la paire avec la fille d'un simple tailleur sans que cette bonne camaraderie émeuve personne (Florence, XIVe siècle). Dans cette même ville, du reste, les filles vont à l'école comme les garçons (pratique attestée en 1338), ce qui élargit et prolonge au-delà du jeu les occasions de camaraderie. On ignore si les écoles sont mixtes, mais les enfants se lient plus facilement avec des camarades du même sexe, par goût, par pudeur ou par obéissance, quand la vraie intimité est en cause; la jeune Catherine Benincasa (plus qu'une autre apeurée, il est vrai, par la présence masculine qu'elle fuit) a formé autour d'elle un groupe fidèle de fillettes, et l'occupation privilégiée de ces demoiselles, dans l'excitation délicieuse de la perfection défendue, est de se donner secrètement le fouet. Jeu, complicité, secret, il s'agit dans tout cela de la première découverte par les enfants d'un privé à eux, mais aussi de semences pour l'avenir. Les solidarités qui se forgent alors (pas seulement à cause du fouet) entre tous ces enfants appelés par la suite à se revoir souvent – ils sont voisins – sont volontiers évoquées et invoquées plus tard en cas d'embarras : « Tout gamins déjà nous étions copains et amis, tu le sais bien » (Florence, 1415). Voilà un argument qui a du poids, quand il s'agit comme ici de trouver un appui. Ces solidarités comptent, et elles forment une des bases les plus solides du privé élargi qui s'organise ensuite autour des adultes.

La solidarité des adolescents (à partir de douze/quatorze ans) continue celle des enfants, en plus fort et en plus autonome. Francesco di Barberino reconnaît aux jeunes filles – sauf aux plus huppées, filles de prince ou de roi – la liberté de retrouver les compagnes de leur âge et de leur quartier. Les fresques (*Buongoverno*, Sienne, 1338) les montrent dansant et chantant en s'accompagnant de tambourins – là où les règlements de police ne l'interdisent pas. Les garçons sont plus libres d'échapper au milieu familial et de se forger un privé marginal de complément. Eux aussi chantent et dansent entre eux (et avec les demoiselles); les magnifiques parcs des banlieues en offrent mille occasions aux enfants gâtés de l'aristocratie noble, marchande et bourgeoise que représentent si bien les jeunes gandins policés du *Décaméron*. On les voit aussi jouer aux échecs, aux dames, se promener, batifoler autour des fontaines, etc. Il faudrait aussi évoquer les chasses, les expéditions militaires, etc., qui les mobilisent ensemble après dix-huit ans. Dans le climat plus pacifique et plus plébéien des villes et des bourgades, les garçons suivent la coutume universelle de la connivence juvénile, avec son langage vert et ses histoires paillardes que seules les familles exigentes et structurées peuvent victorieusement combattre chez leurs fils. Le jeune mari de Bonaventura Benincasa (sœur de sainte Catherine), au contraire, « privé de ses parents, [avait] fréquenté régulièrement les jeunes de son âge ; ces jeunes gens, sans aucune retenue dans leurs paroles, se laissaient aller plus souvent qu'à leur tour à des propos fort grossiers et lui [le jeune mari] n'était pas de reste ! » Pauvre Bonaventura, si bien élevée et si triste ! (Sienne, 1360.)

Entre ces jeunes gaillards, de véritables bandes s'organisent, que nous avons présentées plus haut, avec leur nom, leurs rites, leurs bagarres, leurs chahuts (Florence, 1420). Parfois durables, parfois aussi jaillies spontanément, ces bandes constituent d'étonnantes caisses de résonance pour les émotions des adultes et de redoutables ferments d'émeutes. À l'occasion de l'exécution d'un gibelin, on voit par exemple une bande de *fanciulli* (enfants et jeunes adolescents) s'emparer du corps, le traîner chez lui, lui couper les mains, jouer à la balle avec elles, et s'opposer pendant quatre jours à ce qu'on ferme son caveau funéraire (Florence, 1381).

Plus posément et plus quotidiennement, les jeunes gens travaillent et gagnent leur vie. Leur milieu professionnel les initie à un privé différent – le patron, la patronne, les apprentis de la boutique ou de l'atelier où il leur arrive de loger (le père de sainte Catherine loge chez lui ses apprentis) –, et leur salaire, très substantiel après 1348, stimule leurs goûts ou leurs convoitises communes : sortir, se bien vêtir, être à la mode. Oui, la mode. Comme partout, la grande affaire des jeunes, ce sont les filles, les stratégies de la séduction, les parades devant les maisons, les *brigate* en expédition amoureuse, les sérénades, les victoires savourées et commentées entre soi. La mode, c'est aussi la fête. Riches ou moins riches, tous ces jeunes gens sont l'amadou qu'allume immédiatement la perspective des fêtes et des joutes, et qui prennent feu et flamme pour celles qu'on organise constamment un peu partout, en Toscane, à Gênes et plus encore peut-être en Vénétie, où elles déploient leurs fastes à Trévise (attaque et défense du Castello d'Amore), à Padoue et surtout à Venise qu'elles égaient quasi à longueur d'année.

Les adolescents, dans cette émulation brouillonne, ne cherchent pas à briser un privé enfantin pour émerger au monde adulte du public. Ils multiplient autour d'eux les expériences de milieux différents, mais en y reconstituant à chaque fois l'espace et la saveur du privé. Se situer – par le métier, la fête, etc. – hors du champ permanent du contrôle des parents, voilà une conquête du privé personnel sans doute essentielle dès cette époque pour les jeunes. À des garçons frustrés jusqu'à vingt-sept ou vingt-huit ans du modèle admis et établi du privé, à savoir la vie de couple, la gaillardise des paroles, les conquêtes (masculines ou féminines) apportent les compensations rêvées ou réelles qui sont celles de toujours. Pour de jeunes citoyens encore mal intégrés dans les institutions, les bandes constituent également un contre-pouvoir qui les régit, mais sans dévoiler ses règles, et reste leur affaire privée. En grandissant, les adolescents ne cherchent donc pas vraiment à quitter le monde privé qui les a exclusivement encadrés jusque-là. Ils multiplient plutôt des expériences de privés nouveaux, à la fois juxtaposés – chacun avec son espace, son ampleur, ses règles, ses rites, son secret – et collectifs, la présence de camarades soutenant l'affirmation personnelle sans la brimer.

Les relations privées des ménages

Pour les ménages, l'ouverture élargie de leur intimité se fait de manière plus simple et très quotidienne. Cette sociabilité a pour cadre ces espaces proches de la demeure conjugale qu'on a définis plus haut, et elle se vit plus étroitement au milieu des lignages alliés, des voisins, des amis déjà présentés. Elle se vit aussi plus simplement.

Les espaces extérieurs prévus à cet effet – *loggie* de *consorterie*, bancs construits sur les places, etc. – sont souvent pour les hommes un lieu tacite de rendez-vous vespéral ou matinal, où chacun se dirige par beau temps. Aux plus fameux (Mercato Nuovo, Sainte-Apollinaire, à Florence) on se rend de partout, et la compagnie nombreuse y forme un cercle. Mais les gens préfèrent souvent l'intimité toute simple des banquettes flanquant leur maison, et c'est là généralement qu'on se rassemble le soir entre voisins, *come è d'usanza*. Les vieux évoquent leur passé, leurs voyages, l'étranger, etc. (Boccace). On s'esclaffe *dicendosi novelle* (Sacchetti). Mais on adore surtout parler femmes ; un soir, chacun brocarde l'épouse du voisin, un autre soir, une conversation plus gaillarde s'organise autour du thème : comment, dans ses rapports intimes avec son épouse, l'homme finit toujours par baisser pavillon (Sacchetti). Les propos vont aussi bon train dans les *loggie* aristocratiques, et cela dès le matin, parmi les hommes qui s'y trouvent *a cerchio*. Mais les affaires de la commune y sont souvent en cause, et le privé lignager nous conduit ici dans le domaine public.

On reçoit aussi beaucoup chez soi et l'on se déplace volontiers d'une maison à l'autre. Les enfants vont saluer leurs grands-parents, les mères, « comme c'est leur habitude, se rendent chez leurs filles mariées pour s'informer si tout va bien » (Sienne, 1360). On se visite entre cousines. « Constance [une cousine] vient souvent bavarder à la maison avec moi » (Alessandra Strozzi, 1459). Les *consortes* se rencontrent nécessairement à tous moments dans ces blocs qui les hébergent, et un incident, même mineur, a vite fait de cristalliser leur solidarité. Il suffit qu'une jeune femme Acciaiuoli crie par jeu « Au secours ! » en pleine nuit pour que sa chambre se remplisse en un clin d'œil de parents inquiets, hommes ou femmes (Florence, XIVe siècle). On se voit entre amis aussi, pratique chaudement recommandée par L. B. Alberti, et les contacts sont incessants entre voisins. Pendant la journée, on se parle d'une porte à l'autre, d'une fenêtre à l'autre (instantanés parfois croqués par les peintres) et, entre voisins, les visites font partie de la routine. Et puis, le soir venu, quand le temps ne se prête pas aux conversations de plein air, il arrive que des veillées sans façon réunissent chez un ménage quelques couples ou quelques femmes, coutume attestée à Florence au XIVe siècle, à Gênes aussi, ville où, au XVe siècle, les matrones mènent apparemment le jeu, « se rendant réciproquement visite et rassemblant chez elles des compagnies pour les veillées ».

L'empressement devient général autour des malades. Alberti, toujours lui, fait un devoir impérieux à chacun de « ne pas abandonner un malade de sa parenté [...] mais de le visiter et de l'aider ». Et telle est bien la coutume. Monna Alessandra Strozzi se manifeste au chevet de cousines convalescentes. Des camarades entourent affectueusement le jeune humaniste Michele Verini avant et après son opération (1485), et on les voit causer, jouer avec lui et l'égayer par un peu de musique. Une solidarité identique se fait jour quotidiennement autour des malades de tous les milieux : aubergiste moribond, vieillard tout perclus de goutte, ménagère saisie de coliques (on l'empoisonne). Des groupes de vieux copains viennent casser la croûte en plaisantant avec le goutteux ; une commère réconforte le mourant « comme elles le font toutes » (Sacchetti) ; des voisines dévouées retapent le lit de la victime. Cette solidarité est si bien acquise et si attendue qu'on installe souvent le malade dans la chambre du rez-de-chaussée, niveau par excellence du privé élargi, pour le rapprocher de la porte et des visiteurs (parfois aussi pour éloigner la contagion, mais cela n'est jamais attesté). La terreur seule, entraînée par les pestes, tarit (sauf exception) cette assistance, pratique si fondamentale du privé.

Pour en venir peut-être à l'essentiel, boire, manger ensemble, autant d'occasions de manifester et d'entretenir plus étroitement les solidarités du privé élargi. Un simple pot, offert au rez-de-chaussée, n'engage pas à grand-chose, et l'on a souvent l'occasion de boire près de chez soi, pour fêter par exemple l'arrivée du vin nouveau chez un voisin (Sacchetti), et rien n'empêche d'amener des inconnus. Monter à l'étage pour un vrai repas est un signe plus grand de familiarité, et cette hospitalité-là, souvent offerte aux parents, amis, voisins du privé élargi – mais pas à tous, étant donné l'intimité qu'elle comporte –, leur est plus étroitement réservée (sauf l'ostentation des banquets). Les prêtres aiment à recevoir leurs paroissiens et à bien les traiter en joyeux buveurs qu'ils sont tous (d'après les conteurs). Réciproquement, on invite aussi volontiers tel prêtre ami, ou son curé, et c'est lui qui préside avec à sa droite le maître de maison, lui-même flanqué de sa femme, puis de ses filles. On peut aussi recevoir les peintres qu'on fait travailler, et l'intimité vous conduit parfois même à traiter vos amis matin et soir. Mais l'accueil aux repas est avant tout réservé à la parenté, et on la pratique volontiers entre cousins dans l'entourage des Strozzi, le matin comme le soir (Florence, vers 1450).

Dans les milieux aristocratiques, la mobilité inhérente au genre de vie (voyages, villégiature) et à l'époque (déplacements devant les grandes compagnies, la peste) entraîne le développement d'une hospitalité plus complète. On se reçoit à coucher et l'on voit des hôtes s'installer pour des semaines. La chambre d'amis est là, et on la met volontiers à la disposition des arrivants. Alessandra Strozzi en profite souvent pour elle-même (en 1449, par exemple), tantôt chez sa fille dans le Mugello, tantôt chez un frère, tantôt chez un cousin dans la banlieue proche. Elle sait aussi accueillir autrui. On la voit, par exemple, recevoir avec empressement un cousin germain de son mari, auprès de qui travaillent ses deux fils à Naples et qui est de passage à Florence. Elle l'héberge pendant huit jours, ouvre sa salle et sa table à toute la foule des parents, alliés, amis, accourus pour le saluer, le nourrit fastueusement à tous les repas (Florence, 1449). La pratique de l'hospitalité n'est pas réservée aux bourgeois. Les gens modestes savent aussi, selon leurs moyens, ouvrir leur maison à leurs proches ou à leurs amis. Faute de chambre d'amis, ils offrent un lit dans une chambre déjà occupée, une place dans un lit déjà attribué ou une simple botte de paille à l'écurie.

Apothéose du privé élargi

Bien entendu, l'apothéose du privé élargi coïncide avec les événements marquants d'une vie personnelle et familiale, ceux qui exaltent les solidarités. L'entourage proche accorde mille soins à la future mère, et la parenté s'empresse avec des cadeaux (métrages de drap fin, couverts d'argent, etc.) auprès de la jeune accouchée. On fête dans la joie certaines naissances, celle par exemple de Bernardo Velluti, qui vient au monde après cinq filles (Florence, vers 1330). À cette

« grande fête », la parenté participe sans aucun doute. Les *consortes* sont beaucoup moins concernés par les baptêmes, occasions volontiers choisies de nouer des parentés artificielles : ce sont les voisins, les clients, les relations d'affaires qui fournissent aux parents l'immense majorité de leurs compères (Florence, 1380-1520).

La parenté retrouve largement sa place et ses droits à l'occasion des mariages. Quand Giovanni del Bene entreprend les démarches tendant à marier sa fille Caterina, il aimerait que l'affaire ne s'ébruite pas. Chose impossible, lui répond-on. La parenté du fiancé, que l'on commence à consulter, est si nombreuse, et si heureuse, qu'elle ne saurait tenir sa langue (Florence, 1380). La consultation des *consortes* (des deux côtés), qui est chose habituelle, n'est pas une formalité, surtout si figure parmi eux une notabilité. Donato Velluti rapporte avoir été consulté pour le mariage d'un cousin issu de germain et avoir donné son assentiment, mot très fort (Florence, 1350). Le jour de la cérémonie, les *consortes* sont encore là. À Florence, la remise de l'anneau (l'échange des consentements) se fait souvent en petit comité, l'époux n'étant réglementairement accompagné que de quatre parents très étroits, mais la parenté refait vite surface. Un rite particulier, qui prend place le jour ou le lendemain des noces, amène les membres de cette parenté côté époux (jusqu'à quinze ou vingt) à remettre à la jeune épouse des anneaux reçus par eux à des occasions semblables. Remis par les femmes mais régis par les hommes, ces anneaux rituels intronisent l'épousée dans sa nouvelle parenté et matérialisent l'accueil de cette parenté, de ses hommes et de ses femmes, de ses anciennes générations jadis détentrices de ces anneaux, à ce nouveau ménage.

Pour la vraie fête, qui célèbre la cohabitation des jeunes mariés, les membres du lignage sont convoqués jusqu'au troisième degré canonique (grands-oncles, cousins germains des parents, cousins issus de germains des époux). Les amis sont également présents, en nombre indéterminé. Parents et amis ont contribué à l'éclat de la fête en envoyant des provisions pour le banquet (côté marié) et des cadeaux à l'épouse (des deux côtés) : cela à charge de revanche. Parents et amis participent donc en priorité au banquet. Nécessaires au faste, ils jouent aussi efficacement le rôle de témoins, comme le rappelle un chroniqueur de Modène : leur témoignage authentifiera l'accord des époux (Bianchi, XVe siècle). L'affluence des *consortes* et des amis et l'ostentation générale entraînée par ces fêtes sont telles que les communes s'en inquiètent et cherchent à les freiner. À Bologne, parmi beaucoup d'autres prescriptions, on interdit d'inviter plus de vingt-quatre dames au banquet, non compris celles du ménage qui reçoit, et le reste (cortège d'une maison à l'autre) est réglementé à l'avenant (Bologne, 1401). Florence, Sienne, Modène n'agissent pas différemment.

Les deuils mobilisent les *consortes* aussi largement que les noces. « Tous ses parents, hommes et femmes » (Sacchetti), se rassemblent à la maison du défunt où ils retrouvent les voisins. Les femmes, les parentes, les voisines, pleurent et gémissent auprès du corps. L'enterrement d'un grand personnage peut entraîner des vociférations déchirantes. Quand la mère du noble Giovanni di Marco vit arriver chez elle le corps de son fils (mort à Orvieto), « elle se mit à se lamenter avec de tels cris, accompagnée par toutes les femmes présentes, qu'on aurait dit une émeute » (Sienne, 1394). Puis on procède à la levée du corps, et le cortège funéraire se forme, auquel participent naturellement les *consortes*. Dès le XIIIe siècle, des statuts réglementent ces déplacements, dans le but notamment de limiter les excès éventuels de la foule inquiétante de ces parents. À Ravenne, par exemple, le deuil est réservé aux tout proches parents, et les lamentations sont interdites à l'église (Ravenne, XIIIe siècle).

Les temps forts de la sociabilité lignagère ne manquent donc pas, et l'on pourrait en citer d'autres (premières messes de jeunes prêtres, adoubements de chevaliers, etc.) où tous les parents et les amis participent étroitement au privé du ménage, privé qui leur est commun à tous puisque, dans un adoubement, un mariage, un deuil, c'est le lignage tout entier, dans son honneur, sa fécondité, sa survie, qui est en cause. Notons pourtant la place de choix occupée dans ces cérémonies par les femmes, elles qui, épouse, mère, belle-sœur, n'appartiennent pas au lignage (ou en sortiront bientôt quand elles se marieront). Leur participation traduit celle des familles alliées, qui sont les leurs. Mais c'est aussi une participation personnelle qui, même ritualisée (comme les vociférations), apporte à ces fêtes du privé élargi une touche particulière de spontanéité personnelle, de chaleur et de sensibilité.

Services mutuels

Des *consortes* au ménage s'établit enfin, dans l'intervalle de ces fêtes, tout un réseau banal, mais vital, de conseils et d'arbitrages, d'interventions auprès des autorités ou auprès de la justice, de témoignages d'entraide innombrables : autant de services qui rendent perméable à maints *consortes* le privé des divers ménages et entretiennent entre eux (non sans ratés, bien sûr) des solidarités et même une affection de type souvent patriarcal. L'humaniste Platina, parmi d'autres, met en valeur l'importance de ces services, même dans les très hautes sphères, lorsqu'il fait présenter par Cosme de Médicis à son petit-fils Laurent le tableau idéal des relations régissant la parenté : « Aime ton frère ; aime aussi toute ta parenté : ne te borne pas à l'estimer, et appelle-la elle aussi à participer à tes délibérations, qu'il s'agisse d'affaires privées comme d'affaires publiques. Les conseils de parents seront, selon toute vraisemblance, meilleurs que ceux d'individus sans aucun lien de sang avec toi. »

La solidarité privée à l'épreuve

La solidarité des ménages, et plus encore celle des cousinages et celle des lignages, est souvent mise à l'épreuve. Elle est menacée par la mobilité d'individus que leur profession amène souvent à se déplacer (et qui aiment le faire) ou qui sont victimes des à-coups de la vie politique (guerres, exils, etc.). Elle risque aussi d'être brisée par le décès de ses membres et leur effacement des esprits, et c'est aussi grave dans un milieu où les ancêtres sont censés vivre encore – en pāradis et dans les mémoires – et faire partie étroitement du lignage. À ces deux dangers, les Italiens des XIVe et XVe siècles, surtout dans la bourgeoisie marchande (et humaniste), ont cherché des parades.

Dispersions familiales et correspondance privée

La dispersion des familles est une donnée ancienne de la vie sociale des villes et des campagnes italiennes. Les marchands courent les mers et le monde depuis des siècles, les boutiquiers (marchands de blé, de bétail, d'huile, etc.) sillonnent les campagnes, souvent loin à la ronde, les paysans eux-mêmes ont souvent à se rendre en ville où ils touchent généralement barre chez un parent ou chez un voisin qui s'y est établi. Au XIVe-XVe siècle, la multiplication des responsabilités périphériques, occupées à tour de rôle par les citoyens dans de grands États toujours mieux gérés et toujours plus étendus (ambassades, administration et justice provinciales) a aggravé cette situation. Les purges politiques enfin ont multiplié les exils. Avoir un époux, un fils, un frère, un père au loin (à plusieurs journées de marche, ou davantage) est une situation banale dont les familles doivent fréquemment s'accommoder.

À condition, bien entendu, de ne pas rompre avec l'absent. Des liaisons épisodiques sont possibles. Les va-et-vient de voyageurs multiplient les commissionnaires et informateurs en provenance de partout. « J'attends d'un moment à l'autre, avec impatience, l'arrivée de Gherardo (qui vient de Bruges) pour avoir enfin de vive voix des nouvelles de toi, de ta personne et de ta santé », écrit Alessandra Strozzi à son fils Lorenzo (Florence, 1459). La famille, de son côté, ou l'un de ses membres, peut se mettre en route pour rejoindre l'absent. La question est plusieurs fois agitée entre Alessandra et ses enfants. Chacun vit aux quatre coins de l'Europe (Naples, Bruges, Florence) : pourquoi ne pas se retrouver tous en Avignon (1459) ? Mais les complications du projet le font tourner court. C'est le sort de bien des tentatives analogues : on parle d'aller à Pise, à Bologne, et l'on reste chez soi. Se limiter aux déplacements des uns ou des autres pour joindre les absents, c'est finalement perdre le contact.

Reste la correspondance, la merveilleuse correspondance privée, découverte et joie des Italiens du XIVe siècle. Écrire, échanger des informations commerciales est, dès le XIIIe siècle, une des techniques éprouvées de la réussite marchande des Italiens. Mais, à mesure que passent les générations, des nouvelles, des lettres purement privées s'ajoutent aux premières. Peu à peu, chacun se familiarise avec l'écritoire : les hommes pour informer, diriger ; les femmes pour répondre, aviser ; les enfants pour envoyer quelque tendresse rafraîchissante ; les intendants et notaires pour rendre compte. Les femmes ne savent pas toutes écrire ; plus on descend dans l'échelle sociale, plus elles sont ignorantes, et cet état de choses semble s'aggraver dans la Toscane du XVe siècle. Même inculture, mais plus circonscrite, chez les hommes (petits salariés, paysans). Cela étant, à partir des années 1360-1380, le goût, le besoin d'écrire sont attestés largement dans la société, de vastes correspondances sont conservées, et il est possible que cette date corresponde, à Florence au moins, à un seuil, une accélération, une diffusion dans la pratique de la correspondance privée.

Chacun peut écrire des lettres et en recevoir. Des métayers, par exemple, se voient communiquer par écrit, sous forme de lettre, des instructions de leur propriétaire (Sienne, 1400). D'autres correspondances – telles que nous les connaissons – émanent essentiellement du ménage, du privé strict, dont elles reflètent la vie (démembrée, mais puissante), les affections, les occupations, celles surtout des femmes dont on a des lettres admirables. Alessandra Strozzi, dont les fils ont été exilés par les Médicis, les tient régulièrement au courant pendant vingt-trois ans (1447-1470) de ses affaires domestiques. Son gendre, ses filles, son petit Matteo – à partir de douze ans et demi – expédient leurs missives particulières. Les deux exilés répondent. La cellule familiale continue à vivre intensément.

Mais certains *carteggi* (correspondances) sont beaucoup plus vastes, plus largement étendus à la parenté, aux amis, aux clientèles, et ils révèlent à la fois l'ampleur de ces relations privées, leurs liens avec les institutions et les affaires publiques, le rôle joué par la correspondance dans la vie et la gestion de l'ensemble.

Parmi beaucoup d'autres, le Florentin Forese Sacchetti, prieur de la commune en 1405, de nouveau au pouvoir en 1411 et maintes fois capitaine ou podestat de villes du *contado*, est bombardé de missives, petits billets de papier fort plié et portant l'adresse au verso, qu'il reçoit au rythme parfois de plusieurs par jour (d'après la collection conservée), surtout quand ses fonctions l'appellent hors de Florence. Ces billets émanent des correspondants les plus disparates. Son entourage figure bien normalement au premier rang. Son régisseur, Piero di Giovanni, le tient au courant avec une parfaite ponctualité des péripéties de la gestion de sa fortune (récoltes, fermiers, ventes de denrées, etc.) lui adressant s'il le faut plusieurs lettres coup sur coup – quatre entre le 15 et le 30 novembre 1417. Ses proches ne semblent pas très écrivassiers, mais ses amis qui pensent à lui le lui manifestent par des lettres affectueuses ou par de charmants petits billets ; petits, mais substantiels : « Forese, j'ai chassé et j'ai fait bonne chasse. Je t'envoie ce lièvre. Mange-le si tu le veux bien, avec mon fidèle et excellent frère Giovanni. » Présent ou absent, Forese reste près du cœur de ses amis qui trouvent, pour le lui montrer, et les mots et les choses. D'autres que lui, connus par d'autres correspondances, se font instruire avec soin des occupations et de la santé de leur épouse et de leur progéniture, et la sollicitude tourne à l'inquiétude quand se présente une indisposition. Ser Bartolomeo Dei, alors à Milan, tient à recevoir ponctuellement des nouvelles d'une fille ou d'une bru sur le point d'accoucher, et son correspondant, un beau-frère, lui envoie jusqu'à trois fois en dix jours (1er, 5 et 10 mai 1489) un bulletin de santé détaillé, l'état de la jeune femme, alors à son neuvième mois, étant un peu préoccupant : ses pauvres jambes sont toutes gonflées !

Ces missives familières sont perdues au milieu des autres, la masse des lettres expédiées par des relations lointaines, des clients ou des inconnus, gens de tout poil, de toutes origines, de toutes professions. En principe, ce flot de lettres est adressé à l'homme public, au personnage susceptible de mettre son autorité ou son crédit au service de ses correspondants, qui sont presque tous des solliciteurs. Nous sortons ici du domaine privé. Mais entre public et privé la démarcation n'est pas toujours simple. Pour obtenir le soutien désiré, la plupart des quémandeurs adoptent le ton chaleureux et parfois le vocabulaire même du privé, espérant créer, par leur déférence affectueuse, cette parenté d'adoption qui contraindra moralement le notable requis à intervenir. Chacun appelle Forese Sacchetti *maggiore,* en hommage à sa supériorité. Les plus modérés y ajoutent *onorevole.* Puis la déférence (non exempte de flagornerie) va crescendo avec *magnifico, carissimo,* jusqu'au pressant *onorevole maggiore come fratello,* de la part des bourgeois, ses pairs, ou *come padre* de la part des autres, le mot *padre* réapparaissant trois ou quatre fois au cours d'une même lettre dans les expressions « espérant en vous comme en un père » ou « vous en priant comme un père ». Forese n'est pas insensible à ces requêtes, parfois réitérées sur un ton comminatoire. On le voit entamer des démarches, solliciter des juristes, se comporter en homme compréhensif, mais surtout en vrai chef de clientèle. Une clientèle, aussi instable soit-elle, a des avantages politiques, et les mémorialistes florentins sont formels : soyez obligeants, ne vous faites pas d'ennemis. Mais ce masque du privé (qui n'est pas totalement une comédie) adopté par ses correspondants stimule sa sensibilité et son amour-propre et amène Forese à agir envers ses clients comme il agirait envers ses proches.

Les milieux italiens instruits (que les bourgeoisies urbaines aisées ne représentent pas exclusivement) saisissent avec empressement ce moyen merveilleux que sont les lettres pour entretenir, dans la séparation, les liens privés, familiaux ou amicaux, qui leur sont si chers. Entretenir et enrichir, car on constate, dès cette époque, que la nécessité d'écrire peut apporter au dialogue quotidien des privés quelque chose de plus. Bien sûr, plus on est loin, plus les lettres se font attendre, plus le dialogue épistolaire se ralentit. Un message parti de Naples le 18 décembre 1464, à destination d'Alessandra Strozzi, n'aura sa réponse que le 18 janvier 1465, bien que la destinatrice ait répondu dans les quatre jours. Mais chacun le sait : espacées, lentes, les lettres n'en ont que plus de prix pour qui les reçoit ; on rédige son courrier en conséquence. L'absent reste informé des nouvelles domestiques les plus intimes, mais on les lui présente de manière particulière.

On lui écrit parfois avec plus de chaleur qu'on ne lui parle. On est conduit, plus que dans la vie courante, à trouver les mots de l'affection, de l'inquiétude (que l'éloignement redouble), du soulagement, de la joie, ces mots que les conventions et la pudeur rendent moins faciles aux femmes dans l'existence quotidienne. On le ménage aussi. On estompe la gravité des indispositions : le beau-frère de ser Bartolomeo Dei lui confie après l'accouchement de sa fille : « L'enflure de ses jambes était bien plus forte que je ne vous l'ai écrit. » Et puis, pour l'informer, chacun se met en quatre ; stimulés par l'enjeu – parler vrai du petit monde laissé par l'absent –, ses correspondants se témoignent mutuellement plus d'intérêt et d'attention qu'à l'accoutumée : un oncle prend constamment des nouvelles de sa nièce ; un jeune fils écoute de toutes ses oreilles les conversations des grandes personnes et sait parler dot, hypothèques, fiscalité, avec un aplomb savoureux ; une mère redouble de prévenances envers tous ceux qui ont vu ou verront son fils, etc. La nécessité d'informer, liée à celle de gérer, d'éduquer, de soigner à la place de l'absent, mobilise tout l'entourage de parents et d'amis, et pas seulement le foyer, et renforce sa cohésion.

Le fait d'écrire renforce enfin le privé en l'élargissant, à ce niveau au moins où l'on est en butte aux sollicitations. Les quémandeurs aussi, dans leurs lettres, plus faciles à renouveler et à combiner qu'une visite (elles sont parfois rédigées par un tiers), savent trouver les mots qui les engagent dans une dépendance privée où certains d'entre eux resteront.

Dispersions familiales et journaux privés

L'éloignement définitif qu'est la mort, fermé à toute correspondance, n'est pourtant pas, lui non plus, sans recours.

Il y a d'abord la prière, ce cri ténu, totalement dépourvu de réponse explicite, mais alors perçu et pratiqué comme une voie coutumière vers le Seigneur, vers ses saints et, par eux, vers l'Église souffrante (le purgatoire), séjour probable de beaucoup d'ancêtres. La prière du lignage n'est pas un mythe. L'occasion se présente souvent de prier pour les morts du ménage et de la famille, au moment notamment des messes et des cérémonies funéraires instituées par les défunts eux-mêmes dans leurs testaments et régulièrement (parfois perpétuellement) célébrées dans leurs églises habituelles ou dans les chapelles de leurs fondations. Mais on serait bien en peine de prouver que les familles y participaient régulièrement ni qu'elles aient saisi cette occasion pour évoquer les faits et gestes du défunt. Sans l'intervention d'un effort spécial de la mémoire, les morts se réduisent vite, dans les souvenirs, à la proclamation annuelle d'un nom inscrit dans un obituaire.

Cet effort existe. Des traditions orales concernant les ancêtres se transmettent dans les lignages parfois dès le XIIe siècle et sont toujours actives aux XIVe et XVe siècles. Giovanni Morelli affirme à plusieurs reprises, vers 1400, avoir obtenu de vieux parents (hommes et femmes) des informations qu'ils tenaient eux-mêmes de leurs aînés et qui touchaient un ancêtre né en 1150. Giovanni Rucellai rapporte avoir largement tiré profit de conversations avec des *consortes* âgés pour éclairer son propre passé familial. Certaines grandes familles semblent avoir conservé avec soin un riche patrimoine oral, là surtout où leurs ménages vivent plus étroitement groupés, et en avoir tiré une bonne connaissance de leurs ancêtres et une grande fierté lignagère.

Mais, au XIVe-XVe siècle, on cherche à aller plus loin, à améliorer ses sources, en consultant les papiers de famille serrés dans les coffres (contrats notariés, livres de comptes, procès et autres), et à donner des ancêtres un portrait plus circonstancié, plus véridique, plus convaincant aussi. On tient en même temps à laisser sur soi et sur ses enfants tous les éléments d'une biographie exacte : âge, parrain, heure, date et quantième du mois de naissance, etc. Alberti est le premier à conseiller cette précaution « pour beaucoup de raisons » (qu'il ne donne pas).

Dès lors, il n'est plus question d'abandonner à la seule mémoire un dépôt d'informations aussi précises et aussi précieuses. On en vient au XIVe siècle à confier à quelques pages distinctes d'un livre de comptes, ou à un cahier tout spécialement acheté dans ce but, les informations glanées un peu partout et qui reconstituent, de la lignée des ancêtres, une galerie bien typée. Circonscrite aux ancêtres directs et aux parents les plus proches (Morelli), ou bien étendue aux cousins et aux cousines éloignées (Velluti), cette galerie ne cherche pas nécessairement à les flatter, mais à montrer comment vit un lignage, à mettre en valeur les moments saillants de son passé, à souligner l'ancienneté et la continuité (ou les méandres) de son engagement professionnel, à dégager, en un mot, tous les éléments de la solidarité lignagère (solidarité patrimoniale, spirituelle, politique, etc.) sans pour autant effacer l'originalité des orientations individuelles et des personnalités (parfois merveilleusement campées – chez les Velluti – jusqu'à celle des arrière-arrière-cousins), ni escamoter les frictions et les inévitables brouilles. Mémoires d'un lignage, ces livres de famille *(ricordanze, ricordi)* entretiennent dans le groupe qui les conserve un attachement réfléchi, motivé et personnalisé pour une grande famille que les détails donnés par les mémorialistes et les sentiments suscités par eux font mieux percevoir comme un prolongement dans le temps et dans l'espace, comme un élargissement du privé du ménage.

Cela étant, aucune des *ricordanze* connues n'est écrite collectivement par un lignage. Leurs auteurs sont des pères de famille enracinés dans leur génération. Les ancêtres valent bien un coup de chapeau, mais quand le récit en arrive aux temps présents, l'auteur trouve, à parler de son entourage (parents, oncles, cousins proches, enfants), un attrait et un accent tout particuliers ; les pages les plus fines et les plus sensibles de Giovanni Morelli sont consacrées à ses oncles et à ses frères et sœurs. Ces livres de Mémoires personnels sont jalousement conservés chez leur auteur et ses descendants. On les montre à des amis intimes, on les prête éventuellement à ses frères ou même à ses cousins (Corsini, Florence, 1476). Mais les mémorialistes, les auteurs sont plus enclins à insister sur leur caractère secret. Le mémorial est destiné avant tout aux enfants et aux descendants directs (qui le continuent souvent), c'est la chose du ménage et plus précisément des mâles. Même l'épouse est suspecte : elle appartient à un autre lignage ; le secret des *ricordanze* vaut aussi pour elle.

Deux perspectives finalement se juxtaposent dans les *ricordanze*. Les portraits d'ancêtres et d'aînés déterminent un attachement plus vif au lignage et la volonté d'en prolonger les coutumes, les orientations, l'originalité, de s'inspirer de ses exemples, en en évitant les faiblesses. Mais ce premier message est largement complété et parfois submergé par tout ce que le mémorialiste ajoute sur le ménage – étroit ou élargi – au milieu duquel il vit. Parlant de ses proches, de ceux qui l'entourent, son récit est plus minutieux, plus précis, mieux observé, plus chaleureux, plus étroitement privé. Lisons, parmi tant d'autres, le début de la notice consacrée par Giovanni Morelli à son frère Morello. Il naquit, ce Morello, le 27 novembre 1370, « la veille de Saint-Pierre-d'Alexandrie, et ce fut dans la nuit du mercredi au jeudi, quand 8 heures et demie sonnaient à Santa Croce. On le baptisa le samedi suivant 30 novembre ; ses quatre parrains furent [suivent les noms et adresses de deux hommes et de deux femmes]. On lui donna les noms de Morello et d'Andrea. Morello à cause de son grand-père, Andrea, patron du jour [...]. Il prit pour femme Caterina [...] Castellani » (suivent quelques détails sur ce mariage).

Tout ici renvoie à un privé plus strict (sauf le nom du grand-père), plus exclusivement centré sur un groupe familial étroit. Dans le cadre général de la ville, de l'église, de la journée, les solidarités mises en valeur ici, et constamment dans les notices analogues – solidarités toutes privées –, sont celles du ménage, du compérage, et celles des alliances. La vie courante amène chacun à superposer ces solidarités nouvelles, qui sont absolument propres au ménage et font son originalité, à la trame (et parfois au filigrane) des solidarités lignagères. Les livres de famille consolident cet état de choses en même temps qu'ils en prennent acte. Ils stabilisent et illustrent cet entrecroisement de solidarités et de relations qui définit de manière originale le privé élargi vécu par les adultes, liés chacun pour soi à une belle-famille, à un groupe de compères, etc., qui les distinguent irréductiblement les uns des autres dans le même lignage.

Conflit du privé personnel et du privé collectif

Une tension sous-jacente oppose de manière permanente les différents engagements privés simultanément vécus par chacun, dans son lignage, dans son ménage ou dans ses propres goûts et préférences individuelles. Cette tension entraîne forcément des frictions, des conflits, aussi fréquents chez les anciens qu'à notre époque, où s'affrontent différentes conceptions du privé.

Ces conflits opposent d'abord les conjoints, situation classique. Des épouses supportent mal l'absence du mari : le privé du ménage se vit à deux. Elles ronchonnent, impatientées, aigries. D'autres accrochages naissent au contraire de la cohabitation même qui – sans compter les heurts de caractères – rassemble deux personnes formées chacune dans des milieux que le compartimentage socioprofessionnel rend souvent bien différents. Cette situation est monnaie courante, et les crises inévitablement traversées par le ménage la manifestent et l'exaspèrent. Un peintre siennois surprend son épouse, une femme superbe, en flagrant délit d'adultère (vers 1350-1380). Les injures, les cris qui pleuvent de part et d'autre révèlent les tensions qui ont pu entraîner la fracture :

LUI. – Sale putain, tu me traites d'ivrogne, mais c'est toi qui as caché ton copain derrière mes crucifix [il est peintre de crucifix].

ELLE. – C'est à moi que tu parles ?

LUI. – Non, c'est à la merde de l'âne.

ELLE. – Tu ne mérites pas mieux.

LUI. – Salope, tu n'as pas honte ! Je ne sais ce qui me retient de te flanquer ce tison-là où je pense.

ELLE. – N'essaie pas... par la croix de Dieu. Si tu me touches, jamais tu ne le paieras assez cher.

LUI. – Ignoble truie, et ton copain [etc.].

ELLE. – [...] Maudits soient ceux qui poussent une fille à épouser un peintre, cinglés et loufoques que vous êtes tous, toujours à vous pinter, bande de dévergondés !

Mis en scène avec verve par Sacchetti, cet épisode révèle à sa manière les tensions réelles signalées plus haut : vivre avec Mino (le peintre), c'est devoir supporter une grossièreté héritée en droite ligne des bandes de célibataires ; c'est devoir admettre des habitudes, celles des peintres (itinérance, intempérance), insolites pour des filles grandies ailleurs ; c'est devoir concilier les héritages de trois privés différents :

celui d'une jeune fille bien élevée, celui des bandes de jeunes, celui des équipes de peintres. On comprend le désarroi et les tentations de la jeune femme.

La famille conjugale a ses blocages et ses difficultés, nés pour une bonne part, là encore, de la coexistence et des conflits de privés disparates. Les problèmes commencent parfois dès la naissance des enfants ; une bouche supplémentaire est une catastrophe dans un foyer pauvre ; un bâtard, une grosse source d'ennuis partout ; une jeune veuve enfin ne peut songer à se remarier – décision vivement conseillée par les familles – en gardant avec elle ses jeunes enfants du premier lit. Il arrive souvent que la nécessité (dans le premier cas), les conventions sociales ou l'intérêt personnel (dans les deux autres) poussent à l'infanticide ou plutôt à l'abandon de la progéniture (surtout des filles). Les filles de pauvres ou les bâtards sont confiés aux hospices, les enfants de veuves laissés longtemps en nourrice puis remis à la famille de leur père (Toscane, fin XIVe-XVe siècle). Bâtards, veuves, c'est le lignage qui impose ici ses vues. Son honneur, sa cohésion, son intérêt, prévalent sur les sentiments éventuels des mères. En donnant leur accord (qui n'est jamais exigé) à leur remariage, celles-ci montrent aussi, du reste, à l'issue d'un choix certainement difficile, qu'elles préfèrent leur condition d'épouse à leur condition de mère. Dans ces conflits où sont simultanément impliqués le privé du lignage, celui du couple légitime, celui des mères, celui enfin des enfants eux-mêmes, il n'est pas facile aux intéressés d'y voir clair.

Les difficultés reprennent avec les grands enfants. Certains ont été marqués par leur première enfance qu'une nourrice brutale, une « mère cruelle » ou l'absence fréquente d'un père ont assombrie. Chez les Morelli, un père et son fils ont connu ces problèmes. Paolo, laissé en nourrice jusqu'à douze ans, et Giovanni di Paolo, planté là par sa mère à quatre ans, n'ont pas fini, arrivés à l'âge adulte, de remâcher leur amertume (Florence, 1335-1380). Chez d'autres, l'insatisfaction va jusqu'à l'insubordination. Un membre de la famille Peruzzi consacre, en 1380, une page entière de son livre à expliquer pourquoi il en est réduit à maudire son fils. C'est, dit-il, en raison de ses désobéissances : le mot revient cinq fois : « Fourbe, traître, faux, il m'a toujours désobéi, trahi, bafoué, ainsi que mon quartier, ma commune, mes *consortes* et mes alliés » (Florence, 1380). À Cortone, même réflexe hostile du père de la future sainte Marguerite. À l'issue de quelques années de concubinage, la servante de Dieu revient chez elle en larmes et habillée de noir. Poussé par la marâtre, son père refuse de la recevoir (Cortone, XIIIe siècle).

Il arrive aussi, en sens inverse, que les initiatives des pères irritent ou exaspèrent leur fils, qu'il s'agisse de gestion ou, comme dans la famille Lanfredini, d'une réconciliation malencontreusement accordée par le père à un lignage hostile, contre la volonté expresse de ses enfants. Sa femme elle-même l'invective : « Lanfredino, traître à vous-même et aux vôtres [elle le voussoie] ! Comment ! vous avez osé infliger à vos fils la honte de cette réconciliation, sans rien en dire ni à eux ni à moi ! Vous leur avez tout ôté en ce monde, biens, honneur, tout. » Et l'un des fils, ulcéré, écrit à son frère : « Je te le dis, en quittant la maison, je pris la décision irrévocable de ne jamais plus me dire son fils et de changer de nom » (Florence, 1405). En s'affirmant, la personnalité des fils se fait donc plus rugueuse. Les deux exemples ci-dessus illustrent (en les accentuant) les deux axes de leur désir d'émancipation. Tantôt ils exigent de participer à part entière aux décisions majeures qui orientent le privé du ménage, tantôt, au contraire, ils veulent n'en faire qu'à leur tête, en réorientant totalement leur vie et leurs options privées hors du cadre familial.

Passons sur les innombrables querelles de succession, dont la dot d'abord, le patrimoine marital ensuite sont l'objet. Elles mettent en cause aussi bien le lignage que le ménage, et constituent aussi un des aspects des défaillances de la solidarité lignagère. En ce qui concerne cette dernière, tous les ménages d'un lignage ne sont naturellement pas intimes, et bien des motifs d'éloignement accentuent les clivages naturels qui les traversent. Question de domicile. Des foyers s'installent hors du quartier colonisé par leurs *consortes* ; ils perdent ce contact familier, entraîné par les rencontres quotidiennes, qui les fait participer au même privé. Mais les foyers ne se résolvent à cet exil que s'ils y sont acculés par leur isolement, leur pauvreté, et à leur corps défendant ; ils ne demandent qu'à revenir et ils sont très minoritaires dans les grandes *casate* florentines qu'on connaît bien (Ginori, Capponi, Rucellai). La fortune peut également jouer son rôle, les pauvres n'ayant en principe pas le même style de vie que les riches parents, leurs voisins. Ce discriminant n'a pas en ville le caractère décisif qu'on lui attribue souvent. C'est du moins l'impression que donne la fréquentation des familles qu'on vient d'évoquer. Entre les ménages, les disparités de fortune sont plus réduites que prévu, et surtout, ces fortunes manquent de stabilité ; d'un cadastre à l'autre (de dix ans en dix ans), ce n'est jamais le même Ginori, par exemple, qui se trouve être, au XVe siècle, le plus riche de sa maison. D'autre part, les trois familles citées sont beaucoup plus uniformément aisées que la population urbaine dans son ensemble ; aucun ménage Ginori ne figure, au XVe siècle, parmi les misérables, et ceux dont la cote d'impôts est modeste (parfois depuis peu) ont malgré tout accès à la même éducation, aux mêmes responsabilités, finalement au même modèle de vie que les plus cossus. Enfin, la solidarité joue ; on se soutient.

La solidarité des lignages et leur esprit de corps sont donc assez forts pour résister aux tensions structurelles entraînées par le compartimentage de ces grands organismes. Mais d'autres défis les trouvent plus démunis, en particulier les tentations de l'indépendance professionnelle et patrimoniale.

Prenons l'exemple de la famille Velluti. Tous les mâles de la famille participaient, au XIIIe siècle, à la même compagnie marchande : l'indépendance et l'éparpillement sont la règle depuis les années 1310-1330. On cherchait autant que possible, au XIIIe siècle, à préserver le patrimoine et à en gérer une partie en commun : les partages sont fréquents et précoces depuis ces mêmes dates, sans compter les ventes à des étrangers au lignage. Divisions, successions, ventes entraînent des antagonismes souvent durables qui se multiplient avec le temps. L'auteur des Mémoires utilisés ici, Donato, signale dix conflits entre cousins, dont plusieurs dégénèrent en véritables brouilles. Lui-même est mêlé à six de ces conflits. Dès lors, les hiérarchies naturelles se démantèlent. L'autorité de Donato, le grand homme de la famille – qui s'exprime par des consultations, des arbitrages – se limite à une seule des cinq branches de cousins germains issues du grand-père paternel. Son véritable champ d'action se circonscrit à ses frères et à ses enfants. Enfin, signe le plus éloquent de ce fléchissement des solidarités, la pratique de la *vendetta*, au moins chez les Velluti, tombe en désuétude. C'est à qui ne vengera pas les offenses faites au clan, et quand enfin un cousin, après moult tergiversations, lave dans le sang un meurtre commis en 1310, l'opinion familiale le considère comme un dangereux hurluberlu (Florence, 1310-1360).

La solidarité lignagère est également menacée dans les campagnes, sans à-coups, et par l'évolution même des choses. Dans un village du Val d'Elsa, entre Sienne et Florence, une famille de nobliaux, les Belforti, tient le haut du pavé. Trois frères la dominent au début du siècle. Les années passent, et les trois fondateurs laissent la place à leurs enfants, trois groupes de cousins germains (1330-1340). Le bel esprit de corps d'antan est bien émoussé. Les membres de la branche numéro un ont tous des professions reluisantes (changeurs, propriétaires fonciers). Ils n'hésitent pas à surdoter leurs filles (plus de 1 000 lires en moyenne pour chacune) pour se ménager des alliances flatteuses. Tous s'installent en ville. Ceux de la branche numéro trois ont tous des occupations très modestes (fermiers), dotent chichement leurs filles (100 lires en moyenne) et restent enracinés au village. Une solidarité persiste entre eux, puisqu'on parle encore à leur propos de *consorteria*, mais leur intimité privée s'est dissipée à tous égards (Toscane, 1300-1340).

Nous rejoignons ici la conclusion que nous suggérait l'étude des *ricordanze*. Le lignage et ses contraintes anciennes ne répondent plus entièrement aux besoins nouveaux ressentis par chacun, ceux d'une plus grande mobilité professionnelle et patrimoniale, d'une autonomie plus poussée face à la justice (sans devoir être impliqué dans la faute d'un *consors*), d'une défense plus serrée contre l'appétit monstrueux du fisc. Le soutien du lignage, toujours utile, doit s'accompagner d'autres solidarités, plus soigneusement taillées sur mesure autour de chacun, et moins contraignantes, celles des voisins, des amis, des alliés choisis tout exprès. Le cocktail de ces solidarités proches définit désormais le privé élargi, un privé chaleureux (avec ses lettres, ses visites, ses repas), mais d'une saveur propre à chaque ménage.

La cellule privée, matrice de la vie intérieure

Les différents milieux privés n'écrasent pas la personnalité de leurs membres. Au sein des lignages, au sein des branches, au sein des ménages même, il est possible d'orienter personnellement certains choix, il est possible aussi, au moins chez les gens aisés, de s'isoler dans un sanctuaire propre (qui peut être une chambre). Mais la vie en famille n'épanouit pas les personnes par les seuls espaces de liberté que celles-ci s'y aménagent. La sollicitude familiale, volontaire ou non, le simple exemple mutuel d'existences proches, avec toute leur richesse et leurs péripéties, constituent bien entendu pour chacun une source aussi, et plus féconde, de formation et de structuration intérieures. Ce rôle stimulant des familles, qui n'a jamais cessé d'être actuel, apparaît tout particulièrement fort dans un monde où ce qu'on appellerait maintenant les relais, ou les substituts éducatifs, jouait un rôle très limité.

La connaissance mutuelle

Vivre ensemble dans l'existence quotidienne constitue d'abord un moyen privilégié, sinon exclusif (pour les femmes), de pénétrer dans l'intimité d'autrui, de connaître et d'être connu. La lecture des lettres, celle des livres de famille montrent abondamment la réalité et la chaleur de l'attention qu'on prêtait aux personnes participant à son milieu privé, sans avoir égard au sexe, à la prestance, aux responsabilités publiques.

L'âge en premier lieu reste longtemps (jusqu'à la compilation des cadastres, au XVe siècle) un patrimoine privé, détenu d'abord par les parents. La mère en assure souvent la tradition orale : en inaugurant son cahier de souvenirs, un marchand déclare en 1299 être né en 1254, « d'après le souvenir de ma mère ». Un paysan estime l'âge d'une fille à dix ans « pour l'avoir entendu de sa mère ». Alessandra Strozzi connaît sur le bout du doigt, au jour près, les moments saillants de la biographie de ses enfants. Elle consacre, en 1452, un long paragraphe d'une lettre à en instruire son fils Lorenzo. « L'âge de Filippo ? Vingt-quatre ans accomplis le 29 juillet. Le 7 mars prochain, il aura quitté Florence depuis douze ans. Tu as eu quant à toi vingt ans le 21 août passé. Tu as quitté Florence ce mois-ci il y a maintenant sept ans » ; suivent des informations analogues pour les trois autres. La mode des *ricordanze* se répandant, les notices biographiques (et nécrologiques) en constituent un des éléments habituels, et ce sont les pères qui les rédigent, mais il est possible que la science orale des âges ait été auparavant et longtemps féminine, et donc plus spécialement privée. Déterminer l'âge au jour près, c'est pouvoir souhaiter une fête, établir un horoscope, déterminer dans le milieu familial élargi une hiérarchie ; c'est à la fois exalter le privé personnel et organiser le privé collectif.

Les enfants grandissent et s'épanouissent physiquement. Le premier témoin et parfois le seul (pour les filles, souvent cloîtrées chez elles à leur puberté) de cette transformation si troublante pour les intéressés est, là encore, avec les parents, l'entourage privé. Or, les mémorialistes montrent par de nombreux exemples que l'allure physique des *consortes*, des jeunes comme des autres, ne passe pas inaperçue dans leur milieu privé. Giovanni Morelli s'amuse à camper la silhouette de ses frères, de ses sœurs, de ses cousins, et réussit bien ses croquis. Voici Bernardo (cousin germain), « robuste, de très grande taille, musclé, de teint très coloré et couvert de taches de rousseur » ; voici Bartolo, « gras et frais, blanc ou plutôt olivâtre de peau » ; voici surtout Mea, sa sœur aînée, « de taille normale, un teint admirable, fraîche et blonde, très bien faite de sa personne, elle n'était que charme. Entre autres perfections, elle avait ses mains, des mains d'ivoire, si bien faites qu'on les eût dites peintes par Giotto, mains longues, douces, aux doigts allongées, fuselés comme des cierges et terminés par de larges ongles galbés, brillants et vermeils ». Vivre chez soi dans l'entourage familier, c'est être plaisanté ; mais c'est surtout être connu, reconnu, distingué, admiré ; quelle satisfaction !

Les mémorialistes assortissent de portraits moraux encore plus attentifs la silhouette qu'ils esquissent du physique de leurs *consortes*. Les cousins et cousines de Donato Velluti ont tous droit (issus des issus de germains compris) à quelques mots destinés à camper leur personnalité morale. Cela sans rien sacrifier au poncif ou à la banalité. Donato cherche à faire preuve autant qu'il le peut de justesse et de pénétration. Pour décrire les caractères et les comportements des hommes, il fait usage d'au moins soixante-dix-neuf adjectifs différents.

Bien entendu, cet homme expérimenté se défend d'être uniformément béat ; et il n'hésite pas à souligner les déviances. D'autre part, ses jugements s'inspirent des valeurs qui sont celles de son époque, de son milieu, de son âge. Il est surtout sensible – avec toutes les nuances de ses soixante-dix-neuf adjectifs – à la sagesse (du jugement), à la prudence (de la gestion), à la gaieté courtoise (de la sociabilité) ; d'où la sévérité avec laquelle il condamne la méchanceté et le gaspillage. Dans les limites de ce cadre (ni très social ni très chrétien), ses jugements sont dans l'ensemble bienveillants, élogieux, optimistes (75 % des adjectifs sont en bonne part). Le privé, le vaste privé élargi que vit Donato ne rend peut-être pas justice à toutes les virtualités des consciences et des caractères ; il n'en est pas moins un centre irremplaçable de connaissance et d'estime mutuelles, le foyer par excellence où l'attention et la bienveillance clairvoyantes de certains proches – camarades ou aînés – stimulent dès l'enfance l'épanouissement des personnes.

L'AFFINEMENT DES SENSIBILITÉS

La cellule privée est aussi le berceau du cœur. C'est là que certaines situations, contemplées ailleurs avec indifférence, sont vécues de manière plus personnelle et plus engagée, avec émotion ou même avec passion. C'est là que se façonnent les sensibilités.

Un thème fréquemment abordé dans les correspondances est celui de l'absence, l'absence d'êtres chers, ressentie comme une souffrance. Âgé d'à peine onze ans, Michele Verini le dit et le redit à son père, alors à Pise : le moindre retard de courrier l'inquiète, lui et toute sa famille, surtout si l'on craint qu'une maladie n'en soit la cause. De toute manière, lettre ou pas, « ton absence, lui dit-il, est pour moi une vraie souffrance », et la confidence de cette petite âme sensible et précoce sonne vrai.

Mais le puissant, l'impitoyable foyer auprès duquel se purifient et s'affinent les sensibilités, c'est bien certainement la souffrance physique, elle-même fourrière de la mort. Dans ce monde où l'hôpital est avant tout destiné aux pauvres, les malades aisés restent chez eux. Ils s'y alitent, ils y souffrent, ils y agonisent, ils y meurent. Souffrir et voir souffrir, mourir et voir mourir restent des expériences privées, expériences multipliées par l'ampleur des familles, la précarité des santés, la brutalité fréquente des soins.

Correspondances, journaux privés, comptabilités, récits et nouvelles, tout illustre d'abord la présence opiniâtre, dans les foyers, de la maladie. Un oncle hydropique de trente-cinq ans, le ventre gonflé comme une outre, est alité depuis six mois dans la famille de Michele Verini (1480). Un mauvais coup reçu dans le bas-ventre oblige Michele lui-même à rester longtemps couché chez lui (1485-1487), et c'est là qu'on pratique sur lui l'ablation d'un testicule. Son contemporain, Orsino Lanfredini, voit à treize ans deux de ses sœurs tomber gravement malades de la rougeole (mai 1485), et on les soigne naturellement au domicile de leurs parents. Avoir chez soi un familier alité pour plusieurs semaines est chose courante dans un foyer. Les paludéens abondent partout. Expérience bien plus grave, les pestiférés s'alitent chez eux, et la plupart des testaments sont dictés par un grabataire *in domo sua,* dans sa maison. Il n'est pas jusqu'aux domestiques que les moralistes voudraient voir soignés chez leur patron et par celui-ci, conseil certainement suivi. Mais si la maladie s'aggrave, on hésite moins à les envoyer à l'hôpital en s'assurant, comme le fait Alessandra Strozzi, de la qualité des soins qu'ils y recevront.

Tous ces maux, malaises compris, qui ont tous le domicile

pour cadre, rassemblent les indispositions maintenant soignées chez soi et les états gravissimes réservés de nos jours aux hôpitaux. Côtoyer la maladie domestique, c'est alors bien souvent côtoyer la souffrance, une souffrance souvent fugitive, mais parfois longue, dure, et même insupportable, à la présence obsédante de laquelle personne n'échappe à la maison. L'oncle de Michele Verini, l'hydropique, perpétuellement assoiffé, alerte toute la maisonnée par ses clameurs : il veut du vin. Michele lui-même, cinq ans plus tard, souffre beaucoup de sa blessure, et l'intervention chirurgicale est un calvaire. Depuis lors, la souffrance ne le quitte plus. Elle le tient éveillé à longueur de nuit. L'empressement de ses amis peut tromper sa douleur ; jamais il ne la chasse. Plus le temps passe, plus il souffre « d'un mal atroce ». Monna Ginevra, femme du mémorialiste Gregorio Dati, qui vient d'accoucher, reste alitée chez elle. Elle ne s'en remet pas et souffre le martyre (Florence, 1404). Les grandes crises intolérables sont particulièrement bouleversantes. Giovanni Morelli n'a jamais pu chasser de ses yeux, de son cœur, de son imagination, les moments atroces de la dernière maladie de son fils Alberto. Un lundi matin, le pauvre enfant (il avait dix ans) fut pris à l'école de saignements de nez, de nausées, de coliques. Puis la fièvre ne le quitta plus. Au bout de deux jours, au milieu des vomissements, une vive douleur le saisit à l'aine. Son état empira de jour en jour. La souffrance était si forte, si torturante, sans une seule heure de répit en seize jours, qu'il ne cessait pas de gémir, de crier. Chacun autour de lui, si endurci fût-il, était bouleversé.

Alités chez eux, ces grabataires y meurent aussi. Mort d'enfants (Alberto, dix ans), mort d'adolescents (Matteo Strozzi à vingt-trois ans, Orsino Lanfredini à dix-sept ans, Michele Verini à dix-neuf ans), mort d'adolescentes (Lucrezia, sœur d'Orsino, à douze ans), mort de jeunes femmes (la belle Mea aux mains d'ivoire meurt à vingt-trois ans, huit jours après la naissance de son quatrième enfant, qui ne survécut pas plus que ses aînés, tous morts avant deux ans), mort d'adultes, mort de vieillards : chacun au foyer est le témoin répété de la perspective, de la crainte, de la préparation (confession, viatique, extrême-onction, testament, prières), de la mise en scène funèbre (ululements des femmes, apparat, réunion) et du dernier cortège de la mort. Quand Valorino di Barna Ciuriani achève en 1430, à soixante-dix-sept ans, le livre de *ricordanze* commencé en 1324 par son grand-père, il peut jeter un regard mélancolique sur l'état civil enregistré par lui dans ses dernières pages et consacré à ses proches. Sans compter les nouveau-nés, il a vu disparaître, entre vingt-cinq et trente ans, une fillette de un mois et son père vieux de cinquante-huit ans ; à trente-sept ans, une fille de quatorze ans, un bébé de onze mois ; à quarante-sept ans, deux filles âgées respectivement de treize et quinze ans ; et, depuis qu'il est sexagénaire, trois fils d'environ trente-cinq ans, son épouse, un fils de cinquante-quatre ans, une petite-fille de dix-sept ans. Encore ne commence-t-il son diaire qu'à vingt-cinq ans. L'expérience de la mort est beaucoup plus précoce. Son fils Luigi, mort à trente-six ans, avait vécu ces mêmes deuils (sœurs de quatorze, quinze et treize ans ; jeune frère de onze mois, frère de trente et un ans) respectivement à neuf, dix, dix-neuf, vingt et trente et un ans.

Mourir jeune et dans la souffrance est de tous les temps, mais les épidémies qui déferlent sur l'Europe après 1348-1350 multiplient les morts précoces et les morts pénibles, morts d'autant plus bouleversantes et susceptibles d'exacerber les sensibilités qu'elles frappent à coups redoublés les plus jeunes, les plus innocents, qu'elles les frappent chez eux, dans ce monde qui se voudrait précisément toujours plus retiré, toujours plus protégé, toujours plus consacré à l'intimité, à l'isolement, à la paix, qu'est le monde privé.

Épanouissement des sentiments

Ce qui précède laisse enfin penser que le milieu privé est aussi le berceau privilégié des sentiments. Des individus aussi souvent et aussi fortement sollicités dans leur sensibilité privée donnent facilement libre cours à leurs sentiments. Réciproquement, tout porte à croire que cette effusion des sentiments, des grands sentiments essentiels (crainte, joie, tristesse), c'est là, dans l'intimité privée, qu'elle se manifeste avant tout et qu'elle y prend, pour tous, toute sa force. Le privé vous lie, en effet, à des personnes toutes proches, dont le sort vous émeut particulièrement. Le privé est aussi le cadre de vie et le lieu d'expression privilégié et souvent unique des sentiments féminins. Dans la famille enfin, où l'on est plusieurs à les vivre à l'unisson, les sentiments communs renforcent les sentiments individuels. Quoi qu'il en soit, l'époque où nous nous plaçons a la chance, grâce aux livres, aux correspondances souvent citées, à d'autres témoignages encore, de disposer enfin d'observatoires où l'on voit défiler ces sentiments et d'où l'on peut les identifier, assister constamment à leur éclosion spontanée et à leur diffusion. Voyons-les donc dans leur fraîcheur et dans leur force.

Un premier témoignage, nouveau et précieux, nous vient de l'iconographie. Pour la première fois dans l'histoire italienne, la peinture religieuse, la fresque, prend l'allure d'une large scène aux cent épisodes où les acteurs – une Sainte Famille – éprouvent et expriment avec conviction des sentiments profonds. Tous les peintres n'ont pas la même réussite, mais regardons Giotto, le maître incontesté du XIVe siècle, tenu pour tel et constamment admiré au long du siècle, et observons, à Padoue, les personnages de la chapelle Scrovegni (vers 1305). Anne et Joachim se retrouvent à la porte Dorée ; dans leur étreinte et dans leur regard se peignent l'attachement indéfectible de deux époux longtemps malmenés par le destin et la joie profonde de leurs retrouvailles. Avec cette même tendresse grave, sainte Anne tend les bras à sa fille nouveau-née, puis elle l'accompagne le moment venu jusqu'au grand prêtre. Étendue sur le bat-flanc rocheux où elle vient d'accoucher, la Vierge reçoit pour la première fois (de la sage-femme des apocryphes) son fils tout emmailloté ; elle met dans son geste tout le respect, dans son regard toute la vénération attentive et tendre, toute la prescience aussi que lui inspirent son créateur et son enfant. Les années passent. Penchée sur le visage de son fils mort, elle le contemple avec le désespoir sans larmes de qui n'en peut plus de pleurer et le désir éperdu de graver dans sa mémoire ces traits qui vont disparaître. Face à ce cadavre, elle ne semble montrer ni plus de courage ni plus d'espérance que n'importe quelle mère. Autour d'elle, les saintes femmes gémissent. Du XIVe au XVe siècle, les styles, les noms et les talents changent, mais les variations inspirées par la Vierge et par Jésus sur les thèmes de la tendresse face à l'enfance, de l'affliction face à la douleur et à la mort, constamment réélaborées au gré des sensibilités du moment, proposent partout des modèles convaincants aux sentiments de quiconque vit des instants analogues (naissance, mort tragique, etc.). L'iconographie sacrée, dans sa maîtrise technique et psychologique croissante, aide certainement à l'affinement des sentiments privés, notamment à l'égard des nourrissons et des enfants, et à l'égard des défunts.

Portés par l'exemple des peintures, par la diffusion d'une littérature humaniste et bourgeoise qu'il faudrait évoquer bien plus longuement (Boccace a un succès prodigieux), par la configuration même du privé, à la fois spectacle, accord, tension et intimité, mille sentiments s'expriment en mille occasions et en toute liberté dans la vie privée, inspirés ou fortifiés par elle.

Vivre harmonieusement dans sa famille, chose heureusement fréquente, c'est d'abord y trouver et y entretenir un climat d'affection plus chaleureux qu'ailleurs. Les moralistes en sont bien convaincus, à commencer par Alberti : quel que soit le prix de l'amitié – son dada –, force lui est de constater qu'on la subordonne communément à l'amour conjugal. La conversation familière, l'épanchement des cœurs, la volupté, les enfants, le soin de la maison, tout concourt à entretenir l'affection qui cimente le couple. Quant à l'amour paternel, chacun sait avec quelle profondeur, quelle ampleur, quelle véhémence il est ancré dans les cœurs ; rien de plus constant, de plus total et de plus grand que cet amour-là.

Face aux moralistes, les conteurs, les correspondances surtout, nous révèlent bien, dans les familles, la diffusion et la force de cet attachement mutuel. Les époux d'alors ont, l'un envers l'autre, la pudeur de leurs sentiments, mais les autres affections s'épanchent facilement. Éloignée de ses fils exilés, Monna Alessandra Strozzi ne peut contenir dans ses lettres les plaintes d'une tendresse frustrée que les années, en s'écoulant, ne font qu'aviver : « Je crois mourir de cette soif de te revoir [...] je désire de toute la force de mon cœur et de mon âme vivre là où vous vivez ; ma seule peur est de mourir sans vous revoir » (Florence, 1450-1451). « Si tu avais eu des enfants, confie à une amie une autre dame florentine, tu comprendrais la force de l'amour qu'on leur porte. »

Le cœur des pères n'est pas moins ouvert à la tendresse. Boccace, à sa manière désinvolte, use et abuse de ce noble sentiment comme d'un leurre infaillible propre à piéger les cocus : que fait donc ce moine débusqué en chemise dans la chambre conjugale ? il guérit des vers un petit bonhomme très mal en point ; et le papa embrasse le guérisseur avec effusion... Mais les exemples ne manquent pas dans les *ricordanze* et les correspondances d'attachements plus éclairés et tout aussi forts. Les confidences de Giovanni Rucellai, celles de Piero Guicciardini, de Piero Vettori, de Guido del Palagio, de Cappone Capponi, de Giovanni Morelli, les lettres d'Ugolino Verini, tous ces textes expriment unanimement l'attitude que résume l'aphorisme de l'un d'entre eux : « On dit que le plus grand amour qui soit est celui d'un père envers son fils » (Florence, XIVe-XVe siècle). Ces amours de père et de mère, les sourires et la présence même des nourrissons les éveillent très précocement. D'après Alberti, « l'attention et l'assiduité des soins donnés par une mère à son nourrisson sont bien supérieures à celles d'une nourrice, et son amour aussi ». La réalité n'est certes pas toujours aussi rose. On a fait remarquer que les Italiens aisés, tout les premiers, étaient pressés d'envoyer leurs enfants en nourrice. On voit de jeunes veuves planter là des rejetons encore au sein pour convoler. Et, dans les milieux populaires, on enregistre un déficit suspect du nombre des petites filles par rapport aux garçons. Oui, il arrive, souvent peut-être, que la pauvreté, le choc des pestes, la dureté de l'existence éclipsent – jusqu'à l'infanticide – l'attachement naissant des parents pour ces créatures à peine formées et déjà encombrantes. Mais cet attachement est toujours là, en germe, et la moindre éclaircie le développe irrésistiblement.

L'affection qui rayonne des couples trouve bien entendu un écho chez les enfants. Elle renforce et rajeunit aussi tous les attachements qui s'entrecroisent dans la famille large, et elle s'étend jusqu'aux amis. Grandir chez soi, surtout dans les milieux privés riches en relations et en parentèles de la bourgeoisie urbaine, c'est s'insérer dans un réseau dense et stable – pour l'essentiel – d'affections mutuelles souvent proclamées et bien précieuses pour les jeunes, pour les veuves, pour tous. Michele Verini, qui admire tant son père et le chérit, est très lié à son oncle Paolo (« vous m'aimez de manière privilégiée »), à son précepteur Lorenzo (« vous n'aimez personne plus que moi »), à ses camarades, et c'est toujours d'affection *(amore)* qu'il s'agit (Florence, 1480). Se lier, pour lui, surtout pendant sa maladie, c'est aimer. Alessandra Strozzi, entourée par ses filles et par ses gendres d'une affectueuse vénération – renforcée par les épreuves qu'elle traverse –, laisse en toute simplicité déborder sur son entourage de neveux et de cousins l'affection que ses fils exilés ne sont pas là pour étancher. Mais chacun, autour d'elle, agit de même, et tout spécialement les hommes, dont les sentiments ne sont pas alors bridés par le respect humain. D'oncle à neveu, de cousin à cousin, d'ami à ami, l'estime avec toutes ses nuances *(fidanza, fede, stima)* y va souvent de pair avec l'affection. On le dit, on le laisse dire et écrire par les femmes – qui en font un argument pour pousser leurs enfants (« tu lui as toujours montré tant d'affection : aide-le ») – et l'on agit en conséquence, en manifestant pour les gens du sang une solidarité (conseil, emploi, gestion) dont les exemples abondent. Malgré les brouilles et les innombrables ratés de l'esprit lignager, la famille reste le berceau par excellence de l'affection mutuelle, affection nuancée de cette touche particulière qui en fait, plus nettement qu'aujourd'hui, un sentiment étendu aux cousinages et aux amis, un sentiment enfin – pour ce motif justement – actif, efficace, le cœur des solidarités privées.

L'affection entraîne son cortège habituel de sentiments que l'on voit s'épanouir tout à leur aise dans l'intimité privée. Dieu merci, les occasions de se réjouir ne manquent pas. Un cousin élu prieur comble de joie tout un lignage. Des nouvelles d'un absent, une naissance, et voilà tout le monde heureux. La joie débordante, le comble de la joie, d'après Boccace qui la décrit à plusieurs reprises, c'est bien entendu un événement de la vie privée. Événement type, symbolique, il s'agit des retrouvailles imprévues qui rassemblent une famille éparpillée, parfois sans espoir. Une mère retrouve son fils : torrents de larmes, mille baisers, « épanchements d'une joie si pure ». Un père reconnaît sa fille, « joie immense » ; puis son fils : interminables récits « ponctués de larmes de joie versées ensemble ». Reconstituer contre tout espoir un foyer démembré, voilà la joie suprême, tous en conviennent.

Dans ces groupes fragiles, périodiquement menacés par une séparation, un exil, une maladie, un décès, l'affection arbore pourtant plus souvent son expression soucieuse.

On s'inquiète pour les absents. Les correspondances s'en font fréquemment l'écho. La réponse attendue n'est pas arrivée ; l'attente se teinte de *malinconia* (anxiété) : « Comment décrire ces deux mois d'anxiété, sans aucune nouvelle d'eux ! J'en étais certaine, il leur était arrivé quelque chose ! » (Alessandra Strozzi, 1451). Si finalement les nouvelles ne sont pas bonnes, l'anxiété tourne à l'angoisse : « Ne sachant pas la nature de son mal, l'angoisse me saisit » (la même, 1459). Mêmes sentiments d'inquiétude, puis d'angoisse quand, au foyer, un familier s'alite, que sa maladie s'aggrave et qu'il souffre.

La mort a fait son œuvre. De la tristesse au désespoir, la famille connaît, selon ses membres, toutes les nuances amères de la peine. Revers étroitement ajusté aux affections du privé, cette peine cependant – et précisément pour cette raison – n'ébranle pas sa cohésion. Dans les familles unies, plus la peine est forte, plus elle se porte en commun dans l'affection, plus cette entraide rapproche les cœurs, plus elle consolide les liens de solidarité domestique. La mort à Naples, en 1459, du jeune Matteo Strozzi (vingt-trois ans) consterne l'entourage de sa mère Alessandra, restée à Florence. La désolation navrée imprègne toutes les lettres de condoléances qu'on prodigue à la malheureuse femme. Chacun autour d'elle rivalise de délicatesse. Pour lui révéler l'affreuse nouvelle, un cousin, averti depuis Naples, convoque chez lui quelques parents, puis on accueille la pauvre mère, on l'avertit avec ménagements, et chacun la réconforte avec compassion. Dans les conversations, dans les lettres qui s'entrecroisent, on se console mutuellement, on s'exhorte à l'entourer, à la soutenir dans son épreuve. À cette mobilisation des âmes, Monna Alessandra contribue cependant plus qu'une autre en exerçant autour d'elle avec charité, malgré son chagrin, un rôle de consolatrice. Cœur vivant de sa maison, elle redistribue aussitôt, pour en irriguer le corps familial, les preuves d'amour qu'elle en a reçues. Ce choc atroce, qui bouleverse tous les proches, consolide en définitive l'entente générale et resserre les solidarités privées même éloignées.

Le privé semble l'espace privilégié des larmes. Pleure-t-on beaucoup en public ? Je l'ignore. Aux deuils, aux retrouvailles, aux peines comme aux joies, chacun en tout cas pleure chez soi à chaudes larmes. Sensibilité particulière ? Oui, mais surtout langage propre au privé. Bien entendu, les confidences des lettres et des conteurs – Boccace surtout, si attentif aux larmes – font état de pleurs solitaires, de ces pleurs qui accompagnent la conscience poignante d'une solitude brutalement imposée par la mort, l'absence, l'abandon, par l'arrachement en un mot à un privé domestique réconfortant. Mais il s'agit aussi de pleurs partagés, de ces pleurs qui sont pour les proches, à l'occasion de chocs familiaux brutaux défiant les mots, le seul et vrai langage de la confidence et du plein accord. Accord de l'affection : en se retrouvant après des années, on s'étreint en silence en pleurant (Boccace, II, 6 et 8 ; V, 6 et 7) ; accord de la compassion (*ibid.*, II, 6 ; III, 7 ; VIII, 7) ; du repentir. Accord enfin de la peine partagée. Encore tout secoué par la nouvelle de la mort de son jeune beau-frère Matteo, Marco Parenti reçoit deux lettres coup sur coup ; la première, qui évoque la peine de sa femme, le fait fondre en larmes ; la seconde, en insistant sur la détresse de sa belle-mère, achève de le bouleverser : « Elle redoubla mes larmes. » Ces larmes scellent ici l'adhésion totale de Marco à la peine de sa belle-famille. L'expression de sa compassion remplit ensuite sa correspondance, mais il y présente ses pleurs silencieux comme le plus éloquent témoignage de son union profonde avec les siens ; pleurer ensemble, même de loin, passe toutes les paroles. On notera du reste à cette occasion que les hommes participent comme les femmes au langage des larmes, ce qui élargit et affermit sa portée ; pleurer ensemble passe toutes les conventions.

D'autres pleurs collectifs, et dévolus exclusivement aux femmes, ponctuent les funérailles des gens du clan, mais il s'agit de lamentations rituelles destinées à mimer à l'usage du public la douleur de la famille. S'en passer serait un outrage à l'honneur du défunt. Mais leur outrance (indispensable) travestit les sentiments vrais sans rien apporter à l'intimité familiale.

Formation du corps et de l'intelligence

L'intelligence se forme chez soi, comme la sensibilité ; l'éducation du corps et celle de l'esprit sont d'abord affaire privée ; l'école vient ensuite, à tous égards, quelle que soit son importance, qui fait l'objet de discussions.

La toute première formation commence dès le biberon (ou plutôt le sein), et la nourrice est la première à s'en charger. Attention à bien la choisir ; se méfier comme de la peste des « tartares, sarrasines, barbares et autres énergumènes » (Palmieri). Suivent mille recommandations du même auteur sur les seins de la candidate, sur son haleine, son âge, son sérieux, etc. Et pour cause. Des tâches capitales l'attendent : donner son lait, bien sûr, mais chanter pour endormir l'enfant, redresser son bégaiement éventuel et savoir même remodeler son visage (nez, bouche, strabisme) par d'habiles manipulations (Francesco di Barberino).

La nourrice est encore à l'ouvrage que déjà interviennent les éducateurs naturels. D'abord la mère, comme le souhaitent Alberti, Francesco Barbaro et d'autres moralistes (« le soin des enfants d'âge tendre revient aux femmes, nourrices, mère », Alberti), à laquelle se joindra très tôt le père, le premier responsable – aux yeux des moralistes – de la formation morale et intellectuelle de l'enfant. Avec l'éducation, l'instruction en effet doit commencer précocement ; c'est un souhait très répandu dont, parmi d'autres, Palmieri se fait l'écho. Certaines personnes, dit-il, repoussent jusqu'après sept ans le moment d'instruire les enfants. C'est pure paresse. Il faut commencer dès leur temps de nourrice à leur enseigner les premiers rudiments des lettres. S'y contraindre, c'est gagner deux ans. À partir de sept ans, on donnera un maître au jeune garçon. Des moralistes (Maffeo Veggio) insistent pour qu'on l'envoie à l'école, où il trouvera des camarades. D'autres sont favorables au précepteur privé, solution adoptée pour Giovanni Morelli (XIVe siècle et, plus tard, pour Laurent de Médicis et beaucoup d'autres).

Dans les familles aisées, paradoxalement plus proches en cela des paysans et du peuple que de la bourgeoisie moyenne, le cycle entier de la formation enfantine peut donc se dérouler majoritairement, parfois exclusivement, dans l'espace privé. Espace, dans leur cas, toujours mieux agencé pour cette fonction. Plus s'avance la Renaissance, plus les demeures bourgeoises se prêtent à la vie intellectuelle, avec leurs pièces multiples, calmes et propices à l'isolement (chambres, *studi*), leur mobilier spécialisé (tables à écrire, lutrins, étagères à livres), leurs bibliothèques même, luxe de certains palais florentins, milanais, vénitiens, napolitains, romains. Les adultes, qui les ont aménagés, sont les premiers à profiter de ces avantages, mais les enfants n'en sont pas exclus.

Instruire les jeunes est une tâche absorbante qui peut mobiliser une bonne partie du groupe privé. Le jeune humaniste Michele Verini est d'abord pris en main par son père, et il l'est précocement, avant sept ans certainement. Mais plus il progresse, plus l'équipe de ses professeurs domestiques grandit, pour atteindre, entre sa dixième et sa quinzième année, une demi-douzaine de personnes. Son oncle Paolo, un médecin d'environ trente-cinq ans, lui enseigne les rudiments des mathématiques (et la Bible), enseignement que vient compléter plus tard le mathématicien Lorenzo Lorenzi, un autre oncle. Un ecclésiastique et un grammairien gouvernent son latin jusqu'au moment où, alertés par ses dons, Cristoforo Landino et Angelo Poliziano acceptent de lui prodiguer leurs inestimables conseils ; il n'a pas encore quinze ans. Les leçons de tous ces maîtres ont lieu à l'extérieur, mais aussi chez lui. Il trouve des phrases touchantes pour déclarer qu'il les chérit tous d'une grande affection, en raison du *paternum officium* (tâche paternelle) qu'ils remplissent à son égard. Dans leur rôle de précepteurs, ces personnages éminents, presque tous professeurs au *studio* (université) de Florence, entrent dans son domaine privé. Père, oncles, alliés, illustres *amici*, toute cette équipe domestique consacre à l'instruction de leur pupille beaucoup de temps et d'attention. On se déplace, on s'écrit, on se consulte à son propos pour échanger des nouvelles, des conseils, des projets. L'entourage d'un jeune homme, surtout s'il est brillant, n'en fait jamais assez pour son avenir.

Les objectifs de cette formation domestique ne sont donc

pas exclusivement privés, à beaucoup près. Instruire un garçon, c'est d'abord le mettre en mesure de maîtriser rapidement les techniques de la profession où il s'engagera et de participer dignement et efficacement à la vie publique. Les familles bourgeoises mettent leur point d'honneur à bien armer leur fils pour sa future carrière politique. Cela étant, notons avec Palmieri qu'en éduquant les garçons, on ne cherche pas à enseigner séparément « comment organiser ses affaires, comment converser avec ses concitoyens et [...] comment tenir sa maison [...], mais bien le tout ensemble dans la pratique ». Dans un monde où la famille et le lignage jouent un rôle si déterminant dans la vie politique, la fidélité aux valeurs privées qui régissent ces parentèles est la clé de la réussite publique de leurs membres.

En éduquant les filles, les familles se montrent moins ambitieuses. Bien qu'en 1338 on signale des enfants des deux sexes dans les écoles de Florence, l'opportunité de l'instruction féminine est passionnément discutée, et bien des moralistes y sont hostiles. Les femmes du monde constituent un cas particulier. Leurs responsabilités sociales supposent un certain niveau de culture. Elles savent donc écrire, et même très bien ; beaucoup aiment lire ; au XVe siècle, les plus douées maîtrisent le latin, et parfois le grec, avec le *satisfecit* d'un humaniste comme Leonardo Bruni. Il en va de même – lecture, écriture, latin éventuellement – pour les futures religieuses. Mais, hors de ce milieu privilégié, la formation féminine est orientée avant tout par les perspectives du mariage, des enfants, des responsabilités et des valeurs privées. Dans leurs ouvrages respectivement consacrés au mariage et à l'éducation, Francesco Barbaro (*De re uxoria*, 1416) et Maffeo Veggio (*De educatione liberorum*, 1440) abondent dans ce sens. Future mère, future éducatrice domestique de la morale et de la foi, futur modèle pour ses filles, l'adolescente, selon Veggio, doit « être élevée, par de saints enseignements, à mener une vie régulière, chaste, religieuse, et à s'adonner constamment à des travaux féminins » entrecoupés de prières. Barbaro insiste davantage sur la formation pratique ; mais la perspective des deux auteurs, et de beaucoup d'autres, coïncide. La mère de famille étant à leurs yeux la véritable dépositaire des valeurs privées, il est souhaitable qu'elle se consacre entièrement à leur défense et à leur transmission. L'éducation des demoiselles sera conçue en conséquence.

L'intimité privée face au monde extérieur

Les visiteurs du quotidien

Si protégés soient-ils de la foule par leurs portes, leurs serrures, et par l'écran de leurs méfiances et de leurs solidarités proches, les milieux privés, et d'abord les ménages, s'ouvrent au monde extérieur, et ils doivent le faire à tout instant, et presque sans y penser, au gré des nécessités quotidiennes.

Les demeures les mieux closes ne sont hermétiques ni aux indiscrets ni aux importuns, par une sorte de porosité naturelle. Les scènes de ménage percent les murs. Les changements d'humeur, de comportement, de mine n'échappent pas aux bons apôtres du quartier (Boccace, IX, 5). Les vis-à-vis ne manquent pas d'épier les gens d'en face quand le coup d'œil en vaut la peine. L'étroitesse des ruelles entretient un voyeurisme diffus. Question d'un juge : « Monna Selvazza vit-elle en prostituée ? » Réponse de l'honnête voisine : « D'une fenêtre donnant sur la demeure de Monna S., elle l'a vue cent fois se mettre au lit nue avec des hommes tout nus et pratiquer toutes les turpitudes qui sont celles des prostituées » (Florence, 1400). Rien d'important n'échappe longtemps à la perspicacité fouineuse des bonnes gens, et surtout, à commencer par les aventures sentimentales, les commérages vont leur train.

Pénétrer chez autrui est aussi facile que de l'épier. Beaucoup d'étrangers ont l'occasion de rôder devant les portes – mendiants, donneurs de sérénades, galants –, et beaucoup, celle d'en franchir carrément le seuil. Sans compter le menu fretin des pique-assiette professionnels, des enfants, etc., défilent à longueur de semaine tous les auxiliaires indispensables à la vie domestique. Des métayers convoient leurs redevances jusqu'au grenier ou au cellier (il y faut, depuis la ferme, jusqu'à cent va-et-vient d'âne) ; le boniment d'un marchand ambulant lui vaut d'exhiber son éventaire dans l'entrée ; la domestique d'un voisin vient céans voir sa camarade ; le barbier monte faire son office (à Ravenne, les statuts l'obligent à se déplacer si la convocation vient d'un chevalier) ; le médecin passe voir un malade ; la sage-femme, une parturiente ; un notaire et ses témoins sont introduits pour un contrat ; des intermédiaires patentés amorcent les pourparlers en vue d'un mariage ; des religieux accomplissent les devoirs de leur ministère (visite aux malades, extrême-onction), etc. Les exemples abondent dans les documents de ces va-et-vient familiers sans imprévu et sans âge. Ajoutons à ces figurants les comparses occasionnels des beuveries, les commensaux des banquets, les pauvres reçus pour un repas, les hôtes enfin, ces étrangers accueillis pour une ou plusieurs nuits que les familles cossues se font un devoir d'héberger conformément à l'éthique d'opulence définie, par exemple, par le Napolitain Giovanni Pontano (fin XVe siècle) ; la libéralité, l'hospitalité font partie des devoirs impérieux du riche.

Ces hôtes d'un moment ou d'un jour ne pénètrent pas tous très avant dans l'intimité privée. Beaucoup franchissent à peine le seuil. D'autres – les buveurs – sont reçus apparemment dans la salle du rez-de-chaussée attenante au cellier, et c'est dans la salle encore, mais à l'étage, que l'on traite les affaires, que l'on soupe, que l'on cause avec tous ces étrangers. La chambre est plus secrète, sans s'avérer totalement inaccessible. On y admet familièrement des bouffons, parfois ses fermiers, et, bien entendu, tous les auxiliaires de la maladie, les barbiers, médecins, sages-femmes, les prêtres et leurs clercs. Dans les *rocche* (châteaux ruraux) de la noblesse féodale, la chambre jouit souvent du prestige qui est le sien dans les palais royaux : comme les rois, leurs trésors, les seigneurs y serrent dans les coffres les documents qui fondent leur pouvoir, et c'est là que, devant notaires et témoins, sont enregistrés bien des contrats importants.

L'hospitalité requiert bien normalement qu'on offre aux hôtes un siège, une place au feu ou à table. Pour écouter la confession d'un malade, tâter un pouls, exercer en un mot leur ministère, prêtres et médecins s'asseyent familièrement sur le lit. Quant à ces étrangers que l'on reçoit pour la nuit, il arrive qu'on leur propose sans façon une place dans une couche déjà occupée, procédé normal des hôpitaux et des auberges, et accepté ici sans cérémonie.

Cette première ouverture de la cellule privée sur le monde extérieur, dans sa simplicité et sa banalité, n'entraîne pour l'intimité aucune perturbation particulière, hormis les racontars habituels, les risques et la crainte des vols (saint Bernardin s'en fait l'écho), et, dans cette familiarité improvisée, quelques frictions un peu rudes, ou trop douces.

Le dehors conquis par les femmes

Dépasser ces relations épisodiques et affronter seule le monde extérieur n'est pas facile pour une femme, surtout jeune, et surtout fille. On surveille les femmes, l'opinion publique trouve la chose normale, et certains moralistes font chorus. Aux yeux de Paolo da Certaldo, « la femme est chose vaine et frivole [...]. Si tu as des femmes chez toi, surveille-les de près ; fais souvent un tour chez toi et, tout en vaquant à tes occupations, tiens-les [ces femmes] dans l'appréhension et dans la crainte », et plus loin : « Que la femme imite la Vierge Marie, laquelle ne sortait pas de chez elle pour bavarder à droite et à gauche, lorgner les beaux messieurs et prêter l'oreille aux vanités. Non, elle restait enfermée, bouclée, dans le secret d'une demeure comme il faut. »

L'indulgence prévaut pour les fillettes. Bien sûr, elles seront très tôt – dès trois ans – séparées des lits et des chambres des garçons et enveloppées la nuit (mais les garçons aussi) de longues chemises : pudeur oblige (G. Dominici). Mais nul ne songe à leur interdire de circuler dans le quartier pour rendre service (pour jouer, attention !), ni d'accompagner chez eux des oncles qui viennent les chercher, ni de se réunir en bandes chez l'une d'elles (comportement de la petite Catherine Benincasa, dotée d'une mère pourtant stricte).

Passé douze ans, finie la liberté. Catherine est bouclée chez elle, conformément à la coutume en vigueur à Sienne. Son père, ses frères – dont le rôle est grand – montent une garde attentive, et les moralistes, en insistant sur le sujet, montrent combien l'opinion générale y est sensible. Aux yeux de Fra

Paolino, c'est le moment pour les pères de redoubler de vigilance en interdisant à ces demoiselles les flâneries en ville et jusqu'aux bavardages en aparté. Un travail domestique assidu et silencieux aura seul raison des songes ridicules que nourrissent ces écervelées. Francesco di Barberino est plus attentif au rang. Sans vouloir égaler la rigueur exigée par l'éducation des jeunes princesses, on sera très strict pour les demoiselles de bon rang : attention aux hommes, aux galanteries, aux regards ; que ces petites personnes restent chez elles et qu'on les éloigne des fenêtres. Les basses classes méritent moins de précautions. Maffeo Veggio met pour sa part en garde contre les mauvaises fréquentations, celles des garçons, des filles étrangères à la famille, des jeunes servantes suspectes. Que la mère y veille. Si grande est la circonspection générale qu'on évite d'amener ses filles aux sermons, malgré les apostrophes courroucées des prédicateurs. Piété, pudeur, honneur, tels sont, pour tous, les maîtres mots du comportement idéal des jeunes pucelles.

Le mariage n'apporte qu'un relâchement partiel à ce renfermement. Malgré leurs responsabilités nouvelles de ménagères, dans leurs rapports avec le monde, les épouses sont soumises au bon vouloir des maris. Certains grincheux se montrent odieux : « Sans prétendre aller aux noces, aux fêtes, à l'église, sans même le moins du monde sortir de la maison, l'épouse [d'un marchand de Rimini] n'osait ni se mettre à la fenêtre ni jeter sous aucun prétexte un regard sur l'extérieur » (Boccace, VII, 5). Ce cas limite est rarement atteint, et toutes les femmes s'en indignent. Mais si le maître est ainsi, que faire ?

La sévérité bavarde des moralistes envers les évaporées de quinze printemps montre bien qu'il y a anguille sous roche. L'espace privé féminin n'est pas impénétrable, en dépit de toutes les gronderies. Mais le ton des moralistes alerte la curiosité : jusqu'où va cette porosité ?

Les maisons les plus sévèrement cloîtrées conservent sur l'extérieur des ouvertures coutumières, qu'on a déjà vu les rigoristes montrer du doigt avec suspicion, et qui sont tout bonnement les fenêtres et les portes. La fenêtre est en effet le grand divertissement et la grande tentation, merveilleusement ouverte comme elle l'est sur la rue, bien qu'abritée des indiscrets par tout l'étage et par l'écran éventuel des battants articulés de la persienne. On y épie ; on y regarde ; on y converse d'une baie à l'autre ; on s'y fait voir. Les belles indolentes « s'y tiennent assises à longueur de journée, les coudes sur l'appui, avec en main l'excuse d'un ouvrage qui ne se termine jamais » (Alberti). La porte, celle de l'extérieur, est elle aussi fréquentée par les dames qui s'y asseyent volontiers les soirs de beau temps, pour causer en suivant les passants des yeux (saint Antonin). La proximité de la rue et sa promiscuité réservent plutôt le seuil aux matrones, et les jeunes filles n'y paraissent en principe qu'accompagnées, mais le lieu n'est pas sans prestige, et c'est là qu'à des occasions régies par la coutume s'exhibe la cohorte domestique des femmes. On pouvait voir, à Milan, « les matrones et les pucelles assises sur les seuils aux jours de fête ; elles rutilent de tant d'or, d'argent, d'émail et de perles éparses sur leurs atours qu'on les prendrait pour des reines ou des princesses du sang » (G. Fiamma).

Le contact avec le monde se limite rarement à cela, pour les femmes comme pour les filles. Les obligations domestiques et religieuses des ménagères entraînent tous les jours la plupart d'entre elles hors de chez elles. Certaines, surtout parmi les pauvres, exercent un métier à l'extérieur. Les autres se retrouvent autour des éventaires, au marché, au puits, au moulin. Les églises constituent des espaces privilégiés pour ces escapades féminines hors du privé, espaces surtout fréquentés par les dames des bons milieux auxquelles leurs servantes ôtent l'alibi des courses et qui ont du temps. Ces dévotes ont maintes occasions d'y passer tous les jours des heures entières, surtout les jours de fête, ou en Carême, et il est de bon ton pour les femmes de leur monde de se retrouver toutes à certaines cérémonies : « Le dimanche matin, à l'église des franciscains, toutes les femmes sont là » (Pecorone). On voit même des jeunes filles, au moins dans les milieux modestes, participer à des pèlerinages locaux et s'y rendre à deux ou trois, sans aucune surveillance (Boccace, IV, 7).

Risquer un œil ou un pas hors de la maison, c'est croiser ou rencontrer des personnes totalement étrangères au privé, et notamment des hommes, des garçons. Alors pour les adolescentes commencent les amourettes.

Certains attachements se greffent tout simplement sur une amitié d'enfance ou sur une familiarité prolongée. D'autres, sur le hasard d'un séjour commun dans une auberge. Mais, dans ces familles de la bourgeoisie urbaine où la fille, strictement surveillée, ne peut librement découvrir le monde que par la fenêtre, l'initiative revient d'abord aux regards. Les ingénues s'amourachent des damoiseaux simplement à les voir passer (une Sicilienne, fille de pharmacien, « postée aux fenêtres avec d'autres dames », commet l'impair de s'éprendre du roi en personne – Palerme, 1280) ; mais bien plus troublants sont les échanges de regards. Les jeunes gandins sont là en contrebas à faire les cent pas, et gare à celle qui, de la fenêtre, croise leurs œillades assassines. Se déploient alors, à l'insu des parents, ou avec leur accord tacite, tous les manèges de la séduction et de la conquête. Dialogue, à Venise, d'une mère et de sa fille : « Ma fille, et ton fichu ? – Ma mère, il s'est détaché de mon cou hier au soir, quand j'étais au balcon, et j'ignore comment il a pu tomber. Ce jeune homme l'a ramassé. » La mère (femme d'expérience) : « Depuis combien de temps dure ce manège ? – Ma mère, depuis presque un an » (Lionardo Giustinian, début XVe siècle). Les filles de Gênes sont bien les mêmes ; voici, d'après un versificateur local, « ces jeunes nymphes à l'âge du mariage ; chacun peut les voir, postées comme elles le sont dans la lumière et la parure des fenêtres ; elles sont là pour regarder, et pour qu'on les regarde aussi, bien sûr. Chaque jouvencelle sourit à son galant. Et voici qu'elle lui jette des fleurs, des fruits, des noix, tout ce qui peut servir de gage à son amour. Mille aveux s'échangent, et mille badinages [...]. Un père surprenant sa fille à ce jeu ne lui en fait pas grief, bien qu'il s'agisse du bon ami ; enfermée comme elle l'est, libre à elle de concéder à l'élu mille tendres paroles ; les réalités ne suivront pas. » Et partout, le jour, ou la nuit, s'élèvent les aubades, ou les sérénades ; sans compter les fêtes innombrables qui mettent traditionnellement les filles en présence des garçons.

Le mariage, rupture et rencontre de deux privés

Le moment décisif de rupture dans le privé féminin est néanmoins bien évidemment le mariage. Les amourettes s'envolent vite, au Trecento ; les filles sont casées très tôt. On les marie en moyenne à seize ans à Prato (Toscane), en 1370 ; à dix-sept ans et demi, en 1427, dans cette même ville et à Florence. À Sienne, on pense vers 1350 à marier sa fille dès qu'elle a douze ans ; ce moment est repoussé à quatorze ans cent ans plus tard, et les filles convolent vers seize/dix-huit ans. Les choses évoluent encore après cette date. En 1470, à Prato, à Florence et dans leur campagne, les jeunes mariées ont généralement dépassé vingt et même vingt et un ans (Prato). D'où, peut-être, l'exubérance nouvelle des badinages décrits plus haut. Badinage de toute manière le plus souvent sans conséquence et sans lendemain.

Le mariage, voilà ce qui compte et, quel que soit l'âge de la fille, les parents ne s'engagent pas à la légère dans cette aventure si importante pour leur monde privé. Le choix doit mûrir longtemps, parfois des années. Entrent simultanément en jeu les démarches entamées par les parents ou par des tiers – il existe des intermédiaires professionnels – et, s'agissant ici des filles, la séduction de la demoiselle. Rien n'aboutira sans appâter les garçons. Pas question de compromettre la jouvencelle, mais, depuis la maison où on la tient calfeutrée, on l'exhibera dans l'encadrement d'une fenêtre, ou dans l'entrée, au milieu des dames, avec l'apparat et la mise en scène d'un tableau vivant. Bien débarbouillée – Monna Pica morigène à ce propos sa fille Catherine (de Sienne) : « Lave-toi la figure ! » –, bien coiffée, bien pimpante, cette petite icône hiératique qui se gardera de trop sourire attirera, chacun l'espère, la dévotion des jeunes gens. Si tout va bien, les prétendants ne manqueront pas. Se posera alors le problème de la sélection. Toutes sortes de considérations seront prises en compte : la dot qu'on y consacrera, le milieu social du prétendant, sa profession (permet-elle une association ? Entraîne-t-elle une promotion pour la fille ? Un gendre artisan est une bonne affaire pour un paysan, Fiesole, 1338), l'entregent politique des siens, leur domicile (proche, c'est mieux), l'accord au moins tacite du lignage... et de la fille, quand même. Là encore, les moralistes ne sont pas avares de conseils. Dominici : « Marie ta fille dans ton milieu, avec la dot voulue. » Alberti : « Prendre femme, c'est chercher beauté, parenté, richesse. Entourez-vous de l'avis de tous vos anciens. Ils connaissent par le menu les familles, aïeules comprises, de toutes les candidates. » Pas de mariage réussi sans connaissance mutuelle des privés.

Marier ses filles, puis ses fils, est la grande affaire d'Alessandra Strozzi. Ayant mené à bien la première opération, elle s'attaque à la seconde, aidée par ses deux gendres. Que de démarches, de conciliabules, d'hésitations ! Certaines jouvencelles sont ravissantes, d'après ce qu'on peut entrevoir d'elles dans les églises ou dans la *sala* de la maison de leur père. Hélas ! toutes laissent à désirer ; l'une est écervelée ; cette autre manque d'argent ; cette autre encore, de prestige familial. Alessandra arrête finalement son choix, mais cette opération lui aura coûté bien de la peine. Rien n'est superflu quand le bonheur, l'honneur, la sécurité, la survie de la famille étroite, du privé strict, sont en cause.

Arrive enfin le moment du mariage, avec son cérémonial. La complication d'un rituel élaboré au cours des siècles montre, là encore, l'importance de l'enjeu pour les deux milieux privés un instant télescopés. Le marchand Gregorio Dati note dans son journal, l'année 1393 : « Le 31 mars 1393, je consentis, et m'engageai sous serment à prendre Isabetta pour épouse. Le 7 avril, lundi de Pâques, je lui donnai l'anneau, en présence de ser Luca, notaire. Le 22 juin suivant, un dimanche, passé nones, elle s'installa chez moi, son mari, au nom de Dieu et de bonne fortune. » Sans romantisme superflu, et bien dans sa manière impersonnelle de marchand, ce jeune marié enregistre fidèlement les trois étapes habituelles d'un mariage dans la Toscane de l'époque. Les conversations des deux familles ont donc abouti. Le premier contrat sanctionne officiellement l'engagement mutuel de ces deux groupes de partenaires. Dans les jours (ici), les semaines, les mois ou les années qui suivent, viennent les épousailles proprement dites. Le fiancé donne devant notaire quittance pour la dot (formalité non rappelée par Gregorio), puis ce même homme de loi reçoit les consentements et préside à l'échange des anneaux : pas de prêtre à l'horizon. À sa question : « Voulez-vous... », chacun des fiancés répond « Oui », ou « Oui, monsieur » (*Messer si,* Poppi, Casentino, 1388) ; puis le fiancé passe un anneau d'or – ou d'argent doré – à l'annulaire droit de sa fiancée. Chevaliers et docteurs ont droit, à Bologne, à deux anneaux, et c'est avec trois anneaux d'or que Léopold d'Autriche épouse à Milan, en 1350, Verde Visconti. Le vénérable *pater familias* – ou son fils aîné s'il a trépassé –, désormais pourvu d'un gendre, lui cède alors officiellement l'autorité sur sa fille. En contrepoint burlesque à la cérémonie, il arrive qu'au moment du « oui » un assistant assène sur le dos du marié une vigoureuse bourrade (souvent reproduite dans les fresques consacrées au mariage de la Vierge) destinée à marquer le dépit de la gent masculine locale. Reste l'étape numéro trois, l'installation chez le mari, le début de la vie commune. Ce moment béni est, hélas ! souvent retardé, parfois de mois, d'années entières (fréquemment pour des questions de gros sous), et des familles sont encombrées de jeunes pucelles *maritate* mais non *ite* (non conduites au mari), faute pour leurs parents d'avoir pu réunir la dot convenue. Grâce à Dieu, ces traverses finissent généralement par s'arranger ; une nouvelle petite cellule privée se forme, elle se détache des cellules mères, et la voilà qui se met à vivre.

LES ÉVASIONS CLANDESTINES HORS DU PRIVÉ FAMILIAL

Les amourettes ne mènent pas toujours au mariage, et c'est même exceptionnel : le galant est un contemporain, le mari, un aîné. Mais il leur arrive de mener à autre chose. Les mariages pour leur part ne sont ni toujours heureux ni toujours fidèles. Échapper au privé domestique se fait souvent discrètement et sans flonflons. Dans ce vaste domaine des amours clandestines, si piétiné par les conteurs, si occulté par les usagers, rien ne permet de comptabiliser les secrets, funestes ou non. Ces amours cependant existent au quotidien, chacun le répète, en rit, ou s'en plaint, et elles représentent pour beaucoup l'une des options fondamentales d'un privé qui veut s'affirmer.

Les servantes et les esclaves, fraîches et jeunes comme elles le sont souvent, offrent chez eux aux hommes de la maison une distraction qui freine d'autres escapades extérieures. Lire les *ricordanze* bourgeoises, c'est rencontrer des ribambelles de bâtards domestiques. Margherita Datini se plaint de ses petites bonnes (1390), et le changeur Lippo del Sega fête ses soixante-dix ans en violant sa servante (Florence, 1363). Voilà pour le fond de tableau. Chez soi aussi, la présence de cousines, de nièces, peut être troublante, surtout quand chacun partage la même chambre. Des procès pour inceste sont parfois jugés devant les tribunaux (une cousine, une nièce, *contado* de Pise, 1413), et cette déviance est peut-être plus répandue qu'il ne paraît.

Les aventures passagères ou répétées, les liaisons habituelles, les attachements durables se nouent plutôt hors du foyer. Toutes les villes, et même des bourgades (en Ligurie), ont leurs prostituées. Leur présence y défie les siècles, malgré les entraves mises par les communes à leur métier (habit, domicile, sorties, impôts). Mais ces entraves elles-mêmes se relâchent. Des bordels sont créés (Florence, 1325, 1415; Gênes, avant 1336), et il arrive qu'on encourage ce commerce comme un moindre mal, pour en freiner d'autres, à commencer par l'homosexualité (Florence, 1403). La présence indéfectible des prostituées, leur nombre surprenant, surtout à Venise (plus de onze mille au XVIe siècle), à Rome et à Naples, le rang, la richesse et la vogue mondaine de certaines d'entre elles à la fin du XVe siècle dans les sociétés romaine ou vénitienne, tout montre la réussite générale de ces dames et leur rôle dans l'ouverture furtive – ou affichée –, à tous les niveaux sociaux, des barrières du privé strict.

L'homosexualité de rencontre a les mêmes effets, tout en créant parfois, entre les partenaires, une intimité privée plus durable. Les homosexuels sont de partout – Naples, Bologne, Venise, Gênes –, mais les éclats des meilleurs prédicateurs toscans (Giordano da Pisa, vers 1310; Bernardin de Sienne, vers 1420), les flèches de Dante (*Enfer*, XV, XVI), les discussions alarmées des autorités et leurs mesures très sévères (début XIVe siècle et début XVe siècle), tout atteste que les villes toscanes – Sienne, et spécialement Florence – en sont les principaux foyers (*Florenzer* désignait l'homosexuel, en allemand). Cela étant, les diatribes de ces mêmes prédicateurs, qui mettent les points sur les i, montrent qu'il s'agit avant tout d'une pédérastie, répandue chez les huit/trente ans, tous ou presque célibataires. Ces pratiques constitueraient donc moins une alternative au privé conjugal qu'un échantillon de ces tentatives désordonnées inventées par les « jeunes » – contraints au mariage tardif – pour se forger une identité et un privé personnels. Il ne s'agit pas moins là d'une déviance prononcée par rapport aux normes coutumières de la morale élaborée autour du privé, et sa vogue pose problème. Sans passer en revue toutes ses causes, notons l'observation de saint Antonin qui incrimine l'excessive permissivité des parents, d'une indulgence coupable à l'égard de ces « jeux d'enfants », observation qui lierait la pédérastie aux mutations du privé familial. Il est en effet possible que, dans un monde où les options traditionnellement masculines (lutte politique, guerre) ont perdu de leur prestige, les valeurs de douceur, de politesse, d'affection, valeurs perçues comme féminines, aient marqué davantage les garçons, en même temps que s'estompait l'autorité d'un père souvent absent, vieux (ou défunt) sur des jeunes gens déjà engagés dans la vie professionnelle.

Restent enfin les mille tableaux des vraies amours clandestines, ce vaste théâtre dont les ménages fournissent les acteurs et où nous retrouvons, face aux hommes, nos pucelles et nos coquettes montées en graine. Encore célibataires, elles essaient leur indépendance ; mariées, elles prétendent l'assumer, en se forgeant, tout comme les hommes, un privé parallèle en dehors de leur privé domestique habituel. Les conteurs sont intarissables sur toutes les circonstances possibles de l'aventure, depuis le premier élan des cœurs jusqu'à l'extase finale. Des cadeaux sont échangés, des entremetteuses (souvent la servante de Madame) font la navette, on convient d'un rendez-vous – au logis, au jardin, aux étuves –, on déjoue les ruses grotesques du jaloux, et vive l'amour ! Il arrive que les méandres de l'intrigue conduisent à la formation de couples échangistes (Boccace, VIII, 8) ou à la bigamie. Les lois qui répriment cette dernière pratique – à Venise (1288), à Gênes (XIIIe siècle), à Bologne (1498) – la font aussi connaître, mais sans le détail de situations concrètes. Parfois, au contraire, l'affaire tourne mal ; les amants font disparaître le conjoint encombrant. La farce vire au drame. Quand les archives de la justice nous restituent un de ces épisodes, avec les minutes des interrogatoires des meurtriers et des complices, on assiste parfois, le cœur serré, à la progression d'une tragédie réellement poignante. La démarche qui éloigne les jeunes, puis les filles, puis les conjoints, du cœur de leur privé domestique arrive ici, dans ces amours adultères, à son terme. Contrairement aux fariboles des conteurs (eux-mêmes parfois réservés), elle n'est ni toujours insouciante ni toujours heureuse.

L'OSTENTATION PUBLIQUE DU PRIVÉ

À des occasions le plus souvent régies par la coutume, la famille, étroite ou large, ouvre délibérément au public son intimité et ses affaires privées. Il s'agit, en Italie comme partout, de ces grands moments familiaux où les faits privés suscitent nécessairement l'attention du public comme témoin ou comme participant : noces, enterrements, baptêmes, retrouvailles, chevalerie d'un fils, etc. Dans tous les milieux sociaux, on donne à ces cérémonies une publicité particulière, et la foule qui s'y presse outrepasse de beaucoup les limites de la famille et du milieu privé. Le long déroulement de l'alliance matrimoniale est partiellement privé (promesse, remise de l'anneau), mais les rites ultimes – début de la cohabitation, visite à la maison paternelle (huit jours après à Chioggia, fin XIIIe siècle) – sont célébrés en public avec éclat, surtout dans le *popolo grasso*. Invités, connaissances, clients, badauds, des centaines de personnes participent chaque jour dans la joie aux fêtes données par Giovanni Rucellai, en juin 1466, pour les noces de son fils Bernardo avec Nannina de Médicis, petite-fille de Cosme. Tréteaux, écuries, celliers regorgent de cadeaux (surtout du vin), envoyés par des villages entiers, des monastères, des paysans anonymes, tout comme par les proches.

La « conduite au mari » *(ductio ad maritum)* est si traditionnellement un fait public qu'en bien des endroits (Piémont, Lombardie, Toscane) la coutume y autorise, dès le XIVe siècle, l'intervention spontanée de la communauté locale. Les remariages, surtout au XVe siècle, sont tout spécialement pris pour cible, et les sociétés de jeunes, ou le public lui-même, déclenchent au passage du cortège des chahuts mémorables (charivari, *mattinate*) où se mêlent lazzi, cacophonies bizarres, apostrophes obscènes, et qui se terminent par un arrosage général de sous ou de vin.

Les décès, et pas seulement ceux des grands, mobilisent le public alerté loin à la ronde par les ululements déchirants des femmes. La gent féminine se rassemble autour du corps exposé à l'église ; des groupes d'hommes stationnent au-dehors (Florence, XIVe siècle).

Enfin, des retours, des retrouvailles, des réconciliations entre lignages (événement considérable en Italie) suscitent des fêtes auxquelles le public s'associe.

Ces cérémonies, quelles qu'elles soient, mettent l'honneur familial en jeu. Pas question de perdre la face devant ces étrangers. Tout un décorum coutumier finit par entourer ces fêtes et par les régir, décorum destiné à éviter les impairs, à mettre la famille en valeur par une ostentation bien conduite, à masquer sous un éclat de façade les petits secrets privés.

Bien recevoir, c'est naturellement nourrir et abreuver à profusion. Les banquets sont ici comme partout le morceau de bravoure de l'hospitalité ostentatoire. Pour les noces de Bernardo, Giovanni Rucellai a fait dresser dans un élargissement de la rue une estrade de 180 mètres carrés couverte de tables où festoient pendant huit jours jusqu'à cinq cents personnes par jour, pendant que cinquante cuisiniers et gâte-sauce s'affairent dans une cuisine elle aussi montée de toutes pièces à proximité. Les plats succèdent aux plats. Sans aller jusque-là, la moindre affaire ou rencontre heureuse se termine par un banquet. Le décor doit valoir la chère. L'éminente personnalité qu'est Rucellai a pris soin d'orner de tapisseries, d'étoffes, de beaux meubles précieux le podium de son festin. Pour protéger les dîneurs des intempéries, un immense vélum de drap bleu clair a été tendu, que l'on a broché et festonné de guirlandes de verdure mêlées de roses. Une crédence d'argent ciselé trône sur l'estrade. Dans les milieux plus modestes, on jonche de verdure le sol de la salle et on sort des coffres les tapisseries, les tissus ou les simples draps pour les tendre aux murs ou en décorer les fenêtres.

L'ostentation la plus générale et la plus fiévreusement préparée est d'abord celle de la parure personnelle, du maquillage, celle surtout des vêtements. S'habiller est de rigueur pour s'exhiber hors du privé. Les grandes cérémonies familiales, à commencer par les mariages, entraînent dans la bourgeoisie d'impressionnantes dépenses vestimentaires. Parmi une foule d'autres objets et parures, Marco Parenti a fait don à sa jeune fiancée de deux vêtements de noces ultra-somptueux *(giornea* et *cotta)* et d'une coiffure de queues de paon qui lui ont coûté 1 000 lires, à elles trois, soit quatre ou cinq ans de travail d'un bon maçon. Et tout à l'avenant. Les visites plus informelles qu'on rend aux accouchées (de la bonne société) exigent aussi qu'on fasse toilette. Pour honorer la grande dame que représente sainte Élisabeth – dans les fresques de Santa Maria Novella –, Lucrezia Tornabuoni a choisi une magnifique *guarnacca* de soie vieux rose semée d'étoiles d'or, elle-même passée sur une *gamurra* de soie blanche, brodée de grenades et de fleurs, dont les manches à crevés laissent bouffer l'étoffe d'une chemise. C'est ainsi parée qu'elle prend la pose devant Ghirlandaio.

La variété et la somptuosité des toilettes d'apparat, celles des femmes principalement, ne cessent de croître au fil des générations ; la qualité des étoffes s'affine avec l'usage plus habituel de la soie, une soie plus riche ; les garde-robes sont plus variées, on prend goût aux accessoires précieux. Un document bolonais décrivant, en 1401, environ 200 toilettes féminines permet d'en repérer 24 ornées d'argent, 68 ornées d'or (franges, ornements brodés, brocarts), 48 garnies de fourrure. L'impression prévaut, renforcée par les inventaires qui nous restent des ménages, que les femmes de l'aristocratie sont toujours plus à même au XVe siècle de marquer leur rang par leurs vêtements. Mais aussi qu'elles le font sans référence explicite à leur clan, ni à leur famille, dans le souci prédominant – par l'agencement de leur toilette, leur maquillage, leur coiffure légère qui dégage leurs traits – de se mettre personnellement en valeur et de se distinguer les unes des autres. L'ostentation du vêtement féminin exalte en public l'illustration sociale de la famille, du milieu privé, sans pourtant en préciser l'identité. Mettant à ce point en valeur la personne qui la porte avec ses traits particuliers, la toilette féminine d'apparat constitue pour les femmes une valorisation en même temps qu'une revanche sur leur assujettissement privé.

Intervention des autorités dans la vie privée

La place déterminante des occupations et des valeurs privées – celles de la famille en premier lieu – dans la vie des gens et dans celle des communautés leur vaut nécessairement l'attention des autorités, et leur intervention.

La législation des communes

Les communes prennent très tôt acte de l'existence des groupes privés. Les mots *consortes*, famille, descendance, frères apparaissent souvent dans les documents officiels comme une réalité humaine, sociale, et d'abord politique, avec laquelle il faut compter. Non sans méfiance. Ces groupes privés sont en effet envahissants au XIIIe siècle dans les villes politiquement encore fragiles. Les ambitions familiales rivales s'y déchaînent. C'est à qui fera prévaloir ses intérêts privés. Contre ces puissants (*magnati*, disent les contemporains), les communes élèvent le rempart de la loi. Telle est la première législation communale sur les groupes privés : défensive, imposant la paix.

Méfiante ou non (les équipes au pouvoir favorisent les familles qui leur sont acquises), cette législation n'aurait guère d'effet sur le déroulement de la vie privée si elle ne cherchait dans le même temps à régir aussi son contenu. Le droit romain codifie le privé comme le public, et j'ai évoqué plus haut l'importante production des glossateurs bolonais du XIIe-XIIIe siècle sur les droits et le rôle du *pater familias*, etc. À leur exemple, les communes prennent constamment le contenu même de la vie privée en point de mire, et les statuts qu'elles se donnent toutes au XIIIe-XIVe siècle en parlent à tout propos. On voit déjà des municipalités légiférer sur les maisons privées, définir leur hauteur, leur matériau, leur alignement (Sienne, XIVe siècle) ; ou encore mettre une taxe sur les encorbellements, limiter la hauteur des tours, etc. Beaucoup exigent communication des patrimoines privés pour mieux les taxer (les premiers cadastres sont attestés au XIIIe-XVe siècle à Vérone, à Venise, à Pérouse, à Florence) et elles en réglementent la gestion (responsabilité, succession, dot). Toutes interviennent plus avant dans l'intimité privée pour définir et réglementer l'autorité maritale, les droits de la femme, ceux du fils, les émancipations, les majorités, les mariages (interdiction aux guelfes d'épouser un gibelin, Parme, 1266) ; pour réprimer les plus graves déviations, incestes, bigamie, homosexualité surtout.

Toutes redoublent d'attention partout où les choix privés ont, ou peuvent avoir, des répercussions publiques. Les cérémonies organisées pour les noces et les enterrements suscitent une suspicion toute particulière et sont la cible de réglementations prolixes qui n'oublient rien : nombre et qualité des convives – des femmes surtout –, horaires des banquets (Venise, 1339, 1356 ; Bologne, 1276, etc. ; Gênes, 1484), valeur du trousseau et des cadeaux de mariage (Venise, 1299, 1360 ; Bologne, 1401), déroulement des enterrements, etc. Les initiatives les plus redoutées du législateur sont pourtant, chose étonnante, celles de la mode. Le faste et le coût des toilettes exhibées en public par leurs compagnes rendent les responsables fort soucieux, souci marqué absolument partout par des règlements qui prennent l'allure de vrais catalogues de mode ; le grand statut somptuaire voté à Bologne en 1401 énumère seize catégories possibles d'infractions vestimentaires (bijoux, ceintures, anneaux, broderies, fourrures, franges, robes, souliers, boutons), catégories elles-mêmes fort subdivisées, et les amendes pleuvent. Mais le métier de contrôleur est ingrat. Les Seigneuries ferment les yeux quand il s'agit des fêtes qu'elles donnent, à Venise par exemple, et surtout les femmes font preuve d'une rouerie diabolique : un agent (un notaire) interpelle une élégante arborant une toilette agrémentée d'une longue file de boutons : « Ces boutons sont interdits, madame. » Mais la belle : « Des boutons ? Mais ce sont des coupelles ! Regardez, si vous ne me croyez pas : où sont les tiges, et où sont les boutonnières ? » (Sacchetti). Les reponsables, humiliés, ne capitulent pourtant pas. Le temps passant, le contrôle, l'emprise même du législateur sur le privé ne se relâchent pas. La moralité et l'ordre public sont en jeu et, en se concentrant en un petit nombre de mains, le pouvoir se fait plus inquisitorial : les Médicis vont jusqu'à surveiller la correspondance privée. Une osmose permanente imprègne ainsi les milieux privés de valeurs et de consignes élaborées en dehors d'eux. Par l'État. Mais aussi par l'Église.

Autorité de l'Église et pastorale de la vie privée

La demeure privée est spontanément un lieu de dévotion. Les pauvres y arborent des médailles, des rameaux bénits, et l'on repère souvent, mais pas toujours, dans les inventaires de gens aisés, des objets plus importants : chapelets d'ambre, crucifix (très rares à Florence, fin XIVe siècle), quelques livres de piété, avant tout tableaux de la Vierge.

Ces icônes et ces objets sont réservés aux chambres – jusqu'à celles des amis, ou des bonnes – où ils semblent entretenir une dévotion toute personnelle, et l'on n'en trouve pas dans les salles (Florence, 1380-1420). Mais la dévotion privée n'est pas forcément liée aux icônes. On la voit aussi prendre la salle pour cadre et rassembler toute la communauté familiale, à l'occasion de lectures dévotes faites par le père ou de prières prononcées par lui au moment des repas. Chambre ou salle, c'est à la maison que les enfants apprennent les premiers gestes et les premières petites prières de leur vie chrétienne.

Plus profondément, tout ce que la vie privée comporte d'aléas, d'inquiétudes, de détresses où sont impliqués ceux qu'on aime, tout cela fait du monde privé l'espace le plus tangiblement régi par la Providence. Chacun, homme, femme, enfant, en est conscient, le reconnaît et le dit. Voir partir, faiblir, souffrir, mourir un proche, c'est sentir sur soi la main de Dieu, en reconnaître la puissance, en invoquer la miséricorde. S'en remettre à Dieu, invoquer Sa providence, est une formule plus qu'habituelle dans les lettres privées, et très sincère.

Les défunts de la famille, qu'on a souvent si bien connus, établissent eux aussi une autre médiation du privé avec le Ciel. Objets de messes, de prières, qui finissent bien par les hisser au paradis – surtout les enfants, ces morts innocents –, ils entretiennent dans la famille le sens d'une proximité beaucoup plus familière du monde céleste.

Cette imprégnation quotidienne et coutumière peut mettre sur le chemin de la vraie piété ; est-elle apte à vraiment former les consciences ? C'est ce que se demandent avec inquiétude moralistes et prédicateurs en énumérant les dangers, moraux ou physiques, rencontrés aux frontières de la vie privée, ou même en son sein, et que seule une solide formation privée pourrait combattre.

Que des jaloux cherchent à troubler les familles par des sortilèges – aiguillettes nouées, *mal occhio* aux enfants, etc. –, les moralistes s'en émeuvent et conseillent, par exemple, d'attacher un brin de corail au cou des enfants pour les en prémunir (gris-gris dont les peintres affublent jusqu'à l'Enfant Jésus), mais ce danger n'inquiète pas outre mesure l'Église dans sa réflexion sur le privé. Il en va différemment pour la vie morale.

Ouvrir sa porte aux autres entraîne *ipso facto* dans la famille des perturbations que les clercs, d'accord ici avec les moralistes laïcs, dénoncent avec une indignation attristée. Mariages, enterrements, baptêmes, banquets, toutes ces fêtes offertes au public par le privé sont trop souvent la source de dérèglements, de *disonestà,* depuis la complaisance, la vanité, jusqu'à tous les frôlements de l'émotion et du désir : une simple pression furtive des mains peut être péché mortel (saint Antonin). Les sorties quotidiennes offrent cent occasions de conversations et de fréquentations déshonnêtes, surtout aux garçons, menacés par la promiscuité douteuse de leurs camarades (sainte Catherine, Palmieri, saint Bernardin, Maffeo Veggio). Il suffit enfin des rencontres les plus anodines pour éveiller ces corrupteurs par excellence que sont les sens. L'odorat, passe encore (Dominici). Mais les regards, « flèches de l'amour » (Francesco di Barberino), le sont aussi de la mort, de la vraie, celle de l'âme (saint Antonin). Écouter, c'est prêter l'oreille aux flatteries, aux grivoiseries murmurées ou chantées, à toute la gamme des fadaises (s'adressant ici à une grande dame, le même saint Antonin limite sa liste aux travers de son milieu). Parler, c'est se mêler à ces mêmes conversations. Le goût, c'est la gourmandise.

S'enfermer chez soi ne met pas à l'abri de ces tentations. Le privé strict n'élimine ni les excès de table, ni l'emportement, ni les bavardages oiseux, ni ces attitudes et ces propos à l'occasion desquels les enfants « sont mis au courant de nos vices, de nos maîtresses, de nos ripailles » (Palmieri) et risquent « eux qui ne font semblant de rien mais qui comprennent tout [...] d'être corrompus par nos dépravations » (saint Antonin). Il n'interdit ni les tenues relâchées (non à la nudité domestique) ni ces signes équivoques ou grossiers (brandir le majeur, par exemple) que les gamins colportent chez eux au milieu de la complaisance générale. Résultat : les enfants finissent par considérer ces déviations comme naturelles et par les faire leurs. Le privé, enfin, abrite toutes les dépravations du lit conjugal.

Cette fragilité morale et spirituelle des milieux privés est un gros souci pour l'Église. À l'image de la Sainte Famille, le ménage, la famille sont les pierres angulaires de la société chrétienne, le lieu quotidien de la vie, de l'exemple et des progrès spirituels. Les prédications morales les plus touchantes resteraient inopérantes si elles ne tombaient pas dans le terreau fertile des familles, là où s'enracinent les vocations religieuses et les saintes vies. Une défaillance des familles aurait de désastreuses conséquences spirituelles.

Il est donc urgent d'intervenir, et l'on voit dès le XIVe siècle dominicains et franciscains rassembler les éléments d'une pastorale de la vie privée. Les frères ont tôt entrepris de visiter les familles et cette initiative, en s'amplifiant, a fait de beaucoup d'entre eux des confidents proches et des amis de nombreux foyers. Les parents de sainte Catherine comptent un dominicain parmi leurs intimes (Sienne, 1360), et l'on voit deux franciscains de l'Observance intervenir spontanément dans les décisions familiales de Monna Alessandra Strozzi au nom de leur vieille amitié pour feu son époux (Florence, 1449).

La sociabilité familière ainsi construite par les frères mendiants prépare et facilite des interventions pastorales plus précises et plus techniques, comme la confession – plus souvent, semble-t-il, pratiquée par les femmes –, la direction de conscience proprement dite, réalisée sous forme d'opuscules (Dominici, saint Antonin), de lettres ou d'entretiens – là encore surtout destinés aux femmes –, et, bien entendu, la prédication, surtout quand, après 1350, elle s'appesantit davantage sur la morale, prédication à laquelle un saint Bernardin convoque à grands cris tous les membres sans exception des milieux privés, y compris les jeunes filles.

Ces interventions répétées permettent aux frères de diffuser un enseignement dont l'un des objectifs majeurs, bien qu'implicite, se révèle très clairement être la reprise en main de la vie privée. On les voit d'abord insister, en accord ici avec les humanistes, sur l'importance de l'espace privé, de la demeure, comme relais et comme cadre pour une formation chrétienne et humaine (cela du côté humaniste) personnelle. Ils soulignent tous ce que l'environnement privé doit comporter de calme, de recueillement ; son rôle de retrait, de refuge ; la défense qu'il peut assurer, mieux que quiconque, contre les agressions diverses, à commencer par celles du monde physique. Il protège de la nuit, « forêt où, hors de chez soi, tous les maux sont aux aguets » (ser Ugolino Verini, 1480). Il doit protéger aussi, dans les chambres favorisées des palais, contre les rumeurs (et les odeurs de chou et d'oignon) les plus domestiques (Alberti, *De re aedificatoria*) ; filtrer l'agitation et les tentations du monde ; ménager la paix et le recueillement.

Une fois cette première base acquise, on passera plus facilement au point essentiel du programme : à savoir désencombrer l'âme, au prix d'une discipline de toute la vie – et amorcée dès l'enfance –, de toutes les vanités et convoitises dénoncées plus haut. Les éducateurs s'y emploieront, et les confesseurs aussi, en imposant une discipline stricte, un vrai dressage – expliqué et accepté – à leurs pupilles et pénitentes respectives. Ce dressage portera en priorité sur les fourriers les plus dangereux de la concupiscence, à savoir les cinq sens. Le regard : « Rends tes yeux à Dieu [...] ouvre-les au ciel, aux forêts, aux fleurs, à toutes les merveilles de la Création. Dans les villes et partout où se rencontrent des occasions de péché, baisse les yeux » (Dominici). « Entraîne l'enfant à écarter les yeux de ce qui les perturberait, à commencer par les peintures » (Fra Paolino). « Attention à vos yeux [...] à vos yeux [...] à vos yeux [...] » (saint Antonin) et aux yeux des autres, dont la curiosité peut être corruptrice pour vos bonnes œuvres et pour vous-même. Les paroles : attention à celles que l'on profère comme à celles que l'on entend, toutes suffisamment suspectes pour que saint Antonin, dans son *Opera a ben vivere*, leur consacre trois gros chapitres : « Bien garder notre langue, pour ne pas offenser Dieu », « Du péché de trop parler, et des paroles oiseuses, combien elles sont à blâmer », « Les paroles honnêtes elles-mêmes : n'en user qu'avec discrétion ». Maîtriser ses paroles, c'est aussi contrôler son rire, dont l'excès est un péché, ses gestes aussi et ses jeux. Le goût, le toucher sont aussi évoqués. Le programme ascétique englobe également, bien entendu, la sexualité, la vraie, celle du couple (toutes les autres étant à bannir) : ne pas se marier aux périodes prohibées par l'Église (péché mortel si consommation), n'user du mariage que dans les endroits convenables, aux périodes canoniques – ni Carême ni moments de pénitence – et sur le mode totalement naturel : ni sodomie (péché mortel gravissime) ni postures incongrues (péché mortel).

Le milieu privé se prête mieux qu'un autre à la réalisation de ce programme difficile, en raison de la solidarité qui lie naturellement ses membres. Qu'on la fasse donc jouer, cette solidarité, et qu'on s'entraide mutuellement sur le sentier de la vertu. Les aînés, par exemple, auront à cœur de montrer aux cadets comment obéir aux parents (Fra Paolino). Ces derniers, de leur côté, donneront aux enfants des camarades bien choisis, de bons conseils, le bon exemple, et la bénédiction divine couronnera l'effort collectif (Giovanni Dominici).

La pastorale mise au point par l'Église est diffusée à grande échelle non seulement par ses ténors, qui la font connaître, mais par des centaines de frères éparpillés dans les villes et les bourgades (fin XIVe-XVe siècle). Qu'elle ait abouti à améliorer la foi et la pratique dans les familles, c'est probable. Mais a-t-elle aussi déterminé ces chrétiens convaincus à s'engager plus délibérément dans la vie publique (sociale, politique), dans le monde ?

Certainement pas les femmes. La démarche de sanctification qu'on leur propose – notamment par la direction de conscience, fréquente chez les tertiaires, ou les grandes dames – a pour but essentiel l'approfondissement, dans la solitude, de leur dévotion intérieure. Une fois muselés tous les sens, on trouve la solitude intérieure partout, dans les églises, les salons, les banquets, à la promenade. Mais l'espace le plus apte à la réaliser est certainement la chambre. La chambre d'une dévote sera son refuge, sa cellule, le lieu privilégié de ses exercices spirituels, qu'elle meublera des objets adéquats, notamment d'un crucifix, plus approprié à la méditation pénitentielle que l'habituelle icône mariale. La vraie dévotion privée féminine éloigne du monde.

Les objectifs de l'éducation religieuse privée sont plus controversés en ce qui concerne les hommes. Saint Bernardin rappelle à ces derniers qu'ils ont le devoir d'agir dans le monde, mais ni lui ni ses confrères ne semblent consacrer à la chose de grands développements. Dans les milieux cultivés, la voix des humanistes couvre désormais, sur ce point, celle des frères mendiants. Non sans discordances. Leurs avis sont partagés. Les circonstances conduisent Coluccio Salutati (m. 1406) à consacrer un opuscule à l'apologie de la vie retirée *(De saeculo et religione)*; ce courant ne se tarit jamais complètement au XVe siècle, et on le retrouve, par exemple, dans les pages consacrées par Cristoforo Landino à la vie contemplative (*Questiones camaldulenses,* 1475). Mais l'opinion majoritaire est toute différente. Salutati estime bien trop importante la vie de la cité pour admettre que « fuir la compagnie, détourner les yeux des choses agréables, s'enfermer dans un cloître ou un ermitage constituent la voie de la perfection ». Le sage a le devoir de se servir de tous ses dons pour le bien commun. Sous les formes diverses que leur tempérament et leur formation suggèrent à chacun, Poggio, Bruni, Valla – pour se limiter aux plus grands – insistent sur cette obligation et le font, Bruni notamment, au nom d'un idéal chrétien. Ils manifestent en revanche une vive hostilité envers ces prédicateurs qu'ils montrent avec sarcasmes – parmi d'autres reproches – « prêchant avec hypocrisie à toutes ces petites sottes et à ces benêts d'hommes, pas moins sots qu'elles », à qui ils inspirent une dévotion de songe-creux qui les éloigne des choses sérieuses. Sans le formuler dans ces termes, les humanistes acquis à la participation à la vie de la cité récusent une pastorale assignant à la formation chrétienne des hommes des objectifs identiques à ceux des femmes, à savoir le repli sur le privé. À leurs yeux, au contraire, si les devoirs chrétiens des femmes les ramènent justement à la vie privée, la formation privée des hommes, parce qu'elle est chrétienne, doit constituer un tremplin pour d'autres engagements d'ordre public. Mais il s'agit d'un monde où les références sont toujours plus fréquemment empruntées à d'autres sources que les textes chrétiens, d'un monde moderne – bien que très présent au XVe siècle – au seuil duquel nous nous arrêterons.

Ch. de La R.

3

Fictions

Danielle Régnier-Bohler

Exploration d'une littérature

Émergence du « privé », prise en compte de l'individu, délimitations nouvelles de domaines que l'on considère désormais comme secrets ou réservés : qu'elles soient d'oïl ou d'oc, les sources littéraires invitent à un usage prudent. Quelques illusions s'éveilleront parfois de voir surgir un « quotidien privé » : la nostalgie des *realia* saura cependant ne pas faire oublier que ce type de sources présente des lieux, des groupes humains régis par des codes littéraires et que l'intimité qui semble se livrer est prise en charge par la métaphore. Pourtant, les fictions peuvent prétendre à une autre forme de vraisemblance, narrative cette fois, dont les lois sont cohérentes. À de simples esquisses de l'espace, réel ou rêvé, à quelques protagonistes privilégiés, la littérature sait donner vie : d'un lieu à l'autre, d'un conflit aux conciliations, la littérature comble ce qu'en apparence elle avait gommé. Sous la forme de scénarios fantasmatiques, elle suggère une évaluation extrêmement sensible des rapports de l'individu et du collectif, elle est la matrice de leurs fluctuantes et utopiques frontières : de l'espace collectif, en effet, l'individu peut être exclu et banni ; il peut aussi s'en exclure pour s'ancrer, volontairement, en un espace réservé ; il pourra – au sein même de l'espace et des valeurs communautaires – rechercher des vérités « privées ». Si la cellule familiale, sous la force de pouvoirs mauvais, semble se dissoudre, la fin du récit aboutit bien souvent à la restauration de l'unité initiale, améliorée, enrichie.

Dans les pages qui vont suivre, certains aspects de ces problématiques ont été privilégiés, et seuls ont pu être cernés quelques points névralgiques auxquels l'imaginaire a donné voix : les itinéraires d'exclusion qui permettent à l'individu de progressives réintégrations dont les signes culturels sont lourds de sens ; la hantise du Double et la conscience des rivalités familiales qui prennent dans les fictions les traits d'une exemplaire conciliation ; le vêtement, la parure, la nudité qui concernent, dans leurs modalités, le code collectif occulté, oublié, réappris par l'individu ; les lieux enfin qui, symboliquement, sont assignés aux groupes qui se partagent la demeure où règne, prisonnier souvent, le gynécée. Nul foisonnement de ces détails qui feraient une histoire du quotidien, une suite de tableaux de genre : en revanche, une évaluation constante et fragile du statut de l'individu, de cet errant de la littérature courtoise qui, tel un bourgeon, se détache du groupe et s'y réimplante après un itinéraire fécondant, retrouvant une structure communautaire qui, fût-elle de légende, n'est jamais menacée de désintégration. Malgré la transgression tragique dont on a fait l'un des mythes de l'Occident, malgré l'ébranlement profond que subit le monde arthurien lorsque s'y installe le soupçon, la figure royale, Marc ou Arthur, n'est nullement entachée. Pourtant, au cours du XIIIe siècle, dans *La Châtelaine de Vergi*, le pouvoir se compromet dans le drame privé, et si dans d'autres récits prédomine l'exaltation de la vie de cour et de la joie collective, l'intrigue se résout à une anecdote « privée ». Enfin, l'univers fictif peut trahir un sensible décalage de la position de l'individu face au collectif : le mensonge et le masque y altèrent leurs rapports. L'épreuve du monde arthurien qui conjoignait amour et aventure, qui liait le héros à la communauté, cède la place au secret. L'excellence de Jean de Paris, fondée sur un bel usage du *gab*, lui fera conquérir la belle au moyen d'une intendance d'ordre visuel à laquelle l'accomplissement de soi n'apporte plus rien.

Parallèlement, et sur une longue durée, l'évolution d'ensemble de la littérature marque une lente émergence des représentations de l'individu. La poésie fait place à l'expression d'une conscience solitaire, à un lyrisme plus « individualisé » qui semble se démarquer des *topoi* investis à loisir par les troubadours et les trouvères. Quant à la littérature de témoignage, *Mémoires* et *Chroniques*, elle révèle le vif souci de mettre l'auteur en scène par des marques d'énonciation qui prétendent écarter la neutralité du discours.

Rapports de l'individu et du collectif : c'est à travers des temps d'apparence biologique, à travers des gestes réellement « privés » que les sources littéraires savent encore les évoquer. Ainsi, la fonction du sommeil fait partie d'une durée symbolique de l'être, traumatisé amnésique qui, pour être restitué à l'ordre humain, doit précisément passer par cette gangue, l'empâtement de la conscience, le sommeil fœtal qui lui permet de renaître à la vie collective. Mais, à la lumière de la méfiance que le Moyen Âge a souvent témoignée à l'égard de la solitude, porte ouverte à Satan, on sera sensible à tout signe d'une valorisation de l'espace intime, du repli sur soi, au déploiement de l'aire mentale, à ce phénomène singulier du songe comme cadre d'une fiction littéraire, aux tâtonnements obsédants des certitudes ou des ombres de la conscience. Nulle tentation donc de voir dans ces sources des reflets, des textes-miroirs. Éludant toute grille chronologique trop rigoureuse, dans la mesure où prévaut pour l'imaginaire ce principe d'engendrement des textes qu'est la prise en compte de l'horizon d'attente qui conditionnait remaniements et reprises, il faut au contraire envisager les fictions comme des mises en scène répondant à des obsessions, à des pulsions, à des tensions vers des solutions satisfaisantes pour les consciences, comme échos à ce qui affleure dans les textes normatifs qui prétendent assigner à l'individu, et surtout à la femme, sa place dans le collectif. Si les fictions sont invoquées dans une archéologie littéraire du privé, ce sera en termes du statut imaginaire assigné à celui qui, peu à peu, se désigne comme l'individu qui a droit à la parole et au silence, à l'identité et au masque.

Espace et imaginaire

De l'oppressante clôture à la douceur d'être inclus

Confronté à la bipolarité des représentations de la clôture, le lecteur oscille entre menace et protection. Clôture-prison telle que Rutebeuf décrit la demeure d'Avarice, qui incarne l'anti-convivialité, dispositif de capture qui soumet le visiteur au caprice de la maîtresse des lieux, « plus morte que vive », clôture périlleuse encore de ces maisons trop closes qu'un Robert de Blois oppose aux portes grandes ouvertes, et si *Le Songe d'enfer* de Raoul de Houdenc nous dit qu'en France chacun, hélas ! clôt sa porte, alors qu'en enfer on sait manger à « huis ouvert », dans *Blancandin et l'Orgueilleuse d'amour* on regrette plus simplement ces temps passés où personne n'apposait d'huissier à sa porte. La clôture apparaît comme un barrage à l'idéal de la sociabilité, à la libre circulation des biens et des êtres, en particulier à la liberté de manger ensemble. Or, « le repas, sachez-le, fonde l'amitié », rappellent les *Enseignements* de Robert de Ho.

En opposition à cette représentation négative de la clôture, il est significatif de noter, parmi ces textes qui parlent en faveur des femmes, qu'un plaidoyer du XIIIe siècle intègre un argument d'ordre spatial : aux femmes l'« heureux sort d'être né inclus ». Le Seigneur place l'homme au sein du paradis, Il l'endort et de son flanc extrait la côte dont émerge Ève, pourvue de la double clôture, celle du paradis et celle du flanc de l'homme. Enfermement valorisant aux yeux de l'auteur, qui oppose l'espace du dedans et l'espace du dehors : « Jugez donc s'Il ne lui témoigna pas un plus grand amour qu'à l'homme, puisqu'Il créa ce dernier à l'extérieur ? »

L'espace possédé par le regard

Lorsque l'espace apparaît comme objet d'une possession globale par le regard pourvu d'omnivoyance, il s'agit d'une représentation, en général très rassurante, d'une stratification des clôtures : un espace élaboré et habité surgit de ces vues panoramiques, un espace « total », protégé et construit, qui mène aisément à la perception d'un espace esthétique. « Cette place ne craint assaut de nulle part : impossible de l'affamer. Elle a été fortifiée par le roi Évrain, qui l'a tenue en franchise tous les jours de sa vie et la tiendra tant qu'il vivra. S'il l'a fait clore de murs, ce n'est pas qu'il redoutât qui que ce fût, mais parce que la ville en est plus belle » *(Érec et Énide)*.

Protection qui ne laisse pas d'être fonctionnelle : le traître qui, dans *Cligès,* trahit Arthur, fortifie le château d'une double enceinte de murs, « palissades, fossés, ponts-levis, tranchées, barres et lices, portes de fer à coulisse et grand donjon en moellons carrés », si bien qu'il n'est nul besoin de recourir à une porte fermée. Cette clôture protectrice et défensive, dans certains scénarios privés, peut même recevoir un relais végétal. Dans *Le Vair Palefroi,* par exemple, la maison fortifiée, dressée sur un rocher, est entourée d'un fossé, d'une haie d'épines et, par surcroît, de la « forêt solitaire et épaisse ».

L'imaginaire insiste volontiers sur la notion de clôture émergeant d'un espace ample, avec des composantes qui illustrent non seulement la force et la protection, mais encore l'interdit. Dans les *Lais* de Marie de France, sous-tendus de schèmes mythiques, l'interdit d'ordre institutionnel prend une précision surprenante, alors que les lois narratives de ces récits, on le sait, sont faites d'économie. Ainsi, dans *Guigemar,* le chevalier blessé arrive dans un monde interdit où l'époux a verrouillé sa femme : un enclos fermé par un mur de marbre vert, pourvu d'une seule entrée, gardée nuit et jour, et dans l'enceinte, une chambre creusée pour l'épouse. Un très beau panorama de ville, dans *Yonec,* fournit un espace initiatique à la jeune femme qui veut retrouver le mystérieux amant-oiseau, ville entièrement close de remparts, pourvue de bâtiments superbes et, de l'autre côté, marais et forêts ; enfin, une rivière. Les architectures imaginaires sont fréquemment – en miroir – calquées sur l'espace féodal, comme l'illustre le *Lai de Guingamor* où paraît le château de la fée. La ville fortifiée de l'émir possédant l'art d'*« encantement »*, dans *Floire et Blancheflor,* est une ville large en extension, aux hautes murailles dont le mortier est résistant, pourvue de cent quarante portes, de sept cents tours ; au milieu, une tour de deux cents toises, hyperbole des volumes et des matériaux qui apparaît comme constante des espaces utopiques.

D'autres textes ajoutent aux signes de la puissance des notations économiques. Dans *Le Bel Inconnu,* le château est entouré de moulins, de rivières, de prairies, de vignes, et, dans la Gaste Cité, les héros aperçoivent, d'un regard embrassant et totalitaire, des donjons clos de hauts murs, les nombreuses demeures de la ville, un espace entouré de bois, de vignes, de prés. Par rapport aux récits de Chrétien de Troyes, on constate au cours du XIIIe siècle un accroissement de ces représentations spatiales. Le point de vue assigné au regard n'est pas fortuit dans la mesure où l'accès à l'ensemble significatif des clôtures, souvent difficile ou à peine concédé, concerne l'individu de la fiction. Les clôtures établissent en effet volontiers des clivages entre ceux qui sont dehors et ceux qui sont autorisés à séjourner à l'intérieur, entre ceux qui sont admis et ceux qui sont interdits de séjour. Entreront en jeu des espaces transitionnels, que traverse le héros des récits d'origine celtique : espace découvert, lande, forêt grande et vaste où court une rivière, où surgit la biche qui entraîne Graelent vers la lande. Dans *La Quête du Saint-Graal*, la clôture peut être d'origine divine : Lancelot arrivant au château du Graal, solidement bâti, réussit à franchir une porte gardée par deux lions. Remontant la grand-rue du château, il parvient au donjon : pas d'âme qui vive. Il gagne alors la grand-salle du château, se heurte à une pièce soigneusement fermée, clôture symbolique qui prive le héros de l'accès au Graal. Les portes de la salle se ferment « sans que personne y ait touché », ce qui est considéré comme une « extraordinaire aventure ».

Les zones de renfermement peuvent cependant se défaire, et si la ville apparaît comme un château, si le château se donne comme espace urbain, l'espace des fictions est parfois le signe d'un pouvoir soumis à une vive interrogation : en effet, l'espace ouvert qui s'ouvre au héros quittant le monde féodal ne débouche que sur un nouveau renfermement, celui de l'amour et de ses interdits, qui prend la forme d'un espace social, car la fée est souvent une « dame » d'une « autre terre ». De la problématique individu/collectivité qui se trouve au cœur même des romans d'aventure, on n'écartera pas la présence d'un franchissement liminal ni la fluidité de frontières, réservée à quelques élus. Loin d'être une simple toile de fond, l'espace collectif aux XIIe et XIIIe siècles est centré sur des enclos d'où le héros peut s'échapper, d'où il peut être chassé, qu'il peut conquérir. Les références spatiales sont entées sur un réseau très ferme de clôtures, et même un lieu aussi intime que le verger, réservé aux amours, peut être le signifiant d'un pouvoir exercé par l'Autre Monde, ainsi dans l'épreuve finale d'*Érec et Énide*.

L'angoisse d'un monde désert

Le foisonnement des habitats qui exaltent le travail des mains et l'imagination d'un architecte met en relief l'étrangeté des espaces déserts ainsi que la redondance des absences et des manques. Dans leur quête périlleuse, Érec et Énide n'ont ni bu ni mangé, « car il n'y avait, à une journée de marche tout alentour, ni château, ni village, ni tour, ni maison forte, ni abbaye, ni hôpital, ni auberge ». Dans *Le Chevalier à la charrette*, la pucelle partie à la recherche de Lancelot va à l'aventure : « Avant qu'elle y parvienne et sache rien de lui, je crois bien qu'elle aura exploré en tous sens mainte et mainte contrée. Mais à quoi servirait de raconter ses haltes pour la nuit et ses longues journées ! Elle eut beau emprunter mille et mille chemins, après un grand mois écoulé, elle en sut juste autant, ni plus ni moins qu'auparavant : le tout n'était qu'un pur néant. Un jour qu'en traversant un champ elle avançait morne et pensive, elle aperçut dans le lointain, sur un rivage, au bord d'un bras de mer, une tour solitaire : aucune autre demeure, hutte ou manoir, une lieue à la ronde [...]. »

L'homme solitaire

Dans l'univers médiéval, l'homme solitaire semble en danger. Dans le *Tristan* de Béroul, ayant appris la présence du couple adultère dans la forêt du Morrois, Marc fait venir ses proches pour leur annoncer qu'il veut partir seul : « Partir ainsi tout seul ? lui répondent-ils. Vit-on jamais roi plus imprudent ? » À quoi Marc répond : « J'irai donc sans escorte et laisserai mon cheval. Je n'emmènerai ni compagnon ni écuyer. Pour une fois, je refuse votre présence. » Situation d'exception et de péril à laquelle font écho les propos du père d'Érec, qui le prie d'emmener au moins une partie de ses chevaliers : « Fils de roi ne doit pas aller seul ! Aux dangers encourus, des récits du XIIe siècle donneront une représentation fort réaliste parfois. Dans *La Fille du comte de Pontieu,* le mari, soucieux de renforcer l'escorte de son épouse dans la forêt, s'engage sur le mauvais chemin : il subira le spectacle du quintuple viol de son épouse. Si dans *Le Vair Palefroi* la jeune fille peut rejoindre son amant et l'épouser, c'est qu'elle a été « mal conduite » par le cortège de noces. Par ailleurs, une femme qui voyage seule peut être, pour tel héros d'un lai anonyme, une inquiétante apparition : il l'épousera, pour son plus grand malheur.

Il existe cependant des solitudes recherchées et prolongées. Sous la forme d'un habitat comprenant cellule et dépendance, avec des notations d'ouverture sur le monde extérieur, la solitude volontaire reçoit un ancrage spatial précis et implique une fonction du reclus par rapport au collectif qu'il a quitté. L'ermite est toujours très loin à l'écart de tout groupement humain. Dans la forêt du Morrois où les *forbannis* ont construit un habitat de misère, l'ermitage d'Ogrin n'est pas décrit : le récit insiste en revanche sur l'éloignement spatial et les longues errances par le bocage avant d'y parvenir. C'est après de longues errances aussi qu'Yvain trouve une petite maison basse pourvue d'une étroite fenêtre où l'ermite dépose la nourriture destinée au sauvage. Dans *La Quête du Saint-Graal,* les nombreuses rencontres avec ermites et recluses sont toujours précédées d'une localisation spécifique, un chemin perdu, une chapelle, un ermitage sur une colline, à un moment de retraite, le soir, le temps de la parole. Ainsi Perceval perd son chemin : « Toutefois, prenant la direction qu'il jugea la meilleure, il finit par arriver à la chapelle et cogna à la petite fenêtre de la recluse. Elle ouvrit aussitôt, car elle ne dormait pas, et, avançant la tête autant que possible, lui demanda qui il était. » La recluse expliquera qu'elle s'est retirée, après la mort de son époux, en ce lieu sauvage par crainte pour sa vie et qu'elle a fait construire une maison pour son chapelain et ses gens et, pour elle-même, une cellule.

Gauvain et Hector, arrivant au bas d'une montagne, suivent un sentier étroit qui mène au sommet, chemin si rude qu'ils s'y épuisent, et c'est alors seulement qu'ils aperçoivent une pauvre maison et une petite chapelle avec, en annexe, un jardinet où l'ermite ramasse des orties pour son repas. Ainsi évoquée par l'espace parcouru pour l'atteindre, la solitude se montre solidement protégée.

Solitude et sens

Les repères de ces territoires parcourus par les multiples quêtes des chevaliers de la Table ronde concernent fondamentalement la valeur de la soumission du « terrien » au « célestiel », et, comme les lieux de la réclusion volontaire sont porteurs de sens, il n'est pas fortuit que le sens s'en fasse chercher, se lovant dans des espaces secrets et peu accessibles. À la fin du XIVe siècle, l'inaccessibilité des lieux ira s'accentuant. Raimondin, l'époux de Mélusine, après avoir obtenu du pape le pardon pour son parjure à l'égard de l'épouse, visite les ermitages de l'abbaye de Monserrat : il s'agit d'un roc escarpé où dans le sens de la montée s'échelonnent sept ermitages – dont Raimondin occupera le quatrième – si éloignés de toute habitation que, vues d'en haut, l'église et l'abbaye semblent tout à fait minuscules.

Les rencontres avec les solitaires de Dieu ne sont jamais fortuites dans les récits : celui qui choisit la solitude a déterminé des liens très particuliers avec les valeurs de la collectivité délibérément abandonnée. Si, dans *Yvain*, l'ermite est le raccord élémentaire du sauvage avec la vie collective, dans *Tristan*, Ogrin, qui parle le langage du Bien et du Mal, sait redonner à Iseut les marques extérieures de sa réintégration dans le social : il devient l'instrument de la réconciliation, se rend au Mont-Saint-Michel de Cornouaille, y achète fourrures et habits de soie, à crédit ou en marchandant, rapporte à Iseut la parure qui convient à une reine ! Dans *La Quête du Saint-Graal*, le sens des aventures se cache entre les mains des ermites et des recluses : si toute aventure est perçue par le héros comme possédant un sens, sans pourtant qu'il sache en manipuler les signes (E. Baumgartner), les ermites sont les détenteurs des interprétations, d'où les longs discours et les multiples confessions du récit. Il s'agit en particulier de l'interprétation des rêves, aire de l'intime. « Apprends, dit l'ermite à Lancelot, que cette vision est bien plus riche de sens que beaucoup ne pourraient le penser. Et maintenant, écoute-moi si tu veux, et je te dirai l'origine de ta race. » Intermédiaires indispensables entre Dieu et les quêteurs du Graal, les ermites et les recluses ont enclos dans leur parole solitaire le sens même des aventures.

Lieux symboliques

Dans l'imaginaire des fictions, quelques espaces fréquemment évoqués sont plus particulièrement pourvus de fonctions symboliques ; il en est ainsi de la tour et du verger, et si le cloisonnement et la distribution de l'espace intérieur en salle et chambre semblent posséder une fonctionnalité réelle, un objet comme le lit se voit conférer une polyvalence de significations bien proches du symbole.

La tour

Symbole du pouvoir, la tour signale la conquête. Contrairement à *La Chanson de Roland,* qui se joue presque entièrement en espace ouvert – avec quelques zones de renfermement, ces vergers où Charles et Marsile rassemblent respectivement leurs vassaux –, *La Prise d'Orange* présente un intéressant investissement de la tour dans l'espace interne où pénètre Guillaume, déguisé, avec ses compagnons. Ils se rendent d'abord à la salle de réception, située dans la tour, la traversent puis accèdent à la tour Gloriette, dont « les piliers et les pans de muraille sont de marbre », où ne pénètre aucun rayon de soleil, aucun souffle de vent. Au sein même de la puissance de l'Autre, Guillaume va approcher du privé de l'Autre, puisque sur un côté de la chambre a été aménagé un verger en terrasses : c'est là qu'il découvre l'objet de convoitise, la femme. Symbole du pouvoir convoité par le conquérant, la tour est à la fois espace défensif, espace habitable, espace de jouissance.

Lieu des captivités, la tour signifie l'autorité exercée indûment, comme le savent bien les héroïnes des chansons de toile. Parfois, cependant, la tour peut avoir une fonction protectrice et, dans le cadre d'une architecture imaginaire favorable aux amants, elle a un rôle tout à fait bienfaisant. Polyvalence des clôtures de l'espace féodal : enjeux de batailles, elles servent tout aussi bien des situations d'ordre privé, dans l'exercice des interdits proférés par l'autorité ; dans le *Lai du laostic,* la paroi devient l'emblème des interdits institutionnels et sociaux, à la limite du vraisemblable. La jeune femme et son amant vivent leurs amours dans l'interdit... et la proximité : « Voisines étaient leurs maisons ainsi que les grandes salles de leurs donjons. Pas d'autre obstacle, pas d'autre séparation qu'un grand mur de pierre grise. »

Le verger

Lieu du privé, lieu de la sociabilité, le verger témoigne à son tour d'une obsession des délimitations et de l'ambivalence des frontières. La clôture du verger en fait tout d'abord le lieu idéal de regroupement des amants, le lieu de la séduction et du secret : espace circonscrit, théâtre où s'exposent les charmes de la femme comme dans le *Lai d'Aristote,* lieu clos où s'exhalent les plaintes de certaines chansons de toile, lieu à espionner, lieu qui doit, pour échapper au jugement porté sur les amours interdites, se couvrir d'un silence magique, comme dans le *Lai de Tydorel* où le *faé,* l'être venu d'un monde féerique, vient trouver la reine stérile. Lorsque – interdit de passage, interdit de sortie, espace à conquérir – le verger devient pour Érec le lieu d'une épreuve initiatique ultime, il peut être marqué d'ambivalence, car il est en même temps un lieu de délices. Pourtant, le verger des amants est surtout un lieu protecteur : c'est lui qui longtemps abritera les amours de la châtelaine de Vergi. Il sait être aussi un lieu de sociabilité, toujours réservé à un petit groupe et concernant dans ce cas plus spécialement les femmes, comme dans ce *Lai d'Ignauré* où, jouant au confessionnal, les dames apprennent qu'elles sont toutes maîtresses du même séducteur, ou encore dans le *Lai de Tydorel,* puisque après le repas la reine et les demoiselles ont coutume d'y manger des fruits et de s'adonner à la sieste.

Lieu intime par excellence dès que les amants l'investissent à eux seuls, le verger est un lieu fragile, le point focal du regard indiscret et hostile ; mais dans le *Lai de l'ombre,* le lieu de l'intimité amoureuse peut, au XIIIe siècle, se cristalliser à l'infini dans l'eau de ce puits où l'amante évasive rencontre son Double, cette ombre qui, elle, ne refuse pas l'anneau que lui offre l'amant.

Les paradis des sens

Indépendamment de leur fonction symbolique comme lieu secret des amours courtoises, bien éloignés aussi de ces vergers qui s'offrent à la transgression et qui jouent à la fois de la séduction et du péril, certains vergers sont des paysages enchantés où l'invention de l'homme se mêle à la nature et l'enrichit. Théâtre des sens, mise en scène d'une jouissance et d'une fête perpétuelles, le jardin d'artifice né de la tradition du *locus amoenus* (dans des fictions du XIIe et du XIIIe siècle comme *Floire et Blancheflor, Le Lai de l'oiselet, Le Bel Inconnu* ou même dans *Huon de Bordeaux*, où dans le verger court une source de vie et de jouvence) permet d'explorer un espace idéal et clôturé, mise en scène profuse des virtualités sensorielles. Ces vergers, paradis d'artifice, espaces sapides riches d'invites aux sens, désignent le pur bonheur d'une pause sensorielle où tous les objets se conjuguent pour solliciter les virtualités perceptives de l'homme : disposition du jardin, flore, émanation d'odeurs et de sons. Annonciateur de ces apothéoses de la perception que seront les jardins maniéristes, le verger médiéval offre l'image d'un bonheur sans menace de rupture, et il concerne à l'évidence le problème de la permanence, illimitée dans sa durée, par l'inépuisable afflux de sensations, l'univers floral du jardin est une nature poussée à son paroxysme : monde feutré aux vertus salvatrices, riche non seulement de toutes les essences, mais aussi prodigue en « bonnes herbes », soins d'un mystérieux herboriste qui encourage une nature susceptible de nier la maladie et le passage du temps. La main de l'homme ou celle d'un magicien y a aplani le sol. Le verger de l'*Oiselet* apparaît comme le fruit d'une *nigromance*. La lumière y est sans agressivité, l'oiseau y dispense le chant d'oubli, le chant du désir, le chant de jouvence ainsi que l'illusion de la pérennité. Monde hyper-esthésique qui accorde à l'éphémère un primat redoutable, puisque le paradis, somme toute, est une éternité bien fragile : l'oiseau disparu, le verger se dessèche et la source tarit.

Abolition du temps ou temps de l'éternel retour : la fable sociale est explicite dans l'*Oiselet*, qui condamne le désordre du temps et l'inversion des propriétaires du verger, chevaliers et dames remplacés par le vilain. Cette fonction de suspension et de rétention du temps est bien évoquée par l'environnement sensoriel du cénotaphe dans *Floire et Blancheflor* : la mort y est transcendée par le ravissement des sens, par la réitération – grâce au caprice et au rythme des vents – des gestes du désir. Existe-t-il en effet plus belle manière de nier l'écoulement du temps que d'exalter les virtualités de toutes les jouissances possibles ? Loin d'être un simple motif ornemental, loin de se réduire à un théâtre du monde sensoriel, le verger fait passer par l'apothéose du plaisir la perception même du temps.

Dans cette utopie des sens, la couleur est quasi absente ; paradoxalement c'est au volatil, à l'essence des arbres et des herbes, c'est à l'éphémère du son qu'est assignée la fonction de faire perdurer le bonheur. Fragile comme le corps, le verger transgressé dépérit.

L'espace intérieur salle et chambre

La littérature, lorsqu'elle met en scène des couches différentes de la société, présente à l'évidence une distribution et une diversification différentes des cloisonnements de l'espace habité. On a souligné le peu de diversification de l'espace dans les demeures roturières qu'évoquent les fabliaux : il n'y a pas beaucoup de place, l'espace souvent y est réduit à une seule pièce ; chez le meunier d'un fabliau, par exemple, s'entassent tonneaux, coffres et lit. Si la fille du meunier doit être mise à l'abri, elle est placée dans une huche dont le père possède la clé.

En revanche, dans les récits qui mettent en scène une société aristocratique, la distribution des espaces intérieurs est plus fine. Salle et chambre : on serait tenté d'assigner à l'une la fonction d'un déploiement du collectif ou, du moins, d'un privé grégaire, à l'autre la fonction d'un usage plus secret et plus intime. Pourtant, les intersections sont troublantes. La salle, certes, est le lieu réservé à la vie collective ; coupée de la rue, elle est le lieu usuel des rassemblements, le lieu par excellence de la sociabilité. Examine-t-on l'espace dévolu à un personnage mythique tel qu'Arthur, on verra que la grande salle est à usage presque essentiellement social. Elle est en particulier l'espace des grandes traversées spectaculaires : dans *La Chanson de Roland* déjà, revenant à Aix, Charles monte au palais, se rend dans la salle pour apprendre à Aude le deuil qui l'accable, la mort du héros. C'est dans la salle que se rassemblent les vassaux pour les affaires importantes : ainsi dans *Le Charroi de Nîmes*, où Guillaume, rentrant de la chasse, apprend de la bouche de son neveu l'ingratitude de Louis. Se précipitant au palais, il « a traversé la salle avec une telle impétuosité qu'il rompt les tiges de ses souliers de cuir. Tous les barons en sont effrayés. À sa vue, le roi s'est levé pour aller à sa rencontre ». La salle est pourtant aussi un lieu de divertissement, lors des rassemblements liés à une date rituelle où s'éprouve la cohésion du groupe. À la fête de l'Ascension, le roi Arthur tient une cour magnifique, la salle foisonne en barons ; il s'y ajoute la présence de la reine et des dames. C'est à l'assemblée comme totalité que s'adresse le défi du chevalier qui enlève Guenièvre dans *Le Chevalier à la charrette*. La fin des récits utilisera aussi la salle comme le lieu collectif de la glorification du héros. Lors du banquet du couronnement d'Érec, le banquet se déroule dans cinq salles « pleines, si bien qu'on pouvait à grand-peine trouver un passage entre les tables. À chaque table, il y avait en vérité un roi, ou un duc, ou un comte ». Lieu privilégié pour l'annonce de l'aventure, il n'est guère étonnant que, dans les lais parodiques, la salle s'offre aux hyperboles ; dans le *Lai du cor*, trente mille chevaliers y sont installés pour le banquet, accompagnés de trente mille pucelles !

Dans les occasions plus modestes de l'hébergement, la salle est aussi le lieu du repas : le chevalier à la charrette et Gauvain suivent un nain vers un donjon où ils seront hébergés, puis Lancelot suivra une demoiselle qui l'héberge dans son manoir, un « pourpris fortifié clos de hauts murs ». « Pour son chez-soi elle avait fait bâtir avec une salle aux vastes proportions beaucoup de chambres bien parées », salle dans laquelle est offert un somptueux repas : « De la salle étaient bannies les ténèbres. Pourtant, les étoiles déjà luisaient au ciel. Mais une infinité de flambeaux torsés, massifs, ardents, répandaient là une orgie de clarté. » À la salle sont donc réservés les grands moments de l'accueil. À l'arrivée d'Énide, le roi l'emmène dans la grande salle de pierre, puis la reine l'entraîne dans sa *maistresse chambre* où elle la fait royalement habiller. Les femmes alors rejoignent le roi dans la salle où les nombreux chevaliers se lèvent à leur approche. En ce jour de liesse, à la fête des noces, toute clôture est supprimée, on ne ferme ni porte ni guichet, les entrées et sorties sont laissées libres toute la journée, si bien que rien ne sépare pauvres et riches, effet de la cohésion du groupe qui entraîne provisoirement l'érasement de toute défense.

Quant à la chambre, elle est plus volontiers le lieu de la solitude. Mais que signifie la solitude ? Dans *Érec et Énide*, Arthur se fait saigner, et la saignée apparaît comme un moment strictement privé : or, « il avait avec lui, dans ses chambres, en privé, seulement cinq cents barons de sa maison : jamais en aucune saison le roi ne s'était trouvé si seul, et il était ennuyé de ne pas avoir plus de gens à sa cour ». L'image royale ne saurait-elle exister seule ? Serait-elle en fait le regard qu'autrui porte sur le roi ? Arthur apparaît en tout cas et toujours comme le centre d'un processus fiévreux d'agglomération d'êtres humains.

La chambre est pourtant par excellence le lieu où l'on échappe aux regards d'autrui, le lieu donc où peut s'exprimer la douleur. Tourmentés par l'affliction, les personnages se retirent dans leur chambre. Très généralement, celle-ci est un lieu d'isolement et de protection de la femme. Dans *Guillaume de Dole*, l'héroïne se tient dans sa chambre : « Aucun homme ne peut la voir, du moment que son frère n'est pas ici. » Mais « [...] je ne suis pas libre, déplore la jeune femme qu'aime Milon chez Marie de France, j'ai quantité de gardiens sur mes pas, vieux et jeunes, mes domestiques ». La chambre s'ouvre aussi à l'homme blessé ou épuisé. Les notations de salubrité, de calme et d'isolement sont alors nombreuses : la chambre où est accueilli Érec est « agréable, loin de tout bruit et au grand air » et, dans *Le Chevalier à la charrette*, après la dure épreuve de sa captivité, Lancelot trouve « air salubre et retraite assurée » auprès de la demoiselle qui l'héberge.

Ainsi la chambre peut-elle s'offrir à des formes de sociabilité et de divertissements plus raffinés. Musique intime, récits, jeux : le père de Guilliadon, dans *Éliduc*, se rend dans les appartements de sa fille, commence une partie d'échecs avec un chevalier d'outre-mer, apprend à jouer à sa fille placée de l'autre côté de l'échiquier. On le voit : les frontières sont poreuses entre lieux collectifs et lieux réservés à l'individu, et il est possible aux hommes d'accéder à l'espace plus spécifiquement réservé aux femmes. Dans le *Dit du prunier*, au XIVe siècle, après le repas, on se lave les mains, et la dame fait donner vin et épices. On va faire cercle dans la chambre : « La dame, qui savait maint tour pour rendre un jeune homme amoureux, réunit tout le monde autour d'elle pour jouer au "roi qui ne ment" [...]. De ce jeu ce fut elle qui fut reine, aussi voulait-elle savoir ce que chacun pensait, il fallut venir l'un après l'autre lui dire ses secrets d'amour. » Quant au comte de *L'Escoufle*, il « avait une coutume qui était pour lui source de grand plaisir : presque chaque soir, lorsqu'il se trouvait entouré seulement de ses gens, il faisait faire un grand et beau feu dans la chambre des pucelles. Il se rendait auprès d'elles pour manger son dessert et se détendre. La belle et jeune Aélis connaissait bien l'art de lui être agréable. On installait des couches et des lits autour du feu, pour s'y asseoir. Le comte en avait donné l'ordre le soir où survint l'événement. Après souper, le comte se rendit dans la chambre pour son plaisir et, pendant qu'on préparait son fruit, il se déshabilla pour se faire gratter, ne gardant, hormis ses braies, aucun vêtement ».

Le lit

Dort-on dans la salle ou dans la chambre ? Dort-on seul ou à plusieurs ? Partage-t-on le lit avec un conjoint ou avec un être du même sexe ? La promiscuité semble de toute manière, pour les pratiques nocturnes, un fait admis. Pour le rendez-vous qu'elle donne à Lancelot, Guenièvre indique bien qu'elle ne dort pas seule : « Ne songeons pas à nous rejoindre : en face de moi, dans ma chambre, est couché Keu, le sénéchal, qui, tout couvert de plaies, ne cesse de languir. » Plongé dans le sommeil, le blessé ne gênera guère les amants. Jouffroi de Poitiers et la reine se donnent rendez-vous : comme la reine dit ne pas pouvoir faire venir le comte dans sa chambre, elle fait installer dans la grande salle de pierre deux lits, l'un pour le comte qu'elle viendra rejoindre, l'autre pour son compagnon.

Lorsqu'un personnage jouit d'un lit individuel, c'est qu'on tient à lui assurer un meilleur repos. Ainsi Érec reçoit-il du roi Arthur un seul lit : « Le roi avait une grande affection pour Érec ; il le fit coucher seul en un lit, ne voulant pas laisser quelqu'un coucher avec lui, au contact de ses plaies. » Dans la chambre voisine, Énide et la reine, côte à côte, dorment ensemble. Guéri, Érec retrouvera l'épouse « dans le même lit ». Par contre, le couple du *Lai Équitan* semble disposer de deux lits, puisque c'est « sur le lit du mari » que les amants prennent leur plaisir. On peut jouir d'un lit seul en signe d'honneur : dans *La Quête du Saint-Graal,* Arthur, « pour rendre hommage à sa haute naissance », conduit Galaad dans sa chambre et lui donne son propre lit ; quant à lui, il va rejoindre Lancelot et les autres barons. Par suite – signe que, tacitement, le récit rend à Arthur une part de solitude –, il est dit qu'au matin Arthur se rend dans la chambre où Lancelot et Gauvain avaient dormi.

Péninsule du privé, le lit accroît la jouissance de la solitude : il offre la seule occasion de laisser éclater ses sentiments. Ainsi, dans la *Quête*, Guenièvre, « pour ne pas trop montrer l'étendue de sa peine », au départ des chevaliers, rentre dans ses appartements et se jette sur son lit, en proie à l'affiction. Mais le lit sait aussi se charger d'une symbolique coupable : il peut en effet être le lieu des ombres, du crime, le lieu qui marque à tout jamais l'impossibilité de faire la lumière sur ce qui s'y est réellement passé. Le lit est l'objet propice aux manœuvres et aux substitutions, en particulier pour ces femmes accusées de mettre au monde des enfants monstrueux et de faire du père un inconnu. Le lit devient ainsi lieu des subterfuges et de la manipulation du réel : substituée à Iseut, Brangien sert à Marc d'épouse vierge et, dans les récits de Doubles, le lit est précisément l'endroit obscur où l'épouse abusée ne pourra distinguer entre les frères. Lieu du crime aussi, il est l'espace privilégié de l'erreur, et la vérité ne peut guère s'y prouver. Par contre, l'adultère peut s'y prétendre, dans la mesure où le lit en déploie les signes. Entre la couche de Tristan et celle du roi, « l'écart d'une lance ». Tristan projetant de parler à la reine dès que son oncle sera endormi, sa blessure s'ouvre, le sang en jaillit, marquant les draps. Le sang de Lancelot de même tachera le lit de Guenièvre, permettant d'accuser cette dernière d'avoir reçu dans son lit le sénéchal blessé. Ambiguïté des preuves, preuves qui n'en sont point : le lit, on le voit, devient aisément l'espace du danger.

Enfin, évoquant la scansion du jour et de la nuit, le lit parlera aussi de la sociabilité nocturne comme d'un signe inquiétant. L'absence de sommeil, et par suite l'absence de rêves, finit par rendre Tydorel – le héros du lai qui porte son nom, l'enfant à demi faé dont les yeux ne se ferment jamais pour dormir – inapte au social et à l'exercice du pouvoir. Il rejoindra son père faé dans un monde d'où le temps s'est absenté : parabole de l'alternance obligée des rythmes diurne et nocturne, de la sociabilité et du suspens nécessaire de la sociabilité. En de nombreux récits, on se couche tard dans l'allégresse de la convivialité, mais on dit rarement qu'on n'a pas dormi. La veille d'ailleurs peut être source de mal, comme en témoignent ces confidences arrachées de nuit au mari de l'épouse du *Chevalier au cygne*. Poussée par le diable, elle posera la question fatidique, et c'est au lit encore que la duchesse arrache à l'époux le secret qui précipitera dans la mort la châtelaine de Vergi et son amant. Le lit apparaît ainsi comme le lieu même de la vulnérabilité, le lieu où l'identité est aisément occultée, le lieu de graves transgressions, prétendues ou réelles, fût-ce celle de la parole, comme si, émise de nuit, elle ne pouvait être source que de malheur.

La sociabilité

Dans les œuvres littéraires, l'espace est presque toujours mis en scène comme espace investi par un groupe domestique : couples, enfants, générations coexistantes, subalternes, champ familial soumis à de fréquentes fluctuations, maisnie arthurienne, bref, une société domestique fondée sur une hiérarchie autour de laquelle se jouent intrigues et rapports de pouvoir. Disparition des mères à la naissance, disparition des pères, enfants perdus, retrouvailles, meurtres parfois : même lorsqu'ils reprennent la tradition des contes, les scénarios familiaux laissent parler, par leurs redondances mêmes, des fantasmes qui possèdent souvent le statut d'univers cohérents. À la cohésion du lignage dans les chansons de geste succède, dans le roman, un univers plus familial où il arrive qu'une forme de corruption ronge les rapports entre les êtres, où certains rôles dans la cellule nucléaire sont figés par le mal (belle-mère, parfois concubine ou sénéchal), figés souvent aussi dans le statut de victimes, en général l'enfant et la jeune épouse. Des pouvoirs sont ainsi montrés en exercice et, dans l'univers domestique, le gynécée apparaît tout particulièrement comme un lieu où une autorité maritale et parentale s'exerce sur le monde féminin, lequel, au fil des récits, trouvera des aménagements possibles de survie et de déploiement. On ne sera pas surpris qu'un débat – assez secret – sur les droits de l'aîné ou du cadet puisse être mis en scène dans les récits de jumeaux, réels ou fictifs, où le signifiant de la gémellité fonde un type d'association affective, une forme de frérèche. Ainsi, les fictions offrent sinon un tableau du privé réel de l'époque, du moins les points les plus névralgiques qui peuvent concerner la vie communautaire et le statut de l'individu. En particulier, les lieux et les rituels de la sociabilité, de la convivialité surtout, posent les jalons d'une intégration nécessaire et difficile de l'individu dans le groupe.

LE PRIVÉ : SOI ET LES AUTRES

Des frontières

Si, à l'intérieur de la société domestique, la diversification de l'espace marque souvent la difficulté pour l'individu d'échapper au regard d'autrui, on voit cependant s'édifier peu à peu autour de lui des parois qui lui permettent, à l'écart des autres, de jouir d'une liberté de lui-même. Déjà les récits de Chrétien de Troyes adoptaient volontiers la structure d'un parcours initiatique qui permettait à l'individu de quitter l'espace collectif pour l'errance solitaire d'où il devait revenir, rendu à une glorification assurée dans le collectif. Par ailleurs, au XIIIe siècle, le corps apparaît de plus en plus comme une possession privée et un point de référence auquel se rapportent les discours normatifs, car il est perçu comme susceptible d'abus dans l'attention portée au Moi et, par conséquent, générateur de perturbations dans la vie du groupe, statut conflictuel dans lequel les textes espèrent bien mettre de l'ordre.

Se fait jour alors la notion d'un « privé d'autrui », espace où se font d'autres gestes que ceux que l'on propose au regard extérieur. Ainsi, la discrétion au sein de la communauté sera explicitement exigée dans *Le Chastoiement des dames* de Robert de Blois : ne pas pénétrer par le regard l'espace d'autrui, cette *privacy* qui, précisément, n'est pas celle de tout le monde. Il est significatif que ces consignes de respect du privé concernent plus particulièrement la personne féminine, comme si elle constituait le point névralgique de toutes les fautes possibles et le point focal de toutes les vertus souhaitées : « Toutes les fois que vous passez devant la maison des autres, veillez à ne jamais y glisser le regard et à ne pas vous y arrêter. Rester bouche bée et flâner devant la maison d'autrui n'est pas un comportement sage et courtois : il y a des actes que l'on fait souvent en privé, dans sa demeure, et que l'on ne voudrait pas livrer aux regards, si quelqu'un devait se présenter devant la porte. Et si vous voulez entrer dans la maison, toussez légèrement en entrant, afin qu'on soit averti de votre arrivée, par ce toussotement ou par un mot. Nul ne doit, sachez-le en peu de mots, entrer sans avertir. »

S'isoler

Comment s'isole-t-on dans le privé grégaire ? Les composantes de l'espace montrent bien une distribution de certains lieux « plus publics » et d'autres « plus privés » que les autres. Or, l'aparté concerne précisément la manière dont deux individus s'isolent de leur plein gré pour se communiquer ce qui n'est pas destiné à un groupe plus large, situation de confidences où l'on donne voix au secret.

Les modes de comportement dans le privé grégaire des fictions témoignent à quel point il semble difficile de disposer d'un lieu et d'un moment convenables pour s'entretenir, à l'abri des oreilles indiscrètes, avec un interlocuteur. Il n'est guère étonnant que les textes proposent des constantes d'apparence réaliste pour situer d'une part la mise à l'écart de soi, d'autre part le temps du silence. Ainsi Cligès, le héros, fait venir Jean son serf en privé afin de lui demander un abri pour ses amours. Le XIIIe siècle sera particulièrement riche en situations d'aparté. Par rapport à la belle ordonnance du monde arthurien chez Chrétien de Troyes, *La Mort le roi Artu* au début du XIIIe siècle – où l'aventure se fait rare, où se morcelle tragiquement l'univers de la Table ronde – est le théâtre des intrigues et des dénonciations ; et, dans *Le Vair Palefroi*, le neveu souhaitant convaincre son oncle qui devrait, pense-t-il, être un bon avocat auprès du père de la jeune fille, cherche pour ce tête-à-tête un lieu adéquat, une « loge » (petite pièce au-dessus de la porte, une chambre haute ?), bref, un lieu écarté.

Dans *Guillaume de Dole*, récit de la sociabilité exaltée comme vertu du bon souverain, l'aparté possède une véritable fonctionnalité, manifestation affinée des rapports avec autrui. Le ménestrel ami de l'empereur en est l'objet privilégié. Voulant entendre de sa bouche un beau conte, le souverain prend le cheval de Jouglet par le frein, et tous deux quittent le chemin. « Raconte-moi donc, cher ami, une histoire qui puisse me réveiller ! » En pleine nature aussi bien qu'en espace construit, l'aparté exige un lieu de retrait, une alcôve bienveillante de l'espace. C'est en un autre aparté, « sur un balcon », que l'empereur annonce au sénéchal son projet de mariage, et, plus tard, l'empereur – dont il est dit qu'il se trouve « en petite compagnie » – convie le héros Guillaume à venir se divertir dans le verger, lieu d'un ultime entretien. Aparté avec soi-même : ayant appris la calomnie dont la jeune Lienor est victime, l'empereur s'éloigne pour partir seul à travers champs, le cœur serré de tristesse. Quant au sénéchal, c'est grâce à un dernier aparté qu'il sera dupé : alors que tous se trouvent en pleine assemblée, le messager de Lienor l'entraîne « hors du palais, près du haut mur », pour être en sûreté et à l'abri de tous les regards, espace-piège où le félon se laissera enfin prendre. Ainsi, les intrigues de palais, jouant des niches du secret, ont remplacé la belle transparence du monde arthurien. Les embrasures de fenêtres, dans le *Lai du blanc chevalier,* au XIVe siècle, ou dans le *Jehan de Saintré,* plus tard, deviennent par excellence les abris des secrets, les lieux où l'on peut surprendre des négociations parfois peu honorables.

Le langage secret des signes

L'espace collectif voit naître vers la fin du XIIe siècle un réseau serré et secret des modes de communication : dons qui scellent les liens entre deux amants, gages d'amour que les ethnologues connaissent encore aujourd'hui, rôle croissant de l'écrit comme relais, prolifération des messages transmis, perdus, détournés, manipulés. Les objets d'enfermement, simples réceptacles de bijoux, de vêtements ou d'armes, prennent, valorisés, le statut de précieux reliquaires, métaphores des secrets de l'amour courtois, parfois aussi éléments de l'intrigue et prétextes à une gestualité de l'ouverture et du dévoilement.

Des signes de l'alliance amoureuse, certains sont ostensibles et d'autres plus volontiers secrets : signes de l'intimité que les autres perçoivent comme signifiants renvoyés à leur contingence première. Au XIIIe siècle, le monde courtois est envahi de signes secrets : le petit chien, en apparence personnage fortuit de l'espace domestique, annonce à l'amant de la châtelaine de Vergi les moments de rendez-vous. Échanges de signes qui scellent déjà chez Marie de France les rencontres du *Lai du chèvrefeuille* : Tristan enroule le chèvrefeuille autour de la baguette de coudrier dont il enlève l'écorce et où il grave son nom, signe secret du lien qui dit : « Belle amie, ainsi en est-il de nous : ni vous sans moi, ni moi sans vous ! » Signe encore que ce nœud que l'amie de Guigemar fait dans la tunique de celui-ci de telle sorte que nulle autre ne saurait le défaire, l'amant de son côté enserrant d'une ceinture la chair nue de l'amante, boucle que nul ne saurait briser ni couper, langage secret des signes qui déterminent une intensité et un espace affectif interdits à autrui. Plus tard, dans l'univers des masques du *Jehan de Saintré*, l'éducation du jeune homme à la courtoisie comprend l'initiation à un langage secret, à un code caché, qui double l'utilisation des espaces de retrait où les secrets peuvent se transmettre.

Susceptible en revanche d'être compris par le regard d'autrui, le gage d'amour est un don, parure ou anneau. Élément de la représentation du Moi, l'anneau est en même temps le signe le plus marqué de sexualité, enjeu d'importance dans les récits qui font place aux interdits : la liaison avec la fée se dissout dès lors que le héros a révélé à l'ermite le secret de la séduction. Voici que l'anneau a disparu ! Mieux intégrés en revanche dans les signes de la sociabilité, ces chapelets offerts par l'amante à l'aimé, et dont le geste se perpétue chez Guillaume de Machaut. La demoiselle « alla prestement faire un très joli chapelet qui me sembla plein de douceur, car il était fait de noix muscades, de roses et de violettes. Lorsqu'elle l'eut terminé, elle vint le placer sur ma tête », lien végétal qui prolonge la ceinture que la jeune fille fera de ses deux bras.

La parole interdite

La loi du secret est une composante bien connue de l'amour courtois, c'est elle qui – transgressée – inaugure la tragédie de la châtelaine de Vergi : « Il arrive ainsi que celui qui a livré le secret en perd le bonheur, car plus l'amour est intense, plus les amants parfaits sont affligés lorsque l'un d'eux soupçonne l'autre d'avoir révélé ce qu'il devait tenir secret. Et souvent en naît un malheur tel que l'amour doit prendre fin dans la douleur et la honte. »

Dans les rencontres de mortels et de faés, les nombreux interdits, s'ils peuvent porter sur l'acte de boire et de manger lorsque l'interdit désigne toute participation au monde d'en deçà de la rivière, concernent plus fréquemment le secret : ne pas révéler l'existence de la fée, ne pas formuler la question sur les origines dans le *Lai de Tydorel* ou dans *La Chanson du chevalier au cygne*. Les récits féeriques poussent à l'extrême l'interdit de faire connaître au collectif l'existence d'un privé, fût-il d'un autre monde. Mélusine jouera de ces interdits, cachant son identité de femme-serpente, conjoignant le tabou du regard, l'interdit de la connaissance et le maintien de l'opacité, celle précisément que protège la porte devant laquelle Raimondin fixera sa rétine à jamais coupable.

Aux communications filtrées ou interdites s'ajoute l'importance de l'écrit dans les fictions. Or, ce type de médiation croît au XIIIe siècle, et, dans *Flamenca*, les amants se chercheront longtemps à travers les bribes du temps, les messages dits ou écrits, le jeu des signes. Déjà la lettre était l'objet d'une circulation dans le *Tristan* de Béroul, où Marc se fait lire par le chapelain la missive d'Iseut : la lettre devient l'objet d'une communication publique. Le chapelain rompt la cire, lit le texte, puis énonce ligne par ligne le contenu. Marc fait ensuite convoquer les barons et donne ordre de lire le texte.

Dans *La Mort le roi Artu*, c'est Arthur lui-même qui lit le message de la demoiselle dont le cadavre, dans la barque mystérieuse, dérive au fils de la rivière. Dans les deux cas, le rôle de l'écrit est de transmettre ce qui, du privé vrai ou simulé (comme le dit Ogrin : « Pour atténuer la honte et éviter le scandale, il est utile de mentir un peu »), est destiné à être rendu public. De ce privé, d'ailleurs, l'image peut avoir le privilège d'une triste révélation. Au soleil levant, Arthur, reçu dans le mystérieux château de sa sœur Morgue, voit les peintures que Lancelot a tracées pendant sa captivité. Il déchiffre alors sa propre infortune. Dans la *Philomèle* attribuée à Chrétien de Troyes, la pauvre muette trouvant dans une huche « *eschevaux* » et « *fusées* » raconte en fils de couleur son histoire, le viol qu'elle a subi, sa mutilation, son emprisonnement, message que sa sœur saura lire. L'image dira ce que nul n'a osé dire, l'indicible de la transgression.

De l'usage proliférant de l'écrit dans la communication témoigne *Le Roman du châtelain de Coucy*, où celle-ci est particulièrement médiatisée, ce qui fait en particulier comprendre la fonction des insertions lyriques et la problématique fondamentale du roman, les intermédiaires démultipliés des échanges entre l'amant et la dame, bref, le « difficile trajet de la parole et de l'information » (Ch. Marchello-Nizia). L'écrit prolifère encore dans les scénarios des filles menacées d'inceste, où les sceaux sont violés, les lettres substituées aussi bien pour l'annonce de la mauvaise nouvelle d'un monstre (en guise de bel enfant) que pour les mesures de clémence prises par l'époux accablé, mesures auxquelles on substitue l'ordre de faire brûler l'épouse et la monstrueuse créature qu'elle aurait portée en son sein.

Pour l'homme sauvage en qui s'absentent la raison et la mémoire, l'écrit sera chargé d'annoncer aux passants l'origine du malheur insensé. Le héros du *Dit du lévrier* s'enfuit dans la forêt, emporte encre et parchemin, écrit son affliction, les longues années d'attente, le mépris de la dame. Seul instrument désormais d'une mémoire possible, l'écrit est fixé sur un arbre, afin que tous puissent en prendre connaissance.

L'objet d'enfermement

Les objets d'enfermement jouent de la jubilation du caché progressivement mis au jour. Ainsi, les contenants s'ouvrent pour délivrer joyaux et vêtements ; des coffres livrent les parures qui doivent s'offrir au garou revenu à forme humaine dans *Guillaume de Palerme* ; un coffre de voyage recèle une cotte faite d'un vert samit dont la fée pare le sauvage, rite de réintégration dans *Le Dit du lévrier*. L'objet d'enfermement peut devenir un véritable actant du récit : l'aumônière volée dans *L'Escoufle* est source du drame, mais également des retrouvailles. Dans *La Mort le roi Artu* déjà, non seulement l'écrit dévoilait le secret de la belle morte, mais le message faisait l'objet d'une exploration d'un espace feuilleté : barque, tentures, aumônière. Dans le jeu de la sociabilité, les présents sont fréquemment des objets d'enfermement qui favorisent la prolifération de la gestuelle de l'ouverture.

Plus symbolique, l'objet peut devenir reliquaire, comme ce coffret où est enchâssé le cadavre du rossignol, du « laostic », chez Marie de France, métaphore de la pérennité du secret, reliquaire gardien d'une quintessence et d'une mémoire : l'époux a tué le rossignol et, pour faire connaître à l'amant ce qui s'est passé, la dame enveloppe l'oiselet dans une pièce de brocart, avec leur histoire brodée en fils d'or. En homme courtois, l'amant fait forger « un coffre d'or pur » enrichi de pierres précieuses et fait sceller la châsse. D'autres reliquaires marqueront volontiers la portée symbolique du contenu, ce « couffin » qui garde miraculeusement frais le bras de la belle Helaine, et surtout l'étrange reliquaire qui, durant de longues années, a conservé la main tranchée de la Manekine, cet estomac d'esturgeon répandant des effluves si suaves que chacun en a le cœur rempli de douceur !

La société domestique : fluctuations et restaurations

Agencés selon une ferme structuration familiale, les récits médiévaux trahissent à fleur de texte les problèmes internes des familles suggérant – ce qui a d'ailleurs pu obséder l'époque féodale – la hantise des rivalités entre héritiers aux visées comparables. Or, les narrations brisent fréquemment le circuit clos de la famille, laquelle, par un itinéraire exogamique de nature diverse, sera finalement restaurée. Si les références familiales sont extrêmement complexes, il est possible d'en engager ici quelques axes et, en premier lieu, la fréquence des scénarios sexualisés : séductions de type incestueux (père/fille, belle-mère/beau-fils, beau-frère/belle-sœur), rivalités autour de la même femme, calomnies de nature sexuelle qui entraînent l'exil des jeunes mères, bref, un ensemble de querelles domestiques que d'autres récits, prudemment, occultent au moyen d'une exemplarité parfois un peu rigide.

Le champ familial

Que le couple soit le siège de dissonances et de désunion est un fait bien connu des fabliaux. Chrétien de Troyes, en revanche, met délibérément l'accent sur l'accomplissement du couple dans le mariage, démontrant pas à pas que l'amour courtois se vit dans l'institution. Dans son roman de l'anti-Tristan, *Cligès*, l'adultère fait place au libre choix dans la légitimité, mais dans la société domestique des fictions, plus fréquentes sont les tensions et les mésententes du couple. Par contre, hors de l'engrenage de l'adultère, source de jalousie, d'autres couples peuvent témoigner d'une parfaite harmonie, temporairement menacée, mais recouvrée ; ainsi, dans le court récit *La Fille du comte de Pontieu*, l'époux traumatisé par le viol de sa femme auquel il a été contraint d'assister se réfugie dans une rupture des relations sexuelles, alors qu'une forme de punition (obscure quant à sa cause) est assurée par le père, ou encore dans les histoires d'inceste comme *La Manekine*, où les époux qui se retrouvent maîtrisent temporairement, durant la semaine sainte, leur désir et repartent pour une vie nouvelle.

De la tendresse envers l'enfant témoignent de nombreux textes, de *La Manekine* au *Tristan de Nanteuil* où seul un miracle vient libérer le lait devenu parcimonieux aux yeux de cette mère qui préfère se suicider plutôt que de voir souffrir son enfant. Dans un cadre plus spécifiquement hiérarchique, Ide, comtesse de Boulogne, ne laisse à personne le soin d'allaiter ses enfants : elle s'aperçoit qu'en son absence l'un des fils, affamé, a été allaité par une nourrice. Prise d'une sainte colère, elle prend l'enfant, le secoue, lui fait rendre la nourriture subalterne, puis l'allaite de son propre lait. Fondée sur le lien, autour de l'enfant, de la mère et de la domesticité féminine, cette séquence du *Chevalier au cygne* lie le monde privé du gynécée à la dimension de la grandeur d'un lignage. Le gynécée devient le lieu symbolique du rôle majeur de la mère, au sein de la cellule domestique, en un temps vécu où la transmission biologique du lait maternel devient un acte sacré : la mère y est l'unique nourricière digne de la glorieuse progéniture.

L'éperdue recherche du père

Les récits médiévaux sont hantés par les problèmes de l'ascendance, par la fonction de l'enfant et l'importance presque obsessionnelle des rapports parents-enfants. Les liens avec le père, on le devine, font l'objet d'une fiévreuse préoccupation dans les récits où l'épouse calomniée se voit accusée d'avoir mis au monde un monstre qui ne saurait à l'évidence être l'enfant légitime du mari ; mais ces liens apparaissent plus fortement encore à travers ces risques mortels (et symboliques) que représentent les combats des fils contre les pères, adversaires tragiques qui ne se connaissent ou ne se reconnaissent point, *Gormont et Isembart*, où le fils renégat frappe son père dans la mêlée, *Doon de la Roche*, *Baudoin de Sebourc*, *Florent et Octavien*, etc. Le roman tardif *Valentin et Orson* illustre le parricide : Valentin, qui porte un écu sarrasin, est attaqué par son père ; ils s'affrontent avec une telle violence que la lance du fils traverse le corps du père : « Aujourd'hui, vous avez tué le père qui nous a engendrés ! » crie au meurtrier Orson, son jumeau.

Oncles et neveux

L'interrogation sur les liens du sang marque implicitement à quel point, dans les consciences médiévales, la certitude des filiations devait être fragile. C'est d'ailleurs dans les lignages issus de faés que la fascination du père pour le fils, et *vice versa*, est particulièrement explicite, car la dissonance même de leurs vies, l'un appartenant au monde féodal, l'autre à un Autre Monde, en fait des êtres à la fois proches et inconnus, dans le *Lai de Désiré* par exemple, et plus fantasmatiquement encore dans *Tydorel* où, après avoir appris son origine faée, le roi Tydorel, quittant son pouvoir terrestre, piquant des éperons, se précipite tout armé dans les profondeurs du lac d'où son père était sorti pour l'engendrer.

Les grands héros des chansons de geste et des romans courtois n'ont pas souvent de fils, ou ces fils font piètre figure, comme le faible Louis du *Charroi de Nîmes*. Figures substitutives, les neveux seront unis à l'oncle par des liens privilégiés, phénomène que R. Bezzola signalait comme très nouveau par rapport aux mythologies grecques, romaine, germanique et celtique. À la relation père-fils, dont on devinait la forte valeur symbolique, s'ajoute ce que peut offrir le neveu dans une relation de parenté étroite qui exclut cependant la succession immédiate : extrêmement proches de l'oncle, jouissant de sa part d'une affection particulière de pourvus – c'est le cas pour les neveux de Guillaume d'Orange – d'une solide individualité, les neveux sont des personnages « marqués ». Pourtant, l'ambiguïté entache les rapports du neveu avec l'oncle, ainsi ceux de Roland avec Charles. Neveu unique de l'empereur, il lui est confié une mission individuelle, mais « n'aurait-il pas été plus qu'un neveu ? n'aurait-il pas été son propre fils ? » (Bezzola). D'après une saga nordique, Roland, à qui *La Chanson de Roland* ne donne d'ailleurs qu'un parâtre, aurait été le fils de Charles et de sa sœur Gisèle, mais cette ascendance incestueuse ne sera pas attestée par les textes français avant le XIVe siècle. Quant au thème du neveu comme « enfant de l'amour », il est au premier plan dans l'histoire de Tristan telle que nous la livre Gottfried de Strasbourg : élevé par des parents adoptifs, enlevé par des marchands norrois, il est recueilli par Marc, qui apprend qu'il est son neveu. L'amour de l'oncle sera tel pour l'enfant de sa sœur qu'il ne voudra pas lui-même engendrer de successeur, comme si Tristan était son propre fils... L'ambiguïté règne encore dans le couple antinomique de Gauvain et de Mordred, neveux d'Arthur. Fidèle compagnon et conseiller intime d'Arthur, l'homme courtois s'opposera à Mordred, le traître, qui veut enlever à Arthur épouse et royaume. Une version de la légende veut que Mordred soit le fruit de l'amour incestueux d'Arthur pour sa sœur, femme du roi Loth d'Orcanie et mère de Gauvain. Faute innocente d'ailleurs, puisque Arthur, au moment de l'acte, ignorant de qui il était le fils, ignorait par conséquent qu'Anna était sa sœur !

Les exils

Au problème des rapports de l'individu avec le collectif qui l'enserre et qui – tout en lui imposant des limites – lui confère son statut, est étroitement lié, dans l'élaboration du champ familial, l'investissement de l'exil. Il est particulièrement intéressant dans le cas des femmes, comme cette fille du comte de Pontieu mariée de la façon la plus satisfaisante, puisqu'elle a épousé le fils de la sœur de son père. Épouse stérile, cependant, ayant perdu honneur et validité sociale, abandonnée dans un tonneau à la mer, elle trouve statut et fertilité en milieu musulman. De stérile, elle devient féconde par une initiation qui s'inaugure dans l'atteinte au corps, par la transgression d'une tentative de meurtre, dont elle ne se repentira jamais, par le passage enfin sous la foi païenne. Faut-il imaginer que le trajet exogamique ait été pour elle nécessaire et fécond puisque après tout elle retrouve le monde de ses origines, comme si la temporaire brisure du monde familial et social qui l'entourait avait été nécessaire ? L'exil, par ailleurs, est fréquemment la conséquence des poursuites incestueuses, et si le désir du père est à peine suggéré dans *Le Vair Palefroi*, plus explicite dans *Les Deux Amants* de Marie de France (« Elle fut demandée en mariage par de puissants vassaux qui l'auraient volontiers prise pour femme, mais le roi ne voulait pas l'accorder, car il ne pouvait s'en passer. C'était son seul refuge, et il restait près d'elle nuit et jour »), la demande perverse est très précise dans *La Manekine* ou dans *Le Roman du comte d'Anjou.*

Amour courtois et jalousie

Des tensions de l'univers domestique, l'un des moteurs – et non des moindres – est la jalousie qui repose sur la face institutionnelle de l'amour courtois, élaboration fantasmatique s'il en est, qui se sert des cadres mêmes de l'interdit, car le mari y est bien ce qui rend l'amour à la fois périlleux et possible. Si dans le monde arthurien la figure royale est finalement peu entachée (Arthur n'apparaît nullement jaloux ni atteint par le soupçon dans ce roman de l'adultère qu'est *Le Chevalier à la charrette*), c'est à partir du XIIIe siècle qu'apparaissent sur le privé les incidences des amours adultères : dans *Le Roman du châtelain de Coucy,* le mari jaloux fait dévorer à l'épouse le cœur embaumé de son amant mort en terre de croisade, ou encore, dans le sens d'une hypertrophie parodique, à travers la vengeance des douze époux du *Lai d'Ignauré,* dans *La Châtelaine de Vergi,* où la jalousie de la duchesse mène à la profanation de l'amour, et surtout dans *Flamenca*, où la jalousie prend des traits pathologiques, le corps jaloux y apparaissant comme déréglé, repoussant, anticourtois.

Les femmes accusées

Certains scénarios familiaux, très largement représentés dans la tradition du conte, ont fait l'objet d'un tel nombre de récits romanesques au Moyen Âge qu'il est impossible qu'ils n'aient pas, au plan fantasmatique – ne serait-ce qu'au titre du soulagement que procure toute issue en *happy end* après la levée des menaces pesant sur l'univers domestique – procuré bien autre chose qu'un divertissement ancré dans la reconnaissance d'une tradition : ainsi, le motif des femmes accusées, où la calomnie envahit notamment la chambre, et surtout la chambre de l'accouchée qui devient espace coupable, entachant d'illégitimité, voire de monstruosité, la naissance d'un enfant ; calomnie encore de la femme chaste convoitée par son beau-frère, objet persécuté puis réhabilité avec ses constantes dans la constellation familiale qui font du prétendant rebuté le frère du mari, et cette issue où le persécuteur de l'héroïne, accablé d'une maladie, est guéri par la victime elle-même, après avoir confessé son méfait. On ne dira jamais assez l'importance de l'aveu public, communautaire, du désir fautif intimement recherché, aveu qui peut même, dans la structure finale du récit, dans *Florence de Rome* par exemple, faire l'objet d'obsédantes réitérations. Les accusations d'amours monstrueuses sont fréquentes, et si elles peuvent être mises en rapport avec des traditions populaires, c'est plus largement dans les larges représentations de la sexualité et de la fantasmatique génitale qu'elles doivent s'insérer. Dans le *Chevalier au cygne*, la reine Beatrix a médit d'une mère de jumeaux : elle met au monde elle-même une portée de six enfants. Dans le récit plus tardif *Theseus de Cologne*, la reine a ri d'un contrefait : elle accouche d'un être monstrueux, et un amoureux repoussé l'accusera d'avoir eu des rapports avec un nain. Le mari indigné condamne sa femme au bûcher, mais le bébé obtient de Dieu la beauté, et le nain, en combat singulier, triomphe du calomniateur. À l'accusation des mères est lié le sort des enfants, très tôt chassés d'un univers familial et légitime, soumis à un destin qui en fait des inconnus et des déshérités.

Les frères dans le groupe familial

Du XIIe siècle au XVe siècle, on assiste fréquemment dans la fiction littéraire à la mise en œuvre d'un modèle nucléaire de famille à deux frères souvent jumeaux, modèle qui semble apporter une solution idéale à l'antagonisme fondamental qui oppose deux tenants du pouvoir, deux occupants du même espace privé. Se servant de l'énigme ancienne de la naissance duelle, les récits de frères (un ensemble fort bien représenté) semblent répondre à ce trait de la société féodale qui consiste à créer aux cadets un monde infini de frustrations ; et, en glissant la structure des fraties dans le moule gémellaire, les récits rendent au frère défavorisé une égalité et une réussite comparables, ou bien même lui assurent la supériorité car il finit parfois par supplanter son Double, avec le total accord de celui-ci.

Dans certains récits où apparaissent les jumeaux fictifs, l'usage de la métaphore gémellaire permet de suggérer des enjeux que l'on n'ose pas dire dans les histoires de frères réels. La fusion des Doubles est alors une solution, car, intégrés dans le monde féodal, les jumeaux reçoivent une fonction valorisante qui relève des réalités les plus tangibles. Ainsi, les fictions qui ont pour objet ce modèle de fratrie évoquent des tensions graves et peuvent être interprétées en termes de « thérapeutique sociale » (G. Duby). Si l'on y lit en filigrane la revendication des droits de l'ultimogéniture, ils démontrent que la coexistence et la similarité doivent se vivre. Le sosie cesse de menacer l'identité, le Double reçoit droit de cité. Fondées sur le sens le plus crucial de l'identité, les fictions médiévales qui font place au Double rationalisent un ensemble de fantasmes propres à la conscience individuelle.

Certains couples frères médiévaux vivent des histoires sanglantes, celle en particulier qui reprend l'histoire des descendants d'Œdipe, *Le Roman de Thèbes* ou, rapidement esquissée dans un prologue au *Roman d'Athis et Prophilias*, l'histoire de Romulus et Remus, ou encore, dans un contexte plus féodal au XIIIᵉ siècle, *Florence de Rome* : on y lutte pour des murs, on s'arrache le pouvoir, on peut en mourir. Dans ces récits où la haine est exprimée, liée à un problème que le modèle à deux frères permet de poser sans détour, le couple de frères est toujours donné comme composé d'un aîné et d'un cadet. À chaque fois la querelle a pour objet les droits de la primogéniture face à ceux de l'ultimogéniture. Le fratricide résulte d'un affrontement qui se produit entre aîné et cadet, jamais entre jumeaux.

Par contre, les jumeaux se placent toujours sous le signe de l'exemplarité.. Ils sont fréquemment victimes d'une expulsion hors d'une matrice humaine et sociale, et les récits relatent leur itinéraire vers une progressive socialisation. Leur mère – la reine d'Angleterre dans *Guillaume d'Angleterre*, la belle Helaine, la sœur de Pépin dans *Valentin et Orson*, d'autres encore – est exilée, et les enfants naissent souvent dans un monde sauvage où ils perdront leur mère, seront recueillis par un animal ou transférés dans un monde social différent du groupe d'origine, vilain ou marchand. Que l'union avec la mère porte trace de schèmes archaïques est sensible : guidés par un fort tropisme maternel, les jumeaux restent unis à la mère par un lien matriciel, dont témoigne particulièrement le bras coupé de la belle Helaine que son fils, Bras – au corps duquel on a attaché le bras de la mère – gardera frais jusqu'à l'adolescence, le portant comme une relique jusqu'au moment où, tous les avatars du récit accomplis, son frère, le futur saint Martin, raccordera par miracle au corps maternel ce cordon ombilical sacré.

Délivrances et retrouvailles sont fréquentes dans ces récits, en particulier sous la forme d'une réhabilitation de la mère. Les jumeaux sont ainsi les grands rassembleurs de la cellule parents-enfants, et comme ils sont toujours les seuls facteurs de cette restauration du groupe parental, leur histoire possède volontiers une structure centripète : d'une cellule familiale éclatée à une cellule restaurée. Les enfants par contre gardent un nom toujours décalé par rapport à leur identité recouvrée – l'une des versions de *Valentin et Orson* donne à Orson, élevé par une ourse, le nom de *Nameless* (Sans Nom) qu'il gardera –, comme si le mystère de leur naissance, leur éjection hors du collectif leur laissait quelque chose d'innommable... Les récits de jumeaux sont des récits d'acculturation : avant de retrouver père et mère, les jumeaux doivent se reconnaître frères. *Valentin et Orson* fournit un processus particulièrement intéressant de la conquête de l'enfant sauvage par le frère déjà acculturé ; il témoigne d'une forme d'allégeance qui pose Valentin en seigneur : Orson « tend les mains vers son frère en lui demandant par signes son pardon et lui montre par signes qu'aucun jour de la vie il ne lui manquera ni en ce qui concerne sa personne ni en ce qui concerne ses biens ».

Un paradoxe apparent : l'existence d'un éventuel aîné parmi les jumeaux. Pas de situation plus égalitaire que celle des jumeaux. Pourtant, *Guillaume d'Angleterre* indique bien qu'il y a un premier-né, et on se souvient de cet article des coutumes du Beauvaisis selon lequel les témoignages des femmes ne doivent pas être reçus, hormis le cas où une femme doit indiquer lequel de ses deux enfants mâles est né le premier : « On n'aurait aucun moyen de savoir lequel serait l'aîné si ce n'est par le témoignage des femmes, et pour cette raison *en ce cas*, elles doivent être crues. »

La gémellité fictive

Les jumeaux métaphoriques sont l'hyperbole des jumeaux réels. Fort étrange, l'origine de leur gémellité, et nouveaux les contrats qui l'accompagnent, nouvelles aussi les épreuves qui en testent la validité. Identique par contre leur rôle de bienfaiteurs pour la communauté, et tout à fait comparable la vision idéale et exemplaire de leur indéfectible solidarité. Ces jumeaux sont des artefacts, car la gémellité est le fruit de circonstances particulières : un contrat associatif les lie à jamais, parallèle aux documents d'affrèrement que connaissent bien les historiens. Ce contrat est pourtant de type purement affectif, les contractants ne sont ni du même sang ni du même pays, Berri et Auvergne pour Ami et Amile, Rome et Athènes pour Athis et Prophilias, Algarve et Castille pour un récit du XVe siècle à la cour de Bourgogne. Une formule explicite de contrat scelle leurs rapports dès les premiers instants de la rencontre et l'expression en est parfois très ferme : *« Et lors qu'ilz commencerent a avoir congnoissance, ilz s'entramerent de sy parfaitte amour qu'ilz firent ensemble aliance, fermeté et compaignie, en promettant l'un a l'autre que jamais nulle rien ne fera la departie d'entre eulx deux, sinon la mort. Car excepté la voulenté de Nostreseigneur Dieu, il leur estoit advis qu'il n'estoit point possible de jamais povoir avoir hayne ou mautalent ou estoit si grande amour et bonne compaignie » (Histoire d'Olivier de Castille et Artus d'Algarbe).*

De ce jour, les contractants vont présenter « *un semblant et une feiture* », une apparence identique ; la reproduction des traits et la confusion possible de ceux-ci sont posées comme la résultante du contrat qui précède. Même les parents hésitent à identifier les deux garçons. Mais, pour être valide, un contrat doit être testé, souvent par une quête du Double grâce à un signe de reconnaissance, car la séparation est insoutenable. L'épreuve essentielle cependant est l'enjeu féminin : en faveur de Prophilias qui meurt d'amour pour la future épouse d'Athis, ce dernier imagine un subterfuge qui lui fait épouser la jeune fille tout en la cédant durant la nuit de noces, et pour de longs mois, à son Double. L'épreuve peut également être le don des enfants, ou plutôt du sang des enfants, puisque dans quelques récits de ce type, l'un des jumeaux devenu lépreux est guéri grâce au sang des enfants de son frère : rappel possible des rites traditionnels de l'échange des sangs, marque redondante du discours contractuel et de l'inconditionnel contrat de fidélité.

Frères et pouvoir

Les couples gémellaires, réels ou associatifs, sont toujours liés aux problèmes du pouvoir, et l'on peut légitimement considérer ce type d'association d'apparence strictement familiale comme siège d'un lien privilégié au communautaire. Si la convoitise dévorait les fils d'Œdipe et les frères fondateurs de Rome, les jumeaux médiévaux sont liés à la prospérité des royaumes et à leur expansion. Alimenté par le couple charismatique Claris et Laris, la communauté arthurienne étend largement ses conquêtes. Comme l'affrèrement littéraire est pourvu d'une fonction dynamique, la littérature médiévale semble avoir résolu le problème épineux du Double en termes d'actions solidaires : le Double y est un renforcement de l'être. Cependant, les jumeaux peuvent aussi renoncer, conjointement, au pouvoir. Ami et Amile vont finir pieusement leurs jours en Lombardie ; Valentin et Orson vivent une fin quasi hagiographique. L'abandon serein des biens semble le meilleur moyen d'éteindre les germes d'une périlleuse rivalité. Même dans l'*Histoire d'Olivier de Castille*, roman territorial bien ancré dans les visées de la cour de Bourgogne au XVe siècle, celui qui est en position d'aîné a le bon esprit de disparaître rapidement de la scène narrative, léguant à son frère tous ses royaumes.

La fraternité, réelle ou fictive, peut ainsi être ressentie comme le retournement de la haine, comme une solution satisfaisante aux conflits latents, sublimés dans des récits où l'on ne trouve jamais rien que d'exemplaire et de parfait. Translation de l'indivision originelle et du partage d'une commune matrice : les jumeaux répandent sur le monde un climat de conciliation, de relations fermement nouées, de communauté recouvrée, et leurs homologues métaphoriques relèvent des mêmes utopies.

Le gynécée

Si l'on veut tirer des œuvres lyriques et narratives de quoi se représenter le groupement des femmes dans un espace réservé, ce que l'on peut appeler le gynécée, les cellules spécifiquement féminines, les sources affluent : chansons de toile, chansons de geste, romans et même veillées de femmes dans la littérature plus tardive. Quelle est donc la structure, la fonction de ces groupes au sein de la société domestique ? Les groupements de femmes mettent en œuvre des constantes : du XIIIe au XVe siècle, le parcours diachronique permet de dégager, d'une part, le déploiement d'un espace, explicite ou tacite, propre aux femmes, d'autre part, des lois de fonctionnement dans le schéma narratif. Ainsi, le réseau des variantes et des invariants témoigne d'une permanence de structure qui confère au gynécée l'aspect d'un module domestique dont l'espace et les protagonistes semblent relativement figés. Quelles sont pourtant les limites de leur variance ou de leur immutabilité ? Quelles sont les situations qui justifient le maintien ou la dissolution du gynécée ? Questions qui touchent de près les rapports d'un espace privé (de la femme solitaire, d'un couple de femmes ou d'une cellule de femmes) avec le champ collectif, ou du moins le champ grégaire du privé.

Les données spatiales sont clairsemées et souvent allusives ; par contre la perception d'une frontière qui sépare le monde du dedans d'un espace du dehors s'exprime fortement, le temps interne de l'espace féminin s'opposant à une temporalité externe qui lui confère son statut. Dans les chansons de toile, la notion de frontière se marque par une situation de dépendance de la femme et une révolte virtuelle face à l'institution d'un mariage redouté et accompli : le temps est celui de l'attente, et l'accent est placé sur une temporalité désespérément interne. Parfois, dans *Le Roman du comte d'Anjou,* par exemple, des femmes transgressent leur espace privé, s'il est menacé, et essaiment vers un ailleurs, se recréant un espace propre et un temps à la fois identique et nouveau. Dans certains cas, lorsque la clôture de l'espace féminin est violée, c'est la main d'une femme maudite qui accomplit le geste, comme cette *maistresse* de la belle Euriaut dans le *Roman de la Violette.*

Par contre, dans *La Chanson du chevalier au cygne*, la notion de clôture est fortement valorisée, car elle enserre le monde des femmes chargées de la qualité du lignage, et l'on y exalte la qualité de la femme-mère dans un espace et un environnement où l'homme peut légitimement, mais provisoirement, pénétrer ; il est tout à fait significatif qu'il n'y ait aucune référence spatiale précisément là où la part féminine de la maisnie est mise en scène dans la pluralité de ses fonctions (dame, suivantes, nourrices). Il s'agit là du monde de la toute première éducation de l'enfant, où la ségrégation est fonctionnelle, où le temps interne du gynécée et le temps externe, celui des hommes, sont en rapport de fécondation réciproque.

Plus tard, sur un schéma d'échanges purement verbaux – l'œuvre est bien l'héritière du *Décaméron* et le précurseur d'un genre florissant au XVIe siècle –, *Les Évangiles des quenouilles* sont le fruit de veillées que le narrateur rapporte ainsi : « *Il est vérité que un soir aprés souper ès longes nuis entre le Noël et la Chandeleur derrain passe* [l'an passé], *je me transportay en l'ostel d'une assez ancienne damoiselle, assez près ma voisine, où j'avoye acoustumé d'aller souvent deviser, car pluiseurs des voisines d'environ venoient illec filer et deviser de pluiseurs menus et joyeux propos, dont je prenoie grand soulas et plaisir.* » La parole des femmes, que doit consigner le narrateur, assigne au groupe une spécificité marquée ; elle se donne elle-même comme frontière : volontairement constituée à l'abri de la communauté masculine, la parole des femmes exprime un savoir quasi magique et une forme de prise en charge du monde communautaire. Le temps du gynécée est ici un temps englobant, à proprement parler une matrice.

Certaines situations sont réservées à des protagonistes féminines dont les modalités – du monde aristocratique des romans au monde paysan des veillées – sont variables ; à ces protagonistes sont assignés des gestes et surtout l'acte de dire, qui valent comme signaux d'une retraite, d'un renfermement spatial, émotif ou rituel. Jeux de signaux dont l'économie révèle le fonctionnement du code littéraire, ces éléments viennent relayer les rares notations spatiales. Ainsi, dans les chansons de toile, l'espace privé des femmes apparaît comme lieu de rêverie, de disponibilité, d'attente et de confidence. Si le cadrage visuel est parcimonieux, le niveau de la gestualité (au moyen de notations verbales) suggère précisément deux espaces, celui du privé féminin qui existe par rapport à l'autre, dont il attend tout. Les héroïnes des chansons de toile semblent vivre sur un seuil, celui de la rupture d'avec le monde autoritaire des lois. Des cadrages suggèrent cet obstacle liminaire que traverse le regard : fenêtre ou créneau de la tour, points de rencontre du dehors et du dedans. En revanche, le verger, lieu ouvert, indique souvent, dans ce corpus lyrique, que l'espace privé va se dissoudre, que le gynécée est déjà éclaté. C'est dans le verger que l'amant retrouve Belle Beatris pour l'entraîner dans la fuite.

Autre constante : les activités spécifiques du groupe féminin qui signalent une forme de repli. Si l'héroïne guette, si parfois elle se plonge en elle-même par la lecture, il s'agit surtout de travaux de femmes que l'on voit en œuvre aussi bien dans la lyrique que dans les romans comme *Guillaume de Dole*, *L'Escoufle* ou *Le Roman du comte d'Anjou*. Des femmes assises cousent, chantent et parlent, avec parfois une organisation de l'espace et du temps qui n'est pas sans incidence sur la fonction, dans le gynécée, de la mémoire collective. Ainsi, la mère et la sœur de Guillaume jouent à elles seules une situation de chanson de toile, assises en train de broder, comme le dit la chanson que Lienor chante pour accueillir le messager de l'empereur. De même, au fil des six veillées des *Évangiles*, la redondance des objets est frappante, et chacune des veillées est introduite et conclue par ce rappel des activités des mains : « *[...] toutes apportèrent leur quenoilles, lin, fuiseaux, estandars, happles, et toutes agoubilles servans à leur art.* »

Dans les œuvres narratives se jouent plus particulièrement la permanence, la constitution ou la dissolution du gynécée à travers les figures contrastées de ces femmes qui, dans la société domestique, ont fonction de gouvernante. Dans le *Roman du comte d'Anjou* ou dans le *Roman de la Violette*, ces figures fonctionnelles mettent en œuvre la solidarité la plus exemplaire ou la malveillance la plus absolue. Dans le premier récit, la jeune fille, accompagnée de sa gouvernante, fuit la maison du père. Les fugitives se cachent dans la maison d'une pauvre femme où elles vivent de prière et de travail, car elles sont d'habiles brodeuses. Forcées de fuir à nouveau, elles se voient confier l'enseignement de la broderie aux deux filles d'un châtelain. La gouvernante, appelée « la bonne dame », qui s'adresse à la jeune fille par le nom même de « fille », est la confidente ; c'est elle qui l'engage dans la fuite, qui connaît l'intendance de la maison, qui prépare l'or et l'argent qu'il faut emporter. Leur *chambre et maingnage* donnent sur un verger qui possède une issue sur la forêt. Plus tard, lorsque poursuivie par la malveillance d'une belle-mère qui fait croire qu'elle a mis au monde un être monstrueux, l'héroïne est condamnée à être jetée dans un puits avec son nouveau-né, la gouvernante mourra de chagrin, figure de mère exemplaire qui suggère que la menace d'inceste et la calomnie atteignent en fait le corps féminin tout entier. L'individu-femme, c'est essentiellement le groupe, puisque, dans ce récit comme dans d'autres encore, le groupe fonctionne en doublets féminins : la belle Helaine de Constantinople est à deux reprises « doublée » par une autre femme qui se laisse brûler à sa place. le *Roman du comte d'Anjou* présente d'ailleurs un investissement redondant du travail des mains : c'est grâce à leur travail que les femmes obtiennent *manentise* et *herbergage*, et c'est précisément la fonction de transmission du savoir aux deux jeunes apprenties, filles du châtelain, qui apporte sécurité et réintégration dans le collectif. Ainsi se reconstitue le gynécée : gynécée à forme ambulatoire où la cohésion se maintient par la mémoire du geste. Menacé de transgression, l'espace clos des femmes se dissout, se cherche un nouvel espace de liberté, subit une migration jusqu'à la reconquête d'un nouvel espace privé et clos. Sous le signe d'une mouvance possible, le gynécée, par une sorte de provignement, se replante ailleurs.

Le *Roman de la Violette* illustre au contraire l'éclatement du gynécée. Favorisant la violation de l'espace clos, la nourrice incarne la désolidarisation à l'égard de la cellule intime des femmes : elle guette le désir naissant de l'homme, s'entremet, arrache à la jeune fille le secret du signe intime – la violette –, puis perce la cloison, cloison symbolique dont la fragilité signale une fêlure dans les valeurs utopiques du gynécée, l'harmonieux pluriel des femmes.

Dans *Les Évangiles des quenouilles*, on sort en apparence de la société domestique, au sens de la maisnie aristocratique, mais les matrones sages et prudentes qui décident un jour de se mettre en scène (« *l'une de nous commencera sa lecture, et ses chappitres recitera, en la presence de toutes celles qui illec seront assembleez, pour les tenir et mettre en perpetuele memoire* »), se livrent, par leurs maximes et les commentaires apportés à et par l'expérience quotidienne, à une gestion magique de la société domestique. Comme certaines d'entre elles ont eu quelque rapport avec les sciences occultes, elles mêlent les recettes immémoriales pour rendre productives les terres, et féconds les animaux, à d'autres recettes plus lourdes de superstitions, celles par exemple qui éloignent les *cauquemares*. Comme leur réclusion est liée à un moment de loisir actif et à un rite collectif, le répétitif est ici souverain, un temps cyclique qui lie le passé, le présent et l'avenir. Érigée en société organisée – une présidente élue à rotation, un auditoire féminin qui grossit de jour en jour, un secrétaire qui consigne les minutes –, ce groupement de femmes en milieu paysan est dépositaire d'un savoir secret, comme en témoigne l'abondance des marques d'interprétation, la mise en rapport des « signes » qu'elles déchiffrent, la lecture des apparences dont elles dégagent le sens caché. Cet échange des savoirs fonde la cohérence du groupe, car les secrets ne seront diffusés qu'auprès de sujets féminins : « *[...] elles remercièrent moult dame Abonde de ses vrayez Euvangiles, promettans que point ne les metteroient en oreille de veel* [veau], *ains* [mais] *les divulgueroient et publieroient par tout leur sexe, à celle fin que de generacion en generacion elles fussent continuéez et auguementéez.* »

Ainsi, le gynécée peut être générateur des gynécées à venir, et le devenir social est pris en charge par la parole autoritaire et régulatrice du groupe féminin qui tente une forme de contrôle de tous les domaines de la vie individuelle et collective, de l'élevage des animaux à l'acte sexuel, de la querelle conjugale à l'infléchissement ensorcelé des rapports affectifs : « *Si une femme veult que son mari aime mieulx l'un de ses enfans que l'autre, si lui face mengier des deux débous* [bouts] *des oreilles de son chien la moitié, et à l'enfant l'autre moitié, et, pour aussi vray que Euvangile, ilz s'entr'aimeront si fort que a pou* [à peine] *pourront ilz estre l'un sans l'autre.* » La fonction magique, oraculaire, est prise à bras-le-corps par le gynécée, ce que le « secrétaire » a bien compris : *« Il leur sembloit que le monde, par ces constitutions et chappitres, se devoit cy après gouverner et regir par elles […]. »*

Cerclé de frontières dans certains cas imposées, le gynécée peut être lui-même créateur de frontières, moteur d'une vigoureuse dialectique du dedans et du dehors qui peut féconder le champ collectif. Ici, le gynécée conquiert le statut d'une matrie souveraine. Visions contrastées, du XIIIe au XVe siècle, de l'enfermement subi, rompu ou volontaire, le gynécée est toujours cerclé de parole, de malheur ou de pouvoir, mais il possède une tonicité qui – à travers la ségrégation même – le préserve, le reconstitue, l'érige en module inexpugnable de la société domestique.

Le couple dans l'intimité

Souvent stéréotypée jusqu'au XIIIe siècle, la représentation du couple dans ses rapports quotidiens s'affine aux XIVe et XVe siècles, en particulier dans les textes normatifs. Les injonctions du Chevalier de La Tour Landry s'adressent aux femmes tentées de ne pas obéir au mari « *par especial devant les gens* », mais, ajoute-t-il, « *je ne dy mie, quant vous serez* priveement seul a seul, *vous vous povez bien eslargir de dire ou faire plus vostre volenté, selon ce que vous saurez sa maniere* ». Ainsi se définissent un espace privé et un temps du privé où les relations se font plus intimes et plus libres, comme si, devant les autres habitants de la maison, il convenait de maintenir une façade de correction et de respect, qui ne doit pas se démentir mais peut s'octroyer la licence d'une parole moins bridée. De beaux exemples d'intimité conjugale apparaissent dans le *Ménagier de Paris* : l'époux de la jeune mariée entreprend de répondre à l'une de ses demandes en lui rappelant le moment où – dans le privé – elle l'a prié de l'amender avec tendresse : « Vous m'avez demandé humblement dans notre lit, je m'en souviens, que pour l'amour de Dieu, je ne vous reprenne jamais de façon désagréable devant des étrangers ou devant nos domestiques, mais que je vous fasse des remarques chaque soir, de jour en jour, dans notre chambre et que je vous rappelle les fautes de conduite ou les naïvetés commises durant la journée ou les journées passées, et que je vous indique comment vous comporter et vous donne à ce sujet des conseils ; alors vous ne manqueriez pas de changer votre conduite en suivant mes conseils et vous feriez de votre mieux ce que je vous demanderais. »

Dans son « Quint article », le *Ménagier* établit une hiérarchie de l'intimité qui apparaît comme un espace relationnel concentrique dont le mari est le centre : *« [...] vous devez estre* tres amoureuse et tres privee *de vostre mary par dessus toutes autres creatures vivans,* moiennement amoureuse et privee *de vos bons et prochains parens charnels et parens de vostre mary*, tres estrangement privee [vous tenir à distance] *de tous autres hommes, et* du tout en tout estrange [vous tenir absolument à l'écart] *des oultrecuidés et oyseux jeunes hommes [...]. »* La représentation d'une affectueuse conjugalité se précise en un tableau du « Septième article » où le corps ainsi qu'une distribution des fonctions et de l'espace impartis à l'un et l'autre sexe tiennent une large place. Les bons soins accordés au corps, cette douceur que l'épouse offre au mari « entre ses mamelles » sont comparables à l'attachement que certains enfants éprouvent pour ceux qui savent les aimer, ceux auprès de qui ils trouvent *« les amours, les curialités, les privetés, joies et plaisirs »*, ce que d'aucuns appellent « ensorcellement ». Intimité ensorceleuse que le *Ménagier* conseille vivement, en rappelant à la femme le proverbe rural *« qui dit que trois choses sont qui chassent le preudomme de sa maison, c'est assavoir maison descouverte, cheminée fumeuse et femme rioteuse ».*

La femme dans l'espace et le temps de la communauté

Les textes normatifs en langue vernaculaire donnent une bonne mesure de l'enserrement de l'individu dans le collectif, en particulier ceux qui, s'adressant aux femmes, ont pour but la constitution d'êtres susceptibles d'accomplir, au sein de la communauté, une fonction jugée convenable. La femme est ainsi invitée à préparer dans le privé l'image de soi proposée au collectif, et, en particulier, à éviter l'intrusion abusive de son image aux regards d'autrui. Le mauvais usage du privé (corps, sommeil, parole) retentissant funestement sur les rouages collectifs, la femme est un outil qu'il faut préparer à une soigneuse régulation.

Aux femmes donc s'adressent ces conseils qui, dans *Le Chastoiement des dames*, concernent convenances et actes de sociabilité, et, à travers les frontières de ce que l'on peut appeler le privé, la zone d'une certaine liberté qui implique toujours le regard d'une communauté large. Fragilité du statut féminin : Robert de Blois n'hésite pas à souligner qu'il est bien difficile aux femmes de régler leur conduite dans la société, car, si elles se montrent accueillantes et courtoises, elles encourent le risque d'une interprétation abusive de la part des hommes ; si, par contre, elles manquent à la courtoisie, on les taxera d'orgueil. À chaque pas, il convient à la femme de se montrer irréprochable, de manifester constamment le contrôle de son corps, car elle reste toujours exposée aux regards, et l'œil – on le sait – est source de mal. Ainsi doit-elle évaluer les situations où elle doit se dévoiler, à moins qu'elle n'ait quelque laideur à cacher. À l'église même elle doit savoir se dévoiler, tout en témoignant d'une attitude de piété : ne pas rire, ne pas parler et, surtout et toujours, surveiller les errances de son regard.

Dans le *Livre pour l'enseignement de ses filles*, le Chevalier de La Tour Landry adresse à celles-ci, encore « petites et de sens desgarnies », un « miroir d'anciennes histoires », livre d'exemplaire vertu fait d'alertes chapitres susceptibles d'intéresser ces jeunes esprits. En écho à Robert de Blois, mais plus nuancée, s'y déploie la vision d'un amendement de la nature féminine à travers un bon usage du corps qui ne doit pas contrarier le temps dévolu aux gestes du quotidien et aux rites communautaires. Dans cette règle de vie profane, respecter le temps propre pour chaque chose – en particulier le sommeil et le repas – fonde l'équilibre de la vie. Englobant toutes les activités, la piété, manifestée dès le matin et le soir, devient la source d'un bon sommeil. *« Mengier ès droictes heures d'entour prime et tierce, et de souper à heure convenable, selon le temps »*, et même savoir jeûner, pour mieux dompter la chair, trois jours par semaine est la leçon tirée du chapitre VI *qui met en scène une jeune fille dont la vie se déroule « dissoluement et desordonneement le matin et le soir »*, qui expédie ses dévotions, se rend dans la garde-robe

« Et pour ce aimez la personne de vostre mary songneusement, et vous pry que vous le tenez nettement de linge, car en vous en est [c'est votre affaire], *et pour ce que aux hommes est la cure et soing des besognes de dehors, et en doivent les maris soignier* [les maris doivent vaquer à leurs occupations], *aller, venir et racourir de çà de là, par pluies, par vens, par neges, par gresles, une fois moullié, autre fois sec, une fois suant, autre fois tremblant, mal peu* [nourri], *mal herbergié, mal chauffé, mal couchié. Et tout ce luy fait mal pour ce qu'il est reconforté de l'espérance qu'il a aux cures que la femme prendra de luy à son retour, aux aises, aux joies et aux plaisirs qu'elle luy fera faire devant elle ; d'estre deschaux à bon feu, d'estre lavé les piés, avoir chausses et souler frais, bien peu, bien abreuvé, bien servi, bien seignouri, bien couchié en blans draps, et cuevrechiefs* [bonnets de nuit] *blancs, bien couvert de bonnes fourrures, et assouvi des autres joies et esbatemens, privetés, amours et secrets dont je me tais. Et l'endemain robes-linges et vestements nouveaulx »* (*Ménagier de Paris*, « Septième article »).

où elle avale *« soupe ou aucune lescherie »* et, lorsque ses parents sont couchés, ne résiste pas plus à l'impulsion de dévorer encore. Ce comportement boulimique et excessif, jouant de l'inversion du temps propre aux gestes quotidiens, se perpétuera immanquablement dans la vie conjugale. Mauvais usage du temps encore, à travers cette anecdote d'un chevalier et d'une dame qui, dès leur jeunesse, prennent grand plaisir à faire la grasse matinée *(« dormir a haulte heure »)*, manquant ainsi la messe et, fait plus grave, la faisant manquer aux gens de leur paroisse.

Dans cette représentation du temps privé qui ne manque pas d'avoir des incidences sur le temps communautaire, la place d'une conduite à éviter ou à suivre est fondée sur un surprenant mélange de conseils concernant la conduite morale et une gestualité d'apparence bien anecdotique. Ainsi, les contenances de la femme y prennent une place importante : « En disant vos heures à la messe ou ailleurs, ne ressemblez pas à la tortue ou à la grue ; elles ressemblent à la grue et à la tortue celles qui tournent de tous côtés leur visage, en tendant le cou, et qui agitent leur tête comme une belette. Ayez le regard et le maintien fermes comme la femelle du limier, animal qui regarde droit devant lui sans tourner la tête ni çà ni là. Soyez stable en regardant tout droit devant vous, et si vous voulez regarder de côté, tournez corps et visage ensemble. »

L'ordre de l'humain gît dans une judicieuse pondération du rapport le plus intime au corps et des comptes à tenir devant la communauté : le mauvais usage du social rejaillit en retour, punitivement, sur le corps. Siège d'une jubilation fallacieuse, le corps sera le siège du châtiment : d'un mauvais usage de son corps témoigne au chapitre XXVI cette femme qui, pour une fête de Notre-Dame, ne voulait pas revêtir de beaux vêtements, alléguant qu'elle n'aurait pas à y rencontrer de gens importants. Punie, gonflée, paralysée, elle ne tarde pas à se repentir et dit à tous dans une sorte de confession publique : « J'avais un corps beau et agréable, c'est ce que tous me disaient pour me plaire, et à cause de l'orgueil et du plaisir que ces propos me procuraient, je revêtais de belles robes et de belles fourrures bien parées, et je les faisais faire bien ajustées et étroites ; et il arrivait que le fruit de mon ventre en souffrît de grands dangers, et je faisais tout cela pour jouir de la gloire et de la louange du monde. Car lorsque j'entendais ces hommes qui voulaient me plaire : “Voyez ce beau corps de femme bien digne d'être aimé d'un bon chevalier !”, mon cœur tout entier était rempli de joie ! » Mots de repentir qui lui feront recouvrer sa forme première et inaugurer à l'égard de la parure et du regard d'autrui une attitude plus mesurée.

Réfractaire au temps propre pour chaque chose, la femme est en outre toujours susceptible d'une hâte nuisible, celle par exemple qui l'entraîne à l'avant de la mode : activer le temps est aussi périlleux que le détourner. Le chapitre XLVII met en scène une assistance de femmes à l'église, dont maintes sont vêtues à la nouvelle mode. L'évêque leur démontre qu'elles ressemblent à des limaces cornues et à des licornes. Elles sont fort accablées lorsqu'elles comprennent que leurs *cointises*

Savoir *où* prier, savoir trouver « le lieu secret matériel » semble avoir été un problème d'une singulière acuité pour les femmes médiévales. Il a fait l'objet de conseils parfois très individualisés, comme en témoigne le texte suivant : *« Du temps ne du lieu ne de la maniere de soy tenir corporellement je ne diz riens par regle, mais par subgestion de simple conseil, et pour cause/Je treuve ceste regle baillée des anciens contemplatifz, c'est assavoir que chascun treuve la maniere qui lui semble meilleure pour avoir plus tost son desir. Plusieurs sont qui ayment mieulx le lieu secret, obscur, estroit et loing d'oïr quelconque son ne parole. Et telz gens demourroient ancienement es cavernes et sepulcres de la terre. Mais cecy n'est pas bon pour gens paoureux comme vous seriés, ma fille. Les aultres ayment mieulx le lieu large, bel et cler et hault dont ilz voient le ciel ; et pour ce quierent ilz voulentiers les vergiers, les desers ou les jardins. Aultres sont a qui rien ne nuyst, mais ainçois tout leur prouffite, soit oïr le vent ou le son de la riviere ou le chant des oyseaulx ou le son des cloches qui louent Dieu, comme dit David :* Laudate Dominum in tympano et choro ; *et ce qui seroit a plusieurs occasion de joieuseté charnelle est à ceulz icy pensee de honnesteté et devocion. Encores en voit on aucuns, mais peu en y a, que tout l'appareil de nopces, de dances, de harpez et aultres instrumens, et le bel et grand estat des gens, vins, viandez et grans festez leur sont tournez en leur cuer en merveilleux et hault excés de contemplation ; et font leur grant prouffit dont les autres font leur grant domage. Et aussi, ceulx qui ayment parfaitement Dieu, tout est fait pour leur aider a bien faire. La bonne marchande fait de toutes denrees son prouffit ; la bonne mouchete scet bien trouver miel en toute flourete »* (Manuscrit anonyme, Arsenal, 2176).

(coquetteries), *contrefaictures* (artifices) et *mignotises* (afféteries) ressemblent à la stratégie de l'araignée qui tisse sa toile pour prendre les mouches ! Pourtant, le chevalier de La Tour Landry saura moduler ses avertissements : il faut parfois suivre le monde et faire comme les autres : « *[...] puisque l'estat et la nouvelleté est courant par tout et que toutes s'y prennent.* » Torsion cette fois infligée au cours des saisons, l'excès du souci d'élégance mène tour à tour une jeune fille et un jeune homme à se vêtir contre tout bon sens par temps de grande froidure. Il faut savoir éviter « *une ordonnance moult sauvaige et desguisée* contre la nature du temps ».

Une très soucieuse évaluation du licite et de l'illicite émane aussi des conseils de pudeur : Bethsabée se lavait et se peignait à une fenêtre où le roi David pouvait l'apercevoir, funeste exhibitionnisme dont on connaît les suites : « [...] toute cette faute eut pour origine le fait de se peigner et de tirer orgueil de sa belle chevelure, ce qui est source de nombreux maux. Ainsi toute femme doit se cacher, se peigner et s'habiller en cachette, et elle ne doit pas en tirer orgueil, ni montrer, pour plaire au monde, ses beaux cheveux, ni sa gorge, ni sa poitrine, ni rien de ce qui doit se tenir couvert. »

D'un corps dûment contrôlé par le respect des heures et des saisons, d'une parure maîtrisée et appropriée aux circonstances sociales et saisonnières émergent çà et là des conseils sur la proximité corporelle, en particulier au cours d'un débat qui oppose aimablement le chevalier et son épouse. Plus conciliant, le père envisagerait quelques attouchements ; la dame se montre d'une grande prudence : « Quant à mes filles, qui sont ici, je leur interdis le baiser, les caresses sur la poitrine et autres familiarités » *(le baisier, le poetriner et tel manieres d'esbatement)*, termes qui révèlent à quel point la promiscuité pouvait être interprétée selon un code ambigu. Au XIIIe siècle déjà, *Flamenca* mettait précisément en scène des gestes de familiarité pouvant faire l'objet de deux interprétations. Le roi « par familiarité » met la main au sein de la jeune femme : « Il croyait faire honneur au seigneur Archambaut quand, en sa présence, il embrassait sa femme et la baisait ; c'était sans penser à mal », mais si le geste charnel peut être interprété en termes de normalité, il est toujours susceptible de suggérer, dans le même instant, la transgression d'une frontière.

Chaleur et lumière dans la demeure

Signal d'un rassemblement souhaité et centre de la sociabilité (sauf lorsque feux et lumière sont dispensés par des êtres de l'Autre Monde dont l'hospitalité peut être ambiguë), le feu fait partie des rites d'accueil, et la place la plus proche du feu est accordée au visiteur. Érec est accueilli chez le vavasseur, père d'Énide, et, devant tous, le feu brûle très clair. « Clair et sans fumée », comme il est dit avec insistance dans les fabliaux, le feu est garantie de chaleur physique et morale, il efface les fatigues et les souffrances du voyage. Dans les scènes où les époux assis sur un coussin près du foyer jouissent d'un repas soigné qui s'associe à la chaleur comme élément du bonheur domestique, l'image de la conjugalité est largement centrée sur le foyer, signe de convivialité.

Ambiguë, la lumière ou son absence permet dans les fabliaux substitutions et quiproquos, parcimonieuse alors, rendue à la rareté des réalités par opposition à la débauche utopique de luminosité dans les récits aristocratiques. Dans l'image de la vie conjugale, l'usage de la lumière est parfois le signe d'une occupation de l'espace intime en fonction de la légitimité ou de l'illégitimité des amours. Ainsi dans le *Livre* du Chevalier de La Tour Landry, lors d'une querelle opposant à un jeu de tables un gentilhomme et une demoiselle, le ton monte. L'homme s'adresse à sa partenaire : si elle était pourvue de sagesse, elle ne viendrait pas la nuit dans les appartements des hommes pour « les embrasser et les étreindre dans leur lit sans chandelle ». Plus loin, l'épouse dont le mari luxurieux a toujours à demeure une ou deux femmes en supplément se comporte de façon exemplaire ; lorsqu'il revient de ses ébats, de ses « chambres aisées », prétend-il, il trouve la chandelle allumée, une serviette et de l'eau pour se laver les mains. Selon qu'il est baigné d'obscurité ou non, l'espace intime désigne ici son illégitimité ou affirme sa légitimité.

Que la femme dans les fabliaux s'occupe du feu alimente le mythe de la femme toute-puissante dans la maison, conspirant à en écarter l'homme et y parvenant presque (M.-Th. Lorcin), et si, dans l'univers misogyne des *Quinze Joyes de mariage*, l'homme est amené à s'occuper du feu, c'est que les choses chez lui vont bien mal. Dans le sillage des écrits qui s'attaquent à la femme et au mariage, ce recueil de récits de la fin du XIVe siècle (ou début XVe) met en scène un univers domestique où épouse, belle-mère et servantes conspirent à édifier au mari un univers sans illusions dont l'espace, *« l'estroicte chartre* [prison] *douloureuse et plaine de plours »*, comme la décrit l'introduction, se distribue symboliquement en deux pôles, chambre et salle, mais surtout en deux sphères tactiles qui touchent au plus profond de l'être, la chaleur et le gel. On n'échappe d'ailleurs pas à la clôture de la maison inhospitalière, et le jardin n'apparaît comme lieu de sociabilité qu'avant la « nasse » du mariage. C'est dans la chambre que la femme, forte de ses ruses, se réfugie ; c'est dans la chambre que se déroule une cordiale sociabilité, autour de l'accouchée ou lorsqu'il s'agit de mettre en place une stratégie dont la finalité est de faire taire les soupçons du mari. Consensus sans conteste et convivialité : les femmes boivent et engloutissent la nourriture. À l'homme, à l'époux, est réservée la solitude : loin du feu, il va souvent se coucher sans souper, gelé, mouillé et morfondu ; il se lèvera également sans feu ni chandelle. Dans un monde renversé où l'époux attise pour sa femme le feu, où, tandis qu'elle s'attife, il prépare le repas, la distribution des tâches bouscule l'ordre du monde domestique. Lorsque ses parents et proches amis viennent voir l'époux, la sociabilité lui est refusée. Éloignant les serviteurs de la maison, l'épouse lui interdit les gestes de l'accueil. Il ne lui reste qu'à mener ses hôtes dans une salle sans feu ni apprêt qui, privée de sa fonction de lieu social, n'est plus pour lui qu'un pitoyable refuge. Par contre, la cohésion du groupe féminin – épouse, chambrière, mère, sœur ou cousine qui se réunissent autour d'un bon feu en hiver ou en été sur la jonchée – est assurée par le savoir et le partage de la « vieille danse », la rengaine. Ainsi, l'espace domestique apparaît comme un univers cloisonné qui désigne à l'individu, homme et femme, son statut, soumission ou puissance. Isolé dans sa chambre, endurant faim, soif et froid, livré à la salle glacée, coupé de toute sociabilité, l'époux vit un cauchemar, la nasse. La maisonnée est le lieu de conflits permanents ; enfants et épouse se liguent contre le père, en particulier le fils aîné qui veut prendre le commandement et aux yeux de qui la mort du père est bien lente à venir. Le père dictera en vain une charte de l'ordre domestique dont les termes et le ton ne le feront point échapper à la nasse.

Le bon et le mauvais entourage

Loin d'être de purs figurants dans la société domestique, les subalternes ont une fonction qui marque une grande sensibilité à la cohésion de la maisnie. Ainsi, dans *La Belle Helaine de Constantinople*, pour transmettre la missive falsifiée, la belle-mère fait appel à des *gens estranges*, sans lien à la famille, et, dans *L'Escoufle*, c'est sous l'emprise de mauvais conseillers que l'empereur oublie la promesse de mariage qui liait Guillaume à Aélis : en effet, à la mort du père de Guillaume, le souverain s'entoure de *noviax conseilliers*, de traîtres, de *losengiers*, et le texte dit que l'empereur aurait mieux fait de s'arracher l'un des deux yeux, car les conseillers projettent toujours *« a mal brasser et a mal faire »*.

Dans l'univers strictement domestique, on se souvient des conseils que le *Ménagier* adressait à la jeune épouse sur le choix judicieux de la domesticité, mais, déjà, un *Dit* du XIVe siècle montre la jeune épouse victime d'un entourage mal choisi. La bonne compagne pousse l'épouse au bien, n'hésite pas à la reprendre, lui signale *folz maintiens* et *foles samblanches* et surtout se garde bien de la louer. À cette bonne influence, à cette présence formatrice succède une femme qui passe pour *preude femme*, qui exerce en fait une influence tout à fait néfaste en conseillant à l'épouse de prendre un ami afin de profiter de sa jeunesse *(Lai du blanc chevalier)*.

La femme : vie active et vie contemplative

La découverte récente d'une dizaine de règles de vie chrétienne présentées sous forme de « journées », écrites en français entre le XIIIe siècle et le début du XVIe siècle, auxquelles s'ajoutent quelques textes italiens et espagnols, permet de cerner l'emploi du temps idéal d'une femme qui veut assurer son salut. Dans ce domaine, les travaux de Geneviève Hasenohr, auxquels nombre de formulations sont ici empruntées, ont dégagé à quel point, dans les normes édictées, certains aspects de la vie familiale et conjugale sont passés sous silence ou font l'objet de réserves. La vie du groupe domestique et la vie de l'individu, la sociabilité et l'épanouissement naturel du moi y apparaissent en rapport de virtuelles tensions. Ainsi, l'éclairage apporté par ces textes cléricaux à la lecture de moralistes laïcs comme le Chevalier de La Tour Landry, le *Ménagier de Paris* et Christine de Pisan est de toute première importance. Dans la société féminine telle que la voient les clercs, le schéma triparti – femme mariée, veuve ou vierge – soumet l'état matrimonial à l'état de chasteté, la voie royale étant alors la vie contemplative (G. Hasenohr) : or, cette valorisation donne naissance à des écrits de direction spirituelle qui, devant désormais être accessibles à de « simples personnes », aux XIVᵉ et XVᵉ siècles, font écho aux sermons français du XIIIᵉ siècle.

« La vie des contemplatifs est meilleure que la vie des actifs », rappellent les *Sept Conditions d'une bonne femme* : par rapport aux veuves et aux vierges, la femme mariée, chargée d'un lourd handicap, ne dispose pas aisément d'elle-même et de son temps, et si la pastorale propose parfois à l'épouse un modèle de vie active, on y décèle cependant le net parti pris d'insérer dans un cadre de vie active un projet de vie contemplative. Pour l'émergence de l'individu à travers la constitution progressive d'une aire mentale réservée qu'il s'agit ici d'organiser dans la perspective du salut, comment allier le statut d'une femme appartenant par nature à la vie active et la perfection de vie chrétienne qui a pour moyen privilégié la contemplation ? Celui qui veut associer la vie contemplative à la vie active, enseigne le *Stimulus amoris* attribué à saint Bonaventure, texte répandu très largement en traductions dès le début du XVᵉ siècle, doit se rassembler tout entier en son cœur, en explorer le tréfonds, *les entrailles de son cuer,* bref, se perdre tout entier en Dieu. Greffer la vie contemplative sur la vie active : on a justement souligné les inévitables tensions qui ont dû naître dans le vécu quotidien entre l'aspiration à la vie spirituelle et la soumission aux devoirs temporels, dépréciés par la spiritualité du *contemptus mundi et carnis*. Certains programmes de vie comme le *Decor puellarum* témoignent d'une organisation fort tendue qui enserre les femmes de l'aube à la nuit, en particulier lorsqu'il s'agit de soustraire aux regards d'autrui les manifestations corporelles de la piété. Au sein des *empeschemens* de la vie quotidienne, il suffirait de retourner *« à l'arche de contemplative oroison, car tant plus croissent les eaues de tribulacion, tant plus se doit eslever en hault l'arche d'oroison »*. Ainsi, l'heure la plus convenable pour la prière sera le cœur de la nuit : *« Je croy, ma tres chere fille, que l'eure la plus prouffitable a vous et a nous seroit de my nuyt aprés dormir, aprés la digestion de la viande, quant les labours du monde sont separez et delaissez et quant aussi les voisins ne nous verront point et que nulz ne nous regardera fors Dieu et qu'i n'y avra personne qui puisse veoir noz gemissemens ne les lermes et souspirs venans du perfond du cuer, ne aussi les ameres clameurs, plainctes et complainctes entrerompuez par fors souspirs, les prostracions et agenoillemens d'umilité, les yeux moulliez, la face muante et suante, maintenant rouge, maintenant pale »* (Manuscrit anonyme, Arsenal, 2176).

Si le temps idéal pour la méditation est le soir, après le souper, la journée entière est jalonnée de manœuvres d'intériorisation et de maîtrise de la vie personnelle : remplaçant la lecture monastique au cours des repas, un programme de prières mentales ou de méditations est proposé à l'épouse dont le conjoint, il faut le souligner, est à peine présent, surtout au moment du coucher, car – à l'égal des veuves – les épouses s'endorment seules et dans le silence.

Maintenir dans la vie active un état de dévotion et de recueillement qui doit sanctifier tous les moments de la journée : cet idéal de fuite du monde mène à des formes de réclusion dans la maison familiale ou le domicile conjugal, et, à l'intérieur même de la maison, à une réclusion dans la chambre, dernier refuge contre la vie « mondaine » et laïque (G. Hasenohr). Ainsi l'*Opera a ben vivere* de saint Antonin, au XVe siècle, assure une place soigneusement mesurée à la lecture et à l'oraison mentale. Après le repas, la femme se retirera dès que possible dans la chambre (« dans la retraite de votre chambre, occupez-vous utilement, en lisant, priant ou méditant jusqu'à ce que sonnent les vêpres »). Pour celle qui veut vivre spirituellement, le travail manuel ne doit être qu'un palliatif de l'ennui et du manque de ferveur. On note ainsi une délimitation normative de tout ce qu'il incombe d'accorder à la vie du groupe domestique, dans le souci constant de préserver la part de liberté personnelle, condition de l'amélioration du moi spirituel. Dans le *Decor puellarum* de Jean le Chartreux, les conseils portent volontiers sur le fait louable de se soustraire à une sociabilité jacassante : rester en prière jusqu'à ce que toute la maisonnée soit au lit, s'assurer – clôture symbolique de l'âme soigneusement fermée à toute tentation extérieure – que portes, fenêtres et coffres sont bien fermés, et c'est ainsi que de retrait en retrait s'élabore un univers intérieur autarcique où l'être, tout tendu vers Dieu, se retrouve face à soi, dans le glissement le plus intime au cœur de la nuit.

La place faite enfin à la lecture, toutes les journées prescrivant la lecture quotidienne d'au moins *« ung fueillet ou deux de quelque devot livre pour la refection de vostre ame »*, rapproche les journées féminines des règles de vie destinées aux reclus et recluses. Datée de la fin du XIIIe siècle ou du début du XIVe siècle, une lettre de direction spirituelle sur « la droite forme de vivre » que doit mener l'âme insiste particulièrement sur l'effacement chez soi : il faut se tenir *« le plus reclusement que tu porras en ta chambre, car en sa chambre fu la glorieuse vierge saluee et ilecques conçut ele le filz de Dieu »*.

Le corps

Dans les représentations littéraires, le corps est soumis à un figuratif tout à fait codé : des conventions y dictent son statut et ses gestes. De ce domaine émergent peu à peu les linéaments d'une conscience de soi où le corps est non seulement le signe d'une exaltation de la personne comme jouissance au regard du Moi et de l'Autre, mais aussi le siège d'un bon et d'un mauvais usage de soi. Des visions contrastées prennent le corps comme objet d'une description hyperbolique et d'un amendement souhaitable, mais aussi d'une menaçante condamnation. Loin de n'être qu'un élément fortuit d'un vraisemblable narratif, le corps parle largement des problématiques de l'individu face au collectif : il est un mode de préhension du monde, aussi bien à travers la valorisation de la beauté qu'à travers le rejet de la laideur et les propositions de macération. Dans la perspective du salut, la chair est présente à part entière. Dès la fin du XIIe siècle, Hélinant de Froidmont, dont les vers trahissent les marques d'une subjectivité naissante, interpelle la mort en ces termes : « [...] toi qui prends les terres franches/Et qui te sers des gorges blanches/Comme pierres à aiguiser » *(Vers de la mort)*.

Les représentations du corps

Modèles et séductions

À la littérature de divertissement est dévolue l'exaltation du corps. Parallèlement à la sculpture gothique qui a abondamment joué de la torsion et du déhanchement, dont les incidences sur les rapports du corps avec le fond transformé en surface concave sont connues, la littérature présente un code tout à fait spécifique et la récurrence d'un *topos* qui assigne au corps féminin les composantes d'une beauté canonique : blancheur du teint, rehaussé d'une touche de rosé, blondeur de la chevelure, disposition harmonieuse des traits, visage allongé, nez haut et régulier, yeux vifs et rieurs, lèvres fines et vermeilles. À ce stéréotype correspond un doublet masculin qui fait parfois du jeune homme, Cligès ou Aucassin, le Double de la femme qu'il aime. Le *topos* du corps féminin s'offre volontiers à la métaphore : ainsi, la trajectoire de la flèche d'amour permet à Chrétien de Troyes d'attribuer des éléments de l'anatomie féminine à chaque partie de la flèche. Plus explicitement, plus concrètement au XIIIe siècle, le corps peut être détaillé : des seins fermes sont comparés à des noix, par exemple, et si le déhanchement de la sculpture n'apparaît point dans le code littéraire, la hanche féminine semble pourtant soulignée comme une sorte de césure, dans la mesure où le vêtement lacé marque la taille, avec des entrebâillements qui laissent deviner les articulations du corps.

Quant à la beauté masculine, si la chanson de geste la représentait par des formules figées fondant l'excellence musculaire, les récits courtois ne sont pas avares pour ce qui concerne les avantages du corps de l'homme. L'amant de

Flamenca est ainsi mis en scène : « Rose de mai, le jour qu'elle s'épanouit, n'est point si belle ni de si vif éclat que l'était son teint qui mêlait aux endroits qu'il faut couleur et blancheur. De teint plus beau il n'y en eut jamais. Il avait les oreilles bien faites, grandes, fermes et vermeilles ; la bouche belle et intelligente, amoureuse en tout ce qu'elle disait. Ses dents étaient bien régulières et plus blanches qu'ivoire d'éléphant ; le menton bien dessiné et un peu fendu pour être plus gracieux. Il avait le cou droit, grand et puissant, où ni nerf ni os ne faisaient saillie. Il était large des épaules et les avait aussi fortes qu'Atlas. Ses muscles étaient arrondis, ses biceps développés, ses bras d'une grosseur raisonnable. Il avait les mains grandes, vigoureuses et dures ; les doigts longs aux jointures plates ; la poitrine large et la taille mince. Quant aux hanches, il n'était point boiteux ! Il les avait fortes et carrées ; les cuisses arrondies et larges en dedans ; les genoux étaient bien lisses ; les jambes saines, longues, droites, bien unies ; les pieds arqués en dessus, cambrés en dessous et nerveux : personne n'avait jamais pu l'atteindre à la course ! »

Dans ces portraits fondés sur des stéréotypes perpétués à plaisir dans la littérature romanesque, on perçoit l'importance du teint pour l'apparence du corps. La carnation idéale, blancheur légèrement teintée de rose, traduit l'être et fournit l'indice d'une complexion physique. D'ailleurs, dans la description des tempéraments, le tempérament sanguin est privilégié, car il rend le teint clair et le visage riant, alors que le mélancolique – le saturnien – est tourné du côté de l'obscur. Ainsi, présentant les pèlerins de Canterbury, Chaucer indique que l'un d'eux est un beau prélat « qui n'a pas la pâleur d'un fantôme tourmenté », et d'un autre pèlerin, le *franklin,* il nous dit qu'il est d'une complexion sanguine : vrai fils d'Épicure, il aime manger le matin une soupe au vin. Chez le chevalier de La Tour Landry, le bon amant, celui qui se donne toutes les chances d'être agréé et ne prend pas le risque d'offrir une « fade couleur » en se couvrant mal par temps froid, est « rouge comme un coq », ce qu'apprécie fort la dame courtisée, car le teint lui semble signe de virilité et de santé.

On ne s'étonnera pas dès lors que l'exaltation du corps masculin puisse donner lieu à des scènes savantes de séduction. Voir et être vu ont partie liée ; dans un certain nombre de scènes – dans *Flamenca* par exemple –, le sujet masculin est présenté avec une claire conscience du parti qu'il peut tirer de son corps, de sa toilette, du négligé stratégiquement ménagé en vue d'une séduction. Il se révèle ici une conscience très vive des situations de liberté du corps que l'on peut se permettre dans certaines circonstances, celles d'un privé que l'on offre au regard. Savoir jouer de son corps en rendant plus flou le lien du corps au vêtement est étroitement lié à l'érotique, comme en témoignent les scènes de jeux champêtres dans *Guillaume de Dole* où, dès le lever, la belle société est invitée à aller s'ébattre à la source et à folâtrer « pieds nus, manches flottantes », les chemises des dames étant alors empruntées en guise de serviettes, ce qui permet aux galants de « tâter mainte blanche cuisse ». Ainsi, du jeu entre les appas donnés par la nature, de l'association du corps au vêtement qui sait se défaire et s'entrouvrir, naissent des fêtes du geste, qui sont en même temps des fêtes de cour...

La nature amendée

Sur la place à accorder aux soins esthétiques qui font à la fois intervenir médecine et souci de coquetterie, textes narratifs et traités médicaux convergent. Chez Henri de Mondeville, les parties du corps sont volontiers décrites comme des parures, comme si le vêtement, marque du social, était sollicité pour décrire les secrets du corps : la peau est décrite comme vêtement, les membranes intérieures comme des linges, et l'intérieur du corps comme un enveloppement de tissus, emboîtements qui font de l'architecture générale du corps une large métaphore sociale (M.-Ch. Pouchelle).

Pour les personnages des fictions utopiquement gâtés par la nature, le maquillage fait partie du superflu : ainsi, dans le *Roman de la Rose*, Amour est installé à côté d'une dame qui se nomme Beauté, brillant comme la lune devant qui les étoiles ne sont que de petites chandelles : elle n'est « ni fardée ni maquillée », elle n'a besoin ni de parures ni d'artifices. Par contre, à celles qui sont moins gâtées par une nature qui œuvre hors littérature, la parure et les différents amendements viennent donner ou rendre la séduction. Chez Mondeville, le monde des femmes s'active et se transmet recettes de séduction, épilatoires divers (chaux vive, arrachage du poil avec des pinces, à l'aide des doigts trempés dans de la poix, ou encore – œuvre de patience – aiguilles chaudes enfoncées dans le bulbe pileux), pratiques qu'il semble préférable de ne pas mentionner, fût-ce dans l'intimité conjugale. En cas de brûlures, Mondeville suggère de dire au mari que la servante a trop chauffé l'eau du bain... À la pâleur du teint on pourra également suppléer : dans *Les Trois Méchines*, où trois jeunes filles se préparent pour le bal du pays, l'une d'elles entreprend un long trajet pour se procurer une poudre magique qui, dit-on, ferait des talons remonter le sang au visage, et Robert de Blois, dans *Le Chastoiement des dames*, conseille aux femmes de prendre le matin un bon déjeuner, ce qui fait merveille sur le teint.

Composante importante de la séduction : l'odeur, ou du moins la neutralité olfactive de la personne. Henri de Mondeville transmet nombre de recettes pour éviter l'odeur de la transpiration et aromatiser les cheveux à l'aide de musc, de girofle, de noix muscade et de cardamome. Dans un lai allégorique, celles qui vivent au paradis des bons amants ont la tête couverte de couronnes de roses et d'églantines et répandent une suave odeur. Dame Oiseuse, dans le *Roman de la Rose*, possède comme atout de séduction une « haleine douce et parfumée » et, dans *Le Chastoiement des dames*, il est conseillé d'absorber au déjeuner anis, fenouil, cumin, qui semblent tout à fait efficaces. D'ailleurs – conseil de bonne sociabilité –, se tenir un peu à l'écart des interlocuteurs permet de ne pas les importuner : « Au cours de la lutte amoureuse, ne vous laissez pas embrasser, car l'odeur désagréable incommode davantage quand vous êtes plus échauffée. »

Dans *Le Conte du meunier* de Chaucer, le joli amoureux Absalon se lève au premier chant du coq, se peigne les cheveux, mâche cardamome et réglisse pour répandre une bonne odeur ; dans l'intention de séduire la jeune femme, il lui adresse une métaphore olfactive toute connotée de douceur et de plaisir charnel : « Mon bel oiseau, ma douce cannelle ! » Quant aux vêtements, ils font également l'objet de conseils dont la cible est la satisfaction du sens olfactif : Mondeville conseille de les laver de temps en temps à la lessive, de les parfumer avec grande quantité de fleurs de violette, de les humecter d'eau fraîche dans laquelle on aura fait macérer de la racine d'iris broyée fin.

Soins de la chevelure

Dans la perception du corps, la chevelure est un élément important de la conscience de soi et de la représentation de la personne[1]. La blondeur est un élément canonique, comme en témoignent les nombreuses dénominations de cette couleur et ces héroïnes dont le nom même évoque la blondeur, Clarissant, Soredamor, Lienor. Si les œuvres narratives privilégient la blondeur, des femmes présentées comme élégantes peuvent cependant être dites *un poi brunete (Roman de la Violette).* Laudine est blonde, mais sa suivante Lunete est une *avenante brunete*. Les autres couleurs peuvent avoir un destin intéressant, ainsi le roux qui se spécialise dans le domaine moral. Dans la *Geste des Narbonnais* des trois fils d'Aymeri, celui qui incarne la troisième fonction, nourricière, est roux, et cette couleur semble bien avoir valeur péjorative (J. Grisward) :

> C'est bien vrai ce que j'ai entendu dire,
> Qu'il est impossible de trouver un roux pacifique.
> Ils sont tous violents : j'en ai la preuve effective !

Dans le *Lancelot en prose*, Méléagant est roux et plein de taches de rousseur.

Des recettes permettent de rendre leur blondeur aux cheveux blanchis : il faut les recouvrir pendant la durée d'une nuit d'une pâte faite de cendre de sarments de vigne et de cendre de frêne macérées et cuites pendant une demi-journée dans du vinaigre. Une abondante information est fournie par un texte anglo-normand du XIIIe siècle, l'*Ornatus mulierum* : ce texte – quasi contemporain du célèbre tableau à charge d'Adam de La Halle qui oppose les charmes de son épouse au temps de son mariage aux ravages du temps qui ont terni les beaux cheveux « reluisant d'or, fermes, ondulés et chatoyants », maintenant « clairsemés, noirs et pendants » – met

1. Je remercie tout particulièrement Michèle Perret de m'avoir communiqué sa documentation sur ce sujet.

l'accent le plus insistant sur la chevelure à laquelle il s'agit de conserver et parfois de procurer l'abondance. Ses conseils associent le souci de la couleur et l'hygiène : blanchissement, teinture, roux, noir, châtain ; souplesse du cheveu, usage de l'huile d'olive ; lutte enfin contre pellicules et poux. La profession de laveuse de cheveux est occasionnellement mentionnée dans les récits : dans *L'Escoufle*, la belle Aelis réussit à survivre à Montpellier en lavant la tête des gens importants *(haus homes)*, et sa compétence est particulièrement louée.

Cheveux tressés ou déployés

Il est d'autres façons d'amender la nature et de faire travailler ce capital dont dispose la femme. Ainsi, les tresses souvent louées pour leur longueur (Chaucer : « Dans son dos une tresse qui mesurait un mètre ») peuvent devenir architectures : dans le *Roman de la Rose*, Dame Oiseuse, dans sa main un miroir, a richement tressé sa chevelure d'un précieux ruban, et Jean de Meung donne à la femme ces conseils : « Si elle n'a pas un beau visage, qu'elle offre aux regards, avec bon sens, ses belles tresses qui tombent sur la nuque, puisqu'elle sent sa chevelure belle et bien tressée ! C'est un spectacle bien agréable que la beauté de la chevelure ! » Par contre, les cheveux dénoués ont forte valeur érotique, et la fée Mélusine pourrait bien être l'emblème de ce jeu de séduction. Lorsque les cheveux défaits sont hirsutes, ils signifient la tristesse. Le personnage allégorique Tristesse du *Roman de la Rose* a tiré et arraché ses cheveux sous l'effet de l'emportement et du chagrin. Signe de deuil également : sous les yeux d'Yvain – ce n'était pas un maigre atout de séduction –, Laudine arrachait d'affliction ses blonds cheveux, et, dans le *Roman de la Violette*, la belle Euriaut, qui se désespère de la perte de son ami, plante violemment ses doigts dans sa tresse et défait ses cheveux.

Soins du corps, périls du corps

Un recueil issu de la tradition ovidienne au XIIIe siècle, *La Clé d'amour*, associe aux conseils concernant le code de la sociabilité (chant, jeu, tenue à table) des notations sur l'hygiène et la mise en valeur du corps, fort intéressantes pour l'historicité du fétichisme : il faut savoir montrer ses pieds, user du décolleté... Certains artifices sont conseillés : les poitrines abondantes trouveront intérêt à être bandées, les vêtements amples permettent d'amender la maigreur. Dans *Le Chastoiement des dames*, Robert de Blois est très ferme sur les soins à accorder aux mains et aux ongles qui ne doivent pas dépasser la chair, précautions à envisager sous l'angle des convenances corporelles (donc du regard d'autrui) plutôt que sous l'angle d'une séduction possible : « Une dame acquiert une mauvaise réputation si elle ne se tient pas propre. Une tenue soignée et agréable vaut mieux qu'une beauté négligée. »

Pourtant, dans ce même texte, la mise en valeur du corps s'accompagne de conseils destinés à décourager toute tentative d'exhibitionnisme malvenu. Face aux périls des jeux de la chair, à la capture possible des regards, la mise en valeur sobre et contrôlée des parties du corps que l'on peut licitement montrer suffit à suggérer que l'ensemble du corps est beau : « Il n'est pas bon pour une dame de dévoiler son corps blanc à d'autres que ses intimes. L'une laisse entrevoir sa poitrine afin que l'on puisse voir comme sa peau est blanche. Une autre laisse volontairement apparaître son flanc. Une autre découvre trop ses jambes. Un homme sage ne loue pas cette façon de se comporter, car la convoitise s'empare par ruse du cœur d'autrui quand le regard s'en mêle. Pour cette raison, le sage a coutume de dire : "Ce que l'œil ne voit pas n'afflige pas le cœur !". Une blanche gorge, un cou blanc, un blanc visage, de blanches mains indiquent – à mon avis – que le corps est beau sous les vêtements. Elle ne se conduit pas mal, la femme qui découvre ces parties-là, et une dame doit bien connaître ce principe : celle qui offre son corps au regard des autres se conduit mal. »

Pratiques corporelles : bain et saignée

Parmi les soins corporels, le lavage des mains, acte qui précède et clôt le repas, est constamment évoqué dans les textes médiévaux, et l'absence de cet usage peut être constatée avec consternation : au cours de son périple qui le mène d'Écosse en Norvège, Sone de Nansay, héros d'un roman du XIIIe siècle, apprend la relativité des mœurs : entre autres bizarreries, en Norvège, on ne se lave pas les mains après le repas ! Pourtant, c'est le bain qui fait l'objet de fréquents investissements dans les récits, et c'est au bain que revient, structurellement, une importante fonction symbolique. Dans la représentation du privé, le bain signale l'espace et le temps de l'intimité, une aire spatiale et un temps réservés à l'intime. À la différence de la parure collective à laquelle s'adonne le groupe des dames de la cour dans *La Châtelaine de Vergi*, la toilette apparaît comme un acte solitaire. D'ailleurs, l'expression de la pudeur et la volonté de solitude chez la jeune fille, dans le *Roman de la Violette*, par exemple, offrent l'occasion de la transgression, et le bain sera épié. Le bain laisse éclore l'érotisme, et l'on comprend que les étuves et bains publics aient fait l'objet d'une régulation et d'une surveillance : aller aux étuves communes semble avoir comporté des risques et, à cause de la jalousie du mari, on installait souvent des étuves privées.

Sur le plan narratif, l'érotisme semble étroitement marié à l'humidité toute féminine que suggère la vapeur, dont la portée est soulignée par les propos de la Vieille dans le *Roman de la Rose*, qui voit Bel Accueil « se mirer pour voir si son *chapel* lui sied bien » : « Vous êtes encore en enfance et vous ne savez pas ce que vous ferez, mais je sais bien qu'à un moment quelconque, tôt ou tard, vous passerez au milieu de la flamme qui brûle tout, et vous vous baignerez dans la cuve où Vénus étuve les dames. Je le sais bien, vous sentirez le feu ! Ainsi, je vous conseille de vous préparer, avant d'aller vous y baigner, ainsi que vous m'entendrez l'enseigner, car il prend un bain périlleux, le jeune homme qui n'a personne pour l'instruire. »

Le roman *Flamenca* fait des bains de Bourbon-l'Archambault le point focal du récit, puisque les étuves se proposent comme lieu de rendez-vous aux amants qui se cherchent. Il s'agit de bains thérapeutiques dont un écriteau, placé dans chaque bain, précise les vertus. Y affluent malades, boiteux et éclopés de tous pays : dans chaque bain, une source d'eau bouillante et de l'eau froide pour rafraîchir l'eau chaude. Chaque bain y est clos et isolé ; des chambres attenantes permettent de se reposer après le traitement. On s'y baigne selon l'époque de la lune : Flamenca, qui se dit malade, annonce à l'époux qu'elle aimerait se baigner le mercredi suivant : « La lune est à son dernier quartier, mais, dans trois jours, elle sera tout obscurcie et mon état sera amélioré. » Son futur amant se voit à son tour proposer des bains par son hôte : « Aujourd'hui, dit-il, je n'en userai pas, car nous sommes trop près de la calende : il vaut mieux attendre ; c'est demain le neuvième jour de la lune, et le moment sera bon pour me baigner. » Voilà gagnés les moments de solitude, mais aussi d'une sociabilité parfois peu souhaitable : l'entourage féminin de Flamenca se rend avec elle aux bains, emportant bassins et onguents. Le subterfuge qui permettra à l'héroïne de retrouver son amant sera l'invitation aux dames de la cour à se baigner avec elle et, comme il s'agit de sources volcaniques dont l'odeur n'est pas très agréable, elles renonceront à leur projet. Ce document narratif est ainsi particulièrement riche comme mise en scène d'une forme de sociabilité et d'un érotisme explicite. Si, dans les réalités, on essayait d'éviter la promiscuité sexuelle en imposant des alternances pour les hommes et les femmes, puis en faisant des étuves des établissements tout à fait spécialisés, cette surveillance prouve à quel point le lieu était un point délicat de la vie communautaire, à quel point la moralité y était concernée. D'ailleurs, dans la fiction occitane, l'époux de Flamenca verrouillait sa femme aux bains et, lorsqu'elle souhaitait en sortir, elle devait sonner une clochette.

Dans les rites d'accueil, le bain est un élément non négligeable du confort corporel. Ainsi, la fille du comte d'Anjou est recueillie avec son enfant par la femme du « maire » qui lui fait immédiatement préparer un bain dans une cuve, et déjà, dans *Le Chevalier à la charrette*, bains et massages sont habilement dispensés à Lancelot par la demoiselle qui l'a délivré. Accueil ? Thérapie ? Érotisme ? C'est l'homme en général qui fait l'objet de ces soins attentifs et de cette proximité corporelle, comme l'attestent de nombreux textes, *Érec et Énide*, *L'Escoufle*, *Sone de Nansay*. Après les tournois, les combattants regagnent les demeures où ils apprécient l'eau chaude qu'on leur donne pour baigner leurs cous meurtris, dans *Guillaume de Dole* ; dans le *Lai du blanc chevalier*, au XIVe siècle, l'inconnu vainqueur du tournoi, rentrant chez lui, « se baigna et ventousa ». Dans les fabliaux enfin, le bain s'associe volontiers au repas : « bain sur le feu, chapon à la broche », plaisir que savent apprécier les trois chanoinesses de Cologne baignant dans la cuve, mangeant et buvant tout en écoutant le jongleur !

Quant à la saignée, elle inaugure une retraite dans l'espace privé, retraite qui peut d'ailleurs n'être pas dénuée d'exagération parodique : ainsi, dans *Érec et Énide*, Arthur s'est fait saigner. « Jamais, en aucune saison, le roi ne s'était trouvé si seul, et il était ennuyé de ne pas avoir plus de gens à sa cour »... Or, le récit dit qu'il avait dans ses appartements, « en privé », seulement cinq cents barons de sa maison, singulière réduction de son entourage habituel. Chez Marie de France, la saignée sert explicitement de stratagème pour les rendez-vous d'Équitan avec la femme du sénéchal. Lorsque le roi fait dire qu'il subira « une saignée sans témoin », les portes de sa chambre seront closes. Pendant ce temps, le sénéchal préside la cour. Le privé est ici coupable, et la scène publique permet une substitution dans la hiérarchie des fonctions. Pour se débarrasser définitivement du mari, l'épouse dit à l'amant de venir se loger au château et de se faire faire une saignée : les deux hommes prendront alors un bain en même temps. On connaît la suite, la préparation des deux cuves, l'issue du stratagème. Toujours dans le domaine du châtiment, le Bel Ignauré, douze fois transgresseur de l'institution maritale, connaîtra également bain et saignée.

Découvrir le corps, jouer de son corps

Déjà les situations de simple solitude impliquent une autre conscience du corps, et lorsque la situation de solitude veut être jouée, la séduction, véritable mise en scène, est fondée sur une tenue sans apprêt : dans le *Lai d'Aristote*, la jeune fille, bien décidée à prouver au vieux philosophe qu'il est tout aussi faillible que le jeune Alexandre, se promène dans le verger comme si elle était seule, nue sous sa chemise, car le temps est doux ; les vêtements flottants, elle va chantant... Jeu de théâtre utilisant les signes d'une situation privée, révélateur des composantes d'un fétichisme à peine daté. Le corps médiéval sait d'ailleurs jouer des éléments que l'on montre et de ceux que l'on cache : la fée qui séduit Lanval est étendue sur un lit magnifique, son corps harmonieux est suggéré par le fait qu'elle a « le flanc découvert », ainsi que le visage, le cou et la poitrine. Face aux discours normatifs qui enseignent un usage prudent du corps, face à la tradition patristique concernant la parure féminine, les récits sont à l'évidence, pour le regard imaginaire, des lieux de liberté.

Une hantise : être nu ou mal vêtu

De l'exposition du corps nu au regard de soi, de sa capture par le regard de l'autre, de la fonction ambiguë du vêtement (protection ? pudeur ? parure ?), de la perception et de l'usage de la nudité dans la pratique sociale des communautés fictives, les récits médiévaux parlent amplement. Le recours au vêtement y apparaît comme révélateur de pulsions exhibitionnistes et d'un sentiment virtuel de honte. À travers cette hantise : « être nu ou mal vêtu », la littérature met en scène le sentiment de gêne qu'éprouve le sujet mis à nu, la réprobation implicite ou explicite, par autrui, qui pourraient, dans le même instant, recouvrir une forme jubilatoire – du moins dans le cas des nus masculins – de la représentation du Moi. Par l'entrée en nudité et l'évocation de la honte individuelle, du regard d'autrui et du rapport au groupe, les représentations du corps mis à nu ont investi avec insistance la notion d'un exil et d'un rejet redoutés. Par le rapport intime au corps et, parallèlement, par le rapport au monde ordonné selon des lois, les nus médiévaux, toujours baignés de honte, portent le sceau d'interdits et de tabous qui se mettent en œuvre selon un clivage sexuel. Pourtant, au départ, le nu féminin aussi bien que masculin s'offre toujours dans une phase de ségrégation, dans une forme de rupture d'avec la vie collective, parfois simplement du domaine des rites privés (le bain), mais plus particulièrement sous la forme d'une phase charnière pour les hommes devenus sauvages et qui rejettent le vêtement.

L'homme nu : valeur symbolique de la nudité

L'enfant né en marge de la société ou tôt expulsé – Tristan de Nanteuil élevé par la cerve, Orson recueilli par l'ourse – retrouve simultanément le vêtement et l'intégration dans la communauté des hommes : aux récits d'acculturation s'ajoutent les nombreuses fictions où un être parfaitement intégré (comme Yvain dans la Table ronde) subit un traumatisme et s'absente, par sa folie, du groupe d'origine, et à leur tour les récits de métamorphose en loup-garou. Les ségrégations que vit l'homme des fictions portant toujours sur une très longue durée (des années...), l'individu n'en sortira que par les étapes d'un rite spécifique. La femme nue vit elle aussi une forme de ségrégation, plus instantanée cependant, une scène de genre de l'espace privé : ainsi la belle Euriaut, dans le *Roman de la Violette*, objet d'une infamante intrusion du regard masculin, est épiée au bain.

Témoignages sur la pudeur ? Révéler le corps nu réservé à la clôture, à la solitude, au regard d'un cercle restreint, est source d'embarras, de honte et de fragilité : on ne s'étonnera donc pas de voir ceux qui trouvent l'homme nu sur leur chemin agir en guérisseurs qui favorisent le cheminement vers le vêtement. Toujours posé en termes d'exil par rapport à un monde d'autorité et d'ordre, le nu masculin signifie destruction d'un ordre antérieur, opposition même à un état antérieur fait d'ordre, une *an-archie* dont les marques sont l'abandon du vêtement, la destruction de l'apparence, souvent augmentée de pilosité, l'abolition des lois du comportement, désordre gestuel et incohérence du psychisme : le nu masculin est le signifiant d'une rupture. Par contre, le nu féminin se situe presque toujours dans la droite logique d'une loi érigée en absolu, coutume de roi ou volonté d'un empereur : « Nous accomplirons votre volonté légitime », admettent les jeunes filles dans *Le Roman du comte de Poitiers*, où l'empereur exige que soient exhibées celles parmi lesquelles il choisira son épouse. D'ailleurs, dans les récits du *Cycle de la gageure*, le nu féminin, victime d'une illicite pénétration du privé, a souvent pour enjeu un gain matériel, des terres par exemple. Le seul cas d'un fonctionnement autarcique et heureux de la nudité féminine se trouve dans des récits à coloration matriarcale où la femme joue de sa nudité comme d'un appeau.

État de passage : si les enfants sauvages émergent du règne animal, progressant vers le monde de la culture, les autres nus masculins sont tous issus d'une véritable régression par rapport aux signes culturels du groupe. Le Bisclavret et Mélion reviennent à la forme humaine après un temps d'exclusion où ils ont gardé sagesse et mémoire d'homme ; des traumatisés de l'amour on dira parfois qu'ils sont tout à fait semblables à un garou. Reprendre le vêtement est le premier geste d'une glorieuse réintégration dans le groupe (c'est alors qu'Yvain entreprend la série d'aventures qui le mèneront à l'apothéose du Château de Pesme Aventure), et la phase de transition est une véritable amnèse : perte des marques sociales de l'identité et perte des lois d'un comportement codé. Ainsi repoussé par une méprisante demoiselle qui lui a imposé de vaines épreuves, le héros du *Lévrier* brise son épée, déchire ses vêtements et s'en va tout égaré par la forêt. Yvain fuit toute compagnie, guette le gibier, mange la viande crue. Amadas couche à même la pierre. L'anamnèse, le retour à la mémoire, apparaît alors comme domptage et apprivoisement : le jumeau du sauvage Orson, qui emmène à la cour l'étrange créature velue, lui fait signe qu'elle « se comporte mal, ce qui remplit Orson de honte ». Chez le traumatisé sont particulièrement accusées l'agressivité et la rupture de toute communication (le *torbillon* d'Yvain) ; en même temps – et cela est significatif – disparaissent les valeurs de l'éthique chevaleresque, prouesse, franchise et vasselage. Signe d'un véritable mouvement de bascule vers le règne animal : il est fait un large usage du paradigme hirsute/velu, l'homme sauvage apparaît ainsi à la fois nu et revêtu, en vérité plus travesti que nu, comme si les textes narratifs osaient à peine proférer « l'homme nu ». La peau nouvelle reproduit la fonction du vêtement, mime des enveloppes spatiales, de l'espace habitable et des structures de la société. L'apparence civilisée apparaît plus tard comme ce qui, de cette nature devenue exubérante et mal contrôlée, sera domestiqué, rogné, poli. Les rites de réintégration comportent en effet des actes précis de réduction de l'excroissance abnorme : on proposera souvent au héros des formes d'exhalaison, d'exsudation et de purgation, car le retour (ou l'accueil) du sauvage doit nécessairement passer par l'expulsion des éléments néfastes. Comparable au traitement qui tire Yvain de la « rage et mélancolie », cette thérapie que dispense la fée au héros du *Lévrier* : ayant plié en deux sa guimpe, elle fixe sur le front du jeune homme des herbes dont la vertu est telle qu'il se met à transpirer abondamment, ce qui anéantit la folie : le dormeur se réveille : « Dame, dit-il, j'ai retrouvé ma raison,/Béni soit celui qui me l'a rendue ! »

Le rite du bain, élément indispensable de la réintégration, apparaît, dans presque toutes ces fictions. Amoureuse d'Orson, une demoiselle le trouve admirablement bien fait et pense que, « s'il était baigné et étuvé, sa chair serait blanche et tendre ».

Le sentiment de honte qui accable le héros revenu à la conscience vient du fait qu'il perçoit, devinant la folle gestuelle de son temps d'amnésie, l'entorse grave à un code : rendu à lui-même, il se trouve brutalement confronté au regard d'autrui qui cristallise les valeurs collectives. Lorsque Amadas prend conscience de la vie « repoussante et vile » qu'il a menée dans la ville, la désignation de l'espace collectif n'est pas du tout fortuite : l'incongruité de son apparence mène le héros à reconstituer un cauchemar, le comportement chaotique sous le regard d'autrui. D'ailleurs, pour évaluer la portée de ces récits dans la symbolique du rapport au collectif, il faut souligner, dans la réintégration de l'exilé, la part active du groupe qui doit marquer, par sa discrétion, son sens de l'intime et du secret, qu'il sait réintégrer l'absent et mériter son retour : il doit se présenter comme une enveloppe rassurante et protectrice. Dans les récits de loups-garous, on insiste particulièrement sur la chambre qui permet au garou, au moment du retour à la semblance humaine, de ne pas s'exposer nu au regard : dans le *Lai de Mélion*, Gauvain, l'homme courtois, conseille Arthur : « Emmenez-le dans une chambre en tête-à-tête, secrètement, afin qu'il n'éprouve pas de honte devant l'assistance. » Il peut même s'instaurer une chaîne communautaire où, d'espace secret en espace secret, le héros retrouve l'intégration finale *(Le Dit du prunier)*.

Les strates du vêtement

À la phase des soins corporels succède le réemboîtement du corps dans des enveloppes matérielles, les strates du vêtement étant données comme totalité détaillée, véritable métaphore du corps social, métaphore d'ailleurs explicitement développée dans un récit de Baudoin de Condé, *Li Contes dou wardecors*, où les fidèles vassaux du seigneur, qui savent le protéger, sont comparés au garde-corps, vêtement de sûreté. Au retour du garou à la forme humaine, au retour du traumatisé à la mémoire correspond toujours le détail d'une garde-robe qui culmine dans la parure. Ex-amnésiques et garous reçoivent des vêtements somptueux, et, dans le *Dit du prunier*, le héros se voit donner « robes, chevaux, deniers et compagnons », l'association des signes du rang et des composantes de la sociabilité, instruments de largesse et entourage humain, étant ici tout à fait significative. Si le vêtement apparaît comme le signe stratifié de l'enveloppe sociale, si inversement la matrice sociale est envisagée comme vêtement protecteur contre l'asocialisation, peut-on envisager la nudité masculine comme la forme charnelle des fantasmes de désocialisation ou de cet exil qui avait tant frappé Freud dans le matériel onirique ? Certains passages d'*Amadas et Ydoine* laissent penser que la collectivité est largement impliquée dans le processus de folie en apparence réservé à l'individu scindé du groupe : victime rituelle, Amadas, qui s'offre quotidiennement aux coups dans la cité, se chargerait-il d'une faute collective fantasmatique ? Sous cet angle, les récits de loups-garous, les plus fixés dans leur trame narrative comme en témoignent les récits du folklore, ont peut-être été perçus comme des paraboles de l'individu rejeté, inapte au social, puis réintégré. Par l'itération des gestes et des rites, ils livrent une clé à ces hommes amenés à se resocialiser par un véritable cérémonial. Ainsi, le nu masculin semble servir d'épreuve initiatique au social : transcendant le simple statut de témoin du code de la pudeur, le nu masculin sert la problématique de l'insertion conflictuelle dans le groupe. L'anamnèse – et l'on n'en sera guère surpris – s'accompagne de l'épitomé de la véritable intégration qu'est l'aptitude au rituel amoureux : cessant d'être une bête en fuite, Tristan de Nanteuil reçoit de sa belle un enseignement qui porte à la fois sur le vêtement, l'amour et le monde !

« Honte est de veïr femme nue »

« Honte est de veïr femme nue », clame l'une des jeunes filles condamnées à être mises à nu sous l'œil scrutateur d'un empereur en mal d'épouse. Comme le privé, fragile, est toujours susceptible d'être livré au regard du groupe, c'est au sein même du cadre social que la femme sera nue, et le dépouille-

ment du vêtement fait d'elle une proie qu'un regard d'homme peut illicitement capturer. Contrairement à l'homme nu, elle est toujours liée à la trajectoire d'un désir naissant ou confirmé. Le processus de dénudation peut être suggéré en termes violents : dans *Le Roman du comte de Poitiers*, l'empereur ordonne devant les trente jeunes filles : « Chacune sera mise à nu, aussi nue qu'elle est sortie du ventre de sa mère ! », et il ajoute : « C'est un ordre, non une prière ! » Mais si la femme entre de plein gré dans le jeu de l'exhibitionnisme exigé par l'époux, elle accepte de devenir l'une des marques qui fondent le pouvoir masculin, comme dans le *Lai de Graelent* où les vassaux sont tenus de reconnaître annuellement la beauté de la reine. Comme le vêtement, mode de représentation du moi, semblait pour l'homme la seule forme licite d'exhibition, la femme nue apparaît ici en situation de relais. D'ailleurs, dans *L'Âtre périlleux,* la nudité féminine est explicitement liée à l'affirmation du pouvoir viril.

En revanche, la fonction du nu masculin semble étroitement liée aux rites de sociabilité et aux marques de cohésion du groupe, soumise à des épreuves répétitives : la tendance exhibitionniste chez l'homme passe par une totale assomption du vêtement. À la femme, au contraire, est en général attribuée une situation de honte (« être vue »), et on lui réserve un mode malheureux d'exhibitionnisme, car la femme nue semble vivre une socialisation médiatisée du corps dans la mesure où – à côté du vêtement qui est pour l'homme le signe de l'intégration du Moi recouvré par la collectivité – elle ne semble qu'un signe parmi d'autres. Le processus du nu au vêtu, métaphore de l'enserrement souhaitable dans le social, apparaît tout chargé de symbolique collective : expulsion et réintégration rituelles sont les étapes significatives de l'homme médiéval à son corps. En mode mineur, la femme est exclue de cette problématique : mise à nu, admirée, punie, elle sert à faire naître le désir et reste pour l'homme l'un des atouts de la jubilation de soi.

Pudeur et impudeur

Cette nudité avait pourtant possédé, aux temps d'avant la faute, la belle fonction de la robe d'innocence : « Et parce qu'il commit la faute, Adam perdit la robe d'innocence et connut la honte. Et alors l'ange les chassa hors du paradis terrestre, dans la honte ; et ils se trouvèrent nus de toute grâce » (*Ci nous dit*, chap. VII).

Dans une ère désormais dévolue à la honte, la pudeur s'exprime clairement – on l'a vu – à l'occasion des retours à la semblance humaine, et elle est plus explicite encore chez ces femmes mises à nu sur ordre, à l'exception de cette reine altière qui ne cherche, dans le *Lai de Graelent*, qu'à rassembler des confirmations de sa beauté. Mais celles qui, dans la tour de l'empereur, doivent se dénuder (soumises en fait à un test de virginité), opposent à l'ordre inique un processus de dépouillement du corps tout à fait lent et contraint : elles enlèvent leurs ceintures, déchirent leurs lacets de soie, tremblent en ouvrant le fermail du cou au point de le briser. Par contraste, lorsque le bain devient pour l'homme témoignage de virilité, et confirmation de sa nature d'homme, toute pudeur est exclue : ainsi, dans *Tristan de Nanteuil*, Blanchandin obtient un délai de quatre jours avant de consommer son mariage. L'épouse fait préparer une cuve pour un bain public, mais « l'époux » s'enfuit. Un ange survient, qui lui propose un choix : rester femme ou devenir homme. La seconde proposition est adoptée, et le transsexuel se prépare pour le bain du témoignage : « [...] quand il fut tout nu, il se dirigea vers la cuve ; devant nombre de pucelles, il y entra tout nu et son membre apparut, solide et épais. »

La parure, objet de séduction qui souligne l'appartenance sexuelle de celui qui se pare, peut – paradoxalement –, à l'égal d'un talisman sexuel, devenir protection de la pudeur. Provoqué, le désir est aussitôt annihilé : Aye d'Avignon et l'épouse de Dieudonné de Hongrie seront protégées par un bijou, anneau d'illusion, bague ou broche ; dans *Florence de Rome*, la broche engendre explicitement l'impuissance. Cette vertu du bijou apparaît également dans *Le Moniage Guillaume* où le moine-soudard, très bruyant, est envoyé à la mer chercher du poisson. Or, le trajet est infesté de bandits, et le moine demande quelle conduite adopter, puisqu'il est interdit aux moines de se battre. À toutes ses questions, ses compagnons répondent qu'il ne faut pas se défendre, sauf s'il s'agit de défendre ses braies. Le soudard ferme alors ses braies à l'aide d'un fermail de pierres précieuses, propre à tenter les bandits, ce qui lui donne alors l'occasion dont il rêve, celle de les mettre en pièces ! Forme de rite d'intégration, car, à la suite de cet épisode, les moines sont obligés d'admettre cet individu bien proche encore de l'homme sauvage.

L'individu

Fictions de l'intériorité : de nouveaux bornages

De la prise de conscience d'une identité de l'être et de l'aire intime qui fait désormais l'objet d'un examen attentif témoigne le domaine croissant des replis de l'être sur lui-même, l'importance par exemple de la lecture, qui procure à l'individu une telle absorption qu'il se modifie dans l'objet même de sa saisie, ou l'extase qui arrache au réel le héros que ses sens abandonnent au profit d'un indicible bonheur. La représentation de l'univers onirique – le cadre du songe est un procédé rhétorique très largement privilégié aux XIVe et XVe siècles – met en scène l'aire mentale où le Moi dédoublé vit une quête amoureuse et devient, plus tard, le témoin de débats qui prétendent se dérouler durant le rêve, mais qui concernent étroitement le politique. De la préhension d'une singularité de l'être participe encore l'angoissante définition, dans les textes littéraires, du réel et de l'illusion, l'angoisse des dormeurs qui ne saisissent pas le sens de leurs rêves, les incertitudes de la conscience cernées dans cet état de *dorveille* où le héros ne sait s'il est ou n'est pas. Le miroir, lac de perdition ou objet symbolique d'un renvoi de l'être à sa propre image amendée, pose enfin le registre illusionniste dont le regard peut se rendre coupable à travers les périls d'une vision prétendue véridique. Quant à l'émergence du « je » dans l'écriture, elle concerne un code littéraire bien cerné par des études récentes : subjectivité de leurre qui débouche, vers la fin du Moyen Âge, sur la multiplication des instances poétiques instaurant de nouveaux bornages du territoire individuel. *Mémoires* et *Chroniques* font plus précisément entrer dans la représentation du Moi les éléments d'une durée personnelle et, parallèlement aux tentatives de définition de l'individu par lui-même, se fait jour dans la poésie tardive la présence obsessionnelle du temps, la perception d'un temps perdu.

Être à soi

Replié sur soi, disponible au hasard, s'absentant du monde qui l'entoure, l'individu des fictions est souvent dit « pensif », absorbé dans et par sa pensée. Ainsi, le chevalier des Pastourelles part « pensif », rêvant sur la lande, parmi les bruyères et les fougères, jusqu'au moment où s'offre à ses regards la bergère. Sous les yeux de Perceval, Arthur, abîmé dans ses pensées, se tient à l'extrémité d'une table, « pensif et silencieux », alors que ses chevaliers discourent joyeusement *(« Li rois pensa et ne dist mot », « li rois fort pense et mot ne sone »).* Plus tard, chez Charles d'Orléans par exemple, être « pensif » deviendra une forme de morosité souvent associée à la mélancolie et, au XVe siècle, le héros du *Cœur d'amour épris* se dit « pensif et mélancolique » : il vient de rencontrer, effet de symbiose particulièrement accusé dans ce récit allégorique, dame Mélancolie qui apparaît comme une vieille échevelée, « morne et pensive », assise les mains serrées auprès du foyer. État de disponibilité ou refus de communication, être « pensif » peut désigner aussi bien le balancement de la pensée qui se cherche un objet qu'un état de clôture et d'anti-sociabilité, marqué par un répréhensible repli sur soi.

D'autres situations de repli sont désignées par la lecture, acte solitaire qui favorise la projection vers un « ailleurs » ou un « à venir ». Ainsi, dans une chanson de toile, Belle Doette « lit en un livre, mais son esprit est ailleurs » : au moyen de la lecture, le vécu est médiatisé ; le repli sur soi qu'elle implique peut être la matrice d'une mise en branle fantasmatique et d'une activité de l'imaginaire, laquelle, pour être temporairement vouée à l'immutabilité des visages, n'en est pas moins violente. Très évidente dans des récits du XIIIe siècle, la relation de cause à effet : on lit, on aime. Dans *Claris et Laris*, l'un des héros lisant la mort de Pirame et

Thisbé devient apte à l'aveu d'amour, et pour Flamenca qui, emprisonnée dans la tour, entend parler d'amour par les livres, la lecture est une mise en suspens du temps. Par la valorisation, dans les fictions, d'un espace de méditation et d'instants de silence autour de l'écrit, par une distanciation fondée sur une autarcie temporaire, mais fragile, de l'individu, le temps présent est « mis en abyme », déréalisé ou surréalisé.

L'écriture : émergence du « je »

Des travaux ont pris pour objet le « je » qui s'exprime dans la lyrique médiévale : troubadours et trouvères y jouent l'aveu douloureux et exalté de la situation la plus intime, celle de l'amour et de la chair. Or, ce « je » prétendu unique et actualisé dans la situation du désir est en fait un « je » universel : faite de motifs indéfiniment répétés, la lyrique ne saurait en aucun cas se soumettre à l'analyse d'une voix d'où l'individu pourrait être débusqué, fût-ce au moyen de ces *Vidas* ou *Razos* rattachées après coup au nom et à l'œuvre d'un poète (Paul Zumthor). Le « je » lyrique est celui de l'éternel retour et d'un leurre maintenu tout au long de la production médiévale. Même dans ce qui semble, chez Villon, l'aveu de soi le plus poignant, règne encore un ensemble de conventions. Pourtant, durant la dernière décennie du XIIe siècle, semble parfois se faire entendre une voix plus singulière : adressant ses véhémentes invocations à la mort, Hélinant de Froidmont fait appel à des images corporelles, lesquelles, si elles ne désignent pas le poète lui-même, marquent en tout cas que l'individu tout entier, corps et âme, est concerné par sa fin :

> Mort, toi qui m'as emprisonné pour muer
> dans cette étuve où le corps extirpe en suant
> les excès qu'il a commis dans le monde,
> tu lèves sur tous ta massue,
> mais, pour autant, personne ne fait peau neuve
> ni ne change ses vieilles habitudes.
>
> *(Vers de la mort)*

Pour signifier l'amendement souhaité, c'est à la sueur mauvaise et à la purgation bien connue des thérapies anciennes que le mouvement de l'âme est assimilé.

Témoignages souvent invoqués d'une révélation plus « personnelle », les *Congés d'Arras* livrent une réalité apparemment individualisée : avant de voir se refermer sur eux les portes des léproseries, Jean Bodel, dès 1202, et plus tard Baude Fastoul et Adam de La Halle (ce dernier pour un départ moins tragique) s'adonnent à un genre qui est tout à la fois poésie personnelle et poésie de circonstance. Des traits dits « réalistes » apparaissent ici, évoquant la chair corrompue en proie à la décomposition, et l'affect, le souci, la dépression et la solitude. Quant à la poésie d'amour, on a souvent parlé du passage des chansons stéréotypées à une lyrique plus subjective, mais l'image qu'a laissée Villon, le mauvais garçon, « stéréotype de l'anarchisme poétique », est comparable à celle qu'a léguée au XIIIe siècle Rutebeuf, poésie qui prétend dire la vie du poète, poésie de la fausse confidence. Leurre dressé par une relation référentielle que conditionne le modèle culturel : dans ce que l'on appelle l'évolution de la poésie lyrique, à une poésie d'abstraction généralisatrice, liée à l'existence du chant, succède une autre poésie fondée sur la confidence, qui serait plutôt liée à la lecture. Dans le premier genre, qui concerne les grandes générations de troubadours et de trouvères, l'interprète s'identifie, semble-t-il, à la subjectivité qui s'y exprime, à ce « je » qui n'est pas lui, mais qui pourrait l'être ; lorsque disparaît le chant qui permettait au public une symbiose et une entrée dans l'univers poétique, le poète cherche à rendre impossible le processus d'appropriation, permettant ainsi ce que l'on a appelé « une dramatisation concrète du Moi » ; l'apport des *Vidas* et *Razos* semble d'ailleurs avoir accru l'écart entre le lecteur et la subjectivité du poème, dans la mesure où ces fictions deviennent un « roman du moi » (M. Zink).

Parallèlement à la naissance de l'écrit personnel, *Mémoires* et *Chroniques,* on assiste dans la lyrique elle-même à un véritable effort de définition de l'individu : les anciennes périphrases impersonnelles cèdent la place au tour « Je suis celui qui... » marquant la tentative de mettre en scène l'individu : les exemples en sont nombreux chez Charles d'Orléans *(« Je suy cellui au cueur vestu de noir »).* Quant aux personnages allégoriques auxquels le poète prête vie, ils mènent à une sorte d'émiettement rhétorique qui tend peut-être moins à occulter le Moi réel qu'à faire éclater l'appropriation d'un territoire poétique par la multiplication du Moi. Ce processus aboutit chez René d'Anjou à une mission déléguée à une partie du Moi, ce cœur né d'une synecdoque qui a pour mission de mener à bien la quête d'amour. D'ailleurs, en cette fin du Moyen Âge, l'aire de la subjectivité, tout particulièrement, se spatialise. Déjà, au XIIIe siècle, Thibaut de Champagne décrivait sa captivité amoureuse comme une prison faite de désir, dont les portes étaient de beaux regards et les chaînes de bon espoir, et c'est plus visuellement encore « la citadelle du Moi » que met en scène Charles d'Orléans, « l'ermitage de pensée » ou l'hostellerie accueillante. Si Christine de Pisan et Alain Chartier ont à leur tour insisté sur la clôture des portes de l'intériorité, la valorisation de la solitude et du repli sur soi est très nette chez Charles d'Orléans :

> […] Tristesse
> m'a si longuement tenu en son pouvoir
> que j'ai totalement relégué ma Joie.
> Il vaut mieux que je m'écarte de mes semblables :
> celui qui est pris d'affliction ne peut qu'embarrasser.
> Pour cette raison, je me cloîtrerai dans mes pensées […].

Signe des temps : dans le *Voir dit*, correspondance faite d'un échange de lettres et de poèmes que s'adressent le poète vieillissant et une très jeune demoiselle, les messages reçus par Guillaume de Machaut font – mise en scène de l'intime – l'objet d'une appropriation obstinément secrète :

> *Les lettres pris et les ouvry*
> *mais à tous pas ne descouvry*
> *le secret qui estoit dedens,*
> *ains les lisoie entre mes dens* [tout bas]

La durée personnelle : Mémoires et Chroniques

L'investissement d'une durée personnelle comme moteur d'écriture est un fait important dans des écrits comme les *Chroniques* et les *Mémoires*, dont la production se multiplie à partir de Joinville : ces récits sont fondés sur la superposition de la durée d'une narration et d'une autre durée, celle que le narrateur veut relater. Auteur de la première autobiographie en langue vernaculaire, Joinville s'est vu créditer d'une véritable inauguration, « l'irruption fracassante du sujet dans la littérature française ». Caution de la vérité de sa narration, celui qui a voulu écrire *« un livre des saintes paroles et des bons faiz nostre saint roy Looÿs »* occupe seul la scène et se donne lui-même comme la matière de son livre. À cette individualisation de l'écrivant s'ajoute l'insistance sur l'authentification du témoignage, à l'aide de preuves et de cautions qui nous semblent bien étrangères, mais qui ne paraissent pas avoir suscité de problèmes à l'époque ; si Joinville assume en partie ses témoignages, il relate des faits dont il n'a pu être lui-même l'observateur, mais reste « extrêmement conscient de la gravité et du sérieux de sa fonction testimoniale » (M. Perret). On sait d'ailleurs, à propos de la relation de la prise de Damiette, comment il rédigeait ses notes, à tête reposée, à l'aide de documents et de calendriers (J. Monfrin).

Mise en scène de l'individu : la *Chronique* qui fleurit aux XIVᵉ et XVᵉ siècles marque particulièrement dans son prologue, en en faisant le lieu où celui qui parle s'installe dans son statut d'auteur, le souci de définir l'individu, et cela au moyen d'une formule presque figée qui, à partir de 1300, inaugure la plupart des prologues du genre : *« Je, Jehans Froissars, tresoriers et chanoine de Chimay »*, ou « Moi, Christine de Pisan, femme plongée dans les ténèbres d'ignorance si l'on compare aux claires intelligences [...]. »

Il en est ainsi chez Enguerran de Monstrelet, Georges Chastellain, Olivier de La Marche, Jean Molinet : pronom de la première personne suivi du nom et surnom, titre et qualité qui situent socialement celui qui parle, verbe indiquant l'action d'écrire. L'individu se désigne ainsi comme un être singulier, dans un « contexte social précisé », ensemble auquel s'ajoute la prétention de véridicité. Écrire et « écrire la vérité » semblent en effet une seule et même chose qui possède un aspect quasi juridique, les auteurs se référant à la mission reçue de faire œuvre d'historiographe (Ch. Marchello-Nizia).

Parallèlement aux écrits de la durée que sont *Mémoires* et *Chroniques,* la prise de conscience du temps, voire la présence obsessionnelle de la durée, caractérise la poésie tardive, transformant considérablement l'héritage littéraire des XIIIe et XIVe siècles. Déjà, sous l'apparence d'une confidence, Rutebeuf jouait des images de la destruction et de la disparition des amis emportés par le vent ; et, plus tard, Eustache Deschamps semble avoir été particulièrement hanté par l'instabilité et la fragilité, par la vieillesse et la vanité des choses humaines, par la perception du « cycle de la vie, à l'image de l'horloge que l'on vient d'inventer ». Apprivoisé chez Charles d'Orléans, avec quelque amertume cependant, le temps personnel, qui semble s'accorder aux saisons et au rythme cosmique, fait parfois l'objet d'un constat douloureux : le poète se montre fouillant « le coffre de sa mémoire », conscient du spectacle plaisant qu'offre à tous le vieillard qui s'engage sur la voie que parcourent plus aisément les jeunes gens, « *l'amoureuse voye* ». Obsession du temps chez Michault Taillevent, pour qui « temps passé jamais ne retourne », pour Pierre Chastellain qui écrit un *Contre passe-temps*, qu'il intitulera plus tard *Mon temps perdu*, histoire de sa vie coupée de digressions qu'il amplifiera en un petit livre appelé *Mon temps recouvré* : les poètes sont désormais attentifs à la durée profonde du Moi, « ministère du temps perdu », chez Villon, « magistère du temps retrouvé », chez Pierre Chastellain, où se devinent quelques signes, déjà, du temps de la Renaissance (D. Poirion).

La parole intérieure

Le genre romanesque développe des scénarios amoureux dont la représentation de la solitude et, par suite, de la parole intérieure fait partie intégrante. Roland, dans son agonie solitaire, adressait à Dieu les trois prières que l'on sait, mais c'est surtout dans le roman dit antique, et plus particulièrement chez Chrétien de Troyes, que se développe la technique narrative du monologue intérieur servant à un travail d'élucidation du moi, à une auto-analyse, à un procès de soi devant soi-même. Les longs monologues parallèles de Soredamor et d'Alexandre dans *Cligès* servent à traquer, au cours d'une investigation secrète, les tropismes affectifs que le sujet veut définir : scène intérieure, théâtre du sentiment, joie, délire, douleur, nuances de l'humeur que la lyrique courtoise, de son côté, développe à souhait selon les modulations du temps d'attente, de l'espoir et du désespoir.

Le XIIIe siècle voit se développer une forme élaborée de monologue intérieur où la prise en charge de l'intime par le narrateur peut se doubler d'une autre voix dans l'expression du Moi, au moyen d'un relais de culture, la citation lyrique. Modalités diversifiées du monologue intérieur : les propos solitaires de Guillaume amoureux de Flamenca sont à la fois une déploration sur le pouvoir de l'amour et le trajet précis vers un projet déjà rationalisé, le souterrain qui lui permettra de rejoindre Flamenca au bain. C'est pourtant essentiellement au moment de la mort, solitude par excellence, que l'individu, délaissant peu à peu tous les territoires d'une communication possible, celle qui le liait à l'être aimé, accusé – à tort ou à raison – d'abandon et de trahison, et celle qui l'attachait à une communauté dont il se sait désormais coupé, se livre à la parole de la mort de soi, parole proférée, non intériorisée par conséquent, dans *La Châtelaine de Vergi*, puisqu'une pucelle tapie dans une alcôve en sera témoin et la transmettra à l'amant qui, sur le corps de l'amante, s'enlève la vie. Si dans *La Chanson de Roland* la mort était l'occasion d'un ultime discours où le « je » se doublait d'un « nous », le discours de la châtelaine est celui d'une tragique solitude, comparable à celle de la dame de Fayel qui, entendant le dernier message de l'amant mort d'une flèche empoisonnée et apprenant qu'elle a mangé, par une ruse cruelle de l'époux, le cœur de son amant, perd connaissance et, revenant à elle, blême, appelle la mort. Conscience de la mort d'ailleurs accompagnée d'une gestualité typée, bras pressés sur la poitrine arrachant au corps le dernier souffle de la vie.

L'IDENTITÉ

L'imaginaire littéraire est hanté par les problèmes d'identité : identité égarée, inconnue, qu'il faut trouver ou retrouver, qu'il faut masquer et dont on sème les signes afin que leur sens éclate plus tard au grand jour, modalités des jeux sur la perception de l'identité.

La clandestinité

Faire parler son corps ou ne pas le faire parler : émetteur d'un discours, au moyen du geste, du vêtement, du sens des convenances, le corps sait ne pas parler et jouer d'une absence. Dans les fictions, cette absence fait sens. Retirer au corps les marques d'une identification possible : de nombreuses situations montrent comment se modifie l'apparence, comment par exemple disparaît, travesti par une herbe magique, le visage, bref comment se tait l'identification. Ainsi menacée du mariage avec un roi païen, Nicolette, dans la chantefable du XIIIe siècle, s'enduit tête et visage d'une herbe, si bien qu'elle devient toute noire et perd son éclat. Sous l'apparence d'un joueur de vielle, parvenue auprès d'Aucassin son ami, elle cueille une herbe nommée « éclaire » (la chélidoine ?) dont elle s'enduit le corps pour revenir à sa beauté passée. Le corps peut aussi être recouvert d'une peau : dans *Guillaume de Palerme*, des amants en fuite se procurent dans les cuisines où l'on écorche cerfs et ours, les peaux de deux ours blancs, ainsi que celle d'un serpent, *patchwork* dans lequel au moyen de coutures ils enclosent leurs corps au point de leurrer tous ceux qui les aperçoivent.

Proposition énigmatique au regard, jouant de la monochromie, l'individu peut se concentrer, se réduire à la couleur, devenir par exemple « Chevalier Vermeil » ou « Blanc Chevalier », avec ce que les valeurs chromatiques comportent de discours lisible, le rouge désignant un personnage animé de mauvaises intentions, le vert un être fougueux, le noir provisoirement polyvalent devenant peu à peu péjoratif, le bleu apparaissant dans l'incognito comme une réelle valeur pour dire la nature des personnages, comme le montre Froissart dans le *Dit du bleu chevalier* (M. Pastoureau).

Dans certaines circonstances, redondantes si l'on considère l'ensemble des récits, hommes et femmes peuvent temporairement refuser – et cela témoigne d'un sens particulier du rapport à la communauté – de laisser parler leur identité : c'est le cas, et pendant une longue durée des récits, de ces filles qui, livrées au caprice incestueux du père, ne trouvent d'autre solution que la fuite, leur silence étant d'ailleurs peut-être teinté du désir de masquer l'espace privé frappé d'une menace qui pourrait souiller la mémoire familiale. Pour le héros courtois, Lancelot, par exemple, dans *Le Chevalier à la charrette*, l'absence temporaire du nom signifie qu'une adéquation est recherchée entre le nom et l'accomplissement que la communauté attend du héros. L'individu de la fiction souhaite ainsi une rétention de lui-même, ce qui concerne la longue tradition du roman d'aventures, jusqu'au XVe siècle, où le héros, dans l'*Histoire d'Olivier de Castille*, se refuse à livrer son identité de vainqueur ; les hérauts doivent alors se contenter de proclamer vainqueur le « rouge, noir et blanc chevalier ». La clandestinité est ainsi une intimité transportée avec soi comme un bagage secret que l'on ne dévoile qu'au moment choisi, excellente manière, d'ailleurs, de conférer au récit le suspens nécessaire. Quant aux revenants, dans *Richard le Beau* ou *Olivier de Castille*, êtres de transit en ce monde, ils savent aussi se montrer clandestins.

La lecture des signes

« Tel fut Cligès qui possédait sagesse et beauté, largesse et force : il avait le bois avec l'écorce » : la dissonance perçue entre la conjonction mensongère de l'apparence et de l'être est ressentie avec malaise. En particulier, la femme fait l'objet d'un constat qui oppose les composantes idéales du portrait à son être intime, dans *Galeran de Bretagne* ou dans *Le Dit du lévrier* au XIVe siècle, où une jeune fille au doux visage possède un cœur orgueilleux et plein de « mélancolie ».

Se faire reconnaître dans les fictions ressemble souvent à un jeu de piste. Si les armes d'un héros sont des propositions secrètes à une démarche herméneutique, si la monochromie est « parlante » au même titre que les armes explicitées, le thème du chevalier masqué semble avoir été dans les romans du XIIIe siècle le motif privilégié d'une dialectique entre l'anonymat voulu, la perte du rang social et la reconquête d'un regard d'autrui au moyen d'abord de la valeur physique de l'exploit qui propose une identité que le nom, après coup, viendra couronner. Pour être reconnu et valorisé, l'individu semble devoir passer par une phase masquée. L'incognito pourrait alors signifier que toute identité doit se conquérir et, une fois conquise, se prouver sans fin. Jalonnant les romans de Chrétien de Troyes, l'incognito, sur le trajet initiatique, concerne étroitement les rapports à la nomination. Perceval lui-même n'apprendra son nom qu'à la cour du Roi Pêcheur, après avoir omis de poser la question qui aurait guéri le roi et sauvé de la désolation la Terre Gaste : « Et lui, qui ne connaissait pas son nom, en a comme la révélation et dit qu'il s'appelait Perceval le Gallois. Il ne sait s'il dit vrai ou non, et pourtant il disait vrai, mais il ne le savait pas... [...] »

Messages encore sur l'identité que ces secrets qui attendent décryptage, inscriptions mystérieuses, trames brodées, portraits qui attendent qu'on les identifie : dans *La Belle Helaine de Constantinople*, la reproduction du visage de l'héroïne signale la recherche qui en est faite par le père coupable, par le mari qui, involontairement, l'a perdue. Signes épars attendant d'être reconnus et aveu d'une culpabilité : le père a fait peindre sur la colonne du palais du pape, à Rome, l'effigie de sa fille ; le mari porte sur l'écu le portrait de l'épouse perdue. Si la redondance du motif tend à faire du père et du mari une même figure soumise à une disjonction, l'image de l'épouse reproduirait, en outre, un être disjoint de son identité : héroïne *incognita*, Helaine, sans identité, est livrée au regard public, à la fois par le père et par le mari.

Le portrait

Fait étrange : ce n'est guère par les traits que l'on se fait reconnaître (hormis le portrait). Ainsi, fréquentes dans les récits où la cellule familiale éclatée est finalement restaurée, les retrouvailles des pères et des fils ne se font jamais par la lecture des traits, mais plutôt par un tropisme affectif, dans le *Lai de Doon* par exemple, ou dans le *Lai de Désiré* où la fée envoie un bel enfant faire la connaissance de son père, alors que la naissance lui en a été cachée. C'est le cas, dans un contexte moins féerique, de l'étrange affection que le roi éprouve pour l'enfant de la Manekine recueilli par un sénateur romain et dont il ne sait pas qu'il s'agit de son fils, fascination que l'on ne saurait avoir autrement que comme « voix du sang ». Le portrait, cependant, est un bon substitut de l'être, car il rappelle aux amants les traits aimés. Tristan vénère dans la Salle aux Images la statue d'Iseut : « Il dit tout ce qu'il pense aux images et ne veut pas les quitter. Son regard tombe sur la main d'Iseut qui lui tend son anneau d'or, et il revoit le visage défait de son amie quand il reçoit son adieu. »

Avatars subtils de l'image : Guillaume se sert audacieusement du mari pour faire parvenir à Flamenca un message. Il compose un poème (un « salut ») prétendu s'adresser à une mystérieuse belle. Le message comporte deux images, dessinées « avec tant de perfection qu'elles semblaient vraiment vivantes. Celle du premier plan était agenouillée et suppliait l'autre, placée en face d'elle. Une fleur lui sortait de la bouche, qui venait toucher le premier mot de chaque vers ». Ces peintures ne reproduisent pas les traits des amants : il suffit pourtant à Flamenca de plier les feuillets du poème et de les déplier, donnant alors « mille vrais baisers à l'image de Guillaume et mille autres lorsqu'elle pliait les saluts, car alors une image semblait baiser l'autre ». Réduplication des amants, simulacre fantasmé de l'étreinte, le portrait sait à la fois mentir et combler. Rapport heureux qu'entretient à son tour Guillaume de Machaut avec la « douce image », la « douce semblance » que son domestique lui a transmise. Dès qu'il reçoit le portrait de sa dame, « je m'en allai, dit-il, à vive allure, tout seul, sans nulle compagnie, et m'enfermai dans ma chambre ». Il place au-dessus de son lit « l'image plaisante et pure, qui était représentée par la peinture », afin de la contempler, mais aussi de la toucher et de la parer. Substitut de l'être lointain, le portrait a fonction charnelle et pouvoir souverain d'évocation.

Le songe

Aire intime, univers affectif, brumes et clartés : l'individu peut être absorbé par la dynamique de son monde singulier. Au XIIIe siècle, l'état dans lequel l'individu plonge en lui-même est décrit, dans *Flamenca*, de façon presque clinique comme une trajectoire des sens qui, soumis au cœur, rejoignent leur « seigneur » et « père », de sorte que l'homme reste sans connaissance, tout hébété, privé de la vue, de l'ouïe, de la parole : « [...] le cœur est le seigneur et le père ; si donc il lui arrive un bien ou un mal, chacun des sens vient à lui pour connaître aussitôt sa volonté, et quand ils sont ainsi réunis à l'intérieur, l'homme ne voit rien à l'extérieur, et il en reste comme ébloui. Et puisque le bien et le mal les font ainsi retourner auprès du cœur, je ne m'étonne point que la joie d'amour, quand elle est au cœur, étant un composé de bien et de mal, les fasse accourir au galop vers leur seigneur, s'il les en requiert. Et tous les sens ont tel usage que, si l'un d'eux accomplit son message, les autres ne s'occupent de rien d'autre que de mettre tout leur soin à l'aider et à le servir, de sorte qu'ils n'ont tous qu'un même souci. C'est pourquoi il arrive que quelqu'un qui est préoccupé voit moins, sent moins, parle moins et entend moins. Et bien qu'on ne le heurte pas très doucement, il ne sentira même pas le choc. C'est que voit chacun par sa propre expérience. »

Le rêve va se prêter tout particulièrement à une mise en scène qui investit le dormeur dans sa substance corporelle et lui assigne un espace et une quête. On sait que les préoccupations qu'a suscitées le rêve – rapport des rêves et des visions, nature du sommeil et responsabilité du dormeur, relations de la vie du corps et de la nature des rêves – ont été très vives dans les pénitentiels, et très privilégiées dans les *Clés des songes* des XIIe et XIIIe siècles. Les textes littéraires font d'ailleurs fréquemment référence à Macrobe, et la vie onirique est bien connue des romans et textes allégoriques. Vie qui échappe à la conscience, mais point à la responsabilité : c'est en effet pour avoir omis de faire son signe de croix, que la pucelle, mère de Merlin, donne à Satan l'occasion d'engendrer un fils ; le prêtre qui lui impose de renoncer, jusqu'à la fin de ses jours, au péché de la chair spécifie : « [...] sauf en rêve, car l'homme ne peut rien contre les rêves ! »

Se refusant en apparence à toute investigation volontariste, lové dans le domaine le plus intime de l'être, le songe a souvent été déployé par les fictions médiévales : c'est même un phénomène très singulier que cette utilisation constante, pendant trois siècles environ, du « songe comme cadre d'une fiction littéraire ». En témoigne une grande abondance de textes entre le début du XIIIe et le début du XVIe siècle (Ch. Marchello-Nizia). Mais déjà dans *La Chanson de Roland*, sur le chemin du retour vers la France, Charles est le siège de plusieurs rêves : agressé par Ganelon, attaqué par un léopard ou un verrat. Au cours de son sommeil encore, un ange lui annonce que sera livrée une bataille dont il lui montre les signes, tempêtes, tonnerres, orages, vents et gels, feux et flammes. L'armée de l'empereur y devient la proie de monstres, de dragons, de démons et de griffons, prémonitions angoissantes et spectacles de terreur qui ne rompent point le sommeil dont la continuité est soulignée avec insistance.

Dans *La Quête du Saint-Graal*, les rêves sont la source d'une véritable dynamique du récit, suscitant une propulsion vers autrui, vers ceux qui, ermites ou recluses, détiennent leur sens. Très prolixe sur l'angoisse des rêveurs, issue d'une perception privée de la saisie d'une signification, le récit met en scène Perceval qui, après « l'extraordinaire vision » des deux dames, allégories des deux lois, est « fort troublé ». Il dort jusqu'au grand soleil et rencontre un prêtre : « Seigneur, lui dit-il enfin après avoir longuement parlé avec lui, expliquez-moi, je vous en prie, un rêve que j'ai fait cette nuit, rêve si étrange, me semble-t-il, que je ne serai pas en paix avant d'en savoir le sens. » Plus loin, épuisé par le jeûne et les veilles, Lancelot, gagné par le sommeil, a vu venir devant lui un homme environné d'étoiles accompagné de sept rois et de deux chevaliers. Parvenu à un ermitage, Lancelot apprend de l'ermite que « cette vision est bien plus riche de sens que beaucoup ne pourraient le penser ». Quant à Gauvain et Hector, abrités dans une vieille chapelle, ils ont chacun des songes « si extraordinaires qu'on ne peut omettre de les rappeler tant ils sont chargés de signification » ; Hector se réveille « plein d'angoisse, se tournant et se retournant en tous sens, incapable de dormir ». Gauvain lui dit alors : « J'ai fait un rêve très étrange qui m'a réveillé, et je ne serai pas tranquille tant que je ne saurai pas ce qu'il signifie. » Ainsi, chaque terme et chaque figurant des rêves requièrent un savoir plus global des valeurs qui se jouent dans l'allégorie : les significations jouées dans le plus intime de l'être attendent leur mise au jour. Objet virtuel d'une interprétation, non seulement le rêve est conçu comme un monde en soi, mais il s'agit désormais d'une lutte pour une signification qui se dérobe, qui attend d'une maïeutique appropriée l'affleurement à la conscience et la mise en sens de ses éléments.

Songe-mensonge

La tradition allégorique, et en particulier le *Roman de la Rose*, investit somptueusement le Moi qui – continuant à dire « je » – s'engage parfois dans la plus périlleuse des quêtes, celle où l'aire mentale est liée à un espace parcouru et à la superposition de deux temporalités, celle du sommeil (la vraie) et celle d'une conscience bien éveillée (mais fictive). Voici, dans le *Roman de la Rose*, ce seuil du rêve : « Une nuit, j'allai me coucher comme à l'habitude et, tandis que je dormais profondément, j'eus un songe qui était très beau et le plus fort [...]. Je rêvai, une nuit, que j'étais en ce temps ravissant où toute créature est poussée par le désir d'aimer. Alors il me sembla, tandis que je dormais, que l'on était au petit matin ; de mon lit aussitôt je me levai, je mis mes chausses et me lavai les mains. »

Théâtre d'un enseignement bénéfique dans *La Quête du Saint-Graal*, objet d'une évaluation discursive de sa vérité, on le verra, le sommeil est un dangereux domaine où l'illusion peut s'emparer du dormeur, où celui qui se croit réveillé n'embrasse qu'une ombre : le rêve a partie liée avec l'angoissante définition du réel et de l'illusion. L'oncle de Cligès, prétendant épouser Fenice, la possédera dans ses nuits peuplées d'illusions, alors qu'elle dort intacte à ses côtés, illusions parallèles, semble-t-il, à celle de l'étreinte d'un être aimé que produit l'obsession amoureuse, dans *Claris et Laris* par exemple, où la confusion onirique engendre un infernal jeu de miroirs. Frontières fragiles de la conscience, de la culpabilité, de la pathologie, du rêve : c'est au XVe siècle qu'on voit apparaître, spectacle intime puisque seul détenu par le sujet que le désir possède, un rêve où une belle-mère incestueuse perpétue durant son sommeil les charmes de son beau-fils, le faisant apparaître comme un diabolique danseur qui ne cesse de la persécuter...

Rêve et brouillard intérieur rejoignent les états d'absence de soi, les états seconds de l'extase et de l'oubli. De l'incertitude jouée face au registre du sommeil, face à ce territoire qui semble échapper au Moi conscient, les meilleurs témoins – qui prouvent d'ailleurs que le réel, rugueux et aigre, est bien proche – sont les rêves érotiques, celui, facétieux, du moine qui voit défiler, durant son sommeil, des séries de sexes féminins, et qui – cruelle dissonance creusée entre le désir et son objet – tendant la main vers l'objet de son choix, la plante sur un fagot d'épines. Mais, dans la littérature courtoise, le rêve apparaît parfois comme un véritable don de l'Amour. Faute de posséder sa dame, Guillaume de Nevers, lorsqu'il sent venir le sommeil, implore Amour *(Flamenca)* : « Amour, dit-il, endormez-moi donc, faites-moi rêver comme vous savez faire. Montrez-moi, au moins en songe, celle que je ne puis voir quand je veille. C'est de vous, ma Dame, que je veux parler, et si je puis m'endormir en vous, bien m'en viendra et profit. Aussi dirai-je sans cesse : "Vous, vous ! Vous, Dame, je vous dirai ma Dame toujours, tant que je serai éveillé. Si mes yeux se ferment au-dehors, je veux qu'intérieurement mon cœur veille avec vous ; oui, avec vous, ma Dame oui, avec vous !" Il ne put dire l'*s* de vous, il était déjà endormi, et il contemplait sa dame à loisir et sans que rien y fît obstacle. Et, du reste, il arrive ordinairement qu'on voie en songe ce que l'on désire quand on s'endort sur cette pensée. »

Si la gestion du rêve n'est pas toujours aussi rationnelle, l'évasion onirique possède parfois une efficacité éprouvée : dans le roman qui porte son nom, Guillaume d'Angleterre est le jouet des frontières incertaines entre conscience et inconscience. Il rêve d'une scène de chasse et, s'absentant de toute sociabilité, entre dans un état de si profond oubli que le narrateur juge bon de dire : « Ne me prenez pas pour un menteur, ne vous laissez pas prendre par l'étonnement, car il arrive qu'on rêve en état de veille. À l'égal des rêves, vraies ou fausses peuvent être les pensées ! »

Ainsi, le rêve de Guillaume précède et cause les retrouvailles avec ses deux fils perdus depuis l'enfance, forme de révélation obsessionnelle grâce à laquelle le sujet retrouve son statut familial lorsqu'il met en scène, dans la réalité, ce que le rêve lui a donné.

Au seuil du songe, dans le *Roman de la Rose*, la valeur du procès onirique comme message de vérité est discutée : « Un songe est une façon d'annoncer aux humains des événements propices ou fâcheux ; la plupart des gens songent de nuit, dans le secret de leur esprit, maintes choses que l'on voit par la suite manifestement. » Dans la tradition du rêve amoureux, c'est précisément une fiction du XVe siècle, *Le Cœur d'amour épris*, qui fait de Cœur une partie dissociée du Moi, un véritable personnage ; l'auteur, René d'Anjou, insiste sur la fragile évaluation de la vérité du songe. Il se décrit dans son lit, accablé, tourmenté, profondément absorbé par sa pensée, tout entier possédé par l'amour :

> [...] *tant confus*
> *Me vy que pres de mourir fus,*
> *car moictié lors par fantasie,* [soit imagination,
> *Moictié dormant en resverie,* soit rêve de dormeur,
> *Ou que fust visïon ou songe,* soit vision, sòit songe]
> *Advis m'estoit et sans mensonge*
> *Qu'Amours hors du corps mon cuer mist* [...].

Or, cette entrée dans la matrice du songe est objectivée par le fait que l'auteur (lequel, dans les parties en prose s'entrelaçant aux parties versifiées, assume lui-même la narration, structuration très nouvelle des instances du récit par rapport au modèle qu'est le *Roman de la Rose*) se décrit à la fin comme sortant du rêve, rempli de chagrin et d'angoisse : il ouvre l'œil, appelle son chambellan qui dort non loin de là, lui exprime sa crainte de voir son cœur ôté de son flanc : « Je crains qu'Amour n'ait dérobé mon cœur et ne l'ait emporté avec lui, car je tâte mon flanc de la main, et il me semble que mon cœur n'y est plus. Je ne puis, en vérité, le sentir battre ! » Le chambellan, faisant apporter une chandelle, instrument de vérité, établit un rapide diagnostic : le flanc de René est intact. Il conseille donc au rêveur de se rendormir sereinement, ce qui ne va pas sans peine. Le lendemain, René prend du papier et consigne son rêve *« au plus pres que j'ay sceu »*, dit-il, saisie à la fois humoristique et inquiète d'un procès imaginaire auquel réalité, par l'écriture seulement, sera donnée. Rêve oblitéré par la légère dérision et le geste qui chasse dans les vapeurs qu'elle mérite l'illusion de sa vérité : l'évaluation du songe, sa réduction à un état objectif, le leurre qui appelle le sourire, la redondance de l'attestation (on ne sait si l'on dort ou si l'on veille...) confèrent au rêve le statut, presque dérisoire, d'un théâtre qui renvoie à sa propre rhétorique, la métaphore. Or, de la métaphore au réel, le lien est parfois ténu. Vérité mieux cernée, illusion écartée, distanciation grâce à l'humeur quotidienne d'un réveil à la suite d'un cauchemar, la quête courtoise est devenue, dans *Le Cœur d'amour épris*, le mauvais rêve d'une impuissance, ce qu'elle a peut-être toujours été.

De cette sensibilité à la frange ambiguë qui sépare la veille du sommeil, de l'incertitude de la conscience, de ce doute entre « être et ne pas être », l'état de *dorveille* rendait d'ailleurs bien compte. C'est ainsi que Raimondin, le futur époux de Mélusine, errait dans la forêt sous le choc du meurtre accidentel de son oncle : « À minuit, il arriva à une source appelée la Fontaine de Soif, ou bien aussi, par certains, la Fontaine enchantée, parce qu'il y était arrivé, au temps passé, mainte aventure merveilleuse, et qu'il en arrivait encore de temps en temps. La source jaillissait dans un site saisissant : un escarpement sauvage, avec de gros rochers au-dessus, et une belle prairie le long de la vallée, après la haute forêt. La lune luisait, claire, et le cheval de Raimondin le portait à son gré, où il voulait, car son maître, anéanti par le chagrin, était privé de toute volonté comme s'il était endormi. Il arriva près de la fontaine où trois dames s'ébattaient. C'est de l'une d'entre elles, la plus noble, la maîtresse des deux autres, que nous allons maintenant raconter ce que l'histoire nous en dit. D'après l'histoire, donc, le cheval emportait Raimondin, pensif, malheureux, désespéré de ce qui lui était arrivé ; il ne conduisait plus son cheval, le cheval l'entraînait où il voulait ; il ne tournait la bride ni à droite ni à gauche : il avait perdu la vue, l'ouïe et l'entendement. Il passe ainsi devant la source où se trouvaient les trois dames, sans les voir [...]. »

Plus tard, un poète de la cour de Bourgogne, Pierre Michault, décrit dans *La Danse aux aveugles* son théâtre intérieur comme un état particulier où, au cœur d'une nuit nette et claire, se repose la « sensualité » (les perceptions sensorielles), où la concentration extrême (« l'assiduité et fréquentation de mon poignant penser ») fait surgir sous forme humaine son Entendement, mais pour que se fasse cette dissociation, rationaliste s'il en est, il y faut la mort des sens !

Autre rationalisation, celle que propose le songe politique, véritable débat auquel les secrets de l'inconscient prétendent servir de décor. Le rêve devient l'instrument d'une ruse, puisque le songe politique est le lieu d'une fable sur le pouvoir. En moins d'un demi-siècle, une bonne douzaine de fictions, *Le Songe de pestilence, Le Songe du vieil pèlerin, Le Quadrilogue invectif* d'Alain Chartier, *Le Songe du vergier*, d'autres encore, utilisent l'univers onirique pour une réflexion sur les structures du pouvoir : la tradition rhétorique sert à remettre en question l'équilibre des rôles sociaux, et « dans ces cas-là, il vaut mieux faire croire que l'on rêve ». La forme canonique du rêve (la formule *« il me fut advis »* suivie de l'imparfait de l'indicatif, le rêveur lui-même étant concerné par le processus du rêve) est détournée au profit d'un processus où le rêveur est « le siège, puis le scripteur d'une vision qui toujours concerne le pouvoir royal ». Ainsi, la forme du songe permettrait de garantir une certaine impunité, puisque l'auteur, le rêveur, prétend ne pas être l'inventeur de son récit (Ch. Marchello-Nizia).

Le miroir

Dans un livre d'instruction chrétienne à base d'exemples moraux, l'auteur, vers 1320, raconte qu'une dame avait fait acheter par sa chambrière un miroir ; ce dernier ne lui plaisant point, elle l'avait envoyée en quérir un autre. La chambrière alors lui rapporta un crâne en lui disant : « Tenez, mirez-vous-y, il n'y a dans le monde entier miroir de verre où vous puissiez aussi bien vous mirer ! » Plus simplement Dame Oiseuse, dans le *Roman de la Rose*, use de cet objet pour parfaire les soins de sa beauté, mais le miroir reste l'objet fréquent d'un enseignement moral. Dans le *Livre* qu'adresse à ses filles le Chevalier de La Tour Landry, le miroir utilisé avec abus finit par concentrer le faisceau des horreurs diaboliques. S'enchantant de sa propre contemplation et passant le quart de sa journée à soigner son apparence, une dame exaspère ceux qui attendent à l'église : « Comment ! Cette dame ne finira-t-elle pas de se peigner et de se regarder dans un miroir ? » Funeste miroir : « Et comme il plut à Dieu, pour faire un exemple, tandis qu'elle se mirait en cet instant, elle aperçut dans le miroir l'ennemi qui lui montrait son derrière, si laid, si horrible que la dame perdit la raison, comme possédée par le diable. » S'il sert à constater les imperfections de la toilette et de la chevelure, le miroir, avec plus de pertinence encore, désigne l'imperfection morale et l'excès du narcissisme. Nombre de textes font du miroir un instrument d'édification, et, s'il doit être de vertu, l'on peut, pour en conjurer le leurre et la duplicité, le rendre double. Ainsi chez Jean de Condé, dans *Le Dit du miroir*, l'homme se doit d'avoir un miroir double pour s'y mirer « à l'envers et à l'endroit » ; il existe en effet un miroir « à belle gent », qui doit être présent nuit et jour, et dont l'envers est « obscur et divers », miroir repoussoir où il est pourtant profitable de se mirer, car l'on peut tirer profit des méchantes actions d'autrui :

Dou miroir par double maniere
Pues tu veoir oevre pleiniere.

Pourtant, le miroir sait être instrument de séduction, comme dans ce fabliau où une dame, recevant la visite d'un écuyer qui lui annonce la visite de son maître, demande au messager de lui tenir son miroir pour qu'elle puisse ajuster sa guimpe, geste narcissique qui la rend tellement irrésistible que le maître sera immanquablement précédé !

Parallèle au statut ambigu du miroir et menace virtuelle pour le réel qu'il redouble, le reflet de l'être (l'ombre), en retirant à la réalité une part de son existence, promet à l'éphémère le statut du réel. Ainsi, l'essence de ce dernier – du moins dans l'amour courtois – étant de se dérober, le reflet dans le *Lai de l'ombre* absorbe, élégamment, la réalité. Longuement repoussé par sa dame, un chevalier se voit rendre son anneau et, au lieu de le remettre à son doigt, il accomplit grâce au reflet le geste qui lui garantit le bonheur. S'appuyant sur la margelle du puits et voyant clairement dans l'eau belle et pure l'ombre de celle qu'il aime le plus au monde, il s'adresse à elle : « Tenez, dit-il, ma douce amie. Puisque ma dame n'en veut point, vous l'accepterez sans discussion ! » L'eau se trouble un peu à la chute de l'anneau et, quand l'ombre se défait, touchée par une si belle courtoisie, la dame enfin accorde son amour. Se dérobant, mais rappelé à lui par sa propre réduplication, le réel est enfin possédé.

Si l'on en croit le dieu Amour, le *Roman de la Rose* aurait dû s'appeler *Le Miroir aux amoureux*, exemplarité de la fable qu'illustrent les deux fontaines du roman. L'une d'elles contient au fond de son eau le miroir périlleux et léthal où Narcisse trouvera la mort ; par contre, la fontaine du parc, circulaire, est source de connaissance, car tous ceux qui s'y penchent, quel que soit l'angle de leur vision, prennent connaissance parfaite de tout ce qui appartient au jardin. Si la première source est une « mise en abyme » du réel, la seconde double, en miroir, l'unité totale du roman. Jeu sur l'optique, l'absorption de l'image est le renvoi heureux d'un savoir, mais dans le « Livre des regards » que l'on a dit inclus dans le *Roman de la Rose* « comme un miroir dans le miroir », Nature dénonce « les miroirs déformants ainsi que toutes les illusions qu'engendrent dans le regard l'infirmité des yeux, le mirage de la distance, les visions de la veille et du sommeil, sans exclure la contemplation, [...] mise en garde contre tout regard qui tendrait à présenter sa vision comme véridique » (R. Dragonetti).

La mort de Narcisse

Sur la fontaine alors se penchant,
il vit dans l'eau claire et nette
son visage, son nez et sa petite bouche ;
aussitôt alors il s'étonna,
car son ombre l'avait trahi :
il crut voir dans l'eau
la figure d'un jouvenceau extrêmement beau.
Alors Amour sut bien se venger
du grand orgueil et de la fierté
que Narcisse lui avait opposés.
Son salaire alors lui fut bien donné :
il s'attarda tant sur la fontaine
qu'il aima sa propre image
et à la fin il en mourut.

Comme un miroir, la fontaine sert à la réduplication du réel, à un simulacre de création. Par le reflet, l'Autre s'absente, le Même revit, danger de mort. Péril aussi pour le poète, puisque c'est dans le miroir qu'il a vu les rosiers chargés de roses et que, parmi toutes les autres, il aperçoit celle dont la douceur emplit les lieux.

4

Problèmes

Dominique Barthélemy
Philippe Contamine
Georges Duby
Philippe Braunstein

Les aménagements de l'espace privé

XIe-XIIIe siècle

La guerre qui sévit aux XIe et XIIe siècles, qui rompt les couples, qui meurtrit les lignages, ne saccage-t-elle pas en même temps, très matériellement, le cadre d'existence de l'aristocratie ? Elle force les familles à se resserrer dans les tours – où l'on ose à peine percer des fenêtres, de crainte des tirs ou des assauts par escalade, et où, voulant gêner l'abord, on condamne les portes de plain-pied pour ne laisser que d'étroites entrées, à six ou huit mètres du sol, desservies par des échelles amovibles ou des escaliers périlleux. L'ombre du donjon s'appesantit, en ces siècles de fer, sur la vie privée comme sur la vie publique : il impressionne, sans doute, les sujets et les ennemis de la seigneurie, et il paraît, surtout, qu'il enferme dans l'inconfort et dans la promiscuité les chevaliers, leurs femmes et leurs enfants. Cette vue pessimiste est entrée dans l'histoire de France (et d'Angleterre) au chapitre de la féodalité comme un lieu commun. Doit-on y ajouter foi ? Appelle-t-elle un démenti ? Pour la remettre en cause, il faut prendre garde à ce que nous voyons, et aussi à la manière dont nous le regardons.

Sous nos yeux, les donjons sont les vestiges les mieux conservés de l'architecture profane de ce temps : ils le doivent à leur matériau, la pierre, à leur prestige et aussi au hasard, les uns ayant été délaissés, donc laissés en l'état de se dégrader, les autres reconvertis, donc entretenus mais déformés. Souvent, des aménagements du bas Moyen Âge, ou de plus tard, s'interposent entre les temps féodaux et l'archéologie contemporaine. Celle-ci, surtout, est en droit de se demander si elle a bien affaire aux vestiges les plus typiques, si les demeures en pierre pérenne reproduisent bien la structure et l'allure de celles dont le bois, à présent pourri ou brûlé, constituait l'essentiel. Elle veut connaître l'ensemble des habitats d'une région et d'une époque et, plutôt que de repolir les dallages et de restaurer les parois, elle cherche à lire la trace des pas sur les niveaux de terre battue et à discerner celle des trous de poteaux dans les sols amoncelés.

Mais comment ressusciter dans son intégralité la vie quotidienne, avec les trajets des hommes et des femmes, l'ordonnancement changeant des pièces ? Il ne faut pas rêver devant les donjons, comme l'a fait le XIXe siècle. L'archéologie de cette époque, après avoir assez bien analysé les techniques de construction, se laissait aller à de pures impressions, parlant de tristesse, d'étroitesse, de rudesse, sans savoir si les habitants en éprouvaient vraiment le désagrément, ou déballant, consciemment ou non, une idéologie, comme dans la page d'Émile Mâle qu'on lira plus loin. Plus actifs et aussi passionnés, les chercheurs actuels sont aussi plus prudents : le plus souvent, leurs comptes rendus et leurs synthèses préfèrent s'arrêter au seuil de l'insaisissable intimité des ménages. Précisément parce que la connaissance exacte du mode de vie leur paraît fondamentale, ils évitent de préjuger par des mots définitifs des fonctions de telle pièce, de tel bâtiment, et renoncent à la tentation de reconstituer esthétiquement les logis écroulés et les sentiments morts.

Cependant, nous ne considérons pas ici une de ces civilisations fascinantes et quasi inconnaissables, telles la minoenne ou la toltèque, sur lesquelles l'absence de textes provoque aux hypothèses hardies et voue les plus brillants aux délices et aux délires de l'imagination. L'écriture témoigne aussi, aux temps féodaux : des sources assez riches, somme toute, ont permis de brosser le premier « tableau » de ce livre. Il y a des chroniques, des biographies, qui font l'éloge d'un constructeur, explicitent les plus officiels de ses desseins ; il y a des récits au fil desquels, tout soudain, nous pénétrons dans les demeures de la féodalité. Mais, le plus souvent, les personnages eux-mêmes, les relations nouées et les distinctions établies entre eux intéressent plus que les décors. La lecture des documents peut compléter l'analyse des vestiges ; il n'en reste pas moins, entre elles, un certain écart, une zone d'inconnaissance pour l'historien scrupuleux.

La difficulté la plus irritante est celle qui empêche d'attribuer à tel espace son nom médiéval exact ; des termes comme *turris,* la tour ou le donjon, et *domus,* le logis, ou encore comme *camera,* la chambre, et *sala,* la salle, apparaissent employés tantôt en opposition, tantôt l'un pour l'autre. Les médiévaux seraient-ils incohérents, ou incapables de rendre en latin les termes de leur langage ? On s'en doute bien : cette explication condescendante est inacceptable. Il doit y avoir une réelle et significative ambiguïté dans chacune de ces deux paires. À y bien réfléchir même, toute l'histoire de l'habitat noble est là : l'aristocratie s'est-elle condamnée à aller vivre au donjon, au point qu'on le prenne pour sa maison par excellence, et n'a-t-elle pas su au moins en atténuer les inconvénients ? D'autre part, installée, dans le resserrement, a-t-elle été empêchée d'instituer la séparation, à nos yeux fondamentale, entre la pièce de réception, de repas, et celle d'intimité, de coucher, et s'est-elle interdit aussi toute subtilité dans l'ordonnancement des retraits et des rencontres ?

La tour et le logis

Une intrigue commode, pour ce premier développement, est fournie par le dilemme, classique, entre résidence et fortification : jusqu'à quel point la seconde de ces exigences a-t-elle fait la loi dans les « châteaux », du XIe au XIIIe siècle ? A-t-elle toujours éliminé ou contredit la première ?

Le surgissement des tours

Tours ou donjons s'élèvent, à partir du milieu du Xe siècle, soit au milieu d'ensembles résidentiels antérieurs, soit en des sites nouveaux dont ils constituent parfois l'élément unique ou principal. Mais, dans l'un et l'autre des cas, ce ne sont pas forcément des parties habitées en permanence.

Hérités du haut Moyen Âge ou plus récemment constitués, les organismes palatiaux s'intègrent dans une cité ou une agglomération : ils la jouxtent et la commandent, en se séparant d'elle par un mur « interne », tandis que le rempart principal les enserre en même temps. Même disposition dans ce que les textes des XIe et XIIe siècles appellent *castrum*, le château majeur, ou plutôt le noyau proto-urbain dont la croissance fera, vers 1200, une véritable ville : la résidence seigneuriale, château au sens restreint, en est le point focal et prend place, souvent, au cœur d'un système d'enceintes concentriques.

Ces ensembles ont à remplir plusieurs fonctions. Dans la surface assez étendue (de un à cinq hectares), ovoïde ou polygonale, que délimitent des enceintes de terre et des fossés, s'étalent en ordre lâche des bâtiments peu élevés, entre lesquels demeurent de nombreux espaces découverts. Une cour proprement dite *(aula)*, à savoir une pièce de réception, un hall, reposant sur un cellier à demi enterré, flanquée parfois de ce que les commentateurs appellent, à tort ou à raison, « appartements », et communiquant avec une chapelle : c'est ce que Charlemagne a établi, à Aix, en majesté et que l'on retrouve en bien des endroits, par le fait d'une imitation ou, simplement, d'une identique fonctionnalité. Des annexes réservées au travail, au stockage de vivres et d'armes, des écuries, éventuellement d'autres logis aristocratiques, et une collégiale : la présence et l'extension de ces autres éléments permettent de mesurer l'importance et la polyvalence de la place. Tout cela se retrouve au *burg* comtal de Bruges, assez vaste, théâtre des drames que narre Galbert. Le premier palais capétien de Paris est déjà plus resserré, mais il comporte bien, distinctement, la salle du roi adossée au rempart de la cité, un logis attenant à angle droit et une chapelle.

La tour, dans ces deux lieux, tarde un peu à apparaître. À Bruges où, comme souvent, s'équilibrent matériellement et symboliquement la part laïque et la part cléricale, c'est encore, en 1127, le clocher de la collégiale Saint-Donatien qui sert de refuge ultime aux meurtriers de Charles le Bon, pourtant maîtres aussi de son *aula*, quand les vengeurs les harcèlent. À Paris, le roi attend l'orée du XIIe siècle pour ériger un donjon à côté de sa salle – et sans doute le fait-il plus pour le prestige que pour la défense. Mais, dès le Xe siècle, au temps de Louis IV d'Outremer, les Carolingiens avaient une tour en leur palais de Laon – ou une *aula* très fortifiée. En tous ces lieux, il y a certes un peu d'espace, mais ni luxe ni calme, et la volupté est moins celle des chambres douillettes que du pouvoir exalté, dans la parade du hall et du balcon : *aula* et donjon sont deux hauts lieux de la représentation de puissance.

De l'une à l'autre, il peut y avoir une continuité génétique : ainsi les fouilles de Michel de Boüard à Doué-la-Fontaine (Anjou) offrent-elles un type quasi idéal. Au début du Xe siècle, un quadrangle de 23 mètres sur 16, de plain-pied avec le sol et de hauteur modeste (de 5 ou 6 mètres) : spacieuse *aula*, résidence secondaire du prince de ces contrées, Robert. Après incendie, on ajoute, vers 940, un étage, avec accès par l'extérieur : donjon du type le plus élémentaire. Enfin, au lendemain de l'an mil, on ensevelit le tout dans la terre rapportée, convertissant les deux premiers niveaux en sous-sol, celliers et cachots, et installant dessus une tour (donjon) sur motte digne d'une anthologie... qui est brûlée au milieu du XIe siècle. Il est donc établi qu'une continuité architecturale peut exister de la « cour » à la « tour », entre l'époque carolingienne et celle de la seigneurie banale (XIe siècle). Et il est possible que les tours des palais de Compiègne, de Rouen et d'ailleurs, en ce temps, aient été aussi des *aulae* progressivement endonjonnées.

Toutefois, l'insertion des donjons dans les sites châtelains s'accomplit en général de manière progressive et incomplète. Il y a des variantes régionales : ainsi, les cités du Midi, ces gros châteaux, s'en passent-elles. C'est le nord-ouest de la France, avant tout la Normandie et le Val de Loire, riche en belle pierre et siège de principautés puissantes, de seigneuries compactes, qui apparaît comme le terrain d'élection des donjons. Le plus ancien de ceux qui subsistent aujourd'hui debout, Langeais, date de 994 et est dû à l'initiative du comte d'Anjou, Foulque Nerra. Mais, à y regarder de près comme l'a fait Michel Deyres, l'intention du comte a varié : il l'a voulu d'abord bastion à l'usage de ses guerres, puis l'a aménagé pour la résidence, avant que ses successeurs, à la fin du XIe siècle, ne lui redonnent, en l'entourant d'une chemise, destination proprement militaire. Dans cette zone géographique elle-même, le cas le plus fréquent consiste en un jumelage du donjon avec un corps de logis attenant, d'où l'on peut venir s'y réfugier en cas de besoin ; il ne joue un rôle ni central ni vraiment actif dans la défense des places fortes : il est plutôt un réduit que son isolement ou sa décentration par rapport aux autres défenses protègent. C'est dans la seule Angleterre normande d'après 1066, appendice de la France du Nord-Ouest où les conquérants vivent longtemps sur leurs gardes, que d'immenses et imposants donjons servent à la résidence permanente – encore que ce ne soit ni toujours ni exclusivement. La Tour de Londres est un modèle souventes fois reproduit.

Un bref coup d'œil sur les sites seigneuriaux de second ordre, que la croissance du peuplement et la multiplication des guerres localisées font proliférer au XIe siècle, tout spécialement dans les marges des *pagi*, ou anciens comtés, et des châtellenies. La prospection archéologique, depuis trois décennies, a découvert les traces ou inventorié les ruines d'un grand nombre de mottes et de tours, juchées sur elles ou assises à leur côté : isolées, intégrées seulement tant bien que mal dans un plan d'encadrement du territoire, elles sont plus régulièrement exposées aux périls et plus fondamentalement employées comme repaires de rapines que les ensembles châtelains.

Mais ni dans le Midi ni dans le nord de la France ces fortifications secondaires, totalement artificielles ou résultant de l'aménagement de terrasses ou d'éperons barrés, ne sont nécessairement des lieux de résidence. Lorsque, cependant, elles abritent une « famille » de chevalier, elles tendent à dissocier l'habitat le plus privé de la tour. Ainsi, à Grimbosq en Cinglais : le point sommital de la motte d'Olivet n'est pas voué à la résidence ; la maison prend place seulement dans une basse cour exiguë, entre la tour et la partie la moins vulnérable de l'enceinte ; une autre basse cour, plus large et moins défendable, abrite quelques animaux domestiques et, surtout, sert de champ clos aux exercices équestres. La résidence, dont le caractère aristocratique est amplement attesté par les bijoux et les pièces de jeu, a la forme d'une *aula* : un quadrangle de 17 mètres sur 7 à 10 mètres ; sa charpente repose sur un muret de pierre. La cuisine en est séparée – signe distinctif aussi du logis noble – et, d'autre part, la jouxtent une chapelle et un second bâtiment. On a ici, en somme, le modèle réduit d'un ensemble princier ou châtelain : mêmes distinctions fonctionnelles, même voisinage de la maison et du bastion. Intéressantes aussi, pour les contrées occitanes de la même époque (XIe siècle), les indications des récits de *Miracles de sainte Foy* de Conques : elles tendent à

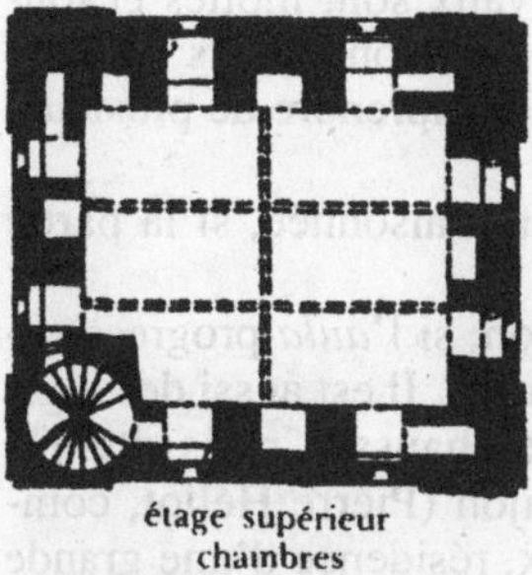

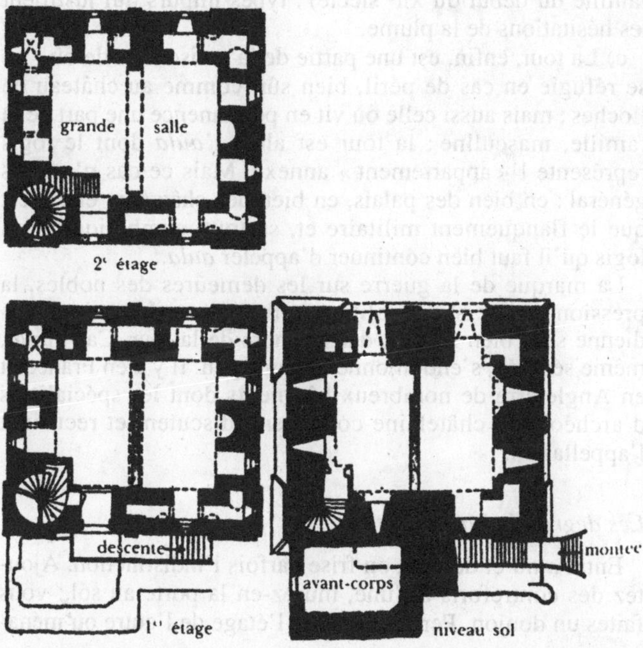

Figure 3 Trois étages du donjon de Hedingham (Essex), v 1140
1 Premier étage surplombe un rez-de-chaussée muré, reçoit l'accès par un avant-corps. – 2. Deuxième étage grande salle, occupant en fait deux niveaux, car une galerie s'ouvre sur elle – 3 Étage supérieur (le quatrième) série de chambres

présenter la tour comme le repaire des guerriers seuls, tandis que les épouses règnent dans une maison, *mansio,* attenante ou plus éloignée.

Le jumelage de la tour et du logis, séparés et complémentaires, nous apparaît donc comme le cas normal dans toute la gamme des demeures aristocratiques, molécules palatiales et châtelaines, ou atomes dont les noyaux sont mottes et tourelles. Dès lors, pourquoi les textes confondent-ils souvent *domus* et *turris* ? On peut encore le comprendre de plusieurs façons :

a) La tour est la métonymie de la maisonnée, si la partie prestigieuse est prise pour le tout.

b) La tour est l'avenir de la maison, si l'*aula* progressivement s'élève et se transforme en donjon. Il est aussi des logis de campagne habitables au rez-de-chaussée mais dont la conception rappelle celle d'un donjon (Pierre Héliot, commentant le cas de Longueil en Caux, résidence d'une grande famille du début du XIIe siècle) : types impurs qui justifient les hésitations de la plume.

c) La tour, enfin, est une partie de la maison : celle où l'on se réfugie en cas de péril, bien sûr, comme au château de Loches ; mais aussi celle où vit en permanence une part de la famille, masculine : la tour est alors l'*aula* dont le logis représente l'« appartement » annexe. Mais ce cas n'est pas général : en bien des palais, en bien des châteaux, elle n'est que le flanquement militaire et, surtout, symbolique d'un logis qu'il faut bien continuer d'appeler *aula*.

La marque de la guerre sur les demeures des nobles, la pression des desseins politico-militaires sur leur vie quotidienne sont bien réelles, dans et hors de la tour. Car l'*aula*, même séparée, s'endonjonne quelque peu. Il y a en France et en Angleterre de nombreux bâtiments dont les spécialistes d'archéologie châtelaine contestent, discutent et rectifient l'appellation.

Les degrés de l'inconfort

Entre *aula* et donjon, on frise parfois l'indistinction. Ajoutez des contreforts à l'une, murez-en la porte au sol : vous faites un donjon. Percez de baies l'étage de l'autre ou ménagez des escaliers dans l'épaisseur des murs : vous le rapprochez d'une *aula*. On peut cependant énoncer précisément des critères de différenciation : épaisseur des murs, étroitesse et dispersion des fenêtres, accès à l'étage très surélevé font le véritable donjon ; l'abandon du plan quadrangulaire pour un module carré ou cylindrique et, naturellement, la croissance en hauteur éloignent aussi de l'*aula*. Mais des traits de celle-ci reparaissent dans le donjon classique, barlong : on n'hésitera pas à appeler *aula* une grande salle, généralement supérieure (la moins exposée) dans laquelle on s'est résolu à percer de larges et belles fenêtres « romanes » géminées.

Les donjons-palais anglo-normands, selon l'appellation de Pierre Héliot, méritent bien ce nom double parce que leur dimension en plan est la même que celle des *aulae* princières (quelque 20 mètres sur 13 de surface interne) et parce que, dans leur élévation, ils concentrent plusieurs des fonctions des ensembles antérieurement dispersés au sol, incluant par exemple la chapelle au premier étage, le logis annexe aux étages supérieurs. Dans ces puissants bâtiments de la fin du XIe et du XIIe siècle, la fonction militaire n'est pas envahissante : il s'agit seulement de la garde des abords – notamment de l'escalier extérieur, véritable bastion que l'on dénomme parfois « petit donjon » – et de la prise de position sur le sommet, terrasse crénelée à laquelle on accède parfois par des escaliers indépendants, creusés dans la muraille. Toutefois, ici comme dans tout logis, petit ou grand, dont la conception se rapproche de celle d'un donjon, la rudesse de la vie fait problème.

La tendance pessimiste, autrefois dominante chez les archéologues, faisait douter même du caractère originel de quelques aménagements internes : cheminées, évidements dans les murs, latrines... De récentes fouilles tendent à contredire ce scepticisme ; la belle cheminée de Doué-la-Fontaine et celles des halls du XIe siècle, la présence de trois foyers et de deux latrines dans le premier étage du donjon primitif (XIe) du château de Gand : autant de témoins d'un effort précoce, dans les résidences des princes au moins, principales ou secondaires, pour améliorer le confort. Aux abords de l'an 1200 apparaissent des conduites d'eau aux étages, tandis que les parements du mur (à Gand, imitation d'un bel appareil de maçonnerie) se font plus élégants. De quoi donner à la fois tort et raison à l'auteur d'un beau livre sur l'architecture militaire (1953), Raymond Ritter, qui fait entrer assez tard et avec quelque naïveté quelques rayons de la grande clarté du Moyen Âge central dans l'intérieur des tours : « À la fin du XIIe siècle, les plus grands féodaux commencent à peine à découvrir l'affreuse tristesse des logements, si mal éclairés et aérés, où ils s'entassent avec leur famille et leurs serviteurs dans la plus étrange promiscuité[1]. »

L'impression sinistre, répétons-le, est ressentie seulement par les modernes. Et, même si l'on trouve ici dénotée une vraie différence anthropologique avec notre temps, le mot de « promiscuité » n'est-il pas trop dévalorisant ? Il vient d'un monde, le nôtre, où les familles vivent souvent un étrange isolement ; l'homme ou la femme, une affreuse solitude... Surtout, la croyance à l'affinement du goût des seigneurs est assez arbitraire : d'abord, parce qu'ils font ce dont ils ont les moyens, et, ensuite, parce qu'en réalité ce moment est celui où ils viennent habiter, de plus en plus, dans des donjons ou des demeures inspirées d'eux. En Angleterre, à la fin du XIIe siècle, on résidentialise des donjons périmés militairement.

Assez de fenêtres sont percées dans le mur de son logis de Vendôme pour que le comte d'Anjou Geoffroi Martel, s'éveillant un matin aux côtés de son épouse, en 1032, puisse embrasser du regard tout le paysage d'alentour et un ciel d'étoiles filantes. Les ouvertures ne manquent pas à une *aula*, à tout étage de donjon utilisé comme *aula*. Sans doute l'intérieur des salles a-t-il l'air triste : on y voit peu de décors muraux, à peine une rangée de chapiteaux soutenant d'élégantes colonnettes et quelques parements pour animer le relief des parois – tout cela dans les plus beaux palais. Mais il faut se représenter aussi les nombreuses tentures qui couvraient la muraille ou permettaient de compartimenter l'espace intérieur, limitant la « promiscuité » ; plus généralement, tout un mobilier, qui méritait plus qu'aujourd'hui son nom,

1. R. Ritter, *Châteaux, Donjons et Places fortes L'architecture militaire française*, Paris, 1953, p. 99.

puisqu'on devait le déplacer de demeure en demeure, au fil de cette itinérance normale des entourages princiers et seigneuriaux. La rudesse, donc, est certaine, mais la tristesse et l'entassement, beaucoup moins – on y reviendra plus loin, à propos des chambres.

L'inconfort des demeures n'est pas toujours si grand ; il varie par degrés : selon, par exemple, que le caractère de logis se marque plus ou moins par rapport à celui de bastion et qu'il s'y trouve ou non les dames et damoiselles ; selon les étages aussi, car les plus élevés sont, dans les grands donjons, mieux ajourés et sans doute mieux chauffés que les salles basses. Enfin, on peut croire qu'un progrès très graduel, au cours des XIe et XIIe siècles, s'est introduit dans les donjons – encore que l'habitabilité croissante de certains d'entre eux, à la fin du XIIe siècle, soit principalement due au fait... qu'on les habite, à un brusque (mais non irréversible) changement de fonction. De toute façon, il faut bien placer dans ces années-là un seuil important dans l'histoire de la culture matérielle. Arrêtons-nous un moment sur lui.

La mutation de la fin du XIIe siècle

C'est alors – Georges Duby l'a indiqué dans son « Tableau » – que les châteaux, se resserrant sur les points forts de la défense, changent d'aspect. Mais les commentateurs modernes de cette évolution se trouvent dans l'embarras. D'un côté, il leur paraît que jamais les préoccupations militaires n'ont été aussi affirmées, donc susceptibles d'aliéner la vie privée des grands : la froide géométrie des angles de tir commande désormais le plan de ces forteresses/résidences. D'un autre côté, ils doivent constater, comme Raymond Ritter, que les aménagements progressent : ce n'est pas encore le plein épanouissement du confort et de la gaieté – on le verrait plutôt au siècle suivant, à moins qu'il ne faille attendre la « Renaissance » –, mais c'est tout de même l'austérité améliorée... Comment concilier ces deux constatations ? Avec elles se poursuit le débat du militaire et du résidentiel.

Un texte éclairant, très précis, rapporte les travaux ordonnés et financés entre 1196 et 1206 dans le château ancestral de Noyers (Bourgogne) par l'évêque Hugues d'Auxerre, tuteur du jeune sire son neveu. Féru d'art militaire, il fait de la forteresse un tout organique : le donjon, au lieu d'être un réduit massif et passif comme à l'âge précédent, devient la tête active et opérationnelle de la défense ; celle-ci oblige de concentrer l'attention sur le *praesidium principale*, la partie principale de la forteresse, cime du promontoire qui domine la vallée du Serein : fossés d'arrêt et plates-formes de tir des machines sont disposés, en avant d'elle, pour servir à sa protection ; ainsi le *castrum*, déjà distinct du bourg qu'il surplombe, est-il scindé en deux par un mur intérieur. « Hors de l'enceinte de cette partie principale, poursuit le biographe, il construisit un palais d'une grande beauté qui en complétait la défense : agréable résidence seigneuriale, qu'il décora avec de nombreux ornements et avec goût. Il fit des galeries souterraines conduisant du cellier à vin – installé sous le donjon – au palais situé plus bas, afin que, pour se procurer du vin et d'autres vivres, il ne soit pas nécessaire d'entrer dans la partie principale de la forteresse ou d'en sortir [...]. En outre, il équipa de manière remarquable la partie principale de la forteresse en armes, machines de guerre et autres engins nécessaires à la défense. Il acheta, pour une somme élevée, les maisons des chevaliers et les autres maisons qui étaient enfermées dans l'enceinte de la forteresse supérieure et il en rétrocéda la propriété à son neveu : ainsi, tant dans cette partie de la forteresse que dans le corps de logis du palais, par mesure de prudence, la venue de ceux qui voudraient voir le seigneur dans son palais situé hors de l'enceinte de la partie principale de la forteresse ne risquait pas d'éveiller les soupçons et, par suite de l'exclusion de tout habitant étranger en période de danger, le seigneur du château n'était plus contraint de laisser pénétrer un homme à l'intérieur de l'enceinte supérieure, s'il n'était pas pleinement sûr de sa fidélité [...][1]. »

L'exemplarité de cette opération est telle qu'on peut y retrouver, me semble-t-il, presque tous les aspects de la mutation du second XIIe siècle.

1° Depuis le cas méridional précoce de Carcassonne (vers 1130, sans donjon) jusqu'aux superproductions septentrio-

1. Traduction d'après G. Fournier, *Le Château dans la France médiévale*, Paris, 1978, p. 335-336.

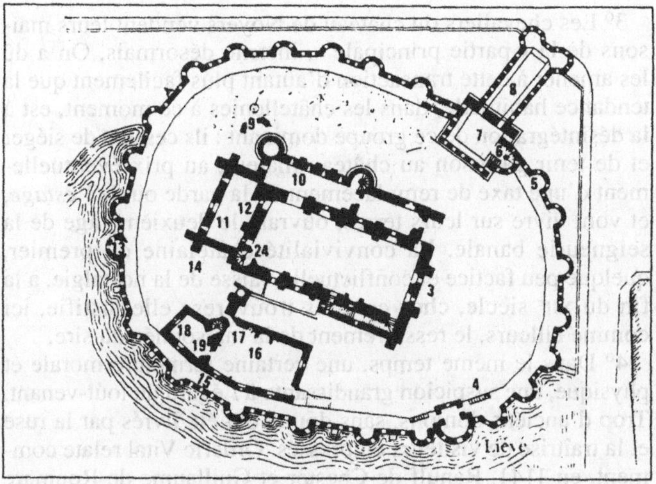

Figure 4. Gand (Flandre) Le château, modernisé après 1180 par le comte Philippe d'Alsace, domine les eaux de la Liève Plan de l'ensemble, s'étendant sur un demi-hectare 8 Porte d'entrée – 1 Porte d'entrée, partie arrière – 4, 5, 13, 15 Murs d'enceinte – 3, 24 Donjon de 1180 – 11, 12 Annexe du XIIIe siècle au donjon – 10 « Galerie romane » – 16, 17, 18, 19 « Habitation du comte » et annexes – 14 Galerie reliant l'« habitation du comte » au donjon – 9 Grande cave à l'entrée

nales de Château-Gaillard (années 1190) et de Coucy (années 1230), on intègre de mieux en mieux donjon, tourelles et courtines dans un système défensif unique. Le propos stratégique domine, ici aussi. Mais le « palais », résidence normale des seigneurs, et pas tout à fait dépourvu de valeur militaire, est un peu à l'abri de cet empire de la balistique. De même, à Château-Gaillard, le « manoir » de Richard Cœur de Lion est sis au-dehors et en dessous de la citadelle. Logis et bastion, comme à l'époque antérieure, sont à la fois complémentaires, communicants et bien distincts. Et le progrès des techniques de construction sert à l'un et à l'autre.

2º L'évêque Hugues, de fait, décore somptueusement le palais : tous les fonds disponibles ne vont donc pas à l'équipement militaire. Force et *somptuosité* doivent être également montrées, exaltées.

3° Les chevaliers du château de Noyers vendent leurs maisons de la « partie principale », interne désormais. On a dû les amener à cette transaction d'autant plus facilement que la tendance habituelle, dans les châtellenies à ce moment, est à la désintégration de ce groupe dominant : ils cessent de siéger et de tenir garnison au château majeur, au prix éventuellement d'une taxe de remplacement de la garde ou de l'*estage*, et vont vivre sur leurs terres, ouvrant le deuxième âge de la seigneurie banale. La convivialité châtelaine du premier, quelque peu factice et conflictuelle, laisse de la nostalgie, à la fin du XIIe siècle, chez certains trouvères ; elle justifie, ici comme ailleurs, le resserrement de la maisonnée du sire.

4° Dans le même temps, une certaine fermeture morale et physique, une suspicion grandissante à l'égard du tout-venant. Trop d'anciens donjons, sans doute, ont été livrés par la ruse et la traîtrise de visiteurs empressés. Orderic Vital relate comment, en 1141, Ranulf de Chester et Guillaume de Roumare se sont emparés de la tour royale de Lincoln, stratégique entre toutes : ils ont envoyé leurs épouses rendre visite à celle du châtelain et se sont présentés eux-mêmes au plus privé, au cœur de cet édifice, sous prétexte de passer les reprendre ! Il se trouve, de même, plus d'un miracle de saint en faveur des captifs qu'explique un trait sociologique des *familiae* anciennes : la cohue, la multiplicité des passages, auxquels on ne peut constamment prêter attention. Par contraste, le désir de sécurité des seigneurs du XIIIe siècle est plus patent.

Reste qu'aucun château, aucun coffre ne sont à l'abri de la trahison et de la surprise. Pourquoi donc la noblesse du XIIIe siècle se renferme-t-elle ainsi davantage ? Fantasme d'insécurité et fantasme d'orgueil, en un siècle de paix accrue et de renforcement monarchique : deux hypothèses plausibles pour une approche clinique des « grands féodaux ».

Il n'est pas contradictoire, en tout cas, d'envisager dans le même temps, c'est-à-dire aux abords de l'an 1200, un accroissement concomitant des possibilités militaires – pour faire face à des sièges beaucoup plus efficaces – et des capacités résidentielles – pour assurer un train de vie et un confort supérieur – dans les bâtiments voisins, voire dans les mêmes. Tout cela participe vraiment du même progrès. Deux observations peuvent préciser et concrétiser cette idée :

1° À Gand, vers 1178, le comte Philippe de Flandre remanie son château : il restreint la surface utilisée, pour la mieux cerner et remparer par les fossés de la Liève ; il installe deux grandes salles superposés dans la hauteur d'un donjon barlong de 26 mètres sur 10, et concentre autour d'elles deux logis attenants. Le processus d'intégration des éléments jusque-là plus lâchement disposés est donc parallèle à celui qu'impose la rationalité des ingénieurs en matière de défense ; ici, il est évidemment rendu nécessaire par le manque de place, mais ne serait-il pas sinon la conséquence, du moins l'occasion d'un ordonnancement plus strict de la maisonnée ? Les étages, depuis le début de l'endonjonnement tendanciel, ne permettent-ils pas une surveillance et une hiérarchisation plus aisées des habitants ?

2° Ce qui est vrai de l'ordre d'ensemble peut se retrouver aussi dans des traits de détail. On se met à construire, au XIIe siècle, des couloirs coudés ou anguleux, pris sous le jet des meurtrières et coupés de chicanes, pour qu'une fois franchie, d'aventure, l'étroite porte du donjon, l'ennemi ne soit pas maître, d'un coup, d'investir ou de brûler l'ensemble. Mais ces schèmes nouveaux ne sont-ils pas ceux mêmes que Lambert d'Ardres montre installés dans la charpente du château de Guînes, *diversoria* (« devers ») où ces êtres de plein vent, les chevaliers et les pucelles, découvrent la courtoisie dans les détours délicieux des demeures de Dédale ? Où l'art de moduler les nuances de la vie privée progresse, à en croire le témoignage de la littérature, rapidement.

Proposons ici la conclusion, assez optimiste, que le XIIIe siècle maîtrise mieux *à la fois* l'exigence résidentielle. Ses donjons sont plus habitables et mieux défendables. Si l'on s'y sent plus en sûreté, n'est-il pas normal que l'on se mette en frais d'aménagement ?

Le temps des maisons fortes

À la fin du XIIe siècle, les chevaliers de Noyers, comme ceux de Coucy et de nombreuses châtellenies françaises, cessent toute résidence aux châteaux majeurs. Ils n'y passaient déjà, auparavant, qu'une partie du temps, partagés qu'ils étaient entre ceux-ci et leurs maisons rurales. À ce moment, on voit prospérer les petites seigneuries de second ordre – ou fictions de seigneuries... Vulgarisé, le mot *dominus* s'applique désormais à des sires de village, une dizaine de hobereaux par châtellenie, et non plus au seul maître du château majeur. Or, qui se veut *dominus* doit renforcer le prestige de sa *domus*, la doter d'une élévation et d'un fossé pour bien marquer sa franchise de noble, d'une tour pour étayer son titre de sire, et la bâtir, aussi, davantage en dur. La prolifération des maisons fortes, à partir du XIIIe siècle, frappe les archéologues actuels, attachés à les répertorier, à les dater précisément et, par la fouille, à en restituer l'aspect – comme l'ont fait pour la Bourgogne Jean-Marie Pesez et Françoise Piponnier. Il ne s'agit pas, comme au XIe siècle, d'une brutale poussée de la guerre privée mais, au contraire, dans un royaume pacifié, d'une éruption (compensatrice ?) de prétention aristocratique.

L'histoire des résidences seigneuriales de campagne, entre le XIe et le XIIIe siècle, est moins bien connue que celle des grands châteaux. Elle progresse cependant grâce à de nombreuses campagnes de fouilles, dont je n'utilise ici que quelques-unes. Peut-on déjà entrevoir, là aussi, un seuil de l'évolution ou une brusque transformation aux années 1180-1200, avec l'essor des nouveaux sires ?

À ce niveau-là, le problème est moins de faire la part des défenses que de distinguer vraiment la maison du petit noble de celle des paysans. Du XIe au XVe siècle, c'est en définitive toujours le mobilier, armes et pièces de jeu notamment, qui sert à prouver le caractère aristocratique du séjour, tandis que les aménagements et l'allure des pièces sont d'une grande rusticité.

À Colletière en Dauphiné, des cavaliers étaient installés, avant 1030, en zone marginale pour garder un secteur frontalier, et vivaient aussi de la chasse, de la pêche et de l'élevage. Une aire de 1 500 mètres carrés était délimitée par une palissade, clôture d'un lieu privé dans l'esprit du haut Moyen Âge plus que véritable défense. Plusieurs grandes maisons s'y trouvaient, dont les traces ont été mises au jour par Michel Colardelle et son équipe ; l'immersion dans le lac de Paladru a préservé la lisibilité des sols. Dans chacune d'elles, un secteur nord, fréquenté par les animaux domestiques, se distingue d'un secteur méridional, exposé au jour et purement résidentiel, où l'on faisait beaucoup plus que veiller et reposer, beaucoup mieux que travailler, puisque des pièces de jeu et des instruments de musique attestent une vie culturelle élaborée et une participation active à l'économie d'échanges. L'étape suivante de l'équipement régional est l'aménagement des mottes. Leurs abords sont moins riches en vestiges d'habitat.

Des objets en fer, dont manquent les paysans voisins, des pions de trictrac, pièces d'échecs et dés à jouer, singularisent la demeure d'Andone (actuel département de la Charente) , étudiée par André Debord : ici, c'est un site antique qui se trouve, vers 975, réoccupé en petit château, *castrum*. De même le mobilier de la maison seigneuriale de Rubercy, en Bessin, entre le milieu du XIIe et le début du XIIIe siècle, constitué de fers à cheval, de clés de coffre, flèches, carreaux d'arbalètes, hochets d'enfant, bouterolles de fourreaux, pendentifs en bronze doré, dés à jouer et pions de trictrac, évoque-t-il bien, comme le note Claude Lorren, une « possibilité de loisirs que l'on ne peut trouver qu'en milieu aristocratique ». La maison elle-même, rectangulaire, ne se distinguait guère, dans un premier temps (1150-1190), avec son sol en terre battue et ses foyers à même le sol, d'une demeure roturière ; et même les aménagements de la seconde période d'occupation, tendant à compartimenter l'intérieur entre salle, chambre et cuisine (qui n'est pas dissociée du bâtiment), ne comportent, à tout prendre, pas d'amélioration majeure.

À Rubercy comme en Bourgogne, ce qui fait la maison forte, c'est son installation un peu à l'écart du village, sur une plate-forme rectangulaire plate et peu élevée – tout à fait distincte par conséquent de la motte d'antan –, constituée par la terre rapportée du creusement des fossés, ou « terreaux », qui enclosent son aire. La tour est seulement l'appendice prestigieux, utilisé ou non de manière résidentielle, d'un très rustique logis principal : jumelage qui reproduit au fond très bien la situation de plus grands châteaux décrite plus haut.

La maison de la petite aristocratie doit donc être rapprochée à la fois de celle du commun – dont elle ne se détache que par le site, une certaine ampleur et la richesse et la variété de son mobilier – et de celle de la haute noblesse à pouvoir et décorum régaliens – dont elle tente de s'approprier les prestiges. Si les années 1200 sont importantes dans son histoire, c'est que, d'une part, elle est à l'avant-garde du progrès matériel de toutes les baraques villageoises et que, d'autre part, elle franchit à ce moment, plus ou moins nettement, le seuil d'honorabilité. Comment, en effet, résumer la destinée typique d'une lignée d'alleutiers de rang chevaleresque ? Sa maison a commencé par être un centre d'exploitation agricole, le noyau d'un petit « domaine » une *curtis* ; on veut en faire un petit *castrum*, mais à tout moment les pouvoirs princiers ou châtelains (des sires de châteaux majeurs) tentent de s'y opposer : tension persistante aux XIe et XIIe siècles, avec des avantages alternés selon qu'on est en phase d'« anarchie » (favorable aux hobereaux) ou d'« ordre » (établi par réaction des plus grands). Vers 1200, un compromis inédit – la féodalisation des terres, contre l'acquisition des titres et des tours – a permis d'inaugurer le temps des maisons fortes : à celles des petits chevaliers, comtes et sires ont d'ailleurs ajouté et opposé virtuellement les leurs propres, remparant leurs pied-à-terre.

La ville, mériodionale ou nordique, est en France le théâtre des mêmes tensions : le *steen* des patriciens brugeois et gantois – déjà impressionnant au temps de Galbert par son étage sur cellier (plan d'*aula*), avec ses capacités de résistance à main armée et de resserrement de coffres – aspire encore à s'agrandir, et le château de Gand, tel que le comte Philippe le surélève en 1178, n'est peut-être qu'une répique aux arrogantes tourelles des bourgeois enrichis ; le solier méridional, de même conception, est aussi le père de la tour gentilice, ou son voisin. Ici comme à la campagne, l'histoire de l'habitat des notables n'est, au fond, qu'un chapitre de celle des pouvoirs.

Résidence ou fortification, était-ce donc un vrai dilemme ? Si les dispositifs militaires du château majeur et de la maison forte sont aussi ou surtout faits pour impressionner, et si les aménagements des logis visent principalement à embellir et amplifier la parade, alors la défense comme la vie privée s'aliènent toutes deux dans quelque chose d'autre, qu'il faut appeler le prestige, le paraître, et qui contribue puissamment à l'institution imaginaire de la société. Constatation qui vaut aussi lorsque l'on se penche sur l'intérieur des logis, sur la manière dont se confondent, se distinguent et se disposent, en toutes ces demeures, la « salle » et la « chambre ».

La salle et la chambre

Laissons donc le problème en quelque sorte externe et synthétique pour en venir à l'analyse des articulations internes des demeures. Dans ce second développement, l'archéologie sera moins directement sollicitée : ce sont des textes, des usages de mots opposés ou confondus qui nous disent plus de choses sur le cours de la vie, les déplacements, les rassemblements et les retraites que des salles vides dont on ne voit pas les aménagements ; il s'agira donc seulement de vérifier que l'ordonnancement révélé par les sources écrites puisse effectivement prendre place dans les cadres matériels conservés ou reconstitués. À ne regarder que ces derniers, les historiens d'art et les archéologues d'antan se sont laissés aller à présupposer en fonction de leurs propres réactions de modernes. Il n'est pas inutile de voir, sur un ou deux exemples, en quoi cette démarche pèche.

Présuppositions

Les savants austères, irréprochables dans l'étude de ce qu'ils ont constitué en objet scientifique (ainsi les préoccupations militaires des architectes de châteaux ou les techniques mêmes de la construction), faisaient jadis de la vie privée des dames et hauts barons l'occasion d'effets de style et de suggestions idéologiques. Ainsi le grand Émile Mâle, ému comme beaucoup de ses contemporains (1917) par « le héros de nos épopées, le soldat de nos croisades », tentait-il de rendre, en un style sobre et cependant vibrant, l'unité organique entre le cadre sévère et ramassé du donjon et le caractère de ses habitants. « Cette rude demeure a façonné la féodalité. Elle lui a donné des défauts : le dédain, l'orgueil de l'homme qui n'a pas d'égaux autour de lui ; mais elle lui a donné aussi plus d'une vertu : l'amour de la tradition et des mœurs antiques, le profond sentiment de la famille. Il n'y a plus là, comme dans la villa gallo-romaine, un gynécée, un triclinium d'été, un triclinium d'hiver, des thermes, des galeries, une foule de chambres où l'on peut s'isoler : il n'y a qu'une salle. Le père, la mère et les enfants vivent ensemble à toutes les heures du jour, serrés les uns contre les autres, souvent sous la menace du danger. Il fallait qu'il y eût dans cette salle sombre une chaude atmosphère d'affection. La femme surtout gagna à cette vie si austère : elle devint la reine de la maison [...] [1]. »

La critique est facile, de ce passage où l'art est consommé. Il est encombré de présuppositions arbitraires : que le mari vit en permanence avec sa femme et qu'ils élèvent eux-mêmes leurs enfants, que le rapprochement crée toujours l'affection et jamais l'insupport, que le château est un refuge, et non une base d'attaques, etc. En fait, la famille conjugale, catholique et bourgeoise, des lecteurs de Léon Gautier est ici purement et simplement transplantée dans la société féodale. Il est aussi trop artificiel de créer l'unité entre le décor (tel que Mâle le ressent) et la sociabilité : on préférera l'analyse de rapports dialectiques et aléatoires entre les hommes et leur cadre de vie ; trop simple d'opposer l'Antiquité au Moyen Âge comme le monde du raffinement et du laisser-aller à celui de la simplicité pure et dure : on devra renoncer totalement à cette vue. Quant au règne de la dame, qui n'en pressent les limites et l'ambiguïté ?

Toutefois, s'il oublie encore de placer la domesticité serviable et importune à l'entour de sa famille idéale et de mentionner les compartimentages internes des pièces par des cloisons légères, Émile Mâle a raison sur deux points importants : l'ordonnancement de la maisonnée autour d'une conjugalité dominante, d'un couple de maîtres, et la possibilité pour ceux-ci de siéger le jour et de coucher la nuit dans le même espace. Mais l'un et l'autre n'ont-ils pas aussi leurs retraites ? Et les autres membres de la maisonnée, enfants, hôtes et serviteurs, leurs chambres à part ?

Volontiers, les commentateurs d'un donjon à étages parlent de « salle » en bas et de « chambre » en haut, envisageant donc, à mesure que l'on s'élève dans le corps de la tour, une gradation vers le plus privé, le plus renfermé, le plus féminin. En somme, on serait passé sans peine de l'ordre horizontal

---

1. É. Mâle, *L'Art français et l'Art allemand du Moyen Âge*, Paris, 1923, 4e éd., p. 295.

des anciens palais (*aula* et appartements attenants) à l'agencement vertical des nouveaux donjons. Cette vision des choses semble naturelle, et il ne s'agit pas ici de la démentir, mais de la nuancer. Ne voit-on pas, par exemple, les pièces élevées des donjons, ajourées et spacieuses, aptes plus que toute autre à la réception d'apparat ? C'est qu'en fait la salle et la chambre ne sont pas des espaces strictement antagonistes en lesquels se séparerait, comme la maison moderne, la demeure « féodale » ; elles ne sont que ce que les hommes et les femmes qui les habitent veulent en faire. Ils et elles en modulent finement les usages ; et de cela témoignent, si l'on y prend garde, certaines ambiguïtés de langage.

La salle confondue avec la chambre

En parcourant les textes des XIe et XIIe siècles, on a souvent la surprise de trouver, à propos d'une authentique *aula* (comprenant une pièce majeure juchée sur un cellier), le terme de *camera* : à Bruges, la salle du comte et la maison de Bertulf, en 1127, sont appelées, l'une et l'autre, *camera*. De même, dans la tour de Castelpers, comme le relatent les *Miracles de sainte Foy*, un prisonnier parvient à remonter de son cachot vers l'étage, l'*herilis camera* : il la traverse discrètement et, comme elle donne sur l'extérieur, il lui suffit de sauter par une fenêtre pour réussir son évasion. Pas de doute non plus sur la maison, ou « tour de bois », du seigneur Aubry à La Cour-Marigny (Orléanais, milieu du XIe siècle) : il y « parlait, mangeait et s'y reposait la nuit » avec sa *familia*. Enfin, la « fameuse » description du logis d'Ardres, construit en charpente vers 1120, montre l'ensemble ordonné autour d'une *herilis camera*, « grande chambre où couchaient le seigneur et sa femme », et les archéologues n'ont trouvé aux abords de ce lieu aucune trace d'*aula* distincte : la pièce de réception devait être celle-ci même. D'autre part, s'agissant des services domestiques des plus grands princes, il est des titulatures dont l'ambivalence retient l'attention : ainsi du chambrier ducal de Normandie, « premier de mon *aula* et de ma *camera* » (XIIe siècle).

Comment salle et chambre peuvent-elles se trouver ainsi confondues ?

1° L'étude des grandes salles de palais montre la possibilité d'une séparation interne, par cloison de bois, entre un espace de réception, majoritaire en surface, et un lieu de coucher plus resserré. Ainsi à Troyes, dans le palais des comtes de Champagne, cette disposition attestée en 1177 : d'un côté, s'adosse au mur de séparation une estrade d'où le prince préside aux banquets, dominant les convives assis à deux grandes tables dans l'axe longitudinal de la pièce ; de l'autre côté, le *thalamus comitis,* « lit » ou « chambre » conjugale.

2° On s'aperçoit aussi qu'à chacun des étages d'un donjon la grande pièce peut être à la fois salle et chambre, se diviser au moins en deux parties. La littérature du XIIIe siècle présente exactement les choses : à Kamaalot, dans *La Mort le roi Artu,* deux banquets distincts se déroulent au même moment : celui du roi, dans la grand-salle, et celui dans la chambre de la reine Guenièvre, où sont attablés Gauvain et les siens, ainsi que toute une compagnie, servis et soumis par la dame. Le texte ne précise pas si cette chambre est un étage ou un logis attenant à la « salle » ; il n'importe : que l'on se trouve dans un ordre horizontal ou dans un ordre vertical, il y a bien progression dans le degré de familiarité quand on entre chez Guenièvre – elle peut interdire l'entrée de son logis à un amant en disgrâce – sans que les fonctions de la « chambre » diffèrent beaucoup de celles de la « salle » de son royal époux, siège de la cour en formation complète.

3° Les témoignages précis recueillis par Guillaume de Saint-Pathus, confesseur de la reine Marguerite, sur les habitudes privées de Saint Louis durant les vingt dernières années de sa vie montrent bien les cercles concentriques qui constituent la sphère du privé. Chacun d'eux se définit par le caractère et l'importance de l'entourage royal. Le roi a autour de lui des compagnons plus ou moins familiers : « *mout privé* » est tel de ses chambellans, « assez privé » est Joinville, chevalier de haut parage qui ne peut servir son seigneur dans la privauté. Le lieu le plus secret est la garde-robe, isolée à l'intérieur de la chambre : Louis IX y dort, veillé par un seul serviteur, y prie dans le recueillement, y lave les pieds de trois pauvres, dérobant aux regards cet acte de piété toute personnelle ; il y cache aussi son corps, s'il est vrai qu'un chambellan, en vingt ans de service, n'a pas vu sa jambe plus haut que le gras de la cuisse. La « chambre » est un lieu beaucoup plus vaste, offrant même la possibilité d'intégrer des actes quasi publics : réception de seize pauvres, toucher des écrouelles ; à sa table, devant un grand feu, Louis IX peut y recevoir des chevaliers, pendant que son entourage plus modeste et plus intime mange à l'écart dans la garde-robe. Finalement, cette « chambre » se distingue peu de la « salle », sinon par une plus faible capacité d'accueil : entre l'une et l'autre, la différence est de degré dans la « priveté », non de nature ; on discerne mal la différence entre valets de la chambre et valets de la salle. L'ensemble constitue l'hôtel du roi, dont le rôle politique n'est pas négligeable : une réalité sociologique finement articulée, qui se déplace de château en château. À Paris, à Vincennes, à Compiègne, à Noyon, en Normandie et dans d'autres provinces, elle s'installe successivement dans des lieux différents (quoique pas d'une allure opposée) sans changer de structure. Diversité des demeures du roi, comme du « Père » ; unité et stabilité fondamentales de son hôtel.

La possibilité s'offre de plus en plus souvent, à partir de la fin du XIIe siècle, de disposer d'une salle et de deux logis distincts : ainsi au château de Gand, où la première est dans le donjon central, élevé et renforcé ; les deux autres s'y réunissent de part et d'autre, dans des avant-corps de l'édifice. Sans doute de quoi loger séparément hommes et femmes de la cour. De même, la littérature courtoise – dont on était ici friand – montre parfois une salle d'où l'on accède à un ou deux « hôtels » : c'est le cœur de toute grande demeure du XIIIe siècle.

Est-ce une chose vraiment nouvelle ? Une séparation inédite du gynécée ? L'analyse attentive des *Miracles de sainte Foy* prouve à Pierre Bonnassie que l'*herilis camera* de Castelpers, où le seigneur se trouve avec ses « familiers », n'est que la chambre des guerriers – et de leurs concubines, ces putains dont les chroniqueurs monastiques reprochent tant la fréquentation aux tyrans de l'an 1100 ; les épouses et les jeunes enfants vivent à part : il y a donc bien bipartition de la société domestique. Attention à bien lire les expressions *cum familia* et *cum familiaribus* en attribuant au mot « famille » son sens médiéval... Ce qui distingue les grands ensembles bénéficiaires du progrès du XIIe siècle, c'est sans doute seulement d'avoir offert aux femmes une plus belle chambre, aux allures de salle.

L'opposition pertinente, dans le langage du temps, est donc moins entre salle et chambre qu'entre une pièce centrale du logis ou de l'étage, une salle/chambre, et des chambrettes disposées autour ou à côté d'elle, entre un singulier et un pluriel. Un tel logis, avec son noyau et ses alvéoles, constitue incontestablement l'atome de la vie privée féodale.

La pièce principale opposée aux chambres

À Angers, vers 1140, on distingue « l'*aula* du comte et toutes les chambres » ; en son palais d'Yvré, l'évêque du Mans, avant 1125, dispose d'une « *aula* de pierre, avec des chambres et un cellier ». Surtout, c'est la description de Lambert d'Ardres, opposant la chambre résidentielle aux *diversoria* dans lesquels se lovent, auprès du feu et des femmes, les enfants et les malades, qui fournit le modèle incontestable de l'organisation domestique. Pierre Héliot relève par exemple la fréquente application de la « formule d'Ardres » dans les donjons anglais du XIIe siècle (notamment Rising et Bamburgh) : chaque étage s'y peut diviser, par cloisons légères, en deux, trois, quatre et jusqu'à six pièces [1].

Et, une fois encore, c'est le roman qui révèle le mieux, sous la coloration du rêve, les trajets quotidiens des hommes et des femmes. Perceval approche de Beaurepaire, un palais au toit d'ardoise ; une pucelle l'aperçoit par une fenêtre de la salle. Il gravit les marches d'un escalier majestueux et découvre cette même salle, large et longue, au plafond sculpté. Il s'assied sur le lit à courtepointe de soie ; là, il devise avec Blanchefleur, la jeune maîtresse des lieux, qu'assistent dans ses apparitions publiques deux chevaliers chenus ; et le repas est apporté. Remarquons-le au passage : si la salle peut être prise pour chambre, c'est que le lit central qu'on y trouve sert à la parade et à l'entretien, autant et plus

1. « Chambres » a finalement le sens général et assez indéterminé de « pièces ».

qu'au repos nocturne. Car, plus tard, chacun semble avoir gagné sa chambre particulière ; et, empruntant sans doute l'un de ces corridors dérobés que les architectes savent désormais si bien construire, Blanchefleur rejoint (en cachette ?) celui qui sera désormais son « ami », pour quelques larmes, une douce nuit chaste et tendre, la promesse d'un exploit guerrier.

Au château du Roi Pêcheur, quelques pages plus loin, Perceval admire une salle sise en avant d'une tour carrée. Il trouve à l'intérieur, en son centre, le prud'homme gisant tout paré, devant un grand feu et à l'abri de quatre colonnes d'airain massif. C'est dans cette salle que le chevalier de passage est nourri et couché. Pendant le repas, il y voit passer le cortège du Graal : valets et damoiselles portant et présentant aux regards, aux éventuelles questions, la lance, les chandeliers, les plats précieux ; armes éclatantes et orfèvrerie rutilante sortent d'une chambre pour rentrer dans une autre, après un parcours processionnel dans la salle. Image crédible, sans excessif mystère, des trésors que recèlent les coffres, au fond de la maison, et que l'on exhibe pour la venue des hôtes de marque.

Initiée par Chrétien de Troyes, la littérature romanesque s'enrichit au XIIIe siècle – tout en se transformant – de la densité de la prose. Elle nous fait voir, en même temps que la consistance des lignages, la possibilité de conversations privées et de monologues individuels. Dans *La Mort le roi Artu*, apartés et confidences se déroulent soit aux fenêtres de la salle de Kamaalot – mais alors ils peuvent être épiés et surpris –, soit dans la clôture des chambres : en la sienne, le roi conduit ses neveux pour entendre d'eux la dénonciation des amours adultères de la reine avec Lancelot – ici, toutes portes soigneusement closes. Danielle Régnier-Bohler a bien montré, plus haut, le rôle de ces « niches du secret ». On les situe sans peine, en fait, dans le cadre aujourd'hui austère et sans âme des salles voûtées des grands châteaux.

Donc, même emporté dans le tourbillon d'une grande maisonnée, chacun trouvait une place dans ces demeures : une forme originale de vie privée a existé dans les palais, les châteaux et les simples demeures nobles du Moyen Âge central. Inutile de la qualifier sans cesse par rapport à la nôtre, dans sa différence ou comme un lointain prélude. Émile Mâle projetait des idéaux ou des réalités de son temps ; qu'on me permette de souligner que la description de la convivialité, faite en ce livre par Georges Duby et commandée par le souci d'une anthropologie fondamentale, prend beaucoup mieux place dans les cadres que l'archéologie décrit. On voit très bien, notamment, les logis voisins et distincts, de Castelpers à Gand, abriter ces deux parts de la maisonnée, masculine et féminine, qui se regardent mutuellement, fascinées et apeurées, et occasionnellement se conjoignent, et furtivement s'entrepénètrent. Mais qu'importe, après tout, le plan précis des lieux, puisque la structure des « maisons » est assez indépendante des variations de topographie interne.

Quant à l'« affreuse tristesse », cessons d'y croire. Beaucoup de textes nous invitent, au contraire, à relever le goût « barbare » de l'aristocratie laïque – dont la sociologie même, on l'a dit à propos du lignage, prolonge en bien des aspects celle du haut Moyen Âge – pour les parures du corps, préférées aux décorations murales, et pour les objets de métal hurlant, plus transportables que les chefs-d'œuvre sculptés dans la pierre. Tout au plus dirai-je qu'elle se met à conjoindre ces deux registres, l'objectal et le monumental, sans renoncer à l'un pour l'autre. Dans le château de sa sœur Morgane, le roi Arthur s'enfonce successivement, d'une belle salle où se tiennent des gens richement vêtus, que des cierges éclairent de leur rougeoyante ferveur et qu'illustrent encore des écus accrochés aux murs et des soieries appendues, vers une chambre où l'attend une vaisselle somptueuse, d'or et d'argent, puis vers une autre, voisine, qu'emplissent les tout-puissants accords d'une riche musique, vers une dernière enfin... Mais ce ne sont là, dira-t-on, que les figurations du songe ? Non pas. Seulement l'amplification de ce que des fragments « positifs » permettent de discerner. Ils nous autorisent à représenter la fête étrange et familière. C'est d'elle qu'on peut rêver.

D. B.

XIVe-XVe siècle

FEU, FAMILLE, MAISON

Dans la France de la fin du Moyen Âge, lorsque les pouvoirs, à des fins principalement fiscales, entreprenaient de recenser la population, l'opération ne se faisait qu'exceptionnellement tête par tête, maison par maison, ou même chef de famille par chef de famille, mais feu par feu. Notion traditionnelle au demeurant, qu'il serait bien imprudent de considérer comme une pure et simple invention du Moyen Âge chrétien. Horace parle déjà dans l'une de ses *Épîtres* d'un « petit domaine », d'un « hameau » de cinq feux *(agellus habitatus quinque focis)*. Et, au IXe siècle, le polyptyque d'Irminon fait mention à bien des reprises de *villae* pourvues chacune de tant de feux *(foci)*, les uns ingénuiles, les autres serviles. Cependant, le terme semble se répandre surtout à partir du XIIe siècle (avec, par exemple, l'apparition en Normandie d'un nouvel impôt, destiné à un bel avenir, le fouage – *focagium* – dont chaque feu était redevable), pour demeurer usuel, au moins auprès de tous ceux qui se préoccupaient de démographie, jusqu'à la fin du XVIIIe siècle. Étienne Boileau, dans le *Livre des métiers* (milieu du XIIIe), prescrit que *« nul ne puisse prendre aprentiz se il ne tient chef d'ostel, c'est a savoir feu et leu ». « Tenir feu et lieu, faire feu vif et residence sur un heritage »* : ces expressions, et d'autres encore, sont largement attestées à la fin du Moyen Âge.

D'autres termes venaient, subsidiairement, faire concurrence. Ainsi, surtout dans le Midi, la *beluge,* ou *belugue* (étymologiquement : l'étincelle). Afin d'entreprendre le siège d'une forteresse, le comte d'Armagnac se voit par exemple promettre par les gens des trois États du pays d'Agenais *« pour chacune belugue ung mouton d'or ».* À la même époque (milieu du XVe siècle), un personnage est commis *« a faire la visitacion des feux et beluges des* [...] *bas et hault paìs d'Auvergne ».*

Le mot ménage, d'un emploi moins courant, a la même

signification, comme le montre ce passage d'un document bourguignon de 1375 : *« Faire cerche et inventoire des feux et mesnaiges de tous les habitans. »*

On trouve encore, avant tout dans le vocabulaire de l'est de la France, le mot conduit, probablement dans le sens de conduit d'une cheminée : *« Dix conduis ou maisnages, chascun conduit ou mesnaige garni de trois personnes. » « Trente et six conduis tenant feu en la dite ville. »* (Documents du XIVe siècle concernant la ville de Bar-le-Duc et le Barrois.)

Depuis longtemps, les historiens, ceux de la population mais aussi ceux de la famille, se sont interrogés sur le contenu du feu. Certes, tout le monde est d'accord pour admettre qu'il y avait des feux riches et des feux pauvres, des feux mendiants, des feux de *menus* et des feux de *gros*. Mais en moyenne, *le fort portant le faible,* combien d'individus par feu, ménage, conduit ou béluge ?

Déjà Voltaire s'interrogeait. Dans l'article « Population » du *Dictionnaire philosophique,* il critique un auteur qui réduisait chaque feu uniformément à trois personnes : « Par le calcul que j'ai fait dans toutes les terres où j'ai été et dans celle que j'habite je compte quatre personnes et demie par feu. »

Encore que plausible, le chiffre retenu par Voltaire ne saurait être appliqué tel quel aux XIVe et XVe siècles. Ce que l'on peut malgré tout admettre, c'est que le feu correspondait dès cette époque, et même sans doute beaucoup plus tôt, essentiellement à la famille nucléaire, étroite, conjugale, ne comprenant que le père, la mère et les enfants jusqu'à leur mariage ou jusqu'à leur établissement.

Un exemple privilégié est ici fourni par le *catasto* florentin de 1427. Ce document exceptionnel énumère en effet 59 770 ménages groupant 246 210 personnes. Une moyenne de 4,42 personnes par feu, avec une sensible différence entre les villes – où la moyenne n'est que de 3,91 personnes – et la campagne, où elle s'élève à 4,74. Il va de soi qu'il ne s'agit là que d'une moyenne dissimulant, mais pas plus que de nos jours, une assez grande disparité.

La composition des ménages toscans en 1427 (d'après D. Herlihy et Ch. Klapisch)	%
Isolés	
1. Veuves	6,66
2. Veufs	00,10
3. Célibataires	0,84
4. Indéterminés	6,01
Sans famille conjugale	
5. Frérèches	1,60
6. Individus sans liens de parenté directe	0,69
Ménages à simple famille conjugale	
7. Couples sans enfant	10,26
8. Couples avec enfant(s)	36,35
9. Veufs avec enfant(s)	1,83
10. Veuves avec enfant(s)	6,36
Ménages à famille conjugale élargie	
11. Vers le haut (parent, grand-parent, oncle, tante)	10,64
12. Vers le bas (petit-enfant, neveu, nièce)	9,44
13. Latéralement (frère, sœur, cousin...), ou combinaison des cas 11, 12 et 13	1,20
Ménages multiples	
14. Verticaux, vers le haut ou vers le bas, à deux noyaux	11,28
à trois noyaux ou plus	2,11
15. Horizontaux (frérèches) à deux noyaux	3,55
à trois noyaux ou plus	1,69

Dans un foyer de l'époque, on ne peut exclure absolument la présence d'ascendants ou de collatéraux : neveu, nièce, frère ou sœur, tante, aïeul. Ainsi, en 1422, dans la paroisse Saint-Pierre, à Reims, où 23 % des foyers sont dans ce cas.

En 1409, par acte dûment enregistré au tabellionnage de Rouen, Jean le Monnier et Jeanne, sa femme, se *rendent* à Tassin le Monnier, leur fils, et à Perrette la Monnière, leur bru, avec tous leurs biens, sans en rien retenir, à condition qu'il leur soit fourni *« toutes leurs necessités de boire, mengier, couchier, lever, cauchier, vestir, feu, lit et hostel bien et suffisamment ».* Ils toucheront en particulier, leur vie durant, vingt deniers tournois par semaine *« pour avoir du pain ou ce qu'il leur plaira »*, un gallon de cervoise chaque jour, de la chair en suffisance les jours gras, et les jours maigres *« telle vyande comme il aura a l'ostel, soit harenc, oefs ou autres vyandes ».* Le dimanche sera marqué par un repas plus copieux, comportant entre autres un pâté de cinq deniers tournois. Avec leur jeune fils, Jehannin, ils pourront demeurer *« en la chambre haulte ou solier de derriere »*, pourvue d'une cheminée, et dans la pièce à côté : ils bénéficieront ainsi d'une sorte de petit appartement, chauffé ou chauffable, plus ou moins indépendant, mais les repas seront pris en commun ; Tassin y conviera lui-même son père en lui disant chaque fois : *« Monsieur, venez vous seoir. »* Premier assis, le père sera encore le dernier levé, *« s'il lui plaist »*.

Des textes signalent, ainsi dans la seigneurie de Choiseul à la fin du XVe siècle, que des enfants devenus adultes *« ne tiennent pas feu mais se tiennent chez leurs pere ou parents ».*

Surtout, dans une partie de la France, un feu peut très bien correspondre à une famille élargie, de type patriarcal, ou à l'association de deux beaux-frères, ou de deux frères l'un et l'autre mariés, qui mettent tout en commun, leur force de travail, leur richesse, leurs réserves, pour vivre à un même *pot et feu,* dans un même mas ou un même *« hôtel ». Bibendo unum vinum, comedendo unum panem,* disent les contrats en latin passés devant notaire pour établir l'*affreramentum*, l'afferèchement, la frerèche, la comparsonnerie. Ou bien encore, ce sont simplement deux amis, nullement liés par le sang, qui s'associent durablement, *« a ung pain, vin, vivres, vitailhes et alimentation ».* De semblables comportements, qui existèrent pour le moins du XIIe au XIXe siècle, connaissent un regain de faveur assez inattendu à la fin du Moyen Âge, peut-être à cause des difficultés quotidiennes. L'élargissement du feu fut l'une des réponses de la France méridionale et montagneuse à la grande dépression démographique provoquée par les mortalités, à l'insécurité diffuse que suscita la guerre de Cent Ans et à la laborieuse reconstruction agraire que permit le retour à la paix.

Même la France du Nord n'ignora pas complètement cette tendance : Jean Merrey, laboureur, meurt à Choiseul (Haute-Marne) peu après Pâques 1494 ; il laisse une veuve, laquelle tient encore feu en 1500, et a au moins deux fils. L'un, prénommé Jean, part s'installer dans un village voisin dès la Saint-Rémy 1494 ; il s'y trouve toujours en 1502. L'autre, Nicolas, est chef d'hôtel à Choiseul à Pâques 1496. « Ici trois feux remplacent en moins de deux ans celui que tenait le père de son vivant » (Hélène Olland). De même dans la France de l'Ouest : Carnac, en 1475, comptait 173 foyers : sur ce total, 131 peuvent être qualifiés de maisnies-noyaux (un couple et ses enfants), et 42 de maisnies larges (dont un foyer de 19 personnes) (J. Gallet).

N'ayons garde, malgré tout, d'exagérer l'ampleur du phénomène. Divers documents, et en particulier les testaments, suggèrent en effet l'existence d'une majorité de feux plutôt petits durant la période 1350-1450, c'est-à-dire au moment où l'espérance de vie était la plus faible et la natalité la moins élevée. Au contraire, au début du XIVe siècle et de nouveau à la fin du XVe, un nombre supérieur d'enfants survivant ensemble à une même date put entraîner une croissance du feu d'une ou même de deux unités. Naturellement il s'agit là de moyennes, car, lorsque les sources l'autorisent, on s'aperçoit qu'à l'intérieur d'un groupe suffisamment large de feux les effectifs vont de 1 à 12 personnes, et même bien davantage, le record, pour la Toscane de 1427, étant le feu de Lorenzo di Jacopo, dans la banlieue de Florence, abritant dix familles conjugales : 47 personnes distribuées sur quatre générations.

Pour revenir à l'espace français, en 1306, à Axat, bourg de l'actuel département de l'Aude, un feu correspond en moyenne à 4,9 personnes, et, la même année, dans le village de Caramanly (Pyrénées-Orientales), à 5,6. À Reims, en 1422, la valeur du feu est de 3,6 personnes dans la paroisse Saint-Pierre et de 3,8 dans la paroisse Saint-Hilaire. Deux quartiers d'Ypres, en 1412, ont des feux respectivement de

3,4 et 3,2 personnes chacun, et, en 1437, de 3,7 et de 3,6. À Carpentras, en 1473, dans une phase de pleine reprise démographique, la valeur du feu monte à 5,1, et à 4,3 à Ypres en 1491.

Il ne suffit pas d'avoir établi l'absolue prépondérance en cette fin du Moyen Âge de feux somme toute modestes, ou assez modestes. Encore faut-il savoir si à chacun de ces feux correspondait un habitat nettement distinct, individualisé, disons une maison. Car les exemples abondent, en particulier dans la moyenne et dans la haute noblesse, de propriétaires de multiples résidences, manoirs, châteaux, voire hôtels urbains, qui étaient loin de faire toutes l'objet d'une location et donc demeuraient vides au moins une partie de l'année. Il est vrai que, bien souvent, ces résidences n'étaient pas totalement inoccupées, un tenancier, un portier, un concierge, ou mieux un châtelain ou un capitaine assurant dans l'intervalle la protection et la surveillance des lieux. La crise démographique entraîna aussi l'abandon de nombreuses maisons, dans les villes fermées comme dans le plat pays : assez vite ces désertions provoquaient une dégradation sensible et parfois irrémédiable du patrimoine immobilier, et les demeures ainsi livrées aux intempéries et au pillage ne tardaient pas à se transformer en véritables ruines.

À l'inverse, spécialement dans les centres urbains demeurés les plus actifs, des traces de surpeuplement se laissent observer. On songe naturellement au cas de Paris, jusqu'au début du XVe siècle, avec ses logements réduits à une ou deux pièces, ses locataires en étage, ses cours encombrées de *bouges*, de *cabanes* et d'appentis. Des villes comme Lyon et même Cambrai connurent des phénomènes d'entassement analogues, qui se traduisirent par le morcellement d'immeubles de rapport entre plusieurs locataires se contentant chacun, par la force des choses, d'un minimum d'espace. Dans les villes bretonnes, « à mesure que nous approchons de la fin du XVe siècle, il semble que l'entassement se soit accentué. En tout cas, les rentiers et les aveux font le plus souvent état de la présence de deux, voire trois familles sous un même toit, et cette situation nécessite l'aménagement de *galetas*, de *solliers* ou *estaiges*, d'*estres*, jusqu'à deux ou trois sous les combles » (Jean-Pierre Leguay). À Chambéry, à la fin du

XIVe siècle, on compte deux ou trois feux par maison, soit peut-être 3 000 habitants pour 306 maisons recensées.

Entre les maisons abritant plusieurs feux, au propre comme au figuré, et les constructions tantôt simplement débarrassées d'éléments adventices ou parasitaires, tantôt abandonnées, transformées en terrains vagues où s'installe la végétation sauvage, où un petit tas de pierres et de tuiles, quelques poutres ici ou là viennent seuls rappeler l'édifice de naguère, un bilan est difficile à dresser. Et après tout, pourquoi la présence d'emplacements vides serait-elle incompatible avec une surcharge de population dans les maisons voisines encore debout ? Reste que dans beaucoup de villages et aussi beaucoup de villes l'équivalence entre un feu et une maison (quelles que soient les dimensions de l'un comme de l'autre) peut être admise comme une règle. À Rennes, par exemple, au milieu du XVe siècle, dans une des paroisses, 453 maisons renferment 460 contribuables, dont 189 propriétaires et 271 locataires.

À Porrentruy, en 1518-1520, 251 chefs de famille occupent 280 maisons et granges. La ville de Montbéliard, au milieu du XVIe siècle, comptait 375 édifices (dont 82 dépendances : granges et étables) ; or, 267 bourgeois et habitants étaient alors présents aux montres d'armes. « C'est dire que la maison montbéliardaise n'abritait en moyenne qu'une famille » (Pierre Pégeot).

De ce point de vue, on tiendra la maison rémoise de la fin du Moyen Âge comme assez représentative, avec son étage unique surmonté d'un grenier en comble et, du même coup, sa faible capacité domiciliaire. Certes, dans la cité archiépiscopale, des maisons renferment parfois plus d'un feu, mais c'est alors « qu'à côté du logement principal elles offrent une ou deux chambres de louage » (Pierre Desportes). Ou bien elles peuvent abriter temporairement des parents ou des amis venus se réfugier *intra muros* parce que la guerre menace. Par exception, certaines demeures ont été partagées égalitairement entre deux héritiers. Autant de situations à vrai dire exceptionnelles, ou provisoires. Au Moyen Âge, les possibilités d'hébergement de la maison rémoise sont de quatre ou cinq personnes, c'est-à-dire d'un feu. Plus tard seulement, à la fin de l'Ancien Régime et au XIXe siècle, la situation évoluera, soit à cause du surpeuplement, de la paupérisation, soit en raison de profondes modifications dans l'aménagement intérieur (nombre des étages, etc.) : on atteindra alors couramment 7, voire 10 personnes par maison. De même à Tours, en 1836-1840, à l'intérieur de l'enceinte du XIVe, 1 750 maisons abritent 4 511 familles ou 13 939 personnes : 3 têtes par feu, 2,5 feux ou familles par maison.

Des exemples existent enfin de maisons rurales abritant plus d'un feu. Ainsi, l'une des maisons de Dracy, en Bourgogne, fut apparemment coupée en deux au début du XIVe siècle. Dans des villages lorrains, à la fin du XVe, des locataires d'une partie de maison sont appelés chambriers, leur présence entraînant de complexes problèmes de servitudes, car il fallait bien qu'ils aient eux aussi accès au puits, au meix, à la grange, à l'étable, à l'aire à battre.

PARCS, PLESSIS, CLÔTURES

Vers 1460, dans un texte célèbre, le *Débat des hérauts d'armes de France et d'Angleterre*, le héraut d'Angleterre entreprend de vanter les *belles chasses* de son royaume : *« Car il y a si grant quantité de parcz que c'est belle chose, plains de venoisons comme cerfz, chevreulx et dains a merveilles. »*

À cette assertion, le héraut de France réplique : *« Item, sire herault, vous faictes merveillez de vous vanter des parcz qui sont en Angleterre ; je vous pry, dites moy se vous avez telz parcz et de si grant magnificence comme sont ceulx de France : savoir est comme le parc du bois de Vincenes, le parc de Lesignan, le parc de Hesdin et plusieurs autres* [le manuscrit ajoute en marge, à cet endroit : *soyent nommez tous les parcs fermés a mur qu'on saura trouver en France*] *qui sont fermés a haultz murs comme villes fermees. Et ce sont la parcz pour roys et pour princes. Il est bien vray que vous avez en Angleterre bien largement des parcz, mais ilz ne sont fermez que d'un petit foussé, d'une haye ou d'un palliz, ainsi que sont les vignes et les pasturaiges de France, fors le parc de Wyndesore ; et en effect ce ne sont que parcz de villages. Si ne fust ja mestier d'en faire si grant vantance. »*

Passage assurément polémique, mais qui n'en fournit pas moins quelques points de repère permettant de caractériser le paysage des campagnes françaises à la fin du Moyen Âge. Majoritaires étaient sans doute les régions où les terres, spécialement arables, se trouvaient précairement limitées par de simples bornes, faciles à faire disparaître ou à déplacer, ou par un ruisseau, un chemin, un arbre isolé, un rocher ou quelque autre accident naturel. Dans le bailliage de Senlis, au début du XVIe siècle, l'étendue de la haute justice de Cugny est circonscrite tour à tour par un lieu-dit appelé le *boschet de Fourches,* un gros tilleul, une ruelle, une fosse, une fontaine, une borne plantée sur le bord d'un chemin; et encore une autre borne. De plus, partout où régnait le régime de la vaine pâture, il arrivait un moment, au cours du cycle agraire, en général après la moisson, où l'appropriation privée des champs s'interrompait pour quelque temps. Par ailleurs, bien des sociétés paysannes avaient leurs « communaux », leurs droits d'usage collectifs sur un pré, un bois, un guéret. Dans le village et hors du village des espaces réputés publics n'étaient pas inexistants : songeons aux routes *(carreria publica, caminus publicus),* aux fontaines, aux grandes voies d'eau, mais aussi aux places où se tenait le marché et où se rassemblait le bétail. Ajoutons que la tragique dépopulation des XIVe et XVe siècles eut comme corollaire la multiplication des friches, des terres *a riés, hermes et vagues,* offrant toute l'apparence d'un *no man's land,* même si la reconstruction agricole courageusement entreprise à partir des années 1450 devait montrer que les limites des finages, des seigneuries, des paroisses et des tenures étaient loin d'avoir été complètement oubliées et qu'en d'autres termes la « mémoire agraire » avait tant bien que mal survécu.

Il n'en demeure pas moins non seulement que le régime de la propriété (ou de l'exploitation) privée dominait largement, mais encore qu'il se traduisait par une tendance à l'isolement de la part des fermes comme de la part de certaines parcelles. Ainsi l'attestent des miniatures, des plans et des vues en perspective (au moins à partir du XVIe siècle), des récits de voyageurs et surtout d'innombrables actes de la pratique. Des clôtures, des plessis, parfaitement tangibles, étaient là pour guider le travail des arpenteurs et des mesureurs et pour matérialiser sur le terrain les enquêtes des spécialistes chargés de rédiger les censiers et les terriers. Par cette volonté de *saisine*, le maître du sol, quels que soient son titre ou sa condition juridique, entendait circonscrire un espace spécialement productif et précieux, où sa vie privée et celle de sa famille pourraient se dérouler hors du regard d'autrui et où ses réserves, ses biens meubles, ses instruments agricoles, son cheptel seraient, dans les circonstances normales, tout à fait à l'abri. Se protéger des étrangers et des voisins, écarter les bêtes sauvages, qui précisément se remirent à pulluler à la fin du Moyen Âge, mais aussi les animaux domestiques errant sans surveillance. Avant les récoltes, les champs eux-mêmes étaient entourés de clôtures temporaires, tandis que, parfois jour et nuit, les *messiers* faisaient le guet. En Flandre, le *bock de vylls* désigne un délit consistant à faire une brèche dans les clôtures du village au temps des labours et des récoltes. Les terroirs médiévaux étaient ainsi ponctués de *defens*, c'est-à-dire d'espaces à la fois juridiquement interdits et matériellement isolés. Vers 1460, un grand seigneur tchèque, Léo de Rozmital, est frappé, en parcourant la Bretagne, du grand nombre de murettes de pierre, les *murgiers*, cernant les champs : « De la sorte les paysans n'ont pas besoin de rester avec leurs troupeaux lorsqu'ils paissent et de les surveiller, et les troupeaux ne peuvent nuire aux terres des voisins. »

Il était des régions, ainsi l'Anjou, où l'exploitation, plus groupée, plus resserrée, était aussi plus facile à isoler. « Tous les descriptifs l'attestent. La clôture ne résultait pas exclusivement du désir de protection ; elle matérialisait la prise de possession ; elle en était en quelque sorte la définition juridique. Ce n'est d'ailleurs pas par hasard si la coutume angevine en traite au chapitre de la propriété. Taillés en gros blocs juxtaposés soulignés par les chemins, domaines et tenures formaient un parcellaire-puzzle à grandes mailles englobant en un seul tenant les terres, les prés, les landes et les bois » (Michel Le Mené). Un exemple parmi bien d'autres : l'hébergement et la métairie du Grand Thorigné comprenaient *« deux maisons bout a bout a cheminees, couvertes de tuyles, estres, verger, touche de gros bois marmentaux, terres, prés, pastures, bois, taillis, garenne, avec fossés, haies et cloison tout alentour »*.

En Bretagne, le mot « parc » pouvait désigner de vastes ensembles domaniaux, à la fois chasses gardées, exploitations agricoles, forêts, terrains de loisirs et d'élevage. Ainsi le « parc au duc », près de Morlaix, ceux de Vannes, de Lesneven, de Rhuys. Quant au parc de Châteaulin, où l'on distinguait le grand et le petit domaine, peut-être correspondait-il à une ancienne réserve et à ses tenures (Jean-Pierre Leguay).

Dans les régions d'*openfield*, au contraire, les parcelles appartenant à un même paysan étaient normalement éparpillées à travers les différents quartiers, soles ou roies d'un terroir. Mais de toute façon, à mesure qu'on s'approchait d'une agglomération rurale, on voyait se multiplier les clôtures, de pierre ou de bois vif ou mort, délimitant une vigne ou un pré, une chènevière ou une saussaie, un courtil ou une ouche, un poupris ou une *boille*, un *casal* ou un *maine*, un jardin ou une verchère. Les Français, dit Brunet Latin, *« savent mielx faire praelle et vergiers et pomiers autour leur habitation que autre gent »*.

À leur échelle, les seigneurs laïcs et ecclésiastiques visaient également, pour leur prestige, leur profit ou leur agrément, à découper dans leurs domaines des espaces plus restreints afin d'y mieux marquer leur emprise et d'y affermir leur droit de propriété. Des gruiers, des verdiers, des forestiers étaient chargés d'écarter les intrus de leurs forêts et de mettre en valeur un capital considéré comme particulièrement précieux. Des garennes, permanentes ou provisoires, favorisaient la sauvegarde, la prolifération du menu gibier. Des châteaux comportaient une grande cour et une basse cour, celle-ci à destination plus utilitaire, voire franchement agricole. Nulle demeure noble sans « jardin de plaisance » (l'expression est attestée à la fin du XVe siècle), ce qui ne veut pas dire que les plantes potagères et les arbres fruitiers n'y dominaient pas. Le verger bien clos, *hortus conclusus*, avec son mur parfois *bataillé* (crénelé), sa fontaine décorée, ses treilles, ses loges, ses *coignarts* de bois, sa nature domestiquée, apprivoisée, découpée en petits carreaux, ses bancs et ses galeries : au témoignage de la littérature et de l'iconographie, lieu par excellence du repos, de la liesse, des chansons et des caroles, des amours ouvertes ou discrètes, des débats et des ébats, mais aussi symbole de la Vierge et de la virginité, figure du paradis perdu, à l'abri des tumultes et des périls qui viennent sans cesse perturber le monde extérieur (Élisabeth Zadoura-Rio).

Datée de 1481, une « vue générale » du monastère féminin de Saint-Antoine-des-Champs, jouxtant Paris, montre, dans sa facture maladroite mais précise, la juxtaposition, à l'intérieur de la clôture, d'un boqueteau, de plusieurs mares, viviers, cours, vergers et jardin, et, au-delà, d'une basse cour, elle-même entourée de bâtiments de ferme.

Christine de Pisan nous a laissé le récit en vers de la visite qu'elle rendit en 1400 à l'insigne prieuré Saint-Louis de Poissy, où sa fille était religieuse dominicaine. Les bâtiments de ce monastère, d'autant plus réputé qu'il abritait aussi, à l'époque, une fille de Charles VI, sont successivement énumérés. Retenons pour le moment que même les cours ont été parcourues. On nous convie à admirer leurs dimensions et aussi le pavé dont elles sont recouvertes : *« Ainsi partout traçasmes maint pas/Et par grans cours/Larges, longues plus d'un chenal le cours,/ou grans chantiers de busche furent sours,/Bien pavees et belles a tous tours. »*

Plus loin, on trouve le jardin, cet autre *tres doulz paradis, tout de haulz murs bien clos,* où croissent plus de cent quarante arbres fruitiers, et encore un *beau cloz* où folâtrent des daims, des lièvres, des lapins, des chevreaux sauvages, et enfin deux viviers riches en poisson.

Cour, jardin, vivier, étang, parc : à la fin du Moyen Âge, un château comme il faut se doit de comporter toute la série. Ainsi le souligne, non sans envie ni sans raillerie, le *Songe veritable* dans sa description du *bel chastel* de Marcoussis, réédifié à grands frais par ce parvenu de première force que fut Jean de Montagu, grand maître d'hôtel de Charles VI : *« C'est plaisant lieu et delitable./Trestout est, tant vielx que nouveaux,/Enclos a murs, aussy a eaux. »*

Un bon siècle plus tard, le château de Gaillon, orgueilleuse construction de l'archevêque de Rouen, le cardinal Georges d'Amboise, alors principal conseiller de Louis XII, n'est pas en reste. Cette fois, la description qu'en a laissée don Antonio de Beatis, chapelain et secrétaire du cardinal Louis d'Aragon, commence par l'extérieur, c'est-à-dire par le parc, de deux lieues de tour, fermé d'une épaisse et haute muraille, laquelle enserre également le jardin du château. Ce parc est d'autant plus remarquable qu'il comprend des parties boisées et des parties découvertes, de petits pavillons, sans doute destinés à faire halte, lors des chasses, et bien sûr toutes espèces de gibier. Quant au jardin, de forme carrée, il renferme à son tour des carrés plus petits, qu'entourent des grilles de bois peintes en vert. Il y a même une volière, et une vaste prairie. C'est seulement après avoir admiré ces merveilles que le visiteur arrive aux deux galeries donnant accès au château.

Les parcs royaux n'avaient rien à envier à ces réalisations. Celui du bois de Vincennes, mentionné, on l'a vu, dans le *Débat des hérauts d'armes*, l'est également dans le journal de l'ambassade florentine auprès de Louis XI (1461-1462), qui fournit ses dimensions – pas moins de quatre milles de tour –, et dans le poème, sensiblement contemporain, d'Antoine Astesan : « Auprès s'étend un bois magnifique, d'où le château a, je pense, tiré son nom, et qui est entremêlé de prés, de quantité de taillis, et entouré d'une muraille continue. On le nomme vulgairement le parc, il est tel que je me souviens d'en avoir vu un près du château de Pavie. Ce parc est subdivisé à l'intérieur en plusieurs parties, pour y garder, d'un côté les sangliers aux défenses menaçantes, ici les daims timides, les cerfs à la grande ramure, ailleurs les lièvres rapides et les chèvres sauvages. On y rencontre aussi une telle quantité de lapins qu'on en voit quelquefois plusieurs milliers réunis. Aussi trouve-t-on dans ce bois tous les plaisirs de la chasse. »

Espaces urbains

Si la manie de clore, véritable *habitus* de la mentalité médiévale né peut-être d'un profond sentiment d'insécurité (que certes l'environnement événementiel vint amplement justifier et renforcer, dans la France de la guerre de Cent Ans), était largement répandue dans le monde rural, elle l'était tout autant en milieu urbain, puisque précisément l'un des caractères de la ville était d'être limitée par des portes et une enceinte. Notons toutefois que, même en France, d'authentiques et indéniables villes ne bénéficièrent d'une muraille que tardivement, et que des faubourgs ouverts, vulnérables, subsistèrent ou se créèrent, spécialement dans le prolongement et au voisinage des voies d'accès. Au demeurant, dès que le danger semblait s'éloigner et la paix revenir, bien des villes, pour de simples raisons d'économie, avaient tendance à négliger leurs remparts qui, du coup, se transformaient rapidement en passoires...

Mais peut-être le trait majeur de la ville médiévale et de ses rapports avec l'espace réside-t-il dans la relative rareté des emplacements et des constructions à caractère public. Sans doute les rues et les places étaient-elles censées relever des pouvoirs, municipaux, seigneuriaux, royaux. Sans doute aussi les procédures d'expropriation, moyennant une indemnité, en vue de l'intérêt général n'étaient-elles pas inconnues. On a l'impression malgré tout que le domaine public était restreint, voire résiduel, et qu'il était de surcroît régulièrement menacé par les empiétements des particuliers. Empiétements discrets parce qu'illicites, mais parfois aussi légalisés par un acte officiel. En 1437, maître Jacques Jouvenel se plaignit à Charles VII des coupables activités auxquelles se livraient, tout près de sa demeure, dans l'île de la Cité, à Paris, des *« fillettes de joye »* installées dans *« plusieurs petites maisonnettes »*. Or, ces maisonnettes étaient desservies par une *« petite ruelle et voye publique nommee Glatigny »*, au reste fort étroite, car *« la ditte ruelle n'est point lieu ou chevaulx ne charroy pevent passer »*, et nullement indispensable à la *« chose publique »*, attendu que d'autres voies parallèles assuraient plus commodément la circulation dans le quartier. Se rendant à ces explications intéressées, Charles VII, pour faire un geste à l'égard d'un membre d'une grande famille qui lui était demeurée parfaitement fidèle tout le temps des *divisions*, autorisa le rattachement de la ruelle de Glatigny à la propriété de Jacques Jouvenel. Comme le dit la charte royale, *« laquelle ruelle qui estoit voie publique avons redigee et redigons a chose pryvee au proufit dudit maistre Jacques Jouvenel et des siens »*.

Entre 1439 et 1447, à Saint-Flour, un procès opposa les consuls et habitants de la cité aux chanoines de la collégiale Notre-Dame. L'objet du litige était une petite rue de quatre à cinq pieds de large (de 1,20 mètre à 1,50 mètre), traversant le cimetière du chapitre et donnant accès, nuit et jour, à un four commun. Le chapitre prétendait interdire le passage, qui les gênait, en clôturant le cimetière. À l'inverse, la municipalité de Saint-Flour soutenait non seulement que la voie était commune, mais encore qu'au pays d'Auvergne les cimetières étaient des « places publiques », qu'il n'y avait pas lieu, dès lors, de fermer.

Un domaine public étriqué, fragmenté : simple manifestation, dans la topographie urbaine, de la faiblesse persistante de l'État dans ses moyens, ses ressources et ses ambitions.

Il suffira ici de rappeler la singulière étroitesse des rues, au point qu'une voie de six ou sept mètres de large frappait par ses dimensions, la sinuosité des tracés, la multitude des cours et des impasses, l'exiguïté des carrefours, la rareté des perspectives et des dégagements, l'encombrement permanent des chaussées. Dans les villes bretonnes du XVe siècle, « beaucoup de voies s'identifient à de véritables couloirs, assombris par les encorbellements des maisons » (Jean-Pierre Leguay).

Cependant, le pittoresque enchevêtrement des villes médiévales, avec le labyrinthe de leurs replis et de leurs lacis, l'abondance de leurs passages voûtés, la raideur intempestive de leurs rampes, n'était pas nécessairement ressenti comme un cadre naturel et somme toute vivable. On s'en accommodait, par la force des choses, on y voyait peut-être une protection contre les intempéries, ou contre les intrus de toute nature. Mais différents indices suggèrent que beaucoup, surtout parmi les dirigeants, souhaitaient une amélioration et déploraient les multiples inconvénients nés d'une croissance spontanée ou suscités par des initiatives privées. Les villes neuves du XIIIe siècle, planifiées par les autorités responsables, montrent des rues sensiblement plus larges, jusqu'à onze mètres par exemple pour la *magna carreyra* de Libourne, des places aérées, un quadrillage géométrique de voies rectilignes. Les rares opérations d'urbanisme réalisées à la fin du Moyen Âge témoignent à leur tour d'un sens indéniable de l'espace et de l'harmonie. De même les miniatures visant à représenter la cité idéale. Lorsqu'une ville avait la chance de posséder une place de belle dimension, elle s'efforçait de la conserver en résistant aux appétits des promoteurs et des « lotisseurs » et, au besoin, en la mettant en valeur. Le regard des voyageurs exprime à l'occasion ce qu'on pouvait apprécier dans une ville. Ainsi Antonio de Beatis, à propos de Malines : « Superbe ville, très grande et très fortifiée. Nulle part nous n'avions remarqué de rues plus spacieuses et plus élégantes. Elles sont pavées de petites pierres, et les côtés s'inclinent en pente légère, de telle sorte que l'eau et la boue n'y demeurent jamais. Devant l'église qui est très belle se trouve une place plus longue et beaucoup plus large que le *Campo dei fiori* de Rome, toute pavée de la même manière que les rues. Un grand nombre de canaux dont les eaux suivent le mouvement de l'océan traversent la ville. »

En 1484, la cité de Troyes, désireuse d'obtenir du roi la succession des foires de Lyon, qui venaient d'être abolies, se présente, sans excès de modestie, comme « une belle et grande ville bien maisonnée et garnie de belles et grandes rues larges et spacieuses, avec de belles places, halles publiques pour tenir foires et marchés ».

Des ordonnances et des règlements municipaux furent promulgués en divers endroits, au XVe siècle plus qu'au XIVe, pour favoriser les besoins de la communauté dans les domaines de l'hygiène publique, de la circulation des hommes et des marchandises, et de la sécurité des personnes et des immeubles. À cet égard, la France est d'ailleurs plutôt à la traîne, suivant avec lenteur et sans trop d'enthousiasme un exemple venu d'ailleurs. Du moins, une certaine évolution des mentalités commence à se faire sentir, qu'elle s'explique par une dégradation de la situation, au point qu'il s'imposait de prendre des mesures, ou par l'arrivée de fléaux inédits, comme la peste, ou par l'émergence d'un authentique esprit municipal, dont le « corps de ville » était le dépositaire, avec sa volonté de mieux maîtriser l'espace public et même d'imposer à l'espace privé un minimum de contraintes. Un peu partout, des édiles se réunissent, délibèrent. Ils ont sans doute des moyens financiers moins étriqués que par le passé, disposent d'un personnel un peu plus nombreux pour tenter de faire appliquer leurs décisions. Certes, les pouvoirs qu'ils détiennent, ils les exercent dans le sens de leurs intérêts et des intérêts de leur milieu ; mais il n'est pas exclu qu'ils se sentent également responsables à l'égard de l'ensemble de leurs administrés et plus encore à l'égard de la ville dont ils revendiquent, non sans fierté, la gestion.

Mais surtout, ce serait une vue très partielle des choses que de considérer l'urbanisme médiéval sous son seul aspect public. On sait en effet que les églises et les communautés religieuses n'étaient pas seulement fort nombreuses dans la plupart des villes, mais encore qu'elles y possédaient quantité d'édifices (parmi les mieux construits) et qu'elles y disposaient d'espaces non bâtis souvent considérables. Les biens de mainmorte étaient des biens urbains tout autant que ruraux. Des chapitres cathédraux et collégiaux, des monastères de fondation ancienne, des couvents apparus au XIIIe siècle ou plus tard se réservaient ainsi l'usage, souvent exclusif, de cours, de cloîtres, de jardins. Sans compter les cimetières, parfois isolés, tel celui des Innocents à Paris, mais plus fréquemment attenants à une église paroissiale : séjour des morts et des vivants, selon la formule classique. Bien mieux : dans beaucoup de villes, la plupart des maisons étaient pourvues, sur leur façade de derrière, non seulement d'une cour où prenaient place des activités professionnelles ou domestiques, mais d'un jardin ou d'un jardinet. Même l'urbanisme méridional, plus resserré, n'ignorait pas totalement ce phénomène. Le plus ancien cadastre d'Arles signale un jardin dans les Arènes. L'archevêque d'Arles avait le sien dans sa cité, de même que le pape à Avignon (jardin de Benoît XII, verger d'Urbain V). À plus forte raison, les jardins étaient répandus dans toute la France du Nord et de l'Ouest. Ils étaient loin d'être tous rejetés au-delà des murailles dans une sorte de banlieue maraîchère. Mais il est vrai qu'ils s'accrochaient avec prédilection aux remparts, vers l'intérieur. Les zones apparemment les plus densément construites recelaient aussi des jardins, dissimulés par de hauts murs ou par le front continu des maisons. À Besançon, au contraire, dans l'espace cerné par la grande boucle du Doubs, une série de clos, souvent voués à la vigne et appartenant à des établissements religieux, constituaient des îlots de verdure détachés des immeubles d'habitation. À Reims, en 1328, un recensement, d'ailleurs incomplet car omettant tout ou partie des biens d'Église, mentionne dans la cité 18 maisons avec jardins attenants et 28 jardins indépendants, et, dans les bourgs, respectivement 39 et 70.

Et cependant, tout étroite, bruyante et même malodorante qu'elle fût, la rue conservait sa force d'attraction. Car elle représentait la communication, dans tous les sens du mot, la distraction et l'action. La vie. Vers elle les maisons tournaient régulièrement leur façade la plus soignée, la plus ornée d'« enjouements », leurs baies les plus larges, et, naturellement, leurs enseignes ainsi que l'ouverture de leurs ouvroirs. Les chambres les plus appréciées étaient côté rue, et non côté cour, en particulier celle du « chef d'hôtel » et de sa femme, comme incitent à l'admettre quelques inventaires. « À l'inverse des villes de l'Orient, dont la structure en ruche d'abeille invite le clan, le groupe ethnique ou confessionnel à vivre replié sur lui-même », tout, dans les bonnes villes d'Occident à la fin du Moyen Âge, « pousse dans la rue les membres d'une société urbaine extravertie » (Bernard Chevalier).

La maison paysanne

Revenons à la maison paysanne et cherchons maintenant à l'examiner du point de vue – assez difficile à appréhender – de son espace social. Diverses approches de la question sont ici possibles. On peut d'abord se demander, en partant d'un passé récent, si les variétés régionales présentées par la maison « traditionnelle », en fonction de son mode de construction, des usages professionnels et sociaux, des matériaux disponibles, du climat, etc., remontent bien au Moyen Âge. Y avait-il, en d'autres termes, dès l'époque, une préfiguration de la ferme cauchoise, du chalet alpin, de la maison-bloc propre à certaines provinces du Midi ? Des auteurs n'hésitent pas à prendre parti. Écoutons par exemple Jean Dolfuss : « Sauf pour le matériau, les constructions urbaines, infiniment diverses par leurs destinations et conceptions, portent beaucoup plus la marque des époques que l'empreinte des lieux ; au contraire, les maisons rurales directement soumises au cadre et aux conditions géographiques opposent leur stabilité et leurs caractéristiques locales aux transformations de l'histoire et aux influences étrangères, et ce sont elles surtout qui, de province en province, composent le tableau le plus original de l'habitation française. » Or, poursuit-il, « tout laisse supposer que, attachée à la même terre et utilisant les mêmes matériaux, la demeure rurale actuelle doit, dans bien des cas, être analogue à l'habitation des campagnes des premiers âges ». Ainsi, la maison rurale, fille de son terroir plus que fille de son temps, aurait traversé les siècles, immuable reflet de l'ordre éternel des champs. Plus prudent, Jean-Marie Pesez n'en estime pas moins que « les oppositions essentielles ne semblent pas être celles qui séparent les catégories sociales mais celles qui définissent les aires, économiques et culturelles, France du Nord et France du Midi par exemple ».

On peut en effet admettre que la demeure paysanne correspond peu ou prou au régime des terres ainsi qu'aux conditions économiques et techniques de l'agriculture. L'essor ou le déclin de l'élevage, de la viticulture, du châtaignier ou du ver à soie, la mise au point d'un système d'irrigation, la spécialisation éventuelle dans tel type de production, tout cela n'a pas pu ne pas influer sur l'agencement et la disposition des bâtiments de « ferme ». « Rien n'y est donné au bien-être, au superflu, tout s'y dispose pour le travail agricole. » La remarque d'Albert Demangeon concernant la maison rurale du XIXe siècle en Picardie, considérée comme un outil, comme un instrument de travail, peut tout aussi bien s'appliquer à la période médiévale. Alors, les banalités du four, du moulin, du pressoir, entraînèrent la construction d'autant d'édifices, à la disposition, sous certaines conditions, de la communauté, mais inversement empêchèrent que chaque exploitation ne comporte, pour son usage propre, un pressoir, un four, un moulin. Et si, dans la suite des temps, le moulin est demeuré un édifice spécialisé, en revanche la désagrégation puis l'abolition de la féodalité (au sens que le siècle des Lumières donnait à ce mot) eurent comme contrecoup une multiplication des fours et même des pressoirs privés. Par ailleurs, qu'une maison soit habitée par un alleutier, par le tenancier perpétuel d'un seigneur, par un fermier, par un métayer, par un homme de corps mainmortable n'est pas sans conséquence pour son entretien comme pour sa configuration.

Une maison paysanne doit être encore envisagée dans son environnement. Fermes isolées ou habitations encadrées par deux autres habitations mitoyennes, exploitations s'égaillant dans un fond de vallée ou bien, au contraire, regroupées sur une éminence pour former un *castrum* à l'allure de forteresse : non seulement les solutions sont multiples, mais elles expliquent et conditionnent partiellement le plan et la structure de chaque demeure, prise isolément.

Une maison peut d'autre part être destinée à une femme seule, à une famille nucléaire, à un « patriarche » pourvu d'une nombreuse descendance ; on peut supposer sinon une adéquation parfaite, du moins un certain rapport entre sa dimension et le nombre d'humains (et d'animaux) susceptibles d'y vivre.

Enfin, il y a des maisons pour *cottiers* proches de la misère, pour simples journaliers avec peu d'outils et encore moins de bêtes, pour gros laboureurs disposant de plusieurs trains de culture, devant engranger quantité de foin et de paille et loger plusieurs domestiques. L'aspect d'une maison paysanne dépendra à l'évidence de la puissance économique de son occupant.

Au sein de la grande variété des maisons rurales du Moyen Âge, un type surtout se caractérise avec netteté, celui de la « maison longue » *(longa domus)*, appelée parfois maison mixte, « abritant sous le même toit et aux deux extrémités opposées de la construction d'une part les humains, de l'autre quelques têtes de bétail. Ces deux catégories d'occupants disposent d'un ou deux accès communs. Dans ce dernier cas, ceux-ci sont souvent disposés face à face vers le centre ou au milieu des grands côtés » (Robert Fossier).

Un document de 1314, concernant le Forez, évoque par exemple un *hospitium* comprenant sous un même toit au centre la pièce principale, avec foyer et four, à l'un des bouts une chambre ou cellier, à l'autre une étable, et, au-dessus de l'ensemble, un grenier à foin.

La maison longue, admet-on aujourd'hui, fut très largement répandue à travers l'Europe occidentale. Par la suite, elle devait disparaître progressivement, essentiellement à cause d'une répugnance de plus en plus profondément ressentie à vivre en permanente promiscuité avec les bêtes (bruits, mouches, odeurs, etc.). Cependant, encore en plein XXe siècle, certaines régions « arriérées » (Alpes, Massif central, Bretagne, Pays de Galles) n'avaient pas encore totalement éliminé ce mode d'habitat.

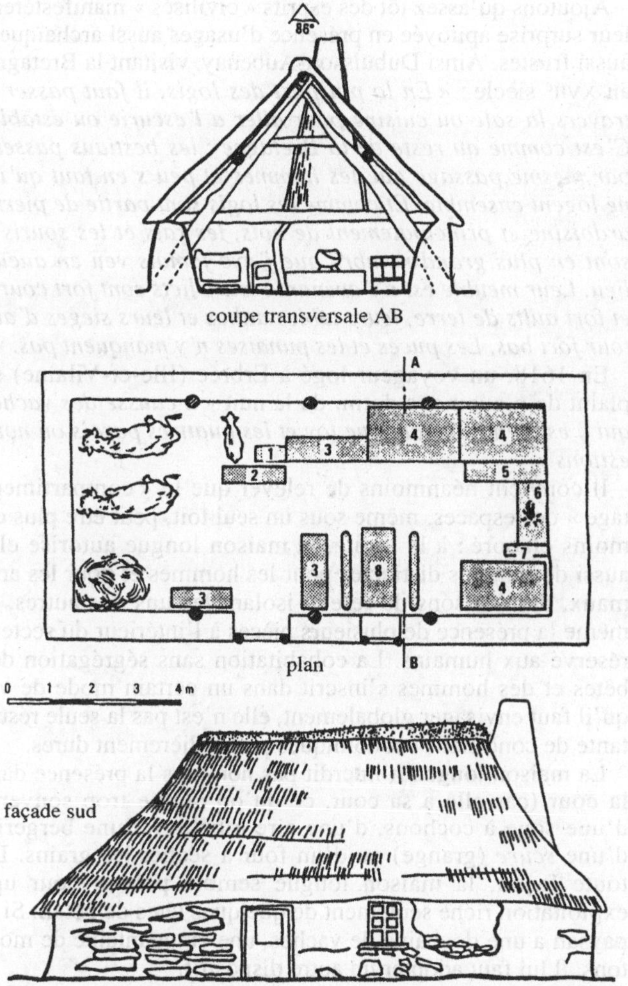

Figure 5 et 6 : « Maison longue » à Plumelin (Morbihan). Prolongement jusqu'à l'époque contemporaine de l'habitat mixte – hommes et bêtes sous un même toit – habituel au Moyen Âge. (D'après R. Fossier et J. Chapelot.) : 1. Pendule – 2. Banc-coffre – 3. Armoire – 4. Lit clos – 5. Coffre – 6. Foyer – 7. Banc – 8. Table-coffre.

Ajoutons qu'assez tôt des esprits « civilisés » manifestèrent leur surprise apitoyée en présence d'usages aussi archaïques, aussi frustes. Ainsi Dubuisson-Aubenay, visitant la Bretagne au XVIIe siècle : *« En la pluspart des logis, il faut passer a travers la sale ou cuisine pour aller a l'escurie ou estable. C'est comme au reste de la Bretagne : les bestiaus passent par mesme passage que les hommes et peu s'en faut qu'ils ne logent ensemble. Et comme les logis sont partie de pierre ardoisine et principalement de bois, les rats et les souris y sont en plus grand nombre que j'aye jamais veu en aucun lieu. Leur meuble est a l'avenant : leurs licts sont fort courts et fort aults de terre, leurs tables aultes et leurs sieges d'autour fort bas. Les puces et les punaises n'y manquent pas. »*

En 1618, un voyageur logé à Erbrée (Ille-et-Vilaine) se plaint de n'avoir pas dormi de la nuit *« a causse des vaches qui y estoient, n'ayant que toy et les quattres parois ou nous estions ».*

Il convient néanmoins de relever que le « compartimentage » des espaces, même sous un seul toit, peut être plus ou moins élaboré : à la limite, la maison longue autorise elle aussi des entrées distinctes pour les hommes et pour les animaux, des cloisons de refend isolant les uns des autres, et même la présence de plusieurs pièces à l'intérieur du secteur réservé aux humains. La cohabitation sans ségrégation des bêtes et des hommes s'inscrit dans un certain mode de vie qu'il faut envisager globalement, elle n'est pas la seule résultante de conditions économiques particulièrement dures.

La maison longue n'interdit pas non plus la présence dans la cour (car elle a sa cour, ce qu'on oublie trop souvent) d'une soue à cochons, d'une aire à battre, d'une bergerie, d'une *scure* (grange) ou d'un four à sécher les grains. De toute façon, la maison longue semble prévue pour une exploitation riche seulement de quelques têtes de bétail. Si le paysan a une douzaine de vaches, une cinquantaine de moutons, il lui faut adopter un autre dispositif.

Un ensemble de maisons longues particulièrement célèbre chez les archéologues est offert par le village anglais de Wharram Percy, dans le Yorkshire, fouillé depuis trente ans. Si on laisse de côté les premières occupations, suivies d'abandons, il apparaît que ce village assez modeste, quoique pourvu d'une église paroissiale, refit surface à la fin du XIIe siècle autour d'un manoir seigneurial et fut déserté vers 1510 à la suite de l'extension de l'élevage et des *enclosures*. Indépendamment des techniques de construction et des matériaux utilisés, la plupart des maisons, sans étage, sont de plan rectangulaire, avec une largeur comprise entre 4,5 et 6 mètres et une longueur allant de 12 à 27 mètres. Les ouvertures se situent au milieu des grands côtés ; la partie réservée aux humains a pu comprendre une chambre isolée, suivie d'une pièce avec foyer central et fumée s'échappant par une ouverture pratiquée dans le faîte du toit. Celui-ci est constitué d'une haute et belle charpente recouverte de chaume ; quant aux murs, ils sont tantôt entièrement en pierre (craie), tantôt formés de pans de bois reposant sur un soubassement de pierre.

Ces maisons étaient situées à l'intérieur d'un enclos, ce qui, comme on l'a vu, n'a rien d'étonnant au Moyen Âge. Mais – et c'est ce dont on ne se doutait nullement à la seule lecture des textes – les limites de ces enclos n'ont rien d'intangible, non plus que leur forme ni leur direction. Par ailleurs, les maisons elles-mêmes n'avaient qu'une durée de vie limitée : sur un même emplacement, près du manoir, se sont ainsi succédé en trois siècles pas moins de neuf maisons, chacune ayant tour à tour divergé légèrement par rapport à la précédente. Tout se passe comme si la maison était prévue pour une génération seulement.

À Wharram Percy, une faible minorité d'habitations n'appartient pas au type de la maison longue : l'une d'elles, datant de la fin du XIIIe ou du début du XIVe siècle, divisée en deux pièces, dont l'une avec foyer, n'abritait probablement pas d'animaux.

Autre exemple : à Wawne, également dans le Yorkshire, on a relevé les traces d'une douzaine de maisons datant du XIIe au XIVe siècle, construites en clayonnage ou à pans de bois et mesurant fréquemment autour de 15 mètres sur 4,5. Puis ces maisons furent abandonnées, détruites. Sur leur emplacement déserté on fit pousser du blé. Ultérieurement, peut-être suite à une initiative seigneuriale, seize maisons furent construites (seconde moitié du XIVe, XVe siècle), avec une orientation et une largeur (5,20 mètres) identiques, la longueur de ces nou-

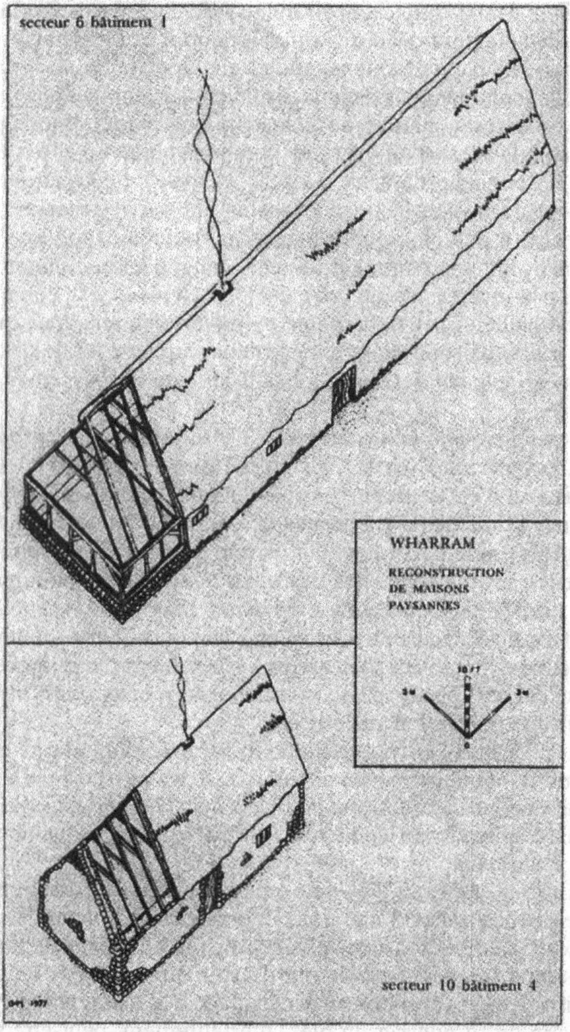

Figure 7 : Reconstitution de deux « maisons longues ». Fouilles de Wharram Percy (Yorkshire). (D'après M. Beresford.)

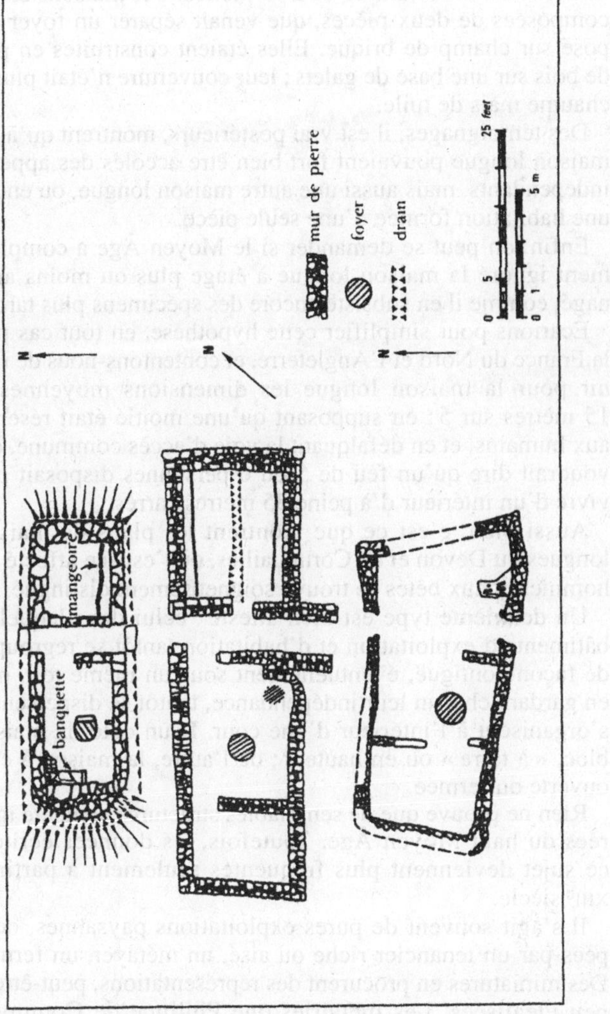

Figure 8 Plans de « maisons longues » dans l'Angleterre médiévale, dans le Devon et en Cornouailles Tantôt deux, tantôt trois pièces Pas encore de vraie cheminée, mais un foyer central (D'après M Beresford et J Hurst)

veaux édifices variant de 10 à 13 mètres. Ces maisons étaient composées de deux pièces, que venait séparer un foyer disposé sur champ de brique. Elles étaient construites en pans de bois sur une base de galets ; leur couverture n'était plus de chaume mais de tuile.

Des témoignages, il est vrai postérieurs, montrent qu'à une maison longue pouvaient fort bien être accolés des appentis indépendants, mais aussi une autre maison longue, ou encore une habitation formée d'une seule pièce.

Enfin, on peut se demander si le Moyen Âge a complètement ignoré la maison longue à étage plus ou moins aménagé, comme il en subsiste encore des spécimens plus tardifs. Écartons pour simplifier cette hypothèse, en tout cas pour la France du Nord et l'Angleterre, et contentons-nous de retenir pour la maison longue les dimensions moyennes de 15 mètres sur 5 ; en supposant qu'une moitié était réservée aux humains, et en défalquant la voie d'accès commune, cela voudrait dire qu'un feu de 5 ou 6 personnes disposait pour vivre d'un intérieur d'à peine 35 mètres carrés.

Aussi bien, c'est ce que montrent les plans de maisons longues du Devon et de Cornouailles, où l'espace affecté aux hommes et aux bêtes se trouve soigneusement distingué.

Un deuxième type est bien attesté : celui dans lequel les bâtiments d'exploitation et d'habitation tantôt se regroupent de façon contiguë, éventuellement sous un même toit, mais en gardant chacun leur indépendance, tantôt se dispersent ou s'organisent à l'intérieur d'une cour. D'un côté, la maison-bloc, « à terre » ou en hauteur ; de l'autre, la maison à cour, ouverte ou fermée.

Rien ne prouve que de semblables structures aient été ignorées du haut Moyen Âge. Toutefois, les données écrites à ce sujet deviennent plus fréquentes seulement à partir du XIIIe siècle.

Il s'agit souvent de pures exploitations paysannes, occupées par un tenancier riche ou aisé, un métayer, un fermier. Des miniatures en procurent des représentations, peut-être un peu idéalisées. Les métairies que Philippe de Commynes fit réparer à la fin du XVe siècle dans sa seigneurie d'Argenton comprennent *« maisons, loges, grange a mectre foins, bergerie, tectz pour les bestes et aultres choses »*. À la même époque, en Lorraine, se trouvent déjà en place des maisons en profondeur, jointives, alignées le long des rues, où la construction réservée aux humains est parallèle à la construction destinée à abriter le troupeau, les récoltes et les instruments agricoles. Après l'espace appelé *usoir*, *usuaire*

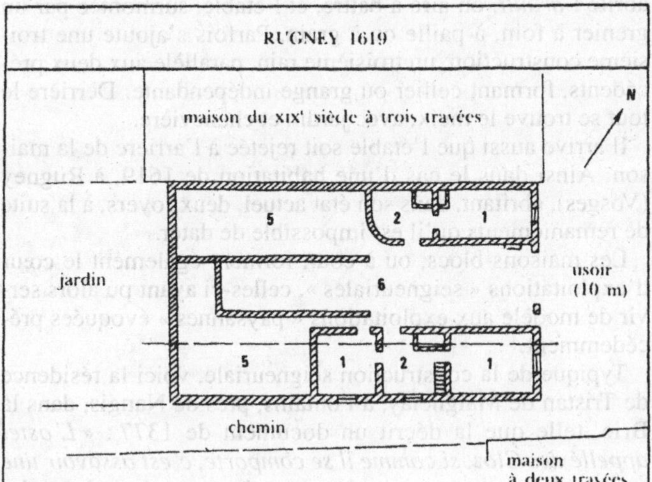

Figure 9 Maison de 1619 à Rugney (Vosges) On peut estimer qu'un aménagement intérieur analogue existait déjà en Lorraine au XVe siècle (D'après A Weisrock et G Cabourdin)

ou *parge*, entre la façade de la maison et la *rue*, s'élève la maison proprement dite, comportant, d'avant en arrière, une *chambre devant*, avec huis et fenêtre, une *cuysine*, aveugle, enfin une *chambre derriere*, parfois chauffée par un *fournot*. Normalement, pas de couloir, ces trois pièces se commandant les unes les autres. Le long de la maison, un second édifice abrite l'*arault*, ou aire à battre, et l'étable, surmontée par un grenier à foin, à paille ou à grain. Parfois s'ajoute une troisième construction, un troisième rain, parallèle aux deux précédents, formant cellier ou grange indépendante. Derrière le tout se trouve le meix, avec jardin et chènevière.

Il arrive aussi que l'étable soit rejetée à l'arrière de la maison. Ainsi dans le cas d'une habitation de 1619, à Rugney (Vosges), abritant, dans son état actuel, deux foyers, à la suite de remaniements qu'il est impossible de dater.

Les maisons-blocs, ou à cour, forment également le cœur d'exploitations « seigneuriales », celles-ci ayant pu alors servir de modèle aux exploitations « paysannes » évoquées précédemment.

Typique de la construction seigneuriale, voici la résidence de Tristan de Maignelay, à Fontains, près de Nangis, dans la Brie, telle que la décrit un document de 1377 : *« L'ostel appellé des Cloz, si comme il se comporte, c'est assavoir une grant sale contenant trois chambres dessus et deux dessoubz, a quatre cheminees dessus et dessoubz. Item, un grant grenier et estables dessoubz. Une chapelle, cuisinne et despense dessus, joignans aus dictes chambres et sales, couvertes de tuiles, bien et souffisamment. Item, une granche a dix travees couverte de tuiles. Item, le colombier tournant a eschiele a roue, bien peuplé de colombs. Item une autre maison* [peut-être pour la domesticité agricole] *contenant deux chambres et une cave dessoubz a dix pas de degrez, couverte de tuiles. Un gelinier et dessoubz une estable a mettre pourceaux, couvers de tuile, cloz a murs tout entour le pourpris et trois jardins emprés. »*

C'est dire que la « ferme » pouvait comporter, en tant que maison d'habitation, aussi bien, comme c'est ici le cas, un véritable manoir qu'une maison élémentaire d'une ou deux pièces avec un simple foyer mais pas de cheminée et un toit de chaume.

En 1450, le grand prieur de France entreprit de remettre en état les commanderies des hospitaliers qui, pour la plupart, avaient énormément souffert des ravages de la guerre. Peu d'années plus tard, en 1457, une visite d'inspection effectuée à la commanderie de Lagny-le-Sec indique l'ampleur des travaux d'ores et déjà réalisés, en même temps qu'elle permet d'apercevoir les différentes composantes d'un grand domaine agricole dans la province de Brie à la fin du Moyen Âge. En six ans, le commandeur du lieu, frère Jean Le Roy, a fait réparer la chapelle, première servie, comme il se doit ; le principal corps de bâtiment, autrement dit la *grant maison*, destinée au logement des hospitaliers, avec *salle par bas et chambre, cuisine, garde robe et grenier par hault,* le tout couvert de tuile ; deux grandes salles, également couvertes de tuile, servant pour le moment de granges ; une étable à chevaux de cinq travées, à toit de chaume, deux corps d'étable couverts de chaume pour le bétail des fermiers ; une bergerie de onze travées, couverte de tuile ; une tour carrée, avec aussi des tuiles, servant à l'étage de colombier et au rez-de-chaussée de porcherie ; une autre bergerie, toute neuve, de sept travées, couverte de chaume ; un *hostel* pour le logement des fermiers ; un puits couvert de tuile ; une chambre au-dessus de la porte d'entrée de la cour ; une tour carrée à toit de tuile servant de prison et comprenant à l'étage une chambre avec cheminée. *« Tous lesquelz edifices, tant ceulx qui sont reparés comme ceulx qui sont desolés sont assis en ung cloz contenant environ de trois a quatre arpens* [disons un bon hectare], *lequel est encloz de murs tout entour en assez bon et souffisant estat. »*

Un demi-siècle plus tard, les héritiers de Philippe de Commynes, en vue de soutenir une action en justice, prirent soin d'énumérer dans un mémoire qui s'est conservé les améliorations, ou mieux les investissements réalisés depuis 1473 au château d'Argenton et dans ses dépendances par le célèbre conseiller de Louis XI et sa femme, Hélène de Chambes. Ces aménagements, qui coûtèrent fort cher, sont loin de concerner le seul logis d'habitation. Outre la réfection de la chapelle et de l'enceinte du château, et la construction d'une maison pour le portier, il est fait mention d'un pressoir, d'une *« belle grange neufve toute couverte d'ardoise, avecques quatre portes et ung huys, pour mectre les foings, boys et vesseaulx pour la seigneurye »* et de *« belles estables toutes neufves couvertes d'ardoyse, lesquelles sont doubles, a mectre avoynes et pailles ».*

Quelle que soit l'ancienneté de ce type d'habitat, reposant sur une économie rurale prospère, à la fois diversifiée et équilibrée, et impliquant qu'au moins le chef d'exploitation ait ses aises, il semble bien que dans une partie de la France et en Angleterre la tendance, du XIVe au XVe siècle, soit à sa lente mais régulière diffusion. En Angleterre, par exemple, les historiens s'accordent à penser que diverses améliorations virent le jour : l'addition d'un étage ; un cloisonnement plus marqué de l'espace, au rez-de-chaussée comme au premier ; un début de répartition entre les endroits affectés au travail, à la nourriture (confection et consommation), au repos et au sommeil ; la relégation des animaux dans des bâtiments séparés, autour de la cour ; la substitution au foyer central d'un âtre et d'une cheminée de brique, installée dans le mur, d'où une diminution des risques d'incendie et une meilleure circulation de la fumée, un meilleur tirage. William Harrison écrit en 1577 : « Les maisons de nos villages et de nos villes sont construites généralement de telle sorte que ni la laiterie, ni l'étable, ni la brasserie ne leur sont rattachées sous un même toit (comme cela se passe en beaucoup d'endroits outre-mer et aussi quelquefois dans le nord du pays) mais sont séparées de la maison, et aussi indépendantes entre elles. »

Enfin, des maisons (cahutes, loges, cabanes, bordes, burons, maisoncelles, masurettes, masureaux, pour employer les propres termes de l'époque) étaient destinées à une activité agricole réduite au minimum, simples abris d'une ou de deux pièces, où pouvaient vivre une veuve, un brassier et sa famille. *« Et appelloit sa quahute une vieille maison ou il demouroit »,* dit par exemple un document de 1391.

En 1417, Jean Petitpas, laboureur à Jaux (Oise), avec sa femme et ses trois petits enfants, habite une maison composée d'un *foyer* et d'une *chambre*. En 1416, les biens meubles de Marie la bûcheronne, femme de corps du duc d'Orléans, sont répartis dans les trois pièces de son hôtel de Rocourt-Saint-Martin (Aisne) : une cuisine, une chambre et un solier. La même année, une autre femme de corps du duc d'Orléans dispose, elle, d'une cuisine et d'une chambre, tandis que l'hôtel d'un vacher, à Rosoy (Oise), se limite à une seule pièce où sont rassemblés ses quelques ustensiles de cuisine et son misérable lit.

Au même titre que Wharram Percy en Angleterre, le site de Dracy, simple écart de la paroisse de Baubigny (Côte-d'Or), possède en France une légitime notoriété. Fouillé depuis 1965 par une équipe franco-polonaise, ce hameau, purement agricole et viticole, s'était établi à une date inconnue juste au pied d'une grande falaise calcaire. Peuplé d'une quinzaine de feux en 1285, il s'anémia dans la seconde moi-

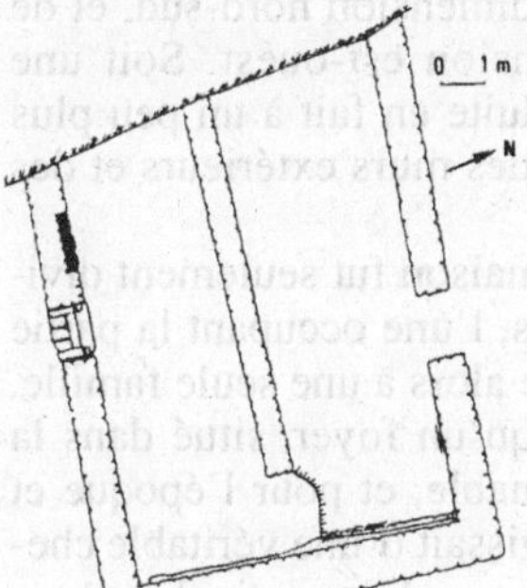

Figure 10 Plan de maison à Dracy (Côte-d'Or) Première phase, fin du XIIIe siècle Ouverte au nord et au sud, la maison ne compte alors que deux pièces

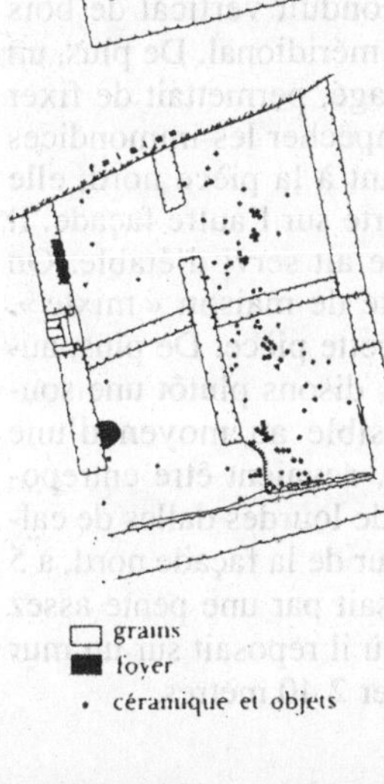

La même demeure, dans la deuxième phase de son existence (XIVe siècle) elle est maintenant partagée en deux habitations, ouvrant l'une et l'autre au sud Dans une dernière phase, s'achevant en 1360, le bâtiment ne fut plus habité que par une seule famille, occupant les deux parties (D'après J -M Pesez)

tié du XIVe siècle, victime des pestes et des guerres, pour disparaître tout à fait peu après 1400. Sans doute y eut-il déplacement des derniers survivants jusqu'à un village voisin offrant des perspectives économiques meilleures et un cadre de vie plus amène.

Parmi les nombreux vestiges étudiés, retenons ceux d'une maison qui, incendiée vers 1360, offre les informations les plus éclairantes. Cette lourde bâtisse, appuyée contre la falaise sur son flanc ouest, n'avait de la sorte besoin que de trois murs, édifiés en gros moellons bruts ou tout juste dégrossis, qu'une glaise jaunâtre liait entre eux. Ces murs isolaient fortement un espace de forme approximativement carrée : de 8,7 à 9 mètres dans sa dimension nord-sud, et de 10,75 à 11 mètres dans sa dimension est-ouest. Soit une superficie de 90 mètres carrés, réduite en fait à un peu plus de 60, compte tenu de l'épaisseur des murs extérieurs et des parois intérieures.

Dans une première phase, cette maison fut seulement divisée en deux pièces, assez allongées, l'une occupant la partie nord, l'autre la partie sud. Destinée alors à une seule famille, à un seul feu, elle ne comportait qu'un foyer, situé dans la pièce sud, mais tout à fait remarquable, et pour l'époque et pour la région, en ce sens qu'il s'agissait d'une véritable cheminée, ou, plus précisément, d'un conduit vertical de bois enduit d'argile, appuyé contre le mur méridional. De plus, un seuil de pierre, soigneusement aménagé, permettait de fixer solidement le bâti de la porte et d'empêcher les immondices de la cour d'envahir l'intérieur. Quant à la pièce nord, elle comportait elle aussi une porte, ouverte sur l'autre façade. Il est possible qu'à ce stade cette pièce ait servi d'étable. On serait alors en présence d'une variété de maison « mixte ». En tout cas, pas trace de foyer dans cette pièce. De plus, au-dessus de celle-ci il y avait un étage, disons plutôt une soupente aménagée, sans doute accessible au moyen d'une échelle, où des grains, en particulier, devaient être entreposés. Un toit à pente unique constitué de lourdes dalles de calcaire, couvrait le tout : il partait du mur de la façade nord, à 5 ou 6 mètres de hauteur, puis s'abaissait par une pente assez raide en direction de la façade sud, où il reposait sur un mur dont l'élévation ne devait pas dépasser 2,40 mètres.

Dans une seconde phase, pour des questions d'héritage, ou en raison d'une certaine surcharge démographique, il fallut procéder au partage de la maison. Un mur de refend isola complètement la partie ouest, accolée à la muraille, de la partie est. La première conserva la cheminée, la porte d'entrée primitive et eut accès à la moitié de l'ancienne pièce nord, plus, sans doute, à la moitié de l'étage. Mais la pièce de derrière, du même coup, devenait aveugle : resserre humide ou cellier plutôt que chambre à coucher ? Quant à la partie est, elle fut pourvue d'un foyer et d'une porte vers le sud, ce qui assurait son autonomie, tandis que la pièce nord-est, à son tour, perdait son issue vers l'extérieur, avec la condamnation de la porte nord.

Enfin, la répartition des vestiges de mobilier et d'ustensiles découverts lors de la fouille suggère qu'il n'y avait pas double emploi entre l'habitation ouest et l'habitation est, si bien qu'on peut penser que, dans une ultime phase de son histoire, la maison avait de nouveau réuni ses deux moitiés pour ne plus former qu'un seul feu.

Au total, « une construction lourde, massive, entièrement en pierre, avare d'ouverture et passablement basse malgré son étage, mais une habitation solide demeurant en usage pendant plusieurs décennies et probablement plusieurs générations, puisqu'elle se transforme pour accueillir plus d'habitants » (Jean-Marie Pesez). Ajoutons qu'une grande partie de l'existence devait se passer au-dehors, devant la porte sud sur le terre-plein bien exposé, de quelques mètres de large qui s'étendait jusqu'à la maison suivante. En supposant, ce qui n'est nullement certain, que le feu du foyer ait été continu dans la journée, on peut admettre que même cet intérieur obscur et rudimentaire offrit un refuge suffisamment accueillant et chaleureux à ses occupants successifs.

Bien peu de documents de la fin du Moyen Âge permettent une approche plus concrète de la maison paysanne que le fascinant registre d'inquisition rédigé sous les ordres et sous le contrôle du futur pape Benoît XII, alors qu'il n'était encore que Jacques Fournier, évêque de Pamiers (1318-1325). En particulier, cette source privilégiée met parfaitement en relief le rôle essentiel de l'*hospicium*, de la *domus*, de l'*ostal*. Dans ce haut bassin de l'Ariège où Jacques Fournier déploya des trésors d'ingéniosité dans sa chasse aux hérétiques, la maison apparaît comme la structure stable et vivante à laquelle chacun se rattache et s'accroche. Encore que nullement repliée sur elle-même, elle est la niche où l'hérésie et les hérétiques viennent se cacher, chercher refuge, en attendant de rayonner. Espace des secrets échangés, des conciliabules et de la libre parole. Aux différentes maisons mentionnées correspond presque toujours une famille nucléaire : le père, la mère et leurs enfants. Les quarante maisons de Montaillou rassemblent quelque deux cents personnes : cinq par feu. Seules exceptions ou presque : une maison « catholique » constituée par cinq frères et une maison « cathare » où une veuve a gardé auprès d'elle ses quatre grands fils, il est vrai toujours célibataires.

La partie centrale de la maison – il est même parlé, à son propos, de « maison dans la maison » – est la *foganha*, ce qu'on appelle ailleurs le foyer, la cuisine, le chas, la *foconea*. *« Colin Basin entra dedans ledit hostel et ouvry deux huches qui leens estoient, l'une estant ou chas dudit hostel, et l'autre en la chambre »*, dit un document de 1377. Un autre texte, d'un siècle postérieur (1478), est encore plus explicite : *« Le suppliant qui se sentoit mal disposé de froit, fist faire a son chas ou cuisine tres bon feu [...], et après se ala coucher en son lit en une petite chambre tenant audit chas ou cuisine. »* Et encore : *« Jean Mariat tient les heritages qui ensuivent [...], la maison ou il demeure, ung chais et deux chambres de deux costez, et une court, vergier, airement et appartenances. »*

À la distinction chas-chambre, courante dans la France du Nord, correspond à Montaillou la distinction *foganha*-chambre.

C'est l'une des tâches de la ménagère, de la *focaria*, d'entretenir le feu au foyer de la *foganha*, en permanence, dans la journée, et de le couvrir soigneusement, chaque soir, par crainte de l'incendie.

Normalement, on ne dort pas dans la *foganha*. Elle sert à faire la cuisine et à manger. Lieu par excellence de l'activité féminine, donnant directement sur la rue, par la porte principale de la maison, le plus souvent ouverte, du matin au soir. Cependant, l'hiver, il arrive qu'on installe dans la *foganha* le lit d'un malade, au plus près de l'âtre. Un peu comme dans la maison du vilain décrite par Noël du Fail, au XVIe siècle, où *« le lict du bon homme estoit joignant le fouyer, clos et fermé de mesme et assez hault enlevé »*.

Au pays de Montaillou, les chambres entourant la *foganha* sont normalement plusieurs. L'une des meilleures descriptions étant à cet égard celle de la maison de Pierre Michel, dans le village voisin de Prades d'Aillon. Au témoignage de sa fille Raimonde, il y avait d'abord une pièce basse, laquelle « était disposée de telle sorte qu'elle était attenante à la pièce appelée *foganha*, et de ce côté-là elle avait une porte qui fermait, de telle sorte que personne ne pouvait voir dans la pièce basse depuis la *foganha*, quand la porte était fermée. De l'autre côté, il y avait une autre porte à cette pièce basse, donnant sur l'aire [à battre]. Par cette porte pouvait entrer qui voulait ; et cependant, ceux qui étaient dans la *foganha* ne les auraient pas vus si la première porte était fermée. Et personne ne couchait au-dessus de cette pièce basse [ce qui implique l'existence d'une pièce en étage, mais inoccupée la nuit] ni dans la pièce, sauf mon père et ma mère, et l'hérétique quand il était dans la maison. Moi et mes frères couchions dans une autre chambre qui était à côté de la *foganha*, laquelle était au milieu, entre cette pièce basse et la chambre où nous couchions, mes frères et moi ».

Ainsi, un certain isolement n'était pas impossible (sans doute même a-t-il été, en l'occurrence, recherché), ce que vient confirmer la fréquente mention de portes munies de verrous, voire fermant à clé. C'est d'ailleurs une constante des fouilles médiévales, même lorsqu'elles concernent des habitats villageois, que le nombre de clés (et de serrures) retrouvées *in situ*.

Il est vrai que les cloisons séparant les pièces n'étaient peut-être pas étanches : écouter, épier à travers les fentes était dans l'ordre des choses possibles.

En plus de la *foganha* et des chambres, situées de plain-pied, certaines maisons, appartenant aux villageois les plus aisés, comportaient un solier, à l'étage, fait de torchis et de bois, auquel on accédait par un escalier rudimentaire ou par une simple échelle et où l'on faisait parfois du feu, pour se chauffer ou pour la cuisine. Malgré tout, la destination première du solier est d'être, parmi d'autres, une chambre à coucher.

Le solier (on parle aussi de *sinault* ou de *sinal*) : pièce fréquemment attestée à travers l'ensemble de l'espace français, de Metz à Toulouse, de Tournai à Narbonne, et aussi en Angleterre. Peut-être, malgré tout, sa fréquence est-elle plus grande dans le Midi.

Dans la maison courante de Montaillou, on relève encore une cave, un cellier, parfois une chambre aux provisions, des balcons ou une galerie (ce qu'on appelait ailleurs un *valet*). Bref, une vraie demeure à l'aménagement assez complexe. Ajoutons son toit de bardeaux (les *escannes*) assez plat (au point qu'on peut y déposer des gerbes pour les faire sécher), ses fenêtres aux épais volets de bois, et même son banc en plein air, côté rue, pour bavarder avec les voisins ou pour se faire épouiller la tête, au grand jour. Mais surtout, rarement les bêtes y cohabitent avec les humains. Le plus souvent, on peut repérer l'existence d'une cour *(cortile)*, prolongée par une aire à battre et un jardin, et comportant les dépendances classiques : four à pain, *boal* (étable à bœufs), *cortal* (bergerie), colombier, porcherie, pailler, grange ou borde, abritant parfois des bergers, des ouvriers agricoles, des servantes, qui y ont leur lit, mais sans feu ni lumière.

L'effort conjugué des historiens et des archéologues a d'ores et déjà permis de déceler quelque chose de l'évolution architecturale de la maison rurale à travers le Moyen Âge. En gros, on serait passé d'une « infra-construction », d'une « maison pour rien », d'un abri transitoire, édifié avec les moyens du bord (terre crue, bois, branchages et feuillages), à une bâtisse « en dur » nécessitant des techniques élaborées, représentant un certain investissement mais destinée à durer. Dans ce second type, s'affirmant progressivement à partir du XIIe siècle, la cellule familiale se sent davantage chez soi, psychologiquement et matériellement ; elle bénéficie d'une meilleure protection contre le froid, contre l'eau, contre le vent, et peut mieux conserver ses outils de travail et de ménage, ses provisions, tout ce que le Moyen Âge mettait sous l'expression d'*estorements d'hôtel*. Dans une certaine mesure même, la famille adhère à sa maison, s'identifie à elle, comme un lignage noble peut adhérer et s'identifier à son château. Simple amorce d'un phénomène qui devait s'accentuer ultérieurement et subsister jusqu'en plein XXe siècle comme dans la vallée de l'Engadine.

« Trois choses sont, ce dist ly sage,/Que l'omme boutent du cotage/Par fine force et par destresce :/Ce sont fumee et goute eauage/Mais plus encore fait le rage/Du male femme tenceresse. » Ainsi rime en son jargon anglo-normand John Gower, au XIVe siècle, mettant en vers un proverbe commun sous plusieurs formes : *« Trois choses sont qui chassent le preudomme hors de sa maison, c'est assavoir maison descouverte, cheminee fumeuse et femme rioteuse. »* ou encore : *« Trois choses sont qui gectent homme hors de sa maison : c'est assavoir la fumee, la goutiere et la femme mauvaise. »*

Si l'historien est dépourvu de moyens pour apprécier l'évolution de la dernière de ces trois nuisances, il peut estimer en revanche qu'entre le haut et le bas Moyen Âge les deux premières eurent tendance à diminuer d'intensité.

Toute limitée qu'elle ait été, semblable amélioration eut des conséquences énormes pour la vie relationnelle. Elle n'a été rendue possible que par une transformation des mentalités aussi bien que des réalités économiques et sociales. Peut-être y eut-il lente diffusion d'un modèle urbain (à côté du modèle seigneurial, déjà évoqué), à la fois quant aux techniques et aux corps de métier employés et quant à l'usage social de la demeure. C'est à la ville qu'on a commencé à construire pour longtemps, à investir dans l'immobilier de qualité courante, à remplacer les foyers ouverts par les cheminées, les toits de chaume et d'essaule par les toits de tuile ou d'ardoise.

Des maisons « bourgeoises » purent aussi être édifiées dans les villages et exercer un certain rayonnement. Songeons par exemple aux presbytères ruraux. En 1344, l'évêque de Bath et de Wells prescrit que le desservant de la paroisse de West Harptree aura une maison comprenant un *hall*, deux soliers, deux celliers, une cuisine, une grange, une étable pour trois chevaux, cinq acres de terre arable, deux acres de pré, un jardin et un clos. On est là tout près du manoir pour *squire*, mais malgré tout à un niveau inférieur. Il subsiste à Alfriston (Sussex) un presbytère du XIVe siècle : construction en colombage, avec un toit de chaume ; le grand *hall*, pourvu d'une cheminée, est flanqué à ses deux extrémités par un solier à deux étages, l'un des soliers ayant lui aussi sa cheminée.

À la fin du XIVe siècle, en Normandie, Guillaume Blesot, de Touville, dans le doyenné de Pont-Audemer, se voit chargé, pour une somme de 70 francs d'or, de construire à l'intention du curé de la paroisse, maître Jean de Paigny, une maison à colombage *« basee de bonne pierre »*, de 54 pieds de long (18 mètres) sur 16 de large (5 mètres). Plusieurs étages sont prévus, reliés par un degré *« soit de pierre ou de plastre »*, et pas moins de quatre chambres et trois cheminées. Les huisseries seront de chêne. À l'un des bouts de la demeure, un appentis sera édifié *« pour faire une chambre aisee »*. Construction sans doute soignée, de type franchement urbain, mais qui ne devait pas poser de problème particulier à l'entrepreneur, puisque le contrat prévoyait une durée d'à peine six mois pour son achèvement.

La maison urbaine

Au même titre que la maison rurale, la maison urbaine présente toutes sortes de contrastes. Ici la pierre domine, là le bois, l'argile séchée, la brique. Ici l'ardoise ou la lauze, là la tuile, ce qui ne veut pas dire que les toits à couverture végétale aient disparu. Les problèmes se posent différemment, en fonction du climat, de la dimension des villes, de la densité de l'habitat, de la nature et de l'intensité des activités, de la conjoncture historique. Des villes se trouvèrent ruinées ou anémiées par la guerre, les épidémies, les transformations économiques, incapables dès lors d'entretenir leur patrimoine immobilier, alors que d'autres, en pleine guerre de Cent Ans, surent maintenir ou augmenter le chiffre de leur population, créer ou capter des richesses, entretenir un courant régulier de constructions nouvelles. Dans bien des endroits, la seconde moitié du XVe siècle, après la profonde détresse du temps du royaume de Bourges, mais avant les entassements malsains du XVIe, fut une période heureuse où des citadins encore point trop pléthoriques profitèrent d'un habitat en pleine rénovation. Il est significatif que de cette époque datent des maisons qui subsistent encore nombreuses dans la France actuelle.

Les villes médiévales comportaient un pourcentage non négligeable de religieux, de religieuses et de clercs, vivant en communauté ou séparément. Des hôtels étaient la résidence, permanente ou temporaire, de nobles, de grands seigneurs, de princes ou de rois. D'autres pouvaient abriter des notables : hommes d'affaires et de loi, financiers, médecins en renom, tous ceux que les textes englobent souvent sous le terme de bourgeois. Infiniment plus fournies étaient les couches sociales misérablement ou précairement logées : truands et mendiants *« quérant leur pain, repairant et demourant partout, gisans sous les étaux »* (François Villon), dormant *« aval les rues »* et pour lesquels, en 1439, à Tournai, la ville fit construire des baraques couvertes ; étudiants non admis dans les collèges ; vieux et vieilles ; valets, servantes et compagnons, lorsqu'ils ne vivaient pas chez leur maître. Reste que le groupe le plus représentatif du milieu urbain, quand bien même il ne participait que très accessoirement au gouvernement et à l'administration de la cité, était celui des gens de métier – artisans, boutiquiers –, organisés ou non en corporations et confréries, auxquels il faut ajouter tous ceux qui gravitaient autour d'eux et partageaient leur existence. Peut-être s'agit-il d'au moins la moitié de la population urbaine. Et sans doute, au sein de ce qu'on appelait le commun, y avait-il des pauvres et des aisés, des gros et des menus. Certains avaient une activité plus prestigieuse, plus de savoir-faire, une meilleure clientèle. D'autres cumulaient les handicaps : charges de famille trop lourdes, âge, maladie, accidents professionnels. Au-delà de ces contrastes, les gens de métier habitaient normalement, eux et les leurs, dans des maisons individuelles, qu'ils occupaient en totalité ou dans leur plus grande partie et qui leur servaient conjointement de résidence privée, d'atelier de production et de lieu de vente des produits qu'ils fabriquaient ou qu'ils transformaient. La majorité des 3 700 maisons de Reims, des 2 400 maisons d'Arras (cité exclue), des 6 000 maisons de Lille répondait, peut-on penser, à cette destination.

En fonction de leur emplacement, de leur dimension, de leur mode de construction, de leur état général, ces maisons d'artisans représentaient des valeurs variables. Telle était estimée 20 livres, telle autre 80. Ce qu'on va dire de la demeure « moyenne » sera donc le résultat d'une simplification inévitable mais jusqu'à un certain point trompeuse.

Dans la plus grande partie des villes françaises, au XIVe-XVe siècle, la maison du *commun*, du *populaire*, avait sa façade principale donnant directement sur la rue, sans avant-cour, qu'il s'agisse d'une maison à pignon ou d'un édifice dont le faîte était parallèle à la façade. Celle-ci était régulièrement étroite : de 5 à 7 mètres, parfois un peu moins, parfois un peu plus. Dans le quartier du Bourget, à Nancy, au XIVe siècle, des maisons se resserrent sur 11 pieds seulement de façade, alors que d'autres atteignent 33 pieds, soit trois fois le « module » (Jean-Luc Fray).

Une maison comportait souvent deux niveaux : ce qu'on appelait dès l'époque, au moins à Paris, le rez-de-chaussée, et le premier. La plupart du temps, elle était bâtie sur une cave ou un cellier, dont la voûte (ou le plafond) dépassait légèrement le niveau du sol, en sorte qu'il fallait monter deux ou trois marches pour accéder à un rez-de-chaussée légèrement surélevé. La profondeur de ces maisons était variable : pour fixer les idées, de 7 à 10 mètres. Le rez-de-chaussée pouvait avoir 3 mètres ou 3,50 mètres de hauteur ; le premier (en encorbellement, plus ou moins sensible, ce qui permettait de gagner de la place, mais au détriment de l'air, de la lumière et peut-être de la stabilité de l'édifice), un peu moins, disons 2,70 ou 3 mètres. Au-dessus, accessible par une trappe, une échelle, se trouvait le grenier surmonté d'un vaste toit. Le bois dominait dans toute la construction, encore que la pierre n'ait pas été ignorée de certaines régions, spécialement pour les murs du rez-de-chaussée. Pour une meilleure protection et du feu et de l'eau, la tendance, encouragée, voire imposée par les municipalités, était de remplacer le chaume par l'ardoise ou la tuile. Admettons donc une dimension de 6 mètres sur 8 : sur deux étages, cela fait une centaine de mètres carrés disponibles pour un « feu » (soit cinq personnes), plus la cave, le grenier et diverses constructions pouvant prendre place dans la cour de derrière. Parmi ces constructions annexes, on trouve de façon fréquente la cuisine, ou bouge, ou *quarree*. En théorie, aucune trace d'entassement. Le rez-de-chaussée comprend une porte d'entrée, appelée huis, ou huisserie, dont on nous dit qu'à Paris elle pouvait demeurer ouverte pendant la journée au moyen d'une chaise. *« Une selle apuyee servant a mectre a huis »* : ce meuble est mentionné dans un inventaire du milieu du XVe siècle. On parle encore de *« selles a teste servant a mectre a la porte »*, ou *« servant a s'asseoir a l'huis »*. En 1535, l'ambassadeur vénitien Marino Giustiniano constate qu'à Paris « par la coutume tous les hommes et femmes, les vieux et les jeunes, les maîtres et les serviteurs se tiennent dans les boutiques, sur le pas de leur porte ou dans la rue ».

L'huis de la maison s'ouvrait sur un couloir assez étroit, de 1 mètre à 1,50 mètre de large, lequel desservait deux pièces : celle de devant, autrement dit l'ouvroir, l'échoppe, la boutique, l'atelier – autant de termes d'époque –, et celle de derrière, dénommée salle ou basse chambre, donnant sur la cour. Un escalier intérieur à vis permettait de monter au premier étage, semblablement divisé en deux ou trois pièces. À Montbéliard, au début du XVIe siècle, l'escalier extérieur à vis, ou *viorbe,* commence à se répandre.

Divers éléments pouvaient renforcer le confort et l'agrément d'une maison de ce type. D'abord, la présence d'un puits individuel, ce qui évitait aux femmes de la maison de se rendre à la source, à la rivière ou à la fontaine – distraction, certes, mais aussi corvée –, ou encore de recourir, comme fréquemment à Paris, au service des porteurs d'eau. Ensuite, une protection plus ou moins efficace contre le froid, la pluie, le vent ; volets et contrevents (attestés par mainte miniature), papier huilé, parchemin, toile obstruant le châssis des fenêtres et même, dans les cas les plus favorables, surtout à partir du XVe siècle, panneaux de verre fixes ou mobiles. Il arrivait que la plupart des pièces d'une maison d'artisan fussent pourvues d'une cheminée, ce qui est loin de vouloir dire, d'ailleurs, que ces cheminées fonctionnaient de façon simultanée ou continue. Un sol de terre battue, un plancher de bois pouvaient céder la place à de beaux carreaux vernissés, au rez-de-chaussée comme à l'étage. Enfin, plus fréquemment qu'on ne s'y attendrait, des maisons, même ordinaires, étaient pourvues de latrines. Dans la seconde moitié du XVe siècle, au début du XVIe, leur présence est jugée normale, indispensable, par bien des autorités municipales. En 1519, le parlement de Rouen ne fait que traduire le sentiment général lorsqu'il prescrit à tous les propriétaires de *« faire construire et ediffier en leurs maisons retraitz* [fosses ?] *en terre, les sieges mis et apposez en haut d'icelles maisons* [...] *et pareillement a chacun louage »*. Des accords pouvaient être passés entre voisins à ce sujet : en 1433, Martin Hubert et Pierre Fossecte occupaient deux maisons contiguës en la rue du Fossé-aux-Gantiers, à Rouen. Le premier, ayant fait faire *« tout de neuf »* des *« aisements »*, consentit à ce que le second et son épouse pussent disposer d'un *« siege d'aisement de corps »* leur vie durant, moyennant le versement d'une somme de 12 livres. *« Lequel siege sera en la gallerie dudit Hubert, de la haulteur du second estage de la maison d'iceulx mariez, a l'endroit ou ilz font de present leur chambre, en laquelle chambre sera fait tout de nouvel ung huis pour entrer et yssir en icelle gallerie et siege d'aisemens, ouquel siege aura place convenable, et y aura une veue verree a verre dormant de haulteur raisonnable. »* Si les époux Fossecte partaient, la porte d'accès devait être *« estouppee »*. Enfin, lorsque l'on vidait la fosse d'aisances, les frais devaient être supportés pour un tiers par les époux Fossecte et pour les deux tiers par Martin Hubert. Malgré tout, ces aisements ou *cloaques* privés étaient encore en nombre insuffisant. Aussi des municipalités éclairées firent-elles édifier au XVe siècle (à Loches, à Tournai, à Rouen) des latrines communes, par exemple sur les remparts ou sur les cours d'eau, où séparation était faite entre celles destinées aux hommes et celles réservées aux femmes, voire aux enfants.

Regardons plus bas, dans la hiérarchie de l'habitat. Des maisons sensiblement plus modestes ne manquent pas d'être attestées, comprenant seulement deux ou trois pièces. Peut-être correspondent-elles à ces *appentis*, à ces *maisons appentisees* qui, du point de vue fiscal, s'opposaient dans certaines villes (Rouen, Romorantin, Tours) aux maisons à pignon ou à faîtage, davantage imposées.

Datant de 1427, l'inventaire après décès de Berthon de Santalène, un barbier ni misérable ni insignifiant du bourg de Crest (Drôme), énumère, à l'intérieur de sa demeure de la *Dretche charriere*, où il avait vécu avec son père, les pièces suivantes : une chambre de derrière *(camera posterior)*, pourvue de deux lits, un petit et un grand ; une chambre de devant *(camera anterior)*, comprenant un lit et des ustensiles de cuisine ; un ouvroir *(operatorium)*, fourni de trois sièges et de cinq bassins de barbier, de dix rasoirs, de quatre pierres à aiguiser, de deux miroirs, et de trois petites lancettes garnies d'argent, pour les saignées ; un grenier derrière l'ouvroir, renfermant surtout du blé ; enfin, un cellier. Une maison de trois pièces seulement, où salle et cuisine se trouvent confondues. *« Aula sive focanea »*, comme s'expriment des sources provençales.

L'inventaire après décès de Guillaume Burellin, forgeron de Calvisson, dans le Gard (1442), évoque un logis encore plus simple avec un atelier *(la botiga de la forja)* et une pièce à l'étage *(lo solié de l'ostal)*, servant conjointement de cuisine, de chambre et de salle.

Marquant un degré de plus dans la pauvreté, des chambres servaient de pièce à vivre unique pour des veuves, des valets, des étudiants. Sans doute la *« povre fille qui estoit filleresse de laine a rouet »* et dont l'hôtel *« n'avoit garnison quelconque, ne de busche ne de lart, ne de huile ne de charbon, ne de riens fors un lit et une couverture, son touret et bien pou d'autre mesnage »*, évoquée dans le *Ménagier de Paris*, vivait dans une seule pièce. De même qu'en 1426, à Paris, Perrin le Bossu, pauvre cardeur de laine, qui obtient rémission de la peine encourue pour avoir crocheté l'huis de la chambre d'un certain Thomassin Hébert, orfèvre, *« laquelle est au dessus de celle ou ledit Perrin demeure »*. À Paris, au début du XIVe siècle, une famille habite la plupart du temps dans une seule pièce, *mansion, domuncula, estage* (Raymond Cazelles).

Si l'on passe maintenant à l'autre extrême, au niveau supérieur, voici que se présente un type classique de demeure : la maison de chanoine, dont la disposition est bien mise en lumière par un nombre spécialement élevé d'inventaires.

D'une façon générale, ce type de résidence, située à proximité immédiate de la cathédrale et du cloître, dispose d'une cour et d'un jardin et comprend une dizaine de pièces : plusieurs chambres, y compris celle du chanoine, de loin la mieux meublée et sans doute la plus agréable, sinon toujours la plus vaste, une ou deux salles et salettes (*sala, aula*, dans les documents en latin), une cuisine et une dépense, une étude (appelée parfois écritoire), une chapelle, enfin d'assez nombreuses annexes (étable, cellier, cave, galerie, *garde-manger*, bûcher, resserre à charbon de bois appelée *charbonnier*, etc.).

Plus haut encore, les hôtels épiscopaux se rapprochent tantôt du modèle canonial, tantôt du modèle seigneurial, voire princier. Un inventaire de la maison épiscopale de Laon *(domus episcopalis laudunensis)*, rédigé après le décès, en 1370, de Geoffroi le Meingre, ne mentionne curieusement ni chapelle ni étude, mais une cuisine et une dépense, une salle basse, ainsi que sept chambres : celle du défunt, pourvue d'une garde-robe, celles de l'official, des chapelains, du scelleur, du receveur, du cuisinier, du portier. En 1496, l'*oustel episcopal* de Senlis est un peu mieux pourvu : pas d'étude, mais une chapelle, une petite salle, une cuisine et une dépense, six chambres, plus le *logis et hôtel* du portier, enfin pas mal de dépendances (foulerie pour fouler la vendange, fournil, grand et petit greniers, étable à chevaux, cave et cellier).

L'inventaire de la maison épiscopale d'Alet datant de la mort, en 1354, de Guillaume d'Alzonne ou de Marcillac, évêque d'Alet et abbé de la Grasse, laisse deviner l'ampleur du train de maison : non seulement on y trouve une chapelle et une grande salle *(aula major)*, appelée également *tinel*, mais il existe cette fois deux études, et pas moins de vingt chambres, parmi lesquelles une chambre dite de parement distincte de la chambre à coucher proprement dite de l'évêque, qualifiée, elle, de chambre de retrait *(retrocamera)*. Même opposition de la chambre de parement et de la chambre de retrait, en 1389, au château de Porte-Mars, résidence urbaine des archevêques-ducs de Reims. Ici, des chambres sont attribuées nommément au maître d'hôtel, aux chapelains, aux écuyers, aux valets de cuisine, au boutillier, au secrétaire. Ailleurs, toujours dans des demeures épiscopales, des pièces peuvent être affectées à d'autres serviteurs, clercs ou laïques : receveur, trésorier, vicaire, palefrenier, camerlingue, grènetier ou procureur.

Car indépendamment même des dimensions d'une maison, de son mode de construction, de sa situation dans l'espace urbain, de son décor intérieur ou extérieur, de son ameublement, la distribution et la dénomination des pièces dont elle se compose renseignent sur le genre de vie, disons le standing, de son ou de ses occupants. Il fait plus « bourgeois » par exemple d'avoir dans sa maison un comptoir qu'un ouvroir, et mieux encore d'avoir une étude, à la place ou en sus d'un comptoir. Disposer d'une étable à chevaux ou à mules est le signe qu'on ne se déplace pas à pied dans les rues.

La grande bourgeoisie, les notables les mieux installés cherchaient évidemment à adopter les usages les plus franchement aristocratiques, mais, en même temps, leurs hôtels conservaient en général la trace de leurs activités professionnelles. Tel est le cas de la maison rouennaise de Pierre Surreau, receveur général de Normandie au temps de la monarchie lancastrienne : on y relève deux comptoirs, l'un au rez-de-chaussée, près de la porte d'entrée, pour le travail des clercs des finances, l'autre au premier, dont un inventaire après décès nous apprend qu'il *« estoit le comptoir de retrait dudit deffunct »* (1435). Pierre Legendre, trésorier des guerres puis trésorier de France, éminent officier de finances au service de Louis XI, de Charles VIII et de Louis XII, allié aux familles les plus prospères du royaume comme les Briçonnet, anobli et même adoubé par le roi, possesseur de plusieurs seigneuries dans le Vexin, visait sûrement à s'agréger à la plus haute noblesse, et l'inventaire de son mobilier en 1525 suffit largement à justifier cette ambition, ne serait-ce que par l'extraordinaire profusion des tapisseries. Au reste, son hôtel de la rue des Bourdonnais, à Paris, présentait une apparence telle que, jusqu'à l'enquête toute récente menée par André Chastel, on le prit pour l'hôtel de La Trémoille, celui-là authentiquement et purement aristocratique. Malgré tout, cet hôtel avait beau comprendre une chapelle et un parloir, il renfermait aussi trois comptoirs, autant dire trois pièces professionnelles.

Le journal du procureur Dauvet, rédigé lors du procès de Jacques Cœur, renferme les inventaires de plusieurs maisons ayant appartenu à l'argentier de Charles VII ou à ses associés en affaires. À Lyon comme à Rouen, l'existence de comptoirs et de boutiques est là pour rappeler la nature des occupations de l'accusé. Quant à la *grant maison* de Bourges, orgueil de son propriétaire, « bien qu'inachevée lors du procès, [elle] montre que le bon goût n'était pas incompatible avec le confort du parvenu » (Michel Mollat). Les tours, la chapelle, les armoiries sculptées dans la pierre, les galeries et les tribunes : tout était fait pour souligner les dimensions princières de cette noble demeure. Sans compter l'existence de quatre salles (un record pour ce genre de résidence) et les noms de prestige attribués à certaines pièces : la chambre des galées, la chambre des galeries, la chambre des évêques, la chambre des *angelotetz*, la salle des mois de l'an. Et cependant, cet hôtel aristocratique servait de cadre aux activités lucratives : en un sens, il « dérogeait », comme l'indique la présence de nombreux comptoirs où des bureaux de bois sur lesquels était posé l'habituel drap vert permettaient l'examen commode et attentif des écritures financières et commerciales.

Ce n'est que dans les évocations à caractère franchement littéraire que les hôtels bourgeois franchissent, en imagination, les derniers obstacles qui empêchaient de les assimiler à des résidences proprement patriciennes. Non sans arrière-pensée, Guillebert de Mez, dans sa description de Paris au début du XVe siècle, associe dans un même mouvement les *« hostels des evesques et prelas »* à ceux des *« seigneurs de parlement, des seigneurs de la Chambre des comptes, des chevaliers, bourgois et divers officiers »*. Il relève, dans l'hôtel de *« sire Mile Baillet »*, rue de la Verrerie, un membre d'une vieille famille de bourgeoisie parisienne qui fut changeur, puis officier de Charles V et de Charles VI aux Aides, aux Monnaies, à la Chambre des comptes, une chapelle *« ou l'on celebroit chascun jour l'office divin »* et surtout l'existence de deux niveaux d'habitation, l'un pour l'hiver, l'autre pour l'été : *« Il y avoit salles, chambres et estudes* [l'auteur prend bien garde de ne parler ni de comptoir, ni de *tablier*, ni même d'*ouvroir d'écriture*] *en bas pour demeurer en esté par terre, et en hault tout pareillement ou l'en habitoit en yver. »*

Plus probant encore est l'exemple de l'hôtel de Jacques Duchié (ou de Dussy), qui mourut maître des comptes en 1412. Il s'agit là aussi d'une demeure située sur la rive droite, dans le quartier des affaires, plus exactement rue des Prouvaires. Dans la description de Guillebert de Mez, l'accent est mis, à dessein, sur les dimensions militaires de l'hôtel (pourvu d'une vraie salle d'armes), sur sa commodité et son confort, sur son rejet de ce qui pourrait paraître trop strictement utilitaire (dans la cour, des *oyseaux a plaisance*, des paons, et non des poules ou des canards), sur les goûts raffinés du propriétaire, son sens de la culture désintéressée, son amour aristocratique des jeux de société et de la musique, où il ne se révèle pas seulement mélomane mais musicien : « *En la cour estoient paons et divers oyseaux a plaisance. La premiere salle est embellie de divers tableaux et escritures d'enseignements attachiés et pendus aux parois. Une autre salle raemplie de toutes manieres d'instrumens, harpes, orgues, vielles, guiternes, psalterions et autres, desquelz ledit maistre Jacques savoit jouer de tous. Une autre salle estoit garnie de jeux d'eschez, de tables et d'autres diverses manieres de jeux a grant nombre* [ces deux pièces annonçant les salons de jeu et de musique du XVIIIe siècle]. *Item, une belle chapelle ou il avoit des pulpitres a mettre livres dessus de merveilleux art, lesquelz on faisoit venir a divers siges loings et prés, a destre et a senestre. Item, ung estude ou les parois estoient couvers de pieres precieuses et d'espices de soueve odeur. Item, une chambre ou estoient foureures de plusieurs manieres. Item, plusieurs autres chambres richement adoubez de lits et de tables engigneusement entailliés et parés de riches draps et tapis a orfrais. Item, en une autre chambre haulte estoient grant nombre d'arbalestes, dont les aucuns estoient pains a belles figures. La estoient estendars, banieres, pennons, arcs a main, picques, faussars, planchons, haches, guisarmes, maillés de fer et de plont, pavois, targes, escus, canons et autres engins, avec plenté d'armeures, et briefment il y avoit aussi comme toutes manieres d'appareilz de guerre. Item, la estoit une fenestre faite de merveillable artifice, par laquele on mettoit hors une teste de plates de fer creuse, parmy laquele on regardoit et parloit a ceux dehors si besoing estoit, sans doubter le trait. Item, par dessus tout l'ostel estoit une chambre carree, ou estoient fenestres de tous costés pour regarder par dessus la ville. Et quant on y mengoit, on montoit et avaloit vins et viandes a une polie, pour ce que trop hault eust esté a porter. Et par dessus les pignacles de l'ostel estoient belles ymages dorees.* »

Le palais des Papes à Avignon

L'étude de l'habitat urbain conduit inévitablement à celle des palais, dont on peut dire qu'à l'époque ils étaient quasi obligatoirement situés en ville, encore que le terme ne désigne pas vraiment un certain type de demeure, au sens architectural, mais renvoie plutôt au statut et au rang de son possesseur : c'est ainsi que certains textes proposent de qualifier le château de Vincennes de palais, du moment qu'il s'agit d'une résidence royale. De toute façon, quant à l'aménagement de l'espace, il n'est pas possible d'opposer strictement les palais (comme celui du roi, dans la Cité à Paris), les hôtels (comme l'hôtel Saint-Pol, également à Paris, demeure privilégiée de Charles V et de Charles VI), et les châteaux proprement dits, comme le Louvre. Peu importe en effet les apparences, fortifiées ou non, alors que la disposition intérieure, l'agencement des pièces obéissent, dans un cas comme dans l'autre, à des règles communes. On relève le même type de pièces dans l'hôtel Saint-Pol et dans le donjon du bois de Vincennes. Et l'exemple du palais des Papes, à Avignon, auquel on va maintenant s'attacher, comme à l'un des plus remarquables, ne vaut pas seulement pour d'autres palais, de caractère ecclésiastique ou laïque, mais aussi pour des châteaux, à condition qu'ils aient semblable dimension et semblable vocation.

On sait comment Bertrand de Got, archevêque de Bordeaux, devenu pape en 1305, prit la décision, implicite, de demeurer au-delà des Alpes et de ne gagner ni Rome ni même l'Italie. Après bien des périples, il se fixa à Avignon et dans sa région à partir de 1309, comme devaient le faire après lui ses successeurs pendant plus d'un demi-siècle.

Jean XXII, évêque d'Avignon lorsqu'il fut élu pape, continua à vivre dans son ancien palais épiscopal, un bâtiment situé nettement à l'intérieur de la muraille urbaine du XIIe-XIIIe siècle, dans le secteur nord de la ville, à proximité immédiate de la cathédrale Notre-Dame des Doms.

Les aménagements intervenus dans le palais pendant son pontificat (1316-1334) étaient insuffisants. Aussi Benoît XII (1334-1342) fit mettre à bas l'ensemble des constructions pour édifier sur leur emplacement une résidence à l'échelle et à l'image de son prestige et de ses fonctions. En dix ans, de 1335 à 1345, sous son règne et durant les deux ou trois premières années de celui de Clément VI (1342-1352), vit le jour, sous la responsabilité des maîtres d'œuvre Pierre Poisson puis Jean de Louvres, un « palais grandiose », pour reprendre les termes d'un chroniqueur de l'époque, « d'une beauté merveilleuse, d'une puissance extraordinaire avec ses murailles et ses tours ». C'est cette réalisation, appelée Palais-Vieux à partir du moment où Clément VI entreprit d'édifier le Palais-Nouveau *(novum opus, palatium novum)*, qui sera particulièrement envisagée ici, dans son état de 1345, tel que des sources assez précises et surtout passionnément étudiées par les érudits permettent de l'appréhender.

Le palais de Benoît XII était essentiellement disposé autour de la cour d'un cloître, en forme de quadrilatère. Toutefois, il incluait aussi, vers l'est, un jardin délimité par une épaisse muraille.

« Bien est sa geoille gardee,/En son palais se tient fermez. » Tel est l'un des reproches que Jean Dupin adresse au pape dans ses *Melancolies*.

Car le souci de la défense, ou du moins de la sécurité, fut loin d'être absent de la pensée des constructeurs, comme le montre la présence, à côté des bâtiments allongés occupant les quatre côtés du cloître, de plusieurs tours élevées et puissantes, parfois accolées les unes aux autres jusqu'à former de véritables massifs de maçonnerie. Précaution qui ne fut pas superflue : en 1398, le palais des Papes dut subir un siège en règle, avec mines, canonnades et début d'incendie, dont l'indomptable Benoît XIII sortit, provisoirement, vainqueur.

Ce n'est pas que la vie du palais ait été tout entière tournée vers le dedans : la plupart des bâtiments, en effet, y compris la chambre du pape, regardaient aussi vers l'extérieur, vers la ville et le jardin, au moyen d'ouvertures assez larges et nombreuses pratiquées surtout, il va de soi, dans les étages supérieurs.

Au sud, au nord, à l'est et à l'ouest, les quatre ailes entourant le cloître comportaient deux ou trois étages. Les tours, de leur côté, offraient le plus souvent quatre ou cinq niveaux superposés, que reliaient des escaliers ménagés dans l'épaisseur de la muraille. Chaque tour avait ainsi son autonomie, du moins dans sa partie supérieure, tandis que les étages moyens et inférieurs se raccordaient, au besoin par l'intermédiaire de quelques marches, à l'ensemble des bâtiments. D'où une circulation assez facile, et l'entrecroisement, habituel au demeurant dans les châteaux médiévaux, de la verticalité et de l'horizontalité.

Commençons notre parcours par le secteur méridional, domaine propre du souverain pontife. Voici, édifiée vers 1335-1337, les quelque 50 mètres de la Grande Tour, appelée encore tour du Pape, de Plomb ou de la Trésorerie (aujourd'hui tour des Anges). Là vivait ordinairement le pape. Sa chambre *(camera turris, camera papae),* une pièce de 10 mètres sur 10, au sol vernissé, au plafond de bois, comportait une vaste cheminée et était suffisamment éclairée par deux grandes fenêtres, vers le sud et vers l'est. En descendant dans la tour, on rencontrait successivement la chambre du camérier apostolique, ministre des Finances de la papauté, la trésorerie basse, enfin, au plus profond, une cave où, dit-on, étaient descendus les précieux tonneaux de vin de Beaune et de Saint-Pourçain. En montant, on trouvait une grande pièce qui, à l'époque d'Innocent VI, fut divisée pour former d'un côté la trésorerie haute, de l'autre la librairie, et, au dernier étage, un « châtelet » destiné à abriter quelques soldats de la garnison.

Cette tour ne se suffisait pas à elle-même. D'indispensables édifices venaient s'y agglutiner, l'étayer, la compléter. Ainsi, au nord, la tour de l'Étude, sur trois étages seulement : tout en bas, une chambre secrète, pour le contrôle des opérations financières, des recettes et des dépenses de l'institution pontificale ; puis un vestiaire ; enfin, sensiblement au même niveau que la chambre du pape, son *studium*, une pièce carrelée de 5 mètres sur 7. À l'ouest, un bâtiment quadrangulaire abritait la cuisine secrète du pape, jouxtant sa chambre et donnant d'un autre côté sur sa salle à manger particulière, le Petit Tinel. Au sud, la tour dite de la Garde-Robe, avec ses 40 mètres de hauteur, fut édifiée par Jean de Louvres au début du pontificat de Clément VI, vers 1342-1343 : s'y superposaient, de bas en haut, une étuve avec chaudière et baignoire de plomb pour le pape, deux garde-robes, l'une au-dessus de l'autre, la chambre dite du Cerf (qui servit de *studium* à Clément VI et était de plain-pied avec la chambre du pape), enfin sa chapelle privée, dédiée à saint Michel.

La Grande Tour se prolongeait encore, vers le nord, par une aile comprise entre le cloître et le jardin : on y trouvait, au rez-de-chaussée, la grande trésorerie et la salle dite de Jésus (à cause du monogramme du Christ qui ornait ses murs), au premier, le Petit Tinel, déjà mentionné, peut-être aussi une chapelle privée, enfin la chambre de parement, précédant, selon un modèle classique, la chambre du pape.

Transportons-nous maintenant vers le secteur nord-est. Là, le plus à l'écart possible, étaient concentrés les services domestiques et matériels : bouteillerie, paneterie, dressoir, cuisine de Benoît XII et, plus remarquable encore, de Clément VI, pièces pour le bois et le charbon, celliers et resserres, mais aussi prison, arsenal, logements d'une partie de la garnison (tour dite de Trouillas). N'ayons garde, non plus, d'oublier la tour des latrines, dont l'ampleur, sur ses deux étages, témoigne à elle seule du nombre de personnes – plusieurs centaines – vivant en permanence au palais.

Faisant la liaison entre l'espace personnel du pape et le secteur des services, l'aile orientale du cloître prolongeait le Petit Tinel et la chambre de parement, avec les salles superposées du consistoire, au rez-de-chaussée, et du Grand Tinel, au premier étage. Peut-être le Grand Tinel, affecté en priorité aux banquets officiels, servait-il aussi ordinairement de salle pour le commun. Cette aile comportait une tour, la tour Saint-Jean, abritant, au rez-de-chaussée comme au premier, deux petites chapelles.

Mais la chapelle de loin la plus importante du Palais-Vieux occupait toute l'aile nord. Elle se déployait sur deux niveaux : un niveau inférieur, qui lui valut d'être appelé, dès 1340, « grande chapelle obscure » et de se transformer bientôt en entrepôt, en débarras, et un niveau supérieur, qui conserva dès lors seul sa fonction liturgique.

La tour de la Campane, ou tour Saint-Jean, défendait l'angle nord-ouest. Ses 45 mètres de hauteur, divisés en quatre étages, abritaient des parents du pape, des curialistes, des gardiens, et aussi le grand maître d'hôtel. Somme toute, elle avait un peu les mêmes fonctions que le bâtiment sui-

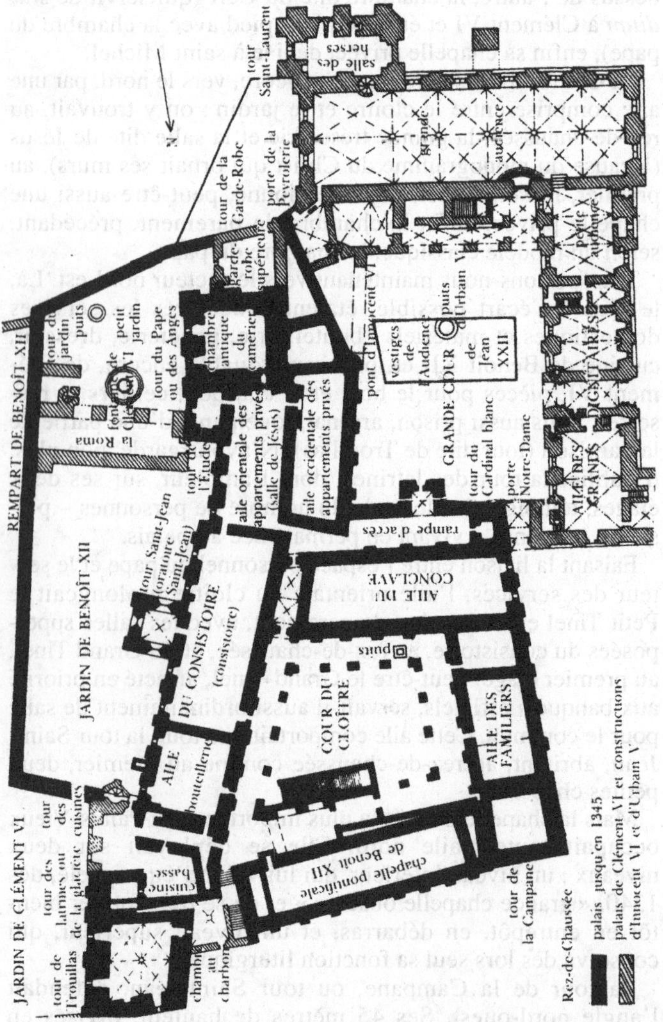

Figure 11 : Le palais des Papes, à Avignon. Plan à la fin du pontificat d'Urbain V, 1370. Le rez-de-chaussée. (D'après S. Gagnière.)

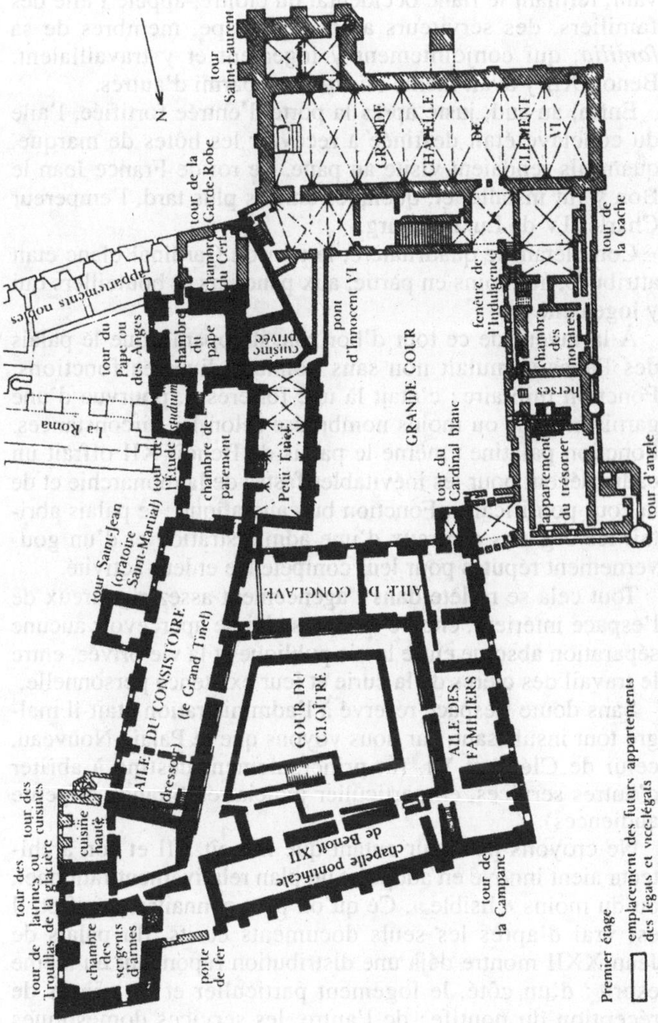

Figure 12 : Le palais des Papes, à Avignon. Plan à la fin du pontificat d'Urbain V, 1370. Le premier étage. (D'après S. Gagnière.)

vant, fermant le flanc occidental du cloître, appelé l'aile des familiers, des serviteurs attitrés du pape, membres de sa *familia,* qui conjointement y logeaient et y travaillaient. Benoît XII y avait même un *studium,* parmi d'autres.

Enfin, au sud, juste après la porte d'entrée fortifiée, l'aile du conclave était destinée à recevoir les hôtes de marque, quand ils rendaient visite au pape. Le roi de France Jean le Bon y fut installé, et, quelques années plus tard, l'empereur Charles IV de Luxembourg.

Complétant le quadrilatère, la tour du Cardinal blanc était attribuée, au moins en partie, aux panetiers et bouteillers qui y logeaient.

À la faveur de ce tour d'horizon, il apparaît que le palais des Papes cumulait non sans bonheur diverses fonctions. Fonction militaire : c'était là une forteresse, pourvue d'une garnison, plus ou moins nombreuse selon les circonstances. Fonction palatine : même le palais de Benoît XII offrait un cadre décent pour les inévitables fastes de la monarchie et de la cour pontificales. Fonction bureaucratique : le palais abritait les organes centraux d'une administration et d'un gouvernement réputés pour leur compétence et leur activité.

Tout cela se reflète dans l'agencement assez rigoureux de l'espace intérieur, encore que ne se laisse apercevoir aucune séparation absolue entre la vie publique et la vie privée, entre le travail des clercs de la curie et leur existence personnelle.

Sans doute l'espace réservé à l'administration était-il malgré tout insuffisant, car nous voyons que le Palais-Nouveau, celui de Clément VI, fut principalement destiné à abriter d'autres services, en particulier judiciaires (grande et petite audiences).

Ne croyons pas pour autant que Benoît XII et son architecte aient innové en adoptant un plan relativement rationnel, ou du moins « lisible ». Ce qu'on peut connaître, en effet, il est vrai d'après les seuls documents écrits, du palais de Jean XXII montre déjà une distribution répondant au même esprit : d'un côté, le logement particulier et les pièces de réception du pontife ; de l'autre, les services domestiques (cuisine, etc.) ; dans un troisième secteur, les bureaux.

Faut-il même admettre qu'on ait attendu le début du XIVe siècle pour que soit envisagée et retenue une répartition de ce type ? Il n'est nullement exclu que des châteaux et des palais, tant laïques qu'ecclésiastiques, édifiés aux XIIe et XIIIe siècles, aient déjà bénéficié d'une articulation analogue, inspirée du modèle monastique, lequel a pu à son tour reprendre en les adaptant des plans de palais ou de *villae* du Bas-Empire. Il est seulement permis de constater qu'avant le XIVe siècle, à la rigueur le XIIIe, la documentation historique et archéologique manque ou, quand elle existe, demeure trop imprécise pour permettre autre chose qu'une reconstitution en bonne partie imaginaire.

COURS ET JARDINS

Au XIVe siècle, dans la cité d'Avignon, le palais des Papes était loin d'être le seul édifice centré autour d'un espace intérieur – cour ou cloître. À leur échelle, les demeures cardinalices – les fameuses livrées, destinées aux princes de l'Église et à leur suite de damoiseaux, de chapelains et de serviteurs – étaient conçues sensiblement selon les mêmes principes. Un document de 1374, établi à des fins fiscales, permet de reconstituer approximativement la livrée, aujourd'hui disparue, du cardinal Guillaume de la Jugie, un neveu du pape Clément VI, qui la fit édifier durant le troisième quart du XIVe siècle. D'un côté, la petite livrée, disposée autour d'une cour : un ensemble assez confus de chambres basses et hautes, de réduits, de salles et de galeries, destiné apparemment à la domesticité, aux chevaux et aux mules du cardinal. De l'autre, la grande livrée, pour le maître, qui réunissait trois corps de bâtiment autour d'un verger. On y trouve : 1° en sous-sol, essentiellement une cave et des pièces souterraines ; 2° au rez-de-chaussée, des promenoirs couverts ; le Grand Tinel, avec sa cheminée ; un portique peint ; une « grande chambre de parement » ; un escalier à vis ; 3° au premier étage, de nouveau des promenoirs couverts reliant les différentes pièces, au nombre de cinq (chapelle, chambre, antichambre, vieille et neuve chambres de parement) ; 4° au sommet de la bâtisse, une garde-robe, une sorte de véranda couverte (pour prendre le frais, ou pour faire sécher le linge ?) et, tout autour du toit de la chapelle, un promenoir dallé cerné par une muraille crénelée et surmonté d'un campanile et de quatre tourelles d'angle. Ajoutons que les petite et grande livrées communiquaient par-dessus la rue au moyen d'un pont constitué d'une galerie au premier étage et d'une chambre au second. L'extérieur devait être sévère, rébarbatif : mais c'est que tout était fait pour que les pièces regardent vers le verger, orné en son centre d'un griffon. On songe aux palais florentins du XVe siècle, à l'hôtel Jacques Cœur à Bourges ou encore, avec moins d'ampleur, au *Fondaco dei Tedeschi* à Venise. Mais, après tout, les bâtiments monastiques traditionnels avaient un plan assez voisin, de même que les châteaux en forme de quadrilatère si fréquents en France depuis le temps de Philippe Auguste. Peut-être le trait le plus original de la grande livrée du cardinal de la Jugie est-il l'existence de ces déambulatoires superposés desservant l'ensemble des pièces d'un même étage.

L'hôtel de Pierre Legendre à Paris (vers 1500) présente un parti assez différent. La cour d'entrée, donnant sur la rue des Bourdonnais, y était entourée de galeries et de communs, tandis que le corps de logis principal donnait d'un côté sur cette cour et, de l'autre, sur un jardin, ou du moins sur une arrière-cour, vers la rue Tirechappe. De même, mais cette fois sur la rive gauche, l'hôtel des abbés de Cluny, construit pour Jacques d'Amboise entre 1485 et 1498, comportait une cour d'entrée, une aile et un bâtiment principal, et, par-derrière, un jardin. Dans les deux cas, il s'agirait d'une première manifestation des hôtels entre cour et jardin, destinés à devenir la règle pendant les siècles classiques. Désormais acquise à la résidence en ville, l'aristocratie, d'Église ou de cour, d'office ou de marchandise, s'efforçait à la fin du Moyen Âge de prendre ses distances par rapport à l'environnement urbain ordinaire, de se ménager un espace aussi privatif que possible.

CHÂTEAUX

Hors des villes, les demeures seigneuriales de la fin du Moyen Âge connurent une répartition de l'espace entre la grande cour, la basse cour et le jardin, répondant au dessein de distinguer le domaine des services et des offices matériels, le domaine des fonctions « nobles » et, enfin, celui de la vie privée et des distractions. Des châteaux construits ou remaniés par des princes de la maison de Valois-Sicile (Louis II, le roi René) obéissent plus ou moins à cette préoccupation : Angers, Tarascon, Saumur. Mais peut-être le cas le plus beau est-il celui du château de Gaillon : non qu'il s'agisse ici de la construction effectivement réalisée au début du XVIe siècle par le cardinal d'Amboise telle que nous le montrent des restes encore imposants et surtout un plan et une vue cavalière d'Androuet du Cerceau, mais du plan d'un premier projet, d'inspiration plus franchement italianisante, heureusement parvenu jusqu'à nous.

Le dessinateur inconnu de ce plan, d'autant plus suggestif qu'il se trouve accompagné d'une légende, avait prévu d'organiser le château autour d'un vaste quadrilatère de 34 toises sur 18, autrement dit, à compter 2 mètres pour une toise, 68 mètres sur 36, plus de 2 400 mètres carrés, ou presque un quart d'hectare.

Cet espace intérieur, de grand format, était à son tour réparti en trois : au fond, un jardin, avec une fontaine, bordé par une galerie ; au milieu, une *« grant court »* de plus de 1 000 mètres carrés ; et, juste au débouché du portail d'entrée, lequel devait prendre place au sein de ce qu'il était prévu de conserver du vieux château fort médiéval, une basse cour accompagnée d'une *« place pour faire jardin de mesnage pour servir a la cuisine »* et d'un *« vivier a laver les bues »* (lavoir).

Parmi les bâtiments, dont la distribution n'est connue, notons-le, que pour le rez-de-chaussée, trois pôles se laissent repérer : à l'un des angles, la grande chapelle et son oratoire, lieu de rassemblement obligé et régulier de tous les habitants du château, quels que soient leur statut, leurs fonctions, leur place dans la hiérarchie ; tout autour de la basse cour et du jardin potager, mais débordant largement, à droite comme à gauche, jusqu'à la hauteur de la grande cour, les pièces affectées aux offices domestiques : boulangeries, cuisines, bourrellerie, logements de la lingère, des cuisiniers et autres serviteurs, etc. ; enfin, à l'angle le plus éloigné, le mieux exposé, tout près de la fontaine, du jardin et de la galerie, les appartements du maître de céans, débutant par une très grande salle de 16 mètres sur 8 (128 mètres carrés), continuant par une chambre à parer d'un tiers moins vaste (80 mètres carrés), se poursuivant par la chambre proprement dite (50 mètres carrés) et s'achevant, ainsi qu'à l'ordinaire dans l'habitat seigneurial du temps, par un retrait, une garde-robe, et – marque de l'appartenance du propriétaire à la haute Église – une étude et un oratoire.

À côté de cette division tripartite, deux autres divisions, cette fois de caractère bipartite, peuvent être relevées :

– une division verticale, dont on ne peut que soupçonner l'existence, entre le rez-de-chaussée et le premier étage ;

– une division droite-gauche par rapport à la cour centrale avec, d'une part, la cuisine, la bouteillerie, le garde-manger, etc., pour le commun, et, d'autre part, les mêmes pièces mais cette fois pour le maître. On retrouve ici les deux cuisines, comme dans le cas du palais des Papes.

C'est surtout à partir du XVe siècle que les devis de construction, souvent accompagnés à l'origine de plans ou de *patrons* sur papier ou parchemin, attestent, dans la France seigneuriale, le goût des demeures saines et solides, dûment pourvues de *vis*, de *galetas* et de galeries, facilement logeables et chauffables, avec des pièces aux parois *chambrillees* (lambrissées), bien closes de fenêtres vitrées munies d'*ostevens* (contrevents) et au sol soigneusement natté et carrelé. Le souci apparaît même parfois de *gallefeustrer* (calfeutrer) les pièces d'habitation. De plus, non seulement la présence d'étuves et de baigneries n'est pas exceptionnelle, mais encore il est fait parfois mention d'un parloir, d'une *librairie* (bibliothèque), d'une salle de jeux pour la paume, la bille, le billard ou la grosse balle, et, à destination surtout des dames, d'un cabinet. Une curiosité, sans doute rarissime, la galerie de chasse du château de Blois, que Beatis admira vers 1518 : « Sous le palais s'étagent trois jardins, pleins de fruits et de feuillage ; on s'y rend par une galerie couverte ornée d'un côté et de l'autre de cornes de vrais cerfs posées sur des cerfs en bois sculpté coloriés et assez bien imités ; ils sont dans le mur à une hauteur de dix *palmes* environ, les uns près des autres, on ne voit que leur cou, leur gorge et les deux pieds de devant. Sur des pierres qui ressortent le long des murs sont posés de nombreux chiens également en bois, des lièvres avec des chiens courants absolument naturels aussi bien comme taille et visage que comme poils. De même, quelques faucons sont posés sur des mains fabriquées également dans le mur.»

Quant à l'espace des services domestiques, il lui arrive de refléter assez exactement l'organisation de l'*hôtel*, avec ses *métiers* traditionnels : au château d'Angers, en 1471, on note, en plus de la cuisine et du garde-manger, une *saucerie*, une *eschançonnerie*, une *paneterie* et une *fruiterie*.

L'exceptionnelle qualité d'un certain habitat seigneurial se traduisait par des coûts de construction fort élevés. Lors de l'occupation anglaise de la Normandie, Edmond Beaufort, comte de Dorset, de Mortain et de Harcourt, voulut faire bâtir à Elbeuf, sur les bords de la Seine, tout près du port, une *maison et ediffice fortiffiee*, à deux étages, plus le rez-de-chaussée : en élévation, 3,60 mètres pour chacun des deux premiers niveaux, 2,40 mètres pour le troisième, lequel devait être surmonté par le *comble du gallatas*, lui-même logeable grâce aux nombreuses *lucagnes* qui y étaient prévues. Les dimensions de cette construction rectangulaire, comptant un certain nombre de pièces avec chacune leur cheminée, devaient être de 24 mètres sur 10. Il est vrai que des tourelles et des *aisemens*, aux quatre angles, devaient déborder sensiblement sur ce quadrilatère. Une grande *vis* était prévue, plus une ou deux autres, plus petites. Murs de pierre, d'un mètre d'épaisseur, couverture d'ardoise, cour et jardin, toit surmonté par des *banieres de cuivre paintes et dorees* aux armes du comte de Dorset, cuisine pavée, latrines aménagées avec soin. Tout cela devait se répercuter dans le prix : pour une demeure dont la superficie utile, si l'on excepte le comble, ne dépasse pas 800 mètres carrés, les travaux de maçonnerie, de charpenterie, de plâtrerie, de couverture, de plomberie et de terrassement devaient s'élever à 6 700 francs. Encore fallait-il ajouter le prix du terrain et aussi des *hucherie, serreurerie, verrerie et autres habillements*. En tout, peut-être 8 000 francs : cent fois plus que le presbytère de Touville (*supra*, p. 460), avec ses 200 mètres carrés de superficie utile.

L'HABITAT COMMUNAUTAIRE

Même si les manoirs et les châteaux étaient avant tout la résidence d'un homme (ou d'une femme) et de sa famille, il n'en demeure pas moins qu'ils abritaient régulièrement un nombre assez élevé de serviteurs et de servantes, aux fonctions plus ou moins considérées, célibataires mais aussi mariés, qui y trouvaient, de façon permanente ou transitoire, exclusive ou accessoire, le gîte et le couvert. Différents exemples suggèrent comme normal une domesticité, une « maison » de quelques dizaines de personnes pour un membre de la très haute noblesse, de douze personnes pour un noble moyen, de six pour un petit noble. Aussi, dans les châteaux, bien des pièces prenaient-elles l'allure de dortoir, de chambrée, avec quatre ou cinq lits, et autant de coffres, fermés à clé, où chacun entreposait ses effets personnels. D'autres étaient affectées à l'usage exclusif d'un officier de l'hôtel (maître d'hôtel, trésorier, receveur, chapelain, etc.), qui pouvait, à son tour, avoir à son service un valet de chambre, dormant dans la même pièce ou dans un local contigu. Tout ce monde se retrouvait au moment des repas dans la salle commune, ou salle du commun, encore que quelques privilégiés obtinssent parfois le droit de recevoir dans leur chambre leur *livree* de nourriture, de chandelle et de boisson et d'y manger à part.

C'est dire que les châteaux, au même titre que les palais et que les grands hôtels urbains, offraient un premier modèle d'habitat communautaire. Il en existait bien d'autres. Songeons ici, à défaut des casernes, qui n'apparurent que bien plus tard, aux collèges universitaires, aux hôpitaux, maladreries ou léproseries, et surtout à toute la gamme des établissements monastiques. Car une grande partie des plus beaux et des plus vastes édifices, des constructions les plus complexes, les mieux aménagées, relevaient depuis des siècles du clergé régulier, ce trait naturellement étant très loin d'avoir disparu à la fin du Moyen Âge.

Il est hors de propos d'examiner ici l'origine et les premiers développements des plans monastiques. Contentons-nous de jeter un regard sur la situation des XIVe et XVe siècles, qu'elle soit la résultante d'un héritage antérieur ou qu'il s'agisse, bien plus rarement, de créations contemporaines.

Un premier type est offert par les établissements qui combinaient vie communautaire et vie solitaire. Ainsi en était-il des chartreuses, dont le succès ne se démentait pas, puisqu'au XIVe siècle, à travers la chrétienté, 110 fondations vinrent agrandir cette famille religieuse, et encore 45 au XVe ; le catalogue officiel de 1510 fournit une liste de 191 chartreuses en activité, dont 7 réservées à des moniales. Or, de par la volonté de son fondateur et initiateur, saint Bruno, la vie cartusienne reposait traditionnellement sur un érémitisme fondamental et sur une certaine dose de cénobitisme, au chœur, au chapitre, au réfectoire, en récréation. Encore si la fréquentation de l'église était quotidienne, puisque rendue nécessaire par la récitation et la célébration en commun des offices, le réfectoire n'était, lui, utilisé que les dimanches, les jours de fête avec chapitre, durant les octaves de Noël, de Pâques et de la Pentecôte, les jours d'enterrement et lors de l'installation d'un nouveau prieur. Le reste du temps, le chartreux consommait seul l'austère repas qui lui était apporté de l'extérieur, anonymement, à travers un guichet. D'où l'importance de la vie de cellule, continue, abritée dans une maison individuelle. Le chartreux, disent les statuts de l'ordre, « doit veiller avec toute diligence et sollicitude à ne point se créer des nécessités, en dehors des observances réglées et communes, de sortir de cellule, mais plutôt de la considérer comme étant aussi nécessaire à son salut et à sa vie que l'eau est nécessaire aux poissons et la bergerie aux brebis. Plus il demeure en cellule, plus il l'aimera, pourvu qu'il s'y occupe avec ordre et utilité à la lecture, à l'écriture, à la psalmodie, à la prière, à la méditation, à la contemplation, au travail, tandis que s'il en sort souvent, et par légèreté, elle lui deviendra bientôt insupportable ». En 1398, pour la chartreuse de Champmol, Philippe le Hardi, duc de Bourgogne, offre dix petites bibles destinées à être réparties entre les *« celles, afin que les religieux qui auront aucunes infermetez pour lesquelles il leur convient laissier l'eglise puissent dire leur service sens empeschier l'enfermier de poursuivre l'eglise et pour estudier si qu'ils n'aient occasion de partir de leur celle pour aller estudier en la bible de l'eglise ou de parler les uns aux autres ».*

À lui seul, le plan d'ensemble d'une chartreuse suffit à suggérer la prédominance de la vie solitaire : par rapport au vaste cloître autour duquel sont disposées les maisons des moines, le reste des bâtiments, à destination profane ou sacrée, fait bien piètre figure. Quant aux maisons elles-mêmes, disposées sur un ou deux niveaux, elles offrent un cadre de vie décent, voire confortable, toutes choses égales d'ailleurs. L'ascèse ne réside pas dans la qualité du logement, très supérieur à la moyenne médiévale, mais dans le confinement librement consenti, et dans la rigueur de la réclusion.

Avec les béguinages de Flandre, de la région rhénane et de la France du Nord, tels qu'ils surgirent à partir du XIIIe siècle pour prendre leur essor durant les deux siècles suivants, on se trouve en présence d'un autre type d'établissement, où la vie communautaire certes existe, jusqu'à un certain degré, mais où l'érémitisme cède totalement la place à une vie individuelle conçue selon le modèle ordinaire. Prenons l'exemple de la maison des béguines de Paris, fondée par Louis IX en 1266. Il s'agissait d'un assez vaste espace, en principe hermétiquement clos dès la tombée du jour, d'une « enceinte de maisons », sur la rive droite de la Seine, près de la porte Barbel, mais au-delà de la muraille de Philippe Auguste. Là résidaient, au témoignage peut-être optimiste de Geoffroi de Beaulieu, confesseur du saint roi, quatre cents *honestae mulieres,* ou *povres beguines,* parfois d'origine noble, bénéficiant de multiples charités publiques et privées, mais aussi gagnant elles-mêmes leur vie au prix de divers travaux effectués tant à l'extérieur qu'à l'intérieur. La maîtresse des béguines, nommée par l'aumônier du roi et assistée de la sous-maîtresse, de la portière et d'un conseil des anciennes, avait pour mission, sous le contrôle du prieur des dominicains de Paris, de surveiller les béguines dans leur conduite, leurs vêtements, leurs allées et venues, et d'empêcher n'importe qui de pénétrer n'importe quand à l'intérieur de la clôture pour se rendre n'importe où. N'ayant pas fait vœu de religion, s'engageant à la chasteté mais pouvant rompre à tout moment avec cet engagement et retourner dans le siècle, les béguines devaient normalement prendre leurs repas au béguinage et ne pas découcher. Il leur fallait encore assister à certains offices dans une chapelle qui, par ailleurs, était ouverte aux habitants du quartier. Certaines d'entre elles, les béguines « de couvent », dormaient dans un dortoir commun, mangeaient au réfectoire, alors que d'autres habitaient en chambre, dans des maisons à part, distinctes du corps d'hôtel conventuel, sous la direction d'une « maîtresse de chambre ». Discipline au total assez souple, à l'intérieur d'un espace en principe féminin, qui laissait aux résidentes, jeunes ou vieilles, authentiques dévotes ou, comme on les en accusait volontiers, pures et simples hypocrites, une assez grande initiative personnelle sous le rassurant couvert d'une institution tutélaire.

Moines blancs et moines noirs auraient dû s'attacher à demeurer fidèles au cadre de vie soigneusement édifié par leurs prédécesseurs, souvent depuis les XIe et XIIe siècles. Il n'y avait en principe aucune raison pour que se modifiât l'organisation de l'espace monastique dans les abbayes et les prieurés cisterciens ou bénédictins. Et tel fut bien souvent le cas, comme il est manifeste à l'examen des ruines des monastères anglais (Rievaulx, Fountains, Tintern, etc.), dont la vie fut brusquement interrompue par la Dissolution. Toutefois, les nécessités de la défense, la chute parfois dramatique des revenus et aussi des effectifs entraînèrent par la force des choses de profondes modifications. Dans nombre de monastères, « une fois désignés le prieur, l'hôtelier, l'infirmier, le cellerier, il ne restait plus de simples moines. Cet état-major sans troupes était dans l'impossibilité de respecter la loi de la clôture, du silence et du recueillement qui devait caractériser pourtant l'état monastique. Comme les finances des abbayes ne réussissaient pas à subvenir aux besoins les plus élémentaires de leurs habitants, les supérieurs étaient contraints de fermer les yeux sur les infractions à la règle de la pauvreté personnelle. Dans les communautés masculines, l'autorisation était donnée, contre paiement, de vivre en dehors, de solliciter des postes de desservants, voire des bénéfices » (Francis Rapp). Fondées sur l'exemple alsacien, ces observations valent aussi bien pour quantité d'autres régions. Comportement de particulière conséquence : le dortoir, qui aurait dû se présenter comme une pièce entièrement dégagée, soigneusement fermée à clé chaque soir par ordre ou sous la surveillance du supérieur et meublée, à l'alignement, de simples paillasses, tantôt fut divisé en cellules, en boxes, au moyen de cloisons ou de tentures, tantôt fut totalement abandonné au profit de chambres *(camerae)*, de chambrettes *(camerulae)* où les religieux dormaient seuls ou par groupes de deux, trois ou quatre.

Les procès-verbaux de visites de l'ordre de Cluny sont remplis de plaintes et d'injonctions à ce sujet. Accueilli au monastère Saint-Victor de Marseille, Beatis, au début du XVIe siècle, ne peut que constater : « Dans cette abbaye, résident environ cinquante moines de l'ordre de Saint-Benoît, ils y mangent et habitent séparément. »

Le dortoir du prieuré de bénédictines de Littlemore (Oxfordshire) porte la trace d'un cloisonnement en chambres séparées, placées, il est vrai, sous la haute surveillance de la prieure, elle-même logée à part mais au même étage.

Toujours en Angleterre, on signale des cloîtres aux baies fermées par des verrières et abritant de petites « études »

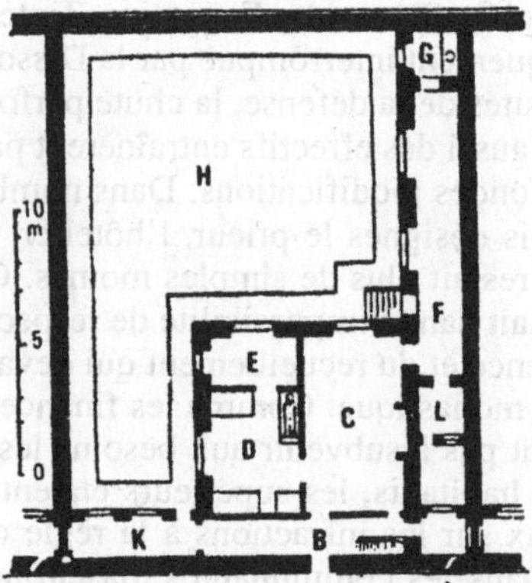

Figure 13 Plan type d'une maison de chartreux, selon Viollet-le-Duc A Galerie du cloître – B Premier couloir – C Première salle, chauffée – D Cellule, avec un lit et trois meubles – E Oratoire – F Promenoir couvert, avec, en bout, les latrines (G) – H Jardinet – I Tour dans laquelle la nourriture est déposée – K Petit portique qui permet au prieur de voir l'intérieur du jardin et d'approvisionner les chartreux en bois et autres objets nécessaires – L Lieu où déposer ces objets

agréablement lambrissées ; des infirmeries monastiques comprenant désormais des chambres individuelles pour les moines âgés ou malades ; des logements, ou mieux des appartements, réservés non seulement à l'abbé et au prieur, mais aussi aux principaux officiers conventuels ; des chambres affectées aux religieux détenteurs de grades universitaires ou s'employant à en obtenir.

Rien donc de superflu dans cette injonction faisant suite à l'inspection d'un monastère anglais, au XVe siècle : « Manger et boire dans un seul local, dormir dans un seul local, prier et servir Dieu dans un seul oratoire [...], renoncer complètement à toutes les retraites privées, aux chambres et aux logements individuels. »

Il est certes tentant, à propos de la diffusion un peu partout d'usages si manifestement contraires aux statuts les mieux établis de la vie cénobitique, de parler de décadence morale et spirituelle, d'indiscipline croissante de la part de religieux sans vocation, trop attachés à leurs aises et trop enclins à tourner la règle, sous les prétextes les plus divers. Trois observations peuvent malgré tout être avancées :

a) La tendance à tourner les contraintes de la vie communautaire n'a pas attendu la « crise » de la fin du Moyen Âge pour se manifester. Dans l'histoire des ordres religieux, le « déclin » a presque toujours commencé précocement, et la retombée de la ferveur initiale n'a pas même attendu, parfois, la disparition des premiers pionniers.

b) Toute généralisation serait abusive ; des monastères assurément persistèrent dans la fidélité aux usages officiels. Ainsi, semble-t-il, le prieuré des dominicaines de Poissy, au témoignage de Christine de Pisan. Le parloir y demeure le lieu obligé de la rencontre entre l'extérieur et l'intérieur, et le dortoir tel qu'il fut présenté à la célèbre femme de lettres et à sa suite (mais les hommes, cette fois, ayant été formellement écartés de ce lieu privé par définition) ne paraît présenter aucune entorse à la bonne règle : « *Mais encor volrent/Plus nous monstrer les dames, qui moult sorent,/Car leur dortouer ordonné comme ilz l'orent/et leurs beaulx liz que sur cordes fait orent/Ilz monstrerent,/Mais en ce lieu de nos hommes n'entrerent/Nul, quel qu'il fust, car hommes ne monterent/Oncques més la, par droit s'en deporterent/À celle fois.* »

c) Mais surtout, peut-être l'évolution générale de la spiritualité n'a-t-elle pas été sans favoriser et dans une certaine mesure légitimer la concession à nombre de moines d'une chambre individuelle, où travailler intellectuellement, prier solitairement et, à la limite, dormir. On peut envisager également l'influence de pratiques parfaitement admises dans certains ordres mendiants. Ainsi celui des Prêcheurs. En effet saint Dominique, aussitôt installé à Toulouse, fit construire à l'étage supérieur du cloître des cellules pour ses compagnons, *ad studendum et dormiendum desuper satis.* Sans doute s'agit-il là d'espaces très chichement mesurés : une longueur à peine supérieure à la couchette, une largeur de 1,50 mètre tout juste. Mais au moins chaque frère y était seul. Par la suite, la dimension des cellules se fit moins étriquée, ne serait-ce que pour permettre l'installation d'un pupitre, d'une chaire de travail : dans le couvent de Saint-Eustorge de Milan, à la fin du XIIIe siècle, des murs de maçonnerie légère remplacèrent les cloisons de bois, mais il fallait que la disposition fût telle que le *circator* parcourant la *via* centrale du dortoir pût voir sans difficulté, d'un rapide coup d'œil, les frères ou bien studieusement assis à leur pupitre ou bien sagement allongés sur leur lit. Seuls les professeurs en charge *(lectores actu agentes)* avaient droit à une chambre proprement dite, entièrement fermée, et d'ailleurs située le plus souvent dans un autre secteur du couvent.

Car c'est un réflexe assez habituel, à la fin du Moyen Âge, de renoncer, dans les fondations pieuses et charitables au moins, au dortoir commun. Pour l'hôpital d'Ewelme, dont il fut le fondateur, William de La Pole entend que les résidents disposent « d'une certaine place pour eux-mêmes [...] : à savoir une petite maison, une cellule ou une chambre, avec une cheminée et autres nécessités du même genre, dans laquelle chacun puisse par lui-même manger, boire et se reposer ».

Au collège de Dainville, à Paris, en 1380, une chambre est prévue pour deux écoliers, mais sans que ceux-ci puissent échapper au contrôle du maître : « De jour comme de nuit, jusqu'à ce qu'ils aillent au lit, la chambre ne sera pas fermée par eux ou l'un d'eux, afin que le maître puisse plus facilement à toute heure aller chez eux s'il le désire et que les écoliers, en retour, augmentent leur zèle pour l'étude et qu'ils craignent de se laisser aller à l'oisiveté et aux mauvaises mœurs. S'il le juge nécessaire, le maître pourra avoir la clé de chaque chambre. »

En 1443, les statuts de King's College (Cambridge) prescrivent une chambre pour deux ou pour trois *fellows (socii)*, pourvue d'autant de lits que de *fellows* et aussi d'un coin-travail *(loca studiorum)*. Certes, ce n'est pas là le régime de la chambre individuelle, considérée peut-être comme trop coûteuse ou trop libérale, mais on est loin du dortoir commun, de la salle d'étude surpeuplée : on comprend d'ailleurs mieux ce moyen terme si l'on remarque que le plus avancé des *fellows* « en maturité, discrétion et science » se voyait attribuer une certaine autorité sur son ou ses compagnons.

Il est significatif que le pauvre étudiant Nicolas, personnage principal du *Conte du meunier* de Chaucer, logé à Oxford dans la demeure d'un charpentier, y jouisse de sa propre chambre « seul, sans aucune compagnie ».

Au milieu du XVIe siècle, le juriste Hermann von Weinsberg, de Cologne, s'attendrit au souvenir de la chambre que vingt ans plus tôt son père lui avait accordée pour son seul usage, tout en haut de la grande maison familiale :

« À propos d'une petite pièce, mon *studiolo*.

« Lorsqu'en 1529 mon père fit bâtir, on construisit deux petites pièces l'une au-dessus de l'autre, près de la grande pièce. Je pris possession de la plus élevée des deux, mon père y fit faire fenêtre et porte, que l'on pouvait fermer à clé. Dans cette petite pièce, je montai une petite table, une chaise, un tableau mural, et j'installai mon *studiolo* : livres, tiroirs, papier, écritoire, etc., et tout ce que je pus entasser, je le traînai là-haut ; je me fabriquai aussi un autel, et y plaçai ce qu'on voulut bien me donner. Le tout fermé à clé, afin que personne ne pût y entrer, sauf mon cousin et compagnon d'école, Christian Hersbach, qui était tout le temps chez moi. C'est là que je trafiquais la plupart du temps, lorsque je rentrais d'école, j'y lisais, écrivais, et y commençais la peinture, car mon cousin qui savait bien peindre m'aida beaucoup. Et mon père avait grand plaisir à me voir ainsi installé et m'aida à aménager la pièce, ce qui m'évitait de traîner dans la rue. Il me conserva toujours l'usage de cette petite pièce, même quand je fus à Emmerich ; et quand je revenais, je trouvais tout dans le même état. »

LE LIT

Avec leur sens du concret, conscients qu'ils étaient d'autre part de vivre dans un monde pauvre, où tout objet avait sa valeur, les gens du Moyen Âge étaient fascinés, semble-t-il, par les ustensiles de ménage. Bien des écrivains ne dédaignèrent pas de célébrer les *oustillemens d'ostel* en vers plus encore qu'en prose, en langue vulgaire plus souvent qu'en latin. Il ne suffisait pas qu'un hôtel fût bien construit, encore fallait-il qu'il fût bien « garni ». Or, parmi tous les objets énumérés, c'est le lit qui revient le plus souvent et occupe la première place.

Le lit figure au sein du très mince attirail que doit posséder, selon Guillaume Coquillart, même un homme « *povre et miserable :/N'a vaillant que ung lict, une table,/Ung banc, ung pot, une saliere,/Cinq ou six voirres de feuchiere,/Une marmite ou cuyre poys* ».

Pareillement pour la *povre filleresse* du *Ménagier de Paris*. Un réflexe identique guide la rédaction des manuels de conversation destinés à l'apprentissage de l'anglais par un Français, ou inversement :

Ores vous convient avoir lits	*Now muste ye have bedde*
lyts de plummes ,	*beddes of fetheris ;*
pour les povres suz gesir,	*for the poure to lye on,*
lyts de bourre ,	*beddes of flockes ,*
sarges, tapites,	*sarges, tapytes,*
kieultes pyntes	*quilted painted*
pour les lits couvrir ;	*for the beddes to covere ;*
couvertoyrs ainsi ,	*coverlettes also ,*
bankers qui sont beaulx ,	*bankers that ben fayr ,*
dessoubs le lit ung calys,	*under the bedde a chalon,*
estrein dedens	*strawe therin.*

C'est par le lit et ses accessoires que commence la ballade qu'Eustache Deschamps composa « *pour les nouveaulx mariez » : « Il vous fault pour vostre mesnage/Entre vous, mesnagiers nouveaulx,/Coustes, coussins, liz et fourraige. »*

Dans un de ses discours, prononcé en 1453, Jean Juvénal des Ursins, pour illustrer le fardeau presque intolérable des impôts royaux, retient cet exemple : *« Si ung povre homme n'a que ung lit pour luy, sa femme et ses enffans, on le prendra et n'y aura rayson, si non sic volo sic jubeo, sic pro racione voluntas. »*

En 1539, Gilles Corrozet, dans ses *Blasons domestiques*, entreprend la chaleureuse célébration du lit, juste après celle de la chambre et avant celles de la chaire, du banc, de la table, du dressoir, du coffre et de l'escabeau. Et cela en des termes qui traduisent sa valeur presque mythique : non seulement le lit est « délicat, douillet », non seulement il est le « parement des chambres », mais, pur de toute dimension érotique, il est le « lit d'honneur » chaste et pudique témoin de la sainte union conjugale.

Le lit est pratiquement le seul meuble que l'on voit légué par testament à un fidèle serviteur, à un parent dans le besoin, à un hôpital.

À la fin du XVe siècle, en Quercy, le lit nuptial entre régulièrement dans la composition de la dot des filles, pour une valeur de 8 à 10 écus d'or.

Des voyageurs étrangers, tel Beatis, ne furent pas sans apprécier, dans les auberges, le lit français, tout en le plaçant sensiblement au-dessous du lit allemand (cette merveille dépourvue de vermine) et même au-dessous de la couche flamande. Il est vrai que, dès le XIIIe siècle, des textes littéraires vantent les *soefs lits* de plume à la mode française.

Enfin, il existait pour le lit un marché de l'occasion, tout comme pour les vêtements. Souvent d'ailleurs, les professions de revendeurs ou de *revenderesses* de lits étaient associées à celles de fripiers ou de fripières.

Comme le suggèrent certains des textes qui viennent d'être cités, ce qu'on peut appeler le « lit complet », représenté dans de très nombreuses œuvres d'art, comprend trois éléments : le bois de lit ; le lit à proprement parler ; enfin, l'ensemble des étoffes qui, disposées sur et autour du lit, permettent au dormeur, s'il le souhaite, de s'isoler en se protégeant des regards, de la lumière et des courants d'air.

Le terme habituel pour désigner le bois de lit est celui, encore en usage aujourd'hui, de châlit, mais on parle aussi de couche ou de couchette. Le plus souvent en chêne, parfois en bois blanc, le châlit était habituellement garni d'un fond de planche (*lectum de tabulis,* dans certains textes en latin). Tel était, semble-t-il, le châlit « bordé », dont se distingue le châlit « cordé » *(lectum cordegii, lectum cordelhium),* comme on en rencontre à l'Hôtel-Dieu de Paris, chez les dominicaines de Poissy et au château d'Angers au temps du roi René. Mises en place par des nattiers ou des cordiers, retendues périodiquement, ces cordes, peut-être entrecroisées, jouaient sensiblement le même rôle que nos actuels sommiers à sangles. Cependant, on rencontre aussi des lits à la fois bordés et cordés.

Des châlits étaient suffisamment élevés au-dessus du sol pour qu'il fût possible de glisser en dessous des couchettes, que l'on dégageait en cas de besoin. Un peu comme nos lits gigognes. *« Une petite couchette qui est dessous le lit »* : la mention se trouve par exemple dans l'inventaire de la maison rouennaise de Hugues Aubert, un associé de Jacques Cœur (1453). Des couchettes étaient pourvues de roulettes, ce qui facilitait encore leur déplacement : *« chariolle, couchette roullonee, charliz roulerez, couchette rouleresse, couchette basse a roulletz, qu'on boute dessous les lits ».*

D'autres châlits pouvaient se démonter, voire se plier (grâce à des charnières ?), donc servir par exemple à la guerre, pour y installer un lit de camp.

Certains châlits, mais non pas tous, étaient munis de piliers, de colonnes, de montants, bref, d'un échafaudage de bois complété par des verges de fer et destiné à soutenir le ciel de lit, cette grande innovation du milieu du Moyen Âge (XIIIe siècle) qui donna naissance au lit de parement et aussi au lit de justice par quoi il faut comprendre un trône, une « chaire » surmontée d'un dais.

Les châlits étaient souvent surélevés au point que, pour monter dans le lit, il fallait recourir au service d'un marchepied de bois, parfois recouvert de drap. À Ménitré, manoir champêtre du roi René, un inventaire mentionne dans la chambre du roi *« deux coffres longs de boys servans de marchepié fermans a deux claveures chascun, et ung marchepié par terre en la venelle dudit lit ».* Dès le XIVe siècle en effet, au moins, les termes de « venelle » et surtout de « ruelle » étaient en usage pour désigner cet intervalle entre le lit et le mur, et qui devait avoir, au XVIIe siècle, la fortune littéraire que l'on sait.

Dans ou sur le châlit, on entassait de la paille, de l'*estrain,* du *fuerre,* ce qui constituait au sens strict une paillasse ou, comme on disait parfois, un *chutrin.* À la paillasse s'ajoutait (mais non pas toujours) le matelas proprement dit, appelé le plus souvent *coute,* couette ou *coetis.* Fabriquée en coutil de Caen, de Lunel ou de Bretagne, en toile dite de souille, en futaine, en drap de laine, voire en soie, parfois doublée d'une taie, la couette renfermait des débris de paille *(poussiere, balosse),* de la balle d'avoine, de la bourre de laine, ou bien, ce qui était nettement plus apprécié, de la plume et, encore mieux, du duvet. À côté des *matheras* de laine, on signale, surtout dans le midi de la France, des matelas de coton.

Un lit comprenait encore un ou plusieurs coussins ou bien un traversin *(traversier, traverslit)* ; un ou plusieurs oreillers, souvent remplis de duvet ; une paire de draps *(linceuls)* de qualité variable (lin ou chanvre, voire étoupe, draps de *brin* et de *reparon,* c'est-à-dire de toile grossière) ; une couverture de drap, qui pouvait être doublée de fourrures précieuses ou ordinaires ; et un couvre-lit-édredon, auquel doivent correspondre les termes de *coustepointe* et de *lodier*.

Quant aux étoffes tout autour et au-dessus du lit, elles pouvaient être disposées en forme de *tente,* de *pavillon,* d'*épervier* (au sens de filet), de demi-ciel ou de ciel. Au XVe siècle plus qu'au XIVe, bien des lits sont munis de ciel, *dossiel* (ou dossier), plus trois courtines ou *custodes* fixées à des verges de fer. Les étoffes employées sont la toile, la serge, le drap de laine ou de soie, la tapisserie, voire le drap doublé de fourrures.

Il existait en effet toute une hiérarchie de lits. Et d'abord en fonction de leurs dimensions : on signale des lits d'un lé et demi de large, de deux lés, et jusqu'à trois lés, les couvertures et les draps servant à ces lits ayant alors, en général, un demi-lé de plus. Ensuite, en fonction de la nature du matelas, du nombre et de la qualité des draps et des couvertures, de la présence ou non d'un oreiller en plus du coussin ou du traversin. En troisième lieu, en fonction du châlit : des lits n'en étaient pas pourvus ; pour d'autres, il s'agissait d'un bâti rudimentaire ; pour d'autres, au contraire, d'un meuble sculpté avec soin. Enfin, des lits avaient un ciel et des rideaux, alors que d'autres, au témoignage des comptes, des inventaires comme des miniatures, en étaient totalement démunis. D'où des prix d'estimation extrêmement variables allant, pour un lit, de quelques sous à plusieurs dizaines de livres. À la fin du XVe siècle, à Paris, un lit de 60 sous parisis (3 livres) était considéré comme des plus ordinaires.

Il faut mettre à part les couches ascétiques des monastères demeurés fidèles à l'esprit de pauvreté et de pénitence. Dans ce cas, des châlits tout simples, pas de rideaux, et surtout pas de draps et, à la place de la molle et chaude couette de duvet, de rudes paillasses ou des matelas de *bourre lanissee* passant pour inconfortables. Séjournant à la Grande Chartreuse en 1517, Beatis déplore que lui et son maître, le cardinal d'Aragon, aient dû dormir « sur de petits lits de paille sans draps avec pour couvertures de grossières peaux de mouton ». Revenu de la croisade, Louis IX, par esprit de mortification, renonça à coucher dans un lit de plume et se contenta d'une planche recouverte d'un mince matelas de coton.

Des lits monastiques pouvaient avoir belle apparence tout en demeurant austères. Ainsi dans le dortoir du prieuré de Poissy. Les religieuses, écrit Christine de Pisan, y dorment tout habillées, sans draps, sur un matelas de bourre et non sur une coute, ce qui n'empêche pas leur lit d'être recouvert d'une élégante tapisserie : *« Si ne vestent chemises, et sens langes/Gisent de nui, n'ont pas coutes a franges/Mais materas/Qui sont couvers de beaulz tapis d'Arras/Bien ordonnez, mais ce n'est que baras/Car ilz sont durs et emplis de bourras,/Et la vestues/Gisent de nuit celles dames rendues/Qui se lievent ou elles sont batues/À matines* [...]. »

Au milieu du XIVe siècle, dans les léproseries et les maisons-Dieu du diocèse de Paris, un lit de malade ne comportait, semble-t-il, ni châlit ni courtine, mais seulement une coute, un oreiller, une paire de draps et une couverture. D'autres établissements hospitaliers se montraient plus généreux, ou plus judicieux, prévoyant deux couvertures en été et trois en hiver.

Pour les mineurs de la mine de Cosne, dans le Lyonnais, employés par Jacques Cœur, l'inventaire établi lors du procès (1453) mentionne deux types de lits : le premier se compose d'une couette et d'un coussin de plume, de deux draps et de deux couvertures ; le second se borne à un matelas de balosse et une seule couverture. Dans un cas, l'estimation est de 20, 30 ou 40 sous ; dans l'autre, de 10 sous, et même moins. De toute façon, ni bois de lit ni rideau.

Une célèbre miniature de Jean Bourdichon représente un gueux – symbole de la pauvreté – dans son lit : une paire de draps en loques, une paillasse placée dans un lit à claire-voie, une méchante couverture trouée d'où s'échappent deux jambes, l'une bandée, l'autre serrée dans une chausse déchirée...

À la fin du XVe siècle, le cuisinier de l'évêque de Senlis était sans doute mieux loti, avec son lit de coutil de toile, son traversier en plume, sa paire de draps, son lodier et sa couverture de tiretaine grise (le tout estimé 40 sous parisis).

En 1403, Colin Doulle, de Conches en Normandie, exécuté pour ses *« demerites »*, laisse *« un lit, c'est assavoir coute et travessain emplis de bourre, un viel couvertoir usé de drap rousset, et deux paires de draps linges d'estouppes »*. Le tout, vendu aux enchères, rapportera 40 sous tournois.

Bonne bourgeoise de Paris, veuve d'un barbier du roi, Perrette La Havée, vers 1460, disposait d'un lit nettement plus imposant, d'inspiration sinon de style seigneurial. Les draps étaient de lin, l'oreiller de plume, la coute et le coussin en coutil de Flandre, et surtout un ciel, un dossier et deux custodes de toile venaient envelopper cette vaste couche de 1,80 mètre sur 2,10 mètres. L'évaluation de l'ensemble monte, cette fois, à 8 livres 6 sous 8 deniers parisis [1].

Un degré de plus dans la magnificence : dans la *« chambre longue »* du château de Thouars où venait de mourir, en 1470, Louis d'Amboise, vicomte de Thouars, on trouve, lors de l'inventaire après décès, un grand châlit à marchepied avec couette, traversier, blanchet, lodier, couverture et *« gar-*

1. À l'époque concernée, 4 livres parisis = 5 livres tournois Même rapport pour les sous et les deniers.

niture » ; et aussi un ciel de tapisserie à verdure, plus un *« entredeux »* (autrement dit, un *tresdos*, un dossier) et trois courtines de toile bleue. Mêmes étoffes, même décoration pour la couchette adjacente, elle aussi pourvue d'un ciel. Il y a encore un petit lit, *« coulant »* sous le grand. Enfin, au mur, cinq pièces de tapisserie sont tendues, formant avec les tapisseries des deux lits un ensemble parfaitement homogène.

Dans la seconde moitié du Moyen Âge en effet (les premiers exemples probants à ce sujet remontent au XIIIe siècle), le ciel, les rideaux, le dossier, le couvre-lit et les tentures murales pouvaient constituer une ornementation assortie. Telle était la *« chambre »* qui, sans trop de problèmes, se montait et se démontait, se mettait dans un coffre, s'entassait dans les armoires ou les garde-robes, et, défraîchie ou passée de mode, finissait dans quelque grenier. Décor mobile, portatif, en parfaite harmonie avec les usages du temps qui, chez les grands, autorisaient ou imposaient les déplacements incessants.

Des chambres d'un luxe inouï furent taillées, tissées, fabriquées aux XIVe et XVe siècles. Parmi la profusion d'exemples fournis par les documents, surtout comptables, on se bornera ici à mentionner la chambre, qui ne compte pas parmi les plus extravagantes, dont se fit accompagner Catherine de Bourgogne, en 1393, lorsqu'elle entra par son mariage dans la famille de Habsbourg : *« Une chambre de satayn bleus ovree de brodure a. V. compas aux armes de Madamoiselle d'Osteriche, garnie de plain ciel, de dossier, de queute pointe, de courtines de cendal, de . X. carreaux de mesmes, ovrés de brodure aux armes de madicte damoiselle, et aussi garnie ladicte chambre d'une couverture de lit d'ouvraige de haute liche, de . IIII. tapys pour tendre par les paroys, d'une couverture de couche, d'un banquier et . VI. carreaux de laine, armoyez comme dessus, et de . III. marchepiedz* [au sens ici de descente de lit] *a mettre entour le lit et d'une couverture de drap bleu fourré de menu vair. »*

Il va de soi qu'une chambre aussi fastueuse, aussi complète, représentait l'exception. Statistiquement, un cas rarissime. Mais un cas ayant servi de modèle, de référence. À la suite d'un phénomène classique de diffusion, des intérieurs simplement bourgeois portaient la marque d'un indéniable souci décoratif, au moyen de tapisseries, de *tapis velus* (au mur, sur les meubles et même par terre), de toiles et de serges, de rideaux autour du lit, voire aux fenêtres, de *carreaux* (coussins) et de housses revêtant les bancs *(banquiers)*. Voici la chambre où mourut à Paris, en 1438, Me Pierre Cardonnel, chanoine de Notre-Dame. Les deux lits qui s'y trouvent sont recouverts d'une courtepointe blanche, celui du défunt ayant, en plus, un ciel, un dossier et trois custodes de toile blanche. Au mur, trois serges vermeilles, dont l'une ornée en son centre d'un cerf blanc et semée de roses blanches. Un décor blanc et rouge, qui, lorsqu'il fut mis en place, ne devait pas faire mauvais effet.

Il faut malgré tout imaginer une grande majorité de lits dépourvus de tentures, même modestes, voire de châlits : *meschantes couchetes, paillasses a meschine*, qu'on posait directement sur le sol ou sur des planches sommairement assemblées, couvertures rapiécées, usées jusqu'à la corde, trop minces ou trop peu nombreuses pour tenir vraiment chaud.

Le nombre de lits d'une demeure était naturellement fonction de sa dimension, des ressources de son ou de ses occupants, de l'importance de la maisonnée. Cela pouvait aller d'une seule couche à plusieurs dizaines. Avec ses multiples bâtiments, l'établissement minier de Jacques Cœur, à Cosne, comprenait une bonne cinquantaine de lits, sans que l'on connaisse malheureusement les effectifs des employés et des ouvriers auxquels ils étaient destinés. Au château de Madic, à la fin du XVe siècle, on comptait 31 lits, plus 35 couchettes. Interrogé par le procureur Dauvet, le *despensier* de Jacques Cœur déclare que la *« grant maison* [de Bourges comptait] *environ .XV. ou .XVI. litz que coulches, dont il y en avoit de grans qui estoient beaux et bons »*. Datant de 1525, l'inventaire après décès de Pierre Legendre, trésorier de France, énumère une vingtaine de lits, moitié couches et moitié couchettes, dispersés, en général deux par deux (une couche plus une couchette) dans les chambres et les garde-robes de son hôtel parisien de la rue des Bourdonnais. À la campagne, son manoir d'Alincourt en avait une trentaine, celui de Garennes près de vingt. Pierre Legendre, dans ses trois principales résidences (il en avait d'autres, mais presque vides), disposait ainsi de quelque 70 couchages, sans compter les bois de lit qui, faute de matelas, ne pouvaient servir tels quels. En 1542, le château de Thouars, avec sa quarantaine de pièces, comptait à peu près autant de lits, y compris deux berceaux dans la chambre des nourrices et plusieurs lits de camp.

Non qu'on ait normalement couché dans toutes les pièces. Ne parlons pas des caves, des celliers, des greniers, des galeries, des galetas. Mais, sauf rares exceptions, il n'y avait de lit ni dans la cuisine, ni dans la dépense, ni dans le comptoir, ni dans l'étude, ni surtout dans la salle. Les lits se trouvaient dans les chambres (on parle même à l'occasion de *chambres a coucher*) et dans leurs annexes (garde-robes, voire retraits), et aussi dans certaines pièces de service, surtout les écuries, peut-être pour éviter le vol des chevaux.

On admet généralement qu'au Moyen Âge un seul lit pouvait abriter non seulement, comme de juste, un couple marié, mais aussi leurs enfants, jeunes ou moins jeunes, ou encore plusieurs frères et sœurs, plusieurs amis, des domestiques au service d'un même maître, des étrangers amenés à partager leur chambre, au hasard de l'existence. Cette vue n'est pas inexacte : des hommes de guerre, des écoliers, des malades, des pauvres couchant à plusieurs dans le même lit, c'est ce dont témoigne amplement la documentation tant écrite qu'iconographique. Et le grand lit non pas seulement matrimonial mais familial n'est pas un mythe (miniature du livre d'heures de Jeanne de France). Remarquons malgré tout que le souci existait d'éviter ce type de promiscuité, pour des raisons de confort, d'hygiène, mais surtout de morale. Dans son traité contre la luxure, Jean Gerson écrit : *« Pleust a Dieu que coustume feust en France que les enfans couchassent seulx en petis litz, tant feussent freres ensemble ou seurs ou autres, comme en Flandre est la coustume. »* La norme du lit individuel était respectée dans la plupart des monastères, et même dans certains collèges. On s'en préoccupait dans les hôpitaux, ainsi à l'Hôtel-Dieu de Paris, où les sœurs déploraient d'être contraintes de coucher les *« petiz enffans, tant fillettes que petiz garsons, ensemblement en plusieurs lictz dangereux, et sur lesquels estoient mors autres malades de maladie contagieuse, a cause qu'il n'y a ordre ne lictz particuliers pour iceulx enffans, mais couchent six, huit, . IX., . X. et . XII. en ung lict, tant au chevet que aux piedz »*.

Il était prescrit dans le même établissement de placer dans

toute la mesure du possible *« les griefz malades chascun a part soy en ung lit »*.

C'est dire que coucher à plusieurs était souvent considéré comme l'effet de la simple pénurie. Tous ceux qui le pouvaient entendaient être seuls dans leur lit, ou du moins ne s'y reposer qu'avec la personne de leur choix.

En revanche, on ne souhaitait pas nécessairement, la nuit, se séparer qui de son valet de chambre ou de son chambellan, qui de sa chambrière, de sa femme de retrait ou de sa femme de chambre. Ou bien ces domestiques intimes dormaient sur une couchette, dans la propre chambre de leur maître, ou bien ils s'installaient dans la garde-robe contiguë, ou encore, à plusieurs, ils occupaient une chambre immédiatement voisine. Tel château par exemple contient, juste après la chambre de Madame, celle des « filles de Madame » (Madic). Et au château de Rouen, en 1436 : *« En laquelle petite chambre gisent les damoiselles de la femme du dit cappitaine »*. Antonio de Beatis note qu'en Picardie, à la différence de l'Allemagne où l'on entasse le maximum de lits, les chambres des hôtelleries comprennent seulement un lit pour le maître et un pour le valet. Commynes rappelle dans ses *Mémoires* qu'il lui arriva, en tant que chambellan du duc Charles de Bourgogne, de dormir dans la chambre de ce dernier. Le mignon d'un roi, d'un grand, était précisément celui qui partageait sa chambre régulièrement. Et, dans le *Ménagier de Paris*, le bon prud'homme recommande à sa jeune épouse : *« Se vous avez vos filles ou chamberieres de .XV. a .XX. ans, pource que en tel aage elles sont soctes et n'ont gueres veu du siecle, que vous les faciez coucher près de vous en garde robe ou chambre, scilicet ou il n'ait lucanne ne fenestre basse ne sur rue. »*

Ce qui laisse entendre que cette dépendance continuelle ne souriait pas à tous les domestiques et que, de leur côté, les maîtres, en les gardant constamment à proximité, cherchaient autant à exercer leur contrôle moral qu'à disposer d'une présence et d'un service de tous les instants.

Ajoutons que des œuvres de fiction, comme les *Cent Nouvelles nouvelles*, montrent bien cette cohabitation permanente des maîtres et de leur famille, de leurs « privés serviteurs ». Il est vrai que le maître, le moment venu, pouvait les écarter pour quelque temps et retrouver son intimité à l'abri des courtines tirées de son lit.

Le parement et le retrait

Des textes du temps se plaisent à présenter la maison comme un monde bien clos, à l'intérieur duquel peut s'affirmer sans partage, en toute *franchise*, l'autorité quasi seigneuriale du *chef d'hôtel*. Le *Ménagier de Paris* recommande, au terme de la journée, après l'extinction des feux, de fermer soigneusement les huis extérieurs et d'en remettre les clés à une personne de confiance – dame Agnès la béguine, ou bien Jean le dépensier – *« afin que nulz sans congié n'y entre ne ysse »*. Alain Chartier, pour dissuader ses contemporains de se transformer en *curiaux* (courtisans), affirme que rien ne vaut la vie indépendante dans sa propre *maisonnette : « Depuis que ton huisset est clos, n'y entre aultre s'il ne te plaist. » « L'ostel est seur mais qu'on le cloue »*, écrit François Villon.

Cependant, l'espace intérieur de la maison, surtout à partir d'un certain niveau, ne se présente pas comme un tout homogène, indifférencié. Des pôles de vie sociale ou privée, d'activité domestique ou professionnelle s'y laissent discerner. Il y a d'abord les lieux chauffés et les lieux non chauffés (ou, ce qui n'est pas la même chose, chauffables et non chauffables). Parmi les premiers, naturellement, la cuisine, et aussi la chambre du maître, et puis, de façon moins systématique, moins régulière, d'autres chambres ainsi que la salle. Songeons aussi aux chauffoirs des monastères. En Allemagne, des pièces étaient chauffées en permanence, l'hiver (*Stube*, poêles, fourneaux) comme le signale un passage du *Livre de la description des pays* de Gilles le Bouvier, dit le Héraut Berry (milieu du XVe siècle) : *« Pour le froit qui fait es Alemaignes l'iver il[z] ont fourneaulx qui chauffent par telle maniere que ilz sont chaudement en leurs chambres, et l'iver les gens de mestier y font leur besongne et y tiennent leurs femmes et leurs enfans, et ne fault gueres de bois a les chauffer. Et les nobles et gens de guerre et aultres gens oyseulx y sont pareillement a jouer, chanter, boire et manger, et passer le temps, car ilz n'ont nulles cheminees. »*

Le commentaire de Gilles le Bouvier suggère que la pratique était fort différente en France : pas mal de cheminées allumées sans doute par intermittence, mais capables de réchauffer les chambres lorsqu'on venait de l'extérieur, transi de froid et trempé de pluie, et aussi une moindre concentration de la maisonnée. Cependant, le poêle n'était pas inconnu, en tout cas dans la France de l'Est (Provence, Savoie, comté de Bourgogne) ; de plus, au XVe siècle, il fut volontairement introduit ailleurs, ainsi dans les mines de Jacques Cour et dans certains châteaux du roi René, qui fit appel, pour ce faire, à des spécialistes venus d'Allemagne.

Inversement, parmi les pièces qui, sauf exception, n'étaient pas chauffées, on trouve la dépense, l'ouvroir, le comptoir, l'étude et la chapelle. Encore Georges de La Trémoille, en 1475, lorsqu'il entreprend de construire pour ses prières privées un oratoire dans son château de Rochefort-sur-Loire prévoit-il un *petit chaufepié* pour compléter le confort de cette pièce entièrement lambrissée.

Ajoutons qu'on recourait aussi aux chaufferettes, aux braseros aisément transportables de pièce en pièce, au gré des besoins : *speyrogadoria* en Provence, *fouiers* ou *fouieres* de fer ou d'airain dans la France du Nord.

Autre distinction, dans le simple prolongement d'ailleurs d'un usage antérieur : la salle, opposée à la chambre. Une évolution, malgré tout, se dessine alors. La salle, en dépit de ses dimensions, de son ornementation (songeons aux salles des preux et des preuses, au château de Coucy, célébrées par Antoine Astesan), a une certaine tendance à se transformer en une sorte d'antichambre. Disons un hall, au sens actuel du terme, une salle des pas perdus. Là encore, Alain Chartier peut nous servir de guide lorsqu'il écrit : *« La salle d'ung grant prince est communement infecte et rescauffé de l'alaine des gens, le huissier y donne de sa vergue sur la teste de cheus qui y sont, les ungs y entrent par force de boupter, et les autres estrivent a y resister »*, en attendant que s'ouvre enfin *l'huis du retrait* du prince.

Un premier remède consista à dédoubler la salle. Il y eut la salle du commun et la grande salle, ou encore la salle d'en bas, jouant le rôle d'une salle d'attente, et la salle d'en haut, servant, comme on disait déjà, à la *reception*. Mais surtout, ce fut la chambre elle-même qui donna naissance à la chambre proprement dite (ou de retrait, ou à coucher) et à la chambre officielle, appelée chambre de parement, ou à parer. Là trônait, inoccupé et majestueux, le lit de parement. La jeune épousée d'une des *Cent Nouvelles nouvelles* pénètre d'abord dans la *« grande sale de l'ostel »* de son mari, puis dans la *« chambre a parer, bien tendue de belle tapisserie »*, réchauffée d'un *« beau grant feu »*, pourvue d'une *« belle table couverte »* où l'attend le *« beau desjuner »*, tandis que s'offre à ses regards le *« beau buffet bien fourny de vaisselle »*.

La chambre de parement est mixte : elle est publique mais appartient aussi au cœur intime de la maison ; n'importe qui n'y est pas admis, on peut y déployer sans risque ses richesses, le luxe de son argenterie, la profusion de ses tapisseries.

Car la fin du Moyen Âge est par excellence un temps où il est aussi nécessaire d'étaler sa magnificence que sa puissance : d'où la mention de destriers de parement, d'épées de parement, de draps de parement, de dressoirs de parement.

Enfin, troisième pôle de la maison : la chambre du maître, qu'on imaginera, à la manière de Gilles Corrozet, *« tresclere et bien quarree »*, ou encore *« bien tendue et necte, tapissee, voirree, nattee »*. *« De belles chambres bien natees, voirrees, garnies de litz, tapisserie et autres choses »*, écrit par exemple Jean de Roye. Ou encore, chez Eustache Deschamps, cette évocation du parfait confort : *« Chaudes chambres natees sus et jus,/Les huis fermez, fenestre qui ne crie. »*

C'est dans la chambre, les inventaires en font foi, qu'étaient conservés les joyaux et l'argenterie, les papiers les plus importants (comptes, créances et obligations, lettres privées), dans des huches, des dressoirs, des *« écrins »*, des coffres petits ou grands, en chêne, en cyprès, parfois ferrés mais toujours soigneusement fermés à clé. Dans le voisinage immédiat, l'étude (appelée parfois étude secrète), le *« comptoir de retrait »*, l'oratoire, et bien sûr la garde-robe et le retrait, au sens technique du terme (avec l'inévitable chaise percée), éventuellement l'étuve. Cet ensemble définissait l'espace privé par excellence, le lieu où l'on prenait ses aises, où l'on se distrayait (jeux de chambre), où l'on soignait son corps et son âme, où l'on écrivait : *« Or veult l'amant faire diz, balades,/Lettres closes, segrectes ambaxades,/Et se retrait/Et s'enferme en chambre et retraict/Pour escripre plus a l'aise et a traict.* » Ainsi rime Alain Chartier.

Normalement cet espace privé est commun au couple, mari et femme. N'oublions pas cependant que, selon un modèle parfaitement réalisé au niveau princier ou royal (ainsi à l'hôtel Saint-Pol, à Paris), la haute aristocratie distinguait fréquemment, dans ses résidences, ce qu'on peut presque appeler au risque d'un léger anachronisme les « appartements » de la dame et les « appartements » du seigneur ou, en tout cas, attribuait à chacun sa propre chambre et sa propre garde-robe.

LE SENS D'UNE ÉVOLUTION

Dans les églises, une multitude de chapelles *privees*, isolées par une clôture de pierre ou de bois ou par une grille de fer, pourvues de leur propre mobilier, de leur propre *trésor*, et destinées à un individu, à une famille, à une confrérie. Des oratoires tantôt mobiles – que les miniatures représentent occupés par des grands en train de prier à l'écart du groupe de leurs courtisans et de leurs serviteurs –, tantôt permanents, en pierre, avec vue plongeante sur l'autel et possibilité de regarder l'assistance sans être aperçu et de s'éclipser discrètement (oratoires de Louis XI à Notre-Dame de Cléry et à Notre-Dame de Nantilly, à Saumur, de Jean Bourré au Plessis-Bourré). Bancs d'église, accoudoirs et prie-Dieu, avec même, en Flandre et ailleurs, la distinction d'un côté pour les hommes et d'un côté pour les femmes.

Dans bien des villes, des locaux affectés spécialement à la réunion du conseil municipal (maison commune, maison de ville). Des salles pour la paume, voire pour la joute. Des clos pour le tir à l'arc, à l'arbalète, bientôt à l'arquebuse. Une grange pour l'artillerie, une tour pour l'horloge. Des bâtiments à usage exclusivement universitaire (salle des actes, librairie, comme à Orléans). De véritables salles de classe pour les écoliers (école Saint-Paul, à Londres, décrite par Érasme, au début du XVIe siècle). Parfois, une librairie publique (ainsi à Worcester et à Bristol, au XVe siècle). Un local pour les archives, comme la pièce du Trésor des chartes, dans le palais royal de la Cité, à Paris, au nord de la Sainte Chapelle. Des halles pourvues de loges et d'étaux. Une volonté manifeste de contenir, de refouler les prostituées dans un quartier, dans une rue, dans une maison publique. La surveillance des étuves communes.

Au-delà de leur caractère disparate, ces différentes données vont apparemment dans un même sens, surtout si on les rapproche de l'organisation des plus beaux hôtels urbains, des châteaux les plus importants et des palais les plus prestigieux. Une tendance paraît s'être alors manifestée, d'une part pour faire passer à l'intérieur ce qui se déroulait plus facilement autrefois à l'extérieur, en plein air, d'autre part pour substituer à des espaces polyvalents, multifonctionnels, des espaces dotés d'une destination plus rigoureusement définie.

Une place pour le jeu, une autre pour le travail ou pour la justice, pour la prière individuelle ou collective, pour l'enseignement ou pour la culture, en attendant une place pour le théâtre. Ainsi se définirait à l'extrême fin du Moyen Âge l'idéal de l'espace urbain. Et cela non sans parallélisme avec ce que les pouvoirs souhaitaient pour l'ensemble du corps social : plus de hiérarchie, de ségrégation, un encadrement plus strict, une surveillance plus étroite des comportements.

La période du XIIIe-XVIe siècle a vu aussi la lente émergence, tant à la ville qu'à la campagne, d'un habitat courant d'un peu meilleure qualité. Peut-être, paradoxalement, les grands bouleversements de la fin du Moyen Âge furent-ils la condition nécessaire à la mise en place de ce début d'amélioration. Par un mouvement dialectique, la vie privée, moins abandonnée à elle-même par des pouvoirs publics volontiers plus interventionnistes, allait retrouver sa respiration, ses dimensions, à l'intérieur d'un « chez-soi » devenu plus accueillant et plus protégé.

Progrès de l'individualisme ? Peut-être. N'oublions pas malgré tout qu'à l'époque de la Renaissance encore c'est l'habitat collectif qui demeure la référence la plus appréciée, que cet habitat soit destiné à des communautés de religieux, d'écoliers, de malades, de soldats, ou à des individus dont la puissance, le prestige et la richesse se traduisent d'abord par l'importance de l'humanité gravitant en permanence autour d'eux.

Ph. C.

L'émergence de l'individu

Situation de la solitude
XIe-XIIIe siècle

Le désir d'être seul : promiscuité nécessaire

Coude à coude, promiscuité, parfois cohue – à l'époque féodale, place en effet n'était jamais prévue dans l'intérieur des grandes demeures pour la solitude individuelle, sinon dans le bref instant du trépas, du grand passage vers l'autre monde. Lorsqu'on se risquait hors de la clôture domestique, c'était encore en groupe. Il importait d'être au moins deux, et si les compagnons n'étaient pas parents, ils se liaient par les rites de la fraternité, constituant, pour la durée du déplacement, une famille artificielle. Dès que, vers l'âge de sept ans, tenus dès lors pour sexués, les garçons de l'aristocratie sortaient de l'univers des femmes, ils étaient lancés dans l'aventure, mais ils restaient, et pour toute leur vie, au sens le plus fort du terme, englobés – s'ils étaient voués à servir Dieu, rassemblés dans une école, sous la conduite d'un maître ; sinon réunis dans une équipe de semblable structure, imitant les gestes d'un patron, leur nouveau père, le suivant lorsqu'il quittait sa maison pour défendre son droit par les armes, par la parole, ou pour suivre le gibier dans la forêt. L'apprentissage terminé, les nouveaux chevaliers recevaient leurs armes en groupe encore, en essaim organisé comme une famille, puisque généralement le fils du seigneur était adoubé en compagnie des fils des vassaux. Ils ne se quittaient plus, associés dans la gloire ou dans la honte, se portant garant, se donnant en otage les uns pour les autres. Leur bande, flanquée d'une valetaille et souvent de clercs pour les prières, courait d'un tournoi à l'autre, d'un plaid, d'une escarmouche à l'autre, indissociable, arborant les signes de sa cohésion, des couleurs ou un cri de ralliement, le dévouement de tous ces camarades enveloppant le corps de leur chef d'un vêtement indispensable de familiarité domestique : une maisonnée itinérante. Ainsi, dans la société féodale, l'espace privé apparaît-il en réalité dédoublé, constitué de deux aires distinctes : l'une fixe, autour du foyer, enclose ; l'autre se déplaçant dans l'espace public, non moins cohérente, présentant en son sein les mêmes hiérarchies, réunie par les mêmes procédures de contrôle. À l'intérieur de cette cellule mobile, la paix, l'ordre se trouvaient maintenus de la même façon, par un pouvoir de même nature, dont la mission était d'organiser la défense contre les agressions de la puissance publique et qui dressait pour cela vers l'extérieur un mur invisible aussi solide que l'enceinte de la maison. Ce pouvoir enfermait, retenait dans son intérieur les individus, les soumettait à la discipline commune. Il était contrainte. Et si vie privée signifie secret, ce secret, nécessairement partagé par tous les membres de la maisonnée, était fragile, vite éventé ; si vie privée signifie indépendance, cette indépendance était elle aussi collective. L'enquête doit donc s'achever sur cette question : discerne-t-on, aux XIe et XIIe siècles, au sein du privé collectif un privé personnel ?

La société féodale était de structure si granuleuse, formée de grumeaux si compacts que tout individu tentant de se dégager de l'étroite et très abondante convivialité qui constituait alors la *privacy*, de s'isoler, d'ériger autour de lui sa propre clôture, de s'enfermer dans son jardin clos, était aussitôt l'objet soit de soupçon, soit d'admiration, tenu ou bien pour un contestataire ou bien pour un héros, en tout cas repoussé dans le domaine de l'« étrange », lequel, prenons garde aux mots, était antithèse du « privé ». Qui se retirait à l'écart, en effet, si ce n'était pas délibérément pour faire le mal, était voué malgré lui à le faire inévitablement, par son isolement même qui le rendait plus vulnérable aux attaques de l'Ennemi. Seuls s'exposaient de la sorte les dévoyés, les possédés, les fous : c'était, selon l'opinion commune, l'un des symptômes de la folie que d'errer seul. En témoigne l'attitude à l'égard des hommes et des femmes que l'on croisait sur les chemins sans escorte : ils s'étaient offerts eux-mêmes en proie ; on était en droit de tout leur prendre ; en tout cas, c'était faire œuvre pie que de les réintroduire, quoi qu'ils en eussent, dans une communauté, de les rétablir de force dans l'espace ordonné, clair, géré comme il plaît à Dieu, que se partagent les enclos du privé et les aires intersticielles, publiques, où l'on se déplace en cortège. Cela explique le rôle tenu, dans le vécu et dans l'imaginaire, par cette autre partie du monde visible, les étendues incultes où l'on ne trouve plus ni ménages ni maisons, la lande, la forêt, hors la loi, dangereuses et attirantes, lieux des rencontres insolites, où qui s'aventure seul risque de se trouver seul face à l'homme sauvage ou à la fée. C'était vers ces espaces du désordre, de l'angoisse et du désir que les criminels, les hérétiques étaient censés chercher refuge, ou bien ceux que la passion transportait hors du sens, dans la démesure. Ainsi Tristan, entraînant Yseult coupable, se plongeant avec elle dans la sauvagerie : plus de pain, plus de sel, des loques, des bauges de branchages. Mais lorsque l'effet du philtre, de « la poison » qui les avait affolés se fut dissipé, lorsqu'ils revinrent à la raison, celle-ci leur commanda de rentrer dans l'ordre, de sortir de l'étrange, c'est-à-dire de l'isolement. La reculturation signifia pour eux retour au privé, à la cour, c'est-à-dire à la vie grégaire.

Ils y retournèrent toutefois rénovés par l'épreuve. En effet, traverser, volontairement ou non, le danger, la tribulation majeure qu'était la solitude, paraissait, pour les plus forts, pour les élus, l'occasion de marcher vers le mieux. Ce fut ainsi que Godelième, « désolée », abandonnée par son mari, privée de « compagnie » mais résistant par la grâce divine aux tentations, s'avança pas à pas vers la sainteté. Et celui qui choisissait librement de se colleter seul avec les mauvais, qui parvenait à sortir vainqueur de la rencontre, gagnait un prix dont profitaient tous ceux de la famille dont il s'était un moment écarté. Voilà ce qu'il advenait au champion triomphant d'un seul adversaire en duel, en combat *singulier* dans le champ clos de la bataille, au pécheur purgé de sa faute par l'isolement pénitentiel, aux recluses volontaires, telles ces deux de Cologne dont il est dit que « leur saint propos de vie diffusait dans toute la ville la plus douce odeur de bonne réputation ». Voilà ce qu'il advenait aux héros des romans, chevaliers errants, mais qui sortaient de l'ordinaire parce qu'ils erraient seuls d'abord et non point par folie. Cependant, si la littérature d'évasion s'appliquait à extraire ses figures exemplaires de l'inévitable convivialité, n'était-ce pas que certains commençaient au XIIe siècle à trouver celle-ci par trop pesante ? Ne s'abandonnait-on pas de plus en plus volontiers, dans la bonne société à quoi, par force, s'est limitée la présente étude, au rêve de s'évader, alors que le mouvement général de la civilisation portait irrésistiblement à dégager peu à peu la personne de la grégarité domestique ?

Désir d'autonomie

Les marques évidentes des conquêtes d'une autonomie personnelle se multiplient dans le cours du XIIe siècle, c'est-à-dire au moment où s'accélère la décontraction de l'économie, où la croissance agricole en vient au point, ranimant routes, marchés, bourgades, de transporter peu à peu vers la ville tous les systèmes de contrôle et les ferments de vitalité, où la monnaie commence à tenir dans le plus quotidien de la vie un rôle capital, où l'usage se répand partout du mot gagner. C'est alors que l'on découvre de plus en plus nombreuses des mentions de coffres ou de bourses dans les documents d'archives, des restes de clés sur les chantiers de fouilles, autant d'indices d'une volonté affirmée de serrer, pour soi, des biens naturellement mobiles, d'épargner et de se rendre par là moins dépendant de ses familiers. Liberté, place faite aux entreprises individuelles. Elles se déploient dans le peuple, sur le front des défrichements et parmi ces faubourgs urbains, peuplés de trafiquants, d'artisans, dont certains font rapide fortune. Mais elles se déploient non moins vivement, ne l'oublions pas, dans la classe dominante où l'on voit faire fortune aussi rapide certains clercs mettant au service des princes leur expertise administrative, certains chevaliers amassant à pleines poignées les deniers, le soir des tournois, en négociant leurs prises. Un tel mouvement, la mobilisation des initiatives et des richesses, suscita la valorisation progressive de la personne.

Elle se manifeste à quantité de signes. Ainsi dans les images que cette société voulut donner de la perfection humaine. Il semble bien que, vers 1125-1135, au porche de Saint-Lazare d'Autun par exemple, les tailleurs d'images reçurent des concepteurs du programme iconographique la consigne de se dégager des abstractions, d'animer chaque personnage d'une expression personnelle ; dix ans plus tard, au portail royal de Chartres, les lèvres, les regards deviennent vraiment vivants ; puis ce sont les corps que l'on voit à leur tour se libérer du hiératisme ; enfin, beaucoup plus tard, dans le dernier tiers du XIIIe siècle, une nouvelle étape est franchie, décisive, lorsque fait irruption dans la sculpture le portrait, la recherche de la ressemblance. Cette évolution dans la longue durée des procédés de figuration plastique apparaît en parfaite synchronie avec tous les changements que l'on peut observer à d'autres niveaux de l'édifice culturel. Au seuil du XIIe siècle s'opère ainsi, dans l'école, le passage de la leçon magistrale à la « dispute » : une joute, un duel, un combat singulier, deux personnes affrontées rivalisant entre elles comme au tournoi. Dans le même moment, alors que la vie pénètre le visage des statues-colonnes, l'idée prend corps, bouleversante, parmi les savants qui méditent sur le texte de l'Écriture, que le salut ne s'acquiert pas par la seule participation à des rites, dans une passivité moutonnière, mais se « gagne » par une transformation de soi-même. C'est une invite à l'introspection, à l'exploration de sa propre conscience, puisque la faute n'apparaît plus résider dans l'acte mais dans l'intention, qu'elle est censée se blottir dans l'intimité de l'âme. À l'intérieur de l'être, dans un espace privé qui n'a plus rien de communautaire, se transportent les procédures de régulation morale. On se lave de la souillure par la contrition, par le désir surtout de se rénover, par un effort sur soi, de raison, dit Abélard, d'amour, dit saint Bernard, l'un et l'autre d'accord sur la nécessité d'un amendement personnel. Très parallèles se montrent les réflexions menées dans les écoles urbaines à propos du mariage ; elles font admettre peu à peu que l'union conjugale est nouée par consentement mutuel, donc que l'engagement personnel de chacun des deux conjoints prime la décision prise collectivement dans le privé grégaire par les dirigeants des familles. L'efflorescence de l'autobiographie, au début du

XIIe siècle, est un autre symptôme ; bien sûr, un Abélard, un Guibert de Nogent imitent des modèles antiques ; mais ces œuvres littéraires affirment avec éclat l'autonomie de la personne, maîtresse de ses propres souvenirs, comme elle l'est de son propre pécule. Le moi revendique une identité au sein du groupe, le droit de détenir un secret, distinct du secret collectif. Il n'est pas indifférent que les héros du combat spirituel, les saints, aient été très souvent célébrés pour leur habileté à dissimuler leur intention, esquivant ainsi les pressions hostiles de leur entourage : le mensonge comme protection d'un privé plus intime, mensonge de saint Simon dérobant à la vue de ses familiers sa haire cachée sous sa cuirasse, mensonge de sainte Hildegonde masquant sa féminité sous l'habit cistercien.

Cette évolution coïncide exactement avec la dissociation progressive des grandes « familles », attestée par les textes et par la prospection archéologique, avec le casement des chevaliers domestiques, la dissolution des communautés de chanoines, chacun s'isolant dans sa maison particulière à l'intérieur du cloître cathédral, avec la multiplication des mariages de cadets dans l'aristocratie. Elle coïncide avec les progrès d'une colonisation intersticielle sur les marges des anciens terroirs villageois. À tous les étages de l'édifice social, la tendance continue durant l'époque féodale fut bien au morcellement, à l'essaimage, à l'amenuisement des cellules de la vie privée. Un tel mouvement toutefois conduisait à individualiser des ménages, non des personnes. Celles-ci demeurèrent longtemps prisonnières. Pour saisir jusqu'à son terme, jusqu'à la libération de l'individu, les progrès incertains de la segmentation il faut de nouveau concentrer l'attention sur deux secteurs étroits de la société. Avant le XIVe siècle, ces progrès ne sont clairement visibles qu'à deux niveaux, celui de l'institution monastique, celui des rêves et des jeux de la chevalerie.

ANACHORÈTES

La règle de saint Benoît se présentait comme une « petite règle pour débutants ». Elle proposait la vie cénobitique à des hommes qui n'étaient pas jugés assez forts encore pour les épreuves de l'anachorétisme. Mais il était entendu qu'il existait un degré supérieur de perfection où l'on parvenait dans la solitude, point extrême de la fuite hors du monde charnel à quoi le moine était invité, et la règle instituait les conditions favorables à de premiers pas vers cet idéal. En vérité, il s'agissait moins de circonscrire des espaces que des temps isolant matériellement et physiquement la personne afin qu'elle pût se concentrer sur soi. Ainsi par l'obligation du silence, expérience de retrait, de renfermement, l'individu brisant les communications avec le groupe, proposée comme une privation, mais aussi comme projet d'une ascension spirituelle. Sans doute, pour ces débutants qu'étaient les moines bénédictins, l'épreuve du silence souffrait des atténuations. Vivant en communauté, il leur fallait échanger des messages, et pour cela s'était élaboré à Cluny un complexe langage gestuel. D'autre part, l'interdiction de parler tombait quotidiennement durant la réunion capitulaire et certains jours, dans le cloître, après l'heure de sexte ; l'été, elle était levée tous les jours après l'heure de none et la distribution d'une collation. Toutefois, les conversations « privées », comme disaient les coutumes clunisiennes, étaient suspendues dans les temps forts de la pénitence, pendant les carêmes, tandis que se trouvait exalté le grand silence de la nuit, gage, pour saint Bernard, de la plus haute élévation de l'âme. En outre, une part des temps de silence était occupée par la lecture individuelle, expressément désignée comme « privée », autre exercice de repli sur soi, dialogue mystique avec l'Écriture, c'est-à-dire avec Dieu. Enfin, la règle de saint Benoît invitait à des oraisons « privées », intenses, brèves mais fréquentes.

À vrai dire, l'interprétation clunisienne du propos bénédictin avait conduit à raccourcir les moments d'autonomie individuelle au profit de la psalmodie, l'acte collectif où la communauté se rassemblait plus étroitement à l'unisson du plain-chant grégorien. Cependant, depuis le début du XIe siècle, par l'effet du décloisonnement du monde et d'une incitation venant des chrétientés orientales, face à la conception proprement latine du monachisme, celle de Benoît de Nurcie, une autre était proposée, prônant la solitude et repliant le privé sur la personne. Propagé lentement depuis la péninsule italienne, l'appel à mener la lutte contre le démon non plus dans la sécurité du coude à coude mais seul, dans le plein danger, finit par envahir l'Occident tout entier dans les dernières décennies du XIe siècle. Un tel désir d'atteindre à plus de perfection au désert, dans l'isolement, poussa Robert de Molesmes à s'éloigner des usages clunisiens. Il fonda Cîteaux. Les cisterciens entendaient revenir à la lettre des prescriptions de saint Benoît ; ils restèrent donc fidèles au principe de la vie communautaire. Ils voulurent toutefois s'éloigner davantage des tumultes du monde, se retranchant derrière une cloison plus étanche, cette auréole de solitude forestière dont ils défendirent jalousement l'intégrité autour de chaque abbaye ; en outre, ils exigèrent au moins du dirigeant de chaque équipe qu'il poussât plus loin le retrait individuel : montrant l'exemple, l'abbé cistercien s'isolait dans le temps du plus grand péril, la nuit, dans une cellule ; il gravissait un degré de plus dans l'épreuve, son devoir étant de veiller seul, aux avant-postes. Cîteaux s'en tint là. Les chartreux allèrent plus loin : ils ne choisirent pas seulement de se retirer dans un désert plus escarpé, de vivre parmi les bêtes sauvages, dans la montagne, espace symbolique de l'ascension spirituelle ; leur règle limita pour tous la vie en commun à des périodes très courtes, quelques exercices liturgiques, quelques repas festifs ; hors de ces épisodes, chaque religieux enfermé dans le silence de sa propre cabane devait prier et travailler en véritable moine, c'est-à-dire seul.

La chartreuse représente la forme moins anarchique d'une aspiration à la solitude dont le déferlement dans les années qui suivirent la conversion de saint Bruno fut fulgurant : partout, plus nombreux peut-être dans la France de l'Ouest, des ermites partirent se retirer dans les étendues sauvages. Triomphant de tous les obstacles, surmontant les réticences épiscopales, le propos érémitique connut un tel succès qu'il s'infiltra dans le cénobitisme même. Très expressive est à cet égard l'attitude de Cluny, où la réserve était si ferme à l'égard de l'individualisme (Guillaume de Volpiano l'avait dénoncé comme une forme d'orgueil : « L'orgueil, disait-il, est né lorsque quelqu'un a dit qu'il se tiendrait secret et ne daignerait pas voir ou visiter ses frères ») : dans le second quart du XIIe siècle, une place y fut institutionnellement ménagée pour des expériences limitées d'anachorétisme. Les plus avancés des moines furent autorisés à s'établir pour un temps dans des huttes au milieu des bois, à distance de l'abbaye ; l'abbé Pierre le Vénérable aimait à s'y retirer lui-même par périodes. Isolement donc, mais dosé scrupuleusement à la mesure de la force respective de chacun de ces athlètes de la rédemption, car demeurait l'inquiétude. Saint Bernard l'exprimait, s'adressant il est vrai à un être plus fragile, une religieuse, une femme : « Le désert, l'ombre de la forêt et la solitude des silences offrent en abondance l'occasion de faire le mal [...], le Tentateur approche en sûreté. » Et pour Élisabeth de Schönau : « Certains aiment la solitude moins pour l'espoir d'une récolte de bonnes œuvres que pour la liberté de leur propre vouloir. » Où placer la limite en effet entre le propos des ermites tentés par l'indépendance comme Adam, saisis par le même orgueil, et celui de ces contestataires résolus que l'on disait hérétiques, eux aussi fuyant au désert poussés par l'espérance d'un plus étroit contact, personnel, avec l'Esprit ?

Chevaliers errants

Au dernier tiers du XIIe siècle, dans les récits offerts au divertissement chevaleresque et dont l'atelier le plus fécond se situe alors dans la France du Nord-Ouest, l'ermite tient un rôle de premier plan, et pour deux raisons principales : parce que la forêt est l'un des deux lieux majeurs de l'action romanesque, celui des épreuves de l'aventure, et que l'ermite avait, à cette époque et dans cette région, naturellement sa place dans un décor sylvestre ; parce que, surtout, les chansons, les romans étaient composés pour offrir une compensation onirique aux frustrations qui mûrissaient au sein du privé féodal, dont on sait à quel point il comprimait les aspirations à la liberté de la personne : ces œuvres mettent en scène dans l'imaginaire ce dont dans la réalité les jeunes hommes qui constituaient la part la plus réceptive de l'auditoire étaient privés, exaltant l'épanouissement de l'individu et célébrant sa libération à l'égard de toutes les contraintes. Contraintes de la morale religieuse, et voici l'ermite, seul, incontrôlé, porteur d'un christianisme plein d'indulgence et surtout soustrait au carcan des rituels. Contraintes de la promiscuité domestique, et voici le chevalier errant, solitaire, mené par son seul désir. Cette littérature renseigne donc d'abord sur ce qu'elle renie et propose d'esquiver ; elle montre en négatif les puissances d'étouffement de la grégarité domestique. Mais l'historien ne peut douter qu'elle ait aiguisé le besoin d'intimité, qu'elle ait aidé à l'assouvir en désignant les fissures par quoi l'individu pouvait s'échapper, en invitant chacun à suivre l'exemple de ses héros. L'historien doit aussi considérer que, pour être captivante, l'intrigue romanesque ne pouvait décoller totalement de la réalité, et par conséquent que l'idéal qu'elle nourrissait n'était pas tout à fait inaccessible. Incontestablement, la société courtoise, comme la société monastique, attachait de plus en plus de prix à l'expérience individuelle et lui livrait les moyens de se développer.

Remplissant une fonction pédagogique, la littérature chevaleresque appelait au dépassement de soi-même, proposait l'itinéraire d'une formation progressive par la traversée d'une suite de tribulations, la personne s'avançant par degrés vers la plénitude. En parallèle avec la mystique cistercienne ou cartusienne, elle invitait l'individu à s'éprouver seul, pas à pas, dans le silence. La figure exemplaire qu'elle projetait sur le devant de la scène était donc celle du chevalier en marche, loin des autres, dans le désert forestier, lieu du danger, affrontant seul la femme inquiétante, la fée. Toutefois, loin des regards, qui donc allait le juger, apprécier sa valeur, lui décerner le prix ? C'est pourquoi l'action romanesque se développe en scènes successives devant deux décors opposés, l'un solitaire, l'autre surpeuplé : la forêt, la cour. La littérature que j'utilise est dite très justement courtoise ; elle expose en prédilection le sylvestre, mais elle le montre comme un envers, la contre-valeur du monde réel. Dans la réalité, la cour était le lieu de cette pédagogie dont les romans constituaient l'un des instruments, et celui de la promotion chevaleresque ; là, sous l'œil du maître, il s'agissait de surclasser des concurrents ; les chevaliers vivaient en communautés privées aussi serrées que les clunisiennes mais où, pour les cadets qui ne pouvaient espérer d'héritage, toute la dynamique sociale se fondait sur la distinction. Ce qu'évoque la littérature d'évasion par l'image de la forêt, ce sont les procédures de sélection par quoi, à l'intérieur du groupe, quelques-uns parvenaient à se distinguer. Se dégageant du troupeau où ils étaient perdus, indistincts, affirmant leur propre vaillance par un exploit individuel tout comme les héros de la sainteté que l'iconographie des sanctuaires dotait au même moment d'un visage personnalisé, ils avaient, victorieux, mais d'une victoire publique, éclatante, exhibé leur prouesse singulière et récolté seuls la récompense, elle aussi singulière.

Prouesses d'armes, mais aussi prouesses d'amour. Il convient de s'avancer du côté de l'amour pour atteindre ce qui correspond dans la société chevaleresque à ces loges forestières où certains moines clunisiens au milieu du XIIe siècle faisaient retraite loin de la fraternité, pour pousser jusqu'au plus intime, à l'espace du privé personnel conquis sur le territoire du privé collectif. Dans la biographie qu'il écrit de Robert le Pieux au début du XIe siècle, le moine Helgaud rapporte une anecdote, montre Hugues Capet dans son palais jetant en passant son manteau sur un couple qui forniquait entre deux portes : le plus privé de tous, l'acte sexuel, scandaleux s'il n'était pas nocturne, devait en effet nécessairement échapper aux regards, se dissimuler dans l'obscurité, l'enfermement. Je me réfère, parce que les informations, en ce point, sont rarissimes, aux dépositions que fit devant l'inquisiteur la dame de Montaillou, Béatrice de Planissoles. Elle avoue avoir été violée, du vivant de son premier mari, de jour, mais dans sa chambre, à l'abri de la cloison ; que veuve et libre dans son château, son majordome, un soir, à la nuit tombante, l'attendait, caché sous le lit et, les feux éteints, se glissa dans sa couche furtivement, tandis qu'elle mettait de l'ordre dans la maison, qu'elle cria, appelant les servantes qui « couchaient près d'elle, en d'autres lits, dans sa chambre » (dans les ténèbres, la promiscuité, on le voit, n'était pas un obstacle) ; que, remariée, elle céda à un prêtre, de jour, mais dans la cave, une servante faisant le guet ; que, de nouveau veuve, elle attira chez elle un autre prêtre, se donna à lui dans l'entrée, près de la porte, la nuit, et que, lorsqu'elle recommença de jour, elle attendit que ses filles et ses servantes se fussent éloignées. Tel était le réel de la fornication en ces maisons peuplées, ouvertes : les amours illicites s'accommodaient fort bien de la grégarité familiale, et il fallait que l'amour fût fou comme celui de Tristan et Yseult pour qu'il provoquât à s'enfuir dans l'espace de l'étrangeté, de la déraison.

L'amour que nous disons courtois, la fine amour, tendait au même but et se déployait dans les mêmes lieux. Toutefois, c'était un jeu, de société, mené nécessairement au milieu d'un groupe et dont les règles s'ajustaient si étroitement aux structures du privé domestique que la quête amoureuse peut être tenue pour l'une des procédures de sélection et de promotion individuelle dans le concours permanent dont la grande maison aristocratique était le lieu. Tout se passait comme si le maître de cette maison déléguait à son épouse, la dame, le pouvoir d'élire le meilleur, d'isoler par son choix cet individu du groupe dont tous les membres cherchaient à briller devant ses yeux : par l'amour courtois, davantage sans doute que par la compétition sportive, le désir d'autonomie personnelle fut exalté au sein de la confusion communautaire. D'autant que l'une des premières règles du jeu d'amour était l'obligation de la discrétion, du secret. Les amants devaient dissimuler, se retirer à deux, non pas pour l'une de ces brèves conjonctions sexuelles dont il vient d'être question, mais durablement à l'intérieur d'une clôture invisible, de construire ainsi, au milieu de la cohue des familiers, comme une cellule plus privée, refuge pour l'amour constamment menacé par les jaloux. Bien joué, l'amour courtois était nécessairement créateur d'intimité, contraignait au silence, à communiquer par signes comme à Cluny : des gestes, des regards échangés, des couleurs choisies, des emblèmes. Comme les saints chevaliers leur cilice, les amants devaient masquer leurs sentiments. Lorsque, revenant à la raison, Tristan et Yseult demandent à l'ermite Ogrin comment se réintroduire dans les ordonnances sociales, celui-ci leur conseille d'abord de se purifier par la contrition, le remords intime, la résolution personnelle de résister désormais à la tentation, et puis, lorsqu'ils seront de retour à la cour, de dissimuler, tout simplement : « Pour honte ôter et mal couvrir, on doit un peu par bel mentir. » Le mensonge, au milieu des autres, désormais. Pour ceux qui ne se sont pas évadés dans les libertés de la forêt, qui ont joué le jeu sur la scène largement ouverte qui lui convient, dans la promiscuité de la chambre et de la salle, la loi d'amour est de se taire. André le Chapelain le prescrit dans son traité : « Celui qui désire garder son amour longtemps intact doit veiller *avant tout* à ce qu'il ne soit divulgué à quiconque, et le tenir caché aux yeux de tous. Car dès que plusieurs personnes commencent à en avoir connaissance, il cesse aussitôt de se développer naturellement et il connaît le déclin. » Aussi « les amants ne doivent-ils point s'adresser mutuellement des signes sauf s'ils sont sûrs d'être à l'abri de tout traquenard ». Les jeux amoureux instituèrent à l'intérieur de la société courtoise les structures les plus fermes du repli, imposant aux amants de vivre à deux une solitude occulte, comme si de rien n'était, au sein de la maisonnée, enveloppés de secret, dans une clôture que les méchants s'appliquaient sans cesse à forcer. Ce fut là peut-être, dans les raffinements de la relation du masculin au féminin et par l'épreuve, difficile, de la discrétion et du silence, que perça dès la fin du XIIe siècle, dans la société profane, le premier bourgeon de ce qui deviendra pour nous l'intimité.

Le corps

Image du corps

Par l'œil, la flèche d'amour pénètre jusqu'au cœur qu'elle vient enflammer. Échange de regards à l'origine de toute passion et, plus tard, en l'un des plus hauts degrés de la progression amoureuse, à la pénultième étape, l'ostension peut-être par l'aimée de son corps nu. Le corps surpris, le corps exhibé : l'incertaine exploration que je mène du plus intime au sein du privé féodal aboutit à considérer l'individu face à son propre corps et au corps d'autrui.

Il faut, au départ, marquer que les attitudes à l'égard du corps étaient gouvernées par la conception dualiste sur quoi se construisait toute représentation du monde. Nul ne mettait en doute que la personne fût formée d'un corps et d'une âme, fût partagée entre la chair et l'esprit. D'un côté, le périssable, le putrescible, l'éphémère, ce qui doit redevenir poussière, qui pourtant est appelé à se reformer pour ressusciter au dernier jour ; de l'autre, l'immortel. D'un côté, ce qui est attiré vers le bas par les pesanteurs, les opacités des substances charnelles ; de l'autre, ce qui aspire à la perfection céleste. Le corps donc est jugé dangereux : c'est le lieu des tentations ; de lui, de ses parties inférieures surgissent naturellement les pulsions incontrôlables ; en lui se manifeste ce qui relève du mauvais, concrètement, par la corruption, la maladie, les purulences auxquelles aucun corps n'échappe ; sur lui s'appliquent les châtiments purificateurs qui expulsent le péché, la faute. Témoin, le corps dénonce les particularités de l'âme par ses traits spécifiques, la couleur des cheveux, le teint, mais aussi, en des cas exceptionnels, par la manière dont il supporte l'ordalie, l'épreuve de l'eau ou du fer rouge. Car l'âme transparaît à travers le corps qui la contient. Le corps est senti comme une enveloppe, un habitacle. Comme une maison. Ou plutôt comme une cour, une clôture. L'écorce d'un espace protégé comme l'est l'espace domestique dont il est environné. Au plus profond de l'emboîtement des structures, l'enquête parvient enfin à la *privacy* plénière.

Pour reconnaître l'image que les hommes de ce temps se faisaient de leur corps et de celui des autres, j'utilise ici les résultats d'une importante étude menée par Marie-Christine Pouchelle sur le traité de chirurgie composé en français à Paris au début du XIVe siècle par Henri de Mondeville. Par les mots, les comparaisons qu'il emploie, ce texte fournit en effet les clés du système symbolique en quoi le corps se trouvait alors impliqué non seulement dans l'esprit des savants, mais dans l'opinion commune, puisque Mondeville, praticien, affecte de se référer à ce que pensaient le commun des gens et à leur langage. De manière éclatante, il apparaît que le corps était vu comme une demeure : son intérieur est dit « domestique », son extérieur, « sylvestre », et l'opposition de ces deux épithètes renvoie évidemment aux deux pôles de l'intrigue romanesque, la cour et la forêt.

La cour en effet, car cette maison est vaste, complexe autant que le monastère ou le palais, et dans son intérieur existe une hiérarchie des espaces : une partie noble, une partie de service, séparées par une paroi semblable à la barrière qui dans la société de ce temps séparait les travailleurs des autres. Cette cloison, le diaphragme, isole une section basse. Par nature, celle-ci doit être dominée, asservie (et c'est de là que sourdent les rébellions les plus dangereuses), roturière, rude, lieu des évacuations refoulant tout le superflu, le nocif ; ce contre-bas, comme dans les logis seigneuriaux, est de fonction nourricière ; il fournit aliment aux organes établis dans l'espace noble du dessus, plus délicats et qui remplissent les deux fonctions majeures, de force et de sagesse. Dans chacune de ces deux parties, Mondeville reconnaît un « four », celui du bas, destiné à concocter les humeurs nutritives, analogue au grand feu de la cuisine, disposé pour les combustions lentes, pour les soupes, les nourritures paysannes ; alors qu'à l'étage supérieur brille un brasier pour les illuminations, pour la joie, le cœur, où s'opère, comme dans l'église au centre de l'espace monastique, le transfert du matériel au spirituel, où, dans le haut, du côté de l'air, du feu, l'esprit se dégage par la distillation des humeurs.

Cette maison est évidemment enveloppée d'une enceinte, aussi infrangible que celle dont s'entoure la vie privée domestique. L'enveloppe du corps est ainsi, dans le monde des hommes, la plus profonde des clôtures, la plus secrète, la plus intime, et les interdits les plus rigoureux défendent de la briser. Maison forte donc, forteresse, ermitage, mais sans cesse menacé, assiégé, investi comme l'est par le satanique le refuge des Pères du désert. Sur ce corps, il faut par conséquent veiller, et spécialement sur les pertuis qui percent la muraille et par où l'Ennemi peut s'infiltrer. Les moralistes appellent à monter la garde devant ces poternes, ces fenêtres que sont les yeux, la bouche, les oreilles, les narines, puisque par là pénètrent le goût du monde et le péché, la pourriture : vigilance assidue, comme aux portes du monastère ou du château.

Reflet de celui d'Adam, mais inversé, comme dans un miroir (et notamment quant aux organes sexuels, qui sont de même structure, mais retournés, introvertis, plus secrets, donc plus privés, mais aussi, comme ce qui se cache, suspects), le corps féminin, plus perméable à la corruption parce que moins fermé, requiert une garde plus attentive, et c'est à l'homme qu'en revient la surveillance. La femme ne peut vivre sans homme, elle doit être au pouvoir d'un homme.

Anatomiquement, elle est vouée à rester enfermée, dans une enceinte supplémentaire, à demeurer au sein de la maison, à n'en sortir qu'escortée, engoncée dans une enveloppe vestimentaire plus opaque. Il faut dresser devant son corps un mur, le mur, précisément, de la vie privée. Par nature, par la nature de son corps, elle est astreinte à la pudeur, au retrait ; elle doit se garder elle-même ; elle doit surtout être placée sous le gouvernement des hommes, de sa naissance à sa mort, parce que son corps est dangereux. En danger, et source de danger : l'homme par lui perd son honneur, par lui il risque d'être dévoyé, par ce piège d'autant plus périlleux qu'il est mieux apprêté pour séduire.

Morale du corps

Le corps était l'objet d'une morale et d'une pratique, que l'historien a peine à déceler avant la fin du XIIIe siècle, parce que l'art, du moins dans ce qu'il en reste, n'était pas alors résolument réaliste et parce que les écrits sur ce sujet masquent à peu près tout. Le principe était qu'il faut respecter son corps, puisqu'il est le temple de l'esprit et qu'il ressuscitera, le soigner mais avec prudence, le chérir comme, selon saint Paul, les maris doivent chérir leur femme : en gardant la distance, en se méfiant, car le corps est tentateur comme l'est la femme, il porte les autres au désir, il porte à se désirer soi-même. Le plus apparent dans les textes qui le mieux nous renseignent – et ce sont les discours, excessifs, des spécialistes de la rigueur, porteurs de l'idéologie ecclésiastique – est une forte tendance à craindre son corps, à s'en détacher, les pointes de l'ascétisme poussant jusqu'à l'abandonner à la vermine.

Pourtant, au moins dans la classe dominante, se discerne nettement le goût de la propreté. La place que faisaient aux bains les palais du haut Moyen Âge se maintient, au XIe, au XIIe siècle, dans les monastères clunisiens comme dans les usages de la bonne société laïque. On ne commence pas un repas ostentatoire, celui qui se donne dans la salle devant grande assistance, sans que soient présentées aux convives les aiguières pour les ablutions. L'eau coule abondamment, dans la littérature de divertissement, sur le corps du chevalier errant, toujours bouchonné, étrillé, pansé, le soir, à l'étape, par les filles de l'hôte, sur le corps dénudé des fées à la fontaine et dans les cuves, pour le bain chaud, prélude obligé à tous les jeux amoureux que décrivent les fabliaux, laver son corps et celui des autres apparaissant comme une fonction spécifique des femmes, maîtresses de l'eau, domestique ou sauvage.

Toutefois, de tels soins, parce qu'ils dévoilent les attraits du corps, sont regardés d'un œil très soupçonneux par les moralistes : le bain conduit aux turpitudes, et l'on voit les péchés dont les hommes sont menacés en se baignant en compagnie des femmes soigneusement tarifés dans le pénitentiel de Bourchard de Worms. Une telle méfiance semble bien déborder largement le champ de l'intégrisme ecclésiastique. Lambert d'Ardres, l'historien des comtes de Guînes, évoquant la toute jeune épouse d'un ancêtre de son héros nageant sous les regards de la maisonnée dans l'étang au pied du château, prend soin de la dire revêtue d'une chemise, blanche et pudique. On a conservé les traces de la stricte réglementation qui veillait à la moralité dans les vingt-six bains publics ouverts à Paris à la fin du XIIIe siècle. Établissements suspects, cette fois parce que trop publics : il était conseillé de laver son corps au plus intime de la maison. Encore s'entourait-on de scrupuleuses précautions, lesquelles étaient évidemment fort restrictives, au sein du privé le mieux ordonné, le monastique : à Cluny, la coutume, qui enjoignait aux moines de prendre un bain complet deux fois l'an, aux fêtes du renouveau, Noël et Pâques, les invitait à ne pas découvrir leurs *pudenda*. Pudeur : elle est partout. Au lit, les moines, semble-t-il, n'étaient pas les seuls à ne jamais se dénuder entièrement. Surpris endormis dans leur loge de feuillage, Tristan et Yseult furent disculpés, car leur accoutrement était celui qu'il était décent de garder dans le sommeil : elle en chemise, lui portant ses braies. Était-il même courant de se mettre nu pour l'amour ? Le temps que mettent, dans les contes, les maris des Mélusines à reconnaître la vraie nature de leur épouse en fait douter. Comme l'extrême retenue dont fait preuve la littérature érotique de cette époque. Nul n'exhibait alors son corps, sinon les maniaques.

Du moins était-il l'objet d'un minutieux travail d'ajustement. L'essentiel de ce traitement aboutissait à souligner la différence des sexes. L'obligation était en effet fondamentale, et les moralistes la rappelaient sans cesse, de distinguer les « ordres », de respecter la séparation primordiale entre le masculin et le féminin, donc de ne pas masquer sur son propre corps les traits spécifiques de l'un ou de l'autre : véhémence contre les jeunes gandins qu'efféminait leur vêtement ; répugnance devant les rares femmes qui osaient s'habiller en homme. Il était cependant prescrit de ne pas mettre trop en évidence les attributs sexuels. Un tel souci de mesure, de discrétion, apparaît nettement quant à la chevelure. Elle est dite nécessaire aux femmes, comme un voile naturel, signe de leur infériorité native, de leur sujétion. Elles sont donc appelées à la soigner, alors que sont vitupérés les hommes trop attentifs à la leur. Mais lorsqu'elles sortent de leur privé, lorsqu'elles se montrent, elles doivent se retenir de déployer cette gerbe tentatrice, investie à l'époque dont je parle d'une redoutable puissance érotique. Les convenances leur imposent de l'ordonner, de la rassembler en une tresse, et toutes les femmes qui n'étaient pas des prostituées, qui n'étaient plus des petites filles et qui se risquaient en public, toutes les femmes mariées hors de leur chambre, dans la salle, se devaient encore d'enfermer cette tresse dans une guimpe.

Toutefois, tout porte à croire que les hommes et les femmes ne renonçaient pas tous à utiliser les charmes de leur propre corps pour accroître leur pouvoir personnel. En témoigne la place qu'Henri de Mondeville accorde dans son traité aux recettes de l'embellissement et qu'il justifie par deux raisons. La première est très pratique : le médecin qui connaît les artifices capables de rehauser la séduction peut gagner, affirme-t-il, beaucoup d'argent, car la demande est fort vive ; le second argument en dit long sur le rôle que jouait le corps dans les relations sociales : il paraît évident à l'auteur que l'on doit savoir user à plein de ses attraits physiques afin de s'avancer dans la vie, de triompher dans la compétition mondaine où se fortifie justement l'esprit d'individualisme.

Mondeville écrivait au seuil du XIVe siècle, alors que s'achevait une longue période de progrès continu au cours de laquelle il semble bien que le corps, dans le reflux de l'idéologie du mépris pour le charnel et avant que ne s'appesantisse sur le christianisme occidental la chape de la culpabilité sexuelle, ait été lentement, irrésistiblement réhabilité. J'en vois le témoignage dans la manière dont se modifièrent les figurations de la nudité. Les seules formes, ou presque, que nous ayons conservées sont celles de l'art sacré. Or, l'on voit les sculpteurs et les peintres, qui mettaient jusque-là volontiers l'accent sur le pervers, ne figurant guère de corps dénudés qu'investis par le mal ou incitant à mal faire, montrer ceux-ci, passé 1230 – je pense aux Ressuscités du tympan de Bourges, à l'Adam du jubé de Notre-Dame de Paris, à l'Éros d'Auxerre –, jeunes, radieux, en plénitude, réconciliés. Quelle fut, dans cette inflexion, la part de l'humanisme, de l'esprit renaissant, antiquisant, du courant de naturalisme qui envahissait la haute culture ? Mais ce courant ne portait-il pas lui-même à promouvoir la personne ? Il est incontestable, en tout cas, que la beauté physique compta de plus en plus au cours de ces siècles parmi les armes dont disposait l'identité personnelle pour s'affirmer au sein du collectif.

Dévotion privée

Ce mouvement général portait aussi invinciblement chacun à prendre en considération, seul à seul, ce que les enveloppes concentriques du corps-forteresse protégeaient plus ou moins bien des agressions de Satan, l'ennemi public, cette substance mal définie, son âme. Il est clair que le soin de cette âme devint de plus en plus individuel, se dégagea lui aussi peu à peu du communautaire, tandis que le champ du religieux progressivement se privatisait. Le terrain qui s'offre à l'étude est immense ; il faut se limiter ici à planter quelques jalons.

Au début de l'âge féodal, le « peuple », la communauté des fidèles, s'en remettait à des délégués du soin de la délivrer du mal. C'était en premier lieu la fonction du monastère, de cette autre communauté, séparée, d'hommes plus parfaits parce qu'ils vivaient renfermés en un privé très clos. Le monastère avait pour tâche, virant si l'on peut dire au compte du reste des hommes les bénéfices que lui valaient les pénitences purificatrices, de lancer perpétuellement, au nom des morts et des vivants, la prière publique : l'équipe monastique constituait la bouche chantante et orante du peuple tout entier. Une fonction semblablement médiatrice était remplie par le prince. Par sa propre piété il assurait le salut de ses sujets ; s'il advenait qu'il péchât, ceux-ci étaient aussitôt accablés par la colère du ciel ; il lui appartenait aussi, personne publique, de lancer continûment vers Dieu la prière publique. Dans les années vingt du XIIe siècle, le comte de Flandre Charles le Bon, par exemple, tel que le décrit Galbert de Bruges, se transportait encore tous les matins depuis son lit dans la tribune de l'église Saint-Donatien pour, au milieu des chanoines ses auxiliaires, chanter avec eux à l'unisson, lire en même temps qu'eux le psautier, tandis que, dans sa main droite, tendue, des pauvres, immatriculés, attitrés, venaient en file indienne prendre chacun une petite pièce d'argent. La majorité des hommes s'en tenait à regarder de loin de tels spectacles, publics, à voir ses mandataires accomplir les rites de la salvation collective, se fiant entièrement à leur office.

Tous cependant ne s'en trouvaient pas satisfaits. Au début du XIe siècle, des hommes et des femmes que l'on pourchassa comme hérétiques, que l'on réduisit parce qu'ils troublaient l'ordre public et dont on put venir à bout car ils étaient encore très minoritaires, affirmaient déjà qu'ils refusaient l'entremise de spécialistes de la prière, entendant communiquer personnellement avec l'Esprit et gagner leur propre salut par leurs œuvres. Au début du XIIe siècle, on entendit affirmer la même chose par leurs successeurs, mais beaucoup plus haut, si haut que l'Église, contestée, réagit en commençant par raidir ses armatures. Elle continua de s'en remettre aux princes, à tous ces petits princes que multipliait la dissociation féodale des pouvoirs de commander, les chargeant d'assurer, dans le privé de leur chapelle, l'encadrement religieux de toute leur maisonnée. Mais elle renforça considérablement le rôle du clergé, des ministres dont le rôle n'était pas de chanter à l'écart comme les moines, mais de répandre les sacrements et la parole parmi le peuple. Le peuple toutefois rassemblé, encadré, réuni, et de plus en plus strictement, en petits troupeaux bien surveillés, en paroisses. Quadrillage, contrôle, « encellulement », comme dit avec justesse Robert Fossier, et qui bridait davantage les personnes. Toutefois, l'Église établie n'aurait pas vaincu l'hérésie si elle n'avait pas répondu d'autre part aux attentes en proposant des exercices religieux plus personnels.

Elle invita les simples fidèles à se tenir à l'égard du sacré dans une relation analogue à celle dont avaient jadis le monopole leurs délégués aux liturgies. Elle les appela à s'efforcer, en pleine responsabilité individuelle, de progresser vers la perfection de degré en degré. La marche vers une intériorisation des pratiques chrétiennes fut très lente. Elle débuta évidemment au niveau des « puissants », parmi ceux dont le devoir d'État était de montrer l'exemple, et qui le montraient en effet, les manières de se comporter se propageant d'un mouvement naturel depuis le grand monde dans les couches culturelles que celui-ci surplombe. Tandis que dans les écoles en pleine effervescence intellectuelle les maîtres redécouvraient les voies de la connaissance de soi, la haute Église morigéna d'abord les princes, et peut-être bien en premier lieu les princesses, toutes ces femmes qui, dans les âpretés du mariage, s'agrippaient à leur directeur spirituel. Les riches furent les premiers conviés à lire eux-mêmes dans un livre les paroles de l'oraison, comme les moines, et l'usage de la lecture sacrée ne cessa durant le XIIe siècle de se répandre, tandis que l'on passait de la lecture en groupe à haute voix, accompagnant celle de l'officiant, à une lecture personnelle à voix basse, poursuivie hors des offices en murmure. Dans les grandes maisons aristocratiques, parmi les biens très privés que chacun des maîtres possédait pour soi, le livre prit place, celui de la psalmodie, le psautier. Hommes et femmes apprirent à s'en servir seuls. Il devint instrument de méditation intime, par son texte mais surtout par ses images. En même temps que lui se diffusèrent dans la société la plus haute, au cours du XIIIe siècle, d'autres objets de piété personnalisés, portant la marque d'une personne, ces reliquaires privés qui semblaient de petites chapelles, dont certains étaient portés à même le corps, et le tête-à-tête mystique peu à peu s'instaura dont fut médiatrice la représentation figurée sur cet objet d'autres personnes, le saint, la Vierge, le Christ, tête-à-tête poursuivi dans la chapelle, à l'église devant d'autres images, celles-ci publiques : saint François dialoguant avec le crucifix. Une enquête approfondie s'impose, appuyée sur de tels repères, qu'il faudrait soigneusement dater, car ils portent témoignage d'une expansion de la dévotion individuelle, laquelle, au début du XIVe siècle, avait gagné les strates sociales les plus profondes : songeons à ce que les interrogatoires de Montaillou, ce village perdu, révèlent, et non seulement parmi les marginaux, les suspects d'hérésie, d'une habitude invétérée de la prière personnelle.

Cette intériorisation résultait d'une pédagogie dont les agents furent les clercs, relayés au XIIIe siècle par les Frères mendiants. Discours, sermons, harangues publics, et devant un public parfois immense. Mais le bon grain lancé là pour germer à l'intérieur de chaque âme, et l'invitation faite à chacun d'imiter dans son privé le Christ, les saints, d'agir sur son vouloir, sur son cœur, au-dedans de soi, de ne plus s'en tenir aux gestes, aux formules. Cette exhortation morale réussit grâce en particulier au recours à l'*exemplum*, à la petite histoire très simple, édifiante, convaincante proposée à chaque conscience pour la guider. Effectivement, l'un des plus vastes recueils d'*exempla*, composé à l'usage des prédicateurs au premier quart du XIIIe siècle par le cistercien Césaire de Heisterbach, se présente sous forme de dialogues : éducation privée, seul à seul, le maître et le disciple, et tout bon prêcheur, de fait, entendant bien s'adresser à chacun de ses auditeurs en confidence. De ces anecdotes, tous les héros sont d'ailleurs des personnes menant leur aventure individuelle, affrontant seules des épreuves, puis dialoguant, sur la route, mais plutôt dans la chambre, au milieu de la nuit, dans le silence, dans le retrait, avec le confident, l'ami, ou bien avec l'ange, le revenant, la Vierge, ou bien encore avec le démon tentateur : des conversations privées toujours, et des choix personnels. Souvent, dans ces histoires, autour du héros, ceux qui partagent avec lui l'espace domestique, les membres de la maisonnée englobante, font figure d'intrus, de gêneurs, d'importuns qui troublent et qu'il faut écarter.

Dans les années où le mouvement du progrès général était le plus vif, les décennies qui encadrent l'an 1200, les comportements religieux furent véritablement bouleversés par la nouvelle pastorale. Elle enseignait un usage différent des sacrements. Du sacrement de l'eucharistie : tous les fidèles appelés à consommer le pain de vie, à placer à l'intérieur de leur corps le corps du Christ pour une rencontre intime – et ce que cette pratique put susciter d'images magnifiant la personne humaine, devenue comme un tabernacle, s'isolant, de ce fait, de la promiscuité domestique. Plus décisive encore fut la transformation de l'acte pénitentiel, au départ exceptionnel et public, et qui, au terme d'un très long cheminement amorcé dès l'époque carolingienne, fut censé devenir, en 1215, par une décision du IVe concile du Latran que soutenait la réflexion des chercheurs en science juridique sur le péché et sur la cause « intime » de la faute, à la fois discret, périodique et obligatoire. Contraindre la généralité des fidèles à se confesser au moins une fois l'an était évidemment une mesure d'encadrement, d'inquisition : il s'agissait de débusquer ce qui se dissimulait d'insubordination, d'hérésie dans les consciences, en perçant les clôtures du privé. Mais peut-on imaginer révolution plus radicale et d'un effet plus profond et prolongé sur les attitudes mentales que le passage d'une cérémonie aussi ostentatoire que l'avait été la pénitence publique – succédant à la reconnaissance publique de la faute, elle introduisait dans un état social particulier ouvertement désigné par certaines manières de se conduire, un vêtement, des gestes, bref, tout un spectacle d'exclusion monté sur la scène publique – à ce simple dialogue, celui des *exempla,* entre le pécheur et le prêtre, c'est-à-dire entre l'âme et Dieu, confession auriculaire, de bouche à oreille, un secret, inviolable, l'aveu ne comptant que s'il préludait à un travail de rectification, d'émondage livré par la personne en silence à l'intérieur d'elle-même ?

À Cluny, citadelle de l'esprit communautaire, la confession privée avait été imposée par les statuts de l'abbé Hugues II, entre 1199 et 1207, une fois par semaine au moins, les pénitences devenant elles-mêmes secrètes, des prières individuelles, à voix basse. Voici que Latran IV, quelques années plus tard, étendait à l'ensemble des chrétiens l'obligation. Tous devaient, aux approches de la fête de Pâques, en préparation de la communion, s'interroger, examiner leur conscience, regarder leur âme, procéder à ces mêmes exercices à quoi s'étaient astreints quelques hommes spirituels au début du

XIIe siècle pour découvrir au plus profond de leur être les intentions perverses et les juguler. Je parle des auteurs des premières autobiographies, Abélard, Guibert, mais aussi, plus nombreux, de ceux qui échangeaient d'un monastère à l'autre une correspondance, dictant des lettres qui n'étaient pas intimes, mais qui du moins campaient face à face deux personnalités inquiètes. L'introspection – et puis la discrétion de l'aveu et des macérations salvatrices : un mur dressé, la piété s'abritant désormais dans ce jardin clos. Ce fut un renversement, lent bien sûr, progressif. N'imaginons pas le décret de 1215 appliqué aussitôt partout. Mais, un siècle plus tard, ses effets, se conjuguant à ceux de l'éducation par le sermon et par la casuistique amoureuse, à ceux de l'évolution économique qui libérait l'individu par l'accélération de la circulation monétaire, avaient commencé de modifier le sens du mot *privé*. Une conception nouvelle de la vie privée se développait insensiblement au sein de la grégarité familiale : être soi-même au milieu des autres, dans la chambre, à la fenêtre, avec son propre bien, sa bourse, avec ses propres fautes, reconnues, pardonnées, avec ses rêves, ses illuminations, avec son secret.

G. D.

Approches de l'intimité XIVe-XVe siècle

Une histoire des espaces privés ou en voie de se refermer comme tels, une histoire des phases de retrait et d'intimité où un écran s'interpose entre la personne et le regard, une histoire des sentiments, des pensées, des images mentales cultivées dans le secret, mais fixées par l'écriture privée, autant d'objets et d'approches fragiles et incertains. Assurément, les sources auxquelles nous puisons à la fin du Moyen Âge nous promettent une relative abondance par rapport aux siècles antérieurs : compte tenu de l'accroissement sensible de la masse documentaire à partir du XIIIe siècle, de la survie d'une part appréciable de documents d'origine privée, nous pouvons d'emblée nous sentir plus assurés de rencontrer dans leur vie privée des individus dont le rôle personnel, le souci d'écrire ou de se faire peindre, le hasard des archives nous ont conservé l'identité, l'allure et la voix.

Il importe cependant d'éviter quelques écueils, ou de marquer nettement les limites d'une enquête aventureuse. Que les individus se livrent eux-mêmes ou prolongent leur existence dans la fiction, le regard qu'ils jettent sur l'intime n'est pas plus innocent que celui qu'ils jettent sur le monde extérieur, mais à quelle aune mesurer le témoignage individuel, irréductible à toute généralisation ? Quelle relation l'historien doit-il entretenir avec l'irrationnel d'une conduite, ou avec la banalité d'un comportement, et comment dissocier l'écriture singulière qui nous interpelle de l'expérience commune qui l'a suscitée ?

L'écriture privée ou sur le privé introduit sans conteste, lorsque les témoignages se multiplient, une profonde mutation dans l'attitude des individus par rapport aux groupes familiaux et sociaux auxquels ils appartiennent : un souci de transmettre, à tout le moins de décrire des phénomènes vécus, sur lesquels les générations précédentes se taisaient. Gardons-nous de penser que tout change parce que la nature des sources a changé ; ce que l'historien saisit d'abord, c'est la modification qu'apporte l'habitude de l'écrit, c'est peut-être aussi la diffusion du miroir. N'en tirons pas la conséquence que la conscience de soi, que le plaisir et la défense du privé n'existaient pas lorsque les sources écrites manquent pour l'attester.

Il faut d'autre part se souvenir que, si l'écriture s'est répandue à la fin du Moyen Âge, dans les grandes villes plus que dans les bourgs ruraux, si elle s'est laïcisée et privatisée, elle demeure le privilège d'une minorité de la population européenne : l'image que les sources écrites peuvent offrir de la vie individuelle nous introduit dans l'intimité d'un nombre limité de personnes et n'offre sur une population plus large que des aperçus ; il est vrai que le réalisme de la peinture et de la sculpture et les informations que l'archéologie permet d'accumuler sur quelques sites corrigent et complètent notre vision imparfaite.

Un dernier écueil nous attend, c'est la tentation de la

modernité, qui ferait des derniers siècles du Moyen Âge une préface de l'avenir, pour la seule raison qu'ils ont été, comme les Temps modernes, plus bavards sur les secrets des hommes. La vie privée appartient sans doute au champ le moins certain de l'histoire, celui où l'étude des structures économiques, sociales, culturelles risque d'être un instrument bien pesant pour approcher la diversité irréductible des sujets individuels ; les historiens sont formés aux idées générales plus qu'à l'écoute des voix du passé. Être sensible à la voix, c'est se laisser étonner par la liberté d'une confidence, l'audace d'une expression, la rêverie qui se dégage d'un texte, l'amour qui s'exhale d'une complainte sur un enfant mort. Tout ce qui nous rapproche de l'intime d'il y a quelques siècles nous donne la tentation d'abolir les distances qui nous séparent irrémédiablement d'un monde que nous avons perdu. Le piège de la modernité, c'est de décrire ce qui est vieux comme le monde : les hommes, lorsqu'ils s'expriment en privé, ne parlent-ils pas la même langue à travers les siècles ?

Ainsi, l'abondance des sources aux XIVe et XVe siècles nous place dans la difficile situation d'éviter à la fois la rupture avec l'en deçà et l'assimilation avec les Temps modernes. Chaque document utilisé – et ceux qui le sont ici viennent surtout de l'Italie et de l'Allemagne –, chaque expression retrouvée devraient être minutieusement pesés dans leur singularité et par rapport à des documents contemporains ; le plaisir d'écouter la voix doit se doubler du souci d'identifier celui qui parle et de le replacer dans son milieu. Malheureusement pour la véracité historique, les confrontations ne seront pas toujours possibles, et certains textes demeureront, éblouissants ou funèbres, des jalons mal assurés pour une histoire future des sentiments et de leur expression.

L'INVENTION DU SUJET

Inséré dans les enveloppes successives d'un monde clos, l'individu se définit par contraste, voire par rupture avec les cercles de vie sociale : le groupe familial, la communauté coutumière, les structures professionnelles, la masse des assujettis. La conscience de soi, née d'un recul, peut conduire à la mise en question radicale de l'ordre : ceux qui courent le risque de quitter leur place sont, sur les chemins et dans les solitudes, hors statut : les turbulents, les ambigus, les fous des romans d'aventure tant lus à la fin du Moyen Âge, croisent dans les forêts du désordre les charbonniers, personnages de confins, et les ermites, assoiffés d'ailleurs.

Mais la conscience de soi, celle qui s'est exprimée par écrit, ne franchit pas souvent la limite entre le grégaire et l'inorganisé ; à l'intérieur du cercle des habitudes mentales et des obligations sociales qui l'enserrent, le citadin demeure à la fin du Moyen Âge très sensible à l'idéologie du bien commun, qui propose l'*utilitas* pour tous comme un progrès par rapport à la *commoditas* des particuliers. Faut-il ne voir qu'un *topos* dans l'opposition que fait Guichardin entre une carrière honorifique, qui ne peut être qu'au service public, et la vie « oisive, privée de dignité et parfaitement privée » ? Son contemporain, Willibald Pirckheimer de Nuremberg, tient des propos similaires dans son autobiographie, où il se montre retiré pendant trois ans des affaires, après la mort de son père, *privatus* et ne vivant que pour lui même et ses amis, puis reprenant la charge des affaires publiques et stigmatisant, en contemplant sa propre statue, ceux qui préfèrent à l'« utilité publique » leurs « sentiments privés ». Il y a honneur à participer comme acteur à la vie publique : le courant de l'humanisme civique a passé les Alpes, et l'exaltation de l'individu, de la conscience de soi, se manifeste de manière éclatante au service de la république. Avec moins de pose, d'autres narrateurs des choses de leur temps n'ont choisi dans leur vie personnelle que les faits directement associés aux événements de la vie officielle, comme Velluti à Florence ; ou, affichant leur intention de rédiger des Mémoires, ils ne parviennent pas à dissocier public et privé, comme Hans Porner de Brunswick, qui annonce que son livre est bien le sien et non celui du conseil de ville, mais ne traite en fait que des affaires de la commune, dans lesquelles s'ensablent les notations personnelles. La conscience de soi est donc balbutiante ou malheureuse, s'affirme le plus souvent avec timidité par rapport à un modèle de comportement qui est celui du bon citoyen.

Il est une autre référence qui colore l'expression de la

revendication personnelle, c'est la référence familiale. On a vu dans la volonté d'aligner sur la rue un palais à façade dans la Florence du XVe siècle la rupture avec la représentation familiale élargie de l'îlot, de l'ensemble compact de maisons appartenant au groupe ; ce besoin individuel de marquer son retranchement par rapport au reste du lignage se manifeste dans l'investissement glorieux qui consacre la réussite d'une carrière, d'une maison de commerce conduite par un « opérateur », par l'illustration de la *res privata*. Mais ne nous y trompons pas, la revendication de l'individu ne peut se contenter de l'affirmation de la famille étroite ; le souci d'intimité, d'intériorité derrière la façade familiale se manifeste par la répartition des pièces entre les membres de la famille, dont bénéficie au premier chef le maître de maison, qui peut se retirer dans son *studiolo* ; c'est peut-être le seul lieu où le retrait par rapport à la gestion interne de la famille permet à l'homme d'affaires, au *pater familias*, à l'humaniste de se retrouver face à lui-même dans sa singularité.

Ainsi, travailler au bien-être de la collectivité, au bien-être de la « maison », ce sont des tâches que l'honneur assigne à l'individu conscient de sa responsabilité : activité, réflexion productive dans l'intérêt du groupe, au vu et au su de l'entourage, laissent peu de place à la vie privée dans la représentation que les hommes de premier plan ont donnée de leur existence ; et s'ils étaient tentés de lui accorder temps et valeur, ils en étaient retenus face à l'opinion par la crainte de paraître égoïstes ou futiles : le privé, c'est l'« abject » ; il n'y a pas de réputation à gagner hors du public : *Fama non est nisi publica*.

Dans ce cadre étroit, que l'écriture, reflet d'une construction théorique, assigne au privé, il est évident que la nécessaire sociabilité laisse peu de place à l'épanouissement naturel du moi : nombre d'auteurs s'avancent armés et casqués de vertus, que la lecture de Cicéron ou de Tite-Live rend plus exigeantes. Nous aimerions saisir des expressions moins élaborées, des attitudes moins roides, des silhouettes moins satisfaites de leurs choix ; mais on peut être assuré, d'une part, que le souci de sculpter son image pour la postérité correspond effectivement à des conduites actives et publiques, et, d'autre part, que le modèle proposé par quelques porte-parole répond, dans toute l'Europe urbaine de la fin du Moyen Âge, à un idéal de vie.

Où trouverons-nous donc les formes plus intimes de la conscience de soi ? La cuirasse vertueuse n'a-t-elle pas pour fonction d'arrêter l'épanchement des sentiments, les confidences, les aveux ? Faut-il quitter le monde des villes pour retrouver, avec la solitude, l'absence de pose, la simplicité des impressions où s'exprime l'individu dans son privé ?

Dans un beau texte, d'où la rhétorique n'est pas exclue, Ulrich von Hutten montre combien l'opposition de la ville et de la campagne serait une fausse piste pour la découverte de l'homme dans son secret : l'humaniste conscient de son rôle dans la société aristocratique et bourgeoise doit se garder d'aller chercher à la campagne les stimulants à l'accomplissement de soi : la solitude appauvrit, le retrait dans un « désert », fût-il celui d'un château familial, entraîne l'inquiétude ; non, c'est dans la foule, c'est dans le mouvement que l'esprit se nourrit.

« La campagne, c'est l'agitation et le bruit.

« Tu parles des charmes de la campagne, tu parles de repos, tu parles de paix... Que le château ait été construit sur un piton ou dans la plaine, il ne l'a pas été pour le plaisir mais pour la défense, entouré de fossés et d'un retranchement, étroit à l'intérieur, encombré par les étables du gros et du petit bétail, logements obscurs pour les bombardes, les réserves de poix et de soufre, bourrés de stocks d'armement et de machines de guerre. Surtout règne l'odeur désagréable de la poudre ; et puis les chiens, et les immondices des chiens, agréable odeur, n'est-ce pas ? Et le va-et-vient des cavaliers, parmi lesquels bandits, brigands et voleurs ; car le plus souvent la maison est grande ouverte, parce que nous ignorons qui est qui, et que nous ne nous donnons pas trop de mal pour le savoir. On entend le bêlement des moutons, le mugissement des bœufs, les aboiements des chiens, les cris des hommes travaillant aux champs, le grincement et le fracas des charrettes et des voitures ; et tout près de la maison, qui est proche des bois, on a même le hurlement des loups.

« Chaque jour, il faut se soucier du lendemain, inquiétude, mouvements continuels, et le calendrier des saisons : il faut labourer, donner une seconde façon, travailler dans les vignes, planter les arbres, irriguer les prés, herser, semer, fumer, moissonner, battre ; c'est le temps de la moisson, c'est le temps de la vendange ; et si une année la récolte est mauvaise, quelle étonnante pauvreté, quelle étonnante misère, de sorte qu'on ne manque jamais d'occasion de s'émouvoir, de s'inquiéter, de s'angoisser, de se morfondre, d'être à bout, d'être hors de soi, de s'en aller, de s'éloigner » (Ulrich von Hutten à Willibald Pirckheimer, *Vitae suae rationem exponens*, 1518).

Sans ambition politique autre que celle d'inciter les puissants à favoriser la connaissance et l'étude, Ulrich von Hutten se décrit à la cour de l'archevêque de Mayence exercé à la solitude au milieu du bruit : *« Saepe in turba solus sum. »* La véritable liberté, l'affirmation de sa propre identité est le fruit d'un exercice privé : la lecture, l'écriture permettent d'aller au-devant de soi-même, libéré de toute obligation par rapport à la puissance publique, aux pesanteurs familiales, dans la légère allégresse d'un contraste entre l'intime et le monde. C'est un privilège que cette rencontre, à laquelle par d'autres techniques accèdent aussi les mystiques : « Que tu veilles ou que tu dormes, tu es seul même au milieu des autres », écrit J. Mombaer, frère de la Vie commune. Privilège qu'Ulrich von Hutten oppose au pénible tableau de la vie des paysans, qui n'ont ni les moyens ni le temps d'accéder à la vigoureuse félicité du corps à corps avec son âme.

LA PREMIÈRE PERSONNE DU SINGULIER

On ne parle pas de soi sans justification ; les Proverbes, Aristote et saint Thomas sont des autorités suffisantes pour limiter les occasions d'entamer un récit à la première personne. Pour plusieurs auteurs, l'autobiographie délivrée de toute contrainte naît avec les Temps modernes, qui inventent un registre du récit de soi-même indépendant de l'histoire et de l'apologétique. Il est bien évident que, se découvrant au centre de l'univers entre les deux infinis, l'homme exulte d'avoir reçu de Dieu la faculté de s'accomplir dans ses virtualités et ses penchants : l'autobiographie proclame la dignité des destinées singulières.

Mais le récit de soi-même n'est pas sorti tout armé de la

tête de héros légitimés ; il s'est progressivement dégagé de formes narratives mettant en scène l'individu socialisé, les plaisirs et les douleurs de l'existence inspirant à l'auteur l'irrésistible envie de donner son mot, soit qu'il signale qu'il était au bord de la route où passait l'histoire, soit qu'il incorpore à la rhapsodie des notations privées, soit qu'il place sous le regard de Dieu une aventure exemplaire qui met en scène ses propres tribulations. En somme, le jeu du « je » avec le « moi » révolu est issu soit du modèle augustinien de la confession, soit du souci de noter au jour le jour ce qu'un bon gestionnaire doit conserver à l'esprit pour lui-même et pour les siens, soit de l'enregistrement des faits mémorables dans le monde et à portée de soi.

La confession, le journal, la chronique sont, à la fin du Moyen Âge, des sources d'information où l'individu donne parfois sur sa vie privée, c'est-à-dire sur son corps, ses perceptions, sur ses sentiments et sa conception des choses, des aperçus sincères, autant que peut l'être une mémoire retrouvée qui prétend « peindre l'être de face et non de profil ».

Dans un autre registre, avant même que l'effacement de toute mise en scène fasse surgir le visage peint sur un fond neutre et pérennise des traits singuliers sans autre justification que de les soustraire à la décomposition, combien de retables et de fresques donnent une présence farouche ou attendrissante à des comparses plus vrais que les saints ou les Rois mages, parmi lesquels le peintre qui fait semblant d'avoir été là ? C'est toute la densité du « je » qui est en cause, intimidé du retentissement de son nom sous les voûtes de l'histoire universelle, évanescent dès que la tentation d'en dire plus se heurte à la majesté divine, et qui se dissimule pour parler plus haut à la troisième personne ou dans le discours métaphorique. Ainsi, l'expression du privé pourrait être traquée sous les déguisements du langage afin d'ajouter au butin des affirmations de soi le vaste domaine des réticences ; on resterait au seuil de quelques impasses, et pour ne pas tomber dans les lieux communs propres à toutes les littératures de l'intime, il conviendrait d'en noter le contexte et la fréquence. Dans une œuvre au carrefour de l'autobiographie et de la fiction, l'empereur Maximilien évoque sa douleur à la mort de sa jeune femme, « car ils s'étaient beaucoup aimés, et il y aurait beaucoup à écrire sur ce point », ce qu'il ne fit pas.

Le langage de la confession

Plus que toute autre forme narrative, la confession incite à la mise en scène de l'individu comme protagoniste d'une aventure spirituelle. Par-delà le modèle biographique franciscain, la référence est, à quelques siècles de distance, le récit justificatif d'Abélard, contemplation littéraire d'un désastre, et surtout le modèle augustinien. Alors que la confession dramatique d'Abélard se composait d'une succession d'événements saisis dans leur discontinuité, que la confession sereine d'Adamo di Salimbene tentait à tout moment d'inscrire la silhouette du pécheur dans la lumière de saint François, les *Confessions* de saint Augustin ont inspiré à plusieurs écrivains italiens de premier plan le modèle d'une cristallisation des sentiments illuminant d'un trait toute la vie antérieure : c'est le temps saisi et aboli dans la rencontre entre mémoire et écriture, où s'exprime la véracité du sujet. À l'origine des pages les plus sensibles de Dante, de Pétrarque et de Boccace se trouvent les profondes remarques de saint Augustin : « La mémoire fait surgir non la réalité elle-même, qui est définitivement passée, mais les mots suscités par la représentation de la réalité, qui, en s'abolissant, a imprimé dans l'esprit des traces par l'intermédiaire des sens. » Sous le regard de Dieu, le temps intérieur est la résurrection des instants passés ranimés par le présent ; l'homme nouveau par ses pensées et par l'écriture donne forme et sens à la marche hésitante du pécheur ; la conversion est à l'origine du récit, comme le salut de l'humanité est à l'origine du monde créé.

La puissance organisatrice de la vision augustinienne a inspiré, dans des situations personnelles diverses, une fascination de méthode et le sentiment d'une fraternité spirituelle. La fraternité a touché au cœur Pétrarque, dont les larmes coulaient à la lecture des *Confessions (« inter legendum fluunt lacrimae »)* et qui, par un mimétisme de la conversion, s'est dans la douleur identifié à Augustin *(« transformatus sum in alterum Augustinum »)* ; on sait comment le dialogue avec son âme, selon un schéma inspiré par les manuels de confesseurs, l'a conduit sur le chemin du mont Ventoux et lui a suggéré l'image de la citadelle où il s'enfermait avec le livre de son maître.

Dante ouvre l'autobiographie poétique qu'est la *Vita nuova* par un préambule méthodologique qui doit tout à l'atmosphère intellectuelle de la lecture privée : « C'est dans une partie du livre de ma mémoire que se trouve une rubrique, j'y trouve transcrites les paroles que j'ai l'intention d'utiliser dans le présent ouvrage ; et, à défaut de les utiliser toutes, au moins un résumé significatif. » La sécheresse réductrice de l'analyse ôte au vécu mémorisé toute liberté, mais à travers le prisme ordonnateur surgit soudain, glorieuse créature de l'esprit, Béatrice transfigurée *(« la gloriosa donna della mia mente »)* ; et Dante n'hésite pas à se représenter dans la chambre où il s'est réfugié pour pouvoir se lamenter sans être entendu *(« nella mia camera, la ov'io potea lamentarmi senza essere udito »).* L'intensité du sentiment est ici fonction d'une alchimie qui doit tout à l'écriture ; c'est le travail organisateur du passé personnel qui garantit la pérennité des sources vives, c'est la liturgie qui entretient l'amour, c'est le culte du souvenir qui constitue et renouvelle la conscience douloureuse du sujet.

Dans l'œuvre de Pétrarque, l'autobiographie se disperse en éclats, les « fragments épars de son âme », la littérature permettant au poète de recomposer le moi confus, fait d'instants vécus. Ainsi s'explique la pratique assidue des notes marginales, les postilles du *Canzoniere,* les mentions portées sur les manuscrits que possédait Pétrarque. En marge de *l'Énéide,* orné de miniatures de Simone Martini, dans une correspondance secrète avec les jeunes héros virgiliens fauchés par la mort, Pétrarque a porté entre 1348 et 1372 les noms des personnes chères ôtées à son affection. Au verso de la page de garde, Laure apparaît la première, « en ce lieu qui revient le plus souvent sous mes yeux » ; Pétrarque dédie à cette immortelle une épigraphe tendre et solennelle, où se conjuguent tous les fragments d'un discours amoureux : « Laure, célèbre par ses propres vertus et par mes poèmes qui l'ont chantée à loisir, pour la première fois apparue à mes yeux au temps de ma prime adolescence l'année du Seigneur 1328, le 6 avril au matin, dans l'église Sainte-Claire d'Avignon ; et dans cette même ville, le même mois d'avril, le 6e jour du mois, à la même heure matinale, l'an 1348, soustraite à la lumière, alors que j'étais à Vérone, hélas ! ignorant du sort qui s'accomplissait. La funeste nouvelle m'atteignit à Parme par une lettre de mon cher Louis, le 19 mai 1348 au matin. Son corps si pur et si beau fut placé chez les Frères mineurs, le jour même de sa mort, vers le soir. Quant à son âme, comme celle de l'Africain selon Sénèque, elle est retournée au ciel d'où elle était venue, c'est ma conviction profonde. »

La fréquentation assidue de Virgile réveille sous les mots le sentiment répété d'avoir tout perdu ; « tous les jours je me meurs » *(quotidie morior)*, écrit Pétrarque à Philippe de Cabassoles ; on ne laisse que des traces. Pétrarque a inscrit dans les marges blanches du *Canzoniere*, le seul espace continu où sa conscience s'exprime au jour le jour, des notes sur son propre labeur : tel souvenir très ancien, surgi une nuit d'insomnie, après vingt-cinq ans d'oubli ; tel instant propice à la création, que retarde l'invitation à passer à table. De ces notes, de ces instants, Dieu seul pourrait refaire le tissu continu d'une vie ; mais l'œuvre est là, avec ses cris et ses chuchotements ; elle mêle indissolublement le souvenir et son orchestration, la littérature et les choses de la vie. Pétrarque n'a laissé sur lui-même qu'un témoignage composé en forme de post-scriptum, une *Épître à la postérité* : sa voix, portée par le temps, contient soigneusement son émotion ; malgré la distance qu'il se plaît à creuser entre l'homme qu'il fut et l'écrivain qu'il restera, il ne peut résister à la tentation de se décrire : « Peut-être l'un d'entre vous a-t-il entendu quelque chose sur mon compte [...] j'ai été l'un de votre troupe, un petit homme parmi les mortels [...]. Sans me glorifier d'un physique de premier ordre, j'avais les avantages qui conviennent aux vertes années : le teint vif, entre l'éclatant et le pâle, les yeux étincelants et la vue longtemps très perçante, au-delà de la soixantaine, puis affaiblie au point de m'obliger, malgré ma répugnance, à chercher le secours des lunettes [...]. »

L'autoportrait nous ramène soudain, d'un souffle, aux misères de la vie privée, que Boccace, dans son portrait littéraire du grand homme, s'est empressé d'effacer, comme il a tendu sur ses propres souvenirs le voile des lieux communs antiques.

Après Pétrarque, l'humanisme multiplie les références et les pastiches de la littérature romaine ; le tour nettement plus serein que prend au XVe siècle l'analyse des sentiments tient au conformisme de l'expression et aux leçons de morale empruntées aux bons auteurs. Même si la préoccupation chrétienne du bilan spirituel continue d'inspirer le récit à la première personne, l'évasion philologique, les paysages de convention, le goût de la mesure et le souci de la gloire réduisent à l'extrême les espaces de l'introspection.

Giovanni Conversini de Ravenne, chancelier de Francesco de Carrare, doit à la tradition augustinienne revivifiée le titre de son examen de conscience, *Rationarium vitae,* mais son discours n'a pas les accents angoissés du dialogue avec l'âme ; le Pogge, dans sa fréquentation des auteurs du passé (« tous les jours je parle avec des morts »), cherche des attitudes vertueuses, mais ne dit mot de sa propre conscience ; Pier Paolo Vergerio, décrivant son séjour à la campagne, s'installe volontiers sous la même ombrelle que Pline le Jeune. Enea Silvio Piccolomini lui-même, le futur Pie II, dont l'acuité d'esprit se manifeste en tant de pages, esquisse dans ses *Commentaires* une autobiographie insipide et fugitive aussi longtemps que sa vie privée n'a pas reçu la consécration de la tiare ; mais alors, écrivant comme César, son maître en littérature, à la troisième personne, Enea Silvio recouvre sa vie du manteau de son pontificat. Sous le style de la narration objective, quelques inflexions permettent d'entendre sa voix. Sarcastique, lorsqu'il décrit les manœuvres du conclave où il fut élu : « La plupart des cardinaux se rassemblèrent près des latrines, et c'est dans ces lieux propres à la discrétion et au secret qu'ils s'entendirent sur les moyens d'élire pape Guillaume » ; mélancolique, lorsqu'il parcourt le pays de son enfance : « Le pape rencontrait partout des traces évidentes de sa vieillesse » ; résigné, lorsqu'il prépare devant Ancône, avec la croisade impossible, le dernier acte de sa vie : « Si cette route ne pousse pas les chrétiens à entrer en guerre, nous n'en connaissons pas d'autre [...]. Quant à nous, nous savons que la mort est devant nous, et nous ne la récusons pas. » S'il y a là encore conformisme, il est vécu et s'appelle l'imitation des saints et des martyrs.

Commentaires sur l'action

Avec les *Commentaires,* nous sommes passés insensiblement sur un autre versant de l'écriture, où le sujet maintient seul un lien avec le privé : ce ne sont plus les instants privilégiés où s'abolit le temps passé, ni les exigences intimes de faire la lumière sur les mouvements de la conscience. C'est la restitution, dans l'ordre du temps vécu, des événements qui méritent d'être sauvés de l'oubli, où les élans personnels et les choix sont camouflés par l'apparente objectivité du récit.

Par rapport au but que continuent de se fixer à la fin du Moyen Âge des historiens comme Froissart ou Villani, commentaires et Mémoires se proposent ouvertement de reprendre le fil des jours passés à la lumière de l'expérience : insistances et lacunes, énumérations et digressions, survol et minutie dans la présentation des faits sculptent en creux le portrait du narrateur, surtout lorsqu'il est animé d'un souci apologétique.

Le Bourgeois de Paris, qui tient le journal des temps difficiles, est un témoin impuissant et rageur des événements qui le dépassent ; Philippe de Commynes a été à la fois mêlé à l'intimité des protagonistes, le duc Charles et le roi Louis, et chargé de missions publiques et secrètes ; le récit qu'il fait, les jugements qu'il porte, les descriptions des lieux et les portraits qu'il peint sont colorés de ses sentiments et voilés, au soir de sa vie, par la distance qui sépare l'action politique de la retraite forcée. Mais l'auteur dans son privé n'apparaît fugitivement que si l'on sollicite son discours et que l'on débusque ses intentions ; quant aux personnages qu'il met en scène, il ne les montre dans leur chambre que dans quelques occasions qui justifient son dessein d'écrire, le duc de Bourgogne dans sa fureur d'avoir été trompé, ou dans sa mélancolie farouche, le roi de France dans son manoir et dans les affres de mourir, auxquelles Commynes feint d'avoir assisté jusqu'à leur terme.

Certains auteurs soucieux d'inscrire leurs expériences personnelles dans une perspective historique digne des modèles antiques n'ont pu tenir la ligne de crête entre privé et public. Guichardin a rédigé séparément trois livres, distinguant par la matière connaissances sur la vie publique, sur l'histoire familiale et sur sa propre vie ; ce sont les *Histoire florentines*, les *Mémoires familiaux* et les *Souvenirs (Ricordanze)* : mais, jouant son rôle d'historiographe, il trace le portrait de son père sans mentionner sa parenté avec lui, et, lorsqu'il se propose de « conserver le souvenir de certaines choses qui lui appartiennent en propre », il se borne à rappeler les étapes de son *cursus honorum* et se décerne le *satisfecit* d'un bon fils et bon époux : une médaille d'honorabilité qui réduit la vie privée à la réputation d'un bon acteur sur la scène publique.

Par une démarche inverse, c'est le souci de justifier une action publique qui conduit les personnages les plus divers à écrire une défense et illustration de leur conduite : Jörg Kazmeier, maire de Munich pendant les troubles de l'extrême fin du XIVe siècle, ne raconte les événements dont sa ville fut le théâtre que pour expliquer sa fuite ; Arnecke, maire de Hildesheim au milieu du XVe siècle, assure sa défense contre les accusations d'impéritie et de prévarication ; Götz von Berlichingen, décrivant, octogénaire, ses tribulations de reître pendant un quart de siècle de la Suisse à la Hesse, prétend, au prix de quelques entorses à la vérité sur son rôle pendant la guerre des Paysans, faire taire d'opiniâtres calomniateurs ; le récit part de l'enfance, où s'affirmait déjà son tempérament de chef : « J'ai souvent entendu dire à mon père, à ma mère, à mes frères et sœurs et aux domestiques qui les servaient que j'étais un garçon extraordinaire *(wunderbarlich)* [...]. » N'ayant plus rien à perdre, l'accusé contre-attaque.

De même, Benvenuto Cellini, dont la gloire et la disgrâce furent égales, fait face à la conjuration de ses détracteurs en insistant sur les prodiges qui ont accompagné les épisodes choisis de sa vie privée et publique ; références héroïques ou maléfiques donnent à la narration son rythme et sa couleur, du service de Clément VII au cachot où l'artiste est jeté en 1556. Pour un tel destin, les signes annonciateurs ne manquaient pas, ni l'ancêtre fondateur de Florence, ni les grands-parents bibliques, ni la salamandre près du bébé. Une préhistoire mythologique fait échapper l'individu aux cadres étroits de son temps ; l'autobiographie de la démesure sort du domaine public tout en jouant de la réputation établie de l'auteur ; mêlant adroitement récits et symboles, elle déforme ou dissimule la réalité de la vie privée.

Nous sommes au milieu du XVIᵉ siècle en compagnie de Benvenuto Cellini au terme d'une évolution de la conscience de soi racontée aux autres. La fiction, broderie sur des faits véridiques et invérifiables, est le résultat abouti de plusieurs composantes : l'introspection spirituelle, le retour sur les événements vécus, et un troisième courant, qu'il convient maintenant d'examiner, l'histoire familiale.

La mémoire familiale

L'attention portée aux faits qui, de près ou de loin, constituent la trame d'une mémoire familiale a entraîné, dans les milieux laïcs accoutumés à écrire, la conservation de papiers et de registres privés. Notaires et écrivains au service des affaires publiques, marchands de tout niveau, du commerce de détail aux grandes entreprises internationales, voire quelques artisans forment un groupe qui s'élargit, du XIIIᵉ au XVIᵉ siècle, à l'ensemble des notables dans toutes les villes d'Europe. Les nobles n'en sont point exclus, ni les femmes, qui prennent parfois la plume tombée des mains de leur père ou de leur époux. Le goût d'écrire est associé au souci d'une bonne administration du patrimoine et d'une transmission à ses héritiers d'un capital d'immeubles, de biens immobiliers, d'obligations spirituelles et de Mémoires.

Le capital de Mémoires ne se gère et ne se lègue que s'il est ordonné, et c'est effectivement à partir de 1350 que l'on perçoit dans la boutique, le bureau, le *studiolo* du palais, l'organisation progressive d'un matériau familial fait de documents contractuels et comptables, de listes de naissances et de décès, de recettes médicinales et propitiatoires, de liasses de correspondances, de reconstructions généalogiques. Le noyau originel autour duquel se sont organisés et diversifiés les dossiers du chef de famille a été, semble-t-il, le plus souvent l'ensemble de fiches volantes (on voit ces pense-bêtes accrochés à un clou derrière les portraits de marchands et d'artisans), puis de cahiers et de registres, conservant le souvenir d'obligations et d'échéances, se muant ensuite en un journal d'entreprise où la distinction entre le commercial et le domestique, entre le domestique et le mémorial, mit du temps à s'établir.

Les villes d'Italie du Centre et du Nord, puis les villes de haute Allemagne à partir de la fin du XIVe siècle furent les lieux où s'élabora et se diffusa l'organisation scripturaire la plus poussée de l'entreprise commerciale et bancaire ; cette organisation comptable, en multipliant les renvois d'un livre spécialisé à l'autre, expulsa de l'enregistrement toutes les informations qui n'avaient pas leur place dans le bilan commercial. Ainsi naquirent des « livres secrets », des « journaux des affaires propres », des « mémoriaux », des « ménagers », des livres de raison et de remembrance qui, quel qu'en soit le titre, conservent jalousement pour les transmettre des informations de nature privée. Demeure jusqu'au milieu du XVIe siècle et au-delà, selon les niveaux d'organisation intellectuelle, une extrême variété de contenu de ces écritures familiales, qui gardent de la lente constitution du mémorial à partir des notes au jour le jour la pratique capricieuse de l'insertion mnémonique : désordre organique, lorsque par exemple les clauses de contrats de mariage suivent des listes de noms d'enfants ou que la transmission d'une recette pour guérir les chevaux suit la mention d'une vente en foire.

La pratique marchande transparaît dans la place que tiennent les bilans résumés, tirés des autres livres, l'importance des inventaires, qu'il s'agisse des robes et bijoux offerts par Lucas Rem d'Augsbourg à sa femme ou des reliques collectionnées par Nicolas Muffel de Nuremberg, l'habitude aussi de barrer dans la liste des enfants les jeunes morts, à l'instar de créances irrécupérables ou de parties de comptes soldées. Si les marchands les plus frustes continuent, en plein XVe siècle, à intercaler dans leur journal comptable des informations erratiques, des hommes d'affaires aussi avisés que Giovanni Barbarigo à Venise, Anton Tucher à Nuremberg font nettement le départ entre livres d'affaires et livres privés, mais continuent d'insérer dans le livre domestique des comptes de ménage, des revenus domaniaux et quelques notations plus personnelles et anecdotiques. Le *Libro segreto* de Goro Dati de Florence n'a rien de commun, malgré son titre, avec les livres comptables de la firme Alberti et ne s'élève pas non plus, en dépit d'un préambule mélancolique sur le temps qui passe, au-dessus de notes patrimoniales, personnelles et familiales. Sous le titre *Zibaldone*, « salade mélangée », le manuscrit vénitien da Canal inscrit des indications strictement limitées aux usages commerciaux en Méditerranée tels qu'en possédaient tous les bureaux de compagnies, tandis que Giovanni Rucellai de Florence prétend rassembler sous ce même titre une somme de son expérience des affaires et de la politique, y joint des considérations sur le train de maison, et la transcription de comptes de dépenses somptuaires entreprises à la façade de Santa Maria Novella et dans la chapelle Brancacci du Carmine. Lucas Rem d'Augsbourg, dans le premier quart du XVIe siècle, fait l'effort d'ordonner en sections la matière qu'il traite (carrière personnelle, dépenses somptuaires, enfants), mais conserve le titre trompeur de *Tagebuch*, « journal ».

Comme on le voit, la variété des données inscrites en marge d'une activité professionnelle et d'une vie active multiplie les angles de vue sur les préoccupations personnelles et les éléments du patrimoine qui devaient rester soigneusement dissimulés au public : le livre des Valori de Florence porte sur sa couverture : « Ce livre ne doit être montré à personne » *(Questo libro non si mostri a nessuno)*.

Dans le tri nécessaire opéré à chaque génération, deux critères ont essentiellement guidé les marchands écrivains, lorsqu'ils entendaient transmettre une expérience et un savoir dont ils s'estimaient comptables : l'utilité et la dignité. Assis dans leur *camera privata*, face à leurs contemporains, à leurs descendants et à la postérité, ils ont insisté sur l'inaliénable et sur l'exemplaire : d'une part, les décisions et les choix qui, à leur connaissance, ont renforcé ou affaibli la société ou le patrimoine – et l'insistance sur l'exemple peut tourner à l'exaltation d'un ancêtre ou à la confession de ses propres erreurs ; et, d'autre part, l'ensemble des savoirs nécessaires à la vie du groupe familial, qu'il s'agisse de vider la fosse d'aisances de la maison ou de conserver d'une génération à l'autre le réseau des apparentements et des amitiés d'affaires.

C'est le propos du livre de raison d'Étienne Benoist de Limoges, qui, dans la première moitié du XVe siècle, a, durant vingt ans, élaboré la « mémoire familiale » (J. Tricart) qu'il jugeait bon de transmettre à ses enfants : rappel des naissances, mariages et décès, enregistrement des contrats qui occupent plus du quart du livre, et legs spirituels, si l'on peut ranger sous cette même rubrique tutélaire prières et citations de textes sacrés – un choix familial – et le « testament politique » non daté d'un homonyme de l'auteur, code de conduite hérité d'un ancêtre et déjà recopié à la génération précédente. La matière est essentiellement privée, les événements politiques limousins n'étant évoqués qu'en raison de leur incidence sur la vie familiale et la finalité du livre se limitant à l'utilité pour l'avenir des Benoist.

Dans la masse des chroniques familiales européennes, publiées ou inédites, les sources florentines paraissent les plus nombreuses et les plus riches : le goût de l'antique au temps de l'« humanisme civique », les rivalités sanglantes entre les groupes familiaux qui ponctuent l'histoire politique, l'enracinement de notables rarement tentés par l'aventure maritime, qui change les carrières et brise les récits, voilà peut-être quelques raisons à cette densité des histoires de vies. Dans ce laboratoire où s'affirme la conscience de soi d'un groupe urbain, deux textes parmi les plus connus illustrent les deux versants de l'écriture familiale tournés l'un vers l'expérience personnelle, l'autre vers la mémoire longue.

Giovanni Morelli a le sens de l'antiquité de sa famille et le goût de la reconstitution généalogique ; mais ses *Ricordi* proposent surtout un modèle éducatif *(« ammaestrare i nostri figluogli »)*. Il se présente lui-même à la troisième personne comme le représentant de la mesure et du conformisme politique ; il laisse de lui l'image d'un marchand exemplaire, dont le savoir a déterminé le succès : « De taille et d'embonpoint moyens [...] il n'aimait pas ce qui était mauvais, en particulier tout ce qui pouvait nuire à la Commune [...]. Il s'efforça toujours de vivre sans embarras, sans jamais s'opposer en paroles ou en actes à ceux qui gouvernaient. » Morale du juste milieu, de l'abstention, voire de la fraude fiscale, qui ôte au récit de la vie privée toute saveur : demeure la mort du fils, drame pour le père, drame pour la lignée, sur lequel se concluent brusquement ces Mémoires utilitaires.

Donato Velluti appartient à la génération antérieure et doit peut-être à sa carrière de juriste son sens de la continuité et sa méthode historique. Revenant sur sa vie et sa carrière, à la place qu'il occupe dans l'organisme vivace qu'est la famille, il parle de lui à la première personne, quand c'est à son tour d'apparaître : « Il m'a semblé que j'écrivais des choses qui étaient trop à ma louange [...] je ne l'ai pas fait pour ma gloire, mais pour le souvenir des faits qui se sont produits, pensant qu'il serait agréable à mes lecteurs futurs de savoir le pourquoi et le comment. »

Choisissant les faits et les détails, il les rapporte volontairement à la réalité complexe qui l'entoure et au temps long dans lequel il s'inscrit : il évoque la goutte dont il souffre depuis 1347, parce qu'elle l'a empêché d'occuper des charges publiques ; il parle de son mariage, dans l'intérêt de la continuité familiale ; il lie sa carrière aux épisodes de la vie politique florentine. La « chronique domestique », qui tendait de plus en plus à se confondre avec un récit des événements publics, s'interrompt de façon aussi brutale que les « souvenirs » de Morelli sur la disparition, à vingt-deux ans, de Lamberto, son fils : frappé d'une maladie qui lui ronge les parties génitales, le jeune mort fait un fragile pendant à la robustesse mythique du fondateur Bonaccorso.

Se raconter

Construites à partir des archives et des représentations, qui font de la famille l'enveloppe naturelle où s'épanouit l'action, les chroniques privées faisaient la part belle au narrateur ; qu'il ait ou non éprouvé la tentation de se mettre en valeur, c'est sa voix qui allait retentir, ce sont ses recherches qui reprenaient le fil du temps. À partir du début du XVe siècle, la mémoire ose conserver la trace de l'inutile et de l'indigne. Quelques auteurs donnent dans l'insouciance et le picaresque : le roman de vie est en train de naître. Restons à Florence en compagnie de Bonaccorso Pitti. Il écrit dans le premier tiers du XVe siècle une chronique qui, réduisant au minimum l'enracinement généalogique et passant sous silence l'enfance de l'auteur, se propose de raconter d'abord une errance : « Je vais maintenant raconter mon errance par le monde depuis la mort de mon père. » La liberté du projet, sa nouveauté, tient à la rupture initiale du récit personnel, après le prologue obligé. Le jeune auteur s'enchante à raconter sans fard une aventure galante, le meurtre d'un maçon, des épisodes de vendetta sur fond de la révolte des Ciompi ; ni les vertus morales, ni l'honneur familial, ni la fatuité du succès ne guident une plume alerte qui laisse s'épanouir le moi. Avec les années et la fin des voyages, les succès commerciaux et les charges publiques appesantissent peu à peu le discours ; la chronique revient dans son lit et ensevelit l'autobiographie sous le poids de l'utile et du convenable.

À ces percées du naturel, on mesure le chemin parcouru depuis le parcimonieux enregistrement de notices personnelles. Pour que s'affirme définitivement le roman d'une vie, pour que les dernières réticences à donner l'intime en peinture soient effacées, il fallait que triomphe le sentiment que l'homme doit à ses propres efforts plus qu'à ses origines ou à la protection divine. À une histoire de la vie privée, saisie dans son développement organique, concourent puissamment la fierté de la réussite et le dialogue entre le passé et le présent narratif. Mais, à la différence de l'examen de conscience pénitentiel qui dresse un homme nouveau face au désordre et à l'absurdité du temps passé, c'est l'histoire des jeunes années – l'enfance souvent sérieuse, parfois difficile, les années de formation professionnelle – qui donne à l'écriture sa sincérité. Fondée sur un journal, sur des documents de première main, mise parfois en perspective sur le cours dramatique des événements généraux, la biographie n'a pas perdu ses références familiales, politiques, spirituelles : elle réunit tous les courants qui, depuis le milieu du XIVᵉ siècle, donnent à la voix individuelle, à la vie personnelle, à l'expérience, intime valeur, prestige, fonction sociale. De même que l'autoportrait ose affirmer dans un jeu de miroirs l'éternité d'un regard, de même le livre où se condense une destinée individuelle dit, souvent au soir d'une vie, l'énergie créatrice de la conscience de soi.

C'est ce regard constructeur, parfois sévère, le plus souvent réconcilié, qui fait le prix des aventures singulières rédigées à la fin du XVᵉ siècle et au début du XVIᵉ siècle, particulièrement dans le monde germanique : on sait quelle fortune connut au nord des Alpes le thème des années d'apprentissage et des romans de formation. Ainsi, Johannes Butzbach, qui termina sa carrière comme prieur de Laach en Eifel, en 1505, insiste dans son *Livre des pérégrinations* sur la dureté de son enfance malheureuse ; vivant avec ses souvenirs sous le regard de Dieu, il instaure un contrepoint entre les tribulations passées de l'enfant martyr et de l'orphelin et la paisible retraite où il attend la mort : les voies de la Providence sont impénétrables.

Autre exemple, celui de Matthäus Schwarz d'Augsbourg, qui forme tout enfant, à l'âge où le jeune Dürer fait son premier autoportrait connu, le projet autobiographique qu'il réalisera quinze ans plus tard. Devenu directeur financier du siège central de la maison Fugger à l'âge de vingt-cinq ans, il mène concurremment le récit de sa vie privée qu'il intitule *Le Cours du monde* et un livre fait de vignettes aquarellées où il se montre seul en scène dans les costumes qu'il a portés. On ne peut imaginer projet plus narcissique, puisque ce brillant esprit, ce confident d'un des hommes les plus puissants de son temps choisit délibérément l'apparence, la futilité, la complaisance à soi, malgré la vie remplie qu'il mène. Un autre temps est venu, celui de la provocation et du snobisme, et pourtant le regard que l'homme arrivé jette sur sa petite enfance, les commentaires attendris ou piquants dont il accompagne ces silhouettes condensent toute la puissance du sentiment qu'après plusieurs générations d'écriture sur soi l'homme de la Renaissance témoigne à son passé.

L'INDIVIDU DANS UN MIROIR

L'identité

Un historien véronais avait formé le projet de rassembler les portraits épars des cent cinquante contemporains identifiables du seigneur de Vérone au XIVe siècle, Cangrande Della Scala. Traquer des visages de pierre et leur rendre leur identité, sortir des notables des groupes picturaux où ils se fondent, c'est, dans la tradition de Michelet, la folle ambition de ressusciter des individus dont l'action et les passions ont contribué, avec la foule de leurs contemporains, au destin d'une société. Personnages publics, dont l'image peinte ou sculptée attestait le pouvoir ou la réputation, et qui offraient à la vue du plus grand nombre ce qui leur appartenait en propre, leur visage et leur allure.

La représentation de la personne n'est pas un usage commun à toutes les civilisations ni à toutes les époques. En Occident, le renouveau du portrait figuré, à partir du milieu du XIVe siècle, exprime la progressive libération de l'individu, sortant du cadre social et religieux où l'avaient figé l'adoration et la munificence privées. Il naît sans doute aussi de la pratique laïque et publique qui, au moins dans l'Italie centrale et septentrionale, exposait sur les murs l'image des réprouvés à l'opprobre de la communauté. Il traduit enfin l'attachement à la mémoire des individus qui, au fil du temps, ont tissé l'histoire familiale et dont témoignaient à Florence – lointain hommage à la tradition étrusque ? – les portraits de cire parfaitement ressemblants, exposés en ex-voto à Santa Maria Annunziata, ou conservés dans le privé des grandes familles et présentés lors des fêtes et processions publiques, démonstration d'ancienneté et de puissance du clan.

Portraits royaux

On ne peut manquer de s'interroger sur la véracité des premières effigies individuelles tant elles paraissent chargées de vertus démonstratives : ce n'est pas par hasard que le superbe chevalier de Bamberg a été rapproché de la figure idéale du saint roi Louis. Les représentations figurées font surgir des catégories mentales, comme les descriptions font surgir images et sensations ; l'efficacité des unes et des autres a été savamment mise à profit par le pouvoir politique et par le magistère spirituel pendant des siècles où triomphait le symbolisme d'un monde ordonné : hiératisme des attitudes, démonstration des gestes, langage des armoiries. L'incantation totémique des formes et des couleurs étonne encore sous les voûtes de Westminster. Charles IV est le premier souverain de l'Occident médiéval qui ait délibérément substitué à la perfection des signes monarchiques son portrait ressemblant et celui des membres de sa famille à la cathédrale Saint-Guy de Prague ; il est aussi le premier empereur à rédiger lui-même sa biographie, incorporant dans le récit de ses actions des événements privés dépourvus de toute valeur exemplaire.

Lorsqu'il est l'œuvre non d'un peintre ou d'un sculpteur, mais d'un écrivain, le portrait physique et moral d'un individu ressortit à un genre littéraire hérité de l'Antiquité, transmis par les *Res gestae* à la gloire du souverain, mis à la mode dans les milieux urbains de la fin du Moyen Âge par les chroniques et les histoires familiales, établissant des liens subtils entre le monde des vivants et des morts et l'éternité des héros de fiction.

Parmi les portraits littéraires de la fin du Moyen Âge, ceux des rois sont d'un vif intérêt pour saisir et dater le souci de la vérité physique. Non que le XVe siècle ait abandonné le symbolisme, ou que les siècles antérieurs soient restés insensibles au réalisme de la description. Mais la représentation de la figure royale compose entre deux tendances la convenance qui s'attache à la fonction du monarque et désigne le roi à ses traits, et l'évidence des vertus privées, qui transparaissent dans sa présence physique. Du XIIe au XVIe siècle, l'irrésistible vérité des détails s'incorpore au discours sur le roi, dans la mesure où le discours perd sa fonction de célébration pour adopter la liberté de ton du chroniqueur ou du diplomate dans ses dépêches secrètes.

L'empereur Louis le Bavarois, mort en 1347, a été l'objet de quatre éloges, dont l'un se contente de noter l'élégance du souverain ; les trois autres décomposent cette impression première avec une série d'adjectifs qui sont autant de touches sur la palette : le roi était mince et élancé, solide, bien proportionné, grand, très droit. Ces précisions concourent effectivement à l'image élégante qui appartient à la typologie du prince et qui frappait sans doute les observateurs. L'un des quatre écrivains, Albertino Mussato, a fait du roi Henri VII, prédécesseur de Louis le Bavarois, un portrait physique qui insiste sur la même impression générale, due à la stature et surtout à l'harmonie des proportions : on retrouve dans la description des deux souverains le même rapport mesurable *(commensurata conformitas)*, digne d'une statue entre les parties du corps, pieds et jambes chez Henri VII, épaules et cou chez Louis.

Outre l'aspect d'ensemble, trois des quatre auteurs évoquent le système pileux du roi : cheveux rares et tournant sur le roux, c'est un détail qui serait parfaitement vraisemblable sous la plume d'Albertino Mussato, s'il n'était contredit par les autres auteurs, et si on ne le retrouvait pas mot pour mot dans le portrait d'Henri VII déjà évoqué. Le teint, coloré pour l'un, clair et vermeil pour l'autre, semble relever de la figure de style. Quelques détails du visage (sourcils proéminents, nez fort) complètent la silhouette ; Albertino Mussato ajoute enfin des traits de caractère : le roi était entreprenant, persévérant, courtois, aimable, galant. Concordance des remarques sur l'allure générale, discordance sur les détails, prolixité des qualificatifs font également douter de cette reconstitution. Demeure l'élégance, c'est-à-dire le souvenir, transmis par des témoins oculaires ou des représentations figurées, d'une présence physique, ramassée d'un mot par Heinrich Rebdorf : un roi ne pourrait-il ressembler à l'image que l'on se fait d'un roi ?

Pour la scolastique, chaque forme visible démontre l'invisible, l'ordre créé se déchiffre. Une harmonie organise les rythmes de l'architecture, les proportions du corps humain, la structure de la société, dont la plus haute expression est la personne du roi. Investi d'une mission divine, le personnage royal doit se conformer par son apparence, ses gestes, sa voix à l'image qu'il se fait de sa charge, et que le peuple chrétien reconnaît. Il suffit de le voir pour savoir son rang : Jeanne d'Arc retrouve Charles VII dans la foule à laquelle il s'est mêlé, dans la salle du château de Chinon. Il est dans l'ordre des choses que son allure soit digne de la fonction qu'il exerce : « La majesté éclatait sur son visage » *(in vultu majestas)*, dit le Pogge du vieux Sigismond entrant à Rome pour son couronnement. Frédéric III, dont la carrure ne pouvait faire oublier la petite taille *(statura plus quam mediocri)*, s'était appliqué depuis son enfance à composer son apparence, selon Johannes Grünbeck : il portait devant lui, imprimait à son visage les marques de son caractère ; tous les observateurs sont frappés par la gravité, la réserve aimable de l'empereur, comme l'élégance de Louis le Bavarois avait marqué ses contemporains. Tournant ses défauts naturels (long visage, allure trapue, petite taille, timidité) à l'expression de sa majesté, Frédéric III démontrait que la conscience de sa mission peut conduire le souverain à compenser par son comportement ce que la grâce ne lui a pas donné. Le discours littéraire sait allier la vérité psychologique aux lieux communs d'usage et retrouve par le biais de l'éloge une donnée essentielle de la vie privée : plus que les autres hommes et non moins qu'eux, le roi, personne publique, construit son visage.

À propos de l'empereur Maximilien, on trouve sous la plume de certains auteurs, comme Cuspinian, l'humaniste viennois, la métaphore scolastique du roi carré *(statura quadrata, figura quadrata)*, bâti comme une église, où resplendit la majesté divine. Vitruve avait établi l'analogie entre la perfection du corps humain et celle d'un édifice. Les liens entre l'apparence perçue comme une construction et le sentiment du beau *(forma-formosus)* furent un des thèmes récurrents de la réflexion scolastique sur la création, puis de la spéculation sur les nombres des géomètres et des artistes de la Renaissance. Appliquée à la personne du prince, cette symbolique illumine par sa puissance suggestive qualités physiques et qualités d'âme ; de même que le vitrail filtre et fait rayonner la lumière divine, le regard de Maximilien lance d'irrésistibles éclats : Johannes Grünbeck, subjugué par ses yeux étincelants, d'une puissance quasi sidérale, évoque le charme auquel succombent les hommes comme les femmes.

Un étonnant récit de séduction montre comment l'empereur était sensible chez autrui aux qualités physiques dont la nature l'avait doté : le jeune comte de Zimmern, grâce à l'amicale complicité du duc Frédéric de Saxe, sut jouer de son apparence pour obtenir du roi, en 1497, la restitution d'une terre qui avait appartenu à sa famille : « Sire Wernher, qui savait combien le prince électeur était bienveillant et fidèle, se peigna de la manière la plus élégante, et, comme il était bel homme et bien proportionné de visage, de corps et d'allure *(nachdem er sonst ain schene und wolgestalte person von angesicht, leib und gestalt)*, se mit à attendre avec les autres comtes et seigneurs la venue du roi ; et, après le souper, quand la danse des princes fut terminée, sire Wernher se mit bien en vue, et il n'en fallut pas plus pour que le roi le remarquât à plusieurs reprises, conçût de son apparence un plaisir particulier *(ab seiner person ain besonders gefallen empfieng)* et demandât au duc Frédéric, qui s'était appliqué à demeurer tout près du roi, qui était ce personnage [...]. » On ne peut rien refuser à la beauté.

En revanche, quelques souverains de la fin du Moyen Âge déconcertaient par leur apparence commune ou leur physique ingrat, au point que le portrait, renonçant à faire des défauts une vertu, accumule les observations critiques. *A contrario,* la gêne qu'éprouvent chroniqueurs et observateurs devant la laideur tendrait à attester la vérité des portraits élogieux. C'est d'abord la petite taille qui afflige : « Quoiqu'il fût petit *(Etsi parvus statura)* », dit Thomas Ebendorfer de Charles IV. Ayant rencontré le souverain, Matteo Villani trace de lui un portrait sans complaisance : le roi était de stature médiocre, particulièrement pour un Allemand, presque bossu, cou et visage projetés en avant ; le poil noir, les pommettes trop larges, les yeux globuleux, la tête chauve. Le buste de Prague confirme cette vision réaliste. La magie de la présence royale n'agissant pas sur cet observateur étranger, on en vient à des détails de comportement qui tranchent avec les stéréotypes de la majesté souveraine : Charles IV, pendant les audiences publiques, taille une baguette avec son couteau sans regarder une seule fois les suppliants. On sent la réticence devant des attitudes manifestement contraires aux conventions. Le roi s'habille court, il a l'allure des pauvres *(formam pauperum exprimebat),* dit son biographe Thomas Ebendorfer, qui le déplore.

En somme, le réalisme de la description est d'autant plus matériel que l'auteur ne parvient pas à saisir d'un mot l'image conforme à la majesté royale. L'accumulation de détails vrais se substitue à l'impression première que transmet au contraire l'écriture suggestive, faite des attributs de l'être. Chaque fois que le sentiment d'un accord parfait *(congruentia)* sous-tend la réalité sensible, chaque fois que la personne privée entre sans effort apparent dans le rôle de la personne publique, la tonalité d'ensemble du portrait royal paraît plus vraie que la multiplication des notes : elle satisfait l'esprit, si elle ne comble pas la curiosité : le réalisme, en littérature comme en peinture, serait la réalité sans l'esprit, la juxtaposition des détails sans l'idée.

S'il existe une évolution dans la découverte de l'individu à la fin du Moyen Âge, elle tient aux procédés d'analyse du réel, aux outils et au vocabulaire : la pratique de la dissection, l'habitude de la fréquente confession, l'usage de la correspondance privée, la diffusion du miroir, la technique de la peinture à l'huile. Mais la multiplication des points de vue, la virtuosité dans l'imitation, la décomposition des mécanismes du corps ne suffisent pas à comprendre l'individu dans son privé, pas plus que des cubes de verre coloré ne suffisent à former une mosaïque.

Par-delà la description réaliste d'un visage ou d'une scène d'intérieur, la grande peinture flamande du XVᵉ siècle fascine parce qu'elle s'inspire d'une pensée, d'une vision symbolique. Devant la surface lisse du tableau, c'est au regard du spectateur de retrouver la clé, de recomposer l'individu et de lui rendre son secret.

Donateurs et héros. On l'a vu par quelques exemples royaux, le portrait peint ou sculpté permet, à la fin du Moyen Âge, de multiplier les confrontations de sources et de vérifier l'exactitude des descriptions : par une sorte d'instinct, nous aurions tendance à nous fier davantage au peintre qu'au chroniqueur.

La peinture comporte cependant une part d'ambiguïté qui tient aux conventions sociales et aux intentions du commanditaire : si l'on utilise le portrait comme document pour l'histoire de la vie privée, il convient de fixer aussitôt les limites de la source, qui fixe en public l'homme privé, qui éternise une attitude, qui engonce souvent le notable dans des vêtements de fête. L'Europe de la fin du Moyen Âge s'est peuplée de portraits, d'abord dans les églises et les chapelles familiales, où les donateurs et leurs familles ont conquis leur place aux côtés de la Vierge à l'Enfant ou des saints qui les présentent et les protègent, acquérant à la fréquentation physique du sacré une assurance croissante : le chancelier Rolin ne paraît pas surpris de trouver la Vierge posant dans l'atelier de saint Luc ; il s'agenouille comme il se doit.

Cependant, le goût de l'antique ressuscitait le portrait ciselé de profil, avec toutes les variations esthétiques sur les chevelures et les coiffes, de Piero della Francesca à Uccello. Portrait aristocratique, mettant en valeur et idéalisant parfois les traits impassibles du héros ou de la dame. L'esprit dans lequel ces commandes étaient exécutées, le parti adopté pour pérenniser visage et nom relèvent de l'histoire des formes, de l'histoire de la mode, voire, dans le cas des retables, de l'histoire sociale des représentations. Une double évolution qui se dessine au XVe siècle, aux Pays-Bas comme en Italie et dans les villes d'Empire, offre à la connaissance des individus une plus ample matière.

Un premier mouvement replace le commanditaire dans le cadre de son activité professionnelle : orfèvre, changeur, homme d'affaires, géomètre se sont fait représenter dans leur atelier ou leur bureau, et, quoiqu'il s'agisse encore de mise en scène, la fierté de la réussite personnelle du commanditaire et l'excitation inventive du peintre à la recherche d'un genre nouveau concourent au souci d'illusionnisme. La ressemblance du modèle se détache sur un trompe-l'œil familier, qui apporte de précieux renseignements sur l'espace de travail, le décor quotidien, les outils plus vrais que nature. Le thème de l'espace intime où se déploie dans le silence la pensée de l'humaniste, par-dessus les livres et l'encrier, est finalement traité pour lui-même, avec saint Jérôme pour prétexte, par Carpaccio, par Dürer, et tant d'autres.

La vie familiale prolonge parfois cette ouverture sur la vie d'intérieur ; elle se substitue souvent à la vie professionnelle, refermant sur soi la porte du bureau ou de la boutique. À étudier le choix des bourgeois et des notables qui se firent peindre dans un cadre ou dans l'autre, on vérifierait sans doute que l'orgueil familial prend le pas sur l'orgueil professionnel dès que le tableau de l'intimité oisive suffit à attester la réussite sociale. Sortis des retables où ils s'alignaient par rang d'âge et à genoux, les membres de la famille composent, avec l'aide du peintre, un cercle paisible où l'âge, le caractère, les aptitudes apportent leurs nuances à l'harmonie de bon ton. Au terme de l'évolution, Konrad Rehlinger d'Augsbourg, présentant ses huit enfants vivants et faisant apparaître dans une trouée céleste les petits morts, a commandé au peintre Bernhard Strigel une scène d'intérieur parfaitement abstraite, qui n'est que la vision d'ensemble d'un niveau généalogique.

Regards et secrets. Il arrive cependant que les liens d'affection qui unissent les membres de la famille constituent la dominante du tableau, jusqu'à éliminer toute trace de décor ambiant. Le fondé de pouvoir de la maison Médicis, Francesco Sassetti, s'est fait représenter par Ghirlandaio sans aucune affectation sociale dans le costume ou dans la pose, seul avec son jeune fils Théodore II : l'enfant lève un regard confiant vers son père, qui n'a d'yeux que pour lui. Aussi étudié que peut l'être aujourd'hui une prise de vue photographique, ce portrait illustre un sentiment largement partagé ; nous sommes d'emblée de connivence avec les deux personnages, parce que nous ne sommes pas provoqués par un clin d'œil, et que notre regard ne saurait interrompre leur dialogue. L'impression d'harmonie *(congruentia)* n'est pas troublée par le réalisme du nez veineux et bourgeonnant que le sentiment transcende. La tonalité franciscaine de dépouillement et d'amour doit être rapprochée de la sereine gravité du testament que Sassetti rédige en 1488, deux ans avant sa mort. Fruit d'une commande, il importe de le souligner, ce portrait intimiste prend le caractère d'un manifeste, dans les années où le banquier florentin était responsable de la situation financière catastrophique de la maison Médicis.

Cependant, un second mouvement caractéristique de la peinture européenne au XVe siècle focalisait l'attention des portraitistes sur le visage frontal ou de trois quarts, supprimant le pittoresque du décor, jouant sur les contrastes vifs ou le velouté des noirs et ne laissant subsister que le contrepoint de signes (armoiries, devises) et le langage muet de quelques objets (livre, fleur, patenôtre). Au niveau du spectateur, le regard : regard incisif du portrait d'homme par Memling, à l'Académie de Venise ; regard humide et doux de l'homme à l'œillet de Van Eyck ; regard implacable du condottiere d'Antonello da Messina ; regard presque égaré d'Oswolt Krel peint par Dürer. Au moment où s'affiche, avec la faveur de l'*ars moriendi* et de la danse macabre, la destruction totale du corps et la séparation définitive de l'âme, le portrait individuel joue avec virtuosité d'une mutation technique de la peinture, qui, depuis Van Eyck, conférait au regard une profondeur et une transparence inégalées : la peinture à l'huile et les recettes de glacis permettaient de faire briller comme en un miroir la pupille (la petite poupée), tremblement lumineux habitant le portrait, comme l'âme habite le corps. Lorsque Alberti disait de la peinture qu'elle était « une fenêtre transparente », on peut interpréter sa définition comme un hommage rendu par l'apparence à l'intime. Le portrait européen du XVe siècle fait pénétrer dans un espace imaginaire, qui est l'espace intérieur, et un espace vertigineux, puisque le portrait est né d'une rencontre entre un peintre et son modèle, et qu'il est destiné à susciter autant de rencontres personnelles que de regards fixés sur une image ressemblant au modèle disparu.

Ce jeu de regards explique la fascination qu'exerce encore le double portrait dit d'Arnolfini et de son épouse, si souvent commenté, et dont le véritable sujet est peut-être la rencontre entre la réalité qui fut et la fiction, qui reste. *Jan Van Eyck fuit hic* : le peintre a signé sa trace au-dessus du miroir où ses personnages debout apparaissent de dos ; devant eux, c'est-à-dire dans la profondeur du champ qu'introduit la symétrie du miroir, se tient toujours Van Eyck, à la place qu'occupent tous ceux qui regardent le tableau.

Les variations sur l'intime ne livrent pas toujours leur secret, soit que nous ayons perdu les chemins d'accès à la pensée symbolique d'une société morte, soit que le peintre, ses modèles et ses commanditaires aient volontairement obscurci les références et brouillé les pistes. C'est le cas des tableaux de chevalet de Giorgione : *La Tempête*, *Les Trois Philosophes* proposaient à la méditation d'amateurs vénitiens des plaisirs rares, dont d'innombrables enquêtes ont tenté de retrouver les voies. Multiplier les symboles qui ne s'éclairent que par leur rapport mutuel, voiler le sens par l'insistance sur les détails, dissimuler le vrai dans les plis du beau, ce sont là préoccupations élitistes d'un milieu de snobs cultivés.

Dans un climat propice à l'énigme, un portrait n'est pas innocent : il dit plus en disant moins, selon la rhétorique de l'aveu sans phrases. Dans les cas les plus simples, quelques objets suffisent à mettre au parfum, s'il s'agit d'un missel, d'initiales brodées ou d'une lettre de change. Mais comment aller au-delà de « ce petit tas de choses dérisoires » ? L'être qui fut ne se résume pas en cet instantané avec accessoires, et la peinture ne comporte pas moins de non-dit que la description littéraire.

À un niveau supérieur d'artifice, le souci de vertus personnelles et de distinction fait naître des compositions plus subtiles et plus excitantes : ainsi le grand portrait de Francesco

Maria Della Rovere, duc d'Urbino, par Carpaccio, daté de 1510, où le héros se détache en pied sur une forêt de signes. L'espace organisé comme un puzzle héraldique semble sorti tout armé des réflexions et des chimères du chevalier adolescent au doux regard.

Miroirs. Une dimension supplémentaire du mystère de l'être a été introduite dans la peinture par l'invention de l'autoportrait. On ne compte pas le nombre des peintres qui, comme les maîtres sculptant une clé de voûte, ont éprouvé la tentation de faire connaître leur visage ; ils se sont d'abord glissés dans les groupes et les foules pieuses qu'ils peignaient : Hans Memling, curieux derrière un pilier du retable de sir John Donne ; Botticelli, adoptant l'allure hautaine des puissants florentins qu'il fréquentait. Puis, obéissant au mouvement impérieux qui négligeait pour une fois le commanditaire, les peintres nous ont laissé leur propre portrait solitaire. Le pouvoir qu'exerce un autoportrait sur le spectateur vient de ce que la relation du peintre avec lui-même incorpore le miroir dans le champ de la transparence ; l'autoportrait esquisse un roman de soi, avec un regard et quelques signes.

Inaugurant la longue série des doubles *(Doppelgänger)* de l'histoire intellectuelle germanique, Albrecht Dürer s'est représenté au moins huit fois pour lui-même ; à quatorze ans, il s'interrogeait déjà devant son miroir.

Ses trois autoportraits à l'huile constituent des jalons pour l'histoire de l'introspection aux confins du Moyen Âge et de la Renaissance : trois regards sur l'intime, trois moments d'un itinéraire spirituel.

Le portrait « au panicaut », conservé au Louvre, date de 1493 ; il a été peint alors que l'artiste gravait à Bâle le frontispice des *Lettres* de saint Jérôme. Le jeune homme accoudé sur la base du tableau – la « fenêtre transparente » d'Alberti – tient à la main le chardon qui a donné son nom à l'œuvre. Le regard grave, le fond neutre concentrent l'attention sur cette plante symbolique et les pensées qu'elle suscite, et l'on ne tranchera pas entre deux niveaux d'interprétation proposés : Albrecht Dürer est à la veille de se marier (1494), et le chardon est ici, par avance, le symbole de la fidélité conjugale *(Männestreue)* ; ou, le panicaut étant appelé en grec *dypsakos* (l'altéré), le portrait proclame que ce jeune homme de vingt-deux ans est assoiffé de vérité. La légende en style naïf – bout-rimé, confidence spirituelle ? –, « Mes affaires, elles vont comme les choses là-haut sont » *(My sach di gat/als es oben schtat)*, n'est pas d'un grand secours pour trancher.

Une étape importante est franchie, en 1498, au moment du second autoportrait à l'huile, conservé au Prado. Dürer a découvert à Venise la lumière et la couleur, mais aussi Mantegna et le dessin à l'antique ; il a inventé le paysage autonome et l'aquarelle d'atmosphère ; il connaît le succès depuis l'*Apocalypse avec figures* que l'Europe s'arrache. Sans arrogance, mais avec l'assurance de sa valeur, l'artiste lance un défi au milieu d'artisans et de marchands qui est le sien ; il revendique superbement un statut social à la hauteur de sa mission ; de Venise, il écrivait en 1506 à son ami Willibald Pirckheimer : « Ici, je suis quelqu'un ; chez moi, un pique-assiette » *(Hier bin ich ein her, daheim ein schmarotzer)* : d'où l'élégance de la pose, l'insolente provocation de la mise et la *veduta* léonardesque, exprimant l'accord entre le secret personnel et le mystère de la nature.

Le dernier portrait frappe par la pose rigoureusement frontale, la main droite levée, l'atmosphère de ferveur mystique. Quelle que soit sa date (1500 ou 1518), le portrait de Munich impose l'idée d'une ressemblance accentuée avec l'image du Christ. Qu'on en interprète l'esprit comme un manifeste d'imitation et de réforme intérieure, ou comme une déclaration du pouvoir créateur de l'artiste émanant du pouvoir créateur de Dieu, il est certain que la spiritualité illumine désormais la vie de Dürer : en témoignent la tonalité fervente de son œuvre, ses écrits intimes et le testament public qui accompagne la donation à la ville de Nuremberg des *Quatre Apôtres*, sa dernière œuvre monumentale.

Franchise. Qu'on le dépeigne ou qu'il se livre, l'individu nous paraît à la fin du Moyen Âge d'une approche plus aisée qu'aux siècles antérieurs. Peut-être même est-il une idée neuve en Europe, si l'on entend par là que des groupes de privilégiés de la culture et du rang social paraissent plus sensibles que leurs ancêtres à la fragilité glorieuse et au prix de leur vie personnelle.

Faisant vertu de ce qui était sous l'ancienne loi manquement à la réserve, ils ont osé exalter ce qu'il y a de singulier dans l'être ; ils ont surtout trouvé à cette fin des moyens d'expression nouveaux, grâce auxquels nous pouvons tenter d'aller à leur rencontre. Nous possédons sur les sociétés, essentiellement sur les sociétés urbaines de la fin du Moyen Âge, une vision construite à partir des sources publiques et d'un nombre croissant de sources privées, fournissant sur les individus des instantanés qui les fixent tels qu'ils se sont vus ou se sont laissé voir par leurs contemporains.

Mais une série d'instantanés ne constitue pas un film, qui seul pourrait restituer la densité et le dynamisme de la vie privée. Nous risquerions fort de n'aboutir qu'à l'évidence des corps et à la permanence des sentiments si nous demeurions insensibles à la voix et au cadrage : la simulation n'aboutirait qu'à l'inventaire de choses mortes.

Ce n'est pas l'amour conjugal qui doit nous surprendre, mais l'invention du portrait double des conjoints, représentés à l'avers dans la grâce de leurs attraits, et au revers, dans l'horreur putride de la mort. Quant au réalisme des descriptions physiques, il doit nous frapper de deux points de vue : lorsqu'il apparaît, avec l'audace de l'imitation clinique, sans aucune connotation morale ; lorsqu'il traduit, par l'analyse ou la confidence, un niveau de connaissance médicale ou un rapport intime de l'homme avec son corps. De ce point de vue, l'un des derniers portraits que Dürer ait dessinés devant son miroir nous laisse l'image inquiète et sans pudeur d'un corps usé. Un degré est encore franchi dans la confidence intime, que justifie la maladie. Mais avant d'en venir à cette franchise, voyons comment la convenance et le goût nous renseignent sur l'apparence.

L'APPARENCE VÊTUE

Une des nouvelles de Sercambi met en scène un fourreur de Lucques qui, s'étant rendu au bain public et dépouillé de ses vêtements, fut soudain pris de panique à l'idée de perdre son identité dans la foule anonyme des corps. Il place alors sur son épaule droite une croix de paille et s'accroche à ce signe comme à une bouée ; mais la croix se détache et glisse sur son voisin qui s'en empare : « C'est moi qui suis toi ; disparais, tu es mort ! » et le fourreur, décidément égaré, est persuadé de son propre trépas.

Costumes et société

L'humour noir est de tous les temps, comme l'homme sans qualités, que la logique du verbe suffit à tuer. Mais la fable toscane a surtout la vertu de rappeler la fragilité des définitions professionnelles et de l'orgueil social sur un terrain et dans un milieu où la réussite individuelle était exaltée de toutes les manières. L'identité se perd avec le costume, parce que l'homme social est un homme vêtu.

Il y a en outre malice à évoquer le fourreur mis à nu, d'abord parce que le port de la fourrure est un des éléments discriminateurs de la représentation sociale, ensuite parce que le nu, dans une société d'ordre, définit l'égaré ou l'exclu sous le regard des gens habillés, enfin, parce que la nudité confine avec le naturel de l'homme sauvage, qui hante les rêves et les forêts du désir. À l'horizon de la fable apparaît la subversion : fragilité d'une société qui ne tient debout que par le consensus qu'exprime l'apparence des individus, scandale que provoque frère Geniève, l'un des premiers disciples de François d'Assise, le fils du marchand d'étoffes, en s'exposant nu sur la place centrale de Viterbe.

Les sociétés de la fin du Moyen Âge sont demeurées fidèles au schéma trifonctionnel, mais elles l'ont rendu plus complexe et moins lisible. Entre les travailleurs et les puissants, l'essor économique urbain a multiplié les statuts ; les plus riches parmi les producteurs sont en mesure de prendre à leur service l'épée qui les défend, et se sentent plus proches du pouvoir de décider que du labeur qui asservit. Or, l'ambition de réussir, l'ascension sociale estompent les divisions tranchées et, d'une ville à l'autre, les statuts professionnels n'établissent pas des hiérarchies homogènes : les Arts jouent à Florence, au XIVe siècle, un rôle déterminant dans la définition du corps politique et social ; ils n'en jouent aucun à Venise. Ainsi l'image que les sociétés urbaines se sont donnée d'elles-mêmes reflète-t-elle les particularismes de leur histoire ; les groupes au pouvoir apprécient et canalisent la fluidité indispensable, ici ou là, au « bien commun », mais, à la fin du XIVe siècle, la codification tend à fixer définitivement les contours des classes dominantes dans la plupart des villes d'Europe qui se gouvernent.

Le costume est une des marques essentielles de la convenance sociale, tant l'habitude des assemblées et des processions assigne à chaque partie du peuple son rôle et sa place, repérable par la forme et la couleur. Le costume est par conséquent l'enjeu d'un sourd conflit entre l'ordre politique et le mouvement économique ; il est l'objet d'une réglementation qui, au nom du « bien commun », tend à refréner toutes les manifestations de l'arrogance des particuliers ; on ne compte pas le nombre des villes qui ont édicté des lois somptuaires et ont accru la rigueur, aux XIVe et XVe siècles, au fur et à mesure que l'aisance des gens de métier et le luxe des nantis faisaient monter la mise. Maintenu à sa place, au rang qui lui est assigné par la Providence, chaque individu participe à l'harmonie du corps social, qu'il soit puissant ou misérable : théorie d'un ordre intangible sous le regard divin, et dont le costume est l'expression. C'est ce qui ressort du volume publié avec les gravures des vêtements correspondant aux professions par Jost Ammann à Augsbourg, au milieu du XVIe siècle, sociologie pittoresque fondée sur l'apparence.

Depuis plusieurs générations, on reconnaît le marchand à son allure, le sénateur vénitien au noir qu'il arbore, le juif à son étoile, et la fille de mauvaise vie au jaune de sa robe : un procès vénitien de la fin du XIVe siècle évoque la malheureuse séquestrée dans un bouge et secourue grâce aux hurlements qu'elle pousse lorsqu'elle comprend, aux vêtements qu'on lui met, le sort et le statut qu'on lui destine.

Dans le cas des filles publiques comme dans le cas des rois, le stéréotype de la fonction sociale impose un filtre qui réduit l'apparence au signe, avec variations. Aussi, la question que pose la représentation du vêtement à l'historien est de savoir si la vie privée ne serait pas toujours la face cachée des apparences. De l'homme public, on sait qu'il dépose à un moment ou à un autre ses parures, et la vie privée est son quotidien, qu'on ne saisit que par hasard, derrière la porte de l'histoire. Quant à l'homme de peu, a-t-il seulement une vie privée ? En quoi son vêtement peut-il nous aider à l'imaginer, puisqu'en dehors des jours festifs, où il se redresse, s'assoit ou danse, il porte aux yeux de tous un vêtement pratique avec lequel il travaille ? Le travail au grand air est fort peu compatible avec l'intimité, et quand le paysan se retrouve au lit, il est, comme le bourgeois, tout nu.

Pièces à conviction

Il est fort heureusement une autre approche du costume qui, tournant le dos à la représentation qu'une société se donne d'elle-même, va droit aux pièces à conviction : les garde-robes, saisies dans tous leurs détails, telles que les révèlent des inventaires notariés et des comptes. Non tant les garde-robes des princes, où il peut être difficile de faire la distinction entre l'apparat et le quotidien privé : les pièces les plus communes en ont sans doute disparu, et l'écart tient moins à la qualité des étoffes qu'à la présence ou à l'absence des manches brodées, des guimpes perlées, des coiffures savantes, des manteaux de cérémonie ; mais les garde-robes bourgeoises et paysannes, qui équilibrent la documentation, qui élargissent ce que les observations tirées de la peinture et des textes narratifs peuvent avoir de restreint. Ces défroques alignées devant le notaire et décrites en quelques mots sont plus ou moins usées (« une paire de vieilles chausses, deux chaperons, dont un vieux »), et un coup d'œil estimatif distingue rapidement les pièces de l'inventaire qui peuvent encore faire honneur ou illusion. Aux descriptions, les comptabilités privées ajoutent des prix, permettent de calculer la part du tissu, des ornements, de la façon, d'évaluer le cycle de renouvellement d'une garde-robe ou le rôle des dépenses d'habillement dans un budget familial.

Raisonnant sur des populations qui ont marqué les différences sexuelles ou orné leur corps plutôt que de le couvrir, l'analyse ethnologique enseigne à l'historien que la commodité fonctionnelle du costume n'était pas nécessairement sa première qualité. Cependant, les garde-robes des pauvres, celles qui exposent avec le plus d'impudeur leur vie privée à l'enregistrement du notaire aux XIVe et XVe siècles font nécessairement leur place, lorsqu'elles sont composées de deux ou trois pièces, à la protection contre la pluie ou le froid : couvre-chef ou pelisson font alors leur office.

Costume paysan. Du minimum, lorsqu'il n'est point temporaire mais structurel, les inventaires après décès donnent, à travers l'Europe, une image monotone. Les inventaires villageois de Bourgogne, dans la seconde moitié du XIVe siècle, tels qu'ils ont été étudiés par F. Piponnier, révèlent la présence d'une trilogie de base constituée d'une cotte, d'un pelisson et d'un chapeau. Lorsque l'une ou l'autre pièce manque, c'est bien souvent parce qu'elle a servi à payer les frais d'enterrement. Entre vêtement masculin et vêtement féminin, la distinction est estompée : la robe désigne soit l'équivalent de la cotte, soit le surcot, soit l'ensemble des vêtements, de même qu'en Toscane, à la même époque, le « vestir » féminin se compose de deux tuniques superposées et d'un manteau. Le pelisson est une veste de peau retournée ou un corset doublé de lapin et, pour les plus aisés, de chat. Le chaperon de toile et, pour les hommes, les chausses complètent la silhouette paysanne. Signalons le linge de corps, chemises de toile, draps-linges à deux jambes des hommes, et ajoutons les touches de couleur qui distinguent plus nettement les sexes : hommes et femmes s'habillent en bureau, tissu médiocre mais assez chaud, que les hommes portent le plus souvent dans sa teinte écrue, beige, alors que les femmes sont en bleu ; les chaperons des hommes sont communément bleus, ceux des femmes souvent rouges, sinon bleus ou blancs. L'aisance, dans cette société rurale, se devine, même si elle est de mauvais aloi, au nombre des pièces de vêtement (une « irrégulière » a cinq couvre-chefs dans sa garde-robe) et aux quelques éléments de décor, apportés par les merciers ambulants dans leur hotte, et mis au jour par les découvertes archéologiques, à Rougiers, à Dracy, à Brandes en Oisans : boucles de ceinture et ferrets d'argent, applications métalliques sur les bourses, boutons sur les chaperons. Les bijoux sont rares, hormis quelques anneaux ; les gants font sensation : un jeune paysan s'en sert d'appât pour faire sa cour, dans l'un des *Fabliaux*.

Le peuple « gras ». On découvrirait dans les milieux les plus modestes des villes d'Europe à la fin du Moyen Âge une égale parcimonie vestimentaire ; mais ce sont les vêtements du peuple « gras » qui ont fait l'objet, jusqu'à présent, des études les plus systématiques et les plus fines, soit pour analyser la diffusion des draps fabriqués sur toutes les places d'Europe, soit pour vérifier l'efficacité de la législation somptuaire. Ainsi, en 1401, les bourgeoises de Bologne eurent deux jours pour présenter à l'appréciation d'une commission les robes qu'elles possédaient et qui risquaient de tomber sous le coup d'une loi sur le luxe vestimentaire ; 210 vêtements furent mis sous scellés, et leur description est une contribution utile à l'histoire privée du costume dans la mesure où elle permet de saisir ce qui, dans l'apparat des bourgeoises, était jugé excessif par rapport aux normes du budget familial : ce qui n'est plus admis, c'est l'extraordinaire variété de l'ornement. Ce sont les étoiles d'argent, les franges et cordelettes d'or tressé, les broderies de rayons, de feuilles, d'animaux, les garnitures de fourrure au col et au bas des manches, les teintes vives supposant l'emploi de cochenille ou de kermès, sans parler de perles ou de pierreries cousues. Effectivement, lorsqu'il est possible de calculer séparément la part du tissu, de la façon et de l'ornementation dans le prix d'une robe, on s'aperçoit qu'à Florence, en 1363, quand Simone Peruzzi offrait à sa femme une cotte hardie, les dépenses de drap et de façon ne représentaient que 30 % de la somme totale, mais que les boutons d'argent, les bordures de vair et le galon d'or représentaient ensemble l'équivalent de 140 jours de salaire d'un maçon. Scandale comparable, si l'on rapporte aux mêmes normes les dépenses pour la parure d'une fiancée Strozzi, en 1447, soit 500 jours de travail d'un ouvrier qualifié : la guirlande faite de huit cents yeux de queue de paon, de grains d'or « branlants », de perles, de fleurs émaillées et de feuilles dorées à la vénitienne valait à elle seule 212 livres, soit le tiers du total. Mais Peruzzi, Strozzi, au temps de leur gloire, échappaient aux restrictions. Et que représentait la garde-robe d'une dame Spinelli, née Gherardini, en 1380, soit, pour une vingtaine de pièces inventoriées, 500 florins, par rapport aux 50 000 florins que laissait son époux à sa mort, soit le salaire cumulé de huit à dix ans de travail d'un maçon ?

Économie et budget de l'apparence. Ces quelques chiffres apportent la dimension économique d'un fait de société ; ils mettent la distance exacte entre la planète des riches, que nous connaissons un peu, et celle des humbles, que l'on distingue mal dans l'ombre ; la vie quotidienne n'a pas le même sens pour les uns et pour les autres, ni le vêtement, conçu comme une œuvre d'art ou réduit à sa fonction d'usage. L'histoire du costume doit d'autre part s'inscrire dans une vision dynamique de la société et, pour rester à Florence, il est évident qu'une bourgeoise contemporaine de Dante n'était pas tentée d'investir dans l'apparence autant que le fut sa petite-fille : sans même évoquer les changements culturels et mentaux, le marché florentin n'offrait pas avant 1300 la diversité des tissus et des tentations qu'il offrait au début du XVe siècle.

Les extraits d'un compte de tutelle florentin du dernier tiers du XIIIe siècle mettent en évidence l'usage de tissu bon marché pour les robes de la mère de famille, de tissu de meilleure qualité pour les vêtements des garçons – stanfort chaud et serré pour l'hiver, serge vermeille de Caen pour l'été –, et surtout le renouvellement mesuré de la garde-robe : en quatre ans, la dame s'est offert trois pièces neuves, soit moins de deux « *vestire* » complets.

Ce sens de l'économie domestique trouverait son répondant dans les conseils du *Ménagier de Paris* ou dans les comptes privés de bourgeois vénitiens, franconiens, hanséates aux XIVe et XVe siècles. À l'économie familiale – le niveau le plus bas des dépenses nécessaires – viennent exceptionnellement se superposer des frais ostentatoires, ceux qu'imposent à chaque génération les mariages : cérémonies, cadeaux, constitutions de dot sont l'occasion d'investissements en étoffes, ornements et bijoux. Lucas Rem d'Augsbourg a soigneusement récapitulé dans son *Tagebuch*, en une section spéciale, le prix du drap noir de Lindau, du velours brun et du satin gris achetés pour son costume de mariage, la valeur des rubis, du diamant et du saphir qu'il a offerts à sa femme, avec le total des frais de réception.

Dépenses rares, par rapport au cours uni des dépenses quotidiennes ou des dépenses d'équipement que suppose, par exemple, l'envoi d'un fils au collège ou en apprentissage dans une ville lointaine, Prague ou Venise : du bon drap solide, des chaussures confortables. Rien ne s'use plus vite que les souliers, et les frais de ressemelage, dans le budget familial d'Anton Tucher de Nuremberg, dans les premières années du XVIe siècle, scandent les trimestres qui passent avec les besoins des enfants qui grandissent et qui usent. C'est un événement de la vie privée que la commande d'un costume neuf pour l'écolier de dix ans, et des souvenirs durables s'attachent à l'impatience du garçon de dix ans, dont les vêtements, trop longs ou trop courts, ne sont plus à la mode. Revenant sur son passé, Hans von Weinsberg de Cologne évoque la silhouette du petit homme qui quittait, en 1531, le domicile paternel pour aller en pension chez les frères, à Emmerich : « Mon père me fit faire une robe de drap couleur gris d'âne, avec beaucoup de plis, des culottes blanches, des chaussures hautes, et on me posa sur la tête un chapeau noir. Ce fut ma tenue courante, aussi longtemps que je fus à Emmerich, et de meilleurs vêtements ne m'auraient servi en rien, car les écoliers là-bas n'étaient pas assis sur des bancs, mais sur le carreau. En outre, j'avais quelques vieux vêtements d'été légers, mais qui devenaient trop petits. » On ne peut exprimer plus clairement le choix de vêtements pratiques et durables et l'approbation donnée par l'homme mûr à la décision paternelle, même si elle rabattait la joie de paraître de l'adolescent : regret que le neuf fût gris, soupir raisonnable. La fonction première du vêtement courant est de tenir chaud. L'histoire privée du costume est faite de cette banalité, des prix calculés au plus juste, des soupirs d'aise ou de regret. Au-delà commence l'histoire du costume public : luxe, mode, goût, le superflu.

Costume et comportement

Somptueux ou commode, le vêtement est étroitement lié à l'intime : on s'en persuade à la place qu'il tient dans les journaux de dépense comme aux images de soi qu'il suscite à la fin du Moyen Âge. Et s'il faut maintenant revenir aux convenances et aux signes, c'est qu'on n'en a pas épuisé le sens en évoquant les niveaux sociaux de l'apparence. Le costume est toujours plus que l'étoffe et l'ornement, il s'étend au comportement, détermine ce dernier autant qu'il le met en valeur : il marque les étapes de la vie, il contribue à la construction de la personnalité, il affine l'écart entre les sexes.

Ostentation et urgence. À la fin du Moyen Âge, les hommes et les femmes des classes laborieuses conservent, on l'a vu, un habillement de base indifférencié, et, à l'autre extrémité, les formes publiques de l'apparat donnent à la silhouette immobile des puissants le même manteau aux plis lourds doublé de fourrures précieuses. Entre les deux, le dynamisme de la mode joue sur les étoffes et sur la coupe pour affirmer, dans une évolution parallèle, la séparation des sexes. Mobilité économique, fermeture des castes et cercles privilégiés accélèrent, à la cour et à la ville, les cycles d'une mode plus brève et plus tyrannique, qui élance les formes jusqu'à l'invraisemblable, découvre ou souligne par le rembourrage la structure du corps, allie le cintré et le moulant avec le plissé, le ballonné, le flottant, le déchiqueté. Une mode nerveuse, violente, sophistiquée exalte les appas et les avantages, en les exposant ou en les suggérant. Renonçant à l'allure d'un clerc, le jeune lion met en valeur ses muscles et ses attaches pour ressembler à saint Georges ou aux compagnons d'Arthur. Il est fort possible que l'évolution de l'armure, décomposant les formes par plaques et raccords, ait contribué à souligner l'architecture du corps masculin et que le métal ait façonné, jusque dans les raffinements de l'extravagant, la simulation guerrière, hautaine, fantasque de l'apparence. À partir du milieu du XVe siècle, la gravure diffuse en Europe le modèle du jouvenceau amoureux qui fait de la conquête d'une dame une entreprise provocante comme une promenade militaire.

Face à ces blondins arrogants et sûrs de leurs charmes, dont le portrait, de Pisanello à Dürer, nous a conservé l'image, la jeune femme de la bonne société garde une attitude mesurée. Sa silhouette longtemps gracile peut s'épanouir à la fin du Moyen Âge, mais la mode féminine, qui suit de loin l'évolution du costume masculin, se borne à marquer la taille, à décolleter plus ou moins largement les épaules, à voiler ou à découvrir la chevelure et la naissance des seins ; guimpe, hennin, mouchoirs, dentelle interposent entre le public et l'intime de délicates et captieuses défenses. La séduction qu'elle inspire, la conquête à laquelle elle s'abandonne ne doivent pas lui faire rejeter trop vite l'allure discrète que recommande à la fin du XIVe siècle le chevalier de La Tour Landry dans son traité d'éducation des filles.

Le voyage fait souvent découvrir chez les autres ce qu'on n'a pas su voir chez soi. Pétrarque décrit à Cologne, en 1333, la simplicité, la fraîcheur troublante d'un cortège de femmes accomplissant au bord du Rhin un rite incompréhensible : « Quelle apparence, écrit-il de Lyon à son ami, le cardinal Giovanni Colonna, quelle allure ! *[Que forma ! quis habitus !]* La tête ceinte d'herbes odoriférantes, les manches relevées au-dessus du coude, elles trempaient dans le courant leurs blanches mains et leurs bras, murmurant dans leur langue une douce cantilène [...]. » Sentiment d'harmonie surprenant, « si loin de la civilisation », c'est-à-dire loin des images raffinées et perverses que diffuse une société méditerranéenne plus agile et plus libre. Mais les jeunes Florentines étaient élevées dans le même attachement à la pudeur et à la dignité que leurs contemporaines en France ou en terre d'Empire, si l'on en juge par le ton des correspondances privées ou par le thème des homélies de saint Antonin, archevêque de Florence au milieu du XVe siècle. Le sentiment de convenance qui régit le costume et le comportement des jeunes filles ou des femmes mariées s'exprime dans toute l'Europe par des termes comparables.

Le sexe et l'âge. Si les lois somptuaires répriment avant tout les excès d'ostentation féminine, c'est d'abord en raison d'une très ancienne misogynie du législateur médiéval ; c'est ensuite en fonction d'une symbolique du pouvoir masculin et d'une conception patrimoniale des rapports entre les sexes. Mûre pour le mariage – c'est en ces termes que le Pogge décrit les jeunes beautés suisses qu'il dévisage en 1416 près de Zurich : *« Puellae jam maturae viro [...] in dearum habitum ac formam »* –, la jeune fille est devenue un capital ostensible, que l'écart d'âge entre les futurs époux promet à un homme installé, voire à un barbon. Les règlements sur le luxe ou le montant des dots visent, entre autres fins, à freiner la concurrence matrimoniale, qui fait monter la mise.

Aucun risque, en revanche, de voir le bourgeois marié, qui commence son livre de raison, perpétuer dans sa tenue les provocations qu'il pouvait se permettre avant de s'établir : en enterrant sa vie de garçon, il passe un manteau sombre sur les folies de sa jeunesse enfuie et ne tolérerait pas que sa jeune épousée s'attife ou s'affiche dans le privé. Les pierreries de la dot, les formes qui s'enveloppent, les harmonies de couleurs plus discrètes, et nous avons le « marchand parfait » et sa famille, selon Francesco Sassetti : visage avenant mais empreint de gravité, tenue de bon ton, démarche et gestes étudiés. Même s'il est plus jeune, le « parfait courtisan », qui annonce l'« honnête homme » du XVIIe siècle, doit composer son comportement, où le vêtement joue son rôle. Mis en scène par Baldassare Castiglione, qui ressuscite les dialogues menés dans l'entourage de Laurent le Magnifique, l'homme de goût allie au respect des convenances une élégance calculée. Discriminant social, le vêtement aide aussi l'individu à construire son apparence selon les âges de la vie : la mode sied à la jeunesse, période flamboyante entre le gris de l'enfance et les couleurs passées de la maturité et de la vieillesse.

C'est effectivement pendant les années de jeunesse et de formation que le vêtement permet d'exprimer des sentiments personnels. La fin du Moyen Âge n'a pas eu le privilège exclusif d'indiquer par des détails codés de l'apparence goûts, intentions et désirs : suivre la mode, c'est, dans tous les temps, se plier à la dominante tout en se distinguant des autres. Mais, à la fin du Moyen Âge, plusieurs courants viennent fortifier la volonté individuelle de distinction : la puissance organisatrice de l'État, qui fait des hommes libres des sujets, la fermeture progressive des institutions qui impose l'appartenance à des cercles, la faveur persistante des romans de chevalerie, qui fait du roi Arthur et de ses pairs des modèles pour les têtes couronnées, de Charles VI à Charles VIII. L'invention de soi-même, pour les jeunes gens bien nés, passe par l'apprentissage du cérémoniel et du symbolique : c'est sous le règne de Charles VI que la mode personnelle, née à la cour de France, fait un contrepoint étourdissant au renforcement de l'étiquette.

Signes et codes. Signes distinctifs, signes de reconnaissance aux origines militaires et aux vertus familiales et politiques, les armes, les devises, les livrées inscrivent leurs détenteurs dans le large groupe des compagnons et amis. Les recherches généalogiques des notables toscans se sont parfois fondées sur ces indices, et le mémorial du chevalier Georg von Ehingen, noble franconien du milieu du XVe siècle, décrit la patiente reconstitution du patrimoine familial attaché à des croix, des armoiries, des écus épars entre Main et Danube. Les signes se multiplient à la fin du Moyen Âge et enrégimentent la société : ce sont les « clubs » ou *Stuben* des notables rhénans, hanséates, saxons ; ce sont les compagnies de jeunes patriciens, comme la *Calza* vénitienne, que Carpaccio signale à son costume ; c'est l'extraordinaire développement de confréries, dont les processions déploient les ordonnances de coules et de cierges de couleurs différentes. Même les jeux publics comme le *Schembartlaufen* de Nuremberg, comme le *Palio* siennois, font surgir des images de foules composées selon des figures héraldiques, qui projettent dans l'espace et font évoluer des représentations codifiées. Les ordres de chevalerie laïcs, qui se créent dans toute l'Europe depuis le second quart du XIVe siècle, désignent publiquement ceux qui, par une croix, un cordon, un manteau, se réclament ensemble d'une discipline librement consentie à la suite d'un vœu privé.

Enfin, se répand l'usage de distributions annuelles par les princes de pièces de vêtements uniformes, qui attestent la libéralité des grands et rassemblent sous le même insigne et aux mêmes couleurs tous ceux qui se réclament de leur pouvoir. On a conservé les livres des costumes des maisons de Saxe et de Bavière, à la fin du XVe et au début du XVIe siècle : les ducs prenaient plaisir à faire évoluer ces foules de dépendants marqués de leur sceau, tout en agrémentant périodiquement ces livrées de détails nouveaux qui les mettaient au goût du jour. De cette tradition impériale, l'avatar bourgeois est, à la Renaissance, la distribution par la maison Fugger à tout son personnel de tenues de cérémonie pour célébrer dans l'uniformité le mariage – en vermeil – et la mort – en noir – des chefs de la firme.

L'apprentissage de l'apparence. Par rapport à ces systèmes codifiés, la liberté du choix vestimentaire suppose un apprentissage qui évite les bévues et rende perceptibles les allusions.

Deux des textes littéraires français du milieu du XVe siècle où l'apprentissage de l'apparence est un élément essentiel de la formation sont l'œuvre d'hommes d'action, accoutumés à la stratégie des signes : *Le Jouvencel*, de Jean de Bueil, et *Jehan de Saintré,* d'Antoine de La Sale. Ce dernier met en scène un garçon de treize ans qu'une noble dame aide à inventer son propre système de reconnaissance ; dans le climat de courtoisie et d'éducation amoureuse qui définit ce roman, le jeune homme construit laborieusement l'expression publique de ses sentiments intimes. Interrogé par la dame sur ses parements, Saintré décrit les armes qu'il se forge : « *Et si en ay un de damas noir, dont l'ouvraige est tout pourfilé de fil d'argent, et le champ tout emply de houppectes couchees de plumes d'octrisse verdes, violectes et grises a voz coleurs, bordé de houpectes blanches d'ostrisse, mouchectees de houppectes noires ainsin que ermines [...].* »

Mais l'invention ne peut être totale création, sur une toile de fond aussi bruissante de signes. Elle suppose l'acquisition d'un vocabulaire et d'une grammaire. Monogrammes, devises brodées – celle de Charles d'Orléans, celle de Marguerite de Bourgogne et celles de personnages de second rang, qu'il vaudrait la peine de rassembler pour en étudier les références –, emblèmes héraldiques fondés sur la faune et la flore, et inventant des espèces inconnues, et tout le langage de la couleur, où se fondent une tradition du symbolisme mystique et savant et le fond commun de représentations moralisées : lorsque Charles VII joute en chevalier vert, la cour comprend l'allusion chevaleresque : les Florentins n'ignorent pas que l'expression « le rouge vêtu » désigne l'homme riche depuis le début du XIIIe siècle ; Matthäus Schwarz, lorsqu'il pose une couronne de roses sur ses cheveux gris, songe peut-être au chapeau de roses de Lancelot ; et Anne de Bretagne fait une proclamation politique lorsqu'elle prend le deuil de Charles VIII en noir, comme en Bretagne, et non en blanc, comme dans le royaume. En somme, tous les engagements de l'individu dans l'apparence sont susceptibles de gloses ; les uns sont tombés dans le domaine public et émettent des messages parfaitement clairs, d'autres introduisent une part de liberté dans le champ des obligations ; d'autres enfin n'expriment que des engagements privés, compréhensibles pour un seul ou pour quelques élus : secret provocant, rébus, devinette, des peines d'amour au cœur percé, jusqu'au pari entre amis. Matthäus Schwarz, dans son *Trachtenbuch*, se représente paré du même costume que des camarades de jeunesse, apparaissant dans un bal un sablier fixé le long du mollet : nous n'en saurons jamais plus sur le langage d'une soirée.

La mode, l'âge et la mémoire. Chargé de toutes les implications culturelles, économiques et sociales que l'on vient d'évoquer, le vêtement sert aussi de référent biologique à l'individu qui évoque son passé. Plusieurs auteurs de la fin du Moyen Âge et du début des Temps modernes associent la mémoire de leur apparence personnelle à des événements de la vie privée ou publique ; révélations souvent pleines de vérité psychologique, lorsque l'homme mûr revient avec amusement ou émotion sur la silhouette mal à l'aise de son adolescence, engoncée dans des vêtements trop longs : c'est le cas du jeune comte de Zimmern, qui raconte son déplaisir à voir le peu de cas que ses parents faisaient de la mode et sa tentative pour faire imposer par le tailleur la tenue courte qu'il appelait de ses vœux secrets. Sentiment du temps qui passe, associé aux commentaires peu aimables sur les accoutrements des jeunes gens, ainsi dans la chronique de Limbourg, entre 1360 et 1370, ou dans la chronique domestique de Konrad Pellikan de Ruffach, où l'auteur se souvient de la mauvaise impression que laissait par son outrance la mode apportée par les lansquenets vers 1480.

Le document le plus neuf sur la manière de se vêtir à la fin du Moyen Âge et à l'époque de la Renaissance est sans conteste le *Trachtenbuch* de Matthäus Schwarz, pendant de l'autobiographie dont on a déjà parlé : une histoire par vignettes commentées de ses propres costumes ; non des costumes publics, qui sont, selon lui, les costumes de Carnaval, mais des costumes composés et exécutés sur ses instructions par son tailleur pour diverses occasions de sa vie privée, telles qu'anniversaires, mariages et fêtes. Ce projet acquiert sa densité de deux manières : d'une part, par l'intention manifeste de comparer l'évolution de la mode actuelle aux costumes des générations passées, en sorte que Matthaüs Schwarz est sans doute le premier historien du costume, attentif aux changements et aux cycles ; d'autre part, par le double souci de transformer en chronique de la vie privée ce qui n'était qu'un catalogue de vêtements de luxe, et de remonter le temps jusqu'aux premiers souvenirs perceptibles, « comme dans un brouillard » à l'âge de quatre ans, puis, au-delà, d'atteindre la vérité des commencements, dans les langes, « le premier vêtement » ici-bas, et le ventre maternel

– « où j'étais caché ». Indicateur du temps privé, le costume des débuts fait pendant au costume d'intérieur du vieil homme, affaibli par un infarctus (« la main de Dieu ») et errant dans sa maison à petits pas, dans une houppelande brunâtre, avec sa canne et son bonnet.

À ce degré de résonance intimiste, il ne manque plus que le corps nu, celui qui rapproche, toutes classes sociales confondues, le malade dans son lit, le marchand soucieux, le pauvre grelottant, le prince dans la soie. Par une pirouette qui ne manque pas de profondeur, Matthäus Schwarz propose, au milieu de son livre, son propre corps sous ses deux faces, « gras tel que j'étais devenu », dit-il lui-même avec humour.

Le corps dénudé

La mise à nu

Protection ou parure, le vêtement est la dernière enveloppe de la vie sociale avant les mystères lisses du corps. Revenons un instant au maître fourreur de Lucques mis en scène par Sercambi et craignant de perdre au bain son identité en même temps qu'il se dépouille de ses habits : des siècles de vigilance chrétienne et d'interdits moralisés l'empêchent de se reconnaître dans son corps opaque.

La nudité est le signe d'une régression par rapport à l'ordre collectif, d'une rupture avec les cercles de la sociabilité médiévale ; même aux tympans des cathédrales, élus et damnés sont encore vêtus. La nudité féminine, c'est la luxure, malsaine et rousse, telle que la voit Pisanello ; c'est aussi l'exhibition forcée des prisonnières captives parmi lesquelles un empereur de roman choisit une femme, ou des scènes de violences à la lueur des torches. La nudité masculine, quant à elle, est associée, dans les représentations littéraires, aux fantasmes de la folie ou de la vie sauvage : l'enfant-loup, le chevalier privé de sens n'ont ni mémoire ni gestes contrôlés, et une nouvelle peau les recouvre ; dans la catastrophe du bal des Ardents, qui reculait les limites du convenable en introduisant à la cour de Charles VI l'homme sauvage, l'opinion vit la sanction de l'interdit. Enfin, dans le cérémonial des exécutions publiques, les condamnés représentés à la foule sont privés de leurs vêtements : les pendus de Pisanello, ceux de Villon, les esquisses d'Andrea del Sarto pour les peintures d'infamie des capitaines florentins de 1530, autant d'effroyables et grotesques pantins en chemise.

Gloire et supplice. Sans doute ces images et mises en scène livrent-elles du corps des paroxysmes obsessionnels ; ils ont en commun la privation violente, scandaleuse, dégradante du vêtement qui rassure et distingue. D'autres images se lèvent, qui font de la nudité une invention de la culture chrétienne : Adam le glorieux et Jésus le supplicié imposent au peuple fidèle les deux termes de l'histoire de la Création et de la Rédemption, splendeur du corps vierge et douleur du corps martyrisé. À la fin du Moyen Âge, ce spectacle symbolique s'est incarné : la langue allemande ne dispose que d'un mot pour dire la chair et la viande, *Fleisch*, et cette ambiguïté exprime parfaitement le poids d'humanité, dans la peinture du nord de l'Europe, qui habite à partir du début du XVe siècle la nudité triomphante d'Adam et d'Ève, et la nudité du Christ torturé jusqu'à la mort. On a souvent retenu du réalisme les leçons de ténèbres : la virtuosité des artistes et les expressions d'une piété morbide ont multiplié les représentations de la chair morte. De la *Pietà* d'Enguerrand Quarton aux *Vesperbilder* germaniques et au *Christ mort* de Mantegna et, pour finir, à la prédelle de Holbein, au musée de Bâle, qui a le format du cercueil pour ce cadavre solitaire, un impressionnant parcours sur le chemin du salut.

Mais le nouvel Adam accomplit les promesses faites au corps glorieux du premier homme. Adam et Ève, sur les panneaux de *L'Agneau mystique* de Van Eyck, ont pour la première fois dans l'histoire de la peinture occidentale le teint, la pilosité, les rondeurs, les replis qui suggèrent la circulation du sang et le souffle de la vie ; ils frémissent dans leur nudité exemplaire sous le ciseau de Rizzo, à Venise ; peints ou gravés par Dürer, ils acquièrent toute l'élégance que l'Antiquité retrouvée imprime à leurs gestes harmonieux. Images paisibles et nobles qui apprivoisent le corps de la jeunesse, disent la beauté du monde, où l'homme devient la mesure des choses.

La première étude de nu posant devant un peintre est peut-être ce dessin de Dürer, daté de 1493, représentant une jeune femme debout. Elle a laissé tomber sa robe mais gardé ses mules d'intérieur, qui l'isolent du carreau froid pendant qu'elle pose. Ce détail de la vie privée donne sa force neuve à l'étude de ce corps exposé sans prétexte et sans arrière-pensée au regard qui le scrute comme il scruterait une fleur ou un fruit. On mesure le chemin parcouru depuis l'Ève métaphysique d'Autun, qui n'a laissé aucune trace de sa gestation ; la jeune Allemande de 1493 est l'un des innombrables portraits possibles d'Ève au XVe siècle et ne se prend même pas pour son modèle.

Le dialogue entre l'homme et son image, telle que la lui renvoient les artistes, participe de la conscience nouvelle que les hommes et les femmes de la fin du Moyen Âge ont eue de leur corps révélé. Sans se faire d'illusions sur le corps délicieux et pécheur, d'où l'âme s'échappera au dernier souffle pour aller habiter dans la grisaille le corps souffrant du purgatoire.

Face au nu réconcilié de la fin du Moyen Âge, que l'on ne s'attende pas à connaître enfin l'intime. Le privé nous échapperait, si nous croyions le trouver prêt à se révéler sous le manteau des conventions et des signes. On n'atteint pas l'intime comme on pèle un oignon. L'intimité est bien le dernier cercle du privé, mais passe-t-il nécessairement par le corps offert, dépouillé, traqué ? À soulever les couettes des lits « habillés », une lanterne à la main, le médiéviste ne trouverait que des corps nus et endormis. La nudité suppose un regard, un regard perçu, depuis l'appel qui retentit au paradis des premiers jours. Tentons au moins de saisir, à cette étape, le regard que les hommes et les femmes de la fin du Moyen Âge ont jeté sur leur propre corps.

Les fonctions naturelles. Si la santé du corps est un élément déterminant de la vie privée des individus, on ne peut s'approcher de cette vérité que par l'analyse de faits statistiques.

Puisque l'on possède sur les individus, à partir du dernier tiers du XIVe siècle, une documentation iconographique beaucoup plus ample et fiable que pour les générations antérieures, il vaudrait la peine de considérer comme une population statistique l'ensemble des portraits conservés par classes d'âge et par régions, afin de tenter, par des photographies de groupe, une approche de la santé physique. À travers le filtre de la peinture, on retirerait sans doute de cet examen le sentiment que les notables urbains étaient bien nourris, mais certains détails révéleraient peut-être, en outre, des complexions ou des affections éclairantes pour l'histoire physiologique d'un milieu social. À tout le moins, une classification par tempéraments, du sanguin au mélancolique, les secrets du caractère étant, selon le *Calendrier des bergers*, démasqués par le visage. Le teint, fruit de décoctions internes, est essentiel au Moyen Âge dans la perception de l'identité personnelle au point que des héroïnes de roman se teignent simplement le visage pour passer inaperçues. Sous la peau et le teint, le squelette. L'ossature est aussi une trace, dont la mesure statistique mérite d'être entreprise : taille des pierres tombales et des gisants, gabarit des armures, dont les collections sont dispersées à travers l'Europe, et qui ne donnent pas le sentiment que les jouteurs et les chefs de guerre étaient de petite taille. Mais ce sont surtout les recherches systématiques entreprises à partir des sépultures villageoises qui enrichissent depuis peu la connaissance historique sur la partie la plus nombreuse de la population européenne à la fin du Moyen Âge. Les paysans, qui n'avaient pas le loisir de ratiociner sur les tempéraments, avaient, on s'en doute, le teint hâlé ou cuit. C'est ainsi que les dépeignent les textes littéraires qui les mettent en scène. Les rares portraits qui les saisissent comme des personnes et non comme des stéréotypes font ressortir la vigueur, la santé du modèle, celle de la femme slovène qui, souriante, a posé pour Dürer, celle du barbu au bonnet de peau de mouton qui s'est prêté au jeu devant Lucas Cranach l'Ancien.

Les passionnantes recherches qui se développent à partir de l'examen de squelettes, comme celles qui ont été menées sur le site de Saint-Jean-le-Froid par F. Piponnier et R. Bucaille, ont apporté des conclusions neuves sur la constitution physique, le régime alimentaire, voire les groupes sanguins de populations rurales. À la différence de mineurs, comme ceux du village d'altitude de Brandes en Oisans, sujets au saturnisme et aux déformations osseuses dues à leurs conditions de travail, les paysans bourguignons ont laissé les signes irréfutables de leur bon état de santé : bien bâtis, ils avaient une excellente dentition, et leurs os ne présentent pas de traces de longues maladies. N'étendons pas à l'Europe entière le résultat d'enquêtes pionnières, mais constatons, avec M.-Th. Lorcin, que l'archéologie confirme dans ce cas l'image que donnent du rustre des textes comme les *Fabliaux* ou le *Novelliere* de Sercambi, ou des miniatures comme celles des *Très Riches Heures du duc de Berry.* Les personnages représentés sont dans la force de l'âge ; ils ont la verdeur innocente et brutale qu'Emmanuel Le Roy Ladurie note dans la population de Montaillou ; ils remplissent avec beaucoup d'allant les fonctions naturelles du corps, manger et boire, évacuer, faire l'amour.

Se nourrir. Ce corps en bon état est sans doute mieux nourri à la fin du Moyen Âge que dans les siècles passés. Les survivants de la peste noire et leurs descendants ont connu, au moins en certaines régions, des conditions matérielles de vie meilleures, si l'on considère des indices comme l'essor de la productivité céréalière, la forte consommation de viande dans tous les milieux urbains que les sources permettent d'entrevoir, l'accroissement considérable de la consommation de vin et de bière, de la Gascogne à la Baltique et à l'Europe centrale entre le XIIIe et le XVIe siècle. Salaires réels versés sur les chantiers de construction, ordinaire des malades hospitalisés, régime calorique équilibré étudié à Arles au milieu du XVe siècle par L. Stouff donnent le sentiment de budgets moins serrés et d'une attention plus grande portée à la valeur nutritive des aliments ; impression d'ensemble qui ne doit faire oublier ni les cours des Miracles, ni le vagabondage de la misère entre les terres en friche et les villes surpeuplées, ni les victimes des raids armés et de la guérilla, ni le manque de résistance même des mieux nourris à la contagion épidémique. La bonne chère demeure pour beaucoup, comme Till l'Espiègle, une réalité intermittente à laquelle suppléent fumets et senteurs de la cuisine des riches ; le pays de Cocagne est le territoire onirique des plaisirs inassouvis, où tout se mange ; mais les ripailles rabelaisiennes s'inscrivent dans une tradition qui célèbre des rites de sociabilité communs à tous les groupes sociaux, même s'ils demeurent occasionnels. Parmi les fonctions naturelles du corps, manger et boire, en famille ou à l'auberge, supposent compagnie : boire au même pot suffit à fonder la politesse, car qui boira le premier ? Emmanuel Le Roy Ladurie a parlé d'une « culture de la promiscuité ».

Les autres fonctions sont plus discrètes, et dans toutes les sociétés ; la richesse relative de la documentation au XIVe-XVe siècle n'a pas laissé d'images, mais des textes et des sous-entendus sur l'évacuation et sur le coït, deux fonctions que l'anatomie rapproche dans la demeure du corps. Des textes médicaux et chirurgicaux, dont M.-Ch. Pouchelle a montré qu'ils placent leurs auteurs, dans l'imaginaire de leurs contemporains, parmi les éboueurs et les bouchers.

Évacuer. Le chirurgien Mondeville, auteur du premier ouvrage consacré en français au corps entrouvert et démontré, a embaumé Philippe le Bel et Louis X le Hutin, et jeté des regards sur les parties moins nobles du corps, situées sous le diaphragme, là où, les humeurs nutritives ayant été concoctées, les déchets s'accumulent et se purgent.

On sait les problèmes d'édilité auxquels se sont trouvés confrontés à la fin du Moyen Âge des organismes urbains de toutes tailles, lorsqu'il s'est agi de maîtriser l'évacuation des déchets. Commissions de notables, architectes en chef des municipalités ont délibéré sur des problèmes quotidiens, qui ne sont que la multiplication de problèmes familiaux et individuels. Un regard sur la vie privée, de ce point de vue, c'est un regard sur les lieux d'aisances. Échapper à la promiscuité, c'est avoir *retraits et aisements* où l'on peut s'isoler un instant. Les châteaux, les villes enceintes de murailles ont leurs latrines publiques, donnant sur les fossés et les douves ; on les voit encore disposées dans la salle des gardes du château des comtes de Gand. La ville de Nuremberg avait au XVe siècle des sentines ouvertes, parallèles à l'arrière des maisons et perpendiculaires au fleuve ; les déchets qui s'accumulaient, faute de courant, devaient être périodiquement charriés et épandus hors des murs. Les comptes de réparations aux châteaux des ducs de Bourgogne, les procès de voisinage étudiés par S. Roux sur la montagne Sainte-Geneviève montrent les enjeux du confort privé ; lorsque Dürer descend à l'hôtel à Venise, en 1506, il ne manque pas d'indiquer ses lieux d'aisances dans le plan, étage par étage, qu'il dessine de la maison.

Il est une occasion où la promiscuité nécessaire fait outrage à la pudeur, c'est le long voyage en galère qui impose aux pèlerins de Jérusalem, tous ordres confondus, le regard mutuel et involontaire sur leurs postures intimes. Le frère dominicain Félix Faber d'Ulm, qui se rendit deux fois en Terre sainte en 1480 et 1483, a rédigé un texte d'un réalisme cru à l'usage de ses successeurs : l'aventurier, rentré dans la cellule intime de son couvent souabe, narre ses aventures et donne publiquement quelques conseils de comportement privé :

« Comme dit le poète : merde qui vient à point est charge insupportable *(ut dicitur metrice : maturum stercus est importabile pondus)*. Quelques mots sur la manière d'uriner et de chier sur un navire.

« Chaque pèlerin a près de lui sur sa couchette un urinal – récipient de terre cuite, fiole – dans lequel il urine et vomit. Mais comme les lieux sont étroits pour la foule qu'ils contiennent, et en outre obscurs, et qu'il y a beaucoup d'allées et venues, il est rare que ces récipients ne soient pas renversés avant l'aube. Régulièrement en effet, poussé par une nécessité pressante qui l'oblige à se lever, un maladroit renverse sur son passage cinq ou six urinaux, répandant une odeur intolérable.

« Le matin, quand les pèlerins se lèvent et que leur ventre demande grâce, ils montent sur le pont et se dirigent vers la proue, où de part et d'autre de l'éperon sont aménagés des lieux d'aisances. Il se forme parfois devant ces lieux une queue de treize personnes ou plus qui attendent de prendre à leur tour place sur le siège, et ce n'est pas de la gêne, mais de l'agacement qui s'exprime *(nec est ibi verecundia sed potius iracundia)* quand quelqu'un s'attarde trop. Je comparais volontiers cette attente à celle des gens qui se confessent en temps de Carême, quand, debout, ils s'irritent des confessions interminables et attendent leur tour avec mauvaise humeur.

« La nuit, c'est une rude entreprise que d'approcher des lieux d'aisances en raison de la foule couchée et endormie d'un bout de la galère à l'autre. Celui qui veut s'y rendre doit passer par-dessus plus de quarante personnes, et à chaque pas il doit enjamber quelqu'un ; d'une marche à l'autre, il risque de donner des coups de pied à un passager, ou glissant entre deux marches de tomber plus bas sur un dormeur. Si au passage il effleure quelqu'un, les injures ne tardent pas. Ceux qui n'ont ni peur ni vertige peuvent monter à la proue en grimpant sur les bords du navire et se propulser de cordage en cordage, ce que j'ai souvent fait malgré le risque et le danger. On peut aussi, sortant par les écoutilles des rames, passer assis d'une rame à l'autre ; ce n'est pas pour les craintifs, car s'asseoir à califourchon sur les rames est dangereux, et les marins eux-mêmes n'y tiennent pas.

« Mais c'est par mauvais temps que les difficultés deviennent considérables, quand les lieux d'aisances sont continuellement noyés par des paquets de mer et les rames rangées par-dessus les bancs. Aller à la selle en pleine tempête, c'est s'exposer à être complètement trempé, aussi beaucoup de passagers posent leurs vêtements et se rendent aux lieux tout nus. Dans cette démarche, la pudeur *(verecundia)* a beaucoup à souffrir et n'en imprime que plus d'émoi aux parties honteuses *(verecunda)*. Ceux qui ne veulent pas se faire remarquer de cette manière vont s'accroupir en d'autres lieux qu'ils souillent, ce qui entraîne des éclats, des bagarres, et déconsidère des gens honorables. Il en est enfin qui remplissent leurs récipients près de leur couchette, ce qui est infect, empoisonne les voisins et ne peut être toléré que de malades, auxquels on ne saurait en vouloir : quelques mots ne suffiraient pas à raconter ce que j'ai dû endurer d'un voisin de lit malade.

« Le pèlerin doit veiller avec soin à ne pas se retenir, poussé par une fausse pudeur, et à ne pas non plus se relâcher le ventre : les deux attitudes sont nuisibles au voyageur embarqué. À la mer, on est facilement constipé. Je donnerai au pèlerin un bon conseil d'hygiène, c'est de se rendre chaque jour trois ou quatre fois aux lieux, même si un besoin naturel ne le réclame pas, afin de contribuer par des efforts discrets à enclencher l'évacuation ; et qu'il ne désespère pas si elle ne se produit pas à la troisième ou quatrième fois. Qu'il y aille très souvent, qu'il dénoue sa ceinture, qu'il délie tous les nœuds de ses vêtements sur la poitrine et le ventre, et il obtiendra l'évacuation même si ses intestins contenaient des pierres. Ce conseil m'a été donné par un vieux marin, une fois lorsque j'avais été terriblement constipé pendant plusieurs jours ; et ce n'est pas un moyen sûr que de prendre en mer des pilules ou des suppositoires *(pilulas aut supposi-*

toria accipere), parce qu'à se purger trop on risque des inconvénients plus graves que la constipation. »

Le vif intérêt de ce texte, fondé sur une expérience personnelle, c'est d'abord de s'inscrire comme un jalon précurseur dans la description de l'intimité corporelle. Avec plus d'humour que Samuel Pepys, moins de narcissisme pervers que James Joyce, le dominicain d'Ulm fait entrer dans le domaine public les fonctions naturelles les moins reluisantes. Embarquement oblige : convenances, pudeur sont mises à mal, mais chacun y passe à son tour sous le regard des autres. Par des jeux de mots, une comparaison irrévérencieuse et l'analyse raisonnée de cas de figures digne d'un *Kriegsspiel*, la bonne santé du frère Félix offre sur un chapitre délicat des variations de moraliste qui se pique d'écriture. L'information qu'il donne sur l'existence de suppositoires mérite aussi d'être soulignée, ainsi que la transmission orale de pratiques de santé – ici d'homme à homme – qui font l'économie de prescriptions médicinales. La verve de l'auteur excuse même les mouvements incontrôlés que suscite le regard sur le sexe des autres : contrairement à ce qu'écrivait trois siècles plus tôt Guibert de Nogent dans son autobiographie, ces mouvements ne révèlent pas de mauvaises pensées, mais l'existence de mécanismes complexes mis en branle par le regard : tous les mouvements du corps sont dans l'esprit.

Faire l'amour. « Felix conjunctio... », jubilent les *Carmina Burana*. Entre les voluptés physiques couchées sur le parchemin par les moines d'Ottobeuren et les chansons d'amour de la Renaissance, court une verte tradition du plaisir physique qui traverse en s'enrichissant la fin du Moyen Âge. Promenades galantes, discours amoureux, galimatias qui retardent les caresses et en avivent l'attente, ces siècles-là sont sans doute moins réservés que les précédents sur le sujet : mais entre les chansons et les actes, quel est l'écart ?

Parfaitement privée par nature, l'union charnelle a été entourée par la société médiévale de rites publicitaires, lorsqu'elle était acte fondateur d'une famille, jusqu'au lit nuptial où entrent les époux sous le regard de leurs proches, jusqu'à la joyeuse exposition des draps au lendemain des noces consommées. Mais la mariée n'est pas mise à nu, ni la possession, ni le plaisir. L'acte sexuel, le premier comme les suivants, le légitime comme le furtif, a besoin de l'ombre et du retrait. Chez les puissants, le sentiment des convenances a soigneusement épuré dans les textes qui les concernent tout ce qui pourrait ressembler aux préliminaires de l'amour physique : ont réchappé quelques images, par exemple celle du roi Louis le Bavarois, seul dans son palais à l'exception des familiers nécessaires à son service, fort affairé à accueillir sur un lit sa seconde femme, Marguerite de Hollande, dont il était très épris.

Mais de l'accouplement les seules images autorisées sont monstrueuses ou fabuleuses ; d'un côté, les démons possèdent leur victime, qui paraît égarée dans un bestiaire ; de l'autre, Léda, parfaite femme du monde harcelée par son cygne, ou Ganymède, étrangement troublé par l'aigle de Michel-Ange. Entre les deux, la banalité que l'on ne montre pas.

On dispose pour la fin du Moyen Âge de quelques types de textes qui nous permettent d'imaginer les comportements sexuels à partir de discours amoureux, de gestes décrits, de codes normatifs et de procès qui désignent, jugent et condamnent. Peut-on reconstruire la normalité avec des cas singuliers et des règles générales ? Lorsque saint Antonin de Florence exhorte les mères à venir au prône avec leurs filles afin que ces dernières soient instruites des pratiques contre nature qu'elles risquent, dans leur ignorance, d'accepter dans leur vie de femmes mariées, nous saisissons, d'une part, une étonnante liberté d'expression publique sur la sodomie dans le couple et, d'autre part, un reflet évident de la pratique : mais le saint archevêque a-t-il décidé d'intervenir publiquement après quelques confessions troublantes, ou parce que la majorité de ses ouailles le conduit, par des révélations concordantes, à s'alarmer ?

Dans les dépositions sous serment – celles qui nous ont tant appris sur les paroissiens de Montaillou et leur curé –, l'acte sexuel apparaît comme la satisfaction d'un besoin élémentaire des hommes, qui trouvent toujours, de gré ou de force, une partenaire. La violence fait souvent partie du jeu : la châtelaine de Montaillou doit en passer par le désir du cousin du curé. La situation est parfois inversée ; le vicaire Barthélemy Amilhac rapporte la conversation suivante : « Elle me dit : “Viens ce soir chez moi” ; ce que je fis “Que me veux-tu ?” Et elle me dit : “Je t'aime. Je veux coucher avec toi.” Et je lui dis : “D'accord !” » *Sancta simplicitas*... À Montaillou, le plaisir garantit l'innocence d'une liaison, surtout lorsque l'écart d'âge entre les époux donne sa chance à l'ambitieux qui convoite une « mal mariée » ; c'est le thème par excellence de la littérature de langue d'oc, illustré au XIIIe siècle par le roman de *Flamenca.*

Même empressement, mêmes halètements nous sont renvoyés par la lecture des actes judiciaires, où violence est faite, et plaisir, arraché au corps soumis ; mais les partenaires sont trop souvent inégaux. Ce sont des femmes honnêtes abusées, des garçons et petites filles victimes de détraqués. Pendant que leur maître d'école s'attarde un jour de 1412 pour jouer aux échecs dans une auberge de Venise à deux pas de chez eux, les deux fils d'un riche soyeux, Amado di Amadi, sont attirés dans l'arrière-boutique et violés. Il n'est pas certain que l'homosexualité, horriblement sanctionnée chez les adultes, soit seulement un phénomène urbain, comme paraît le croire Jacques Fournier au cours de son enquête sur les cathares méridionaux. C'est plutôt le fait d'une classe d'âge et dans tous les milieux. Les habitudes de promiscuité au lit et les attouchements qui en résultent – Arnaud de Verniolles, l'un des personnages de Montaillou, a été initié à Pamiers, à l'âge de douze ans, par l'un de ses camarades nocturnes –, l'accoutumance à vivre entre garçons pendant dix à quinze ans avant de se fixer suffiraient à rendre communs, jusqu'au temps du mariage, des jeux plus ou moins poussés avec le corps de ses compagnons. On possède encore moins d'informations sur les filles entre elles, la vie du gynécée suspecte aux misogynes – « Les femmes parlent laidement quand elles sont entre elles seules », écrit en 1340 Jean Dupin –, les demoiselles qui se baignent ensemble dans le *Roman de la Rose* ; c'est la peinture aristocratique qui diffuse, dans le premier tiers du XVIe siècle, le thème des amies à la toilette échangeant à mi-corps, avec une tranquille impudeur de déesses, caresses et pincements fort sensuels.

Gouverner le corps

Plus libre de ses mouvements dans les représentations, sinon dans la vie quotidienne, le corps est l'objet, à la fin du Moyen Âge, de soins plus attentifs. Les différents courants de la connaissance et de la sensibilité convergent en une morale pratique, qui vise à entretenir le mieux possible la mécanique corporelle. Sans doute, les formes nouvelles de la dévotion, à partir du XIVe siècle, conservent de la tradition ascétique le souci de mettre le corps à sa place ; mais, si l'extrême sainteté passe toujours par l'abandon et la friche de notre dépouille, si le mouvement pénitentiel fait des flagellants des spécialistes de la meurtrissure et de l'humiliation du corps, la masse des fidèles est invitée à l'imitation du Christ, qui n'était pas un ermite, mais un homme au milieu du peuple. La prédication de saint Antonin, de Geiler von Kaisersberg ne tonne pas contre le corps, mais contre des excès d'attention au corps qui détournent de l'essentiel, la vie spirituelle. Sur ce terrain, elle ne contredit pas la curiosité naturaliste, fortifiée par le Nouvel Aristote qui cherche à mieux comprendre les fonctions du corps pour aider l'individu à équilibrer son comportement : médecine et morale sont indissociables, puisqu'elles font triompher ensemble l'idée de mesure. C'est l'idée centrale du grand traité de Konrad von Megenberg, *Das Buch der Natur*, daté de 1349, qui recommande un style de vie corporelle parfaitement compatible avec l'intériorité. Diète, mouvement, grand air, bains fréquents, *mens sana in corpore sano.* Tout en approuvant les exploits physiques des chevaliers au tournoi, rien qui entrave les virtualités spirituelles des athlètes du Christ, que devraient être tous les chrétiens : on sait la ferveur dont furent entourés saint Georges et saint Michel dans toute l'Europe à la fin du Moyen Âge.

Les recettes de vie. On a conservé nombre de recettes, recopiées dans des livres de raison, entre des comptes et des prières, rassemblées en fascicules, qui attestent le prix que les individus attachaient aux règles de santé qui entretiennent le corps et le défendent ; bréviaire du savoir et des expériences, corpus européen de l'hygiène raisonnable – où se glissent évidemment de pompeuses ou obscures sottises –, constitué de traditions familiales, où la connaissance des simples est transmise par les femmes, et de la pratique savante de la médecine diffusée par les universitaires attachés au service des princes et des collectivités. C'est ainsi que l'on voit se développer au XVe siècle un discours sur l'enfant dans ses premières années, qui propose aux mères un plan éducatif complet. Un traité du Dr. Bartholomeus Metlinger d'Augsbourg, datant de 1475, consacre de longs développements à la lactation et au sevrage, à la dentition, à la berceuse et à la promenade, au régime alimentaire et aux premiers pas.

Au développement, à l'entretien du corps contribuent d'autre part des habitudes prophylactiques fondées sur le respect de quelques conseils et remèdes : fumigations, colliers et boules d'ambre, thériaque vénitien, qui guérit tout. Les signes se multiplient aux XIVe et XVe siècles de la vigilance dont on fait preuve préventivement. Les voyageurs doivent se prémunir – on l'a vu sur les galères – contre les risques qu'ils courent, loin de leur milieu, exposés aux changements d'air propices aux germes infectieux et à l'attaque inopinée de la pestilence ; des traités vénitiens rassemblent à l'usage des ambassadeurs les informations sur les routes d'Europe centrale et les précautions à prendre, à cheval et à l'auberge.

Des princes, des amateurs comme le médecin nurembergeois Hartmann Schedel, réunissent des collections de traités où la matière médicale rassemble la science antique et lui agrège d'autres savoirs : connaissance des pierres précieuses, anatomie, signes du zodiaque, pharmacopée, formules propitiatoires, tant est vaste le champ qu'occupe le corps humain, entre les étoiles et l'alambic. Employées dans des conditions précises, nombre de recettes cherchent à garantir contre toutes les surprises de l'ennemi. Le livre des recettes de l'empereur Maximilien, rédigées dans son entourage *contra pestilenciam* vise à prévenir la maladie : « On ne connaît pas d'exemple de mort par empoisonnement ou de sérieuse attaque par pestilence de ceux qui ont bu cette *aquavita* tous les jours matin et soir. Qui a pris cette habitude éliminera tout poison qui viendrait à l'attaquer. » La recherche de l'immunité, la notion de régime sont entrées dans la conscience du public, qui s'arme pour se défendre.

Le mal rôde. L'ennemi est de taille et, le temps que l'on analyse les symptômes, la contagion fait son œuvre. Une fois que le mal rôde dans la chambre de l'alité, il faut rassembler ses forces pour régler ses affaires ici-bas et empêcher la victoire du démon. La vie privée s'achève dans cette bataille publique où bruissent les puissances surnaturelles ; codicilles fiévreux à un testament notés à la hâte, dernière lettre à ses proches si l'on meurt loin d'eux. Les organismes les mieux constitués succombent vite, on s'y résigne. Les derniers moments où le corps soutient la vie de l'esprit sont, dans les sources écrites du Moyen Âge tardif, particulièrement émouvants. En voici des exemples, qui nous font assister à la disparition de quelques personnes privées.

1478. Une pestilence court Venise. Un grand marchand du Nord, Heinrich von den Chaldenherbergen, comprend qu'il est perdu. Alité dans sa chambre du Fondaco, où les Allemands vivent entre eux, il fait venir des amis d'affaires pour l'aider à régler une situation complexe, bien changée depuis son testament romain de 1476.

« Moi, Heinrich Kufuss d'Anvers, j'atteste en mon âme et conscience que Heinrich von den Chaldenherbergen, facteur de sieur Andolph von Burg, m'a fait demander de venir dans sa chambre. J'y allai et vis qu'il était très mal. Et ledit Heinrich me pria d'aller à la banque Soranzo et d'y faire rédiger une traite pour le compte de sire Piero Grimani, ce que je fis faire en son nom. Je lui dis en outre qu'il devait se confesser et faire son testament, et continuer de vivre comme un chrétien, et que ce n'est pas pour cela qu'il mourrait plus vite. Et il me répondit qu'il serait en effet bon qu'il le fît et qu'il voulait le faire. Et je lui répondis et dis : “Quand tu étais à Rome, à ce que je sais, il y a deux ans environ, tu as fait un testament et pris des dispositions”, et je lui dis : “Veux-tu que le testament que tu as fait à Rome demeure ?” et je lui dis : “Qui sont tes commissaires ?” Et il me répondit qu'il y avait bien un testament, mais pour le reste, il ne savait plus rien [...]. »

La même année, une noble dame, Anna von Zimmern, se sent mal, s'effondre, écrit et meurt.

« Tandis qu'elle tenait la grappe de raisin à la main sans faire spécialement attention, un petit ver jaune, semblable à un petit ver de terre, sortit du fruit, rampa le long de son petit doigt, celui qu'on nomme le doigt d'or, à la main gauche, s'y enroula et s'y accrocha. Lorsqu'elle s'en aperçut, elle appela Sixt von Hausen pour qu'il lui ôtât le ver du doigt. Mais à peine cela fut-il fait qu'elle se sentit mal, abandonna la table, et, par les jeunes filles et d'autres personnes qui l'accompagnaient, elle fut portée sur un lit. Et en toute hâte, sur son ordre, on alla à Zurich, à peine distant d'un mille allemand, pour chercher un médecin.

« Et sur-le-champ, en toute hâte, elle réussit à écrire à son fils, sire Johann Wernher, et à son épouse, une missive dont le contenu était le suivant :

« "Mon affection maternelle et mes meilleures pensées, très cher fils et très chère fille. Sachez qu'un petit ver, sorti d'une grappe de raisin, m'a contaminé un doigt, et que cela s'est aggravé, de sorte que je suis alitée et, somme toute, plutôt mal et bien faible, et que je peux tout juste vous écrire et vous faire une demande. Très chers enfants, ne manquez pas de m'envoyer incessamment un messager et de me faire savoir par lui comment se portent mes très chers enfants, les jeunes, car vous me manquez terriblement, eux et vous. Mais ne soyez pas trop inquiets, et avant tout, faites-moi donner des nouvelles des petits enfants. Donné à Baden, au soir du lundi de la Nativité de Notre-Dame 1478."

« Je ne peux m'empêcher d'insérer ici une seconde lettre, dont le contenu était le suivant :

« "Très cher fils, sache que ma situation empire, au point que je n'ai plus grand espoir, sinon de me recommander à Dieu le Tout-Puissant ; je suis maintenant prisonnière de Sa volonté, et il agira envers moi selon Sa volonté divine ; et je me suis fait munir chrétiennement de tous les sacrements, en toute hâte avant cette nuit, car je ne sais comment mes affaires vont s'arranger d'ici demain. C'est pourquoi ne te laisse pas détourner de tes occupations, mais envoie-moi sur l'heure ma lettre d'indulgence, que je l'aie près de moi. Assure-moi ce service au mieux, et témoigne-moi tant que je suis en vie et après mon trépas toute l'affection dont tu es capable. Très cher fils, la lettre d'indulgence se trouve là-haut dans l'armoire, dont les clés sont dans le tiroir. Donné le jour de la Nativité de Notre-Dame l'année 1478."

« Mais avant que cette lettre ne soit parvenue à Mösskirch, elle était morte. »

Dans l'un des deux fragments de son livre de raison, rédigé en 1503, Dürer raconte la dure mort qui frappe son père, puis sa mère. Réveillé trop tard pour assister son père, qui transpire terriblement avant d'expirer, l'artiste conserve de la mort de sa mère l'image d'un combat affreusement inégal : « Elle a connu une mort cruelle, dit-il, et je me rendais compte qu'elle voyait quelque chose d'affreux [...] elle rendit l'âme au milieu des douleurs. » Ce combat préfigure celui que mène l'artiste lui-même, dont le corps lui fait défaut. Il sait parfaitement où l'atteinte est irrémédiable depuis le dessin où il se représente nu, le doigt fixé sur son côté, avec l'inscription : « C'est là qu'est le mal qui est le mien » *(Do ist mir weh).*

Mais si l'agonie est, de tous les temps, un combat solitaire, une personne publique se doit à elle-même et à ceux qui l'entourent de donner l'exemple d'une dignité impassible. Marguerite d'Autriche écrit une lettre à son cher neveu Charles Quint, qui scelle sa vie comme un acte officiel :

À Charles Quint. *Malines, dernier jour de novembre 1530.*

Monseigneur,

L'heure est venue où je ne puis plus vous écrire de ma propre main, car je me sens si mal que je crois que ma vie ne dure encore que peu de temps. Tranquille dans mes pensées, et résolue à tout recevoir de ce que Dieu m'enverra, sans douleur hormis celle d'être privée de votre présence, de ne plus vous voir avant ma fin ni pouvoir vous parler, il faut bien que je remplace un peu ces paroles par cette lettre que voici, qui, comme je le crains, sera la dernière que vous recevrez de moi.

Je vous ai établi mon légataire universel, et je vous laisse vos États, que pendant votre absence je n'ai pas seulement conservés tels que vous me les avez confiés lors de votre départ, mais considérablement accrus, et je vous en remets la seigneurie en sorte que je crois avoir mérité non seulement votre satisfaction, Monseigneur, mais encore le merci de vos sujets et la récompense du Ciel. Avant toute chose je vous recommande la paix, et je vous prie, Monseigneur, au nom de l'amour que vous allez témoigner à ce pauvre corps, de garder aussi le souvenir de mon âme. Je recommande à votre grâce mes pauvres serviteurs et servantes, et vous adresse un dernier salut, en priant Dieu qu'il vous offre, Monseigneur, bonheur et longue vie.

Votre très dévouée tante Marguerite.

Se purifier

Le corps exalté en raison même de sa fragilité est le corps charmant de la jeunesse : Julien de Médicis a offert sa blondeur et sa prestance comme un étendard aux fêtes glorifiant le renouveau florentin. La vieillesse, qui est physiquement un naufrage – Pétrarque en était convaincu et l'explique dans une lettre à Guido Sette –, ne mérite pas des soins ridicules : Geiler von Kaisersberg se moque en chaire de la vieille femme ridée de Strasbourg qui voulut se faire retaper *(ausputzen)* et devint plus laide qu'avant. Il est un âge pour s'embellir, et l'on pardonne à la jeunesse, qui n'a rien à restaurer, de vouloir mettre en valeur ses qualités naturelles, à condition de garder mesure. La toilette a des vertus thérapeutiques, et des chapitres sur la beauté entretenue ornent les traités de médecine les plus austères. La toilette nous conduit au bain, où nous retrouvons le corps nu, mais pas nécessairement l'intime, nous allons nous en rendre compte. Mais, avant de laver le corps, il faut le débarrasser de sa faune.

Parasites. Faune ordinaire, qui rapproche les individus, puisqu'on se fait épouiller par ceux qu'on aime ; à Montaillou, au soleil sur les toits, sur le pas des portes, c'est le rôle des femmes, des maîtresses. Pierre Clergue, en devisant, se fait épouiller par Béatrice de Planissoles. Revenons à la galère de pèlerins, ce microcosme ; le frère Félix Faber nous narre son expérience, sur ce point comme sur d'autres. Les parasites prospèrent si l'on ne s'en défend pas : « Trop de gens sur un bateau ne se sont pas munis de vêtements de rechange, ils vivent dans la sueur et les mauvaises odeurs, où pullule la vermine, aussi bien dans les vêtements que dans les barbes et les cheveux. C'est pourquoi le pèlerin ne doit pas se laisser aller, mais au contraire se nettoyer tous les jours : tel, qui maintenant n'a pas un pou, peut en avoir mille dans l'heure qui suit s'il a le moindre contact avec un pèlerin ou un marin pouilleux. Qu'il soigne donc tous les jours sa barbe et ses cheveux, car si les poux y prolifèrent, il sera contraint de se raser la barbe, abandonnant ainsi sa dignité, puisqu'il est scandaleux de ne pas porter la barbe en mer. Inutile en revanche d'entretenir une longue chevelure, comme certains nobles qui refusent d'en faire le sacrifice, et que j'ai vus si couverts de poux qu'ils en pourvoyaient tous leurs amis et importunaient tous leurs voisins. Un pèlerin ne doit pas avoir honte de demander qu'on lui cherche des poux dans la barbe. »

Il faut faire reculer l'immonde, qui véhicule les fléaux épidémiques ; le bon sens privé s'accorde avec l'intérêt général. L'entretien du corps est une entreprise de salubrité qui comporte une part d'agrément ; les héros et héroïnes aux belles chevelures et au teint blanc et vermeil savent le temps qu'ils consacrent à leur toilette ; hommes et femmes, à la fin du Moyen Âge, se lavent et se font masser plus communément que leurs descendants. C'est du moins l'impression que donne l'abondance des sources relatives à l'embellissement et aux soins du corps.

Embellissement. Les hommes limitent ces soins aux grandes suées sportives, aux ablutions et au massage qui s'ensuit, à l'office du peigne et du ciseau pour les cheveux et la barbe selon les canons de la mode – qui changent autant que le costume, les portraits sont là pour nous en convaincre. C'est tout ce que la virilité supporte, avec quelques lotions. Ovide, qui demeure au XVe siècle l'arbitre de l'élégance, rappelle que le corps masculin ne demande rien de trop, et les gandins frisés de Venise et de Florence, de Bruges et de Paris exagèrent. Les femmes se donnent plus de mal pour séduire, quand elles en prennent le loisir, et comme un bon médecin selon Hippocrate doit pouvoir répondre à toutes les questions sur le corps, les traités de chirurgie incluent un certain nombre de recettes pour embellir, qu'il s'agisse de fards, de dépilatoires, d'onguents mamillaires ou de teintures pour les cheveux, voire de pommades à base de verre pilé, d'astringents et de colorants qui permettent de simuler la virginité.

Ainsi, loin des solides paysannes des *Très Riches Heures*, des dévideresses et fileuses des villes drapantes, des laveuses et trieuses de minerai vosgiennes de Heinrich Gross ou bohémiennes de Mathias *Illuminator*, se construisait, insensible aux critiques de l'Église, l'image d'une femme artificielle, une Agnès Sorel au teint pâle et aux sourcils épilés qui osait poser, les seins nus, en Vierge à l'Enfant, ou, plus tard, à l'époque de la guerre des Paysans, l'étonnante poupée peinte par Baldung Grien, blanche de céruse sous son grand chapeau noir.

Alors que l'hirsute indique le deuil, que dans sa noire mélancolie Charles le Téméraire laisse pousser ses ongles comme une bête, les soins du corps visent à ordonner, à émonder la foisonnante nature. Construction de la culture, la femme doit être lisse pour être agréable. Les traités de médecine expliquent que le poil est la condensation de fumées grossières, et que le surplus d'humidité féminine qui ne s'écoule pas naturellement se transforme en mousse, qu'il faut retrancher. On procède par arrachage à l'aide de bandes de tissu enduites de poix, on détruit les bulbes pileux avec des aiguilles brûlantes, on emploie aussi de redoutables dépilatoires. Dans un *Mystère de la Passion* fustigeant la débauche parisienne, Magdelaine est ainsi apostrophée par sa fidèle servante Pasiphaé : « Voici vos riches oignements pour tenir le cuir bel et frais. – Suis-je assez luisante ainsi ? demande après quelques instants la belle. – Plus luisante qu'une image. »

Se laver. La peau nette, lisse, brillante, et tout le corps à l'avenant, c'est le fruit de bains répétés et d'un long travail, qu'achèvent les onguents.

Le lavage du corps ne provoque plus à la fin du Moyen Âge les mises en garde du moralisme monastique ; ou du moins, la pratique du bain et de l'étuve semble si générale, et dans tous les milieux, que les réserves sur le lavage complet et fréquent du corps ne paraissent plus de mise. Le dominicain Félix Faber, on l'a vu, recommande énergiquement la propreté corporelle et insiste en outre sur le changement régulier du linge de corps. Nous aurons même l'occasion de nous demander si le lavage fréquent n'a pas acquis dans les représentations collectives la même valeur spirituelle que la fréquente confession. Mais revenons à la pratique et au cuveau.

On se lave de deux manières, dans l'eau du bain ou dans la vapeur de l'étuve, seul ou à plusieurs. Quand on prend son bain à domicile, on le prépare dans la chambre, près du feu qui sert à chauffer l'eau ; c'est un des premiers devoirs de l'hospitalité. Quand le seigneur Barnabà Visconti, dans le récit de Petro Azario, accomplit les promesses qu'il avait faites *incognito* au paysan qui l'aida à retrouver son chemin, il le fait laver à l'eau tiède avant de lui offrir le lit le plus somptueux que le malheureux ait jamais vu. Dans la riche demeure bourgeoise de la fin du Moyen Âge, on se déshabille et on se baigne dans son privé. Dans la maison d'Anton Tucher de Nuremberg, vers 1500, le maître de maison passe de sa chambre dans une petite pièce où il se déshabille, où un baquet est installé près d'un poêle de laiton sur un sol pavé recouvert d'un lattis de bois. On laisse infuser dans l'eau des plantes odoriférantes, selon une recette de Galien, on arrose le baigneur de pétales de rose : « On en jeta tant sur moi, dit le héros courtois d'une épopée autrichienne écrite à la fin du XIIIe siècle par Ulrich von Lichtenstein, qu'on ne voyait même plus l'eau du bain. » À la campagne, si l'on en juge d'après les *Fabliaux*, la pratique du bain n'est pas moins répandue qu'en ville ; dans la maison ou dehors, on s'accroupit dans un cuveau d'eau chaude, sous un drap tendu qui garde la vapeur et ajoute au bain l'étuve. On se baigne à deux, voire à plusieurs : l'hospitalité et la sociabilité favorisent les rituels, celui du bain des vendangeurs, celui que prennent ensemble, la veille des noces, le fiancé avec ses compagnons de jeunesse, la fiancée avec ses amies.

Hors de chez soi, en ville ou à la campagne, on se rendait fréquemment dans les établissements publics, parfois gérés par la communauté. Certains d'entre eux ajoutaient aux ablutions la cure thermale ; la tradition antique des thermes se perpétuait sur des sites naturels privilégiés. Au XVe siècle, la cure devient un phénomène mondain, par exemple à Bad Teinach, en Forêt-Noire, dont le *wildbad* (le « bain sauvage », c'est-à-dire jaillissant) attire en 1476 le duc Guillaume de Saxe accompagné de son médecin, ou à Hall, au Tirol, dont l'ambassadeur Agostino Patrizi, qui se rend en 1471 à Ratisbonne, décrit les installations sophistiquées.

Les plaisirs de l'eau sont largement partagés à la fin du Moyen Âge. Au nord des Alpes, la pratique de l'étuve est fort ancienne et courante ; le traité italien *De ornatu* sur la toilette féminine précise que le bain de vapeur, ou *stuphis*, était une recette germanique *(sic faciunt mulieres ultramontanee)*. Effectivement, le sauna – dont l'une des plus anciennes descriptions a été transmise par le géographe et diplomate Ibrahim ben Yacub, visitant la Saxe et la Bohême en 973 – est une institution très répandue dans le monde slave et germanique ; dans la plupart des villages, l'étuve, signalée par l'enseigne d'un faisceau de branches feuillues, fonctionnait quelques jours par semaine.

Un poème épique de la fin du XIIIe siècle, attribué à l'Autrichien Siegfrid Helbling, décrit avec un grand luxe de détails toutes les phases du bain de vapeur que prennent ensemble, parmi d'autres, un chevalier et son valet. Dès que le maître de bain a sonné la trompe, les gens affluent, pieds nus et sans ceinture, chemise de bain ou peignoir sur le bras ; on se couche sur les bancs de bois, dans l'obscurité de la vapeur, autour des pierres chauffées que l'on arrose régulièrement, on se laisse pétrir le dos, les bras, les jambes par des masseuses, on active la sudation à coups de branchages, on se frotte le corps avec cendres et savon ; puis vient le coiffeur, qui rectifie la barbe et les cheveux ; enfin, on enfile son peignoir pour se reposer sur un lit dans une pièce voisine. La description concorde avec les illustrations de la Bible du roi Wenceslas de Bohême et avec le *Calendrier des bergers* de 1491 : le bain et l'étuve sont des lieux de détente, où l'on nettoie son corps, où l'on peut aussi discuter, se restaurer, se divertir. Quel meilleur endroit pour des rendez-vous galants de tous étages ? La mauvaise réputation de quelques lieux rejaillit sur la profession de baigneur et déconsidère le métier de masseuse ; l'érotisme de l'eau colore les rencontres furtives narrées par *Flamenca*, ce poème occitan de l'amour coupable, aux bains de Bourbon-l'Archambault. Corps impudiques, corps innocents se croisent et se donnent en spectacle ; l'individu est scruté, jaugé, désiré, séduit. On imagine la rencontre des regards ; on peut aller plus loin dans la quête de l'intime, grâce à un texte qui restitue des comportements et les juge en contemporain. Les yeux d'un étranger – il s'agit du Pogge visitant la Suisse – font tomber les stéréotypes comme des écailles.

Joies du corps, bain de l'âme. Ayant accompagné, en 1414, le pape Jean XXIII au concile de Constance en qualité de secrétaire apostolique, le Pogge, auteur à la mode, ami des humanistes florentins de premier plan, grand collectionneur de manuscrits antiques qu'il débusque dans toute l'Europe, se trouve soudain privé de fonctions et d'emploi après la déposition de son protecteur, Baldassare Cossa. C'est en spectateur désœuvré qu'il se rend, en 1416, aux bains de Baden, près de Zurich, et le spectacle est véritablement surprenant :

« La ville de Baden – le nom signifie "bains" en allemand – est assez florissante, située dans une vallée dominée par de très hautes montagnes, près d'un grand fleuve au cours rapide qui se jette dans le Rhin à six mille pas de la ville. Près de la ville, à quatre stades, se trouve un établissement superbe construit sur le fleuve à l'usage des bains. Au centre de l'établissement s'étend une immense place et, tout autour, des bâtiments magnifiques capables de recevoir des foules. Chaque édifice possède à l'intérieur ses bains, où se plongent ceux-là seuls qui y ont été admis. De ces bains, les uns sont publics, les autres sont privés, environ trente en tout.

« Des bains publics, il en existe deux, auxquels on accède ouvertement de part et d'autre de la place, bassins pour le peuple et la foule sans qualité, où descendent des femmes, des hommes, des enfants, des jeunes filles, et la lie de ceux qui les entourent en masse.

« Dans ces bassins, une sorte de palissade a été construite entre gens pacifiques : elle sépare les hommes des femmes. C'est vraiment risible de voir des vieilles décrépites, en même temps que des jeunesses, entrer dans l'eau toutes nues sous les yeux des hommes, montrant aux hommes leurs parties naturelles et leurs fesses ; j'ai souvent ri de ce genre de spectacle pittoresque, évoquant en contraste les jeux floraux, et en moi-même j'admirais l'innocence de ces gens, qui n'attachent pas leurs yeux à ces détails et n'imaginent ni ne disent rien de mal.

« Quant aux bains qui sont dans les maisons privées, ils sont très chics et eux aussi communs aux hommes et aux femmes. De simples treillis les séparent où de nombreuses petites fenêtres sont découpées, grâce auxquelles on peut boire ensemble, converser, se voir de part et d'autre et même se toucher, comme c'est l'habitude. Au-dessus des bassins courent des galeries où les hommes s'installent pour observer et discuter. Car il est permis à tous d'aller dans les bains des autres, pour contempler, bavarder, jouer, se délasser l'esprit, et rester là de sorte que, lorsqu'elles sortent de l'eau ou lorsqu'elles y entrent, les femmes sont soumises au regard, presque entièrement nues.

« Aucune garde n'observe les entrées, aucune porte ne les interdit, aucun soupçon de grivoiserie. Dans la plupart des cas, c'est la même entrée qui sert aux hommes et aux femmes, et les hommes rencontrent des femmes à moitié nues, et les femmes, des hommes nus. Les mâles utilisent tout au plus des sortes de caleçons, les femmes sont revêtues de tuniques de toile, ouvertes en haut ou sur le côté, qui ne couvrent ni le cou, ni la poitrine, ni les bras, ni les épaules. C'est dans l'eau que très souvent on prend un repas en payant avec sa marque d'entrée, les tables étant dressées sur l'eau, et les spectateurs ont l'habitude d'assister à ces repas [...].

« Pour ma part, c'est de la galerie que je dévorais tout des yeux, les mœurs, l'usage, les agréments de la sociabilité, la liberté, voire la licence des modes de vie. Il est vraiment étonnant de voir avec quelle innocence, avec quelle vérité ils vivent. Des maris voyaient leur propre femme touchée par des étrangers et ne s'en émouvaient pas, n'y prêtaient pas attention, ils prennent tout du bon côté. Il n'est rien de si délicat qui ne devienne facile grâce à leurs habitudes de vie. Ils se seraient aisément accommodés du *Politique* de Platon, rendant toute chose commune à tous, puisque, sans se fonder sur ses théories, ils se rangeraient d'emblée parmi ses sectateurs. Dans certains bains, les mâles se mêlent directement aux femmes, qu'ils leur soient proches par le sang ou par d'autres complicités ; chaque jour, ils entrent au bain trois ou quatre fois, passant ainsi la plus grande partie de la journée, chantant, buvant ou dansant. Ils chantent en effet dans l'eau au son de la cithare, en s'accroupissant un peu ; et c'est un spectacle charmant que de voir des jeunes filles, déjà mûres pour le mariage, dans la plénitude de leurs formes nubiles, le visage éclatant de noblesse, se tenir et se mouvoir comme des déesses ; tandis qu'elles chantent, leurs vêtements leur font une traîne flottant à la surface des eaux, au point qu'on les prendrait pour des Vénus ailées. »

Décrivant ensuite les jeux auxquels on se livre, les après-midi, dans une grande prairie plantée d'arbres le long du fleuve, en particulier concours de javelot et présentation de danses, le Pogge continue : « Ces lieux, je crois vraiment qu'ils ont vu naître le premier homme, ces lieux que les juifs appellent l'Éden ; c'est bien cela, le jardin de volupté. Car si la volupté peut rendre la vie heureuse, je ne vois pas ce qui manque ici pour atteindre la perfection d'une volupté à tous égards consommée. »

Est-il possible que le corps soit à la fois offert et pur ? L'homme de culture, l'homme du monde perd comme en un rêve éveillé toutes ses références littéraires, nationales, morales. Son sens des convenances est profondément bousculé par l'allègre spectacle qui mêle les âges et les sexes : non, la vieille décrépite ne dissimule pas ses formes flétries et ne suscite aucune hilarité ; non, les jeunes gens qui se regardent presque nus n'ont pas les yeux allumés de désir. Les frontières du bien et du mal ont sournoisement disparu, et quoique les corps se touchent, quoique les femmes ne cachent ni leur cou, ni leur gorge, ni leurs épaules, ni leurs bras *(neque... neque... neque...)*, c'est le Pogge qui les déshabille du regard, c'est sur ses lèvres que viennent les mots d'impudeur et de lubricité : la simplicité, la santé mentale s'exhalent du spectacle, l'inconvenance n'existe plus que dans le vocabulaire de l'humaniste. Il ne lui reste qu'à se déshabiller à son tour pour prendre un bain de jouvence qui nettoie son esprit ; craint-il d'être mis à nu par le regard des autres ? Il se souvient que le beau parler est sa profession ; un intellectuel peut-il s'asseoir près des dames au bain sans chercher à les éblouir ? Il ne sait pas l'allemand ? Qu'importe, il se transforme en voyeur devant cette communauté de corps réconciliés, joyeux et sans désirs, puisque rien ne leur manque ; douloureux sentiment d'une plénitude à laquelle il n'a point de part. Dernier élément de son trouble : ce jardin de la volupté, cet Éden est au nord des Alpes. Un nouveau contrat social fondé sur les mœurs, celui qui accomplit la Cité de Platon, paraît réalisé dans l'harmonie, sans violence, sans jalousie : pas de gardes à la porte, pas de maris jaloux comme le sont les Italiens. Zurich est pourtant au nord de la civilisation, celle dont vient le Pogge. Le corps, l'intime dont il est composé sont passionnément du côté de sa mère Méditerranée. Du Nord, il rapatrie les manuscrits antiques qui le nourrissent : de Cluny, de Cologne, de Saint-Gall, il rapporte les textes par charrettes, certains totalement inconnus : treize nouveaux discours de Cicéron, et l'*Institution oratoire* de Quintilien, et tout Lucrèce. Face à cette patrie qui est la sienne, que pèse la douloureuse vision d'un paradis nordique ? Frappé d'un moment de grâce, qu'explique peut-être ce flottement dans sa carrière, le Pogge se ressaisira. La parenthèse s'est refermée, énigmatique, sur ces assemblées de corps heureux, qui annoncent la Renaissance, les athlètes de Michel-Ange derrière la Vierge musclée et les fêtes déshabillées, du Primatice à Cranach.

Mais voici que le corps au bain éveille d'autres résonances à la fin du Moyen Âge. La Renaissance n'est pas seulement vision spatiale de la félicité, elle est aussi vision profonde d'un cheminement intérieur. À côté de la fontaine de jouvence d'un éternel été, la fontaine de vie, de la vie éternelle. Le corps illuminé par le plaisir des sens inspire aussi les gestes, la démarche d'une réforme spirituelle. C'est l'eau du salut qui inspire au poète strasbourgeois Thomas Murner sa *Badenfahrt*, publiée en 1514, allégorie de la conversion à l'appel du Christ, embouchant la trompette du maître de bain : « Alors Dieu prenant pitié de nous/A commencé à nous apprendre/Comment l'on doit aller au bain/Se laver, se purifier, perdre toute honte/Dans la force et puissance de Son saint nom./Il l'a fait si publiquement/Que le monde entier l'a vu :/Personne ne pourrait dire en vérité,/Ni dire ni se plaindre/De ne pas avoir su/Comment l'on doit se baigner, se purifier,/Se purifier à nouveau en Dieu/Se dresser comme un nouvel Adam/Que le baptême ressuscite./Car Dieu nous donne en Sa grâce/Qu'aucun péché originel ne nous écrase plus./Cela a été accompli par Dieu si ouvertement/Que le monde entier l'a vu :/C'est Dieu lui-même qui nous a appelés au bain au son de la trompette. »

Sur ces prémices, conforté par d'admirables xylographies dont on imagine la diffusion sous forme d'images volantes, se développe un vocabulaire qui suscite les images les plus courantes de la toilette aux étuves ; comme si la génération des gestes simples faisait germer la parole divine. La vie du corps est une parfait homothétie, une démonstration de la vie spirituelle. La conversion n'est pas une quête lointaine, un pèlerinage aux extrémités ; c'est une démarche quotidienne illuminée par le sens : chaque fois que tu as fait ce geste, le Christ s'est approché de toi. Laisse-toi inviter au bain, dépose tes vices, débarrasse-toi de tes péchés, réveille ton ardeur au bien, remercie le maître du bain...

	Le bain de l'âme	
die badecur	la cure thermale	la purification
in das bad laden	inviter au bain	la révélation
sich selbst unrein erkennen	se reconnaître sale	la confession
sich abziehen	se déshabiller	déposer ses vices
vor Gott nackent stehen	se présenter nu devant Dieu	la honte
die füs weschen	laver les pieds	l'humilité
den leib reiben	frotter son corps	écouter la confession
die haut kratzen	racler sa peau	la pénitence
in bad lecken	se fouetter de branches	réveiller l'ardeur
der badmantel	le peignoir	le linceul
das ölbad	le bain d'huile	baptême et extrême-onction
das täglich bad	le bain quotidien	la messe
das wildbad	le bain thermal	la conversion avant la mort
dem bader dancken	remercier le maître du bain	l'action de grâces

Amour sacré, amour profane : le corps et l'eau sont symbole et réceptacle de l'esprit. Qu'est-ce que l'humanisme, sinon la volonté de réconcilier l'apparence et l'intime ?

Entre les deux, le regard et toutes les perceptions du monde. Avant d'approcher le quant-à-soi, tentons de saisir, dans ce qu'ils nous en ont dit, les instruments de la connaissance sensible.

Sensations, sentiments

Dans notre approche de l'intime, nous sommes tributaires des formes de l'expression, et, quoique rien ne paraisse plus constant que les fonctions perceptives, la notation, plus ou moins lacunaire, des habitudes sensibles dessine un réseau variable des manières de vivre, de sentir et de penser. C'est en insistant sur les discordances avec des manières contemporaines que l'on peut prendre la mesure de ce que fut l'intime des temps passés, ou plutôt, des difficultés de l'aborder.

La vue

Plus que l'odorat ou le goût, la vue est implicitement reconnue comme le sens le plus indispensable au témoin que l'histoire interroge. La mesure de l'espace, nécessaire à son utilisation, part de la vision au plus près, celle que l'homme a de son propre corps : la paume, la brasse, le pied, et même le carreau d'arbalète et la lieue ont un rapport direct avec l'intime, c'est-à-dire le rapport à soi de l'homme d'Occident, semeur, industrieux, combattant. Au-delà du champ visuel familier, les blés coupés haut à la faucille, la limite des bois, les palissades, les fossés et les murs, s'étendent des espaces difficiles à maîtriser, déserts, montagnes, mauvais pas. Les défauts de vision n'étant pas communément corrigés par le port des lunettes, on conçoit que le panorama fasse une apparition tardive, et d'abord symbolique, dans la littérature descriptive. Cette vision proche s'est fort bien accommodée d'une priorité du symbolique dans les représentations, et d'une discordance durable entre l'illusionnisme pictural et la description du réel par l'écriture.

Reprenons l'exemple de l'espace. On sait comment la pédagogie illustrée du christianisme a largement diffusé depuis l'origine des signes dont la richesse de sens était accessible à tous sans supposer l'organisation logique d'un espace : l'imagination et la mémoire permettaient au plus grand nombre des fidèles de décomposer, d'isoler et de réunir les éléments d'une scène peinte ou sculptée. À partir du XIVe siècle, se met en place un autre type de représentation figurée, fondée sur la suggestion d'une liberté de mouvement des figures dans l'espace : les gestes, les parois fictives, la profondeur des plans supposés, en un mot le trompe-l'œil, faisaient de la perspective une catégorie nouvelle des formes symboliques. Ce que nous sommes tentés d'apprécier comme une évolution vers le réalisme de la représentation à la fin du Moyen Âge est une élégante simulation du réel, qui satisfait une clientèle pour qui la richesse repose dans les objets, et la pensée, dans l'espace qui les unit. Les vrais dévots, fussent-ils les pauvres et les ignorants dont se préoccupe un Gerson, demeurent attachés à des images sensibles, dont la contemplation – nous y reviendrons – renouvelle sans cesse la puissance par le symbole. C'est le véritable enjeu du débat qui s'est instauré par l'image de la Renaissance entre le profane et le sacré, et qui repose sur les caractères physiques et culturels de la perception.

La notation des couleurs ne relève pas moins d'une approche de l'intime que la perception de l'espace. De ce point de vue, l'héraldique, la mode vestimentaire, la peinture d'intérieur nous persuaderaient de prime abord que les hommes du XVe siècle avaient le même goût des contrastes et le même sens des nuances que nous. Nous oublions souvent ce que la valeur symbolique des couleurs ajoutait au charme d'une œuvre en intentions alors perçues et aujourd'hui cachées. Plus étrange encore est le contraste entre l'apparent réalisme de la peinture et de la sculpture des XIVe et XVe siècles et la pauvreté du vocabulaire descriptif dans les textes contemporains.

Lorsque Froissart décrit les campagnes de l'Ariège, lorsqu'il séjourne à la cour du comte de Foix, Gaston Phébus, le décor qu'il plante est celui de « riants » coteaux et de « claires » rivières ; loin du pittoresque ou du naturalisme, le chroniqueur n'a d'autre but que de manifester la puissance de son hôte, assise sur de riches possessions. Décrivant en revanche l'entrée à Paris de la reine Isabeau de Bavière, il s'arrête avec le cortège royal devant toutes les stations d'honneur, et sa plume flamboie de rouge, de bleu et d'or ; mais la couleur n'est là que pour attester par son caractère symbolique l'hommage rendu par la bourgeoisie parisienne à la monarchie.

On chercherait longuement dans la littérature historique de la fin du Moyen Âge une qualité descriptive comparable à celle des aquarelles alpestres d'Albrecht Dürer, les premiers paysages de l'histoire de l'art occidental affranchis de toute signification ou de toute utilité. La convention symbolique, fût-elle colorée comme la rose pourprée, ne cède la place à la réalité vécue que dans de rares textes émotifs où le paysage apparaît comme le cadre d'une aventure remémorée, ainsi la fontaine de Vaucluse qui inspire en pleine nuit à Pétrarque la fascination inquiétante de ses eaux noires, ou les bois du Cadore, solitaires et sauvages, où Charles IV manque de se perdre avec son armée, ou le désert du Sinaï, où faillit périr le moine Félix Faber, tenté par l'incommensurable.

On le voit, quelques scènes nocturnes et angoissantes nous valent l'esquisse d'une description. Rien de comparable aux journaux de voyage du XIXe siècle : même les pèlerins d'Orient les plus ouverts aux impressions d'exotisme, venus découvrir, parfois avec larmes, les lieux bibliques si souvent évoqués par l'imagination, se bornent à noter pour leurs lecteurs la véracité d'informations dont ils disposaient avant leur départ. N'en concluons pas qu'ils sont insensibles à la couleur locale, mais qu'ils ne disposent pas du vocabulaire nécessaire à la description, et que, des cinq sens, la vue n'est peut-être pas le plus sensible.

Les autres sens

En effet, les mêmes textes touristiques s'attardent volontiers sur les jardins de Terre sainte, où semblent réunies pour ces Européens toutes les conditions de la délectation, prémices du paradis. Le chant des oiseaux, le bruit des jets d'eau, les senteurs émanant des espèces végétales rassemblées enchantent les sens des chevaliers, bourgeois et hommes d'Église venus goûter les délices de l'Orient. En Europe même, le jardin clos offre à l'intimité des grands, des amoureux, des raffinés l'occasion de fêtes des sens qu'il convient de rapprocher du plaisir de la polyphonie ou du mélange des saveurs de table, l'aigre et le doux. Dans des milieux moins fortunés, la description des mets rassemblés, la variété des condiments, le goût pour les fleurs coupées, la présence d'oiseaux en cage, autant de signes du plaisir de vivre. En un monde moins aseptisé et moins uniforme qu'aujourd'hui, l'odorat, l'ouïe et le goût jouaient sans doute un rôle essentiel dans la définition du bonheur sensible, dans la réalité comme dans l'imaginaire : descriptions et peintures de la félicité recourent plus volontiers à des sons harmonieux et à des parfums insaisissables qu'à des visions séraphiques pour traduire un état de grâce. Ainsi, pour la mystique Margaretha Ebner, décrivant d'indicibles transports, la présence divine dans le chœur de son église se manifestait par de doux souffles d'air et une merveilleuse odeur.

Inversement, des odeurs insupportables définissent des limites sociales et les contours de la xénophobie ; la puanteur s'attache durablement à certaines professions, délimite des secteurs urbains, enferme des groupes de population dans leur singularité. Le moine Félix Faber, qui souffre, nous l'avons vu, de la promiscuité sur la galère de Terre sainte, prend soin de distinguer les musulmans et les juifs par leur odeur aux bains de Gaza, alors que les chrétiens, dit-il, ne sentent pas mauvais. Parmi les lieux communs qui s'appliquent communément aux Allemands sous la plume des Italiens figure la mauvaise odeur qui régnerait en terre d'Empire et que les impériaux, quel que soit leur statut, transporteraient avec eux. Campano, humaniste en mission au Reichstag de Ratisbonne en 1471, parle d'une odeur fétide et persistante qui oblige l'étranger de retour chez lui à se laver cinq, voire sept fois, pour s'en défaire. Au-delà de l'exagération polémique ou fabulatrice, il est fort possible que des habitudes alimentaires aient défini durablement par des odeurs quotidiennes des frontières culturelles. La géographie des odeurs d'André Siegfried n'était pas seulement l'invention plaisante d'un sérieux économiste.

Rien d'étonnant à ce que la diversité des bruits résultant de la promiscuité soit ressentie comme une plaie insupportable par un moine habitué au silence de son couvent ; Félix Faber a véritablement analysé séparément tous les désagréments du voyage de masse auxquels étaient condamnés les pèlerins, et le bruit est l'un d'entre eux. Plus généralement, les bruits naturels violents – on ne trouve que dans des délibérations urbaines la référence aux nuisances industrielles – accompagnent des événements de mauvais présage, tels que la mort d'un tyran ou l'arrivée du diable : la nuit où mourut Gian Galeazzo Visconti, selon l'historien florentin Goro Dati, un ouragan et des trombes de pluie signalèrent l'envolée de son âme vers l'enfer. Et dans les récits de voyage au puits de saint Patrice, bouche irlandaise du monde infernal, le vaillant chevalier doit supporter des vents impétueux, des cris abominables et un vacarme de tous les diables, si vif « que toutes les rivières du monde assemblées n'en eussent point fait davantage »...

Ainsi, qu'il s'agisse de la félicité ou des situations les plus insupportables, c'est l'ensemble des sens qui est affecté par les impressions envahissantes du monde extérieur, monde où les âmes bruissent à l'entour des vivants, où les anges de Fouquet, rouges et bleus, enserrent la Vierge à l'Enfant, et où les déserts eux-mêmes sont infestés de démons cherchant qui dévorer.

L'expression des sentiments

Face à la puissance du réel, l'individu cherche à maîtriser l'expression de ses sentiments. Les préceptes d'éducation, le modèle des chansons de geste, les miroirs des princes font la part de ce qui revient au public, de ce qui ne s'exprime qu'en privé.

La pudeur interdit de parler trop de son bonheur ou de s'étendre sur sa tristesse. Louis de Diesbach, qui raconte la mort de sa femme, note qu'il renvoya les domestiques pour rester seul à éventer la mourante et à la veiller ; Anne de Bretagne, apprenant à onze heures du soir la mort à Amboise de Charles VIII, se retira chez elle et ne toléra aucune compagnie ; le lendemain, elle reçut les condoléances du cardinal Briçonnet, ne lui répondit rien et s'enferma environ vingt-quatre heures. Il est évidemment impossible de faire dans cette retraite la part de la douleur, du retour sur soi, de la méditation politique. Elle atteste à tout le moins un souci de contenance qui ne s'en remet qu'à soi et peut-être à Dieu.

Quelques pères ont cependant confié à l'écriture l'expression bouleversée de leurs sentiments, après la mort de leurs enfants. Lucas Rem d'Augsbourg note dans son journal la litanie des morts familières, les traits physiques d'enfants tôt disparus auxquels il s'était habitué : ainsi, ce garçon aux yeux noirs, mort de langueur après vingt semaines d'étiolement, « le plus désolant spectacle que j'aie vu dans ma vie ». Giovanni Conversini de Ravenne déclare que la pudeur « l'empêche d'exposer la douleur qui lui serre le cœur ». Plus prolixe, et combien émouvant, Giovanni di Pagolo Morelli de Florence, après avoir raconté la mort de son fils Alberto, ajoute : « Des mois sont passés depuis l'heure de sa mort, mais je ne peux, ni sa mère, l'oublier. Sans cesse nous avons son image devant nous, nous remémorant toutes les manières et situations, ses paroles et ses gestes, le voyant de jour, de nuit, déjeunant, dînant, dans la maison, dehors, dormant ou veillant, dans notre villa ou à Florence ; de quelque manière que nous nous comportions, c'est un couteau qui nous traverse le cœur. » Et, plus loin : « Pendant plus d'un an je n'ai pu entrer dans cette chambre, sans autre raison que mon extrême douleur. »

Le quant-à-soi

Le retrait

La « chambre des pensées ». Hors des chartreuses et des loges de réclusion volontaire, il est un bon usage civil de la solitude qui suppose volonté et capacité de retrait. L'« arrière-boutique » de Montaigne se situe dans la ligne des « chambres privées » où s'enferment volontiers poètes, humanistes et dévots à la fin du Moyen Âge.

Il s'agit effectivement d'abord d'un lieu aménagé pour le travail et la méditation, le *studiolo* à l'italienne dont Carpaccio et Dürer ont fait le cadre intime et solitaire des activités de saint Jérôme. On a vu que l'usage de cette pièce était entré dans les habitudes de la vie privée au nord des Alpes. Le *studiolo* désignait même la chambre de jeu fermée à clé où le petit Conrad von Weinsberg de Cologne avait transporté ses trésors et faisait le prêtre devant un autel de fortune.

C'est dans sa chambre que Dante, selon la *Vita nuova*, s'enfermait pour se lamenter sans être entendu. C'est dans son privé que Pétrarque, lisant les *Confessions* de saint Augustin, laissait couler ses larmes, se frappait le front, se tordait les mains, tant il prenait de part, dans sa lecture expressive, aux tourments de son modèle ; il ne tenait pas en cette occasion à s'embarrasser de témoins. À plus forte raison la retraite spirituelle est-elle favorisée par le silence d'un lieu écarté : la constitution des frères de la Vie commune, les chanoines de Windesheim, recommandait « de se séparer du monde pour diriger plus intensément son cœur vers Dieu ».

La retraite peut aussi désigner à la fois un lieu de solitude et une volonté de renoncer au monde. À la différence de Datini, le marchand de Prato, qui hésite à se rendre aux représentations de sa femme et de ses amis et à songer enfin à son âme, le « marchand parfait » tel que le voit Benedetto Cotrugli dans son traité de morale pratique ferme ses livres de comptes et, retiré dans sa maison de campagne, passe le temps qui lui reste à vivre, à préparer son salut.

Au sens spirituel, la retraite se définit enfin comme un mouvement ascensionnel, pour aboutir en un lieu élevé, symbolique et intime. Montant à la cime du mont Ventoux, Pétrarque est pénétré de la valeur démonstrative de sa démarche qui lui permet à la fois de contempler le panorama de sa vie passée et de se rapprocher de l'essentiel. Comme l'écrit Ludolph von Sudheim : « C'est en s'élevant dans les airs que l'homme se change vraiment. » La retraite devient alors cette « forteresse du silence » où l'homme, ayant fait le vide, peut accueillir Jésus-Christ. Parmi toutes les définitions de l'âme que propose Maître Eckhart dans ses *Sermons*, l'une des plus frappantes est celle du château fort : « Ce petit château fort est si élevé au-dessus de tout mode et de toute puissance que seul Dieu peut jamais le pénétrer de son regard. Et parce qu'Il est Un et Simple, Il entre dans cette unicité que j'appelle un petit château fort de l'âme. »

En cette ultime étape du retrait en soi-même, la chambre isolée, la chambre haute de l'Écriture, n'est pas à chercher en un lieu idéal ; elle est en chacun de nous, si nous savons la dresser et nous y retirer. Monter en soi-même et fermer les portes au monde, c'est créer cet « intime silence de l'âme », comme disait la mystique Mechtilde de Magdebourg. Alors, que « l'on veille ou que l'on dorme, que l'on soit assis, mange et boive, on peut être seul même au milieu des autres, seul avec le Christ » (J. Mombaer).

Sans doute, cette forme suprême de la retraite n'était pas, au XVe siècle plus qu'à toute autre époque, à la portée de tous les cœurs. Charles d'Orléans, qui possédait une vaste bibliothèque philosophique et théologique, ne franchit pas l'étape de l'inventaire de soi dans la « chambre de sa pensée » où il moud le moulin de la mélancolie. Mais l'introspection, dont tant d'auteurs des XIVe et XVe siècles ont donné l'exemple, lors même qu'elle se limite à des formules testamentaires, s'inscrit sur l'horizon d'inquiétudes sincères et ferventes. En témoignent la faveur renouvelée au XVe siècle des ordres ascétiques, le succès des confréries de dévotion, les aspects les plus spectaculaires de la prédication des Mendiants, et surtout la richesse des manifestations personnelles de piété.

La discipline de la mémoire. Bien évidemment, ces dispositions d'esprit sont fortifiées par un entraînement à la maîtrise de soi. L'apprentissage de la discipline commence par le silence inculqué aux écoliers, considéré comme un élément formateur au même titre que l'abécédaire : tel orfèvre franconien du début du XVIe siècle place sur le même plan, dans ses souvenirs d'enfance, le *stille sitzen* (rester assis en silence) et le *buchstabieren* (apprendre les lettres). Le silence est générateur de structures mentales s'il met en œuvre la mémoire. Une mémoire développée par des techniques visuelles, et une habitude de la récapitulation.

De la puissance et de la précision de la mémoire des hommes et des femmes du millénaire médiéval, où la rareté du livre fait de l'image, et de l'image religieuse, le document de référence, les exemples abondent. Non seulement dans les milieux cultivés où la mémoire est un des éléments d'une culture cumulative, mais dans les milieux populaires, comme l'atteste la pratique judiciaire du témoignage. La vie privée, dans les aspects les plus personnels qui composent l'individu, est fondée sur des cercles de mémoire où les éléments acquis, fruits de l'étude et de l'expérience, viennent s'ajouter à la transmission orale du groupe ; et si la mémoire familiale ne semble pas remonter à plus de trois générations, au-delà desquelles archives, traditions et légendes composent le passé des grands, la mémoire individuelle d'événements, voire de paroles prononcées, ramène au jour avec une force surprenante le quart de siècle révolu. Pétrarque, faisant dans le *Rerum vulgarium fragmenta* la chronique journalière de son œuvre, peut écrire : « En ce vendredi 19 mai 1368, dans mon insomnie, je me dresse, car voici que me revient ce souvenir très ancien, d'il y a plus de vingt-cinq ans [...]. » Plus surprenantes encore sont ces déclarations devant le juge inquisiteur de Béatrice de Planissoles, la châtelaine de Montaillou, qui évoque un fait remontant à vingt-six ans, au mois d'août, ou de telle pauvre ouvrière de Douai capable de citer, après la mort du puissant et redoutable drapier Jehan Boinebroke, les paroles railleuses adressées par l'homme d'affaires à sa jeune mère trente ans plus tôt.

Le monde de l'esprit

Cette pratique de la mémoire était une nécessité dans des sociétés où l'écrit demeurait le système de référence pour une élite du pouvoir et de la connaissance. Les techniques de l'impression contribuent, à partir du début du XIVe siècle, à diffuser des images, souvent accompagnées de textes, faisant circuler dans toute l'Europe ces adjuvants de la mémoire. L'image contribue en effet à fortifier la remémoration dont la pédagogie religieuse sut faire l'emploi le plus judicieux.

Techniques de l'émotion dévote. On a vu comment Pétrarque utilisait en marge de ses livres bien-aimés les notations propres à susciter, comme des signaux, la mécanique du souvenir, ravivant les blessures et les larmes. Ces simples traces témoignent d'habitudes de pensée assez largement répandues au Moyen Âge : ainsi, une feuille imprimée italienne des années 1300 représente la Vierge, méditant ellemême, après l'Ascension, les mystères du salut qu'elle venait de vivre. La feuille récapitule, autour de la Vierge douloureuse, les épisodes de cette histoire dans l'ordre chronologique, en utilisant des signes très proches des idéogrammes et des rébus accompagnés de légendes sommaires. La crèche est évoquée par l'âne et le bœuf ; le jardin de Gethsémani, par une épée et une lance dressées entre des arbres ; l'Ascension, par la trace de deux pieds imprimés sur la forme d'une colline. Méditer sur la vie du Christ, c'est, comme Marie qui « repassait toutes ces choses dans son cœur », se remémorer dans l'ordre indiqué par le canevas graphique un certain nombre d'épisodes bien connus du Nouveau Testament, et, tout en y appliquant son esprit, raviver des sentiments pieux.

Aiguisée par la mémoire immédiate, l'expression des sentiments intimes était d'autre part stimulée par le ton monotone et grisant de la lecture à voix basse, ce murmure de l'oraison ou de la confession, la « voix de l'âme », recommandée par le concile du Latran de 1214. Elle l'était aussi par la technique de la répétition comptable, qui appartient aux formes les plus anciennes de la pratique religieuse – puisque le cordon de perles, ancêtre du chapelet, est attesté au IVᵉ siècle. L'insertion d'un *Pater* après dix *Ave*, invention d'un chartreux de Cologne au début du XVᵉ siècle, est une étape dans le processus complexe qui lie étroitement l'*Ave Maria* aux quinze mystères du salut : les formules condensées, *clausulae*, visant à enfermer la méditation dans le cercle des perles où elle s'épanouit, plutôt que de la laisser vagabonder, et peut-être se perdre, développent à la fin du Moyen Âge une pieuse comptabilité, dont on a parfois raillé l'automatisme sans en retenir l'intention ascétique. On y a vu une exacerbation ritualiste, par rapprochement avec les chiffres élevés, allant jusqu'au millier, de messes commandées par dispositions testamentaires. En réalité, par son formalisme répétitif, le décompte des 5 500 blessures du Christ ou des 1 000 pas ensanglantés du portement de croix permet d'égrener le temps incommensurable de la souffrance et de multiplier et démultiplier jusqu'au vertige les regards instantanés du dévot sur le mystère de la Passion.

De même que les sentiments personnels exprimés par des chroniqueurs de la fin du Moyen Âge sont souvent attachés à des lieux et aux souvenirs aimables ou tragiques qu'ils évoquent, de même la pédagogie des ordres mendiants, soucieuse du salut du plus grand nombre, a mis l'accent sur ces objets médiateurs que sont le rosaire, popularisé par le succès européen de la confraternité créée à Cologne en 1474, les reliques, dont les collections privées se développent parfois jusqu'à la manie, les images pieuses, que l'on contemple dans son intimité, et les prières manuscrites, que l'on porte sur soi. À cet égard, les découvertes archéologiques faites sous les boiseries du chœur de Wienhausen, église cistercienne de la lande de Lunebourg, éclairent de la façon la plus touchante les habitudes de la dévotion privée depuis la fin du XIIIe siècle. À côté des épingles, des couteaux, des lunettes aux montures de bois ou de cuir retrouvés sous les stalles des chanoines, on a mis au jour les images tombées des missels ou des vêtements, gravures sur bois coloriées, reliefs de papier pressé dans des moules de plomb, petits paquets d'ossements et de restes de soie, attestant l'usage de reliques cachées. C'est à ce registre qu'appartient la crucifixion schématique, esquissée à l'encre, que Dürer portait sur lui, et qui ne présente aucune prétention à l'œuvre d'art.

Quels sont les signes, les images le plus souvent reproduits ? Il n'y a aucun doute qu'à la fin du Moyen Âge les formes de la piété privilégient représentations ou allusions à l'humanité du Christ et à ses souffrances, plus qu'à sa royauté divine. Étant donné le caractère très elliptique du signe, la contemplation des souffrances de Jésus et la compassion du fidèle sont éveillées par l'allusion à des instruments (le fouet) ou à des objets (les torches du mont des Oliviers) placés par le récit biblique sur le parcours qui conduit à la « folie » de la croix.

À ce domaine instrumental appartient la représentation des cinq plaies du Christ qui, dans une société sensible aux armes et aux devises, constituent le blason mystique du Fils de l'Homme ; ou, au centre d'une planche d'objets triviaux et sacrés à la fois, verges, clous, éponge, échelle..., la blessure béante du flanc de Notre-Seigneur – grandeur nature, précise le commentaire – qui se détache comme une mandorle.

L'« immense appétit du divin » dont parlait Lucien Febvre et qu'Emmanuel Le Roy Ladurie résume par une formule brutale : « Le Christ, ils l'aiment saignant », nous renvoie au réalisme corporel de l'Imitation de Jésus-Christ : imiter, ce n'est pas adopter une ligne générale de conduite qui reproduit imparfaitement le comportement d'un modèle parfait ; c'est, pour les plus fervents des chrétiens, qu'ils soient rassemblés dans de pieuses confréries ou isolés dans leurs exercices spirituels, revivre de la manière la plus éprouvante pour le corps et pour l'esprit chaque épisode de la Passion. « Avoir sans cesse à l'esprit » (*frequenter in mente*..., dit G. Groote), se préparer « par de pieuses effusions » (*per pias affectiones*..., dit le chapitre sur la messe de la constitution des Frères de la vie chrétienne), considérer « lentement et avec des larmes » (saint Bonaventure dans son traité d'enseignement aux novices) ; voilà dans quelles dispositions doit se mettre le dévot.

« Contemple, écrit Bonaventure, la sueur de sang, les coups en plein visage, l'acharnement du fouet, la couronne faite d'épines, la dérision et les crachats, l'enfoncement des clous dans les paumes des mains et des pieds, l'érection de la croix, le visage altéré, la bouche décolorée, l'amertume de l'éponge, la tête qui penche de tout son poids, la mort atroce [...]. » Le dévot est appelé à détailler toutes les étapes d'un supplice, à scruter au ralenti les signes et les effets de la mise à mort, à mimer par la pensée et dans sa chair l'abjecte agonie infligée au Sauveur du monde.

Formé aux techniques de la mémoire et de l'émotion, le regard que les contemporains posaient sur des toiles qui nous paraissent d'abord de superbes morceaux de peinture nous rappelle l'ambiguïté que l'art religieux du XVe siècle tient de ses origines. Ainsi, *La Déposition de croix* de Rogier Van der Weyden, peinte pour les archers de Louvain qui placèrent la toile sur l'autel de leur confrérie, s'attache à un moment suspendu de l'histoire de la Passion, recréé par l'illusion des attitudes. Ce somptueux récit interrompu lance en même temps le double signe que diffusaient à la même époque les humbles feuilles imprimées d'une piété plus discrète : le corps blafard et souffrant du Christ mort, la compassion de la Vierge évanouie. Autre exemple, plus subtil encore, celui de la *Madone* de Giovanni Bellini conservée à l'Académie de Venise, où la Vierge adorante ne peut ignorer le destin futur de l'Enfant-Dieu au bras pendant et raide. Ces exemples attestent que l'image d'autel et l'image de piété personnelle ne sont pas nécessairement disjointes, que liturgie et intimisme ne s'opposent pas toujours. Il est des degrés dans la perception du sacré et dans l'efficacité des signes : la plus grande intériorité peut s'accommoder de la place publique.

La prière. Tout est prière, selon la théologie mystique du chancelier Gerson, lorsque le fidèle le plus humble, l'esprit le plus simple *(etiamsi sit muliercula vel ydiota)* pratique sans délibérer l'élévation spirituelle. Le chrétien peut faire matière de son oraison de tout spectacle qui se présente à lui. La dévotion personnelle, enracinée dans une attitude d'humilité permanente, est disponibilité à la venue de l'Esprit saint. La prière, écrit Gerson, est « la chaîne qui permet au navire de se rapprocher du rivage, sans rapprocher de lui le rivage ». La méditation, fondée sur un apprentissage de la mémoire et un entraînement à la sensibilité plus largement répandus à la fin du Moyen Âge que nos catégories intellectuelles ne le supposeraient, conduit à la contemplation. Si l'on en juge par les milliers de prières manuscrites de toute nature et de tout niveau conservées dans les archives européennes, et qui, par centaines, présentent les marques d'une touchante spontanéité, on peut estimer que l'habitude de la prière, c'est-à-dire d'une conversation intime de l'être avec une puissance supérieure, a profondément marqué les aspects les plus secrets de la vie privée aux XIVe et XVe siècles.

Comme dans le cas des images, il ne s'agit pas d'opposer radicalement une prière officielle, liturgique, et une prière personnelle, intime : à côté des grands textes du psautier, des célèbres prières attribuées à des Pères de l'Église et à des mystiques, diffusées par d'innombrables copies et par l'impression, on doit cependant constater l'extrême diversité des prières rédigées, recueillies, proférées dans toutes les occasions de la vie quotidienne. On note évidemment l'inflation des prières mariales, les phénomènes de mode, qui substituent, d'une génération à l'autre ou d'une région à l'autre, invocations et intercesseurs, sans modifier le texte. Mais écrites pour des fêtes, pour les jours de la semaine, pour accompagner les décisions, pour des actions de grâces après l'épreuve, les prières conservées ont souvent laissé libre cours à l'expression d'un jaillissement personnel. À côté des livres d'heures quotidiennement feuilletés, des recueils de copies manuscrites où les prières voisinent avec des recettes et des formules, on a conservé des prières écrites sur des parchemins roulés, cousus dans des vêtements, enfermés dans de petites boîtes, et qui témoignent du rôle prophylactique que pouvaient jouer ces témoignages matériels d'un lien entre l'homme et l'invisible.

L'extase. De la méditation à la prière, les distances ne sont pas clairement marquées ; l'une et l'autre sont des moyens d'accès à une réalité plus vaste, plus haute, plus éclairante : le monde de l'esprit s'entrouvre sur le monde des esprits par la vision. Même s'il ne s'agit que d'une manifestation extrême de la vie spirituelle, le mysticisme de la fin du Moyen Âge a connu, à travers toute l'Europe, un retentissement qui dépasse les limites de la marginalité. Si l'on définit le mysticisme comme l'anéantissement de soi-même laissant à Dieu la place (le ciel sur la terre), des récits autobiographiques ou « révélations » témoignent, à travers des expériences assumées et décrites jusqu'à l'indicible, des rencontres intimes vécues par des hommes et surtout des femmes avec l'au-delà. De ses dialogues avec le Christ, la nonne Margaretha Ebner déclare avoir reçu bien des réponses, « impossibles à transcrire selon la vérité de ce monde : car plus la grâce abonde, moins il est possible de l'exprimer par des pensées ». Ces manifestations extatiques, désignées dès le XIIIe siècle dans le monde germanique par le terme de *kunst*, c'est-à-dire par un savoir-faire – technique et disponibilité – plus que par un état, ont été l'objet d'analyses psychologiques, psychanalytiques et cliniques qui insistent à juste titre sur les aspects corporels des expériences vécues ; mais aucune interprétation réductrice des bouleversements intimes décrits par les mystiques ne peut entamer la pure et douloureuse vérité de l'amour décrit comme un amour divin.

Les visions de Margaretha Ebner, nonne à Medingen, morte après de longues années de souffrances, en 1351, s'accompagnaient d'une excitation ou d'une paralysie sensible et motrice. L'excitation se traduisait par un transport musical et lumineux et une sorte d'allégresse du corps se manifestant par un balbutiement automatique et une langue de nulle part : « Quand je commençais mon *Pater*, mon cœur était saisi par la grâce et je ne savais où elle m'entraînait ; parfois incapable de prier, je demeurais dans une joie divine de matines à prime ; parfois le chemin m'était ouvert par où venait la parole *(Rede)* ; parfois j'étais soulevée au point de ne plus toucher terre [...]. »

La paralysie provoquée par l'évocation des douleurs de la Passion, puis par le seul énoncé du nom de Jésus, se traduisait, à intervalles de plus en plus rapprochés, par une perte de l'usage des membres et de la parole : catalepsie, que Margaretha Ebner appelle *swige*, c'est-à-dire le silence. Nous sommes là sur les confins extrêmes de la vie dévote, avec l'admirable constance du sujet à noter les étapes d'un feu dévorant. L'acharnement à témoigner d'une aventure qui embrase leur vie nous vaut les pages les plus libres et les plus surprenantes de la littérature affective ou amoureuse écrite par des femmes au Moyen Âge.

Le Christ est ce divin enfant qui se promène à la fin du XIVe siècle dans les cloîtres des monastères féminins. « Qui est ton père ? – *Pater Noster !* » répond l'enfant, qui disparaît. Une nonne d'Adelshausen n'a cessé pendant des années de gémir jour et nuit, inconsolable de ne plus voir le petit enfant qu'elle avait une fois rencontré. Plus heureuse, Umiliana dei Cerchi garde longuement le souvenir ébloui de la visite du *bambino*. Violente, Agnès de Montepulciano refuse de rendre à la Vierge le bébé qui lui a été confié pour une heure ; elle garde de l'aventure une petite croix, que l'enfant portait à son cou. L'identification à la Vierge, par les soins attentifs portés à des simulacres réels, poupées de bois ou de stuc, ou à des enfants de rêve, trouve sa source dans un enseignement dévotionnel fondé sur la participation à l'histoire biblique. Le contact visuel avec les images sacrées transmue, par une manipulation imaginaire, les frustrations de jeunes nonnes. Margaretha Ebner avait dans sa chambre un berceau, suscitant un Enfant Jésus qui refusait de dormir pour qu'elle le prenne dans ses bras.

Le Christ est aussi, et plus fréquemment, le fiancé divin. Adèle de Brisach parle d'une « union avec Dieu qui en vient au baiser » ; Christina Ebner se serre contre le Christ « comme la cire où le sceau s'imprime » ; Adèle Langmann voit le Christ entrer dans sa cellule et lui donner un morceau de chair à manger (« Ceci est mon corps... ») ; Margaretha Ebner voit le Crucifié se pencher vers elle, les bras prêts à l'étreindre ; elle repose sur son sein comme l'apôtre Jean et se nourrit de lui. Ces scènes brûlantes sont bien éloignées des élégantes et chastes peintures du mariage mystique de sainte Catherine exécutées par Raphaël ou le Pérugin pour un public qui n'aurait pas admis d'aussi troublantes représentations.

Les élans, les visions des mystiques n'étaient pas sans poser la question de leur origine. Margaretha Ebner sait parfaitement que le diable a coutume d'apparaître en ange de lumière : « Soudain, écrit-elle, tout devint sombre en moi, au point que j'en vins à douter, et contre ma volonté de croire. » Seul le redoublement de ses douleurs physiques lui rendit l'assurance du salut. Pour Robert d'Uzès, le doute n'est pas possible ; il a réellement subi, à la tombée du jour, l'assaut de la mélancolie : « Satan voulut m'abuser, écrit-il, m'apparaissant sous la forme de Notre-Seigneur Jésus-Christ. »

L'air raréfié où se meuvent les mystiques donne forme à la présence réelle du divin et leur permet de déceler à des signes intimes la véracité de leurs visions.

Voir l'invisible

Grands ou anonymes, d'autres individus ont transmis par des impressions ou des récits leur aptitude à voir par moments l'invisible sous toutes ses formes : sombres ou lumineuses visions du rêve, cauchemars, rencontres énigmatiques, brèves relations avec des fantômes et des morts, qui prolongent la réalité ou la dédoublent.

Vision et angoisse. Certaines de ces visions s'inscrivent dans la tradition antique des songes prophétiques, et leur caractère littéraire et politique leur ôte la valeur d'un témoignage sur l'intime ; cependant, leur forme est riche de renseignements sur les images mentales et les représentations que l'on se faisait communément des esprits. Pour le futur empereur Charles IV, réveillé en pleine nuit dans sa tente près de Parme par un ange de Dieu, l'identité de l'envoyé, qu'il appelle « seigneur » (*Herr*), ne fait aucun doute, non plus que le survol de vastes paysages, suspendu par les cheveux, ou l'épuisement physique au réveil, après avoir parcouru dans les airs de si grandes distances.

Le comte de Zimmern est, d'après la chronique familiale, le témoin et l'acteur d'une scène fantastique qui relève du pieux légendaire. Perdu en pleine forêt, il voit se dresser devant lui une figure humaine silencieuse, chargée de lui faire une révélation. « Comme il parlait de Dieu, le comte accepta de chevaucher derrière lui. » La vision d'un château enchanté, dont les habitants miment en silence un interminable festin, est un morceau de bravoure de la littérature d'enchantement, jusqu'à la disparition du paysage et de la figure initiatique, dans une odeur de soufre et des cris, qui fait soudain surgir l'enfer. Le comte de Zimmern, épouvanté d'avoir assisté au châtiment éternel infligé à son oncle défunt, décide aussitôt de fonder une chapelle expiatoire, mais ses amis le reconnaissent à peine, « tant ses cheveux et sa barbe ont blanchi ». Littérature ? Voire. La frayeur du comte est peut-être, avec les bâtiments subsistants, le point de départ du récit.

Un autre récit, extrait de l'autobiographie de Burkard Zink, bourgeois d'Augsbourg, enregistre une angoisse comparable, mais plus insolite encore, car sans fonction morale et sans but littéraire. Ayant suivi à travers une forêt de Hongrie qu'il ne connaissait pas deux cavaliers qui le précédaient sur le chemin, l'auteur voit ces derniers disparaître et se trouve soudain, à la tombée du jour, arrêté par des sangliers menaçants devant un château lugubre. À peine a-t-il appelé Dieu à l'aide que le château s'évanouit et qu'un chemin se dessine, qui lui permet de sortir du mauvais pas : « Je vis alors que j'avais été trompé et que j'avais suivi des fantômes en chevauchant derrière les deux personnages dans la forêt [...]. Quand j'ai imploré Dieu et me suis signé, tout ce qui était simulacre a disparu de devant mes yeux. »

La présence de l'Ennemi se manifeste même en un lieu clos et gardé. En témoigne l'anecdote insolite, que Charles IV a tenu à insérer dans le récit politique et militaire de ses années de jeunesse, où l'esprit malin se fait connaître par le jet d'un gobelet de vin sur le plancher et un bruit de pas. Avec la pièce à conviction retrouvée sur le sol au petit jour, le récit entre dans la catégorie des terreurs inexpliquées. Le diable, jamais nommé, est cette bouffée de sang au visage, ce battement de cœur de la panique qui, dans la solitude et les lieux hostiles, ou dans les lieux fermés brusquement envahis, fait surgir l'illusion et l'incompréhensible.

Cette inquiétude diffuse, qui tourne parfois à l'épouvante, aide à comprendre la double figure du diable médiéval : la précision irréaliste de son apparence pour ceux qui ne l'ont pas rencontré, et l'oppressante imprécision de sa présence réelle pour ceux qu'il assiège. À cerner de près les textes qui décrivent son intervention dans la vie quotidienne des hommes et des femmes à la fin du Moyen Âge, on constate que le démon emprunte, chaque fois qu'il est reconnu

– c'est-à-dire quand il a disparu –, l'apparence la plus commune ; et que les altérations physiques (vieillissement prématuré, léthargie, manifestations hystériques) que provoque sa présence sont réelles. Il existe, à n'en pas douter, une expérience subjective de la présence du mal, mais, comme on a pu l'écrire, les démons les plus effrayants sont les démons intérieurs.

Le réel et le vrai. Entourés par les puissances d'en haut et les puissances d'en bas, qui, avec la permission divine, leur apparaissent parfois et les abusent, sollicités jusqu'à leur dernier souffle de prendre parti entre le bien et le mal dont les cohortes serrées occupent la chambre des mourants, les hommes et les femmes ont, à la fin du Moyen Âge, les yeux ouverts sur l'invisible.

Clercs et ignorants, que tout sépare sauf l'angoisse, nobles et manants, que la mort ricanante étreint avec la même vigueur, traversent ensemble un monde encore plein et bruissant, où les frontières sont indécises pour les meilleures lunettes entre ce qui est réel et ce qui est vrai.

Armande Rives, de Montaillou, était persuadée, pour les avoir souvent rencontrées, que les « âmes ont une chair, des os et tous les membres ». Quelques générations plus tard, le chevalier Georges le Hongrois demande à l'ange qui lui fait visiter le purgatoire si les saints, qu'il voit, ont des corps. L'invisible lui-même est enraciné dans le corporel, la communauté des morts et des esprits prolongeant sa vie terrestre en frôlant parfois les vivants. Tous les élus seront un jour rassemblés dans l'immobilité glorieuse de la maison du Père : *domus* spirituelle du paradis, où se projettent les structures d'une société humaine hiérarchisée.

Mais des temps nouveaux se préparent, depuis le XIVe siècle, avec l'affirmation de soi d'individus soucieux de perpétuer leur image et leur mémoire en ce bas monde. Un grand mouvement issu des sociétés urbaines d'Occident a fait reculer sans trêve les limites du monde connu et les piliers du Ciel, créant autour de la figure humaine un espace géométrique et insensible, abandonnant aux humbles la valeur des larmes, de la crédulité et de l'émerveillement.

Jetons un dernier regard sur ces objets bien matériels, documents et représentations, lettres et chroniques, images humbles ou sublimes, livres d'heures feuilletés, registres notariés interrompus par la mort, restes de vêtements, traces fragiles et incertaines laissées sans commentaires. Aucune lecture, aucune conclusion n'en sort irréfragable et définitive, parce que la quête est loin d'être finie des vestiges de l'intime.

Ph. B.

Bibliographie

1. XIe-XIIIe SIÈCLE

Sources accessibles

La Chanson de Roland, éd. et trad. P. Jonin, Paris, Gallimard, coll. « Folio », 1979.

Chrétien de Troyes, *Perceval ou le Roman du Graal*, Paris, Gallimard, coll. « Folio », 1974.

Galbert de Bruges, *Le Meurtre de Charles le Bon*, trad. J. Gengoux, Anvers, Fonds Mercator, 1978.

Guibert de Nogent, *Autobiographie*, éd. et trad. E.-R. Labande, Paris, Les Belles Lettres, coll. « Les Classiques de l'histoire de France », 1981.

Joinville, *Histoire de Saint Louis*, éd. N. de Wailly, Paris, Firmin Didot, 1874.

La Mort du roi Arthur, trad. G. Jeanneau, Paris, coll. « 10/18 », 1983.

Le Roman de Renart, Paris, Garnier-Flammarion, 1985, 2 vol.

Romans de la Table ronde, Paris, Gallimard, coll. « Folio », 1975.

Suger, *Vie de Louis VI le Gros*, éd. et trad. H. Waquet, Paris, Les Belles Lettres, coll. « Les Classiques de l'histoire de France », 1964.

Histoire, droit et anthropologie (cf. Partie 2)

Barthélemy D., *Les Deux Ages de la seigneurie banale. Coucy (milieu XIe-milieu XIIIe siècle)*, Paris, Publications de la Sorbonne, 1984.

Bloch M., *La Société féodale*, Paris, Albin Michel, 1968, 2e éd.

Bonassie P., *La Catalogne du milieu du Xe à la fin du XIe siècle. Croissance et mutation d'une société*, Toulouse, université de Toulouse-Le Mirail, 1975, 2 vol.

Bouchard C. B., « Consanguinity and noble marriages in the tenth and eleventh centuries », *Speculum*, 56-2, 1981, p. 268-287.
Dauvillier F., *Le Mariage dans le droit classique de l'Église, depuis le décret de Gratien (1140) jusqu'à la mort de Clément V (1314)*, Paris, 1933.
Duby G., *Le Chevalier, la Femme et le Prêtre*, Paris, Hachette, 1981.
– *Guillaume le Maréchal ou le Meilleur Chevalier du monde*, Paris, Fayard, 1984.
– *Hommes et Structures du Moyen Âge*, Paris, Mouton-De Gruyter, 1973 (recueil d'articles, dont plusieurs sont consacrés aux structures de parenté aristocratiques et à la littérature généalogique).
– *Saint Bernard. L'art cistercien*, Paris, AMG, 1976, et Flammarion, coll. « Champs 77 », 1979.
– *La Société aux* XI*e et* XII*e siècles dans la région mâconnaise*, Paris, Mouton, 1971, 2e éd.
Famille et Parenté dans l'Occident médiéval, dir. G. Duby et J. Le Goff, Paris-Rome, EFR, 1978.
Fossier R., *Enfance de l'Europe*, Paris, PUF, 1982, 2 vol.
– *La Terre et les Hommes en Picardie jusqu'à la fin du* XIII*e siècle*, Paris-Louvain, Nauwelaerts, 1968, 2 vol.
Gaudemet J., *Église et Société en Occident au Moyen Âge*, Londres, Variorum reprints, 1984 (recueils d'articles, dont un est consacré à la définition romano-canonique du mariage, un autre au célibat ecclésiastique).
Génicot L., *Les Généalogies (Typologie des sources du Moyen Âge occidental* 15), Turnhout, Brepols, 1975.
– *La Noblesse dans l'Occident médiéval*, Londres, Variorum reprints, 1982 (recueil d'articles dont plusieurs sont consacrés aux structures de parenté aristocratiques).
Goody J., *L'Évolution de la famille et du mariage en Europe*, trad. fr., Paris, Armand Colin, 1985.
Grisward J. H., *Archéologie de l'épopée médiévale*, Paris, Payot, 1981.
Guerreau-Jalabert A., « Sur les structures de parenté dans l'Europe médiévale », *Annales ESC*, 36, 1981, p. 1028-1049.
Héritier F., *L'Exercice de la parenté*, Paris, Éd. du Seuil, 1981.
« La Femme dans les civilisations des Xe-XIIIe siècles (Actes du colloque de Poitiers, 23-25 septembre 1976) », *Cahiers de civilisation médiévale*, XX, 1977, p. 93-263.
Le Goff J., *La Civilisation de l'Occident médiéval*, Paris, Arthaud, 1972, 2e éd.
Les Domaines de la parenté, dir. M. Augé, Paris, Maspéro, 1975.
Lévi-Strauss C., *Les Structures élémentaires de la parenté*, Paris, Mouton-De Gruyter, 1967, 2e éd.

Molin J.-B. et Mutembé P., *Le Rituel du mariage en France du XIIe au XVIe siècle*, Paris, Beauchesne, 1974.
Musset L., « L'aristocratie normande au XIe siècle », *La Noblesse au Moyen Âge*, dir. Ph. Contamine, Paris, PUF, 1976, p. 71-86.
Poly J.-P. et Bournazel E., *La Mutation féodale*, Paris, PUF, 1980.
Toubert P., *Les Structures du Latium médiéval*, Paris-Rome, EFR, 1974, 2 vol.
– « La théorie du mariage chez les moralistes carolingiens », *Settimane di studio del Centro italiano di studi sull'alto medioevo, XXIV, 1976 : il matrimonio nella società altomedievale*, Spolète, 1977, p. 233-285.
Valous G. de, *Le Monachisme clunisien des origines au XVe siècle*, Paris, Picard, 1935, 2 vol.
Vauchez A., *La Spiritualité du Moyen Âge occidental*, Paris, PUF, 1975.
Vercauteren F., « Une parentèle dans la France du Nord aux XIe et XIIe siècle », *Le Moyen Âge*, 4e s., XIX, 1963, p. 223-245 (celle de Lambert de Wattreloos).
Warlop E., *The Flemish Nobility before 1300*, trad. angl., Courtrai, 1975.

Archéologie (cf. Partie 4)

Boüard M. de, *Manuel d'archéologie médiévale*, Paris, SEDES, 1976.
– « De l'*aula* au donjon. Les fouilles de la motte de la Chapelle à Doué-la-Fontaine (Xe-XIe) », *Archéologie médiévale*, III, Caen, 1973, p. 5-110.
– « La salle dite de l'Échiquier, au château de Caen », *Medieval Archeology*, IX, Londres, 1965, p. 64-81.
Callebaut D., « Le château des comtes à Gand », *Château-Gaillard*, XI, Caen, 1983, p. 45-54.
Colardelle M., « L'habitat médiéval immergé de Colletière à Charavines. Premier bilan des fouilles », *Archéologie médiévale*, X, 1980, p. 167-203.
Debord A., « Fouille du *castrum* d'Andone à Ville-Joubert (Charente) », *Château-Gaillard*, VII, Caen, 1975, p. 35-48.
– « Motte castrale et habitat chevaleresque », *Mélanges d'archéologie et d'histoire médiévales en l'honneur du doyen M. de Boüard (Mémoires et documents publiés par la Société de l'École des chartes*, XXVII), Genève-Paris, 1982, p. 83-90.
Decaëns J., « La motte d'Olivet à Grimbosq (Calvados), résidence seigneuriale du XIe siècle », *Archéologie médiévale*, IX, p. 167 *sq.*

Fournier G., *Le Château dans la France médiévale*, Paris, Aubier Montaigne, 1978.

Héliot P., « Sur les résidences princières bâties en France du Xe au XIIe siècle », *Le Moyen Âge*, 4e s., X, 1955, p. 27-61, 291 *sq*.

– « Les origines du donjon résidentiel et les donjons-palais romans de France et d'Angleterre », *Cahiers de civilisation médiévale*, XVII, Poitiers, 1974, p. 217-234.

– « Nouvelles remarques sur les palais épiscopaux et princiers de l'époque romane en France », *Francia, IV*, 1976, p. 139 *sq*.

« Les Fortifications de terre en Europe occidentale du Xe au XIIe siècle (colloque de Caon, 2-5 octobre 1980) » *Archéologie médiévale*, XI, 1981, p. 5-123.

Lorren C., « La demeure seigneuriale de Rubercy (milieu XIIe-début XIIIe) », *Château-Gaillard*, VIII, Caen, 1977, p. 185-192.

Mortet V., *Recueil de textes relatifs à l'histoire de l'architecture et à la condition des architectes en France au Moyen Âge (Collection de textes pour servir à l'étude et à l'enseignement de l'histoire)*, Paris, Picard, 1911.

Pesez J.-M. et Piponnier F., « Les maisons fortes bourguignonnes », *Château-Gaillard*, V, Caen, 1972, p. 143-164.

Van de Walle A., « Le château des comtes de Flandre à Gand : quelques problèmes archéologiques », *Château-Gaillard*, I, Caen, 1962, p. 163-169.

2. Témoignages de la littérature

Sources

Les textes évoqués dans la partie « Fictions » sont nombreux : pour l'essentiel ont été explorés les romans de *Tristan et Iseut*, ceux de Chrétien de Troyes *(Cligès, Érec et Énide, Le Chevalier à la charrette, Le Chevalier au lion)*, les *Lais* de Marie de France des récits arthuriens en prose comme *La Quête du Saint-Graal* et *La Mort le roi Artu, Le Roman de la Rose, Flamenca*, des fabliaux, enfin des chansons de toile. D'autres textes, moins connus peut-être, se sont révélés des sources particulièrement généreuses : ainsi des romans comme *Guillaume de Dole, L'Escoufle, La Manekine*, mais également des nouvelles comme *La Châtelaine de Vergi, La Fille du comte de Pontieu*, le *Lai du blanc chevalier, Le Dit du prunier*. Des textes normatifs, par exemple *Le Chastoiement des dames* de Robert de Blois et le *Livre pour l'enseignement de ses filles* du Chevalier de La Tour Landry, sont venus s'ajouter aux *Quinze Joyes de mariage* et aux *Évangiles des quenouilles*.

Pour toute précision concernant les textes cités, cf. Robert Bossuat, *Manuel bibliographique de la littérature française du Moyen Âge* (œuvres répertoriées jusqu'en 1960), Librairie d'Argences, ou encore le *Dictionnaire des Lettres françaises. Le Moyen Âge*, édition entièrement revue et mise à jour sous la direction de Geneviève Hasenohr et Michel Zink, Paris, Fayard, 1992.

Ouvrages et articles

Baumgartner E., *L'Arbre et le Pain, essai sur la Queste del Saint Graal*, Paris, Sedes, 1981.

Bezzola R., « Les neveux », *Mélanges Frappier*, Genève, Droz, 1970.

Bohler D., « L'honneur des femmes et le regard public : l'accusé et son juge. Une étude de cas : *Le Livre du Chevalier de La Tour Landry*, 1371 », *Das Oeffentliche und Private in der Vormoderne*, éd. Gert Melville et Peter von Moos, Cologne Weimar Vienne, 1998, p. 41 à 433.

– « Le Moi et le temps chez les femmes mystiques du Moyen Âge », *Colloque d'Orléans Le temps, sa mesure et sa perception au Moyen Âge*, 1991, Caen, Paradigme, 1992, p. 215 à 228.

– « Le savoir des mères, le secret des sœurs et le devenir des héros », *Arthurian Literature and Gender*, dir. Fr. Wolfzettel, Amsterdam Rodopi, 1995, p. 4 à 25.

Cerquiglini-Toulet J., *La Couleur de la mélancolie. La Fréquentation des livres au XIVe siècle 1300-1415*, Paris, Hatier, 1993.

Dragonetti R., « Pygmalion ou les pièges de la fiction dans le Roman de la Rose », *Mélanges Bezzola*, Berne, Francke, 1978.

Hasenohr G., « La vie quotidienne de la femme vue par l'Église : l'enseignement des "journées chrétiennes" de la fin du Moyen Âge », Colloque international Krems 1984 *Frau und spätmittelalterlicher Alltag*, Vienne, 1986, p. 19 à 101.

James-Raoul D., *La Parole empêchée dans la littérature arthurienne*, Paris, Champion, 1997.

Laurioux B., « De l'usage des épices dans l'alimentation médiévale », *Médiévales*, 5, novembre 1983.

Lorcin M.-Th., « Le corps a ses raisons dans les fabliaux : corps féminin, corps masculin, corps de vilain », *Le Moyen Âge*, 3-4, 1984.

Marchello-Nizia Ch., « L'historien et son prologue : forme littéraire et stratégies discursives », *La Chronique et l'Histoire au Moyen Âge*, textes réunis par D. Poirion, Presses universitaires de Paris-Sorbonne, 1984.

– « Le roman du Châtelain de Coucy et de la Dame de Fayel », *Perspectives médiévales*, 3, 1977.
– « La rhétorique des songes et le songe comme rhétorique dans la littérature française médiévale », Actes du colloque *Les songes au Moyen Âge*, Rome, octobre 1983.
– « Entre l'histoire et la poétique, le "songe politique" », *Revue des sciences humaines, Moyen Âge flamboyant*, 1981-3.
– « Amour courtois, société masculine et figures du pouvoir », *Annales ESC*, 36, 1981, p. 969 à 982.
– « Codes vestimentaires et langage amoureux au XVe siècle », *Europe « Le Moyen Âge maintenant »*, 1983, p. 36 à 42.
Ménard Ph., *Les Fabliaux. Contes à rire du Moyen Âge*, Paris, PUF, 1983.
Monfrin J., « Joinville et la prise de Damiette », *Académie des inscriptions et belles-lettres, compte rendu des séances de l'année 1976*, Paris, Klincksieck, 1976.
Pastoureau M., « Et puis vint le bleu... », *Europe, Le Moyen Âge maintenant*, octobre 1983.
Perret M., « ... À la fin de sa vie ne fuz-je mie » (Joinville) dans *Revue des sciences humaines, Moyen Âge flamboyant*, 1981-3.
Poirion D., *Le Poète et le Prince. L'Évolution du lyrisme courtois de Guillaume de Machaut à Charles d'Orléans*, Paris, PUF, 1965.
– « Le temps perdu et retrouvé... au XVe siècle », *Revue des sciences humaines, Moyen Âge flamboyant*, 1981-3.
Pouchelle M.-Ch., *Corps et Chirurgie à l'apogée du Moyen Âge*, Paris, Flammarion, 1983.
Zink M., « Musique et subjectivité. Le passage de la chanson d'amour à la poésie personnelle au XIIIe siècle », *Cahiers de civilisation médiévale*, juillet-décembre 1982.
– *La Subjectivité littéraire autour du siècle de Saint Louis*, Paris, PUF, 1985.

3. XIVe-XVe SIÈCLE

A. La Toscane

Outre les documents inédits conservés dans les archives de Florence, ont été utilisées les sources imprimées suivantes :

Acta Sanctorum, février III, p. 298-357 (Marguerite de Cortone); avril II, p. 792-812 (Agnès de Montepulciano); avril III, p. 851 *sq.* (Catherine de Sienne).

Alberti L. B., *I Libri della famiglia*, Ruggero Romano et Alberto Tenenti ed., Turin, 1969.
– *De re aedificatoria*, trad. it. Cosimo Bartoli, Florence, 1550.
Antonin de Florence (saint), *Opera a ben vivere*, « Biblioteca dei santi », Milan, 1926, t. XI.
Barbaro F., *De re uxoria*, in *Prosatori latini del Quattrocento, La Letteratura italiana, storia et testi*, E. Garin ed., Milan-Naples, 1952, t. XIII, p. 101-137.
Bernardin de Sienne (saint), *Le Prediche volgari*, Piero Bargellini ed., Milan-Rome, 1936.
Boccace, *Decameron*, in *La Letteratura italiana (...), op. cit.*, t. VIII, p. 3-764.
– *L'Elegia di madonna Fiammetta*, *ibid.*, p. 1060-1217.
Brucker G., *Firenze nel Rinascimento*, Florence, « Documenti », 1980, p. 233-399.
Dallari U., « Lo statuto suntuario bolognese del 1401 e il registro delle vesti bollate », *Atti e Memorie della R deputazione di storia patria per le provincie di Romagna*, série III, t. IV (1889), p. 1-44.
Dominici G., *Regola del governo di cura familiare*, D. Salvi ed., Florence, 1860.
Francesco da Barberino, *Reggimento e Costumi di donna*, édition critique, G. E. Sansone ed., Turin, 1957.
Giordano da Pisa, *Prediche del beato fra G. da Rivalto dell' ordine de' predicatori, recitate in Firenze dal MCCCII al MCCCVI*, D. Moreni ed., Florence, 1831, 2 vol.
Giovanni (ser), *Il Pecorone*, « Classici italiani minori », Ravenne, 1974.
Lenzi M. L., *Donne e Madonne, l'educazione femminile nel primo Rinascimento italiano*, Turin, 1982.
Le Lettere di Margherita Datini a Francesco di Marco (1384-1410), Valeria Rosati ed., Prato, 1977.
Masuccio Salernitano, *Il Novellino*, Alfredo Mauro ed., Bari, 1940.
Mazzei L., *Lettere di un notaro a un mercante del secolo XIV, con altre lettere e documenti*, Cesare Guasti ed., Florence, 1880, 2 vol.
Morelli G. di P., *Ricordi*, Vittorio Branca ed., Florence, 1956.
Motti e Facezie del Piovano Arlotto, Gianfranco Folena ed., Milan-Naples, 1953.
Palmieri M., *Della vita civile*, « Scrittori politici italiani », 14, Bologne, 1944.
Paolino Minorita (fra), *Del reggimento della casa (...)*, Pérouse, 1860.
Paolo da Certaldo, *Libro di buoni costumi*, Alfredo Schiaffini ed., Florence, 1945.

Paradiso degli Alberti, ritrovi e ragionamenti del 1389, romanzo di Giovanni da Prato, A. Wesselofsky ed., Bologne, 1867.

Perosa A., *Giovanni Rucellai e il suo zibaldone*, I : *Il Zibaldone quaresimale*, Londres, The Warburg Institute, 1960.

Platina B., *L'Ottimo Cittadino*, F. Battaglia ed., Bologne 1940.

Sacchetti F., *Il Trecentonovelle*, V. Pernicone ed., Florence, 1946.

Sercambi G., *Novelle*, « Scrittori d'Italia » (250-251), Giovanni Sinicropi ed., Bari, 1972.

Statuta communis Parmae, ab anno 1266 ad annum circiter 1304, Parme, 1867.

Statuti della Repubblica fiorentina, R. Caggese ed., Florence, 1910-1921, 2 vol. : *Capitano del popolo, 1322-1325 ; Podestà, 1325.*

Strozzi A. Macinghi, in *Lettere di una gentildonna fiorentina del secolo XV ai figliuoli esuli*, Cesare Guasti ed., Florence, 1877.

Verde A., *Lo Studio fiorentino (1473-1503), ricerche e documenti*, III, 2, *Studenti « fanciulli a scuola », 1480*, Pistoia, 1977 ; p. 659 *sq.*, *Michael ser Ugolini Vieri* ; p. 759 *sq* , *Orsinus Johannis Lanfredini.*

Zoli A., *Statuto del secolo XIII del comune di Ravenna*, Ravenne 1904.

Ouvrages

Archeologia medievale, VII (1980), « Per una storia delle dimore rurale ». Actes du colloque de Cuneo, 8-9 décembre 1979.

Belgrano L. T., *Vita privata dei Genovesi*, Gênes, 1875 (réimpr. Rome, 1970).

Bellomo M., *Profili della famiglia italiana nell'età dei comuni*, Catane, 1975, 2e éd.

Cherubini G., *Signori, Contadini, Borghesi, Ricerche sulla società italiana del Basso Medioevo*, Florence, 1974.

- « I libri di Ricordanze come fonte storica », *Civiltà comunale libro, scrittura, documento*, Genova, 1989, p. 567-591.

Ciappelli G., *Una famiglia e le sue ricordanze : I Castellani di Firenze nel Tre-Quattrocento*, Istituto nazionale di studi sul Rinascimento, Firenze, 1995.

Cognasso F., *L'Italia nel Rinascimento, Società e Costume*, V, 1, *Vita privata* Turin, UTET, 1965.

Davidsohn R., *Storia di Firenze*, trad. it., Florence, 1956-1968, 8 vol.

Delort R., *Le Moyen Âge Histoire illustrée de la vie quotidienne*, Paris, Éd. du Seuil., 1983.

Frati L., *La Vita privata di Bologna*, Bologne, 1900.

Goldthwaite R., « The Florentine Palace as Domestic Architecture », *The American Historical Review*, *77* (1972), p. 977-1012.
Heers J., *Le Clan familial au Moyen Âge*, Paris, PUF, 1974.
– *Esclaves et Domestiques au Moyen Âge dans le monde méditerranéen*, Paris, Fayard, 1981.
Herlihy D. et Klapisch-Zuber C., *Les Toscans et leurs familles Une étude sur le « catasto » florentin de 1427*, Paris, Fondation nationale des Sciences politiques, 1978.
Kent F. W., *Household and Lineage in Renaissance Florence, the Family Life of the Capponi, Ginori and Rucellai*, Princeton, 1978.
Klapisch-Zuber Ch., *La Maison et le nom, Statégies et rituels dans l'Italie de la Renaissance* (recueil d'articles), Bibliothèque de l'École des Hautes Études en Sciences Sociales, Paris, 1990.
La Roncière Ch. M. de, « Une patricienne florentine entre vie privée et vie publique, Alessandra Macinghi, veuve Strozzi, face à l'exil de ses fils », *Das Offentliche und Private in der Vormoderne*, hgb von G. Melville und P. Von Moos, Böhlau Verlag, Köln, Weimar, Wien, 1998, p. 671-686.
Marriage in Italy, 1300-1650, ed. by T. Dean and K. J. P. Lowe, 1998, 304 p.
Mazzi M. S. et Raveggi S., *Gli Uomini e le Cose nelle campagne fiorentine del Quattrocento*, Florence, 1983.
Molho A., *Marriage Alliance in Late Medieval Florence*, Harvard University Press, Cambridge (Mass.) and London (Eng.), 1994.
Molmenti P., *La Storia di Venezia nalla vita privata*, I : *La Grandezza*, Bergame, 1905.
Rosenthal E., « The Position of Women in Renaissance Florence : neither Autonomy nor Subjection », *Florence and Italy Renaissance Studies in Honor of Nicolai Rubinstein*, P. Denley and C. Elam ed., London, 1988, p. 369-381.
Schiaparelli A., *La Casa fiorentina e i suoi arredi nei secoli XIV e XV*, Florence, Sansoni, 1908.
Strocchia S., « La Famiglia patrizia fiorentina nel secolo XV : la problematica della donna », *Palazzo Strozzi. Metà Millenio*, 1489-1989, Roma, Istituto dell'Enciclopedia italiana, 1991, p. 126-137.
Tamassia N., *La Famiglia italiana nei secoli Decimoquinto e Decimosesto*, Milan-Palerme-Naples, 1910 (réimpr. Rome, 1971).
Zdekauer L., *La Vita privata dei Senesi nel Dugento*, Sienne, 1896.

B. L'espace privé

Bardet J.-P., Channu P., Désert G., Gouhier P., Neveux H., *Le Bâtiment Enquête d'histoire économique* XIVe-XIXe *siècle, I, Maisons rurales et urbaines dans la France traditionnelle*, Paris-La Haye, Mouton, 1971.

Article Bauernhaus dans le *Lexikon des Mittelalters*, I, Munich, 1980.

Bouärd M. de, *op. cit.*

Chapelot J. et Fossier R., *Le Village et la Maison au Moyen Âge*, Paris, Hachette, coll. « Bibliothèque d'archéologie », 1979.

Chevalier B., *Les Bonnes Villes de France du* XIVe *au* XVIe *siècle*, Paris, Aubier-Montaigne, 1982.

Contamine Ph., *La Vie quotidienne pendant la guerre de Cent Ans, France et Angleterre,* XIVe *siècle*, Paris, Hachette, coll. « Vies quotidiennes », 1978, 2e éd.

Demians d'Archimbaud G., *Les Fouilles de Rougiers (Var)*, Paris, CNRS, 1982.

Eames P., *Furniture in England, France and the Netherlands from the Twelfth to the Fifteenth Century*, Londres, 1977.

Gonon M., *La Vie familiale en Forez au* XIVe *siècle et son vocabulaire d'après les testaments*, Université de Lyon, 1961

Herlihy D. et Klapisch-Zuber C., *op. cit.*

Hervier D. *Une famille parisienne à l'aube de la Renaissance. Pierre le Gendre et son inventaire après décès. Étude historique et méthodologique*, Paris, Champion, 1977.

Leguay J.-P., *La Rue au Moyen Âge*, Rennes, Ouest-France, coll. « De mémoire d'homme », 1984.

Lehoux F., *Le Cadre de vie des médecins parisiens aux* XVIe *et* XVIIe *siècles*, Paris, Picard, 1976.

Le Roy Ladurie E., *Montaillou, village occitan, de 1294 à 1324*, Paris, Gallimard, coll. « Bibliothèque des Histoires » nouvelle éd. 1982.

Collectif, sous la direction de J. Guillaume, *La Maison de ville*, Paris, 1984.

Pesez J.-M., « Une maison villageoise au XIVe siècle : les structures », *Rotterdam Papers*, 2, Rotterdam, 1975, p. 139-150.

Piponnier F., « Une maison villageoise au XIVe siècle : le mobilier », *Rotterdam Papers*, 2, Rotterdam, 1975, p. 151-170.

Quenedey R., *L'Habitation rouennaise Études d'histoire, de géographie et d'archéologie urbaines*, Rouen, 1926.

Roux S., *La Maison dans l'histoire*, Paris, Albin Michel, 1976.

Wood M., *The English Mediaeval House*, Londres, 1965.

C. Émergence de l'individu
(spécialement dans le domaine germanique)

Appuhn H., « Das private Andachtsbild im Mittelalter am Hande der Funde des Klosters Wienhausen », *Leben in der Stadt des Spätmittelalters*, Vienne, 1977, p. 159-169.

Baudrillart H., *Histoire du luxe public et privé de l'Antiquité à nos jours*, Paris, 1880.

Beyer-Fröhlich M., *Die Entwickelung der deutschen Selbstzeugnisse*, Munich, 1930.

Buchner E., *Das deutsche Bildnis der Spätgotik und der frühen Dürerzeit*, Berlin, 1953.

Cohen K. *Metamorphosis of the Death Symbol*, Londres, 1973.

Le Diable au Moyen Âge, série « Sénéfiance », n° 6, CUERMA, Aix-en-Provence, 1979.

Dinfelbacher P., *Vision und Visionsliteratur im Mittelalter*, Stuttgart, 181.

Eisenbart L. C., Kleiderordnungen der deutschen Städte zwischen 1350 und 1700, Göttingen, 1962.

Erickson C., *The Medieval Vision Essays in History and Perception*, Oxford, 1976.

Études sur la sensibilité au Moyen Âge, Actes du 102e Congrès national des sociétés savantes (Limoges, 1977), Paris, 1980.

Faire croire, EFR 51, 1981.

Fink A., *M und K. V Schwarzsche Trachtenbücher*, Berlin, 1963.

Frey D., *Kunstwissenschaftliche Grundfragen*, 1946 (rééd. Darmstadt, 1972).

Gmelin H., « Personendarstellungen bei den florentinischen Geschichtsschreibern der Renaissance », *Beiträge zur Kulturgeschichte des Mittelalters und der Renaissance*, 31, 1927 (rééd. 1973).

Guglielminetti M., *Memoria e Scrittura. L'Autobiografia da Dante a Cellini*, Milan, coll. « Piccola Biblioteca Einaudi », 199, 1977.

Heyne M., *Fünf Bücher deutscher Hausaltertümer, III, Körperpflege und Kleidung*, Leipzig, 1903.

Hinz B., *Das Ehepaarbildnis Seine Geschichte vom 15. bis zum 17 Jahrhundert*, Diss. Münster, 1969.

Imhof A.-E., *Der Mensch und sein Körper von der Antike bis Heute*, Munich, 1983.

Kriegk G.-L., *Deutsches Bürgertum im Mittelalter*, Francfort-sur-le-Main, 1868-1871.

Le Roy Ladurie E., *op. cit.*

Misch G., *Geschichte der Autobiographie*, Francfort-sur-le-Main, 1949-1955.

Murner Th., *Die Badefahrt, mit Erläuterungen über das altdeutsche Badewesen*, E. Mart ed., Strasbourg, 1887.

Payen J.-Ch., *Littérature française, le Moyen Âge*, Paris, Arthaud, 1970, t. I.

Poirion R., *Littérature française, le Moyen Âge*, Paris, Arthaud, 1970, t. II.

Post P., *Die französich-niederländische Männertracht 1350-1475*, Diss. Halle, 1910.

La Prière au Moyen Âge, série « Sénéfiance » n° 10, CUERMA, Aix-en-Provence, 1981.

500 Jahre Rosenkranz : Kunst und Frömmigkeit im Spätmittelalter, Cologne, 1976.

Scheffler W., « Die Porträts der deutschen Kaiser und Könige im späteren Mittelalter (1292-1519) », *Repertorium für Kunstwissenschaft*, 33, 1910.

Schultz A., *Deutsches Leben im 14 und 15. Jahrhundert*, Vienne, 1892.

Suckale R., Arma Christi. « Uberlegungen zur Zeichenhaftigkeit mittelalterlicher Andachtsbilder », *Städelsches Jahrbuch*, 6, 1977, p. 177-200.

Vogt K., *Italienische Berichte aus dem spätmittelalterlichen Deutschland, von Francesco Petrarca zu Andrea de' Franceschi (1333-1492)*, « Kieler Historische Studien », t. XVII, 1973.

Vogt M., « Beiträge zur Geschichte der Visionenliteratur im Mittelalter », *Palaestra*, 146, 1924.

Zoepf L., « Die Mystikerin Margaretha Ebner (1291-1351) », *Beiträge zur Kulturgeschichte des Mittelalters und der Renaissance*, 16, 1914.

Waas A., *Der Mensch im deutschen Mittelater*, Cologne, 1964.

(*N.B* : Abréviation EFR : École française de Rome.)

Index des noms propres

Index thématique

Table

Histoire de la vie privée

Sous la direction de Philippe Ariès et Georges Duby

1. De l'Empire romain à l'an mil
Sous la direction de Paul Veyne.
Avec la collaboration de Peter Brown, Évelyne Patlagean,
Michel Rouche, Yvon Thébert, Paul Veyne.

2. De l'Europe féodale à la Renaissance
Sous la direction de Georges Duby.
Avec la collaboration de Dominique Barthélemy,
Philippe Braunstein, Philippe Contamine,
Charles de La Roncière, Danielle Régnier-Bohler.

3. De la Renaissance aux Lumières
Sous la direction de Philippe Ariès et Roger Chartier.
Avec la collaboration de Philippe Ariès, Maurice Aymard,
Nicole Castan, Yves Castan, Roger Chartier, Alain Collomp,
Daniel Fabre, Arlette Farge, Jean-Louis Flandrin,
Madeleine Foisil, Jacques Gélis, Jean-Marie Goulemot,
François Lebrun, Orest Ranum, Jacques Revel.

4. De la Révolution à la Grande Guerre
Sous la direction de Michelle Perrot.
Avec la collaboration de Alain Corbin,
Roger-Henri Guerrand, Catherine Hall, Lynn Hunt,
Anne Martin-Fugier, Michelle Perrot.

5. De la Première Guerre mondiale à nos jours
Sous la direction de Antoine Prost et Gérard Vincent
Avec la collaboration de Sophie Body-Gendrot, Rémi Leveau,
Kristina Orfali, Antoine Prost, Dominique Schnapper,
Perrine Simon-Nahum, Gérard Vincent.

RÉALISATION : PAO ÉDITIONS DU SEUIL
IMPRESSION : NORMANDIE ROTO IMPRESSION S.A.S. À LONRAI (61250)
DÉPÔT LÉGAL : OCTOBRE 1999. N° 36418-5 (2001962)
IMPRIMÉ EN FRANCE

Collection Points Histoire

DERNIERS TITRES PARUS

H220. Le Haut-Empire romain.
Les provinces de Méditerranée orientale,
d'Auguste aux Sévères, *par Maurice Sartre*
H221. L'Empire romain en mutation, des Sévères à Constantin (192-337), *par Jean-Michel Carrié et Aline Rousselle*
H225. Douze Leçons sur l'histoire, *par Antoine Prost*
H226. Comment on écrit l'histoire, *par Paul Veyne*
H227. Les Crises du catholicisme en France, *par René Rémond*
H228. Les Arméniens, *par Yves Ternon*
H229. Histoire des colonisations, *par Marc Ferro*
H230. Les Catholiques français sous l'Occupation *par Jacques Duquesne*
H231. L'Égypte ancienne, *présentation par Pierre Grandet*
H232. Histoire des Juifs de France, *par Esther Benbassa*
H233. Le Goût de l'archive, *par Arlette Farge*
H234. Économie et Société en Grèce ancienne *par Moses I. Finley*
H235. La France de la monarchie absolue 1610-1675 *par la revue « L'Histoire »*
H236. Ravensbrück, *par Germaine Tillion*
H237. La Fin des démocraties populaires, *par François Fejtö et Ewa Kulesza-Mietkowski*
H238. Les Juifs pendant l'Occupation, *par André Kaspi*
H239. La France à l'heure allemande (1940-1944) *par Philippe Burrin*
H240. La Société industrielle en France (1814-1914) *par Jean-Pierre Daviet*
H241. La France industrielle, *par la revue « L'Histoire »*
H242. Éducation, Société et Politiques.
Une histoire de l'enseignement en France de 1945 à nos jours
par Antoine Prost

H243. Art et Société au Moyen Âge, *par Georges Duby*
H244. L'Expédition d'Égypte 1798-1801, *par Henry Laurens*
H245. L'Affaire Dreyfus, *Collectif Histoire*
H246. La Société allemande sous le IIIe Reich, *par Pierre Ayçoberry*
H247. La Ville en France au Moyen Âge
par André Chédeville, Jacques Le Goff et Jacques Rossiaud
H248. Histoire de l'industrie en France
du XVIe siècle à nos jours, *par Denis Woronoff*
H249. La Ville des Temps modernes
sous la direction d'Emmanuel Le Roy Ladurie
H250. Contre-Révolution, Révolution et Nation
par Jean-Clément Martin
H251. Israël. De Moïse aux accords d'Oslo
par la revue « L'Histoire »
H252. Une histoire des médias des origines à nos jours
par Jean-Noël Jeanneney
H253. Les Prêtres de l'ancienne Égypte, *par Serge Sauneron*
H254. Histoire de l'Allemagne, des origines à nos jours
par Joseph Rovan
H255. La Ville de l'âge industriel
sous la direction de Maurice Agulhon
H256. La France politique, XIXe-XXe siècle, *par Michel Winock*
H257. La Tragédie soviétique, *par Martin Malia*
H258. Histoire des pratiques de santé
par Georges Vigarello
H259. Les Historiens et le Temps, *par Jean Leduc*
H260. Histoire de la vie privée
1. De l'Empire romain à l'an mil
par Philippe Ariès et Georges Duby
H261. Histoire de la vie privée
2. De l'Europe féodale à la Renaissance
par Philippe Ariès et Georges Duby
H262. Histoire de la vie privée
3. De la Renaissance aux Lumières
par Philippe Ariès et Georges Duby
H263. Histoire de la vie privée
4. De la Révolution à la Grande Guerre
par Philippe Ariès et Georges Duby
H264. Histoire de la vie privée
5. De la Première Guerre mondiale à nos jours
par Philippe Ariès et Georges Duby
H265. Problèmes de la guerre en Grèce ancienne
sous la direction de Jean-Pierre Vernant
H266. Un siècle d'école républicaine
par Jean-Michel Gaillard
H267. L'Homme grec
Collectif sous la direction de Jean-Pierre Vernant

H268. Les Origines culturelles de la Révolution française
par Roger Chartier
H269. Les Palestiniens, *par Xavier Baron*
H270. Histoire du viol, *par Georges Vigarello*
H272. Histoire de la France
L'Espace français, *sous la direction de André Burguière et Jacques Revel*
H273. Histoire de la France
Héritages, *sous la direction de André Burguière et Jacques Revel*
H274. Histoire de la France
Choix culturels et Mémoire, *sous la direction de André Burguière et Jacques Revel*
H275. Histoire de la France
La Longue Durée de l'État, *sous la direction de André Burguière et Jacques Revel*
H276. Histoire de la France
Les Conflits, *sous la direction de André Burguière et Jacques Revel*
H277. Le Roman du quotidien
par Anne-Marie Thiesse
H278. La France du XIXe siècle, *par Francis Démier*
H279. Le Pays cathare, *sous la direction de Jacques Berlioz*
H280. Fascisme, Nazisme, Autoritarisme, *par Philippe Burrin*
H281. La France des années noires, tome 1
sous la direction de Jean-Pierre Azéma et François Bédarida
H282. La France des années noires, tome 2
sous la direction de Jean-Pierre Azéma et François Bédarida
H283. Croyances et Cultures dans la France d'Ancien Régime
par François Lebrun
H284. La République des instituteurs
par Jacques Ozouf et Mona Ozouf
H285. Banque et Affaires dans le monde romain
par Jean Andreau
H286. L'Opinion française sous Vichy, *par Pierre Laborie*
H287. La Vie de saint Augustin, *par Peter Brown*
H288. Le XIXe siècle et l'Histoire, *par François Hartog*
H289. Religion et Société en Europe, *par René Rémond*
H290. Christianisme et Société en France au XIXe siècle
par Gérard Cholvy
H291. Les Intellectuels en Europe au XIXe, *par Christophe Charle*
H292. Naissance et Affirmation d'une culture nationale
par Françoise Mélonio
H293. Histoire de la France religieuse
Collectif sous la direction de Philippe Joutard

H294. La Ville aujourd'hui, *sous la direction de Marcel Roncayolo*
H295. Les Non-conformistes des années trente *par Jean-Louis Loubet del Bayle*
H296. La Création des identités nationales *par Anne-Marie Thiesse*
H297. Histoire de la lecture dans le monde occidental *Collectif sous la direction de Guglielmo Cavallo et Roger Chartier*
H298. La Société romaine, *Paul Veyne*
H299. Histoire du continent européen *par Jean-Michel Gaillard, Anthony Rowley*
H300. Histoire de la Méditerranée *par Jean Carpentier (dir.), François Lebrun*
H301. Religion, Modernité et Culture au Royaume-Uni et en France *par Jean Baubérot, Séverine Mathieu*
H302. Europe et Islam, *par Franco Cardini*
H303. Histoire du suffrage universel en France. Le Vote et la Vertu. 1848-2000, *par Alain Garrigou*
H304. Histoire juive de la révolution à l'État d'Israël Faits et documents, *par Renée Neher-Bernheim*
H305. L'Homme romain *Collectif sous la direction d'Andrea Giardina*
H306. Une histoire du Diable, *par Robert Muchembled*
H307. Histoire des agricultures du monde *par Marcel Mazoyer et Laurence Roudart*
H308. Le Nettoyage ethnique. Documents historiques sur une idéologie serbe *par Mirko D. Grmek, Marc Gjidara et Neven Simac*
H309. Guerre sainte, jihad, croisade, *par Jean Flori*
H310. La Renaissance européenne, *par Peter Burke*
H311. L'Homme de la Renaissance *Collectif sous la direction d'Eugenio Garin*
H312. Philosophie des sciences historiques, textes réunis et présentés, *par Marcel Gauchet*
H313. L'Absolutisme en France, *par Fanny Cosandey et Robert Descimon*
H314. Le Monde d'Ulysse, *par Moses I. Finley*
H315. Histoire des juifs sépharades, *par Esther Benbassa et Aron Rodrigue*
H316. La Société et le Sacré dans l'Antiquité tardive *par Peter Brown*
H317. Les Cultures politiques en France *sous la direction de Serge Berstein*
H318. Géopolitique du XVIe siècle *par Jean-Michel Sallmann*

H319. Les Relations internationales
2. De la guerre de Trente Ans ans à la guerre de succession d'Espagne, *par Claire Gantet*
H320. Des traités : de Rastadt à la chute de Napoléon *par Jean-Pierre Bois*
H323. De Nuremberg à la fin du XXe siècle (tome 6, Nouvelle histoire des relations internationales / inédit), *par Frank Attar*
H324. Histoire du visuel au XXe siècle, *par Laurent Gervereau*
H325. La Dérive fasciste. Doriot, Déat, Bergery. 1933-1945 *par Philippe Burrin*
H326. L'Origine des Aztèques, *par Christian Duverger*
H327. Histoire politique du monde hellénistique *par Edouard Will*
H328. Le Saint Empire romain germanique, *par Francis Rapp*
H329. Sparte, histoire politique et sociale jusqu'à la conquête romaine, *par Edmond Lévy*
H330. La Guerre censurée, *par Frédéric Rousseau*
H331. À la guerre, *par Paul Fussel*
H332. Les Français des années troubles, *par Pierre Laborie*
H333. Histoire de la papauté, *par Yves-Marie Hilaire*
H334. Pouvoir et Persuasion dans l'Antiquité tardive *par Peter Brown*
H336. Penser la Grande Guerre, *par Antoine Prost et Jay Winter*
H337. Paris libre 1871, *par Jacques Rougerie*
H338. Napoléon. De la mythologie à l'histoire *par Nathalie Petiteau*
H339. Histoire de l'enfance, tome 1 *par Dominique Julia et Egle Becchi*
H340. Histoire de l'enfance, tome 2 *par Dominique Julia, Egle Becchi*
H341. Une histoire de l'édition à l'époque contemporaine XIXe-XXe siècle, *par Elisabeth Parinet*
H342. Les enjeux de l'histoire culturelle *par Philippe Poirrier*
H343. Le Monde des révolutions en Amérique et en Europe à la fin du XVIIIe siècle, *par Jacques Solé*
H345. Histoire culturelle de la France, tome 3, *par Antoine de Baecque et Françoise Mélonio*
H346. Histoire culturelle de la France, tome 4, *par Jean-Pierre Rioux et Jean-François Sirinelli*
H347. L'État chez lui, l'Église chez elle *par Jean-Paul Scot*
H348. La Résistance française : une histoire périlleuse *par Laurent Douzou*
H349. Histoire culturelle de la France, tome 2, *par Jean-Pierre Rioux & Jean-François Sirinelli*

H350. La France et les Juifs de 1789 à nos jours
par Michel Winock
H351. Historiographie de la guerre d'Algérie,
par Raphaëlle Branche
H352. L'Armée de Vichy, *par Robert O. Paxton*
H353. La Guerre froide 1917-1991, *par André Fontaine*
H354. Le Modèle politique français, *par Pierre Rosanvallon*
H355. Les Origines religieuses de la Révolution française
par Dale Van Kley
H356. Une histoire du Chat, *par Laurence Bobis*
H357. À la recherche du Moyen Âge, *par Jacques Le Goff*
H358. Les Quatre Parties du monde, *par Serge Gruzinski*
H359. Histoire des peurs alimentaires, *par Madeleine Ferrières*
H360. Le Grand Voyage de l'Obélisque, *par Robert Solé*
H361. La Vie à en mourir. Lettres de fusillés 1941-1944
par Guy Krivopissko
H362. Bleu. Histoire d'une couleur, *par Michel Pastoureau*
H363. Mitterrand, une histoire de Français, *par Jean Lacouture*
H364. Le Siècle des intellectuels, *par Michel Winock*
H365. Histoire des paysans français
par Emmanuel Le Roy Ladurie
H366. La Plus Vieille Cuisine du monde, *par Jean Bottéro*
H367. Histoire de la France politique 1. Le Moyen Âge
par Philippe Contamine
H368. Histoire de la France politique 2.
La Monarchie, entre Renaissance et Révolution
par Joël Cornette
H369. Histoire de la France politique 3.
L'Invention de la démocratie
par Serge Berstein, Michel Winock
H370. Histoire de la France politique 4.
La République recommencée
par Serge Berstein, Michel Winock
H371. Le Fascisme en action, *par Robert O. Paxton*
H372. Louis XIV. Les Stratégies de la gloire, *par Peter Burke*
H373. Ressentiment et Apocalypse, *par Philippe Burrin*
H374. Jésuites. Une multibiographie, t. 1, Les Conquérants
par Jean Lacouture
H375. Jésuites. Une multibiographie, t. 2, Les Revenants
par Jean Lacouture
H376. Sexe et pouvoir à Rome, *par Paul Veyne*
H377. Le Petit Livre des couleurs
par Michel Pastoureau & Dominique Simonnet
H378. Les Droites aujourd'hui, *René Rémond*
H379. Les Chamanes de la Préhistoire
par Jean Clottes & David Lewis-Williams
H380. Chronologie du XXe siècle, *par Bernard Phan*

H381. S'amuser au Moyen Âge, *par Jean Verdon*
H382. La Conversion d'Hermann le Juif, *par Jean-Claude Schmitt*
H383. Une histoire de pirates, *par Jean-Pierre Moreau*
H384. Histoire de la beauté, *par Georges Vigarello*
H385. Chronologie du Moyen Âge, *par Michel Zimmermann*
H386. L'Étoffe du diable, *par Michel Pastoureau*
H387. La Bataille de Paris, *par Jean-Luc Einaudi*
H388. 1515 et les grandes dates de l'histoire de France
par Alain Corbin
H389. Les Origines intellectuelles du IIIe Reich,
par George L. Mosse
H390. La Légende de Napoléon, *par Sudhir Hazareesingh*
H391. La Prostitution à Paris au XIXe siècle
par Alexandre Parent-Duchatelet
H392. La Guérilla du Che, *par Régis Debray*
H393. L'Orgasme et l'Occident, *par Robert Muchembled*
H394. *Mon* histoire des femmes, *par Michelle Perrot*
H395. La Reine scélérate, *par Chantal Thomas*
H396. La Pierre de Rosette, *par Robert Solé et Dominique Valbelle*
H397. Mal et modernité, *par Jorge Semprun*
H398. Mémorial de Sainte-Hélène, t. 1
par Emmanuel de Las Cases
H399. Mémorial de Sainte-Hélène, t. 2
par Emmanuel de Las Cases
H400. Le Siècle des communismes, *Collectif*
H401. Histoire de la Bretagne et des Bretons, t. 1
par Joël Cornette
H402. Histoire de la Bretagne et des Bretons, t. 2
par Joël Cornette
H403. Héros et merveilles du Moyen Âge, *par Jacques Le Goff*
H404. Les Templiers, *par Alain Demurger*
H405. La Suisse, l'or et les morts, *par Jean Ziegler*
H406. Chronologie de la Rome antique, *par Yann Rivière*
H407. Les Fondations de l'islam, *par Alfred-Louis de Prémare*
H408. Rois et reines de France, *par Bernard Phan*
H409. Histoire de la décolonisation, *par Bernard Droz*
H410. L'Égypte, passion française, *par Robert Solé*
H411. Les Druides, *par Jean-Louis Brunaux*
H412. Chronologie de la France au XXe siècle, *par Bernard Phan*
H413. Brève histoire du fascisme, *par Renzo De Felice*
H414. La Guerre du Rif
par Vincent Courcelle-Labrousse, Nicolas Marmié
H415. Histoires grecques, *par Maurice Sartre*
H416. Les Origines de la solution finale
par Christopher R. Browning
H417. Batailles, *par Hervé Drevillon*
H418. Les Juifs américains, *par André Kaspi*

H419. 2000 ans d'histoire gourmande, *par Patrice Gélinet*
H420. Nourritures canailles, *par Madeleine Ferrières*
H421. La Croix et le Croissant, *par Richard Fletcher*
H422. Bagnards, *par Marion F. Godfroy*
H423. Chronologie de la Seconde Guerre mondiale *par Bernard Phan*
H424. Pierre Mendès France, *par Jean Lacouture*
H425. La Vie sexuelle à Rome, *par Géraldine Puccini-Delbey*
H426. Chronologie de la Grèce antique, *par Paulin Ismard*
H427. Histoire des révolutions, *par Martin Malia*
H428. Histoire de la Prusse, *par Michel Kerautret*
H429. Histoire du débarquement en Normandie *par Olivier Wieviorka*
H430. Les Voix de la liberté, *par Michel Winock*
H431. L'Europe est-elle née au Moyen Âge ? *par Jacques Le Goff*
H432. L'Invention de la drague, *par Jean Claude Bologne*
H433. Bonaparte à la conquête de l'Égypte, *par Robert Solé*
H434. Chronologie de la Première Guerre mondiale *par Bernard Phan*
H435. Aux origines de l'histoire des religions *par Philippe Borgeaud*
H436. La Religion flamboyante, *par Jacques Chiffoleau*
H437. L'Ivrogne et la Marchande de fleurs, *par Nicolas Werth*
H438. L'Expérience de l'histoire, *par Reinhart Koselleck*
H439. Chronologie des États-Unis, *par Pierre Sicard*
H440. Parlez-vous sans-culotte ?, *par Michel Biard*
H441. Comment notre monde est devenu chrétien *par Marie-Françoise Baslez*
H442. Bêtes de somme, *par Éric Baratay*
H443. La Société médiévale, *par François Icher*
H444. La Mer, *sous la direction d'Alain Corbin et Hélène Richard*
H445. 1939. Demain, la guerre, *par Richard Overy*
H446. Noir, *par Michel Pastoureau*
H447. Histoire du corps, t. I, De la Renaissance aux Lumières *sous la direction de Georges Vigarello*
H448. Histoire du corps, t. II, De la Révolution à la Grande Guerre *sous la direction d'Alain Corbin*
H449. Histoire du corps, t. III, Les Mutations du regard. Le XXe siècle *sous la direction de Jean-Jacques Courtine*
H450. Histoire de l'Europe urbaine, t. I, La Ville antique *par Xavier Lafon, Jean-Yves Marc et Maurice Sartre*
H451. Histoire de l'Europe urbaine, t. II, La Ville médiévale *par Patrick Boucheron et Denis Menjot*
H452. Histoire de l'Europe urbaine, t. III, La Ville moderne *par Olivier Zeller*

H453. Histoire de l'Europe urbaine, t. IV
La Ville contemporaine jusqu'à la Seconde Guerre mondiale, *par J.-L. Pinol, F. Walter*

H454. Histoire de l'Europe urbaine, t. V, La Ville coloniale *par Odile Goerg et Xavier Huetz de Lemps*

H455. Histoire de l'Europe urbaine, t. VI
La Ville contemporaine après 1945, *par Guy Burgel*

H456. L'Allemagne nazie et les Juifs,
t. I, Les Années de persécution (1933-1939)
par Saul Friedländer

H457. L'Allemagne nazie et les Juifs
t. II, Les Années d'extermination (1939-1945)
par Saul Friedländer

H458. Régimes d'historicité, *par François Hartog*

H459. L'Empire gréco-romain, *par Paul Veyne*

H460. La Formation de la classe ouvrière anglaise *par Edward P. Thompson*

H461. Mitterrand. Une histoire de Français
t. II, Les Vertiges du sommet, *par Jean Lacouture*

H462. Nos ancêtres les Gaulois, *par Jean-Louis Brunaux*

H463. Une histoire de la violence, *par Robert Muchembled*

H464. Einsatzgruppen, *par Michaël Prazan*

H465. Une histoire symbolique du Moyen Âge occidental *par Michel Pastoureau*

H466. Choix fatidiques. Dix décisions qui ont changé le monde (1940-1941), *par Ian Kershaw*

H467. Le Siècle juif, *par Yuri Slezkine*

H468. Les Empires coloniaux
sous la direction de Pierre Singaravélou

H469. La Maison Dieu, *par Dominique Iogna-Prat*

H470. 1940. L'année noire, *par Jean-Pierre Azéma*

H471. La Mémoire désunie, *par Olivier Wieviorka*

H472. L'Ours, *par Michel Pastoureau*

H473. La Guerre de Cent Ans, *par Christopher Allmand*

H474. L'Intégration des jeunes, *par Ivan Jablonka*

H475. Histoire du christianisme, *sous la direction d'Alain Corbin*

H476. Les Métamorphoses du gras, *par Georges Vigarello*

H477. Histoire de chambres, *par Michelle Perrot*

H478. Giotto et les humanistes, *par Michael Baxandall*

H479. Les Héros de l'histoire de France, *Alain Corbin*

H480. L'Islam, l'islamisme et l'Occident
par Gabriel Martinez-Gros et Lucette Valensi

H481. L'Empire portugais d'Asie, *par Sanjay Subrahmanyam*

H482. Histoire de l'Afrique du Sud
par François-Xavier Fauvelle-Aymar

H483. Histoire des grands-parents que je n'ai pas eus
par Ivan Jablonka

H484. Du nouveau sous le soleil, *par John R. Mc Neill*
H485. Mélancolie ouvrière, *par Michelle Perrot*
H486. Stèles. La Grande Famine en Chine (1958-1961) *par Jisheng Yang*
H487. Histoire des Carolingiens. VIIIe-Xe siècle (inédit), *par Marie-Céline Isaia*
H488. La Querelle des universaux, *par Alain de Libera*
H489. La Guerre de Vendée, *par Jean-Clément Martin*
H490. Les Écrans de l'ombre, *par Sylvie Lindeperg*
H491. La Fin. Allemagne, 1944-1945, *par Ian Kershaw*
H492. Vasco de Gama. Légende et tribulations du vice-roi des Indes, *par Sanjay Subrahmanyam*
H493. Une histoire politique du pantalon, *par Christine Bard*
H494. Vingt destins dans la Grande Guerre. La beauté et la douleur des combats, *par Peter Englud*
H.495 L'Empire des français, 1799-1815. La France contemporaine, t. 1, *par Aurélien Lignereux*
H496. Monarchies postrévolutionnaires, 1814-1848. La France contemporaine, t. 2, *par Bertrand Goujon*
H497. Le Crépuscule des révolutions ? 1848-1871. La France contemporaine, t. 3, *par Quentin Deluermoz*
H498. La Victoire endeuillée. La sortie de guerre des soldats français (1918-1920), *par Bruno Cabanes*
H499. Les Vérités inavouables de Jean Genet *par Ivan Jablonka*
H500. L'Histoire à parts égales. Récits d'une rencontre, Orient-Occident (XVIe-XVIIe siècle), *par Romain Bertrand*
H501. Histoire de la virilité, t. I, L'Invention de la virilité, De l'Antiquité aux Lumières, *sous la direction de Georges Vigarello*
H502. Histoire de la virilité, t. II, Le Triomphe de la virilité, Le XIXe siècle, *sous la direction d'Alain Corbin*
H503. Histoire de la virilité, t. III, La Virilité en crise ?, Les XXe-XXIe siècles, *sous la direction de Jean-Jacques Courtine*
H504. La Vie privée dans l'Empire romain, *par Paul Veyne*
H505. Conjurer la peur. Essai sur la force politique des images. Sienne, 1338, *par Patrick Boucheron*
H506. Pompéi. La vie d'une cité romaine, *par Mary Beard*
H507. Cortès et son double. Enquête sur une mystification *par Christian Duverger*
H508. À la gauche du Christ. Les chrétiens de gauche en France de 1945 à nos jours, *par Denis Pelletier, Jean-Louis Schlegel*
H509. Faut-il vraiment découper l'histoire en tranches ? *par Jacques Le Goff*
H510. La France des Capétiens, 987-1214 *par Dominique Barthélémy*